乾隆期十

張寅彭 編纂

劉 奕 點校

上海古籍出版社

第十册目次

甌亭詩話

梟亭詩話提要

《梟亭詩話》二卷，據嘉慶初年刊本點校。撰者陶元藻（一七一六——一八〇一），字龍溪，號篁村，晚號梟亭山人，浙江會稽人。貢生。有《泊鷗山房集》。按此書除刻本外，另有蘇州市圖書館藏鈔本二卷存世，内容頗有出入。鈔本有乾隆四十二年丁酉汪沆序，當是《詩話》初成之時。陶氏另有《全浙詩話》，刻於嘉慶元年，汪輝祖跋謂此書「歷十有七年，始得裒然成集」，則始輯於乾隆四十三、四年，乃緊接於《梟亭詩話》初成之後。而《全浙詩話・凡例》又稱「鄙人有自著《梟亭詩話》六卷，另已開雕」云云，今存《梟亭詩話》正刻於同時，則十數年間兩書相輔而作，增删改訂，自所不免，惟卷數與《金浙詩話》所記相差過殊，或當時又有六卷本傳世。阮元輯《兩浙輶軒録》後出，亦云二卷，而所採之《梟亭詩話》，有不見於今本者，則不可解矣。以今存本論之，大抵卷上前半專論古人，後半及卷下接論今人，而以論今爲精闢入微。蓋篁村自信造物之秘搜抉不窮，而人心肺腑亦必不會雷同。是以標舉今人之作，多以度越前人爲旨，誠能道出清人詩藝趨於細密之大勢。然每愛用「最佳」、「最喜」等語，則不免於率易。此卷論浙人浙詩者仍復不少，可與其《全浙詩話》合觀。

序

詩話者，話詩也。話而不當，不如其不話。然世之好於話詩者未必盡能詩，而工於詩者必善於話詩。詩話之道凡有四：折衷群説，則疑釋；辨别體裁，則法備；博徵逸事，則辭有根；擷取精華，則陳言務去。而半炙一臠，俱醰醰有味矣。得其一已足以娱目，而善話者嘗兼之。憶余三十年前與篁村陶君初訂交都下，擘紙濡毫，唱酬無虚日。越五載，余奉使嶺南，復遇於五羊城畔，分韵聯吟。從兹再别河梁，雲波阻絶。逮篁村由閩歸浙，構泊鷗山房於孤山之北，有「野老門庭雲亦懶，荷花世界夢俱香」之句。吴、越詩人，口熟以傳者徧，余亦愛其言名雋。數年來掌教崇文，與篁村所居，較春明市尤近。每來湖上，必先過泊鷗，樂觀其詩，并樂聆其話。篁村嘗言，百年來詩話惟《艧齋》、《漁洋》、《静志居》三種最雅且潔。一旦，出其自著者若干條，屬余序之。夫愚山、阮亭、竹垞之研深詩學，洗髓伐毛，世俗塵埃，不侵牙慧，所謂工詩必善話者，非耶？而篁村獨賞其話，則篁村之話可知矣。此一編也，其長詞壇之智識、發頑鈍之性靈者功匪淺，豈僅於酒酣燭跋時爲尚口人談助而已哉！秀水同學弟鄭虎文拜撰。

梟亭詩話卷上

會稽陶元藻篁村撰

《三百篇》之佳，全在比興處見性情。近人只曉得賦，忘了比、興，如何能綿邈深遠，而一唱三嘆之神亦蕩然矣。比語多在起處，漢、魏詩之妙，偏能於中幅着筆。如「枯桑知天風，海水知天寒」、「胡馬依北風，越鳥巢南枝」之類，是文章中離法，亦是横插法。蓋不離則筆不生動，不横插則意不沉頓。

魏武《短歌行》：「但爲君故，沉吟至今。」方望溪苞謂「君」指孔北海也，此即丁晉公所云「王子明遲我十年作宰相」之意，詮解殊爲精確；但是他忌嫉之至，不覺情見乎辭，竟説此詩將殺北海時所作，恐未必然。蓋「月明星稀」四句，東坡指爲困於周郎之故矣。詩言「如月」，則非指月可知，所以下用「掇」字，窺竊神器之懷已和盤托出，與篇首「來日苦少」同一憂愁。篇終四句，又意得志滿，有其樂洋洋之狀。余觀此詩，乃興會所至，歷叙生平，百感茫茫，悲喜交集，不專寫一時，亦不專指一事也。蔡芳三寅斗、胡穉威天游皆以余爲確論，芳三又詢襲《毛詩》何故？余曰：須玩「我有嘉賓」二句，想當時有同謀心腹之人，相得殊甚，故觸著此時，便探喉而出。若是無心偶誦，何不引「關關雎鳩」、「文王在上」耶？

晉出帝《詠天》詩曰：「高平上監碧翁翁。」稱「翁翁」者，乃尊之之義，即俗言公公也。紹興間，禁中呼秦太師爲「太平翁翁」，二字與此同意。稱秦檜爲「太平翁翁」，奇矣；稱天爲「碧翁翁」，更奇。

《古詩》：「生年不滿百，常懷千歲憂。」方樸山婺如先生曾作文引用此詩，謂世人「常懷千歲憂」，所以「生年不滿百」，真慧心人語。

詩有五平者，如酈炎「靈芝生河洲」、阮瑀「臨川多悲風」、嵇康「彈琴登清歌」、謝靈運「清暉能娱人」皆是，惟蔡邕「枯桑知天風」爲最佳。有五仄者，如繁欽「世俗有險易」、應瑒「辨論釋鬱結」、嵇康「但願養性命」、崔塗「漸與骨肉遠」皆是，惟謝靈運「挂席拾海月」、杜甫「百里見積雪」爲特妙。有七平者，李商隱「封狼生貙貙生羆」、崔象「梨花梅花參差開」，有七仄者，杜甫「有客有客字子美」，俱無甚雋意。有十平者，曹植「羅衣何飄飄，輕裾隨風旋」，殊饒姿致。有五平五仄者，杜甫「悲風生微綃，萬里起古色」，詞意並佳。然此等句無意中得之何礙，若必有心做造，則翻成游戲筆墨，墮入纖巧矣。若陸魯望《夏日》詩通首皆平，梅聖俞《與婦》詩通首皆仄，是又好事之甚者也。

賦爲古詩之流亞，其類詩宜矣。詞爲詩餘，則語句如詩，亦無足怪。乃古人之論有似詩者，如沈休文《宋書·謝靈運傳論》云「英詞潤金石，高義薄雲天」是也。書有似詩者，如應休璉《與滿公琰書》云「高樹翳朝雲，文禽蔽緑水」是也。記有似詩者，如《三秦記》「隴坂縈九曲，不知高幾里」是也。頌有似詩者，如王褒《聖主得賢臣頌》云「恩從祥風翱，德與和氣游」是也。詔令有似詩者，如漢光武云「仕宦當作執金吾，娶妻當得陰麗華」是也。雜文有似詩者，如《戰國策》「片玉可以琦，奚必待盈尺」，又「駿馬養外廄，美人充下陳」是也。史傳有似詩者，如《漢書·龔勝傳》「薰以香自燒，膏以明自煎」是也。佛經有似詩者，如「新霽清暘升，天光入隙中」，又「樂行不如苦住，富客不如貧主」是也。子書有似詩者，如《列子》「生無一日懽，死有萬世名」，如《淮南子》「南游罔窅野，北息沈墨鄉」，又「孔子辭廩丘，終不盜帶鉤。許由讓天下，終不利封侯」，又「日回而月周，終不與時游」，如《抱朴子》「舉秀才，不知書。舉孝廉，父別居。寒素清白濁如泥，高第良將怯如鷄」是也。「鷄」字《晉書》所改，原本「黽」字，乃「黿」字之訛，「泥」、「黿」本同韻。傳奇院本有似詩者，如王實甫《西廂》云「雪浪拍長空，天際秋雲捲」二句，雖使盛唐人詠潮，不過如此。至「夕陽古道無人語，禾黍秋風尚馬嘶」，原從耿湋「古道無人行，秋風動禾黍」來，然添卻「夕陽」、「馬嘶」，倍覺悽慘。其他書、論、記、頌等單辭隻句可以入詩者，不勝枚舉。

「三春」乃詩人習用語也，「三夏」則始於古詩。《子夜歌》「情知三夏熱，今日偏獨甚」。「九秋」亦詩中習用語也，「九冬」則始於張正見詩「九冬飄遠雪，六出表豐年」。「九夏」則始於唐太宗詩「北闕三春晚，南榮九夏初」。至於「九春」，則始於阮步兵「悅懌若九春，罄折似秋霜」。若曹子建「自期三年歸，今已歷九春」，此「九春」是以一月當一春，蓋言已滿三年也，與步兵以九十日稱「九春」者又不同。

世人作書札，輒用「分手河梁」、「陽關西出」、「渭樹江雲」、「屋梁月落」等語，以爲詩可通於札。試觀丘遲《與陳伯之書》云：「暮春三月，江南草長。雜花生樹，群鶯亂飛。」凡六朝、唐、宋人寫春景者，誰能離此數語？魏文帝《與吳質書》云：「白日既匿，繼以朗月。同乘並載，以游後園。輿輪徐動，參從無聲。」實當時公讌詩及後人夜宴諸什之祖也。則札亦可通於詩矣。

帛道猷在沃洲山作詩云：「連峰數十里，修竹帶平津。茆茨隱不見，鷄鳴知有人。」此四句爲人傳誦，《能改齋漫録》及《庚溪詩話》、《升庵詩話》俱載之。豈知是詩原有十二句，所傳四句，乃删存本也。自删之後，其下八句竟罕有人能識之者。其全章云：「連峰數十里，修竹帶平津。茆茨隱不見，鷄鳴知有人。閑步踐其逕，處處見遺薪。始知百歲下，猶有上皇民。開此無事迹，以待疎俗賓。長嘯自林際，言歸保天真。」後八句殊未佳，删者固是高手，然全首亦何可不知？升庵云：「此詩本有八句，後四不稱，獨留其四。道人自删耶？抑别有高人定之耶？」是升庵亦衹見其八句，不知其有十二句也。又另見刻本，於「鷄鳴」之下、「閑步」之上硬添四句，庸劣無味，與道猷吐屬迥殊，其爲後人贋作無疑。

人讀張繼《楓橋》詩，多疑末句與首句有礙。豈知「月落烏啼」雖是曙景，卻從五更回想，故又説「夜半鐘聲」，直是一夜不寐耳。或云寒山寺有鐘，原名「夜半鐘」，乃寺中寶物。余竊謂以此釋鐘則可，以此釋詩則不必。

爲尊者諱，臣子之分也。讀香山「楊家有女初長成，養在深閨人不識」，則知義山「不從金輿惟壽王」之失言矣。善則歸君，忠貞之道也。讀少陵「不聞夏殷衰，中自誅褒妲」，又知香山「六軍不發無奈何，宛轉蛾眉馬前死」之太露矣。詩家學識，一層高一層，參觀自見。

作詩點題，惟少陵得其巧妙。如《飲中八仙歌》，使不點出仙，殊覺命題無謂。然列叙八人，從何著筆？看他揀出一個李白來，硬插「自稱臣是酒中仙」之句，一人仙，則衆人俱仙矣。李白稱仙，蓋從賀季真「子謫仙人也」一語來，可見老杜無一字無來歷。

供奉詩才奇逸，人稱仙李，乃見崔顥《黄鶴樓》詩竟至擱筆。少陵人稱詩聖，嘗謂讀王子安「滕王高閣臨江渚」一首，生平欲仿之，終不可得。古人心虛服善如此，宜其牢籠百代，詩卷長留天地間也。今人略能撮湊成章，見前輩所作輒妄加評論，且自謂過之，夜郎自大，豈不可恥？

余生平最不喜迴文、雙聲、疊韵等詩，蓋作詩者詞以就意，故能自抒己見；若此等詩，皆以意就詞，則必不能暢所欲言，而性靈晦矣。李、杜大家非不能爲，乃不肯爲也。梁武帝云：「後牖有朽柳。」沈約云：「偏眠船舷邊。」少陵云：「壁色立積鐵。」雖皆疊韵，乃偶然見於筆下，並無對句也。自劉賓客、皮襲美、陸魯望輩興此體，遂沿襲討巧。皮、陸尤爲擅長，然陸魯望之「膚愉吴都姝，眷戀便殿宴」，是言以美人流連宫讌作流水對，意本一串，較皮日休之「穿烟泉潺湲，觸竹犢觳觫。荒篁香牆匡，熟鹿伏屋曲」，有對句而又截然兩意者稍勝。然亦不過彼善於此，究竟有何佳處？金王寂《送王平仲二首》亦效此體，首章云：「潦倒少矍鑠，臞儒餘愚迂。半面便健羡，無渠吾胡娱。袖手久不偶，鋪書如枯株。索寞各作惡，呼車姑須臾。」次章云：「放浪曩骯髒，囊裝將長楊。偃蹇晚倦獻，徜徉藏光芒。著雨苦齟齬，蒼茫荒羊腸。黯慘厭漸險，彷徨傷王陽。」

從來詩文有盛名者，俱由天授，如江淹夢筆生花，揚雄夢吐白鳳，韓愈夢吞丹篆，至若夢錦、夢腸等，歷歷可數。然皆託之以夢，並無實事也。王肅注《易》東齋，有神女贈墨一丸，斯亦奇矣。有更奇者，杜子美閒行水濱，拾得一石，石上有文云：「詩王出自陳芳國，九夜捫之麟篆熟。聲振扶桑享天福，杜懷之入葱肆中。」忽聞空中有人語云：「邂逅穢吾，使子文而不貴。」按「詩王」三句，絶類漢、魏人樂府，但次句殊不解其義。

香山云：「松排山面千重笏，月點波心一顆珠。」庸惡陋劣，雖三歲孩童亦能出口，「白俗」之誚，洵不誣也。然此等句，不知當日何以能傳，更不解今人何以復選？

好奇之詩，其落想亦有所本。昌谷云「買絲繡作平原君」，固從「黃金鑄范蠡」而來，即「酒酣喝月使倒行」、「羲和敲日玻璃聲」等句，未必不從女媧補天悟出也。蓋天既可補，安知月不可喝，日不可敲？

王摩詰《出塞作》第三句「暮雲空磧時驅馬」，第七句又云「玉靶角弓珠勒馬」，兩「馬」字重複，後人紛紛議之。謝廷讚《維園鉛摘》引楊用修集云：「鮑照詩『秋霜曉驅雁，春雨暗成虹』，佳句也，又楊衒之《洛陽伽藍記》有『北風驅雁，千里飛雲』之句。則『暮雲空磧』句當作『時驅雁』無疑矣。」余竊謂下句既是射鵰，上句又説驅雁，一聯中兩飛禽，恐古人未必如此合掌。須知上「馬」字乃原有之馬，下「馬」字乃未來之馬，原屬兩物，雖重何礙。況唐人律詩中重字者往往有之，未可爲此詩詬病也。

詩中貪用數目字，固屬可厭，然亦只要點綴有趣，運用有力。如張祜「兩三星火是瓜州」、李益「露出東南四五峰」、杜甫詩「秋水纔深四五尺，野航恰受兩三人」等句，全因「兩三」、「四五」字見生趣也。如李白「爾來四萬八千歲，不與中國通人烟」、杜牧「南朝四百八十寺，多少樓臺烟雨中」、花蘂夫人「四十萬人齊解甲，更無一個是男兒」、東坡「忽驚二十五萬丈，老葑席捲蒼雲空」等句，亦緣「十」、「百」、「千」、「萬」字堆擁有稜，故下句接得氣足神旺。又如柳宗元「一身去國六千里，萬死投荒十二年」，必藉「一身萬死」四字，則「六千里」、「十二年」始覺難受。則數目字有愈多愈妙者，皆所謂運用有力也，安得以「算博士」誚之？

賀季真詩：「少小離家老大回，鄉音未改鬢毛衰。兒童相見不相識，笑問客從何處來。」西河先生謂「衰」音腮，是正音，入灰韵；音綏，是旁音，入支韵。唐人兩音並用，自宋人盡刪正音，只存旁音，所以灰韵無「衰」字，固矣。第觀王建《涼州歌》云：「三秋陌上早霜飛，羽獵平田淺草齊。錦背蒼鷹初出臂，五花驄馬餵來肥。」豈「齊」字亦有正音、旁音耶？五古之韵可通，夫人而知之矣。然李陵「良時不再至」、「嘉會難再遇」、「揮手上河梁」三章，俱一韵到底；蘇武惟「黄鵠一遠别」一章有支、微、佳、灰四韵，其「骨肉緣枝葉」、「結髮爲夫妻」、「燭燭晨明月」三章，亦俱一韵到底，並無他韵夾雜。須知唐人近體詩原不許出韵，其出韵者，偶不及檢也。五古詩原可通韵，其不通韵者，緣本韵已敷所用，便不復通，非謂每章之必當通也。有謂漢韵反嚴於唐韵，而唐韵固寬於宋韵者，殊謬。

詩人咏物，於猝難對證之語，輒信口鋪張。如「雪大如鴉」、「雪大如掌」，庸或有之；至李白詩云「燕山雪花大如席」，則已近荒唐矣。且詩家字句，有只圖好看，不必求其真者，如少陵《古柏行》云：「霜皮溜雨四十圍，黛色參天二千尺。」按「四十圍」，周迴不滿二丈，往往有之，無足爲奇；若「二千尺」，則二百丈也，如此大樹，吾未之見，并未之聞。

今人書札中稱婢曰「使女」，罕言「丫頭」者，嫌「丫頭」乃土語，太俗，似用「使女」稍雅。豈知唐人已吟詠及之。劉賓客詩云：「花面丫頭十三四。」蓋本《三國·焦光傳》：「女之賤者曰『丫頭』。」然則「使女」之稱，不若「丫頭」之典爲更雅矣。

香山《海漫漫》樂府云:「海漫漫,波浩浩,眼中不見蓬萊島。不見蓬萊不敢歸,童男丱女舟中老。」詩則佳矣,卻未知徐福心中事也。蓋神仙原無可求之法,而祖龍殘忍,又不可與居,遂借覓蓬萊,乘機而遁。其必以童男丱女各五百人者,意欲生聚海外,爲創霸興王之計,田横尚非所慕耳。至今海島諸夷,安知無童男丱女遺種哉?

唐詩之佳者,俱從《三百篇》脱胎,所以妙絶今古。如「昨夜風開露井桃,未央前殿月輪高。平陽歌舞新承寵,簾外春寒賜錦袍」,下二句乃對面寫法,因人之承寵,愈覺己之淒涼,此乃比體,即「其新孔嘉,其舊如之何」之意也。「閨中少婦不知愁,春日凝妝上翠樓。忽見陌頭楊柳色,悔教夫婿覓封侯」,觸物感懷,此乃興體,即「喓喓草蟲,趯趯阜螽。未見君子,憂心忡忡」之意也。「提筐忘採葉,昨夜夢漁陽」,此亦興體,即「采采卷耳,不盈傾筐。嗟我懷人,寘彼周行」之意也。「茨菰葉爛别西灣,蓮子花開人未還。妾夢不離江上水,人傳郎在鳳凰山。」上二句是言一年之别,即「昔我往矣,楊柳依依,今我來思,雨雪霏霏」之意,但彼以一年方歸,此則言一年猶别,乃賦體也。至如「落日照大旗,馬鳴風蕭蕭」與「蕭蕭馬鳴,悠悠旆旌」,同一肅静光景。「明朝有封事,數問夜如何」與「匪雞則鳴,蒼蠅之聲。并夜如何,其夜未央」,同一警惕神情。

人各有能有不能,不可强也,然亦不必爲之諱。太白之七律,如「瑶臺含霧星辰滿,仙嶠浮空島嶼微」、「三山半落青天外,二水中分白鷺洲」等句,殊不可多得。昌黎之七律,衹有「銀燭未銷窗送曙,金釵欲墜更添香」一聯最工,而前後六句已不相稱,其他題更無佳者,五律亦非所長。少陵不能爲五七絶，蓋絶句不宜用對偶，所貴摇曳有神，少陵慣爲律詩，故動筆便用對偶。「錦城絲管」、「虢國夫人」二絶，雖能化偶爲散，亦尚覺直致。後人必謂其絶句另有體裁，别成風調，作此周旋語，恐反爲少陵所笑耳。

鄭嵎詩：「上皇夜半月中去，三十六宫愁不歸。」寫得情景俱酣，使人聳聽。元人《宋元唐宫詞補遺》云：「昭陽仙仗五雲中，遥聽笙簫起碧空。夜半月明人望幸，君王自在廣寒宫。」非不婉秀，已無鄭詩之警矣。唐人之不可及如此。

讀詩者能會其意，便不當泥其詞，纔曉得詩人興到筆隨之妙。杜常《華清宫》云：「朝元閣上西風急，都入長楊作雨聲。」人多不解。蓋言不但長楊衰颯不堪，即華清亦與他無異矣。故聽此風聲，竟如助彼雨聲。兩下看來，合成淒楚。朝元閣祀玄元之處，在華清宫，長楊乃秦時舊宫，漢、唐修之，以備遊幸，與華清相隔甚遥。今偏要併作一處，猶貴妃得寵時，薛王已殁，而義山《龍池》詩竟謂「薛王沉醉壽王醒」也，俱不失爲名句。乃世俗以滁州從無西澗，楓橋大遠寒山，詆訶前輩，皆門外漢耳，可發一哂。瞿存齋謂《華清》詩連用二「風」字，係周弼選詩誤刻，另見善本作「曉乘殘月入華清」，殊覺氣味深長。殊不知「風」字一改「乘」字，便如泥塑木雕，毫無趣味，必須用「曉風殘月」，纔健而渾，與下重複何礙？此乃詩家三昧，存齋未足與語也。據都少卿所見驪山石刻云：「東望家鄉十六程，曉來和月到華清。」則與此復不同。竊謂「東望家鄉」句固劣於「行盡江南」，「曉來和月」更劣於「曉乘殘月」，真所謂一蟹不如一蟹矣。且少卿云：「元僧圓至注周選，謂唐詩人無所謂杜常者。引《孫公談圃》、《西清詩話》，以常爲宋人，而復曰弼詩學傳家，列之於唐，必有所據。」歲在癸丑，余以使事至陝，道經臨潼，浴驪山温泉，見石刻中有此詩，乃秦鳳等路提點刑獄公事太常丞杜常作。後有潁川杜詡跋云：「王甫太丞自河北移使秦鳳，元豐三年九月道過華清有詩。」始知常真宋人。數十年之疑，一旦而釋。夫弼選固謬，而圓至既知常爲宋人，不應又曰「列之於唐，必有所據」。按常之是唐是宋，且勿深辨；若就詩論詩，則「行盡江南數十程，曉風殘月入華清」，確是唐音。若「東望家鄉十六程，曉來和月到華清」，則已全露宋人習氣。其中或人有附會，詩有改竄，選者刻者有訛舛，俱未可知。

「稜」字從無有作仄聲者。陸魯望詩「我本曾無田一稜，平生嘯傲空漁船」。《柳亭詩話》云：「『稜』字或以爲土音。」此言蓋得之矣。吾越人言物狹小輒曰「一稜」，正是「一稜田」之意。

嚴滄浪云：詩有別腸，人固有能有不能者。然今人所謂「不能」，或把筆竟不成一字，或成篇亦使人噴飯，若古人所謂「不能」，特未精工耳。即如皇甫持正不能詩，《題浯溪》有「石屏立衙衙，溪口揚素瀨。我思何人知，徙倚如有待」之句。錢武肅不能詩，《還鄉歌》有「牛斗無孛人無欺，吴越一王駟馬歸」之句。蘇明允不能詩，有《韓忠憲席間賦詩》「佳節屢從愁裏過，壯心時傍醉中來」、《讀易》詩「誰爲善相應嫌瘦，後有知音可廢彈」之句。曾子固不能詩，《題壽聖院》有「幽棲鳥得林中樂，燕坐人忘世外心」之句。然則子瞻、和靖皆自謂生平不能著棋，亦猶是也。

唐人《越中寒食》詩：「緑楊陰轉畫橋斜，舟有笙歌岸有花。盡日會稽山色裏，蓬萊清淺水仙家。」未知爲何人所作，惜不傳其姓氏。每想此風景，唐之鑑湖不減宋之西湖，元相以州宅詫樂天也固宜。

韓、杜詩相去高下，奚啻千里。如《北征》云：「雨露之所濡，甘苦齊結實。或紅如丹砂，或黑如點漆。」包羅衆物，何等大方。《城南聯句》云：「紅皺曬簷瓦，黄團挂門衡。」似三歲孩童語。前人以二詩並論，固擬非其倫。許彦周謂「紅皺」是乾棗，「黄團」是瓜蔞，極得西北村落氣象。余竊謂此二句與「蛙翻白出闊，蚓死紫芝長」何異？若非出是昌黎，便已傳爲笑柄矣。

乾隆辛巳，余在粵纂修《潮州志》，見舊載宋時通判王姓者，釣鰐魚於江邊，余爲發粲。昌黎思操强弓毒矢從事，而王通判直可垂綸下釣耶？然則唐時醜類不能盡徙，可知矣。及讀昌黎《秋懷》詩，有「蛟寒可罾」，竊聞蛟能興風雲、致雷雨，所以古人用一「伐」字，隱然有誅暴鋤强之意。今言「蛟可罾」，則鰐亦不難釣矣。陸魯望《始寧園》詩：「溪光澹容與，怪蛟如可摸。」更不知如何摸法。詩人第求押韵新奇，那顧情理。

張文潛《浯溪》詩開手四語，如飄風急雨，驟然而來，警策殊甚。通篇亦寫得酣暢淋漓，傑作也。及觀山谷詩，意見更高數層，筆亦生辣，文潛瞠乎後矣。詩家身分，高下相形如此。《歸田詩話》謂《磨崖中興碑》黄、張二大篇爲世傳誦，然各有誤。山谷云：「南内淒凉誰得知。」按李輔國遷上皇居西内，非南内也。文潛云：「玉環妖血無人掃。」按貴妃於佛堂前縊死，非濺血也。余竊謂二詩皆不足咎，「明眸皓齒今何在，血污遊魂歸不得」，少陵豈不知其縊死者，已用「血污」二字，人未嘗議之；況縊死原有七孔流血者，更不得泥言誅戮也。即明皇幸蜀歸，曾過南内，不勝寥落之感，則所云「南内」亦從「憶昔霓旌下南苑，苑中萬物生顔色」來，亦何必指定遷居耶？蓋山谷、文潛俱祖述少陵者。存齋此云，得無孟浪。

余往年選《唐詩楷》，深怪張文昌《節婦吟》措詞不善，謂以珠繫襦固非，還珠垂泪更謬，并譏其命題亦欠斟酌。後見他本作《還珠吟》，題則妥矣，而詩終有病。及見瞿存齋《續還珠吟》云：「妾身未嫁父母憐，妾身既嫁室家全。十載之前父爲主，十載之後夫爲天。平生未省窺門户，明珠何由到妾邊。還君明珠恨君意，閉門自咎涕漣漣。」末二句「恨君」字固佳，「自咎」字更妙，「涕漣漣」與「雙泪垂」兩哭亦迥然不同。如此命詞措意，作《還珠吟》可也，即作《節婦吟》亦可也。先得我心，爲之折服。

暾乃初出之日，吴、越人言半冷半熱之物，皆謂之「温暾」。嘗覽唐詩，元稹云：「寧愛寒切烈，不愛暘温暾。」韓愈云：「池水暖温暾。」王建《宫詞》云：「新晴草色暖温暾。」可知「温暾」之方言由來已久，且亦不止吴、越矣。或疑「暖」與「温」詞意俱複，此猶譏「月照一孤舟」者同其拘滯。蓋詩字有死活偏全之别，「孤」乃粘定在舟，「一」則活用之字，此死活之謂也；「暖」字包得甚廣，「温」特暖中之一，此偏全之謂也，何複之有？初學不可不知。

陸放翁云：「詩到無人愛處工。」又云：「俗人猶愛未爲詩。」此即昌黎「笑之則以爲喜，譽之則以爲憂，以爲猶有人之説者存也」。然「山重水複疑無路，柳暗花明又一村」，人未嘗不愛，放翁畢竟亦自以爲工也；「小樓一夜聽春雨，深巷明朝賣杏花」，知音者鑒賞之，畢竟俗人亦愛。

今人言乞丐爲「討飯」，豈知二字甚典。宋陳唐卿造詩云：「文字光騰萬丈長，錦官老杜豫章黄。投荒忍死經人鮓，討飯充腸上岳陽。」蓋本《南昌》詩「我雖窮至骨，猶勝杜陵老。憶昔上岳陽，一飯從人討」。

東坡《水車》詩：「聯聯翩翩銜尾鴉，犖犖确确蜕殻蛇。」十四字看去無奇異，然摹寫確切，取譬之妙，可謂冰雪聰明。

詩所謂驚人之句者，立論奇闢，一也；造意高超，二也；聲調雄壯，三也。若措辭醜惡，亦能使人悚然。聞少陵「子璋髑髏血模糊」，曾經斷瘧；余竊謂孫莘老「猛虎一聲山月高」，亦可驅疫。

學西江勿就，必槎枒不材；學西崑勿成，必飣餖難化。吾勸作詩者，只須就自己本色寫去，到得佳處，亦無不傳，何苦别求宗派。

世俗婦人以嬰兒夜卧不寧，輒禱祝床公床婆。嘗讀楊南峰循吉詩云：「買餳迎竈帝，酌水祀床公。」又崔大雅在翰苑，曾奉敕撰《祭床婆子文》，則床公、床婆亦有來歷。

余嘗見陳唐卿詩：「寧堪再攪減，又抱兩嘔鴉。」注云：「淮人言歲飢曰『攪減』，越人呼嬰兒則曰『嘔鴉』」。不覺粲然一笑。蓋吾越之呼嬰兒原係方言土語，無字可寫，即欲附會其字，亦宜曰「謳娃」，不得曰「嘔鴉」。

「蓋棺論定」，此古語也。然人竟有既死而尚遭誣謗者，故劉後村云：「死後是非誰管得，滿村聽説蔡中郎。」其有感於世事之多乖、人情之澆薄也深矣。但小説傳奇，不作於仇怨之人，即作於情癡之輩。蔡邕去宋甚遠，何想何因，必謂其停妻再娶，餓死雙親，原不可解。若謂東嘉爲王四而作，此又在後村後矣。然古來豈别無可借名者，而必指蔡邕耶？東嘉相沿俗説，亦屬可笑。

盧圭齋《過高郵》詩：「飄蕭樹梢風，淅瀝湖上雨。不見打漁人，菰蒲雁相語。」亙見天錫集。寫景極真極細，讀畢使人宛然在江村溪溆間。

秦皇、漢武之求神仙，皆欲得長生之術，千秋萬歲，居此位以享其富有四海、尊爲天子之樂耳。並非欲駕鶴驂鸞，遨遊雲漢，并不欲在洞天福地，喫一口胡麻飯而已也。古今人鮮有説破其意者，惟張光弼《乘仙詞》云：「漢皇承露鑄金莖，别道雲間有玉京。萬乘旌旗不隨去，此身何用獨長生。」真是當頭一棒，喝醒癡迷。

倪元鎮《竹枝詞》云：「江流不住楚山青，船到潯陽幾日程。不忍寄將雙泪去，門前潮落又潮生。」《題秋江圖》云：「長江秋色渺無邊，鴻雁聲高水拍天。七十二灣明月夜，荻花楓葉覆漁船。」皆絶有姿致。鐵崖謂其才力似腐，恐非定評。

崑山顧阿瑛詩，最佳是《次周履道韵》一篇：「夜泊石湖湖水傍，芙蓉露白蒹葭蒼。畫船酒行飛急觴，美人羅袖隨風揚。長檠翠幕高高張，浩歌起坐秋月涼。明月已在天中央，大星小星光煜煌。酒酣不記過船去，但聽秋聲響疎雨。夢中化作蝴蝶飛，飛入花間聽春語。鄰雞喔喔東方曙，船尾浪花風起舞。爲君起和夢中詩，水氣如烟度秋渚。」有縹緲出塵之致。

桂花應科名之兆，從古有之。處州陳德載，至正時遇寇，備歷險阻，而爲人仁厚端方。嘗於家庭栽桂，賦詩云：「雲邊移得數株來，人老花應次第開。倘到子孫攀折日，也應道是阿公栽。」後孫詔果登會元，人稱其積德所致，詩讖亦如見云。

袁景文《白燕》詩「月明漢水初無影，雪滿梁園尚未歸」，與鄭谷「雨昏青草湖邊過，花落黄陵廟裏啼」同一鼻孔出氣，此所謂神來之筆。余嘗言崔鴛鴦不及鄭鷓鴣者，蓋崔只寫得題面，鄭則能取題神。景文《白燕》亦猶是耳。余生平雅不喜瞿宗吉、謝宗可咏物詩者，嫌其筆無靈氣也。

題畫詩與别處題詠不同，須命意新鮮，吐詞灑脱，有趣有情，則畫俱增色。自度不能，勿輕動筆，往往有畫甚可觀，亂塗一絶，或且長篇冗句，刺刺不休，使人生厭，而畫已闇然無光矣。古人東坡以下惟趙王孫、倪高士語多合式，前明則文衡山、沈石田、唐六如皆擅其長。余尤愛李竹嬾題畫之作，如：「黄葉陂深隱釣舟，蓼花瑟瑟水悠悠。鸕鷀睡熟漁翁醉，偷取瀟湘一段秋。」又：「秋林薄處見山顛，霜樾烟柯指顧便。小作沙坳容野艇，空明留與白鷗天。」又：「叢篁密樹罥寒流，上有高人讀易樓。釣處每教雲氣抱，不令聲跡認羊裘。」此三詩能寫出作畫人一番興趣、一種心思，故佳。其餘詩俱高雅，只形容得山水景致，於此中三昧，尚隔一層。

《世説》：「謝安被讒，見疑於帝。一日桓伊弄笛，曲奏既罷，乃歌曰：『爲君固不易，爲臣良獨難。忠信不自達，乃復見疑患。』安起，捋其鬚曰：『何物桓郎，英爽乃爾。』帝爲感悟。」按：明沈嘉則明臣在胡宗憲少保幕府，酒酣，賦《凱歌》十章，吟至「狹巷短兵相接處，殺人如草不聞聲」之句，少保起捋其鬚曰：「何物沈郎，雄快乃爾。」蓋一則感其善於諫，一則賞其工於賦也。此兩捋至今儼然如畫，亦儼然如生。

倪鴻寶元璐喜作歇後語，嘗有句云：「曲有公無渡，藥名王不留。」人以游戲三昧譏之。余竊謂昌黎之「再接再礪乃」，何嘗非游戲耶？且硬將「乃」字截住，懸而無薄，猶不若此「渡」與「留」兩字實而穩也。然割裂之流弊，實歇後之權輿，此又不可不知。

人但知喪妻失耦之作謂之悼亡，豈知喪夫者其詩亦可稱悼亡。山陰商媚生景蘭爲祁忠敏公之配，忠敏懷沙，商有《悼亡》一律云：「公自垂千古，吾猶戀一生。君臣原大節，兒女亦人情。折檻生前事，遺碑死後名。存亡雖異路，貞白本相成。」上四句慷慨激昂，絶無閨閣柔靡之態。

婦人稱夫曰「良人」、曰「君子」、曰「夫子」，俱見於經；惟稱「故人」，始自漢、魏、六朝詩。然有女伴亦稱「故人」者。吴江閨秀張倩倩《憶舊》詩：「故人别後杳沉沉，獨上高樓水國陰。鴻雁不傳千里恨，天涯流落到如今。」倩倩爲沈自徵之配，其同邑閨秀沈宛君有《仲春寄表妹張倩倩》詩：「湖外青山别路長，沉吟舊事總堪傷。故園明月門前柳，回首春風各斷腸。」似與張作甚有關會，豈所謂「故人」者即宛君，抑别有所指耶？

潘暘升，烏程人，有《鴛湖絶句》七首，今録其五，清麗綿芊，使人情往。其詩云：「秋滿晴空月正圓，隔湖聽唱小遊仙。不因蘋際微風起，那得清音到畫船。」「平波瀲灔羡雙鷗，草借晴光緑滿洲。花事欲殘人未到，一時憑徧畫山樓。」「望望蒹葭擁去艭，愁分寒影渡楓江。無端想起芙蓉衩，繡出鴛鴦七十雙。」「種成修竹待棲鸞，三五東生月影圓。重到歌樓看寂寂，蘼蕪深映碧窗寒。」「五色雲開寶鏡升，繁華舊日轉難憑。桃花慣逐春流水，何事漁郎認武陵。」

余最愛周嘉甫應賓《林居》詩：「梅雨初晴罷稏天，偶行樹下聽新蟬。鬚眉雪白誰家叟，扶杖村西看水田。」又張白齋琦《山堂》詩：「馬前一鶴伴余還，萬卷圖經又未閒。獨喜年來堪自大，曲肱無禮對秋山。」蓋周詩著「雪白」二字，便覺人如入畫；張詩著「無禮」二字，能使山亦有情。

「誰家對酒能辭醉，若個居官不説貧」，此甬東黄仲高景峩句也。余每遇酒徒俗吏，便覺此語之善於寫生。

徐伯調緘《流螢篇》云：「井幹新螢數點流，美人腰細不禁秋。水精簾外梧桐月，幾度黄昏便白頭。」《烏棲曲》云：「金釭熒熒角枕爛，烏鵲争枝夜將半。共言妾貌同羅敷，羅敷有夫妾不如。」皆便娟婉約，善於言情者也。

康熙間，襄陽估黄壽過彭蠡，爲盜所劫，竟被殺。舟有傭算者，乃吴中秀才趙瑩也。瑩匿壽子并婢福妮別名瑟瑟者，載他舟行，得不死。瑟瑟善彈，適藩估購妓樂，艷婢容髮，競卬值以購。既笓日有成説，婢急謀瑩。瑩亦爲婢計，顧自視無槖中金，而前後舟悉秦越無可主者，乃懷刺謁九江守告之。守謝藩估去，牒瑩押婢并其子與家人等還鄉。歸襄陽，瑩乃爲歌，令彈，名《瑟瑟彈》，丐諸故人之有財者。其詞曰：「大堤估兮襄陽商，風吹鐵鹿兮渡潯陽。何人劫公兮身首以戕，遺末婢兮蘆之傍。低無枒捩兮高無檣，夕不藉絮兮晝不咽稗與糠。孤兒無恃兮唯末婢之將，將歸洞庭兮還故鄉。洪濤洶洶兮青天茫茫，假羽翼兮翺且翔，一彈再鼓兮心悢悢。」音節響亮，情詞淒楚，髣髴烏孫公主、蔡文姬諸曲。

乾隆丁丑，余遊廣陵，紅橋亭榭，備極繁華，人影衣香，終日不斷。偶賦絶句十首，中有一絶云：

「層樓天半起笙歌，面面雕窗瞰碧波。若計揚州二分月，紅橋應占一分多。」頗爲人傳誦，盧雅雨見曾運司尤擊節嘆賞。鄭板橋燮笑謂予曰：「從來尺可量天，君今句可量月矣。」

古今不寐詩，多於恒河沙數。魯秋塍曾煜庶常云：「蟲語如人絮，雞聲若鳳難。」刻劃盡致，然惟羈人寡婦及老病人知之，難與渴睡漢道也。

山陰令舒雲亭瞻，滿洲人，癖好吟咏。《偶占》云：「芳草青青送馬蹄，垂楊深處畫樓西。流鶯自惜春將去，銜住飛花不忍啼。」饒有宋、元風致。

「淡淡梨花黯黯香，芳名誰遣勒詞場。明珠七字端溪吏，樂府千秋顧二娘」，此陳句山兆崙太僕爲黄莘田任所作也。因莘田有「誰將幾滴梨花雨，一洒泉臺顧二娘」之句，故有「明珠七字」之譽。顧二娘家在吴門專諸巷，所製硯絶佳，死後竟無繼其業者。余嘗在羊城何迪亭處見其二方，蓋林佶人舊物，而迪亭爲林氏婿，故得有此。及至三山，忽憶太僕詩句，向莘田索觀此硯。莘田曰：「硯已早贈余寶林文儀觀察矣。」言訖，若悵然者久之。

懷寧李嘯村葂自幼工詩，困於諸生。余四十年前過皖城，李詩名方振。及丙子歲重過江南，聞李已貧窮潦倒而死。其《咏燕子磯》云：「燕子何年化作磯，苔深片石羽毛微。年年高卧非關嬾，許大江南没處飛。」蓋自傷語也。他如《鄧尉看梅》云：「香風波影兩紛拏，望眼縱横未有涯。除卻僧房無隙地，幾分湖水幾分花。」《西興》云：「路轉西興又問津，滿篷月色爛如銀。只憑柔櫓終宵力，便是山陰道上人。」《送友赴淮》云：「襟分邗上花期近，道入淮陰水氣温。此地土風原不惡，婦人猶解重王孫。」

《青溪即事》云：「粉墻紅掃落花痕，一帶樓臺樹影昏。雨細風斜簾未捲，縱無人在亦銷魂。」數絶悉清麗可誦。又如《金山》云：「空中樓閣無多地，海上蓬萊有數山。」《中秋夜歸》云：「入夜秋分天一半，到門人與月俱圓。」《新城泛舟》云：「儘寬世界容雙槳，無幾人家占一村。」《平山堂》云：「半篙新緑憐春水，一抹微紅寄夕陽。」亦皆警句也。惜不能爲古詩，亦無長律云。

詩之佳者，原不必專門，其人氣概不群，則吐屬自異。岳容齋鍾琪未嘗以詩名，其《題諸葛武侯祠》云：「等閒巾扇策奇勛，伊吕儔非管樂群。漢土蠶叢天一角，草廬龍顧鼎三分。陣圖終古排沙磧，廟柏何年壞斧斤。魚水君臣兩遺憾，荒祠殘照惠陵雲。」魄力雄厚乃爾。容齋因征西虧帑，久錮囹圄。乾隆丙辰遇赦，隱居百花潭上，功名之念已灰。王師討金川，復召出征，過邯鄲，題盧生祠云：「只因未了塵寰事，又作封侯夢一場。」及凱旋，果膺封爵，榮遇一時。他年史册中，可作一則名臣佳話。

彭湘南廷梅，湖廣攸縣人。《秦淮河口》云：「秦淮河畔亂沙汀，芳草魂生六代青。春去雨中人不惜，杜鵑啼與落花聽。」風調殊爲秀逸。

江南于雲石，前身係北地某姓人，勵志芸窗，博洽群籍，有文名。每夜讀，其妻紡績，相對篝燈。屢試不第，賫志而殁。託生于氏，閱十有八年，成進士，出宰北方，即前生故鄉也。一日以公務出郊，見道旁孤塚，有老婦揉米粉爲團，而沃之以湯，即俗所謂湯團者，持一滿盂，哭奠於塚下。于於輿中見而怪之，及返，婦哭猶未已。于停輿詢所哭者何人？婦曰：「吾夫也。」于曰：「爾夫死幾載矣？」婦曰：「一十八年。」于曰：「墓木已拱，何爲哭之哀也？」婦曰：「吾夫生前以能文績學，譽重當時，欲求一第不可得，怏怏而卒。吾憐其志，憫其先亡，故哭之慟也。」于曰：「何别無酒肴，而專設此一盂之物？」婦曰：「吾夫讀書時嘗食此，以其所嗜，吾故常常治此以爲奠也。」于詢其夫之卒年月日，與己所生相符，遂心動，且疑之。隨老婦至家，有一室鎖錮塵積，于曰：「何爲也？」曰：「此吾夫讀書處，吾不忍見其書，以是閉户勿啓，亦十有八年矣。」于命啓之，閲架上縹緗，一一皆其所熟覽者，案有文稿若干首，悉己生平所爲也。遂大驚。室後有窗，推窗見有石筍卓立，上鎸「于雲石」三字，于喟然曰：「吾前生爲爾夫無疑。」遂題詩二絶於壁云：「深鎖葳蕤十八年，案頭著述盡新編。不教緗帙人狼藉，始信糟糠德曜賢。」「宦遊卻傍里門行，多感蒼天作合情。兩世温經纔一第，墓前何忍話三生。」以後車載婦歸，别置一室，養之終身焉。

莘田年八十，猶説詩娓娓不倦。余至三山未及兩旬，即索余稿本而去，以三絶句自書於便面。其一乃《過廣濟禪院》云：「牛渚磯邊夜色渾，離離佛火對漁村。松花滿院無人掃，月照江聲到寺門。」又《獨立》云：「平生不解蓄癡錢，觀稼何來負郭田。獨立柴門秋色裏，夕陽疎柳一聲蟬。」又《臨淮夜泊》云：「野塘秋闊楚天空，船尾寒燈駐小紅。兩岸蘆花半江月，未歸人在雁聲中。」嘗與人言篁村此三詩神韻絶佳，使王新城見之，必進諸首座，時時口誦不已。明年，余僑寓何鏡江元鼎小山樓，頗得園林之樂。莘田寄詩云：「三聲傳出詩中畫，雙眼勾留竹外山。」所謂「三聲」者即指此。

白下陳直方毅，爲詩直率中偏饒沉着，如「黄金氣重新詩賤，白髮人逢古道多」、「四方貧士多風雅，三代傳人盡布衣」、「良朋官就成前輩，舊寓人來類故鄉」、「得米敢言臣朔餓，乘時真羡紙鳶飛」等句，俱覺磊落自異。

詩之描摹入細者，正如畫家一般，全從側面、反面襯托有法，則精采絶倫。如周卉含發青「纔霽天如人醉起，獨行雲讓鳥先飛」、江篪畦恂「上遲明月推蓬待，行過青山背面看」，皆得此訣。「行過青山」句與少陵「艣摇背指菊花開」意同。

余女蘊素，八歲即喜誦唐詩，又愛臨《十三行帖》。至年十五，已抄得小楷唐詩數寸，始教其學詩，甫兩月，作近體，楚楚可觀。一日余檢舊稿，至《皖江舟行》詩，有「半夜雁横漢，一聲秋到船」之句，蘊素在側曰：「『到』字易『滿』字何如？」因大奇之。倏以痘亡，余甚惜焉。攜其《秋鐙夜讀》遺照丐詩人題咏，得若干首。鄭誠齋虎文云：「遺挂空留翰墨香，緑窗曾倣十三行。而翁檢點殘書在，忍泪封題舊錦囊。」「瓊珮聲高紫府天，偶然遊戲落塵緣。來時聞作去時語，只住人間十五年。」梁山舟同書云：「萼緑前身本是仙，深閨無意弄珠鈿。簪花妙格春椒頌，硯匣塵封已隔年。」又：「蕙質蘭心異世芬，那堪圓月竟埋雲。香山老去金鑾死，太息空刊紫石文。」又：「才名絶似鮑家妹，伏枕關心過嶺輿。誰識封胡閩嶠返，袖中泪濕大雷書。」邵叔宀齊燾云：「插架牙籤亂葉聲，秋閨夜讀玉釭明。洛神斷賦書千本，肯讓渠專博士名。」閨秀胡紅鶴慎容云：「十五盈盈掌上珍，便教烟化入埃塵。香銷繡絮餘殘線，月冷瑶階認舊身。」「綺閣長吟聲已斷，玉臺遺照畫猶新。無由一見簪花格，幾夢晨書瞑寫人。」

鳧亭詩話卷下

會稽陶元藻篁村撰

湯潛庵斌身羸瘦，眉宇不揚。年五十，諸朋舊各以詩壽之，極爲頌揚，無一當其意者。有一門生獻詩云：「身因治國三分瘦，眉爲憂天一寸低。」潛庵得句大喜。

莘田重宴鹿鳴，閩人以詩賀者甚盛。有閨秀贈詩云：「叢桂花開六十秋，振衣重作廣寒遊。嫦娥細認曾相識，前度人來今白頭。」莘田歎賞不已。相傳此詩乃林香海樹蕃之母所作。

納蘭長海有《雷溪居士詩》十餘卷，未刊。如「十年羈客先聞雁，九月終風未授衣」、「月如神夢寒流夜，雪壓雞聲冷出籬」，皆佳句也。燕、趙詩人多稱馬雷溪，或稱馬大鉢。其殁也，蔣容庵和寧爲選刻其詩一卷。

士之沉淪泉石者，其抑鬱不平之氣往往見諸詩歌，易傷激烈。惟梁秋潭文泓獨含蓄有味，如《觀垂釣》三首云：「竹鷄啼罷鷓鴣啼，常向人間問息機。聞説落磯安隱在，欲拈書藉換簑衣。」「一溪新漲失前汀，照見春山個個青。魚餌自香魚不餌，長竿只好立蜻蜓。」「身世逍遥那可量，犗投十二未荒唐。語君欲試垂綸手，莫與鸕鷀較短長。」怨而不怒，可謂得風人之旨矣。又《題採芝圖》云：「山間石上爛生光，曾受茆山道士方。自采自茹還自壽，不來朝市説禎祥。」更爲高渾。惜其詩流傳甚少。昨向山舟處又蒐輯得數篇，其《即事》云：「鉛槧紛紛日又冥，晚嵐當户一痕青。書生豐富仍寒陋，錢在囊中粟在瓶。」《初五日口占》云：「裹巾頮面日初紅，洗足登床夜欲中。識字免營沽酒直，課徒兼有讀書功。爐灰深覆浮浮暖，窗紙新糊了了通。憑語市朝車馬客，未須抵死笑冬烘。」又《遊南巖》四首之一云：「亭亭孤竹倚巖高，結託靈根石罅牢。何物伶倫收拾得，我來空覓鳳凰毛。」皆別有姿致。吾浙六十年來，詩家吐屬能以藴藉著丰神者，莫過於此。今已《廣陵散》絶響久矣。

情至之語，無不新警絶倫，蓋從肺腑中流出，安得有人雷同？如吴江閨秀沈樹榮《送别》云：「落葉楓林兩岸秋，曾於南浦動離愁。祇今一片江頭月，不照歸舟照去舟。」長洲薛瓊《寒食》云：「一樣鶯花二月天，餳簫聲裏興蕭然。三旬九食吾家事，不獨今朝是禁烟。」讀之俱使人泪下。

洪昉思昇曾作《公子行》絶句云：「春明門外酒樓高，稱體新裁蜀錦袍。花裏一聲歌子夜，當筵脱與鄭櫻桃。」其一種豪宕風流之態，想見《長生殿》初成，付十五六歲小伶演曲時也。

合肥周昂青家駒有句云：「無地栽花纔是恨，有錢沽酒不爲貧。」雖無甚深意，卻爽快逼人，可砭沉悶之病。

婦女詩綺靡者多，刻摯者少。山陰趙連城妻胡雲英《秋夜答夫》詩云：「一燈聽雨愁如海，半榻分秋夜似年。」思致深沉，可駕玉暎、雲衣而上。

近體詩之有平仄，人人知之；古詩亦有平仄，人未之知也。有此字宜平而用仄，則不能振響；有此字宜仄而用平，則非痛即僵。且有宜上宜去而誤用入聲，亦讀之礙口。此中平仄，不但與近體詩平仄迥然不同，即與長慶體换韵詩之平仄亦有異。其道可以意會，不可以言傳，惟熟讀韓、杜、蘇、黄五七古久且多，則落筆自然合拍。

于小謝枋編修未遇時，嘗爲溧陽相公史貽直書記。時史始爲宫詹，一日小謝出遊，宫詹見其案頭有詩云：「躡履平津户閾高，故園千里夢魂勞。堂前有母憐蘇季，室内無妻憶杜羔。學到成名方是進，才如終隱不爲豪。茫茫海内多青眼，誰識英雄是捉刀。」因爲之墮淚，嘆曰：「小謝如此苦境，不能奮飛，是余之咎也。」遂力爲薦引，是年即成進士。

數十年來，閩中詩人無出莘田之右者。雖偶然咏物，亦能清雋。如《咏新柳》云：「尚未能盈攀折手，如何去管别離人。」《咏紫藤花》云：「斜陽一老青衫坐，二月全家紫府居。」俱佳。其七絶尤爲擅場。嘗見其《西湖雜咏》云：「荷花十里桂三秋，南渡衣冠足卧遊。争唱柳屯田好句，汴州原不及杭州。」又「珠襦玉匣出昭陵，杜宇斜陽不可聽。千樹桃花萬條柳，六橋無地種冬青。」「畫羅紈扇總如雲，細草新泥簇蝶裙。孤憤何關兒女事，踏青争上岳王墳。」「刺史笙歌學士禪，倪迂楊鐵竹枝篇。只今耆舊無新語，風月銷沉四百年。」「嬾慢無心上畫橈，青旗沽酒不曾招。不知細雨裙腰草，緑徧春風第幾橋？」共十四首，今録其五。「六橋無地種冬青」句，杭堇浦以樹非其地，疑莘田誤用，作札譏之。夫林、唐兩義士埋骨一事，備載諸書，莘田豈不知冬青穴在會稽。因西湖侈麗，無補社稷存亡，故借冬青以寄慨。余竊謂作者何誤，譏者反誤耳。

作詩須知鍾鍊之法。餘姚布衣陳俯恭梓《題夏蓋山》云：「河泗江淮波浪息，辛壬癸甲别離多。」《周平王廟》云：「掃除文武千年業，成就春秋一部書。」《范蠡祠》云：「虧得玉成西子力，負他金鑄老臣身。」《曹娥碑》云：「捐軀少女隨嚴父，題背中郎誦外孫。」《題乳姑圖樂府》云：「兒勿啼，婆婆與汝棗梨，兒且去騎竹馬嬉。兒前呼娘泪雙流，東邊一隻兒要留。弄娘衣帶，喃喃不休。手摩指畫向婆語，婆婆不小喫乳羞，婆婆不小喫乳羞。」語意古質，深得漢、魏遺音，非王仲初、張文昌所能及也。不獨鍊句鍊字，且能鍊意，故新警雅切，巧妙絶倫。

作詩不外於「情」、「景」二字，然必寫得極工最細，則意味深而神韵遠。如厲樊榭鶚《西湖修禊》云：「夜雨被衆緑，雲與山沉浮。」施竹田安《聞雁》云：「時兼涼雨下，忽道孤舟行。」皆絶妙好辭。今厲、施二君先後逝世，近日友朋中能爲此句者竟不可多得，感舊之下，爲之憮然。

姚芝鄉大源，山陰諸生，工詩，五言尤擅場。如《陡疊》云：「日動山光紫，雲消海氣黄。」《野望》云：「雲横雁背冷，雪印馬蹄深。」《洛陽》云：「山河縈地軸，日月定天心。」俱有唐人風格。《雨後》云：「青山新婦艶，黄菊故人逢。」此聯尤淡遠高超，深得詩中三昧。

姜鐵夫梗云：「美人五湖去，夕陽飛鳥還。」佳句也。周西序徵君譏之，謂其考核失真，沿習舊語。其《題西施廟》，遂有「誓死莫酬亡國恨，偷生肯上五湖船」之句。豈知西施何嘗誓死，亦何有亡國之恨哉？考《墨子》云：「西施之沉，其美也。」《吴越春秋・逸篇》云：「吴亡後，越浮西施於江，令隨鴟夷以終。」皆言其爲亡國之婦，惡而沉之，非西施殉節自沉也。義山詩：「腸斷吴王宫外水，濁泥猶得葬西施。」並非贊美之辭，言較麗華之入井出井，戮辱青溪者，死稍簡净耳。按子胥死，盛鴟夷投江，故有「令隨鴟夷」之語。後人因范蠡號鴟夷子，遂誤認「鴟夷」二字，謂其同泛五湖。但此説不知倡自何人，樊川信之，竟云「一舸逐鴟夷」。今鐵夫爲樊川所誤，而西序又錯解義山之詩，均失之矣。

賈似道半閒堂在西湖葛嶺，今有僧舍涵青院，爲半閒故址。余嘗往遊之，曾見有詩題壁云：「鳴秋廊下小池塘，雨漲新痕石髮香。廿載昔遊成噩夢，殘蕉依舊剪秋霜。」極有風致，惜其姓氏模糊，不知爲何人作。

蕭邑自初晴、雪園二公後，詩學功深者，當以何杏村西堰爲最。《雲中集》純學放翁，有謂其學少陵者，所見殊謬。五言如「舊雨三年字，新秋兩鬢絲」、「月將村色淡，風作夜聲粗」、「客鬢先霜白，邊沙捲日黄」、「亂流新霽路，殘雪晚春時」，七言如「今朝轉憶爲儒樂，昔日寧知作吏難」、「清風兩袖人偏忌，紅日三竿我自眠」、「窮真有鬼文難送，酒似無仙醉不逢」、「年華將老腸猶熱，世味都嘗舌自柔」、「寒威未去裘先敝，春色將來眼已花」，皆入宋人妙境。生平宦況無聊，故筆多秋氣。蘊藉雖不若莘田，然并剪哀梨，亦自覺爽利。

竹田七絶，風韵特佳。其《過城北僧舍》云：「長記鷗邊釣石温，南湖風物似南村。廿年問訊前遊路，春雨芰田緑到門。」又：「曾泛山陰載酒船，禊堂絲竹劇流連。從人笑道裂風景，此日春衣非少年。」又：「辛夷花發照春晴，虎阜僧房酒共傾。如此風光自磨洗，茶烟一榻過清明。」又：「櫻筍淮南三月春，冶遊忽忽白頭新。畫衫鈿扇俱零落，只有流鶯唤酒人。」《西湖夜泛》云：「燒殘銀燭趣題詩，爛醉清宵放艇遲。看到月高山倒影，滿湖風定軟琉璃。」《客中對菊》云：「客裏黄花似故人，分來小擲露華新。明朝準與西風約，料理江湖中酒身。」

鳳臺諸生馬體孝，貧而丐，與妻晉氏皆好吟詩，講參禪理。一日夜酌大酣，天明即孑身而去，易名曠，字翁恒，行乞遠方，人無知者。後宿遷縣一丐死，懷中有詩一首云：「自嘆平生似野牛，手攜竹杖過江頭。鉤籃背月傷殘夜，歌板臨風唱晚秋。雙足踏開塵世路，一身臥遍古荒丘。從今不復依門户，蹠犬何須吠不休。」末題云「丐隱翁恒絶筆」。宿遷令某爲其營葬、刻詩，且次韵和之，並立石題曰：「丐隱翁恒先生之墓。」有人傳其事至鳳臺，妻得詩，覽之大慟，曰：「吾夫死矣。」余竊謂「丐先生」之稱，惟此丐克當之，「丐先生」之詩，惟此婦能知之，而惜乎丐婦之詩不傳於世也。

桑弢甫調元買得《元人百家詩》，後粘一箋，作小楷云：「典及琴書事可知，又從案上檢元詩。先人手澤飄零盡，世族生涯落魄悲。此去雞林求易得，他年鄴架借應癡。亦知長别無由見，珍重寒閨伴我時。丁巳又九月九日，厨下乏米，手檢《元人百家詩》付賣，以供饘粥之費。手不忍釋，因賦一律媵之。陳氏坤維題。」按坤維當屬故家才婦，以貧鬻書者。惜不得其里居，并爲何人之配。厲樊榭有感其事，和韵一章云：「姓字深閨豈易知，偶傳紙尾賞書詩。難追寫韵仙家事，應共牽蘿絶代悲。彤管更添高士傳，墨卿别注有情癡。迴腸似共縑緗往，惆悵令人展卷時。」嗟乎，坤維事屬傷心，言能遠俗，以稱閨秀，夫復何愧。

《香祖筆記》謂錢武肅王目不知書，惟寄夫人詩云：「陌上花開，可緩緩歸矣。」數言姿致無限。又云：「五代時，列國以文雅稱者無如南唐、西蜀，非吴越所及。賴此一條，足以解嘲。」此言豈能服武肅哉？觀其《題嬰蘭堂》云：「須得一片地，傳與有心人。」衆皆莫測。羅隱病革，往視之，題壁云：「黄河尚有澄清日，後世應難繼此才。」詩雖不工，究終不得以目不知書貶之。及築錢塘之時，復有句云：「傳語神龍并水府，錢塘今擬作錢城。」即此等英雄吐屬，亦非南唐「一江春水向東流」所能望其肩背也。

下第詩佳者頗多，惟袁薌亭樹云：「固識文章原有價，若論僥倖豈無人。」極頓挫抑揚之致，可謂怨誹不亂矣。又傳有「夜來夢好都無準，日者詞窮别有云」之句，不着一毫議論，但寫其惝怳無憑光景，已覺淒然欲絶。此詩不知何人所作，出句猶屬老僧常談，對句卻揣透人情，寫得窮形盡相。雖然，豈獨日者爲然哉，凡醫家、堪輿家、榜前品題場卷者，及其不驗，悉用此法以解嘲。

蘇太素陳潔，常熟陸蒼巖之配也，所爲絶句，頗清逸流麗。《春暮》云：「更番吹到楝花風，樹底全消深淺紅。爲惜春殘慵早起，日高鸚鵡未開籠。」《夜讀》云：「曲廊風静步徐徐，聽得窗前夜讀書。香冷金猊人未寢，柳梢斜月挂銀梳。」《楊柳枝詞》云：「枝拖金縷穗飛綿，解語流鶯坐曉烟。一片緑陰堤畔覆，好停書畫米家船。」蒼巖死，太素以節著，年六十餘，猶吟咏不輟。池陽太守李闇成暐延至署中，課其姬妾，爲刻稿若干首。

闇成先生，静樂人，最喜遊名山水，雖居官，不廢登臨之興。常作《年歲遊歷記》一卷，四方士題贈甚多。錢塘鄭筠谷江贈以詩云：「太行蒼翠撲征鞍，歷井捫參蜀道難。更賞江南好烟景，六朝風物滿長干。」又：「鴨緑春波卵色天，鵝兒破殼酒如泉。紅橋月色閶門柳，無限韶光入畫船。」又：「儂家生長聖湖濱，一别風花已十春。此日乍披冰雪卷，兩峰濃翠落衣巾。」又：「九曲透迤入武夷，一重一掩沁詩脾。筍輿餐盡千山緑，不獨輕紅擘荔支。」李心愛其句，每於酒酣時爲人誦述之。

詩人筆妙心靈，能使俗題俱雅。如爆仗，俗物也，杭堇浦世駿云：「山竹一聲裂，滿庭黄葉飛。」機神並到，不煩雕琢而工。拜年，俗事也，翟晴江灝云：「身是舊時王謝燕，一年一度到君家。」雖屬現成之句，用入此題，殊饒趣味。

近日詩家，每遇一題，輒謂好意已被前人做完，難於著筆。此言殊未確。蓋造物之秘，搜抉不窮，人之心思，亦如抽繭剥蕉，愈用愈出。許雲怡《賦採香涇》云：「誰識苧蘿村上女，卻驅麋鹿上蘇臺。」前人咏西施多矣，從無此巧妙。邵瓞園《讀司馬相如傳》云：「長卿不餓死，操諸兩蛾眉。陳后買賦金，卓女當壚貲。」此種立意，真屬匪夷所思，前人何曾夢想得到？且云：「士窮貴知己，何論雄與雌。」更爲奇闢。竊謂上官昭儀賞沈雲卿「不愁明月盡，還有夜珠來」，是亦一雌知己，何作者尚未齒及？豈求名不如獲利耶？然則鮑叔牙是雄知己之祖，漂母其雌知己之魁乎？吾幾爲絶倒。

蓮蓬詩從無佳者。金雙埜云：「何事淒涼心獨苦，爲誰憔悴首如蓬。」不呆詮本題，卻别物又移掇不去，何筆妙乃爾。又《雜興》四律，如「筆墨漫教忙裏錯，聲名只怕老來低」、「書多奇字因難問，詩到無題只自知」、「人逢知己原非易，詩到名家亦大難」、「一鳥可愛難忘屋，三家相逢易渡河」等句，非特從百鍊而出，俱從體驗而來，使人百讀不厭。雙埜名鍈，山陰布衣。

黄野鴻子雲，姑蘇布衣，學力深邃。丙辰舉博學鴻詞，有司以野鴻應詔。同徵諸君，約之北上，野鴻以詩謝之曰：「空谷衣冠非易遘，野人門巷不輕開。」殊有兀奡之氣。嘗登太白樓，題詩云：「文章睥睨世無敵，湖海飄零氣不倖。六代騷壇餘此席，一江春色獨登樓。爲君天特開青嶂，題壁人今亦白頭。聞有浣花祠宇在，懷鉛直欲錦城遊。」亦覺磊落英多，自負特甚。

野鴻少壯時曾謁孟廟，作五律一首，中有「戰國風趨下，斯文日再中」之句。後數日，有詩人某北上，將抵鄒縣。先一夕，於旅邸得夢至廟，見殿柱懸一聯，即此二句。既寤，深爲歎服。及次日謁廟，又毫無所見。初不知爲何人所作，心竊誌之不忘。及抵京師，相晤野鴻，始知爲其人詩句，嗣是孟廟詩膾炙一時，野鴻詩名大振。

餘姚謝雪漁秀嵐詩學最精，近日鮮有繼之者。其《秋夜懷人》云：「柳邊霜月秋村白，雁外晴峰海岸青。」頗似盛唐。《曉望》云：「淡蕩疎林外，風吹月半村。」則逼近中、晚。《咏新燕》云：「簾外一聲聞軟語，花邊雙影見初飛。」又《贈燕》云：「眼前多少興衰感，話到斜陽尚未歸。」亦屬晚唐人佳境也。

從來新婦曰「新媳婦」，越俗訛爲「新新婦」，故娶婦者曰「娶新新婦」，看婦者亦曰「看新新婦」。雪漁詩：「種得桑秧賽種魚，三春活計賴桑紓。明年要娶新新婦，屋後添栽五十株。」因新婦入門，首年必養蠶，名曰「新婦蠶」，亦吾鄉俗例也。故有「添栽」之語。

鄭黛參世元先生有《菊花》詩：「半年辛苦緣花使，兩月顛狂得酒降。」可爲天下種菊人寫照。《湖心亭》云：「螺髻亂堆南渡恨，魚罾斜挂夕陽腥。」其《雜咏》云：「繞樹夜烏栖不定，隔花秋燕夢同驚。」又：「樹底暖鶯初破舌，客中寒食最銷魂。」又：「芳草路旁都是恨，暮山樓上對誰青。」絶類陳後山。

作詩宜善於用意，意有淺深，即味有短長。託師健庸《自述》云：「山疊溪迴石逕斜，芳林深處偶爲家。閒中浄掃庭前地，打點春歸看落花。」既落花，纔掃地，則意淺而味短；未落花，先掃地，則意深而味自長矣。

吾越有詩巢，在鑑湖邊，水木清華，門庭瀟灑，爲詩人觴咏處。康熙間，初入巢者乃商和、何嘉珝輩十人。後復增十人，錢載德居首焉。巢中祀鄉先生六人，曰賀季真、秦公緒、方雄飛、陸放翁、楊鐵崖、徐文長。酒醴牲牢，春秋兩薦，歲以爲常。乾隆丙辰後，聯吟酬唱者凋喪已盡，巢亦頹圮，移祀蕺山，而四方風雅之士過越者，猶必問詩巢所在云。第鄉先生工詩者尚多，謝惠連、吴融、嚴維詩誠稍遜六君，不祀應無所憾。謝康樂乃詩家之祖，勿獲分享一杯清酌，何歟？如以人廢言，殊非聖人忠厚之意。倘此巢復興，知必有進而升諸座者。

「艙」字韵今人罕押，嫌其近俗也。余最愛耕餘先生句：「諸子盡能划短槳，兩醫時共坐中艙。」非獨奇趣横生，兼之景可入畫。或稱其絶類楊誠齋，是矣。或又問對句作何解？余笑曰：「若非内外科同治一病，必師若弟出入相隨，不然何緣兩醫同舟數見？」

海鹽彭仲謀孫貽有「社中人少宜添燕，春半花多總讓梅」之句，最爲雋永。冒巢民春暉園題咏甚多，吾獨賞黄如烟周星詩云：「海國衣裳名士會，醉鄉花月美人天。」此情此景，似亦非人生難事，然卻不易得。

莘田作宰，風流瀟灑，與俗吏迥殊，然竟以飲酒賦詩被議，惜哉！嘗作《雜詩》云：「梨花杏葉雨濛濛，小扇疎簾又不同。今日蒙茸昨絺綌，炎涼即在一宵中。」又：「饑來乞食亦何慚，我比柴桑口未饞。

長物尚供三日飽，家人計較賣朝衫。」又：「不曾邀結不逢迎，直得人稱嬾慢名。今日始知嵇叔夜，斷無書札到公卿。」又：「猿啼鶴怨不多時，叢桂於今喜可知。出去本遲歸又早，小山只當不曾離。」其罷官無聊景況，如在目前也。然語最含蓄有味者，其《將歸故里别縣廳梅花二首》，詩云：「飛花落蕊簿書堆，能得巡簷笑幾回。悔不空山流水去，託根誤汝作官梅。」又：「横斜東閣百千枝，寂寂鐘殘月落時。記得揚州何遜否，縱無遺愛有相思。」

山舟嘗過雄縣，旅次有吴郡人題壁云：「去此數十里有某者，一綽約女子，而意氣言語頗壯。歷舉士大夫姓氏，並雌黄其口。且胸佩利刃，踪跡隱秘，疑劍俠也。爰題四絶：『日落平原春草深，一鞭飛鞚暮雲沈。憑他白髮三千丈，不耗平生一寸心。』『揭來燕趙記年年，劍客屠沽已莫傳。不信臙脂空北部，也能歌笑酒壚前。』『窄袖蠻鞾馬上裝，懷中匕首白於霜。近來恩怨何人會，試問尊前聶隱娘。』『岐路蒼茫感遇遲，楚天雲雨莫相疑。縱談歷鄙尸餘氣，誰是英雄李藥師。』」詩頗琅琅可誦，惜不悉其姓氏。

汪龍莊輝祖幕遊吴興，婦爲製裏衣，即越俗所謂「汗衫」是也。甫成而疾作，閲七日卒。及龍莊歸，家人以衫授之。龍莊大慟，因作《題衫詩》四絶。其友人潘德園爲作《寄衫圖》，吴掌衡復爲作《題衫圖》。其詩曰：「衫成在曛黄，疾作自夜午。即今衫儼然，製衫人何所。」「寬窄恰稱身，裁量想手拊。痛絶寄衫詞，恩義憑記取。」「不著違婦心，屢著愁易腐。一年著一回，庶幾歷終古。」「我生衫在笥，我死衫入土。衫灰心不灰，同穴魂相語。」後四十字纏綿宛轉，節促絃哀。又《悼亡》云：「無端眼底懸雙泪，祇覺心頭少一人。」其於伉儷之情篤矣。然龍莊平日之詩固善言情者，其《答友》云：「事求千古難青史，人過中年易白頭。」《冬夜》云：「萬變人情千慮外，百年心事五更餘。」皆極其真摯。

張四科字喆士，號漁川，山西人。業鹽於揚，稱西商者必首推焉。然富而好禮，爲詩更雅潔可觀。其《咏臙脂》云：「南朝有井君王入，北地無山婦女愁。」一時傳誦，遂呼爲「張臙脂」。余在邗江時，喆士邀余及蔣秋涇、閔蓮峰、陳授衣、對鷗，并其叔氏軼青結詩社，聯吟分韵，時相往來。軼青亦以鹾爲業，一日詩成，頗有佳句，秋涇戲謂之曰：「商也始可與言詩已矣。」

少宗伯齊公召南嘗謂余曰：「吾寐時輒夢至一深山，山有古廟，然廟内旁有侍立鬼判，而中則無神。余入廟，即居中面南而坐，其山村士女以酒醴牲犧來薦者便無數。吾乃一一嗅其氣，嗅畢大飽而歸。夢如是者，自少至老，蓋數十度矣。」曾聞胡中丞寶瑔目能見鬼，家祭之時，輒見其先人，每饌一嗅。乃知鬼不能飲食，唯能聞氣，與齊公語正相合。公前身蓋不知何處山神也。裘文達公曰修臨卒語家人曰：「我是燕子磯水神，今將復位。可語我門生，有過磯者，若肯奠酒三盃，亦感師弟殷勤之誼。汝等送靈柩還江西，必過此磯。磯有關帝廟，可往求籤，如係上上第三籤，我仍爲水神，否則或有譴謫，不能復位矣。」言訖而卒，家人疑之。有老僕年八十餘，獨信之堅，謂夫人曰：「太夫人歸寧渡江時，曾禱於燕子磯水神廟，夜夢一袍笏者，曰：『與汝兒，并與汝一好兒。』太夫人驚醒，逾年生余少主人，此事確然可信也。」太夫人姓王，本籍江寧。夫人姓熊，挈柩歸至燕子磯，如其言卜於關帝廟，果得第三籤，遂舉家大哭，燒紙錢蔽江，立木主於廟而去。明年，江寧司馬陳玉敦，公門下士也，以丁艱回籍，阻風磯下。因感公臨逝之言，赴廟奠三斝，并禱曰：「吾師果在此，明早乞無風，使余得渡。」次日黎明，風果息，穩舵入京口。然則公之爲水神又無疑也。余與少宗伯相交有素，嘗辨論詩古文，亦復有針芥之合，與文達公踪跡甚疎。丙子再上都門，適公被議鐫級，門可張羅。余偶挾時文稿往謁之，公欣然捧閱，每閱一篇，即拍案叫絶者再，謂六十年來無此種筆墨矣。語句山太僕曰：「篁村制義，今日之陳方城也。吾兩典浙試，竟遺其卷，不勝悔恨云。」迨余自遊閩歸，二公已俱歸道山。昨陳司馬備述燕子磯一重公案，余亦以山神之夢告之，豈非天然對偶？而論文舊事，恍在目前，爰賦一絶以誌之云：「二十年前跡已陳，論文慷慨記前因。而今樽酒同誰語，酹向山神與水神。」

項霜田云：「詩有側看法，阮亭詩側看多地名，竹垞詩側看多古人名。」此語未經人道破，故方樸山先生有詩云：「帶經堂與曝書亭，五際芳詞鬬雪清。誰似項斯傳法乳，地名時雜古人名。」

高且園有指畫《鍾馗騎鬼圖》，極離奇巧妙之致。自題其上云：「無端匍匐任先鞭，殿上閻羅見亦憐。從此長安窮進士，出門省得僱驢錢。」

「蜘蛛雖巧不如蠶」，腐爛陳言也，得翻案便佳。王星航承鉞《咏蛛網》云：「露洗風吹不染塵，如綃自織豈因人。凌虚閑看飛蟲過，笑殺春蠶繭裏身。」可爲蜘蛛吐氣。

《竹枝詞》乃兒童折竹而歌，全屬方言里語，寫男女離合悲歡，已脱卻題中二字。《楊柳枝詞》與《竹枝》迥然不同，須實賦楊柳，兼叙閒情，得正喻夾寫之法，纔合體裁。丹徒劉蕙圃夢熊嘗有《柳枝詞》云：「輕於羅綺軟於綿，未是繁華未是仙。千古風流成悵惘，可憐張緒已當年。」「黛椀脂箱不解愁，瑯琊大道接金溝。儂家亦有封侯婿，莫遣飛花入畫樓。」「莫問腰肢剩幾圍，肯教容易放春歸。銷魂最是河橋路，會攏長條繫落暉。」「花枝含笑草宜男，蜂語争喧蝶夢酣。眠倚東風慵不起，君猶如此我何堪。」數章皆婉麗纏綿，使人神往。

滿洲觀補亭保總憲能詩，其從弟德少司空定圃保亦躭吟詠。補亭嘗謂余言：「定圃，吾家惠連也。」及見定圃《登舞鶴樓》詩云：「雲山遠翠迎人面，春雪餘寒撲馬頭。」《咏小艇》云：「打槳近依紅蓼外，落帆時過緑楊西。」殊饒丰韵。又見其送補亭典試滇南時，有「幾年兄弟列清華，人道風流比謝家」之句，想見塤篪叶應，其樂怡怡。吉林固多才人，二難尤稱競爽。

王香泉景曾寓石馬山莊，得句云：「豆花棚映屋三間，終日無人户不關。秋草半枯紅葉墮，夕陽籬角看青山。」頗得村莊野趣。

鄭板橋燮性情放誕，詩以粗率中見生趣，若以繩墨求之，則失之遠矣。罷官後，嘗畫竹數竿，題其上云：「潦倒山東七品官，廿年塵俗負檀欒。而今重種揚州竹，好取烟稍作釣竿。」又有句云：「山茗未賒將菊代，學錢難欠唤兒回。」可謂善摹貧態矣。然板橋雖落拓無聊，未必一寒至此。

余嘗作《長安春雪》詩，和者十五人，頷聯中有「箱」字韵，惟三人最爲工穩。鄭誠齋云：「方乘春水修新禊，重檢寒衣出舊箱。」張鷺洲湄云：「三月同雲垂苑樹，五城飛絮撲車箱。」于文襄敏中云：「寒憐越燕泥千點，暖憶吴蠶火一箱。」

棘闈考具，前人詠物詩未之及也。錢籜石載作五律十首，備極形容之致。《號板》云：「分難容客座，併即作樓居。」可謂巧矣。《矮櫈》云：「差容憩芒屩，實藉頓風爐。」其結句又云：「乘閒方露坐，莫訝漢侏儒。」尤趣甚，此纔是場中矮櫈，非家内小孩子所用之矮櫈也。乾隆己酉，龍莊作楚闈，同考官亦拈十題而詠之，曰《入簾》、曰《分房》、曰《掣卷》、曰《命題》、曰《閲卷》、曰《薦卷》、曰《落卷》、曰《搜遺》、曰《草榜》、曰《揭曉》。題雖創而事非誣，楚人競傳其句。後之考古者，亦足備一朝掌故云。余最愛其《薦卷》云：「便有瑕瑜能不掩，終難銖兩信無差。」《落卷》云：「無可奈何終一抹，誰能堪此又三年。」皆新警可誦。然「難信無差」句，非龍莊虚心若谷，不能有此言也。

嶺南風俗，自惠至潮有六篷船，凡仕宦幕賓、吏胥商賈，往來必用之。船尾俱藏娼妓，艷妝盛服，窺探舟中之客，伺其辭色温和，夜即來投卧榻，非平日見色如仇者，鮮不爲其所惑。山陰宗芥颿聖垣出爲澳門司馬，因公赴潮，六篷載而行。有妓金寶以善歌求見，歌畢，自言恨墮烟花，從良意切。且云閲人多矣，未有如官人賢者，不嫌猥賤，願託終身。芥颿拒之。及返棹，仍申前請，芥颿猶遲疑未決，事已傳播五羊城下。廉鎮松園張公朝縉詢芥颿，芥颿以實對，廉鎮笑曰：「昔者小蠻、樊素曾侍香山，況今彼美傾心，儼同紅拂，君何恝焉？余爲蹇修，用成良遇。」時金寶正候司馬行署，欲進趦趄，芥颿遂招而納之，賦絶句八首，題其歌扇云：「去年良會共浮槎，疎雨如珠透臂紗。似此丰姿真絶代，妙香開到白蓮花。」「莊嚴喜聽腐儒談，打破機關絶愛貪。別有風光消不得，杏花春雨似江南。」「瓊枝一見一回新，風絮香泥證夙因。畫舫簾波燈影下，紅妝偏對白頭人。」「細撥檀槽板未停，低鬟翠鳳動琤玲。多情爲我歌金縷，倦倚篷窗半醉聽。」「濛濛香霧障輕綃，鬢亸釵横奈此宵。觸迕校書狂杜牧，填詞紅燭又高燒。」「前身雪北與香南，拈取紅芳一指參。結習風懷除得否，載花船是散花龕。」「流轉穠華又一巡，幾番風信逐香塵。蘭因絮果何時了，我是羅浮夢醒人。」「贏得清風兩袖輕，濃香淺夢記分明。媿無十幅纏頭錦，便面題詩贈寶卿。」余聞其事，戲贈四絶云：「戲水紅鴛照鏡臺，佳人那得不憐才。蘼蕪汀草三生路，錯認朝雲過嶺來。」「霜篷六扇趁風行，眉語心挑幾日程。銀燭夜燒官閣暖，爲郎重唱楚江情。」「十三行寫洛神篇，妒殺蛾眉不肯前。怪得嶺南書更好，薛濤箋勝剡藤箋。」「翠袖殷勤捧玉樽，琵琶未撥已銷魂。多情誰似宗司馬，一領青衫半酒痕。」往年誠齋鄭君視學粵東，祗候數十艘，裙釵特盛。鄭命驅除盡凈，然後登舟。胥役輿臺，怨聲騰起。庚辰歲，余以潮州周太守碩勳延纂郡志，亦傳諭舟中，婦人先爲遣去。今芥颿於金寶始若落落難合，繼且油油與偕，翻覺余與誠齋之終始硜硜者，爲不合時宜甚矣。

亡兒廷珍，自洛陽至秦中《覽古雜詠》一卷呈教於蔣心畬士銓。蔣君極爲謬賞，言其「心思劖刻，魄力沉雄，已得少陵法乳」。玆不備録，存其七律數首，以誌西河之痛焉。其《崤陵》云：「萬壑千山赴孟津，二陵風雨弔先秦。傷心從死三良穴，慟哭臨戎一個臣。熊耳中峰成夾輔，虎牢天險壓東鄰。茫茫千古興亡跡，飛鳥斜陽送旅人。」《茂陵》云：「天馬歌成絶塞還，無端帶劍上丘山。生前靈藥求滄海，死後銅人出漢關。三輔秋風吹宿草，一坏小塚伴紅顔。傷心玉椀歸何處，或賣秦王地市間。」《鳳翔》云：「鐵騎漁陽勢日增，孤臣慟哭到昭陵。蔴鞋間道趨行在，龍武新軍望中興。百萬陳陶輕覆没，三千回紇轉驍騰。西京天險憑關隴，往事倉皇一撫膺。」《望吴嶽》云：「回中烟樹隔汧陽，遥指吴山過鳳翔。積雪暗連秦好畤，晴雲飛出漢陳倉。影蟠蜀隴中分秀，脈導荆岐一綫長。聞説靈湫堪攬勝，行纏殊恨太匆忙。」秋帆畢公沅總制陝甘時，廷珍爲肅州司馬，公甚愛其詩。公移節兩湖，廷珍已卒於官署，及見其遺稿，爲之悵然。

世之年踰百歲者時有之，第有壽者不盡能文，能文者未必能武。近日惟王南亭世芳能兼而有之。南亭，臨海人。當康熙丙辰，耿逆僞將曾養性圍台，其祖應霸從貝子征討，被害軍前。因隨父永沂率兵血戰，斬寇數十人。適貝子遽卒，未及奏功議叙。逮四十九歲，始補弟子員，及官遂昌司訓。乾隆辛巳，蒙恩擢六品。庚寅，又荷宸章褒賜，時年已百十有二歲矣。有子四人、孫十一人、曾孫五人、玄孫七人、來孫八人、晜孫一人，故其《自述》詩云：「身歷四朝沾浩蕩，眼看七代長兒孫。」辛巳，周海山煌以學使涖台，贈詩云：「征南帳下乞長纓，三百人潛夜斫營。殲取渠魁伸祖恨，馬前齊指棄繻生。」「卻著褒衣換短衣，一經聊與白頭歸。行逢飲羽南山石，笑領三生事又非。」「老去生涯坐一氊，趨朝人近百三年。香山圖畫榮如許，何似恩留待偓佺。」「卅年蠟屐萬年藤，導引前頭白鹿行。要與先生問靈藥，也尋瑶草到霞城。」

凡弔古、詠史諸題，易涉粗豪，難於藴藉。如商寶意盤《吴宫》云：「君王自是堪亡國，種蠡何能共復仇。」袁簡齋枚《荆卿里》云：「力盡已堪酬太子，魂歸何忍見田光。」俱有俯仰低徊之致。張少儀鳳孫《馬嵬》云：「尺組捐生息内訌，六軍安穩到蠶叢。他時南内歸無恙，可但諸臣百戰功。」更覺言婉而諷。

顧燊南青選嘗問余初學爲詩宜遵何法？余曰：「昔夫子教人從政，尊五美，屏四惡。惟詩亦有五美當尊：一曰意新而刻，二曰氣旺而清，三曰烹鍊精工，四曰風神閒逸，五曰用典能化。有四惡宜屏：一曰油滑，二曰空疎，三曰無性靈，四曰時文氣未除。」

賀壽詩乃題之極腐且俗者，只可寫景言情，將壽意略帶一筆，便可了事矣。莫輕作頌禱語，如有「三多」、「五福」、「九如」、「南極」、「海屋添籌」，及「子孫封贈」字樣，一犯筆端，則其詩已不必存，且不必覽矣。余六十初度，都門舊友各有詩寄贈，皆能洗盡塵羹土飯。曾憶王白齋際華司空云：「管領詞壇四十年，烟雲供養米家船。千巖曾説稽山好，五柳應推處士賢。腹笥縹緗新武庫，鄉園花竹小平泉。壺中甲子從頭算，方識詩人是謫仙。」梁文定國治云：「知君嗜好别酸鹹，書素殷勤枉寄緘。修禊可期三日會，題名長記七星巖。庭生孝筍晨供膳，湖憶湘蓴早挂帆。功在名山自千古，白頭何憾舊青衫。」及七十生辰，吴越名下士投贈詩篇亦多佳句。吴崑田嗣富編修年八十有五矣，賦詩五絶，清麗芊綿，人尤傳誦。詩云：「百歲惟遲十五年，嬾將筆硯費華箋。無端忽奏長生曲，只爲人間有散仙。」「飄然詩境淡無痕，問是淵明幾葉孫。我欲重編高士傳，黄花籬落柳邊門。」「書閣焚香一事無，玉簫聲裏小紅俱。菟裘占得無多地，不住西湖即鑑湖。」「閒著簑衣把釣綸，葛翁嶺下老遺民。癡錢不買紅塵屋，三百梅花是比鄰。」「卧以遊之宗少文，笑余老矣息勞筋。詩人應接能多暇，甘把湖山獨讓君。」山舟云：「記曾訪舊過江東，路入横河繫短篷。一水緑通門對面，萬竿青擁屋當中。屏風我愛元才子，團扇人圖陸放翁。身在太平無個事，好繙老易注參同。」亦極灑落之致。

黄居堂之雋《楊花》云：「不宜雨裏宜風裏，未見開時見落時。」此是正面實詮法。又有人《咏玉簪花》云：「倘若有聲防撲斷，若非聞氣訝雕成。」此是側面鈎勒法，余忘其姓氏矣。家聞遠鶴鳴《小阮金銀花》云：「采來世上堪醫病，開徧人間莫療貧。」此是虚實夾寫法。盛庭堅錦《白蓮》云：「半江殘月欲無影，一岸冷雲何處香。」此是題外傳神法。闞枚占疑《牡丹》云：「若論標格無寒相，便擬文章亦大家。」此是題旁取意法。咏花之法盡此矣，凡咏諸物皆然。

李長蘅嘗愛遊湖上，有「每個峰頭住一年」之句，是指莫釐、縹緲諸處，可謂山水之癖矣。吾浙雁宕一百五峰，倘長蘅見之，不知作何住法。

余家城内，而性頗愛郊居，蓋四時風景城郭稀逢者，鄉村美不勝舉。每當春夏之交，憶及徐笠山廷槐「麥熟童催餅，蠶眠婦守燈」之句，宛疑在竹籬茆舍間。至於秋冬，莫如西序「秋林無静葉，寒水有沉魚」爲佳矣。童二如鈺云：「湖澄秋水嫩，峰疊曉雲鬆。」亦寫摹静細。

讓山、大恒、巨濤同時卓錫西湖，以能詩聞遠近。巨濤酬和甚捷，惜詩少傳。大恒嘗有句云：「落花成小劫，流水悟前因。」大似禪門見道語。讓山七絶云：「黄鶴峰陰望不遥，興高無待野人招。最難認是深村路，賴有梅花領過橋。」不言「導」而言「領」，此與金壽門農所云「此間乾浄無多地，只許高僧領鶴行」同一避熟就生之意。故但覺其新，不嫌其俗也。

騷壇八略

騷壇八略提要

《騷壇八略》二卷，據嘉慶二年釣鼇山房刊本點校。撰者王楷蘇，字眉山，號悟堂居士，山西洪洞人。此書自序謂乾隆四十五年設帳家塾，應諸生學詩之請而作。所拈八題甚爲周密，幾及於傳統詩學之全部。大抵採宋元以來各家之定論，尤服膺嚴滄浪及本朝之王漁洋、沈歸愚，直至「款式略」教示當日文場應試交際各種文式規矩，平允具體，甚便初學。然所論無所創獲，不免匠氣，如「家數略」「大家」、「名家」之列，不過抄撮歷代詩人名單而已，全失高棅《唐詩品彙》之義。

序

眉山王君與余家累世姻好，中表兄也。以名孝廉教授里閈，學問淵博，於詩古文詞，皆能道其源流升降、得失美惡之所以然。著述甚富，有《騷壇八略》一書，闡發詩學，而雲山間隔，迢迢千里，求之十餘年，竟未之見也。今春延乃弟再修來阿，課兒輩讀，始見此本。展閱之，乃即所著《騷壇八略》也。欣然讀之，讀竟，撫卷而嘆曰：是書也，而可私諸篋衍哉？其略源流，則探星宿而溯滄溟矣。其略體裁，則具官骸而區冠裳矣。其略法律，則設規矩而陳繩墨矣。其略家數，則首王、謝而次顧、陸矣。其略學殖，則重耕耨而輕漁獵矣。其略練習，則指徑途而闢堂奥矣。其略領悟，則濬靈府而拔茅塞矣。其略款式，則立標準而懸榜樣矣。分門别類，精切周詳，詩家之大乘禪、正法眼、不二門，胥于是乎在。真藝苑之韜略、騷壇之旗鼓矣，烏可私諸篋衍哉？於是不揣固陋，謬加參訂，以公同好。庶王君嘉惠學者之意不至掩没，而世之學詩者或借之，以爲孤竹之老馬也。此序。

嘉慶丁巳菊月中澣愚表弟劉大禧拜題。

自序

歲庚子，悟堂居士設帳於家塾之海棠書屋。諸生以聲律叩，居士口講而指畫之。居無何，諸生前席而請曰：「先生之於詩學邃矣，曷譜諸？」居士唯之。居久之，又請，居士又唯之。如是者三。居士乃喟然而嘆曰：「余豈靳於譜乎哉，余無靳乎爾。古之説詩者衆矣，世之説詩者亦衆矣，復何俟乎余譜？雖然，古之説詩，古之見也；世之説詩，世之見也。則余之説詩，亦余之見也，又何不可譜之爲？」於是採之舊聞，參之師説，攄之胸臆，爲之溯源流、明體裁、詳法律、辨家數、列學殖、指練習、導領悟、標款式，分爲八門，作八小序、三總論，一百九十九條、一萬九千四百餘言，釐作上下二卷，顔之曰「騷壇八略」，以畀之。諸生讀竟而請曰：「先生之志勤矣，曷序諸？」居士復喟然而嘆曰：「余何序哉？小序書之矣，又何序？雖然，爾諸生請之矣，又何可不序。」於是爲之序曰：詩之爲道，統天地，理萬物，用之郊廟，用之朝廷，用之鄉國，用之盟會燕享。濬之通性情之故，而顯之洽神人之歡，温柔敦厚之旨，興觀群怨之目，聖人言之備矣，非小道也。自世有説詩者而詩道明，亦自世有説詩者而詩道晦，是何也？道其所道，而合詩之道，則詩道明；道其所道，而離詩之道，則詩道晦。余之所道，誠不知有當於古之説詩者否也，又不知有當於今之説詩者否也，第道余之所見而已矣。余之所見，非他也，《易》曰：「蒙以養正，聖功也。」則初學作詩，即當示之以徹上徹下自始至終康莊之大道，而不當以一切苟且之法進也。庶幾循而至焉，上不失風人之遺意，而下亦足旗鼓登壇，與漢、唐以來作者並駕而齊驅。即或半而止焉，墜野狐之道，漂羅刹之國，吾知其免矣。此《騷壇八略》之所由名也。余之所見止於是，則余之所譜止於是，諸生其謂之何矣？此爲序。

乾隆庚子陽月中旬悟堂居士王楷蘇自序。

騷壇八略上卷

洪洞王楷蘇眉山甫著

源流略

作詩不明源流，胸次眼界，如漆如豆，下筆豈能超妙？今學者或僅知有唐詩，唐詩之外，茫然也；或並不知有唐詩，而但知有坊間試帖，試帖之外，茫然也。夏蟲貽譏，性靈汩没，深可憫也。因爲窮源溯流，一一證明，詳疏於左，庶學者胸目開朗，或不安於自畫矣。譜源流。

詩始於《三百篇》，而不自《三百篇》始。前此有《卿雲》之歌、「明良」之歌、《擊壤》之歌、《五子之歌》等篇矣，皆詩之源也。至《三百篇》而四言之體成，風、雅、頌、比、興、賦，六義始備。屈、宋之《騷》，班、馬之賦，莫不有韵，則皆詩之流也。

五言古、七言古，皆成於漢而不自漢始。《三百篇》中有「吁嗟乎騶虞」、「毋忝爾所生」，及「宜爾子孫振振兮」、「父曰嗟予子行役」等句矣，皆五言、七言之源也。至漢之蘇、李「河梁」蘇武、李陵河梁贈答之作。而五言之體成。武帝之《柏梁》、《秋風》，武帝與群臣宴柏梁臺，賦七言詩。又武帝作《秋風詞》。而七言之體成。魏、晉及南北朝以至於隋，皆以五言爲宗，而七言具體。至唐而五、七言古體始大備。

近體成於唐而不自唐始。齊、梁已導其源，至唐而平仄聲律之法始定。惟七律始於唐，前此未之有也。宋、金、元、明以迄於今，皆沿唐人之舊。至元人之填詞，近人之小曲，亦必有聲調平仄，則又皆近體詩之流歟？詩之源流如此。

至作詩之旨，則必原本性情。忠臣孝子、騷人逸士，感物興懷，以抒寫其喜怒哀樂不可遏抑之隱，未有無所爲而作者，故讀者可感可興、可喜可諤，而不能自止。至試帖則隨物賦形，比興都亡，有不盡然者矣。作詩之源流又如此。

體裁略

詩有體裁，不可不辨論。歲科鄉會諸試，惟以五言六韵八韵取士，則餘體似非所急。不知讀徹五經，方明一經；不辨衆體，試律豈能精乎？且歲科兩試，學憲案臨，先試古學，其詩古、近體不拘也。他日簪筆螭坳，賡揚太平，其詩亦古、近體不拘也。則體裁可不辨乎？因取嚴滄浪《詩體》，摘録其有詞有引以下二十餘體，補其未及者六十餘體，皆有關作法，初學所宜急辨者。其餘以時論、以人論等類，尚有一百三十餘體，雖非作法所關，而亦不可不知也。附録於後，以備參考。譜體裁。

有樂府體、漢（成）［武］帝定郊祀、立樂府，採齊、楚、趙、魏之聲以入樂府，以其音詞可被於絃歌也。樂府俱被衆體，兼統衆名也。古體、五古、七古、歌行皆是。近體、律詩、絶句皆是。五古體、七古體、五律體、七律體、五言長律體、七言長律體、試帖體、五言絶句體、七言絶句體，又有六言古體、漢大司農谷永作。六言律體、唐王維等作。六言絶句體，唐劉長卿等作。又有三言體、晉散騎常侍夏侯湛所作。九言體、魏高貴鄉公所作。雜言體、如太白之《蜀道難》等篇。騷體。如王維之《魚山迎神》、《送神曲》。

有五言短古體、五言長古體、平韵五古體、仄韵五古體、換韵五古體。如漢蔡邕之《飲馬長城窟》。

有七言短古體、七言長古體、七古平韵到底不換體、七古仄韵到底不換體、二體韓、蘇居多。七古一韵到底句句用韵體、如昌黎之《陸渾山火》。七古兩句一換韵體、如岑參之《輪臺歌》。七古三句一換韵體、如岑參之《走馬川行》。七古四句一換韵體、七古六句一換韵體、七古八句一換韵體、三體初、盛多有。七古前平後仄韵體、七古前仄後平韵體、七古隔句用韵忽連數句用韵體、三體李、杜多有。七古句句用韵忽隔一句不用體。太白多有之。

五七言律有正體、拗體、平仄有不調不粘處，李、杜多有。八句全對體、杜詩有之。八句全不對體、太白有之。三四二句不對體、唐多有之。五六二句不對體。太白多有。

長律有六韵體、八韵體、二體即試帖。數十韵體、百十韵體。二體杜子美、元、白、温、李俱有。

絶句有四句全對體、杜詩多有。四句不對體、前二句對後二句不對體、前二句不對後二句對體、七絶又有竹枝體、柳枝體、宮詞體。諸體唐人多有。

諸體中又有連章體、如曹子建《贈白馬王彪》、杜工部《遊何將軍園林》是也。雜詩體、如《古詩十九首》、阮公《咏懷》、杜子美《秦州雜詩》皆是也。聯句體、如韓文公□與郊、島。集句體、近日工此體者甚多，如柴次山集各體詩數百首。次韵體、自元、白始。用韵體、用其韵而前後不拘。贈答體、漢蘇、李以來已有之。唱和體、盛唐以來已多有。擬古體、江文通《擬古》三十餘首。懷古體、弔古體、咏史體、左太沖有之。登臨體、咏物體、古多有。漫興體、咏懷體、書懷體。未注者唐俱有。

又有曰詞者、如漢武《秋風詞》。以下摘録滄浪。曰吟者、如諸葛武侯《梁父吟》、卓文君《白頭吟》之類。曰咏者、《文選》有《五君咏》。曰謡者、如陶唐之《康衢謡》。曰調者、太白有《清平調》。曰引者、古有《霹靂引》。曰弄者、古樂府有《江南弄》。曰曲者、古有《大堤曲》。曰操者、古有《水仙操》。曰篇者、曹子建有《名都篇》。曰歌者、古有《擊壤歌》。曰行者、古有《飲馬長城窟行》。曰歌行者、古有《鞠歌行》、《放歌行》等篇。曰口號者、律詩絶句皆有之，遂口而號之也。曰唱者。魏武有《氣出唱》。

有以嘆名者、古有《楚妃嘆》。有以愁名者、《文選》有《四愁》。有以哀名者、《文選》有《七哀》。有以怨名者、古詞有《寒夜怨》。有以思名者、太白有《静夜思》。有以樂名者、齊武帝有《估客樂》。有以别名者。杜詩有《無家别》等篇。

右九十四體，皆作法所關，初學所宜急辨者。

附録嚴滄浪詩體全篇

以時而論，則有建安體、漢末年號，曹子建父子及鄴中七子之詩。黄初體、魏年號，與建安相接。其體一也。正始體、魏年號，嵇、阮諸人之詩。太康體、晉年號，左思、潘岳、三張、二陸諸人之詩。元嘉體、宋年號，顏、鮑、謝諸人之體。永明體、齊年號，齊諸人之作。齊梁體、通兩代而言。南北朝體、通魏、周、齊而言。與齊梁體一也。初唐體、初唐猶襲陳、隋之習。盛唐體、景雲以後開元、天寶諸人之詩。大曆體、大曆十才子詩。元和體、元、白諸人之詩。晚唐體、本朝體、此滄浪指宋言。元祐體、蘇、黃、陳諸公詩。江西宗派體。山谷爲之宗。以人而論，則有蘇李體、李陵、蘇武。曹劉體、子建、公幹。陶體、淵明。謝體、靈運。徐庾體、徐陵、庾信。沈宋體、佺期、之問。陳拾遺體、陳子昂。王楊盧駱體、王勃、楊炯、盧照鄰、駱賓王。張曲江體、張九齡。少陵體、太白體、高達夫體、高常侍適也。孟浩然體、岑嘉州體、岑參。王右丞體、王摩詰。韋蘇州體、韋應物。韓昌黎體、柳子厚體、韋柳體、蘇州與儀曹合言之。李長吉體、李商隱體、即西崑體之祖。盧仝體、白樂天體、元白體、微之、樂天，其體一也。杜牧之體、張籍王建體、謂樂府之體同也。賈浪仙體、孟東野體、杜荀鶴體、東坡體、山谷體、後山體、後山本學杜，其語似之者但數篇，他或似而不全，又其他則本其自體耳。王荆公體、公絶句最高，其得意處高出蘇、黃、陳之上，而與唐人尚隔一塵。邵康節體、陳簡齋體、陳去非與義也，亦江西之派而小異。楊誠齋體、其初學半山、後山，最後亦學絶句於唐人，已而盡棄諸家而別出機杼。其自序如此云。又有所謂《選》體、《選》詩時代不同，體製隨異。今人例謂五言古詩爲《選》體，非。柏梁體、漢武帝與群臣共賦七言，每句用韻，後人謂此體爲柏梁體。《玉臺》體、《玉臺集》乃徐陵所序，漢、魏、六朝之詩皆有之。或者但以纖艷者爲《玉臺》體，其實則不然。西崑體、即李商隱體，然温庭筠及本朝楊、劉諸公亦皆名之也。香奩體、韓偓之詩，皆裙裾脂粉之語，有《香奩集》。宮體。梁簡文傷於輕靡，時號宮體。其他體製或不一，然大槩不出於此耳。有古詩、有近體、即律詩。有絶句、有雜言、有三五七言、自三言而終以七言。隋鄭世翼有此詩：「秋風清，秋月明。落葉聚還散，寒鴉棲復驚。相思相見知何日，此時此夜難爲情。」有半五六言，晉傅玄《鴻雁生塞北》之篇是也。有一字至七字，唐張南史《雪》、《月》、《花》、《草》等篇是也。又隋人應詔有三十字，凡三句七言、一句九言，不足爲法，故不列於此也。有三句之歌，高祖《大風歌》是也。古《華山畿》二十五首，多三句之詞，其他古詩多如此者。有兩句之歌，荆卿《易水歌》是也。又古詩有《青驄白馬》、《共戲樂》、《女兒子》之類，皆兩句之詞。有一句之歌。《漢書》「枹鼓不鳴董少平」，一句之歌也。又漢童謡「千乘萬騎上北邙」，梁「青絲白馬壽陽來」，皆一句也。有口號，有歌行，有樂府，有楚詞，屈原以下仿《楚詞》者，皆謂之楚詞。有琴操，《別鶴操》，高陵牧子所作也。有謡。曰吟、曰詞、曰引、曰咏、曰曲、曰篇、曰唱、曰弄、曰長調、曰短調。有四聲，平上去入也。有八病。四聲設於周顒，八病嚴於沈約。有以嘆名者，以愁名者，以哀名者，以怨名者，以思名者，以樂名者，以別名者。以上自「有口號」以下未注者已録於前，此復録之者，還滄浪之舊也。其注已載於前，故亦不復注也。有全篇雙聲叠韵者，東坡經字韵詩。有全篇皆平聲者、皆仄聲者，天隨子《夏日詩》、梅聖俞《酌酒與婦飲》之詩。有律詩上下句雙用韵者，第一句、第三句、第五七句押一仄韵，第二句、四六八句押一平韵。唐章碣有此體，不足爲法，漫列於此，以備其體耳。又有四句平入之體、四句仄入之體，無關詩道，今皆不取。有轆轤韵者，雙出雙入。有進有退韵者，一進一退。有古詩一韵兩用者，曹子建《美女篇》有兩「難」字，謝康樂《述祖德詩》有兩「人」字。後人詩多有之。有古詩一韵三用者，《文選》任彦昇《哭范僕射詩》三用「情」字也。有古詩三韵六七用者，漢《焦仲卿妻詩》是也。有古詩重用二十許韵者，《焦仲卿妻詩》是也。有古詩旁取六七許韵者，韓退之「此日足可惜」篇是也。凡雜用東、冬、江、陽、庚、青六韵。歐陽公謂退之遇寬韵則故旁入他韵，非也。此乃用古韵耳，觀《集韵》自見之。有古詩全不押韵者，古《採蓮曲》是也。有律詩至百五十韵者，少陵有古韵律詩，白樂天亦有之。而本朝王黃州有百五十韵五言律。有律詩只三韵者，唐人有六句五言律，如李益「漢家今上郡，秦塞古長城。有日雲常慘，無風沙自驚。當今天子聖，不戰四方平」是。有律詩徹首尾對者，有律詩徹首尾不對者，有後章字接前章者，曹子建《贈白馬王彪》之詩是也。有四句通義者，如少陵「神女峰娟妙，昭君宅有無。曲留明怨惜，夢盡失歡娛」是也。有絶句折腰者，有八句折腰者。有擬古、有連句、有集句、有分題、古人分題，或各賦一物，如云送某人分題得某物也。或曰探題。有分韵、有用韵、有和韵、有借韵、如押七之韵可借八微或十二齊韵是也。余按：今韵本其韵母，無七之、八微、十二齊之名。當是宋時韵本之名也。有協韵、《楚詞》及《選》詩多用協韵。有今韵、有古韵。如退之「此日足可惜」詩，用古韵也。蓋《選》詩多如此。有古律、有今律、有頷聯、有頸聯、有發端、有落句。結句也。有十字對、劉昚虛「滄浪千萬里，日夜一孤舟」。有十字句、常建「一徑通幽處，禪房花木深」等句。有十四字對、劉長卿「江客不堪頻北望，塞鴻何事又南飛」是也。有十四字句、崔顥「黃鶴一去不復返，白雲千載空悠悠」是也。有扇對、又謂之隔句對。如鄭都官「昔年共照松溪影，松折碑荒僧已無。今日還思錦城事，雪消花謝夢何如」，以第三句對第一句，第四句對第二句也。有借對、孟浩然「厨人具雞黍，稚子摘楊梅」，少陵「竹葉於人既無分，菊花從此不須開」是也。有就句對、又曰當句有對。如少陵「小院迴廊春寂寂，浴鳧飛鷺晚悠悠」是也。文亦有之，如王勃「龍光射斗牛之墟，徐孺下陳蕃之榻」，乃就句對之體也。論雜體，則有風人、上句述其語，下句釋其義。如古《子夜歌》、《讀曲歌》之類，則多用此體。藁砧、古樂府「藁砧今何在，山上復有山。何當大刀頭，破鏡飛上天」，僻詞隱語也。五雜俎、見樂府。兩頭纖纖、亦見樂府。盤中、《玉臺集》有此詩，蘇伯玉妻作，寫之盤中，屈曲成文。迴文、起於竇滔妻，織錦以寄其夫。反覆、舉一字而誦，皆成句，無不押韵，反覆成文也。李公《詩格》有此二十一字詩。離合、字相拆合成文，孔融「漁父屈節」之詩是也。雖不關詩之重輕，其體製亦甚古。建除、鮑明遠有《建除詩》，每句首冠以「建」、「除」、「平」、「定」等字也。字迷、人名、卦名、數名、藥名、州名。如此等詩，只成戲謔，不足法也。又有六十甲子屬之類，及藏頭、歇後等體。今皆削之。近世有李公《詩格》，泛而不備，惠洪《天厨禁臠》最爲誤人。今此卷有參用二書者，蓋其是處不可易也。

余按：嚴滄浪宋人，故所列以時、以人諸體，至坡、谷、誠齋諸人而止，南渡後如陸放翁、范石湖皆未之及。今自南宋迄於前明諸體，續列於後，以備參考。至本朝名公巨卿、騷人墨客，卓然成家，各自名體者，指不勝屈，當更徐爲論列云。

以時而論，則有南宋體、宋末體、謝皋羽《晞髮集》等詩，意新語造。金詩體、元遺山《中州集》之詩。元詩體、通一代言，多主穠麗。明詩體、通一代言之。明初體、劉基、高啓諸人之詩。永樂體、崇尚體面，所謂臺閣體也。弘治體、李夢陽、何景明諸人之詩。正嘉體、李滄溟、王元美諸人之詩。隆萬體、高攀龍、歸子慕諸人之詩。明末體。陳大樽諸人是也。鍾、譚不足道也。

以人而論，南宋則有尤蕭范陸體、尤延之袤、蕭東夫德藻、范致能成大、陸務觀游也。尤楊范陸體、去東夫而易以楊廷秀也。朱文公體、亦邵程一派而五言獨佳。范石湖體、即致能，其詩恬縟。陸放翁體、即務觀，其詩原本老杜，有《劍南集》。長於歌行，七律有獨造境地。鄭德源體、諧俗派，與楊誠齋同。劉方體、劉潛夫、方巨山，皆纖小派。四靈體、趙靈秀師秀、翁靈舒卷、徐靈暉昭、徐靈淵璣，其詩皆方幅狹隘。周公益體、以多爲貴。謝皋羽體。其詩生新，古體獨闢。

金有宇文虚中體、叔通。吴激體、彦高。蔡松年體、伯堅。高士談體、子文。以上四人猶是南宋體。趙秉文楊雲異党懷英王庭筠體、四人主盟風雅，提唱後學，始爲一代之音。劉迎體、無黨，古詩蒼茫樸直，漁洋稱爲大家。李汾體長源，其詩沈鬱頓挫，慷慨悲歌。漁洋稱爲大家。辛愿體、敬之，遺山稱其業專而心通，敢以是非黑白自任。每讀劉、趙、雷、李、張、杜、王、麻之詩，必爲之探源委、發凡例、解脈絡、審音節、辨清濁、權輕重。片善不掩，微纇必指。如老吏斷獄，文峻法密，絲毫不相貸。如衲僧得正法眼，徵詰開示，幾於截斷衆流。其見推如此。三知己中辛、李并列，知其相賞，故非妄嘆。劉景玄趙宜之雷希顔李欽叔張仲經杜仲梁王仲澤麻知幾體、即上辛敬之名下八人也。元遺山體。無體不佳，漁洋推爲東坡後第一作手。

元有虞楊范揭體、謂虞集、楊載、范梈、揭傒斯也，號四大家。楊維禎體、李孝光體、吴淵穎體、立夫歌行格調甚奇，漁洋稱之。迺賢體易之詩是流麗派。薩都刺體、天錫詩穠艶一派。張翥體仲舉，平陽人，漁洋稱爲大家。趙孟頫體、郝經體、倪瓚體。

明有劉伯温體、規橅杜、韓，骨幹獨標。高季迪體、出入漢、魏、六朝、唐、宋諸家，才調高而徑蹊未化。袁景文體、名凱，詩次於高。楊孟載體、名基，詩次於袁。張志道體、以寧。徐幼文體、賁。張來儀體、羽。數人詩又遞次之。高典籍體、棅，長於五言。李賓之體、東陽，力挽臺閣之習，號稱大家。李何體、獻吉雄渾悲壯，鼓盪飛揚；仲默秀逸朗潤，迴翔馳驟。同法少陵而所造各異，一代之冠也。錢某爲門户起見，信口掎摭，至謂讀書種子從此斷絶。歸愚先生駁錢爲矮人觀場，足見公道在人也。此段參用歸翁語意。邊庭實體、名貢，與何景明、李夢陽、徐昌穀爲四大家。又加王廷相、康海、王九思爲七子。徐昌穀體、歸翁謂其大不及李，高不及何，而獨尊吴體。王子衡體、即廷相，或去昌谷稱李、何、邊、王爲四大家。楊用修體、名慎，鴻博派。薛高體、薛君采蕙、高子業叔嗣，皆以雅淡爲宗。四皇甫體、沖、汸、涍、濂，並學三謝體。李滄溟體，于鱗七律俊潔響亮，高華矜貴，幾於獨有一代。與王元美、謝榛、吴國倫、徐中行、宗臣、梁有譽稱後七子。每當分題拈韵，六子咸自矜詩；及于鱗徐出一語，則六子又莫不歛服，而于鱗亦咸以弟蓄之。此段參用元美語意。王元美體、古體成家，與李并雄嘉、隆。謝榛體、茂秦五律最工。高攀龍歸子慕體、并學韋、柳。陳大樽體。學晉、魏。至袁中郎之詼諧、鍾譚之僻澁等類，不足言矣。

法律略

作詩不明法律，(總)[縱]有才學，是野戰也。兹編爲初學而設，尤所宜亟。因將一切作法，條分縷析，詳列於左，俾學者有所持循，庶爲節制之師。至引漁洋、秋谷、歸愚諸先生緒論，必冠以某云字樣，不敢掠美也。間或釋以己意，期詳盡也。譜法律。

五古法：五古短篇須沉鬱頓挫，或精練奇峭，或蕭疎淡遠，可不裝起結，可兼用比興，而篇幅既狹，最易迫促，必醖釀深厚，尺幅千里乃佳。長篇須章法完備，有倫有序，然易涉汗漫，必渾浩流轉，氣旺神行，平鋪直叙中有峰巒起伏、波瀾瀠洄之致，乃爲得手。杜子美五古長篇皆然。阮翁云：「五言著議論不得，用才氣馳騁不得。」自是正論。然間有當用議論、才氣者，亦須用之，看題何如耳。又云「如鏡中花，如水中月，如羚羊掛角，無跡可求」云云，此是言五古之化境。沈歸翁云：「五言長篇固須節次分明，一氣連屬，然亦有意本連屬而轉似不連屬者。敘事未了，忽然頓斷，插入旁議；忽然聯續，轉接無象」云云。按此即「即」「離」二字之義，亦言詩之化境也。阮翁又云：「田園丘壑，當學陶韋；鋪叙感慨，當學杜子美《北征》諸篇。」余謂秀麗一派，當學曹、劉、謝、鮑、太白諸家；沉雄一派，當學阮、左、杜、陳、子美諸家。

七古法：七古短篇以氣骨清剛、興會淋漓、音節婉轉、風神駘蕩爲主。長篇則須大開大闔、忽起忽落、頓挫跌宕、激昂感慨。一片宫商中有噴薄淋漓之致，如天風海濤，如迅雷急電，無之不可矣。七古長篇，起手要高超，中間段落要分明，過接要渾融，線索要貫穿。入後有歸題，有再起，有送尾，有收結。收結處前路迂緩者須斬截，前路排奡者須摇曳。此不易之法也。然阮翁有言：「神龍行空，雲霧滅没，鱗鬣隱顯，豈令人測其首尾哉！」學者又不可不知此論。沈歸翁云：「詩篇結句最難，七古結句尤難。能手於兩言四言中層層照管，而又能作神龍掉尾之勢，神乎技矣。」此論最妙。七古中有忽雜以三言、四言、五言等句者，有忽雜以八言、九言及十一言等句者；或欲緊其節奏，或欲蕩其機勢，皆天機自到，人力無與，惟太白最爲擅長。學者於此等處須俟自然，勿勉强也。七古押韻，有一韻到底者，有换韵者。换韵之法，初唐皆首尾腰腹匀停，李、杜諸公則不盡然。七古有隔句用韵之篇，忽然數句接連用韵，此取音節頓挫、文勢排宕耳。有句句用韵，忽然一句不用，亦是此意。七古須講音節、講平仄，其平仄與近體迥别，近人多不知之。韓、蘇以下，宋、金、元、明及本朝諸大家，無一字不諧者。讀七古，當以李、杜、韓、蘇諸家爲宗。其餘諸法，已詳平仄門中。

五言律法： 五律固須烹煉精工，而當講氣格，不可專工於字句。 其法有以首二句呼起中二聯一虚一實者，或先景後情者，或先情後景者。 又有不分情景，以第三句作開，第四句作合，五六句緊頂第四句實寫本位者。 又或前聯實寫，後聯推開，從賓位襯貼結句、收轉本位者。 又有前四句流走者，有後四句流走者，有通篇流走一氣趕下者。 變法無窮，總歸於虚實兼到，淺深合度，對偶之中寓騰跳之勢，神完氣足，章法渾至，斯得之矣。 發端貴陡健警拔，如謝玄暉之「大江流日夜」、王摩詰之「風勁角弓鳴」、杜子美之「莽莽萬重山」等句，氣魄筆力，陡絶警絶。 阮翁、歸翁皆舉以爲式。 子美集中尤多。 中二聯，阮翁謂「須有次第開合」，歸翁謂「流水對、虚實對爲上，即徵實一聯，亦須各换意境」，又「三四貴匀稱，承上陡峭而來，宜以緩脈赴之也。 五六必聳然挺拔，别開一境，上既和平，此必振起也」。 皆是中二聯作法真訣。收束處，歸翁謂「或放開一步，或宕出遠神，或本位收住，看上文體勢何如」，自是妙論。五律不可純乎寫景，如「蟬噪林逾静，鳥鳴山更幽」，何嘗不佳，然惟寫景，且近合掌，王鳳洲已議之矣。 温飛卿之「雞聲茅店月，人跡板橋霜」、「槲葉落山路，枳花明驛牆」，辭意俱工，而歸翁尚嫌下聯近平，以其順接故也。 讀五律以初盛爲主，陳、杜、沈、宋、王、孟、高、岑、太白、工部數家，或如生龍活虎，或如美玉精金，已盡五律之變態，學此足矣。 五律有正體，如右丞「風勁角弓鳴」等篇，章法、句法、字法，無不妙絶。 有變體，如右丞「萬壑樹參天」等篇，如天馬行空，不受羈勒是也。

七言律法： 七律篇法與五律皆同，而視五律爲尤難。 須神采、骨幹、氣魄、聲調，色色兼備乃妙。 七律對屬欲工，使事欲切，練句欲警，錘字欲老。 七字中須有無數層折，不可直洩無味。 七律起句欲飄然而來，結句欲杳然而去，中二聯欲機流神暢，對仗工穩之中有龍跳虎卧之致乃妙。阮翁云：「自何、李、李、王以來，不肯用唐以後事，似不必拘；然六朝以前事，用之多古雅，唐、宋後事便不盡然。總之，唐、宋後事，須擇其尤雅者用之。如劉後村七律專好用本朝事，直是惡道。」自是持平之論。七律摩詰春容大雅，東川高華矜貴，自是正宗。子美《秋興》、《古跡》等篇，大氣磅沛，聲容兼備，神明變化，不可方物，七律之能事極矣。讀者當以三家爲宗。大曆後劉長卿、劉禹錫、柳宗元、杜牧、温、李，宋之東坡、放翁，金之遺山，元之道園，明之空同、大復、滄溟，國初之茘裳、漁洋，皆當擇而讀之。子美七律有二派：《秋興》等篇，沉雄派也；《賓至》等篇，疎放派也。

五言長律法：唐人應試皆五言六韵，間有八韵者。自工部始爲長律。元、白、温、李，動至百韵，對屬雖工，視工部沉鬱頓挫、渾淪蒼茫之氣則無矣。其法在氣局堂皇，對仗工整，段落分明，首尾完密，一氣鼓鑄，不露鋪叙排比之迹，斯爲能事。長篇與短篇同，不過多加開闔層次、波瀾頓挫耳。應試排律雖只六韵八韵，要刻劃精工，典博華贍，有氣勢、有局面、有聲調、有色澤、有頌有禱。不可失粘，不可不對，典故不可訛用，擡頭不可錯寫，忌避不可不知。總以氣機流暢、血脈動盪爲主。近日紀曉嵐先生最工此體，寓散於整，化板爲活，純以機勢勝人，自唐以來，未之有也。其雄秀處直逼太白，洵試帖之極則矣。讀五言長律以工部爲主，元、白、温、李亦可選讀。近則朱竹垞、田山薑、施愚山、陳説巖諸先生俱工此體。

七言長律法：七言長律，工部數篇外，飛卿、皮、陸等間或有之，唐人作者甚少。其法大概與五言長律同，無他秘也。阮翁云：「近人惟彭少宰羨門賦至百韵。」

絶句法：絶句止有四句，爲地無多，須句句字字俱有意味，着不得一毫浮烟浪墨。五言絶以節短韵長，包含無窮爲主。七言絶以音節宛轉，意在言外，含毫渺然，風致翩翩爲主。又七絶全要在第三句着力，須爲第四句留下轉身之地，第三句得勢，第四句一拍便着。譬之於射，三句如開弓，四句如放箭也。又七絶如太白之「越王勾踐破吴歸」一篇，前三句俱言盛，末一句獨言衰，此另一格也。又如元遺山之「有情芍藥含春泪」一篇，王阮翁之「溪水碧於前渡日」，又「淡雲微雨小姑祠」二篇，皆前二句引前人成語，第三句道破，第四句褒貶之，則又另一格也。又如阮翁《題虞伯生詩》云：「愛咏君詩當招隱，青山一髮是江南。」以第三句呼破，第四句直書其句，又一法也。絶句有謂截句者，謂截律詩之半，非一句一斷之謂也。近或竟以絶句爲截句，真是陋習。七絶中有《竹枝》一體，阮翁謂泛咏風土，瑣細詼諧，無不可入。大抵以風趣爲主，與絶句迥别。《柳枝詞》是專咏柳，與《竹枝》不同。讀五言絶以太白、摩詰、裴、儲等爲主。讀七言絶以太白、龍標、李益、杜牧、温、李輩爲主。大抵唐人多工此體，本朝王漁洋先生尤爲擅長。

六言詩法：六言詩，摩詰、文房輩偶一爲之。其法大槩以風趣爲主，不措意可也。九言詩亦古人偶一爲之，詎爲典要？近人又有創立十一言體詩者，天地之化機日新，文人之心思無窮，自我作古，固無之不可哉。惜太白、工部輩僅於七古中作一二語，未遂創立爲體耳。

篇法：篇法無論詩文、古體近體、長篇短篇，總不外起承轉合、淺深層次、反正順逆、開闔虚實等訣，而以渾成爲主，變化爲極要。一氣呵成，一線到底。有氣勢而不凌亂，有機神而不輕佻，有步驟而不平塌，有曲折而不糾纏，有結構而不拘滯。前半要振得起，後半要載得住。長篇要有提掇，有鋪叙，有段落，有波瀾，有頓挫，有剪裁，有起伏，有照應，有即有離，有束有結，有大開大闔、再起再落。短篇要謹嚴，要藴蓄，要精悍，要斤兩。

句法：句法要顛撲不破，要情景兼到，要神味無窮，要爽朗，要生動，要古峭，要雅健，要沉雄，要圓湛，要奇特，要聳拔，要精鍊，要秀麗。不俗不滑，不晦不腐，不僻不死。古詩句要樸拙，近體句要整齊。起句如黄鵠高舉，無遠不見；如秦王入座，無人不驚。結句如勒奔馬，陡然而止，如送歸舟，杳然而去。

字法：字法要響而不抗，穩而不死，險而不詭，活而不泛。嚴滄浪云：「高手字字飛，低手字字砌。」

筆法：筆法要活跳，要顯豁，要敏捷，要沉着，要刻入，要透快，要欹側，要曲折，要變换，要高妙，要超曠，要空靈。

韻法：押韻要穩要諧。

命意法：命意要周到，要精刻，要深遠，要留餘地，要剥去數層。

一切法：言情要懇切又藴蓄，説理要平穩又超妙，遣詞要清雅又圓潤。選調要高朗，生趣要洋溢，布局要宏闊，練格要緊嚴，氣魄要雄渾，骨力要堅整，色澤要鮮艷，神味要悠長，機致要活潑。懷古詩要有向往意，弔古詩要有悼惜意，咏古詩要叙其原委，有感嘆意。咏史詩不着議論，而褒貶於言外見之。咏物詩不著色相，而寄託於言下寓之。登臨詩覽風物而感懷，題咏詩借筆墨以寄興。書懷、感懷，慷慨激昂之内要帶渾涵。贈人、答人，情意纏綿之中要寓懇摯。擬古詩須得其神韵，不可襲其面貌。次韵詩要别出心裁，不可拾人牙慧。連章體須一意貫穿，大開大合，以數十章爲一章。雜詩體雖篇各一意，而既彙於一處，亦須順其事物年歲而次第之。至曰謡、曰歌等體，名目雖殊，法律則一，無容縷述。

平仄總論：平仄何爲而設也？爲聲調音節而設也。蓋詩之爲道，原本性情，而體主風雅。古者奏之郊廟，賦於會盟，胥是物也。後世《陽關三叠》之曲、旗亭畫壁之歌，亦是物也。非聲諧調叶、音雅節和，何以被管絃而格神人乎？故詩無聲調音節，不足以爲詩。而聲調音節以平仄爲總持，無平仄，是無聲調音節也。故平仄之法，不可以不講。

平仄要辨四聲：四聲者，平、上、去、入也。平聲和而正，上聲高而亢，去聲舒而長，入聲短而促。平聲爲平，而上、去、入三聲均爲仄，以其聲之不平也。作詩單論平仄而不辨四聲，仍無聲調音節也。其法如平韵詩，每單句押脚字，以上去入三聲相間用之。入聲詩，每單句押脚字，以平上去三聲相間用之，便一片宫商矣。上去二韵詩可類推。

平仄要辨清濁：清濁如「通」、「同」、「清」、「情」四字，「通」、「清」爲清，「同」、「情」爲濁。仄韵中如入聲有近平、近上、近去等字，須相間用之，乃有抑揚抗墜之妙。此段係阮翁之論，大概主押韵説。

古體平仄總論：自初唐沈、宋諸公創立平仄，古體近體，俱定法式。而近體以應試故，當時即行，迄今遵之。古體既不應試，又因初立，當時如李杜輩尚不甚遵，自大曆後始行，如韓、蘇諸大家以迄宋、金、元、明、本朝諸大家，古體無一字不諧者。特千餘年來無人言之，而世之爲詩者，又或只讀初、盛之詩，大曆以後概未寓目，即讀亦不留心玩索，遂謂近體有平仄、古體無平仄。嗟乎！何其謬也。自阮翁發千餘年不發之秘，秋谷竊之以爲譜，其自序云然。德州盧雅雨先生又暢發其旨，刊而行之，可謂發聾振聵、渡世婆心矣。兹因其旨而詳説之，期學者一目了然。倘有不信，則昌黎、東坡以來諸大家之詩具在，吾無容置喙矣。

五古平仄法：阮翁云：「别乎律者謂之古。」余按五律句有三平二仄或三仄二平之句，相隔用之。其三平三仄皆在上，二平二仄皆在下。古詩相隔之句則不然，其三平三仄皆在下，二平二仄皆在上也。五律句有二仄二平一仄或二平二仄一平之句，必二平二仄相間。古詩則不然，其相間之句有一平一仄或一仄一平五字相間者，古句。有一平一仄一平二仄或一仄一平一仄二平相間者，古句。有一平一仄二平一仄或一仄一平二仄一平相間者，古句。有一平二仄一平一仄或一仄二平一仄一平相間者，拗律句。有二平一仄一平一仄或二仄一平一仄一平相間者，拗律句上句，又仄韵雙句正調。又有一平三仄一平或一仄三平一仄相間者。拗句。古詩又有四平四仄之句，其句有四平一仄或四仄一平者，有三平一仄一平或三仄一平一仄者，有二平一仄二平或二仄一平二仄者，有一平一仄三平或一仄一平三仄者，有一平四仄或一仄四平者。又有五平五仄之句。五律平韵者，單句末一字必用仄聲，仄韵者，單句末一字必用平聲。古詩則不然，其古句調者，單句末一字不論。其或間用一二律句，平韵者，單句末一字必仍用平聲，仄韵者，單句末一字必仍用仄聲，所以別乎律也。五古平韵詩則以二仄三平爲雙句正調，仄韵詩則以二平一仄一平一仄爲雙句正調也。五古有間用一二律句者，但不可一聯純律，更不可兩聯皆律。秋谷云：「盛唐諸公頗尚不用沈、宋格調，然亦無兩聯皆律者。」可知矣。五古平韵者，斷不可一聯用律。五律必用對偶粘聯，古詩則不然，間或用對偶，必不用粘聯，所以別乎律也。其用對偶處，亦必於上句末字拗之，如平韵拗平，仄韵拗仄，所以別乎律也。秋谷云：「近體有用仄韵者。仄韵古詩，却自不同，只在粘聯及上句落字中細玩之。」正謂此也。律詩不宜用拗，古詩逢律句，却貴用拗救之。

七古平仄法：七律句非三平四仄即三仄四平，亦二平二仄相間用之。七古句則不然，其句法於四平三仄、四仄三平外，又有五平五仄句、六平六仄句、七平七仄句，其每句平仄相隔、相間等法皆與五古句同，不過於五言句上加平平、仄仄二字耳。單句只論第七字，除首句押韵外，其餘三五七九等句末一字俱要細論。平韵者此字不宜再用平，須以上、去、入三聲字相間用之。仄韵單句可以類推。雙句首二字不細論，只論下五字。而平聲一韵到底不換者，又以第四字用仄，五、六、七三字用平爲正調。其或第四字有不能不用平者，第六字必用仄聲以救之，不可仍用平聲，致乖音節。不用第五字救而必用第六字者，所以別乎律也。律句中有六、七二字皆平者，其五、六、七三字連平者，亦以別乎律也。律句中無下三字連平者。仄聲一韵到底不換者，雙句下五字以平平仄平仄爲正調，與五言同。

或第四字用平，五、六、七三字用仄亦可。一韵到底之體，以不用律句爲正，間或用之，亦必有拗字，句法乃健。至轉韵體、柏梁體、初唐體，則不妨參用律句。秋谷先生云：「平韵句法中有數句，雖是古體句，惟柏梁體可用，餘體俱不可用，用之即爲失調，不可不辨。轉韵體尤忌。如仄仄平平平平與仄仄仄平平平是也。又如平平平平仄平平亦當酌用，轉韵體中尤不宜，以其乖於音節也。」按：此三句皆七古中之落調，最宜避之。五平二仄之句，其二仄或用於三、四，或用於四、六，或用於五、七，俱可。斷不可用於一、二，不可用於二、三，亦不可用於四、五也。六平一仄之句，其一仄字只可用於四、六、七等位，餘俱不宜用。又秋谷云：「雜言句法與五七言句法皆同，其八、九、十與十一字句，不過因七言句擴而充之，亦只在末四字中尋筋節。其轉韵處與轉韵歌行同，至三字、四字句則不拘，可以意會。」

近體平仄總論：近體者，律詩、絶句之總名也。律、絶起於唐人，故唐人謂之近體，以别乎古律詩之義，謂其有法律也。然古詩絶句豈無法律？此獨謂律，恐主用調説。蓋每調四句，律詩八句，前後兩調，同歸一律，故謂律。絶句之義，或謂一句一斷，非也。當亦主調説。調至四句而絶，詩亦四句而絶，故謂絶。此律、絶之義也。其平仄之法，視古詩爲更密，則非第「一三五不論，二四六分明」之謂也。

有調平仄法：調者，調和平仄，使一句中上下均匀，不至過多過少之義也。其法每二平二仄相間，有連用三平三仄者，以句法有變换，而五七言句皆單數，不得不爾也。以五言論，三平者必二仄，如平平平仄仄是也。三仄者必二平，如仄仄平平仄是也。以七言論，四平者必三仄，如平平仄仄平平仄是也。四仄者必三平，如仄仄平平平仄仄是也。餘可類推。

有對平仄法：對者，匹敵之謂。兩句既是一聯，平仄必須變换，方不合掌，方有聲調。以仄對平，以平對仄，五言如平平平仄仄對仄仄仄平平，七言如平平仄仄仄平平仄對仄仄平平仄仄平是也。不可以平對平，以仄對仄。惟七律、七絶第一句多押韵，故第二句平仄於對换之中而微有變通。如首句平平仄仄仄平平，次句對仄仄平平仄仄平，第五字以仄對仄，因兩句皆押韵，不得不倒轉故也。

有粘平仄法：粘者，如以膠粘物，合而一之也。平仄必用粘者，合四句而爲一調也。蓋平仄一調只有四句，二與一、四與三皆有對待之義，故皆主於對。三與二有接續之義，四與一有循環之義，故皆主於粘。若只有對無粘，則上下不相屬，首尾不相顧，尚得謂之一調乎？故曰粘者，合四爲一調也。其法以三句第二字之平仄與二句第二字之平仄相同，則兩句之平仄即大概相同。同即粘也，是三與二粘矣。三與二既粘，四固三之對，一固二之對，其平仄亦自相同，是四與一亦粘矣。迴環周流，不能增減移易，天然一調，此粘之義也。如二句平平仄仄平，二字是平。三句用平平平仄仄，二字亦平是也。

有聯平仄法：聯者，聯絡貫穿之義，指律詩中之偶句。謂其一句聯上，一句聯下，通上下之平仄聯絡而言，非第對偶之謂也。其法如八句律詩，除起結外，中四句名爲兩聯，以其以前聯之上句與起句之下句相粘聯，以前聯之下句與後聯之上句相粘聯，又以後聯之下句與結句之上句相粘聯。每一聯一句聯上，一句聯下，前後既相聯屬，本聯又相對待，則一篇平仄銜接而下，無不貫串，聯於一律矣。此「聯」字之義，即律詩用聯之義也。或單以對偶句即謂之聯，不知絶句未嘗無對偶，何以不謂之聯乎？

有用調法：調者，腔調之謂。近體必有腔調，乃可被之管絃，故謂之調。每調止四句者，以一對一粘，再一對，止有四句，而平仄即相周流，不能增減移易。其説已詳於前。有平起調，有仄起調，皆以首句第二字之平仄定之。其以第二字定之者，以近體平仄皆二平二仄相間故也。平起調，五言如平平平仄仄、仄仄仄平平、仄仄平平仄、平平仄仄平，七言如平平仄仄平平仄、仄仄平平仄仄平、仄仄平平平仄仄、平平仄仄仄平平，皆首句第二字平也。仄起調，五言如仄仄平平仄、平平仄仄平、平平平仄仄、仄仄仄平平，七言如仄仄平平平仄仄、平平仄仄仄平平、平平仄仄平平仄、仄仄平平仄仄平，皆首句第二字仄也。其用調法，除絶句只用一調外，律詩用二調，六韻用三調，八韻用四調，以至百韻，皆以第一調爲主。第一調平起者，以下俱用平；第一調仄起者，以下俱用仄。周而復始，重叠用之，使一篇之調同歸一律。此律詩與長律用調之法。

拗體法：詩有正體，又有拗體。拗體者，應平而仄，應仄而平，變正體之平仄而與之相拗，故謂之拗。平仄中之變調也。有故意用拗者，如古詩逢律句，須拗一二字以健其句是也。有不得已而用拗者，如遇天然湊泊之句，不可改移一字，則不得不拗。或上句既拗，下句不得不拗以救之，皆是也。有拗一句者，拗二句者，拗三句者，拗四句者，拗五句、六句者。或前四拗、後四不拗，或後四拗、前四不拗，或前後拗、中四不拗，或中四拗、前後不拗。律詩無八句全拗者，八句全拗，即古詩矣。以前四拗、後四諧爲拗律正體。有謂必拗第三句者，誤也。杜詩「東閣官梅動詩興」，首句即拗。一句中有拗一字者，有二字者。五言拗在三、四兩字，七言拗在五、六兩字。七言之五、六字即五言之三、四字，以七言句不過於五言上加二字故也。有拗句可以不救者。五言如「星臨萬户動」，第三字宜平而仄，下句「月傍九霄多」，第三字仍用仄，以上已有二平，可不救也。秋谷於「親朋盡一哭」句「盡」字下注「可仄」二字，正謂此也。如「遥憐小兒女，未解憶長安」，上句第三字宜平而仄，第四字宜仄而平，皆拗，而下句第三字仍仄，以本句自救且有三平矣，故下句可不救。有可救可不救者。如「野店正分泊」，第三字宜平而仄，下句「繭蠶初引絲」，第三字拗，平以救之。秋谷注云：「第三字救上句。」又注云：「亦可不救。」又注云：「二句律句中拗。」此何故耶？蓋秋谷曾云：「起句仄字多，如仄仄仄平仄或平仄仄平仄，下句須用三平或四平，如仄平平仄平或平平平仄平是也。」此第三字救上句之義也。又有云：「上句第三字仄，下句第三字斷宜平。」在首聯，唐人或有不拘者，此亦可不救之義也。至下注云「二句律中拗」者，以上句第三字仄既在首聯，或可不拘，下句又是拗中自救之句，本非爲上句設，因自救而救上句故也。有必當救者，如「行人碧溪渡」，此第四字宜仄而平，第三字若不拗仄則四平矣，故斷斷用仄以救之。此上句之本句必自救者也。如「繭蠶初引絲」，第一字宜平而仄，第三字斷斷用平以救之，不則夾平成古句矣。此下句之本句必自救者也。本句既自救，則可不用上下句救。又如「冉冉跡始去」五字俱仄，下句「悠悠心所期」，「心」字宜仄而拗平者，因上句三、四兩字皆當平而反仄，若不以下句之第三字拗平救之，則落調矣。蓋每句必三平二仄，或三仄二平。一聯中以對待爲主，上句既偏於仄，下句不可不以平矯之。秋谷於「心」字下注云：「此字必用平。」正此意。又如「高閣客竟去」，一平四仄，下句「小園花亂飛」，「花」字拗平，亦此意也。此秋谷所云：「上句第三字平，下句第三字可仄。若上句第三字仄，下句第三字斷斷宜平。」首聯或可不拘，二聯必不宜不嚴者也。又云：「上句仄仄平仄仄亦同。」此皆拗句之必用救者也。七律如「苦憶荆州醉司馬」，第六字宜仄而平，故第五字拗仄以救之，不則連用四平矣。此本句拗而自救者也。若「九江日落醒何處」，「醒」字宜平而仄，下句「一柱觀頭眠幾回」，第三字「觀」字宜平而仄，故第五字「眠」字宜仄而必拗平以救之，此救上句之「醒」字，亦救本句之「觀」字也。又如「雲白山青萬餘里」，第五「萬」字可仄，以上三、四兩字皆平故可，蓋第五字仄，上二字必平，若第三字仄，則落調矣。五言亦然。又拗律上下句亦須帶粘，若不粘不諧，便成古詩。又如仄平仄仄仄，律詩中之落調也，非拗也。仄平仄仄平與平仄平仄仄，此古句也，非拗也。觀此，則字字須論，如「繭蠶初引絲」，第一字宜平而仄，故第三字宜仄而必拗平以救之。是論一字、三字也。「一柱觀頭眠幾回」，第三字宜平而仄，故第五字宜仄而必拗平以救之，是論三字、五字也。誰云「一三五可不論」乎？此拗律之大略也。至七古上句雖不□論，逢律句亦須用拗以健之。如蘇詩之「清詩兩幅寄千里」，拗第五字是也。舉一反三，在好學者深思而自得之。

騷壇八略下卷

洪洞王楷蘇眉山甫著

家數略

法律既明，不可不講家數。學者作詩，立志貴高，擇途貴正，若不明大家、名家、小家之别，將有舍康莊而入岐路、棄和璞而寶碔砆者矣。按梁鍾嶸《詩品》多不甚允，《嚴滄浪詩話》頗有可采，而僅止於宋。明末諸人，全爲門户起見，信口雌黄，豈足爲據。本朝諸公持論大致平允，而惟漁洋先生之論吾無間然。又歸愚先生亦遵漁洋而微有異同。今以兩家之言爲宗，略參己見，補所未逮。自漢始至本朝止，譜家數。

漢代以蘇武、李陵及《古詩十九首》爲大家。

魏以曹植爲大家，徐幹、劉楨、王粲輩輔翼之。阮嗣宗雖另一派，亦大家也。

晉初以左思、劉琨、郭璞爲大家，二陸、三張之屬皆不及也。東晉則以陶潛爲大家。

劉宋之世以謝靈運爲冠，鮑昭亦爲大家。顏延年與謝惠連輩皆名家也。

齊代則謝朓獨步，王融亦大家也。

梁代以江淹、何遜爲大家，沈約、范雲、吴均、柳惲輩皆名家也。

陳代以徐陵爲大家，江總、陰鏗輩名家也。

北朝魏、齊之間，顔介最爲高唱，高敖曹、斛律金二君可敵南朝沈慶之、曹景宗。至劉昶、蕭慤，亦未易才。

後周以子淵、子山二人爲最。

隋以煬帝爲冠，楊素亦非餘人所及。薛道衡輩名家也。

唐初王勃、楊炯、盧照鄰、駱賓王號稱四傑，陳子昂、杜審言、宋之問、沈佺期、張説、蘇頲、張九齡輩皆稱大家。

盛唐王維無體不佳，允稱大家，高適、岑參、李頎、孟浩然輩輔翼之。李白、杜甫二公則前無古人，後無來者，卓絶千古矣。

大曆以後，韋應物、柳宗元長於五言，劉長卿、劉禹錫長於近體，韓文公長於古體，皆稱大家。盧綸十才子及元微之、白居易、李益、李賀、孟郊、賈島輩皆名家也。

晚唐則司空圖、杜牧、李商隱、温庭筠亦後來之秀。

宋歐陽修爲大家，蘇舜欽、梅堯臣、王安石等輔之。而以蘇軾爲一代之冠，阮翁稱爲千古一人。黄庭堅、晁補之、秦觀、張耒、李廌、陳師道爲蘇門六君子。又坡、谷稱蘇、黄。又黄爲江西派之祖。陸游、范成大，南渡之雄也。

金朝則元好問獨步，漁洋先生稱爲東坡後一大作手。劉迎、李汾亦稱大家。

元朝則以虞集、楊載、范梈、揭奚斯爲四大家，又以虞集爲之冠，吴淵潁、廼易之、薩天錫皆足輔之。又張翥亦爲大家，趙子昂輩名家也。

明初以劉基、高啓爲冠，永樂後李東陽亦稱大家，而未極其盛。自李夢陽、何景明二公出，遂盡掩諸家，並雄一代，終明之世，無能比其肩者矣。徐禎卿、王子衡、邊廷實亦堪輔翼。楊慎另張一軍，高叔嗣別成一隊，自足名家。李于鱗、王元美并足追踪李、何，亦稱大家，謝榛之近體亦堪名家。後人爲門户起見，攻擊李、何、李、王，不遺餘力，不知數公之詩固在，識者當自能辨之，烏得以一己偏私之見，簧鼓一世哉？適自呈其陋而已矣。隆、萬以來，高攀龍、歸子慕五言雅淡，吾鄉邢少鶴大道七律精工，并足名家。至鍾惺、譚元春輩入僻澀一路，直不足以言詩。沈歸愚先生曰：「詩至鍾、譚諸人，衰極矣。陳大樽壄闢榛蕪，上規正始，可云枇杷晚翠。」此言是也。少鶴山人有《白雲巢集》行世。

國朝宋荔裳琬、施愚山閏章、陳説巖廷敬、王西樵士禄、朱竹垞彝尊、宋牧仲犖、吴天章雯、趙秋谷執信、查初白慎行諸先生皆稱大家，而王漁洋先生士正則主盟騷壇，提唱風氣，垂五六十年，天下學詩者奉爲圭臬，無異詞焉。其唐之工部、宋之東坡耶？近有爲門户起見而微生異議者，所謂「蚍蜉撼大樹」也。長洲沈歸愚德潛、吾郡賈蘅皐澤洛兩先生皆卓然成家者。歸愚先生顯達且操選政，故其名著。蘅皐先生隱居，故人鮮知之。先生業詩七十餘年，所著《雲溪詩鈔》十二卷，宗法老杜，閩中洪午塘先生世佺點定，其門人臨汾樊冰如太守士鑑乾隆丙午刻一卷於都門，午塘先生序也。其全集余收藏之，他日當刊以問世。當代宗工大匠，指不勝屈，以上諸先生皆前人已標品題及余耳目之所及者，故特著之。余之所未知者，不敢妄爲臆説云。

學殖略

嚴滄浪云：「詩有别才，非關書也。詩有别趣，非關理也。然非多讀書窮理，則不能極其至。」余按古今稱詩者莫如李、杜，詩文兼之者莫如韓、蘇。而論者則謂杜詩韓文，無一字無來歷；東坡押韵，無一字無出處。嗟乎，此足以識古今詩人中之大家矣。近世學者不學古人之學，而欲詩古人之詩，是南轅而北轍也，不亦難乎，不亦難乎！譜學殖。

有當先讀之書，《毛詩》、唐絶是也。今三尺童子，《四書》已畢，莫不讀《毛詩》矣，然以爲讀經而已，孰知其爲詩者？故世有《毛詩》透熟，搦管作詩却不能道一字，此教者之過也。法在授經之始即語之曰「此經也，即詩也」，每讀一章，必爲講其大旨，及比、興、賦，《風》、《雅》、《頌》之别，而又勿令以讀書之聲讀，令其如歌曲者然，學者將不以爲苦而以爲樂，不俟讀全部畢，而作詩之旨趣已了然胸中矣。論讀詩正法，則當從五古讀起，使知用意。論應試，當從試帖讀起，庶爲簡便。今曰唐絶何也？蓋古詩、試帖，篇幅較長，法律亦細，初學未易領略，試帖又只隨物賦形，無所發明，從此入手，必致徒事形貌，汩没性靈。絶句只四句，最易明了，而又字字句句，俱有意味，從此入手，庶知詩道性情，非第風花雪月而已，况有平仄，兼可明聲調乎。

有當熟讀之書。如楚《騷》全是一副忠愛衷腸，感觸無端，故寫來悲憤淋漓，令讀者欲歌欲泣，與《毛詩》相表裏。讀《毛詩》後即當進之以此，使生其情。再選漢、魏、六朝諸家詩共一卷，唐初、盛諸家各體詩共一卷，李太白古近體各一卷，杜工部古近體各一卷，韋、柳五古一卷，大曆後諸家近體共一卷，韓昌黎七古一卷，李賀、杜牧、李義山、温飛卿共一卷，東坡七古一卷，山谷、放翁七古一卷，元遺山各體共一卷，虞、楊、范、揭共一卷，李、何、李、王共一卷，漁洋先生各體共二卷，近日紀曉嵐先生試帖一卷，使之朝夕熟讀，以定其趨。

有當徐讀之書。讀經書後不讀《左》、《國》、《史》、《漢》、子、集諸書，無以博其趣也。不讀鑑書，無以擴其識也。然諸書卷帙浩繁，若欲盡讀，日亦不足，須於各體中先擇其最佳最要者各數十藝，手抄讀之，其餘徐爲擴充可也。鑑書如《資治通鑑》、紫陽《綱目》等書，俱難卒業。近有《通鑑攬要》等部，最爲簡便，可以讀之。其大部亦徐爲擴充可也。此是根底之學，所當徐爲蓄積者，况其益又不止僅爲作詩地也。

有當涉獵之書。如二十一史、本朝《寰宇通志》、唐宋以來各家文集、《漢魏叢書》、《唐宋叢書》、《昭代叢書》、《百家小集》等部是也。

有當翻閲之書。《昭明文選》、《文苑英華》、《全唐詩選》、《宋》、《元詩鈔》、《中州集》、《明詩別裁》、

《本朝詩别裁》、《館閣詩選》等是也。

有當常翻閲之書。如李杜二公集、《李義山集》、《施注蘇詩》、《漁洋精華録箋注》，備極作詩之變態，且各有注釋，兼益腹笥。又前人詩話如梁鍾嶸《詩品》，唐司空圖《二十四品》，宋姜白石道人《詩説》，嚴滄浪《詩話》，王世懋《藝圃擷餘》、《漁洋詩話》、《古夫于亭》、《詩問答》、《説詩晬語》，皆當時常翻閲。

有當備檢對之書。如《文獻通考》、杜佑《通典》、《潛確類書》等，無門不備，可備參考。

有當常用之書。《佩文詩韵》、《事類賦》、《韵府群玉》、《方輿勝覽》等是也。

有必不可用之書。如《而庵説唐》、《杜律通解》、《最豁解》等書，穿鑿附會，任意改竄，將詩都説成死的。又如《詩學圓機》等，將詩又弄成活套，初學得之，并不用自作，不論何題，改頭换面，録上便是。子弟本有才情性靈，却被此等書堵煞矣。貽害不淺，必不可用。

近日選本之最佳者，無如御選之《唐宋詩醇》，漁洋先生之五七言《古詩》、《十種唐詩》、《唐賢三昧集》，歸愚先生之《唐詩别裁》，曹容圃先生錫寶之《唐詩約選》，試帖則紀曉嵐先生之《庚辰集》，當各置一部，以便誦習。

練習略

曹子建七步成章，温飛卿八叉作賦，李謫仙日試萬言，倚馬可待，果皆天授，非關人力耶？杜工部云「獨立蒼茫自課詩」，習之謂也；「新詩改罷自長吟」，練之謂也；「老去漸於詩律細」，練習有得之謂也。至「筆落驚風雨，詩成泣鬼神」，與李太白之「興酣落筆摇五嶽，詩成笑傲凌滄洲」，韓文公之「朝爲百賦猶鬱怒，暮作千詩轉遒緊」，李義山之「濡染大筆何淋漓」，蘇東坡之「新詩如彈丸」，皆爐火純青，丹成九轉，練習到家之謂也。則欲才之敏、詩之佳，未有不由練習而來者。譜練習。

練習之功，全在常作。不作則不熟，不熟則不佳。法在日作一首。

又在於求好。不求好而信手寫去，雖日日作詩，將終身不佳也。法在每作一篇，必有得意處，有勝人處，有人人道好處。將一切好處平日留心，臨文檢點，久而自佳。今開於左，以便觀覽。

唐司空圖《二十四品》：雄渾、沖淡、纖濃、沉着、高古、典雅、洗鍊、勁健、綺麗、自然、含蓄、豪放、精神、縝密、疎野、清奇、委曲、實境、悲慨、形容、超詣、飄逸、曠達、流動。

海棠書屋學規《詩中八美》：雅正、清腴、秀麗、雄偉、超妙、奇肆、淡遠、勁悍。

又有四得：得旨、得竅、得勢、得神。

又在於去病。病不去，雖有好處，亦非完璧。如奇石美竹與瓦礫荆棘雜處，號爲穢墟，誰過而問之乎？法在一題到手，先將一切病痛力求删除，方始落筆。如雙聲叠韵之類，雖不必盡拘，然既知是病，無寧去之爲愈，勿留人口實也。每作一篇，即一一檢點，久而無病矣。今開於左，以便洗滌。

沈約所列八病：雙聲、叠韵、蜂腰、鶴膝、大韵、小韵、旁紐、正紐。

唐釋皎然所列四離：雖期道情而離深僻，雖用經史而離書生，雖尚高逸而離迂遠，雖欲飛動而離輕浮。

又皎然所列六迷：以虚誕爲高古，以緩漫爲沖淡，以錯用意爲獨善，以詭怪爲新奇，以爛熟爲穩約，以氣少力弱爲容易。

嚴滄浪所列五俗：俗意、俗字、俗句、俗韵、俗體。

海棠書屋學規《詩中十四病》：杜撰、重複、合掌、汗漫、油滑、迫促、鈍拙、淺露、平庸、冗雜、粗俗、僻澁、怒張、黯淡。

作詩要先尋題命脈所在。得其命脈，一眼注定，四面攻擊，自然中肯。一切旁雜邊際語意，何由繞其筆端？

作詩要尋題之竅窾，乘間而入，一筆渾灑，自然得機得勢，生氣勃勃。

作詩要經營慘淡，格局間架安插妥當，若率然命筆，定多疎漏。

作詩要先下意。詩之有意，如人之有骨，人而無骨，尸行而肉走矣。且骨相好則人自好，意思佳則詩自佳。故命意不可草草，千思萬索，自然出人意表。

作詩要查典故。詩無典故，豈能富麗？初學胸中無書，平時須要常看，臨時又當檢查。每拈題，看是何類，取《事類賦》等書先一檢點，然後命意修辭，以意運典，而不以典運意。既不枯淡，亦資記誦，久而博雅矣。李義山每作詩文，書籍左右鱗次，號「獺祭魚」，良有以也。

作詩要知修辭。辭不修，意雖好，未爲工也。須將俗字、閒字、泛字俱爲掃除。

作詩要改，要改了又改，意不佳改意，辭不佳改辭。昔歐陽公作文草就，貼於齋壁，出入輒加竄改，必意無餘憾乃止。故每至謄真，原稿或竟不存一字。如作《醉翁亭記》，原稿寫某山某山幾數十字，及落真僅删作「環滁皆山也」一句，此可以悟改詩之法矣。又學者平日訂一白本，每有得意之作即録之，暇則翻閲，有瑕即改，庶成完作。且數年後觀之，亦足驗所造之境地也。

作詩要求敏捷。分題拈韵，刻燭見奇，非平日演習之功，豈能咄嗟便辦？法在日日要作，由一首起手，漸漸增去，一午可作七律十首，斯能事矣。

作詩不可勉强，情懷不佳不作，興會不到不作，景致不雅不作，題目不好不作。而又有不盡然者，作應制律詩，欲求熟練，每日工夫却不可缺，雖不欲作，亦須勉强了結。到得成熟之後，風簷寸晷，自能運筆如風，千言立就矣。

作詩要不拘時地，得意疾書，恐少縱即逝也。歐陽公謂生平詩文多得之枕上、馬上、厠上，以他人必不用之時地而公用之，故成大家。學者作詩，當存此意。

作詩要自出心裁，不可襲用前人詞意。拈題後要豪傑自命，有目空千古、推倒一世之意。

作詩要脱棄凡庸，自然出人頭地。

作詩要放倒一切，心空神暢，自有妙境。

作詩要弄題如丸，不爲所縛。

作詩須就當前真情真景説去，方見親切。更須有自己在，不可著别人移易去。場中制律，却不必然。

作詩須骨幹、氣魄、神味、情趣、聲調、色澤、丰韵兼備，斯覽者色飛而眉舞矣。

少年作詩須如美女簪花，倍增艷麗；如芙蓉出水，别樣新鮮；如百戰健兒，精悍絶倫；如千金駿馬，俊偉非常。令閲者心游目想，色駭神驚，方是必售之技，不可平平無奇。

作詩須求至境，而工夫又須漸漸做去。第一先求穩，由穩至於精，由精至於高，由高至於入神，至矣。

李太白天仙化人之筆也，杜工部神出鬼没之技也，其神之謂乎？學者於此求之，有餘師焉。

領悟略

昔夫子誨人，一則曰「一以貫之」，再則曰「一以貫之」，又曰「舉一隅不以三隅反，則不復也」。非示人以悟乎？聖門之賢者七十二，惟子貢因論學而知《詩》，子夏因論《詩》而知學，夫子皆許其可與言《詩》。可見「悟」之一字，凡事皆然，而於詩學爲尤切。古今大家之詩，曰才、曰氣、曰學，而其實未有不由於悟者。今欲學者易鈍根爲靈根，換凡骨爲仙骨，其必以悟爲金丹矣乎？譜領悟。

學者作詩作文，全貴善悟。若膠柱鼓瑟，刻舟求劍，將古人包羅萬象之言盡歸無味，師儒指點一切之語都成拘墟，何由登峰而造極乎！蓋悟也者，學者所從入門處，亦學者所由入聖處也。

有通達之悟，有透徹之悟，有貫穿之悟，有引伸之悟，有一得之悟。由一得而引伸，由引伸而貫穿，由貫穿而透徹，由透徹而通達。

悟在於心静，不静則動矣，動何由悟乎？又在於心虚，不虚則實矣，實何由悟乎？

悟之機在觸，不觸則不悟也；悟之妙在疑，不疑則不悟也。而其要則在思，不思則雖觸雖疑亦無由悟也。《易》曰：「思之重思之，鬼神來告之。」《莊子》曰：「用志不紛，乃凝於神。」其斯之謂乎？

領悟之法，於讀古人詩時求悟。蘇東坡論讀書，每篇分作數番讀，先求其用意處，次求其用筆處，次求其用典處，一切練格、布局、修辭無不皆然。每番作數十回讀，必得其妙而後已。一篇如是讀，篇篇如是讀，久而自悟。詩亦當如是讀。

於看近人詩時求悟。看近人詩不同於古人之詩，古人之詩佳處多，不佳處少，近人詩則不盡然。須見其佳處，即想到自己作詩當如是；見其不佳處，即想到自己作詩不可如是。

看自己詩求悟。自己詩又與他人不同，他人詩不能常見，自作則時時可見。每隔數月翻閲一遍，或數年翻閲一遍，有前以爲是後知其非者矣。此是進境，亦是悟境也。

每作詩一篇，即呈前輩先生深於詩者改政，或同輩亦可。其圈點改抹處、下評語處，不可輕易放過，要細細留心玩味，自有悟入處。

每於讀詩之暇，將古人佳句或近人佳句摘録一本，時常翻閲，領會不少。

他書中有與詩法表裏者，留心紬繹。

古人詩話，大抵皆閲歷有得，度世金針。時時翻閲，大有裨益。

朋友笑談之會，往往霏玉吐珠，最宜領略。

結社賦詩，其悟更多。

登臨之際，花月之場，妙緒紛披，觸處皆詩，往往會心不遠。

領悟之端，指不勝屈，全在處處留心。由一知半解，觸類引伸，以馴致於探天根、穿月窟，豁然貫通，斯得之矣。

款式略

客有問於余者曰：自《源流》以至《領悟》，此七略者，騷壇之能事備矣。執金鼓而當大敵，奪標藝苑，拔幟文場，無之不可矣，奚《款式》之爲乎？應之曰：客見夫大將登壇而不擁節旄者乎？大將當敵而倒持戈矛者乎？詩以風雅爲宗者也，款式不明，貽笑大方矣。詩以獻納爲用者也，款式不明，見擯棘闈矣。其不爲敵人之禽而仗馬之斥乎？今譜爲初學而作，又安得不以款式爲兢兢也。譜款式。

製題款式：窗下作排律，無論真草，俱加「賦得」二字於題上，題下右旁以小字注明得某字五言幾韻。如限韻，則寫限某字五言幾韻。作應制五七言古近體，有應加「賦得」二字者亦須加之，題下應注明幾言某體等字者亦須注明。平常與朋輩詩箋往來、贈答題咏，及自訂存稿行卷，製題亦須講究。倘欠雅馴，識者呰之。須於唐、宋大家集中留心看其製題何如，自己製題自然大方。一切官銜稱呼，更宜留心。

起草款式：草稿雖無關緊要，然是謄真之地，即當依式寫去，謄真時自無錯誤。場中草稿更宜照式，不則犯貼矣。

謄真款式：平日作應制詩謄真，無論試帖與古、律、絶句諸體，俱以格紙爲主。題前詩後俱空二格，以留擡頭地步。須用端楷，不得潦草。其字以場中謄卷字樣爲式，不宜過大過小。

寫詩柬就政於人及贈答次韻等款式：用柬紙、披紙俱可，字則真草行書俱可，大小不拘，以詩之長短，柬紙之廣狹定之。先寫詩，次寫款。其款於詩後低二格寫題；題後另一行提，與詩平寫所柬者之款；又另一行低數字以中間爲則，寫自己之款。如就政詩，則於詩後低二字寫「某題某體幾首恭呈」；再另一行提，與詩平寫「大吟壇某翁老先生教政」；再另一行低數字寫「某號某人具稿」，款下留印章之地。如本行無地，即在款後另一行與名字平，用印章亦可。贈答亦如前式，寫「某體幾首恭贈、答大吟壇某老先生并求教政」，「某號某人具稿」。和韻、次韻亦如前式，寫「奉和某題原韻」，或「恭次某題原韻」，或寫「次韻某題恭呈大吟壇某老先生教政」，「某號某人具稿」。按「恭呈」二字有寫「録呈」者，有寫「奉柬」者，有寫「奉寄」者；「大吟壇」三字有寫「大詞宗」者，或有不寫此三字而徑寫「某老先生」等字者，或有寫「某老詞宗先生」者，或有寫「某老詞兄先生」者，或有單寫「詞宗」、「詞兄」等稱而不寫「先生」者，或有寫於「先生」之下，去「大」字而但曰「詞壇」、「吟壇」者。「先生」二字或有當易寫稱呼者，或有不當寫「詞宗」、「先生」等字而單寫稱呼者。「教政」二字有寫「郢政」者、「斧政」者、「改政」者、「削政」者、「郢削」者、「斧削」者，有加「並求」二字於「教政」等字上者。又有添寫「兼乞賜和」者。自己款上或有不當寫「某號」二字而單寫稱呼者，「具稿」二字有寫「拜稿」、「具草」，或「未定稿」、「未定草」等字者。以上所列數條，不過標一款式，臨時酌用可也。

存稿款式：用川連十五張，俱分爲二，訂作一卷。將平日得意之作，隨作隨録。第一行頂格寫某詩稿，第二行於中間起手寫某處某人某字，第三行空一字寫現年干支，第四行空二字寫詩題，第五行頂格寫詩。或詩有小序者，於題下右旁接寫「有序」或「有引」二小字。第五行低題一字寫序，寫序畢，再另一行頂格寫詩。以後有得意詩，挨次録之。録畢，另訂一卷，如式録之。每年必記干支，以便他日翻閱，庶可證其境地也。

行卷款式：行卷不同存稿，存稿不過自存底稿，以便翻閱改政，行卷則就政先生大人。開首第一行空二字即寫題目，第二行頂格寫詩，不可寫某稿某人手著等字樣。以後挨次寫詩，不拘首數。其卷之厚薄，十數頁足矣。卷面中間微偏下些單寫自己名字，左邊寫「呈政」二字，作兩行，第一行空二字寫「呈」字，第二行頂格離邊二三分寫「政」字。

格紙款式：以川連紙之半作一幅，上界邊寸半，下界邊半寸，兩旁界邊各一寸，中間用兩豎行作兩面界限。每行離中摺二分，兩面豎行各九，取疎落也。横行各十九，分篇章也。或二十一，惜空白也。過二十一其字小，不及十九其字大，二者與闈中謄卷字樣相符，故取則焉。

場中寫詩款式：其式俱如平日，已見於前。惟平仄平日或用拗句，場中必不可用，只以正式爲是。聖諱、御名，必不可犯。又詩中頌聖有單擡頭、雙擡頭，不可誤寫。應擡不擡，應雙而單，皆干貼例。平日留心，場中檢點，庶免錯誤。今開於後：

單擡字樣

禁闥、禁闈、禁中、禁城、禁苑、禁籞、禁林、龍樓、龍津、龍池、龍輦、宫闕、宫闈、宫殿、宫中、宫漏、宫車、珠宫、宸京、神京、玉京、明堂、鳳輦、鳳闕、鳳閣、鳳城、鳳樓、鳳池、鳳沼、丹闕、丹墀、丹陛、彤庭、彤墀、國朝、國家、黼扆、黼幄、御苑、御溝、天街、天衢、天家、天仗、天樂、上林、上苑、玉樓、玉仗、玉殿、玉砌、玉階、玉輦、昌期、太平、太液、瑶階、璇閣、中朝、温室、雕輦、九天、朝野、三殿、紫庭、翠華、霓旌、仙樂、芝蓋、璇宫、瑶臺、瓊室、靈和、靈沼、靈臺。

雙擡字様

大君、元后、聖人、仁君、一人、聖明、聖主、聖德、聖心、聖衷、聖恩、聖學、聖化、聖量、聖朝、聖澤、聖世、聖治、聖契、聖道、聖功、聖製、聖代、帝王、帝德、帝心、帝澤、帝治、帝道、帝眷、帝力、帝居、帝圖、帝城、帝閽、帝闕、皇心、皇圖、皇情、皇居、皇極、皇都、皇州、天德、天鑒、天錫、天上、天眷、天王、天題、天澤、宸衷、宸聰、宸心、宸鑑、宸遊、宸襟、宸翰、宸宫、宸居、神功、神謀、神謨、神化、睿慮、睿算、睿鑑、睿藻、君恩、君德、御製、御筵、御籍、恩膏、恩波、恩澤、堯天、堯砌、堯德、堯封、堯階、上治、郅治、盛治、至治、清時、清朝、清廟、化宇、化日、軒后、舜日、禹功、盛世、熙朝、主極、渥澤、雨露、皇輿、深恩、萬歲、孝享、熙世、陶甄、久照、黄屋、丹詔、垂裳、端冕、天朝、九重、靈詔、紫宸、楓宸、黼座、巽命、醲化、綸音、綸綍、恩綸、寵錫、寵渥、寵命。

右擡頭字様，不過即目前摘録，其未録者尚多，隨時酌寫可也。凡以天子身心言者，皆雙擡之；以天子所用之物、所居之地言者，皆單擡之。

（吴忱、楊君、劉奕點校）

南苑一知集論詩

南苑一知集論詩提要

《南苑一知集論詩》二卷，據同治十二年關中敦倫堂刊《馬氏叢刻》本點校。撰者馬魯，字希曾，陝西大荔人。乾隆二十五年舉人，官甘肅寧静學正。有《山對齋文詩存稿》。按《南苑一知集》有裔孫馬先登同治十二年癸酉序，又有馬魯原序。今俱録冠於卷首，以明論詩所自。所論詩體詩法，看似老生常談，細按之實皆深切著明。大抵論體重音韵平仄，論法重表達之藴籍，所標舉之詩例亦精當，故其説頗具示範性，不僅有益初學，即深於詩者亦不無啓發也。

南苑一知集摘刻序

余馬氏自前明正、嘉而後，代有傳人，非特殊勳顯宧，卓著一時，即文章著述，亦且其書滿家。越百數十年，時易世殊，有族祖南苑公者，尋墜緒之茫茫，思承先而啓後，余家文獻之賴以存者，厥功甚偉。公以乾隆庚辰舉於鄉，所著有集，曰《南苑一知》。由司鐸隴干暨出宰安遠及歸田以後之所見所聞，與夫斅學而有得於心者，編爲十卷。顧其學術淹通，記聞該洽，仍退處於一知半解之列，不敢若陶弘景所言「讀書萬餘卷，一物不知，深用爲恥」，以自夸詡。蓋前輩雅度之謙沖過人類如此，實亦深有見於學問之道無窮，未可以偶有一知，自封其域也。曩序刻《關西馬氏行世録》，以兵燹之餘，未見全集爲憾，僅得於友人鈔本，刊其《南華瀝摘萃》一編，以供人世一管之窺、一臠之嘗。茲又得獲數本於邑趙孝廉繩先家，蓋孝廉之祖屏若曾親受業於南苑之門，故得出其珍藏，藉資編輯。則是寶光不容終閟，向之以未獲見爲甚憾者，今且轉而爲甚幸矣。此亦或有數存乎其間乎？伏讀集中《山對齋詩古文辭》，存稿無多，若夫天文地紀、易數理學、韵書算法，旁及六壬奇門遁甲，靡不摭異矜新，兼收並蓄。而《金剛般若波羅蜜多心經評注》尤詳，意在取其文法，爲學者開一隅法門，不得以援儒入釋，横加訾議。惟全集卷帙浩繁，剞劂非易，摘其詩若文及《論詩》、《叢談》數種，先付諸梓。中有頭緒紛雜，未歸一律者，妄以己意，參錯類輯，珠聯而繩貫，俾閱者心目較易了豁。雖未獲盡窺全豹之華，飽饜天廚之味，而向所爲窺一管而嘗一臠者，於此又進一境矣，顧不快與？予因有感於書之顯晦各自有時，從古以來，作者固難，述者亦正不易。夫箕裘堂構之風，雖田舍翁尚知殷殷屬望於子孫，矧世家大族書香綿遠，能不於先人生平一縷心血出於口而筆於書者，旁搜遠紹流播焉，以期信今而傳後？無如物换星移，風流頓歸闃寂，不能保吉光片羽之常留於世，庸詎知百餘年後，尚有讀楹書而泣遺硯，使歷世之清芬鬱而復發，如南苑於兹者乎？則宜繼南苑而起者，後之視今，猶今之視昔，無使此殘編斷簡隨雲烟變没，復散佚於無何有之鄉，欲如今日之勤蒐博討，尚得存什一於千百，抑又難焉。鏤板既成，爲叙其端委，並著訓言，以爲吾馬氏後嗣勗。同治癸酉春三月裔孫馬先登謹識。

原序

余家於馮翊沙苑之北有齋曰山對，在沙苑中，故號南苑。及罷官歸山，又號洛苑漁樵客。寄傲南窗，自檢詩文，存稿中有《金剛》、《南華》評注及積年雜著。有引據前言而會悟於心者，有獨出己見而符合乎理者，抄爲十卷，付小友張生昆季同參校。乃昆季力勸災棗梨，非余本志也。時長孫岳在側，問何以名，余於時躊躇，久之不能定。何也？余本以其不敢自爲知，將質之高明。倘人盡知之，則不將謂余既已知也乎？披閱雖多，推測實淺，謂之「一知」，庶或無可議。或有見之者詫而問曰：「吾子述古人籍，取其深醇，應今世文，極爲精細，且篇章充富而類數繁賾，無不知中獨有真知，何太自抑也？」如是其人也，知我者也；其言也，又非知我者也。人以己之能知者爲知，我則以人之共知者爲知；人以人之知其有知者爲知，我則以己之自知其知者爲知。知豈易言哉！夫余之遍覽群書也，論列千家而煩言必爲之盡去。審詳一議也，思經萬轉而真諦唯求其可安。以多爲知，不若其以少爲知也；以少爲知，又不若其多取而約於至少之爲知也。而況乎本無所爲知也，而可强以爲知乎？自信者一知，必人果許其一知也則可。南苑馬魯希曾氏自識。

南苑一知集論詩目次

南苑一知集論詩卷一

大荔馬魯希曾甫著

篇中所論，或得之考究，或得之悟解，悉取先輩成法緒論，而删其繁冗，增其缺略，非敢稍有臆見存也。覽者幸無傖父之譏焉。

古詩

《宋書・樂志》曰：「古者有採詩之官，周衰而官失其職。漢、魏之世，詩之詠乃有八名，曰行、曰引、曰歌、曰謡、曰吟、曰咏、曰怨、曰嘆，皆六義之餘也，而總謂之曲。」姜堯章云：「守法度曰詩，載始末曰引，體如行書曰行，放情曰歌，行間之曰歌行，悲如蛩螿曰吟，通乎風俗曰謡，委曲盡情曰曲。」嘗取古人詩，按題徵之，其詩於命題無不肖。然題亦非不可移易者，即如「行」與「歌行」，究不甚分别，似難拘以體格。獨散體不可以律稱，餘多極相似者。

歌行之難，全在起調、轉節、收結三處，貴乎古雋。其篇法長短不定，或一韵，或二韵，或數韵。而其中之波瀾跌宕，係乎人之筆力，要有古氣流行，不入時徑者爲佳耳。

古詩有五言，有七言，有長短句。有或平或仄一韵者，有轉韵前仄後平、前平後仄者，有數韵平仄相間者。平仄相間者如前四句仄韵，次四句平韵，則第五句即用平韵也；前四句平韵，次四句仄韵，則第五句即用仄韵也。王漁洋謂五言關鍵衹在第三字，七言關鍵衹在第五字，爲平仄之樞。兩句相對，關鍵之一字須平仄相拗。然有謂五言之三四、七言之五六字必論者。總之，句之下三字要不與律詩等，如上句四仄，下句必用三平或四平以救之；如上句四仄、五仄，下句之關鍵一字必平。必句之下三字或三平，或三仄，或兩平夾仄，兩仄夾平，而關鍵字更對句相拗，則成古詩句矣。蓋不粘不諧，句句不似律，則爲古詩。如上四句拗而下四句諧，或上六句拗而下二句諧，或中間拗而兩頭諧，皆謂之拗體。以拗體必有諧句，古詩不可有諧句也。

五律

李陵、蘇武贈别詩爲五言之始，貴乎渾雅，較難於七言。唐韋應物則其擅場者，白樂天稱其爲「自成一家」。故東坡云：「樂天長短三千首，卻愛韋郎五字詩。」詩話載劉長卿與秦系爲詩相贈答，權德輿曰：「長卿自謂『五言長城』，系以偏師攻之。」古今之精於五言，可多得哉。

七律

唐人七律詩有首聯不叶者，有頷聯不叶者，有腹聯不叶者，有尾聯不叶者，或有全拗不叶者，必詞壇老手，控縱如意，不叶反佳，未易爲後學言也。門人因問：全拗不叶則古詩矣，何以言律？曰：句雖拗而格存，所以爲律。

七律有起句便對者，「渭水自縈秦塞曲，黄河舊繞漢宫斜」。有收句對者，「自嘆梅生頭似雪，卻憐潘令縣如花」。有通首對者，子美《玉臺觀》詩，古今高之，不得以板滯論也。

絶句

劉會孟曰：「絶句難作，要一句一絶，短語長事，愈讀愈有味爲佳。」絶者，截也，截律詩也。起句對者，「雙雙瓦雀行書案，點點楊花入硯池」，是截律詩之後四句。收句對者，「即今河畔冰開日，正是長安花落時」，是截律詩之前四句。通首對者，「兩個黄鸝鳴翠柳，一行白鷺上青天。窗含西嶺千秋雪，門泊東吴萬里船」，是截律詩之中四句。其通首不對者是截律之首尾，爲正格。

絶句四句内自有起承轉合，大抵以第三句開宕氣勢，第四句發揮情思。如岑參《送人還京》「匹馬西來天外歸，揚鞭祇共鳥争飛。送君九月交河北，雪裏題詩泪滿衣」，則是實接。如《烏衣巷》「朱雀橋邊野草花，烏衣巷口夕陽斜。舊時王謝堂前燕，飛入尋常百姓家」，則是虚接。如《折楊柳枝詞》「枝枝交影鎖長門，嫩色曾沾雨露恩。鳳輦不來春欲暮，空留鶯語到黄昏」，則是逆接。如《謝亭送别》「勞歌一曲解行舟，紅葉青山水急流。日暮酒醒人已遠，滿天風雨下西樓」，則是進一層接。五言絶平起者，末句第一字必用平。仄起者，次句第一字亦用平。如次句第一字用仄，則第三字必用平，爲「仄平平仄平」也。五言律即兩絶句，而中四句對耳，與五言排律同法。

古體詩

先洱海祖有《莫高者天》二章，勵學也。一章曰：「莫高者天，維元維默。達天者聖，維精維一。凡百君子，斯其極矣。斯其極矣，何弗力矣。」二章曰：「維天生民，有物有則。維聖克念，不貳不息。凡百君子，斯其責矣。斯其責矣，何弗極矣。」

三言詩

如《後漢・廉范傳》云「廉叔度，來何暮。不禁火，民安作。昔無襦，今五袴」之類。

六言詩

王維《田園樂》：「桃紅復含宿雨，柳緑更帶朝烟。花落家童未掃，鳥啼山客猶眠。」

一言至十言詩

先洱海祖有《人日夜集分賦得十四鹽》：「厭，厭。春暖，夜嚴。風拂幕，月磨鐮。人日試暖，賢星應占。玳筵開綺閣，銀燭映珠簾。簪盍高朋楚楚，轄投君子謙謙。雄談興劇歡皆盡，險韻詩成酒再拈。勝裹金花巧吟杜甫，夢中綵筆麗奪江淹。驚開雉堞催疾徐夜柝，醉任雞人報乙丙更籤。狂歌續孔門浴沂而風詠，復何知商鼎和羹之梅鹽。」

五平五仄體

先洱海祖《冬雨》二首：「年年冬深寒難支，今茲朝朝東風吹。痴雲陰濃横層空，淫淋簷前無休時。」「十月已盡復此雨，幾日不斷濕作苦。草色尚爾遍地緑，木葉半落卻再吐。」

迴文

東坡《西湖》迴文詩曰：「潮通暗浪雪山傾，遠浦漁舟釣月明。橋對寺門松徑小，檻當泉眼石波清。迢迢緑水江天曉，藹藹紅霞晚日晴。遥望四邊雲接水，碧波千點數聲輕。」

集古

王漁洋《集古梅花七言律百首》之一：「向背稠稀畫亦難，閒情一味淡相看。坐看國士無雙價，雅有儒生半點酸。暗吐幽香穿别院，數將疏影上雕欄。巡簷説盡心期事，家是江南友是蘭。」一林逋、二胡澹庵、三陸游、四方岳、五田元邈、六葉顒、七朱熹、八陸游。

連珠體

吴鎮集古有《七夕聞歌戲效連珠體》曰：「唱到嫦娥醉便醒，遏雲相付舊秦青。家無憂累身無事，山有松門江有亭。酒是良朋花是伴，心如野鹿跡如萍。同來玩月人何處？卧看牽牛織女星。」一白居易、二張祜、三白居易、四李涉、五吕巖、六羅隱、七趙嘏、八杜牧。

聯句

聯句必學問才氣之相稱者而後可。有一人一句者，有甲一句、乙二三句、丙四五句、丁六七句、戊第八句或甲復作收句者。人無定數，詩亦不拘長短。先濟南祖有《寄園賞杏花分韻》詩：「嘉會芳林當艷陽，孟嘉花疑綴雪與凝霜。元昭，先濟南祖字。瓣披蕊包馥偏長，孟闓。孔壇扶疎蔭成行。坮。芳薰香襲何待揚，孕白。酒卮銜影玉呈光。閑明。挺幹直映飛軒旁，平寰。鬧蜂忙蝶過遠牆。墀。繁朵斜施壓筆床，玉吉逢時定知裁爲梁。我平。巧散瓊華喜東皇，幼白。杏林欒胥利賓王。含白。分韻逞妍競詞塲，欒性。憐花笑客醉迷香。伯櫰。令辰勝事樂天常。褱明。」

聯句有人各賦四句，分之自成絶句，合之仍爲一篇。謝朓、范雲、何遜、江革輩多此體。而近今聯句有一人起一句，一人對之而又起一句，待後之人對之，較爲難焉。

柏梁

漢武《柏梁》體爲七言之始，句句入韵，中聯對仗亦如律排之法，後人多效其體。大官令云：「枇杷橘栗桃杏梅。」韓文公《陸渾山火》云：「鴉鴟鵰鷹雉鵠鵾。」蘇文忠公《韓幹牧馬圖》云：「騅駓駰駱驪騮騵。」李忠定公《題李伯時畫馬》云：「騂騏騮駱駰驪黄。」陳後山《上蘇公》云：「桂椒枬櫨楓柞樟。」林艾山《資中行》云：「鐘鎛鼎鬲匜盤盂。」韓子蒼詩：「蓴藕藷芋蘘荷蕫。」然皆施於歌行耳。若鄧林「鴻鵠鵾鵬鶤鶚鶬，鱄魴鰷鯉鰋鰽魦」，用之律，則非矣。

拗體

五言拗三字，七言拗五字。五言拗一句者，一三字相拗，如「明月隱高樹」、「到來生隱心」之類。拗兩句者，各句三字對拗，如「萬籟此俱寂，惟餘鐘磬音」之類。七言拗一句者，五六字相拗，如「更意雙峰最高頂」、「共沐恩波鳳池上」之類。拗兩句者，各句五字對拗，如「殘星幾點雁横塞，長笛一聲人倚樓」之類。至有通首全拗者，則惟老杜所長，非初學易及。且拗句者欲其聲韵振拔，若拗而反粘牙絆齒，或因平仄錯綜令人不能豁目，則亦何貴乎拗體哉？老杜詩之拗一二句，及王漁洋宗杜而爲拗句者，皆可法。

王漁洋拗體詩，七律有拗第三句之第六字者，平起詩易仄爲平也；有拗第七句之第六字者，平起詩易仄爲平也。七絶有拗第三句之第六字者，平起詩易仄爲平也。皆五六字相拗，法本老杜。

楊子安言拗句之在對句者，如五言律前句「仄仄平平仄」，後句則「仄平平仄平」，此後句第一字與第三字拗也。

雙聲叠韵

同母爲雙聲，同韵爲叠韵。《南史》謝莊答王玄謨曰：「互護爲雙聲，磝碻爲叠韵。」《吟窗雜録》

云：「『留連千里賓，獨待一年春』，此頭雙聲句也；『我出崎嶇嶺，君行磝硝山』，此腹雙聲句也；『野外風蕭索，雲裏日曚曨』，此尾雙聲句也。」

姚培謙云：雙聲叠韵，或叠韵相對，或雙叠互對，乃爲合法。義山詩「北上鞦韆罷，南朝祓禊歸」，「鞦韆」屬商，次清，「刺字從漫滅，歸途尚阻修」，「漫滅」屬宫，全濁，爲雙聲。「祓禊」、「阻修」則非雙非叠矣。曾見温飛卿《僧舍寶刹》一詩，可爲例也，曰：「棲息消心象，檐楹溢艷陽。簾櫳蘭露落，鄰里柳陰涼。高閣過容谷，孤竿隔古岡。潭廬同淡蕩，仿佛復芬芳。」

或以吴稱「句吴」、越稱「於越」、邾稱「邾婁」，爲聲之雙叠。《莊子》「離朱之目」，《孟子》「離婁之明」，「朱」、「婁」本同聲。余按「句吴」二字非雙非叠，惟同是角，清音。《地理志》：「荆蠻歸之，號曰『句吴』。」注：「句音鈎，發語聲也。」「於越」二字同是羽，清音，雙聲也。「邾」、「婁」二字同是商，清音，叠韵也。

限韵

詩之用韵，在應制則限韵，在宴會則分韵。限韵有即用詩中字爲韵者：華州試「月中桂」，限「中」字。或另用一字爲韵者：「暗香浮動月黄昏」用「梅」字，「梅」字，題旨也。分韵如「春城無處不飛花」，甲「春」字、乙「城」字、丙「飛」字、丁「花」字是也。

有以題句逐字爲韵者，先濟南祖元昭《落花》詩以「一片花飛減卻春，風飄萬點正愁人」爲韵，成十四絶。又有律詩限五字韵，如「溪西雞齊啼」、「屋角鹿獨宿」之類，不可枚舉。皆才人之趨於巧也。

和韵

唐以前詩人相和同一韵者，梁武同王筠《和太子識悔詩》同用「改」字，後則漸多。然同用一韵，有祇在一韵中而不拘於押韵字者，有取倡詩押韵字而不拘前後者，皆曰「用原韵」、「步原韵」。惟依原韵次序不紊者，謂之次韵。蘇眉山《咏雪》用「尖」、「叉」二韵，子由、王介甫皆次韵極妙，唐賦亦然。

險韵

《南史》：「梁曹景宗破魏凱旋，帝御華光殿宴飲聯句。景宗不得韵，意色不平，求賦詩不已。帝令賦『競』、『病』二字。景宗操筆，斯須而成，曰：『去時兒女悲，歸來笳鼓競。借問行路人，何如霍去病。』帝嘆賞不已。」又東坡與曾子開肇同居兩省，扈從車駕赴宣光殿，曾有詩，坡兩和其「辛」字韵，皆佳。一云：「輦路歸來聞好語，共驚堯顙似高辛。」一云：「最後數篇看未厭，擣殘椒桂有餘辛。」李西涯與吴匏庵作「斑」、「般」韵詩各五首，其中警句，西涯「斑」字有云：「心同好古生差晚，力欲追君鬢恐斑」、「搨偏吴箋猶送錦，搦殘湘管半無斑」、「换羊價重街頭帖，畫虎心勞紙上斑」、「雲間天馬誰争步，水底山雞自照斑」。匏庵「斑」字有云：「硯照百波空對影，管由一孔但窺斑」、「長愛弱毫能瘦硬，戲將濃墨故斕斑」、「馬形始悟當書尾，羊鞹何勞强索斑」、「寒蛩入户聲初咽，拙鳥成巢羽獨斑」。西涯「般」字有云：「聊以師模歸有若，敢將交行比顔般」、「鄭師乍許三降楚，墨守終能九卻般」、「文心捧處慚施女，筆陣圍時困楚般」。匏庵「般」字有云：「臨摹惡札勞唐紙，結構奇材得魯般」、「屢出漢庭陪絳灌，遠輸齊粟荷姚般」、「廉頗謝罪宜先藺，趙鞅行軍已殿般」、「聊復據鞍如馬援，不因奪邑愠劉般」。

古韵

古韵多相通，如東與冬，庚與青、真之類，獨蒸字不與他韵通。考《毛詩》、《文選》可見。吴才老《韵補》謂蒸與真通，未知是否。

擇韵

凡詩不限韵者，行韵在我，須擇其字音洪亮者如一東、五微、十一真、十二文、十三元、十四寒、一先、二蕭、三肴、四豪、五歌、六麻、七陽、八庚是也。然韵佳而其中之字又不可不辨。岑參《和賈舍人早朝詩》雄麗高華，人猶病其韵，以「寒」、「闌」、「乾」、「難」皆敗興字也。

一日與門生吴宫近言詩韵，因舉《穆堂别集》有曰：東與鍾本一韵，而何以别爲二？然猶異聲也，冬與東則同聲矣，何故别之？支、微、齊本一韵而何以别爲三？然亦異聲也，支與脂則同聲矣，安得異之？江本音與東類，當曰「東通江」，而乃曰「東轉江」，不知江所統之字其偏旁皆東屬，則直一韵耳。例之「轉佳」、「轉麻」之屬，皆曰「通」，不當曰「轉」。

轆轤葫蘆韵

單轆轤韵，單出單入，兩句换韵；雙轆轤韵，雙出雙入，四句换韵。葫蘆韵者，前韵少後韵多也。又魏崔光依宫商角徵羽本音爲五韵詩，以贈李彪。

入聲平用

兒步雲以詩中「十」字作平聲用爲問，余曰：「十」轉平聲可讀爲「諶」。白樂天詩：「緑浪東西南北路，紅欄三百九十橋。」宋文安公《宫詞》：「三十六所春宫館，一一香風送管絃。」晁以道詩：「煩君一日殷勤意，示我十年感遇詩。」

情文相生

乙酉春，訓諸徒曰：「作詩者情生文，不待言矣；惟文生情，更是作者極快活處。古文、時藝皆然。」今特舉詩中文生情者以論。如萬楚《五日觀妓》之「眉黛」、「紅裙」、「新歌」、「醉舞」，因「眉黛」之文生出「萱草色」，萱草擬眉之緑，因「紅裙」之文生出「石榴花」，石榴擬裙之紅，文生情也。至「奪將」即從兩緑色生來，「妬殺」即從兩紅色生來，「奪將」、「妬殺」，豈非情乎？因「新歌」之文生出「令人艷」，因「醉舞」之文生出「斂鬢斜」，文生情也。「一曲」二字連上，「雙眸」二字連下，亦見句法之活。以舞而雙眸斂於兩鬢，寫得丰姿如畫。收二句亦以「今日」、「五絲」之文生出「死君家」，豈不是情？詩中文生情極多，皆可以此例之。

評論優劣

《居易録》載山谷云：「『氣蒸雲夢澤，波撼岳陽城』，不如『雲中下蔡邑，林際春申君』。『疎影横斜水清淺，暗香浮動月黄昏』，不如『雪後園林才半樹，水邊籬落忽横枝』。」此論最有神解。《後山詩話》別記云：「魯直謂：『「笙歌歸院落，燈火下樓臺」，不如「花落遊絲白日静，鳴鳩乳燕青春深」。「氣蒸雲夢澤，波撼岳陽城」，不如「光涵太虚室，波動岳陽樓」。』」此語大減，上二聯必記者之誤。至若東湖一學究改太白「西望長安不見家」句「長安」爲「鎬京」，意以「長」字與上「長沙」「長」字複，審若是，則改「姑蘇城外寒山寺」爲「金陵城外報恩寺」可乎？亦「鱉廝踢」類也。

詩不可率作

唐路德延爲朱友謙書記，作《小兒》詩五排，諷朱之不謹，朱沈之河，自取之也。其詩中好句云：「乍行人共看，初語客多憐。」「排行朱榻上，喝道畫堂前。」「走隄沖細雨，奔巷趁輕烟。」「楊花争弄雪，榆葉共收錢。」「惱客初酣睡，驚僧半入禪。尋蛛窮屋瓦，探雀遍樓椽。」「匿窗肩乍曲，遮路臂相連。」「蟻窩尋徑劚，蜂穴繞階填。」「壘材爲屋木，和土作盤筵。」「項橐稱師日，甘羅作相年。」但全首複處亦多。

陰騭文詩

余甚愛曹學詩《陰騭文頌》七律九十二首，今録其二。《點夜燈以照人行》云：「山深日落亂雲平，路暗揮鞭尚問程。茅店但能分夜炬，板橋何必怯宵征。遥知斷澗殘燈滅，自有郵亭候火迎。飲馬寒塘人未倦，迷途不待水螢明。」《造河船以濟人渡》云：「舟子招招竟若何，盈盈一水隔烟波。誰知斷岸褰裳望，已喜慈船載客過。鴉逐殘雲雙槳穩，馬嘶斜照亂流多。柳陰尚有行人歇，遥向蘆花聽棹歌。」

竹枝原始

《唐書·劉禹錫傳》：「禹錫斥朗州司馬。州接夜郎，風俗陋甚。家喜巫鬼，每祠，歌《竹枝》，鼓吹徘徊，其聲傖儜。禹錫謂屈原居沅、湘間作《九歌》，使楚人迎送神。及其倚聲作《竹枝辭》十餘篇，武陵彝俚悉歌之。」今詩人以《竹枝辭》咏邑里風俗，祖此意也。

艷體

唐元稹自彙其詩爲十體，末爲艷詩，暈眉約鬢，匹配色澤，劇婦人之怪艷者。今世所傳李姓《鶯鶯》、《夢遊春》、《古决絶句》、《贈雙文》、《示楊瓊》諸詩皆不見於《元氏長慶集》中，意所謂逸詩即其艷體耶？

奇句

句法有上三下四者，「越島夜無侵閣色，寺鐘凉有隔原聲」；有上二下五者，「不貪夜識金銀氣，遠害朝看麋鹿遊」；有上五下二者，「永夜角聲悲自語，中天月色好誰看」、「五更鼓角聲悲壯，三峽星河影動搖」；有上六下一者，「盤剥白鵶谷中粟，飯煮青泥坊底芹」。又如「酒近南山作壽杯」、「春水船如天上坐」、「江間波浪兼天湧」、「乾坤日夜浮」、「天涯若比鄰」、「山鳴萬乘來」、「月湧大江流」，皆句之奇者。

句法相生

上生下句，五言如「野曠天低樹，江清月近人」，七言如「波漂菰米沉雲黑，露冷蓮房墜粉紅」是也。中下生上句，五言如「竹喧歸浣女，蓮動下漁舟」，七言如「好常静退緣知止，心不傾斜爲好還」是也。前生上下句，五言如「泉聲咽危石，日色冷青松」，七言如「歸鞍競帶青絲籠，中使頻傾赤玉盤」是也。後句生後句，五言如「不枉故人駕，平生多掩扉」，七言如「竹葉於人既無分，菊花從此不須開」是也。前句生前句，五言如「可憐江浦望，不見洛陽人」，七言如「幸不折來傷歲暮，若爲看去亂鄉愁」是也。前句上生下、後句下生上，如「鳳起春燈亂，江鳴夜雨懸」是也。

對法不一

有扇對句者，五言如東坡詩「邂逅陪車駕，尋芳謝朓洲。淒涼望鄉國，得句仲宣樓」是也，七言如唐人絶句云「昔時花下留連飲，暖日夭桃鶯亂啼。今日江邊容易别，淡烟荒草馬頻嘶」是也。有自對句者，嚴維詩「木奴花映銅廬縣，青雀舟隨白鷺濤」、「桃花細逐楊花落，黄鳥時兼白鳥飛」是也。有流水句者，五言如「莫將和氏泪，滴著老萊衣」，七言如「忽聞畫閣秦筝起，知是鄰家趙女彈」是也。有迴環句者，五言如「暗塵隨馬去，明月逐人來」，七言如「鑾輿迴出千門柳，閣道迴看上苑花」是也。有倒裝句者，「香稻啄餘鸚鵡粒，碧梧棲老鳳凰枝」，本意是「鸚鵡啄餘香稻粒，鳳凰棲老碧梧枝」，而倒其字句，四字一頓，見粒是鸚鵡所啄，枝是鳳凰所棲，則意自醒豁，句自生新矣。有交股句者，曹植《贈白馬王彪》五言古一聯云「丈夫志四海，萬里猶比鄰」，「萬里」對「四海」、「比鄰」對「丈夫」是也。有折腰句者，五言如「野店寒無客，風巢動有禽」、「似梅花落地，如柳絮因風」，七言如「永夜角聲悲自語，中天月色好誰看」是也。有歇後句者，「當初衹爲將勤補，到底翻爲弄巧成」，歇後一「拙」字是也。

叠字

詩有一句叠三字者，如吴融《秋樹》詩云「一聲南雁已先紅，槭槭淒淒葉葉同」是也。有一句連三字者，如劉駕云「樹樹樹梢啼曉鶯，夜夜夜深聞子規」是也。有兩句連三字者，如白樂天云「新詩三十軸，軸軸金玉聲」是也。有三聯叠字者，如古詩云「青青河畔草，鬱鬱園中柳。盈盈樓上女，皎皎當窗牖。娥娥紅粉妝，纖纖出素手」是也。有七聯叠字者，昌黎《南山》詩云「延延離又屬，夬夬叛還遘。喁喁魚闖萍，落落月經宿。闓闓樹牆垣，巘巘架庫廐。參參削劍戟，塽塽衒瑩秀。敷敷花披蕚，闟闟屋摧霤。悠悠舒而安，兀兀狂以狃。超超出猶奔，蠢蠢駭不懋」是也。

反句

杜詩有反言之者，如云「久拚野鶴如雙鬢」，若正言之，當云「雙鬢如野鶴」也。又云「黄鵠高於五尺童，化爲白凫似老翁」，若正言之，當云「五尺童時似黄鵠，化爲老翁似白凫」也。《左氏傳》曰：「室於怒，市於色。」曾南豐曰：「室於議，塗於歎。」皆如此類。

借對

「香飄合殿春風轉，花覆千官淑景移」，「合」字借對「千」字。「黄雲斷春色，畫角起邊愁」，「畫」字借對「黄」字。「酒債尋常行處有，人生七十古來稀」，八尺曰「尋」，倍尋曰「常」，借對「七十」字。

虚實借對

「江流天地外，山色有無中」，「有無」對「天地」，以虚對實也；「我尋高士傳，君與古人齊」，「齊」字對「傳」字，以虚對實也。「酒中堪累月，身外即浮雲」，「累」字對「浮」字，以動對静也。「山當睥睨常多雨」，「睥睨」，城上女牆，以睥睨人者，亦是虚字作實字用。

句中情景

詩全以情景寫題，五言如李太白《登宣城謝朓北樓》「兩水夾明鏡，雙橋落彩虹」，此寫景者也；黄滔《寄友人》詩「長疑即見面，翻致久無書」，此寫情者也。齊己《聽泉》詩「祗有照壁月，更無吹葉聲」，此景中情也。李嶠《送李邕》詩「别酒傾壺贈，行書掩泪題」，此情中景也。李太白《送友人入蜀》詩「山從人面起，雲傍馬頭生」，則情景兼到，融化無迹矣。七言如蘇頲《春日幸望春宫應制》詩「宫中下見南山盡，城上平臨北斗懸」，景也。杜子美《早梅》詩「幸不折來傷歲暮，若爲看去亂鄉愁」，情也。劉長卿《酬屈突陜》詩「鄉看來草歸無路，家到寒江病且貧」，景中情也。岑參《渭南郊行呈張主簿》詩「愁窺白髮羞微禄，悔别青山憶舊溪」，情中景也。又岑參《送李司馬歸扶風》詩「到來函谷愁中月，歸去磻溪夢裏山」，則情景兼到者也。又如五言之「白首多年病，秋天昨夜凉」，七言之「九月寒砧催木葉，十年征戍憶遼陽」，則一句情、一句景也。或四句前情後景、前景後情，或言情而一深一淺，或言景而一遠一近，或兩句一情一景，或每句各含情景。其有四句皆景者，則變格也。惟情可以全篇言。要之，融情於景物中，斯爲貴焉。

句中倒字

「羅綺」、「綺羅」，「瑟琴」、「琴瑟」，「慨慷」、「慷慨」，「綢繆」、「繆綢」，皆可倒用，惟隨韵叶之。用「繆綢」者，張敞曰「内飾則結繆綢」；用「慨慷」者，曹孟德曰「慨當以慷」是也。若《玉藻》「大夫以魚須文竹」，而有倒作「須魚」者，則未爲妥叶。

詩聯改字

詩有改一字而妍醜不啻天淵者。賈島：「鳥宿池邊樹，僧敲月下門。」「敲」字初欲用「推」字，乃於驢上作推敲勢，衝韓昌黎隊，公因爲定以「敲」字。齊己《早梅》詩云：「前村深雪裏，昨夜數枝開。」鄭谷改爲「一枝」，曰「此方是早」，齊己以爲「一字師」。楊升庵《雨霽》詩：「渴虹下飲玉池水，斜日横分蒼嶺霞。」後因閱《莊子》，改爲「晛日」，的爲奇對。又「月下子規喉舌冷，花間蝴蝶夢魂香」，因改「叫月」、「宿花」，則與「喉舌」、「夢魂」始聯屬矣。所謂「吟成一個字，撚斷數莖鬚」者，此也。

鍊字

《唐詩選》云：「詩要鍊字，字者，眼也。」五言如老杜詩「飛星過水白，落月動簷虛」，鍊中間一字。「地拆江帆隱，天晴木葉聞」，鍊末後一字。「紅入桃花嫩，青歸柳色新」，鍊第二字。又「暝色赴春愁」、「泉聲咽危石」、「日色冷青松」，亦是鍊中間一字。七言如劉滄詩云「香銷南國美人盡，怨入東風芳草多」，鍊「銷」字、「入」字。「殘柳宮前空露葉，夕陽川上浩烟波」，鍊「空」字、「浩」字。

句中虛實字

詩句實字在中間者，如「纔是寢園春薦後，非關御苑鳥銜殘」，「寢園」、「御苑」字實，而「薦」、「銜」又虛於「春」、「鳥」，「後」、「殘」又虛於「薦」、「銜」也。實字在上者，「武帝祠前雲欲散，仙人掌上雨初晴」，上四字實，下三字虛，而「散」、「晴」則虛於「雲」、「雨」，「欲」、「初」又虛於「散」、「晴」也。實字在下者，「到門不敢題凡鳥，看竹何須問主人」，上四字虛，下三字實，上四字中「門」、「竹」猶實，下三字中「題」、「問」較虛也。實字在兩頭者，「鑾輿迴出千門柳，閣道迴看上苑花」，惟中二字虛也。實字在上與中者，「雲飛北闕輕陰散，雨歇南山積翠來」，「雲」與「北闕」，「雨」與「南山」皆實字也，而下三字中末一字尤虛。實字在中與下者,「色借玉珂迷曉騎,光添銀燭晃朝衣」,「玉珂」、「曉騎」、「銀燭」、「朝衣」皆實字,而上二字中「色」、「光」較實於「借」、「添」也。

五言有第一、二字虛者,如「正有高堂宴,能忘遲暮春」、「已近苦寒月,況經長別心」、「微升古塞外,已隱暮雲端」、「忽過新豐市,還歸細柳營」。有第二字虛者,如「簷飛宛溪水,窗落敬亭雲」。有第二字、第五字虛者,如「星垂平野闊,月湧大江流」、「谷暗千騎出,山鳴萬乘來」。有第一字、第三字虛者,如「過雨看松色,隨山問水源」、「撥雲尋古道,倚樹聽泉流」。有第三字虛者,如「兩水夾明鏡,雙橋落彩虹」、「人烟寒橘柚,秋色老梧桐」、「芳樹籠秦棧,春流繞蜀城」、「樹樹皆秋色,山山唯落暉」。有第三字、第四字虛者,如「秉燭唯須飲,投竿也未遲」。有第四字虛者,如「池水春映月,窗竹夜鳴秋」。有第五字虛者,如「古墓樵人識,前朝楚水流」、「浮雲遊子意,落日故人情」、「翠屏千仞合,丹嶂五丁開」、「户外一峰秀,階前衆壑深」。有第一字、第五字虛者,如「懸燈千嶂夕,卷幔五湖秋」。有第二字、第五字虛者,如「山從人面起,雲傍馬頭生」、「花暖青牛卧,松高白鶴眠」之類。不可枚舉。

七言有第一、二字虛者,「獨憐一雁飛南渡,卻羨雙溪解北流」,「羞將短髮還吹帽,笑倩旁人爲整冠」,又兼五字虛也;「且看欲盡花經眼,莫厭傷多酒入脣」,又兼六字虛也;「忽聞畫閣秦箏起,知是鄰家趙女彈」、「纔是寢園春薦後,非關御苑鳥銜殘」,又兼七字虛也;「共知人事何嘗定,且喜年華去復來」,又兼下三字虛也。有第三、四字虛者,如「越人自貢珊瑚樹,漢使何勞獬豸冠」、「歸鞍競帶青絲籠，中使頻傾赤玉盤」。有第三、四字虚而兼五字虚者，如「細草偏承迴輦處，飛花故落舞觴前」。有第三、四字虚而兼七字虚者，如「宫中下見南山盡，城上平臨北斗懸」、「迸水定侵香案濕，雨花應共石牀平」。有第三、四字虚而兼五、七字虚者，如「花徑不曾緣客掃，蓬門今始爲君開」。有第五字虚者，如「渭水晴光摇草樹，終南佳氣入樓臺」、「江上小堂巢翡翠，苑邊高塚卧麒麟」、「一去紫臺連朔漠，獨留青冢向黄昏」、「王侯宅第皆新主，文武衣冠異昔時」、「珠簾繡柱圍黄鵠，錦纜牙檣起白鷗」、「織女機絲虚夜月，石鯨鱗甲動秋風」、「九月寒砧催木葉，十年征戍憶遼陽」、「西望瑶池降王母，東來紫氣滿函關」、「波漂菰米沈雲黑，露冷蓮房墜粉紅」。有第六字虚者，如「向浦迴舟萍已緑，分林蔽殿槿初紅」、「佳人拾翠春相問，仙侣同舟晚更移」。有第七字虚者，如「白狼河北音書斷，丹鳳城南秋夜長」、「直北關山金鼓振，征西車馬羽書馳」。有第七字虚而又兼第一字虚者，如「穿花蛱蝶深深見，點水蜻蜓款款飛」。有第七字虚而兼第二字虚者，如「城臨渭水天河静，闕對南山雨露通」。皆是也。

詩有八病

李安溪曰：周顒、沈約言詩有八病之説，解者多不能通。今以意解之。曰「平頭」者，謂首字同韵也，如首句起字是東韵，則對句首字不當復用東韵也。「上尾」者，謂末字同韵也，除韵脚首兩句相叶外，餘聯則末字當避。「蜂腰」者，謂五字中四平夾一仄、四仄夾一平也。「鶴膝」者，謂下三字累一二平，或疊三仄也。「大韵」者，如某字爲韵脚，句中復用某字也。「小韵」者，謂前用此字，後句復用此字也。「旁紐」者，如以東爲韵，句中疊用「董」、「送」等韵字也。「正紐」者，如以東爲韵，句中復用東韵字也。

出韵失粘

唐人亦多出韵，是借韵成章。如「打起黄鶯兒」，「兒」字在四支，「啼」、「西」皆在八齊也。律排皆有，今人不可爲訓。王維《輞川莊作》自「漠漠水田飛白鷺」句失粘，太白《鳳凰臺》自「吴宫花草埋幽徑」句失粘，錢起《贈裴舍人》自「長樂鐘聲花外盡」句失粘，皆非拗體故也。

句病

律之中四句，前後須要相間。如「纔是寢園春薦後」四句，前二句實字在中，後二句實字在兩頭。若中四句實字俱在上，其病亦名「平頭」；俱在中，謂之「腰平」；俱在下，謂之「尾平」。杜甫《秋興》「蓬萊宫闕對南山」一詩，除第二句，餘虚字皆在第五字，此亦句病，惟氣盛，讀之不覺耳。

初盛中晚

高廷禮曰：「詩自《三百篇》以降，漢、魏質過於文，六朝華浮於實，得二者之中，備風人之體，惟唐詩爲然。然以世次不同，故其所作亦異。略而言之，則有初、盛、中、晚之不同。詳而分之，貞觀、永徽之時，虞、魏諸公稍離舊習，王、楊、盧、駱因加美麗，劉希夷有閨帷之作，上官儀有婉媚之體，此初唐之始製也。神龍以還，洎開元初，陳子昂古風雅正，李巨山文章宿老，沈、宋之新聲，蘇、張之大手筆，此初唐之漸盛也。開元、天寶間，則有李翰林之飄逸，杜工部之沈鬱，孟襄陽之清雅，王右丞之精緻，儲光羲之真率，王昌齡之清俊，高適、岑參之悲莊，李頎、常建之超凡，此盛唐之極盛也。大曆、貞元中，則有韋蘇州之雅淡，劉隨州之閒曠，錢、郎之清贍，皇甫之沖秀，秦公緒之山林，李從一之臺閣，此中唐之再盛也。下暨元和之際，則有柳愚溪之超然復古，韓昌黎之博大其詞，張、王樂府得其故實，元、白序事務在明白，與夫李賀、盧仝之鬼怪，孟郊、賈島之瘦寒，此晚唐之變也。降而開成以後，則有杜牧之之豪縱，温飛卿之綺靡，李義山之隱僻，許用晦之偶對，他若劉滄、馬戴、李頎、李群玉輩，尚能黽勉氣格，超邁時流，此晚唐變態之極，而遺風餘韵，猶有存者。」

有謂初唐自高祖武德元年戊寅至玄宗先天元年壬子，凡五十九年；盛唐自玄宗開元元年癸丑至代宗永泰元年乙巳，凡五十三年；中唐自代宗大曆元年丙午至文宗太和九年乙卯，凡七十年；晚唐自文宗開成元年丙辰至哀宗末年丙寅，凡七十一年。四唐自高祖武德戊寅至哀宗丙寅共二百八十九年。其説甚鑿。夫有一人而歷數朝者，年歲之壽夭、生卒之早暮，各自不一，安得以年數分諸名家，定爲初、盛、中、晚也？亦約略其風氣之盛衰可耳。

賦比興

王建《新嫁娘》：「三日入厨下，洗手作羹湯。未諳姑食性，先遣小姑嘗。」賦也。李白《清平調》：「名花傾國兩相歡，常得君王帶笑看。解釋春風無限恨，沈香亭北倚欄干。」比也。王維《送元二使安西》詩：「渭城朝雨浥輕塵，客舍青青柳色新。勸君更盡一杯酒，西出陽關無故人。」興也。舉此爲例，餘可類推。

《唐詩選》云：「詩要賦、比、興，或興而兼比，或比而兼興。《三百篇》多以興、比重複，置之章首；唐詩多以比、興就作景聯；古詩則比、興或在起處，或在轉處，或在合處。」

詩要相時

應制、慶賀，欲華贍而莊嚴。宴會、和酬，貴和平而温雅。哀輓、離別，當寓感慨之情。邊怨、閨愁，須有含蓄之致。登臨、遊覽，抒高曠之胸襟。寫景、述懷，寄灑落之興會。譏諷不宜淺露，贊揚仍帶箴規。咏物之詩，要於小處見大。游戲之筆，自喜婉而多風。

凡此數條，盡乎大槩，果其相題以立格，自必得意而忘言。

詩與禪通

詩之妙悟，如禪家説法。空中之音，相中之色，水中之月，鏡中之花，不著本色，不即不離，令人可以意會而不可以言傳，斯謂之上乘。李太白《静夜思》：「牀前明月光，疑是地上霜。舉頭望明月，低頭思故鄉。」無一點塵氛氣。夫月光而疑是霜，至舉頭時纔知是月，舉頭卻便低頭，低頭衹思故鄉。太白當日豈真認月光爲霜乎？或霜降時變，則觸離思，因有月光而猜疑之乎？如此一解，便是呆相。想舉頭而又低頭，不知有多少情不能遣處。而低頭思之，意在故鄉也，卻不知見月何以便思故鄉，將以月爲兩地所同乎？而衹下一「思」字，並不説出，似有欲言者而言又不了，又似無可言者。的是一指頭禪，令人不能爲解。蓋能解則無藴藉矣。

《子夜四時歌》：「長安一片月，萬户擣衣聲。秋風吹不盡，總是玉關情。」原續二句云：「何日平胡虜，良人罷遠征。」諸本皆删之，以爲鑿破渾沌。蓋思婦之感而言月下砧聲、寒衣催刀是也，其聲動人，加以秋風情在玉關，而砧倍覺淒苦也。此詩當如是解乎？然而有難言之意，有不盡之言。天自有月，人自擣衣，而愁婦情不能已，不知因月有觸乎？因擣衣聲而有觸乎？因秋風而有觸乎？不知擣衣萬户，而風吹不盡乎？不知玉關情深而風吹不盡乎？不知擣衣聲已盡，而有情者竟如風吹不盡乎？月也、聲也、風也、情也，都是動人處，而一以死煞語解之，便非真諦。知色相俱空，散天花而不着矣。青青翠竹，總是法身；鬱鬱黄花，無非般若。即詩家之因境生情，頭頭是道，使人咀味而不能盡其含蘊乎？

詩本三百

詩賦宫怨者，王昌齡《長信秋詞》：「奉帚平明金殿開，且將團扇暫徘徊。玉顔不及寒鴉色，猶帶昭陽日影來。」即《柏舟》詩「静言思之，不能奮飛」之意。賦閨愁者，張仲素《春閨》詩：「裊裊城邊柳，青青陌上桑。提籠忘採葉，昨夜夢漁陽。」即《采緑》詩「終朝采緑，不盈一匊」之意。賦傷亡者，李白《蘇臺覽古》詩：「舊苑荒臺楊柳新，菱歌清唱不勝春。祇今惟有西江月，曾照吴王宫裏人。」即《黍離》詩「彼黍離離，彼稷之苗」之意。賦邊苑者，張敬忠《邊詞》：「五原春色舊來遲，二月垂楊未掛絲。即今河畔冰開日，正是長安花落時。」即《采薇》詩「昔我往矣，楊柳依依。今我來思，雨雪霏霏」之意。唐詩言邊地之寒，《詩經》言戍役之久，其感時物一也。

南苑一知集論詩卷二

大荔馬魯希曾甫著

放膽集序

吴青壇編詩名《放膽集》，朱錫鬯序之亦趣。其略曰：「膽也者，六腑之精，是曰『中池』。人有恒言：『心欲大，膽欲小。』唯詩不然。《風》有《七月》、《東山》，《雅》有《楚茨》、《信南山》、《甫田》、《大田》，《頌》有《載芟》、《良耜》。言之長者，籥章掌之，以逆寒暑、以祈年、以樂田畯、以息老物。漢則《古詩爲焦仲卿妻作》、《陌上桑爲秦羅敷作》、韋孟父子《諷諫》自劾之篇、蔡琰《悲憤》之章，其辭不厭其多，皆放膽爲之者也。劉叉曰：『詩膽大如天。』殆信然耶。今夫膽勇怯之不齊，熱者毛焦，虧者瓜乾，竭者髮枯，薄者易驚，病者善太息，蓋雖欲放而不能，善醫者何以治之？犀株也，火鈴也，沃之以三斗之酒也。俾觀是集焉可矣。」

詩句數見不鮮

陸務觀《劍南集》，若「身似老僧猶有髮，門如村舍强名官」、「跡似春萍本無底，心如秋燕不安巢」、

「身似在家狂道士，心如退院病禪師」等句法有數十聯，偶見之則極佳，合觀之令人生厭也。

借喻字用在點題後

弟子有咏新月，開首用「簾鈎」字，至末方透出「月」字。余曰：雖是比喻，得毋令人認爲咏簾鈎詩乎？借喻字眼當不得點題，如咏密雨而直言「散絲」，咏長虹而先言「横橋」，可乎？

雙關語妙

武鄉趙三麒有咏菊詩。《觀音面》云：「花神多變化，色相總非真。葉葉開生面，枝枝現法身。凌霜依紫竹，伴月遠紅塵。曉帶菩提露，救兹世上人。」《紫繡毬》云：「雨應重陽至，花毬灌水泡。圓機含太極，彩色賽瓊包。月滿疑無影，風來似有抛。自從韓諫後，應舉在花梢。」皆得正喻夾寫、不粘不脱之法。

詩切時事

先文莊祖《沙苑虚賦議》引王鳳泉詩云：「百里人烟絶，平沙入望遥。春深無寸草，風動有驚濤。

兩税終年納，千家計日逃。窮民何以答，遮馬訴嗷嗷。」賢太守軫念民瘼苦心，活現紙上。

五行四聲

一日與客言及「烟鎖池塘柳」，絶對也，以五字帶五行。因憶先君嘗言，一人夜至野墳中，中一墓前有竹一叢，左墓前有松，右墓前有柏。忽來帶儒巾者出一對，令對曰：「左塚種松，右塚種柏，中塚種竹。」亦絶對也，以第三句兼平上去入四聲。

詩中稱引古人不可杜撰

王漁洋言：「詩中用字不可臆爲杜撰。如稱古人，樂毅稱樂生，賈誼稱賈生，司馬長卿稱馬卿，李膺稱李君，阮籍稱阮公，嵇康稱嵇生，山濤稱山公，王道稱王公，郗愔稱郗公，謝安石、謝靈運稱謝公，庾亮稱庾公，王凝之稱王郎，袁粲稱袁公，江淹稱江郎，徐陵稱徐君，杜甫稱杜公，李白稱李生，孟浩然稱孟公，韓愈稱韓公，韋應物稱韋公，白居易稱白公，歐陽修稱歐公，蘇軾稱蘇公，皆有所本。若杜甫稱杜生，李白稱李公，知復爲誰？」余更有説：謝安石封廬陵郡公，謝靈運封康樂公，固皆可稱公也，亦必就各人事稱之方確。如杜甫、李白、孟浩然，以盛唐詩家言之，自移不到别人，不然則不如稱杜工部、李青蓮、孟襄陽爲有分别耳。

借喻字眼分虚實

借喻字眼，有上實下虚者，如柳絲、松針、榆錢、苔錢、秧針、麥浪、魚梭、鶯梭、鷖帆、蝶粉、蚊市、蜂衙、螳斧、鼠印、燕剪、駝峰、雁字、鶯簧、雁陣、蜃樓、繭虎、茄牛之類。有上虚下實者，如鴛幃、鸞鏡、鳳鈸、鳳樓、鸞刀、鼉鐘、犀錢、桃箋、鹿葱、蝸廬、蟻酒、雉堞、蓮峰、虹橋、霞箋、婁脯、蟬鬢、螺髻、杏臉、桃腮、柳腰、櫻唇之類。有兩字俱實者，如橘燈、蘆筆、蛛網、冰蠶之類。有兩字俱虚者，如兔絲、鰲山、蠟珠、龍珠、玉樹、雨花、墨猪、蟻戰之類，蠟珠、龍珠，俱言石榴。有實字虚用而虚字反實者，如龍蟠虎踞、蜂駭雀訟、狗盗蠅營、雀躍蝟務之類。

刻劃切題不粘不脱

唐人應試五言限韵者，或六韵，或八韵不等，由此而排至十餘韵、數十韵，要皆以刻劃確切爲上。蓋此乃有題之詩，非夫隨意遣興之不著色相，以超脱爲貴者也。友人有作《三復白圭》詩者，余與論此題之難：白圭一層，詩人作《白圭》以謹言一層，三復以謹言一層，南容平日之能謹言一層。蓋白圭，美玉也，不可以有玷；言，以聲也，不可以有失。詩人作之而賢者復之。三復，復詩人之詩也，復詩人咏白圭之詩也，復詩人咏白圭之不可有玷也，復詩人咏白圭之不可有玷以謹言也。層次極多，下手綦難。且此題有數忌：忌借用「珪璋」字，不切謹言意。忌借用「箝口」、「捫舌」字，不切白圭。忌撇卻南宮，祇言詩人謹言。忌撇卻詩人，反似南宮作《白圭》詩。忌撇卻「白圭」字，似徒咏抑詩。忌撇卻「謹言」，只寫得一學詩之人。忌不寫出「三」字，忌只寫得「謹言」，人無風雅致。須以咏詩用「謹言」作主，借「白圭」字點染，而「三」字及南宮本風雅之士爲餘波耳。余詩曰：「言玷瑕何掩，南宮作是觀。篇章標數句，往復似三嘆。語語傳葩韵，聲聲出杏壇。那誇霏玉屑，敢謂寶金丹。釋卷仍風雅，哦經對曉寒。青編隨處在，白璧欲終完。盛世文行遠，高賢戒匪寬。從兹精吐屬，華國庶無難。」庶爲切題，故序於此。

連綿押韵

連綿字有極難押者，類取數字，以便和韵。如「玲瓏」字之外，尚有「瓏瓏」，「車轡絶瓏瓏」也；尚有「珍瓏」，《太玄經》「亡彼珍瓏」也。「朦朧」字之外，尚有「葱朧」，杜詩「翠羽欲葱朧」也；尚有「朣朧」，韓愈詩「星月掩映雲朣朧」也。「嶮巇」字之外，尚有「抵巇」，「史乘間抵巇」也；尚有「司巇」，「小人司巇言」，小人伺見巇隙則作；尚有「嶔巇」、「倚巇」、「登巇」、「頹巇」、「危巇」等字。「徘徊」字之外，尚有「儃徊」，見《楚辭》；尚有「徐徊」，「安詳徐徊」也；及「迂徊」、「盤徊」、「依徊」、「遲徊」等字。「嵯峨」字之外，尚有「嵬峨」、「岷峨」、「嵋峨」、「嶢峨」等字，峨嵋山亦曰岷峨。「峥嶸」字之外，尚有「鍾嶸」，鍾嶸有《詩評》；及「崝嶸」等字。「寂寞」字之外，尚有「冥寞」，杜詩「神交付冥寞」也；及「春索寞」等字。「澹泊」字之外，尚有「浪泊」、「栖泊」、「飄泊」、「漂泊」、「晚泊」、「孤帆泊」、「一夜泊」、「高泊」等字，《楚詞》「忽翔翔其高泊」。「淅瀝」字之外，尚有「玉瀝」、「餘瀝」、「楚瀝」等字。

惟其而與於諸于夫聊相猶以且不等虚字押韵

虚字有極難押韵者，舉數字以廣見聞。「惟」字有「共惟」，《書》「共惟帝臣」也；「四惟」，《説命》注「王謹四惟之事」也；「謀惟」、「載惟」，《詩》「載謀載惟」也；「思惟」、「心惟」、「深惟」。「其」字有「淒其」，《詩》「淒其以風」也；「温其」，《詩》「温其如玉」也；「四其」，唐郭弘霸《討徐敬業》云：「誓抽其筋，食其肉，飲其血，絶其髓。」武后悦，授御史，號曰「四其御史」也；「魏其」，漢竇嬰封魏其侯也。「而」字有「反而」、「遠而」、「已而」、「殆而」、「著乎而」、「庭乎而」、「堂乎而」；又有「鱗之而」，「梓人爲筍簴，必深其爪，出其目，作其鱗之而」也；又有「愴而」；又有「好而」，《韋賢傳》「我雖鄙耇，心其好而。我徒侃爾，樂亦在而」也。「與」字有「與與」，有「容與」，有「甹與萬物」；又有「歸與」，見《論語》；

有「猗與」，《詩》「猗與漆沮」也；有「誰與」、「何與」、「謂與」。「於」字有「林於」，庾信詩「防露動林於」也；「相於」，杜詩「良友幸相於」也；「冠昏於」，韓愈「前榮饌賓親，冠昏之所於」也。「諸」字有「乾諸」，乾桃、乾梅曰「諸」也；「因諸」，齊嶽曰「因諸」也；「望諸」，青州澤藪曰「望諸」也；「偏諸」，今之織成褾領也；「悉諸」，神農之師也；「專諸」，吴勇士也；「孟諸」，藪名也；「方諸」，鑑名也；又有「居諸」、「于諸」。「于」字有「友于」；又有「蔓于」，蕕草也；「淳于」，形如鐘以和鼓也；「董安于」，後漢人也；「覺于于」，《莊子》「其卧徐徐，其覺于于」也；「來于于」，韓文「于于然而來」也。「夫」字有「如斯夫」、「有矣夫」、「命矣夫」、「有是夫」、「免夫」、「信夫」、「已夫」、「亡矣夫」。「聊」字有「椒聊」，《詩》「椒聊之實」也；「華聊」，《地理志》「華聊緑耳之乘」也；「瓊聊」，佛經「瓊聊世界」也；「聊聊」，《楚詞》「耳聊聊而未止」也；又有「無聊」。「相」字有「金玉相」，「更相」，《史》「更相汲引」也；「陳相」，楚人也；「魏相」，漢賢相也；「端相」，古詞「燈籠就月，子細端相」。「猶」字有「沈猶」，春秋時人；「夷猶」，「君不行兮夷猶」；「猶猶」，《檀弓》「君子蓋猶猶爾」；又有「命不猶」、「無相猶」。「不」字有「來歲不」，陶詩「今我不爲樂，知有來歲不」；「帳下不」，王維詩「賤子跪自陳，可爲帳下不」；「有酒不」，杜詩「借問有酒不」；又有「今在不」、「似舊不」、「有意不」。「以」字有「故之以」，《左傳》「我之不共，魯故之以」；「彊以」，《詩》「侯彊侯以」；又有「何以」、「不以」、「有以」。「且」字有「有且」，《詩》「匪且有且」；「橘且」，《爾雅》「六月得乙曰橘且，丁曰圉且，己曰則且，辛曰塞且，癸曰極且」。至如「兮」字、「哉」字、「然」字、「焉」字、「何」字、「爾」字、「所」字、「者」字之類，又不難於押者也。

字從別音

詩中字有不從本音而讀別音者，先輩多抽出，記此以供取材。「請」平聲，「請錢不早朝」。「司」入聲，「四十著緋軍司馬」。「十」讀如「諶」，「紅闌三百九十橋」。「相」，思必切，「爲問長安月，如何不相離」。「蒲」上聲，「燕姬酌蒲桃」。「量」平聲，「三年隨例未量移」。「琵」仄聲，「金屑琵琶槽」。「纔」去聲，獨孤及詩「徒言漢水纔容舠」。「親」去聲，盧綸詩「人主人臣是親家」。「厮」入聲，宋陶穀詩「尖簷帽子卑凡厮」。「蝗」仄聲，陸游詩「燒灰除菜蝗」。「扇」平聲，「膏」去聲，白樂天詩「仁風扇道路，陰雨膏閭閻」。「冰」去聲，李義山詩「簟冰將飄枕」。「料」平聲，陸魯望詩「海客施明珠，湘蕤料浄食」。「分」去聲，劉夢得詩「停杯處分不須吹」。「挑」上聲，羅虬詩「不應琴裏挑文君」。「長」上聲，段成式詩「玳牛獨駕長檐車」。「但」平聲，盧野處詩「園林如此休言小，但放芻蕘雉兔行」，又徐騎省詩「莫折紅芳樹，但知盡意看」。「防」音「訪」，韓退之詩「軒然大波起，宇宙隘而防」。「評」音「病」，《東都》詩「新輩只嘲評」。「封」音「奉」，元微之詩「徵俸封魚租」。又如平聲「九重」之「重」音「蟲」，本去聲。「數奇」之「奇」音「基」，本音「其」。「丁丁」音「争」，本「丙丁」字。「龍且」之「且」音「苴」，本上聲。「振振」音「真」，本去聲。「關弓」之「關」音「灣」，本「關塞」之「關」。上聲「閒散」之「散」音「撒」，本去聲。「鮮能」之「鮮」音「癬」，本平聲。「夏楚」之「夏」音「檟」，本去聲。「斷章取義」之「斷」音「短」，本去聲。去聲

「侍從」之「從」音「縱」，本平聲。「泥古」、「致遠恐泥」之「泥」去聲，本平聲。「出使」、「使臣」之「使」音「恃」，本上聲。「雨我公田」之「雨」音「預」，本上聲。入聲「連屬」之「屬」音「竹」，本「親屬」之屬。「無射」之「射」音「亦」，本去聲。諸如此類，在拈韵時細加審擇，方不至有豪釐千里之失。

詞原委

《竹枝詞》、《柳枝詞》，本詞也，而入於詩集中。以《竹枝》第二體、《柳枝》第一體與詩七絶無異。詳詞中《小秦王》、《清平調》、《八拍蠻》、《阿那曲》俱類七絶，至《生查子》二段類兩五絶，《玉樓春》、《採蓮子》類兩七絶，《瑞鷓鴣》類七律。想詞之由來，因詩之可付聲歌者而被之管絃，詞之名仍詩之題也。但詩未變爲詞之先，固謂之詩；而詩既變爲詞之後，則直謂之詞矣。聲調迥與詩殊，仍可收於詩集中乎？朱錫鬯《曝書亭集》有《書沈氏古今詞譜後》曰：「吴江沈光禄伯英審音律，罷官歸，撰《嘯餘譜》，歌南曲者奉爲圭臬。鄉人目曰『詞隱先生』。論者惜其未譜詩餘。康熙丁未春，過徐檢討豐草亭，見有《古今詞譜》二十卷。檢討思付開雕，余借歸讐勘，始而信，既而不能無疑焉。夫四聲二十八調，言樂章者所共知也。宫聲七：曰正宫、曰高宫、曰中吕宫、曰道宫、曰南吕宫、曰仙吕宫、曰黄鐘宫。商聲七：曰大石調、曰高大石調、曰雙調、曰小石調、曰歇指調、曰林鐘商、曰越調。羽聲七：曰般涉調、曰高般涉調、曰中吕調、曰正平調、曰南吕調、曰仙吕調、曰黄鐘調。角聲七：曰大石角、曰高大石角、曰雙角，曰小石角，曰歇指角，曰商角，曰越角。惟變徵不見收。按其序固不可紊也。沈氏譜首黄鍾，乃不分宫羽，存正宫、道宫，而去高宫，由是生於黄鍾者混矣；存大石，去高大石，由是生於太簇者闕矣。中吕、仙吕不分宫調，又删去高般涉、南吕、黄鍾三調，由是生於南吕者混且闕矣；至于角聲生於應鐘，則全略之，吾未得其解也。若夫宫調未詳者，凡二百七十餘闋，沈氏哀爲一卷，附於末。徵諸《宋史・樂志》：『帝賜群臣酒，皆就坐。宰相飲，教坊奏《傾杯樂》；百官飲，奏《三臺》。』蓋《傾杯樂》惟林鍾商無之，《三臺》有十三調，此諸曲所以不同也。至若《破陣子》，正宫也；《朝中措》，黄鍾宫也。《小重山》，雙調也；《萬年歡》、《杏園春》、《菩薩蠻》，中吕也。《石州慢》，越調也；《六州歌頭》，大石調也；《太平時》，小石調也。此當分注於諸調者也。又如正宫有《破陣樂》，雙調有《抛毬樂》，不專林鍾商也；大石調有《清平樂》，不專越調也；歇指調有《洞仙歌》，不專中吕、仙吕調也；中吕調有《瑞鷓鴣》，不專般涉調也；仙吕調有《齊天樂》，不專正宫也；有《採雲歸》，不專中吕調也；林鍾商有《風入松》，不專雙調也。此百世之下，尤難臆斷者也。檢討工於詞，所輯《詞苑叢譚》流布已久，試取詞譜更正之，毋使四聲三十八調之序棼絲不治，然後出而鏤板，傳於世，不亦可乎？遂書卷後歸之。」觀此論，較《九宫譜》更精。

宫詞

朱錫鬯云：「《三家宫詞》三卷，唐王建、蜀花蕊夫人、宋王珪作也。《五家宫詞》五卷，石晉和凝，宋宋白、張公庠、周彦質、王仲修作也。鄱陽洪伋稱宫詞古無有，至唐人始爲之。不知《周南》十一篇皆以寫宫閫之情，即謂之宫詞也，奚而不可？」然則《鷄鳴》，齊之宫詞也；《柏舟》、《绿衣》、《燕燕》、《日月》、《終風》、《泉水》、《君子偕老》、《載馳》、《碩人》、《竹竿》、《河廣》，邶鄘衛之宫詞也。下而秦之《壽人》、漢之《安世》、隋之《地厚天高》，皆房中之樂，凡此其宫詞所自始乎？

曲原委

詞較詩爲質，故曰「詩餘」；曲較詞又質，故曰「詞餘」。余嘗與甥孝廉李少章言：曲有與詞同名者，如黄鐘引子之《點絳唇》、《天仙子》，正宫引子之《燕歸梁》、《齊天樂》、《瑞鶴仙》、《喜遷鶯》，過曲之《洞仙歌》，仙吕引子之《卜算子》、《探春令》、《鵲橋仙》、《鷓鴣天》，過曲之《八聲甘州》、《桂枝香》，中吕引子之《滿庭芳》、《青玉案》、《金菊對芙蓉》、《醉春風》、《賀聖朝》、《沁園春》、《柳梢青》，過曲之《漁家傲》、《千秋歲》，南吕引子之《臨江仙》、《一剪梅》、《虞美人》、《生查子》、《滿江紅》，過曲之《賀新郎》，越調引子之《浪淘沙》、《金蕉葉》、《杏花天》，過曲之《小桃紅》，商調引子之《高陽臺》、《憶秦娥》、《永遇樂》，雙調引子之《謁金門》、《海棠春》、《賀聖朝》、《秋蕊香》，仙吕入雙調過曲之《六么令》、《風入松》，羽調過曲之《浪淘沙》，大石調引子之《念奴嬌》、《燭影摇紅》，中吕互犯之《好事近》，皆是也。曲有名「犯」者，割此曲而合於彼也：《山漁登犯》、《普天樂犯》、《春歸犯》、《甘州八聲犯》、《太師引犯》、《五更轉犯》、《柳摇金犯》。有名「慢」者，宫商角徵羽亂迭相侵也：《聲聲慢》、《二郎神慢》、《風入松慢》、《石州慢》、《惜餘春慢》、《木蘭花慢》、《拜星月慢》、《瀟湘逢故人慢》。琴曲有名「散」，意亦同此。《九宫譜》謂：「上聲之腔自下而上，去聲之腔自上而下，以其一字之腔有起、有腹、有尾也。」余按：讀上聲字自是高呼猛烈，一出腔則字音不起，書聲高吟亦然，安得自下而上？蓋讀上聲字起音尚低，住聲處高壯，可云自下而上也；讀去聲字起音稍高，住聲處悠揚，可云自上而下也。反是確論。詞曲惟去聲是仄，上入二聲俱與平同，是詞曲三平一仄也。詞曲皆有韵譜，余填詞曲惟用詩韵與古通者。字音有喉、舌、牙、齒、唇，而歌曲又添出鼻音。一字作腔爲三，起、腹、尾也，悠揚宛轉，運鏗鏘於鼻中。如江、陽、真、文，開多而收少；庚、清、家、麻，開少而收多；東、鐘、魚、模，開收又各相半。總謂收鼻音也。明賈仲名作《蕭淑蘭》戲曲四折，係廉、纖，監、咸，侵、尋，桓、歡四韵，韵險而語雋，與《西廂》惠明所唱曲皆極難押者，而運用自然，丰姿雋妙。故詞曲全以聲韵見長。或問余不學絲竹、不能唱，而何喜填詞填曲？答曰：詞曲是行文，能唱是其伎巧。今填詞曲者多不能唱，不解絲竹，所謂「但識個中趣，何須絃上聲」也。

南北曲分

王維製《鬱輪袍》新曲以獻公主，李白《清平調》三首入之樂府，古人之曲，初無所謂譜者。

門人吴宫近喜填曲，因與論曲曰：《文心雕龍》云：「塗山歌於『候人』，始爲南音；有娀謡於『飛燕』，始爲北聲。夏甲歎於東陽，東音以發；殷釐思於西河，西音以興。」是四方皆有音也。今歌音但有南北二音，如《伊州》、《涼州》、《甘州》、《渭州》，西音也，並爲北曲。則《擊壤》、《康衢》、《南風》、《白雲》、《黄澤》之類，《詩》三百篇及隋煬帝《望江南》，李太白、温庭筠《菩薩蠻》，蘇子瞻《念奴嬌》、《行香子》、《南鄉子》，秦少游《憶王孫》，俞國寶《風入松》，皆北曲也。典禮用北曲。若南音則《孺子》、《接輿》、《越人》、《紫玉》、吴歈、楚艷以及今之戲文是也。元曲如《王粲登樓》、《張飛三氣》、《單刀會》、《敬德不伏老》、《蘇子瞻貶黄州》之類，皆悠圓雄壯，大抵如關漢卿乃太醫院尹，馬致遠浙江行省務官，宫大用釣臺山長，鄭德輝杭州路吏，才人屈抑於下僚，寓乎聲歌，其不平而鳴者耶？

詩有貴氣

先文莊祖讀書華山，有《中秋登嶽頂賞月》詩云：「爲愛峰頭秋色好，扶筇直上躡層嵐。風來渾覺身如御，月近真疑手可探。影轉千松仙掌度，光收萬象玉壺涵。貪奇不畏涼侵骨，徹夜笙歌倚半酣。」説者謂宰相象已於腹聯見之。

詩有奇者

奇者，對平而言之也。如「星隨平野闊，月湧大江流」，以平常意思説來，不過説星明夜静、月照長江而已。夜視平野，安見其闊？衆星森列，一望無際，是野隨星而闊也。月何能湧？江自流而月在其中，光輝閃爍，是江湧月而流也。豈不平常？他偏説星隨野闊、月湧江流，「隨」、「湧」二字，令人尋味不盡，是之謂字奇。「香稻啄餘鸚鵡粒，碧梧棲老鳳凰枝」，本是「鸚鵡啄餘香稻粒，鳳凰棲老碧梧枝」，亦甚平常。他偏於上四字已隱伏下三字。看「啄」字，分明要以下「鸚鵡」應明；看「棲」字，分明要以下「鳳凰」應明。先言「啄」而後言「鸚鵡」，先言「棲」而後言「鳳凰」，則不平直。下三字曰「鸚鵡粒」，豈有鸚鵡之粒哉？曰「鳳凰枝」，豈有鳳凰之枝哉？詎不險乎？險則奇矣。解曰「粒」，鸚鵡所啄之粒也，「枝」，鳳凰所棲之枝也。讀法四字略頓，意自顯明，是之謂句奇。「返照入江翻石壁，歸雲擁樹失山村」，「返照」承首句「正黄昏」，「歸雲」承次句「過雨痕」。返照在壁，卻於江中見得；江中之壁，自然是翻卻，連返照都翻下來。不言江翻石壁，而返照翻之矣，不言石壁入江，而返照入之矣，豈不大奇？失山村自是以雲擁樹而然，將昏未昏，似雨不雨，山村或現或隱，返照自晴，山村自暗，忽而照入江，忽而雲擁樹，幾不知樹之所在、村之所在。而雲且擁之，一帶雨痕，景色如畫，是之謂景奇。《烏衣巷》詩：「朱雀橋邊野草花，烏衣巷口夕陽斜。舊時王謝堂前燕，飛入尋常百姓家。」朱雀橋在烏衣巷口，應天府南也。昔王導、謝安居之，其子弟皆烏衣，故名其巷。蓋佳麗之地，而今惟野草夕陽，歎金陵之廢也。然詩不言不見王、謝堂，而祇言燕子飛去，乃燕子又不曾飛去，因王、謝堂做了百姓家，則若燕子飛入百姓家矣。命意奇絶，是之謂意奇。

詩之雅者

王昌齡《閨怨》：「閨中少婦不知愁，春日凝妝上翠樓。忽見陌頭楊柳色，悔教夫婿覓封侯。」起二句先反「不知愁」，所以「凝妝上翠樓」。「忽見」一轉，因楊柳而思行人，將富貴之念一旦冰釋。采卷耳而觸思，聞草蟲而興感，亦風人之遺意也。若云「晝倚門以懸望，夜推枕而不眠」，豈不俗甚？劉長卿《昭陽曲》：「昨夜承恩宿未央，羅衣猶帶御爐香。芙蓉帳小雲屏冷，楊柳風多水殿涼。」「宿未央」，昨夜事，今日猶帶爐香，寵渥何如，便有不斷情思溢於言外。下二句則今夜事也，雲屏未必冷，水殿未必涼，無爐香故也。使常如昨夜，則以羅衣當楊柳之風，而亦不覺其冷、覺其涼矣。一獨宿而生愁，必專房而後可，詩言趙飛燕，意刺楊貴妃也。然想處祇是爐香，怯處祇是屏、殿，無一字穢俗，是爲雅也。

詩之清者

語無閑字，意有專歸。如夜裏讀書，不聞喧鬧，山頭嘯月，不染俗塵，秋水澄泓，曉風料峭，令人領其閑曠疎落之趣而豁目爽心者，則可貴也。而至其風華之句、典麗之詞，則静夜之燈窗花影，深山之古樹緑苔，水中之萍荇横波，風前之竹松逸響，有點染而不礙其爲清也。故凡詩文，必以清爲貴。

詩之曲者

河以曲而紆，山以曲而險，徑以曲而轉，壑以曲而幽，文思以曲而達，故曲爲貴也。唐明皇《早度蒲津關》詩：「鐘鼓嚴更曙，山河野望通。鳴鑾下蒲坂，飛斾入秦中。地險關逾壯，天平鎮尚雄。春來津樹合，月落戍樓空。馬色分朝景，鷄聲度曉風。所希常道泰，非復候繻同。」祇五字題，曲曲寫出無限情景。從「早」字起，故曰「嚴更曙」；到寬平處望見太華、黄河，故曰「野望通」；鳴鑾下坂，飛斾入秦，「度」也。此四字題目點足。復從「關」字生情，言地險愈見關隘之壯，又生一意，言天下太平已久，鎮尚如此嚴肅，皆變换法。繼二句復從時節生情：「春來」，時也。「月落」，早也。春，故津口之樹木葉盛，而莽蒼之色合。早，故天邊之月光輝微，而守戍之樓空。前兩句祇寫「關」字，尚寬，此二句寫「早」字，不離「關」字，則更精。繼二句復從「度」字生情，曰「馬色」，「度」也，而「分朝景」則「早」也，曰「雞聲」，「早」也，而於「關」字又能映合也。至收結又進一層，言「道泰」，則不復候繻以爲符合，以反結繩之治。非思路之曲，安能於題之正面、對面、側面搜剔殆盡如是乎？評此詩者不必專以曲爲解，而聊借以狀文人之思致爲證據耳。

詩要韵致

詩之韵致要情思之綿渺，聲氣之悠長，兩者兼到，則讀之耐人思索，含蘊不盡矣。如《烏衣巷》感王、謝堂之舊，而托燕子飛入百姓家。語似衹説燕子棲於人家，言外卻有無窮情緒。猶謂昔日是王、謝堂，而今日是百姓家矣。昔日燕子是雙棲玳瑁，而今日落茅屋草舍中矣。是情思之綿渺也。兩句用字皆清響流亮，一氣貫下，而卻有許多頓挫，是聲氣之悠長也。要使風韵在字句之外，不在言中，領會出來，猶味之有醇酣，影之有罔兩也。

詩喜平易

詩有最平易者，如王建《新嫁娘》：「三日入廚下，洗手作羹湯。未諳姑食性，先遣小姑嘗。」未嘗使一「兩姓百年」、「赤繩紅絲」、「金閨玉杵」、「引鳳乘龍」等語。前二句是新嫁娘舉動，後二句是新嫁娘意想。未執井臼，先觀内規；未奉盤匜，先學事養。婦代姑，故不言翁。姑尊而小姑埒，故遣小姑嘗。小姑習見姑之所嗜，而先去問他。孝順心腸，和煦氣象，不小家亦不倨傲，活盤托出，豈非平易而有思致之詩？又李紳《傷農》詩：「鋤禾日當午，汗滴禾下土。誰知盤中餐，粒粒皆辛苦。」無一句用「青疇紫陌」、「杏雨蓼風」等語，祇是田家真率語。然言「鋤禾」，苦矣，「日當午」，又苦矣，「汗滴」，更苦矣。胼手胝足，尚不保其歲和年豐，獲此盤中之粒。而苗而秀，秀而實，成此一粒也已難矣。則覩此盤中之餐，想見鋤禾之苦，粒粒皆自盛暑烈日、汗流滿面中得來，有誰知之乎？享之者得毋視之同秕糠、棄之如泥沙哉？此所以爲傷也。不過眼前景致，家常飯耳，寫出無限深味，觀詩者不可以其平易而忽之。

詩意渾含

楊升庵云：「宋人以杜子美能紀時事，謂之『詩史』，陋哉，宋人之見也。《詩經》如刺淫亂，則曰『雝雝鳴雁，旭日始旦』，不必曰『慎莫近前丞相嗔』也。憫流民，則曰『鴻雁于飛，哀鳴嗷嗷』，不必曰『千家今有百家存』也。傷暴斂，則曰『維南有箕，載翕其舌』，不必曰『哀哀寡婦誅求盡』也。叙饑荒，則曰『牂羊羵首，三星在罶』，不必曰『但有牙齒存，可堪皮骨乾』也。杜詩之含蓄藴藉者多矣，而宋人偏取其下乘，又撰『詩史』二字，豈不大誤後人乎？」

詩句要切

如咏春日，則曰「鶯戲弄晴聲更巧，蝶飛乘暖翅猶輕」；咏夏日，則曰「池中荷芰迎風緑，檻外榴花噴火紅」；詠秋日，則曰「輝凝霞冠遥舒綺，影到山腰半隱規」；詠冬日，則曰「岸北冰融魚戲藻，江南枝暖鳥穿梅」。詠新月，則曰「寶匳新様横眉黛，珠箔斜懸半額鈎」；詠殘月，則曰「淺波猶泛魄，疎桂不盈輪」；詠中秋月，則曰「天上十分月，人間一半秋」；詠十四夜月，則曰「祇争一夕早，恰作九分圓」；詠十六夜月，則曰「如何一日隔，便減半分圓」。詠春風，則曰「吹開柳眼輕輕翠，拂破桃花淺淺紅」；詠夏風，則曰「送涼生殿閣，解愠入亭臺」；詠秋風，則曰「霜天遠送鵬程穩，沙渚輕吹雁字斜」；詠冬風，則曰「吹成萬瓦清霜重，釀作千山積雪漫」；詠松風，則曰「有韵笙從天外響，無絃琴向月中清」；詠竹風，則曰「鳳尾摇丹檻，龍孫舞翠空」。詠久雨，則曰「石床潤極琴絲緩，水閣寒多酒力微」；詠驟雨，則曰「山下黑垂雲脚立，空中浪吼雨頭來」；詠春雨，則曰「有情芍藥含春泪，無力薔薇卧曉枝」；詠夏雨，則曰「梅濕初肥臉，荷沾乍碎珠」；詠秋雨，則曰「棲鴉不動寒偎樹，過雁無聲冷貼雲」；詠冬雨，則曰「梅嶺滋新蕚，松巖濕舊梢」。詠春晴，則曰「幾處青帘沽酒市，一竿紅日賣花聲」；詠秋晴，則曰「包藏橘柚方多雨，收拾菰蒲趁晚晴」。皆精切不可移易者。

通首主意

杜審言《和晉陵陸丞早春遊望》詩：「獨有宦遊人，偏驚物候新。」次句是通首主意，常人或不覺物候之新，惟宦遊人一見物候，便起歸思，故「偏驚」也。「雲霞出海曙，梅柳度江春。淑氣催黄鳥，晴光轉緑蘋」四句皆承次句寫物候新，「雲霞」、「梅柳」，到處物候皆新；「催黄鳥」、「轉緑蘋」，物候新得迅速。「驚」字之意，自在其中。「忽聞歌古調，歸思欲沾襟」應陸丞，以「歸思」應「宦遊」，以「沾襟」應「偏驚」，無一字不照次句説。至如王績《野望》詩通首寫「欲何依」，七言如子美《登樓》詩通首寫「客心」，皆是。

詩中字眼

詩中用字眼，有義意似複而不覺其堆積者。如王維《勅賜櫻桃》詩，「芙蓉」、「紫禁」、「上闌」、「寢園」、「御苑」，用宫室字者五，「歸鞍」、「青絲籠」、「赤玉盤」，用器皿字者三，「紫」、「朱」、「青」、「赤」，用顔色字者四，「千官」、「中使」、「大官」，用官職字者三，運化皆歸自然。又《和賈舍人早朝》詩，「絳幘」、「尚衣」、「翠雲裘」、「冕旒」、「衮龍」、「佩聲」，衣服字數見，而不嫌其多，筆力之大故也。李白《峨眉山月歌》，「峨眉山」、「平羌」、「清溪」、「三峽」、「渝州」，地名亦五見焉。杜甫《登高》詩頷聯云：「萬里悲秋常作客，百年多病獨登臺。」「萬里」，地之遠也；「悲秋」，時之變也；「作客」，人之孤也；「百年」，歲之老也；「多病」，身之衰也；「登臺」，今日事也。二句六事，輕鬆自然，非筆下有力，能渾融如是乎？

字眼多用

字眼有詩人多用者，如「泪」字：潘岳「涕泪應情隕」，子美「近泪無乾土」，太白「泪盡日南珠」，劉禹錫「巴人泪應猿聲落」，賈島「泪盡故山遠」，孟雲卿「至哀反無泪」，何大復「笛裏三年泪」，李空同「萬古關山泪」。如「惹」字：隋煬帝「被惹香爐殘」，古辭「至今衣袖惹天香」，賈至「衣冠身惹御爐香」、「春日偏能惹恨長」，温庭筠「暖香惹夢鴛鴦錦」，孫光憲「眉黛惹春愁」，皆有情之「惹」；王維「楊花惹暮春」，李賀「古竹老稍惹碧雲」，皆無情之「惹」。「香」與「雲」又皆有形之「惹」，而「春」與「夢」獨爲無形之「惹」，又大奇。至「愁」字，每多取喻，有以山喻愁者，杜少陵云：「憂端如山來，澒洞不可掇。」趙嘏云：「夕陽樓上山重疊，未抵春愁一倍多。」有以水喻愁者，李頎云：「請量東海水，看取淺深愁。」餘可類推。

詩句濫觴楚騷

王孫芳草，創自楚《騷》，而咏入詩句，則自謝、陸始。靈運云：「萋萋春草生，王孫遊有情。」玄暉云：「春草秋更緑，公子未西歸。」陸機云：「芳草久已茂，佳人竟不歸。」唐人效之，杜甫云：「秋色凋春草，王孫若個還？」王維云：「青草年年緑，王孫歸不歸？」劉長卿云：「春草茫茫緑，王孫舊此遊。」温庭筠云：「繫得王孫歸意切，不關春草緑萋萋。」此皆以王孫、芳草分言之者。如王子淵云：「芳草憶王孫。」錢起云：「王孫尋芳草。」李頎云：「窗外王孫草。」劉長卿云：「惆悵王孫草。」皇甫冉云：「借問王孫草。」孟遲云：「蘼蕪亦是王孫草。」薛宜僚云：「王孫草色正如烟。」此皆以王孫、芳草合言之者。袁瓘《秋日》詩曰：「芳草不復緑，王孫今又歸。」人都不解，施膺見之曰：「王孫，蟋蟀也。」

字眼動静

詩中動静字：動字，虚字、活字也；静字，實字、死字也。如「好」字，上聲者静，而去聲者動；「惡」字，入聲者静，而去聲者動。然此猶以兩音言也。如一字而動静俱用者，「白雲低」則「低」字静，而「低秦嶺」則「低」字動；「青山小」則「小」字静，而「小渭川」則「小」字動。「宫怨」則静，而「怨君」則動；「閨愁」則静，而「愁夫」則動。「憂心」則静，則「憂世」則動；「樂事」則静，而「樂此」則動。「流輝」則静，而「輝映」則動；「返照」則静，而「照耀」則動。「浮動」則「動」字静，而「動愁懷」則「動」字動；「幽静」則「静」字静，而「静塵氛」則「静」字動。學者解此，則變换字句，自運用不窮。

字眼兩用

詩中對字之法頗爲活動。如「丹」，物也，「烏」，鳥也，可以顏色對，「丹」則赤而「烏」則黑也。「金」，寶也，「玉」，石也，可以顏色對，「金」則黄而「玉」則白也。「素」，純白也，「碧」，淡白也，皆顏色字。而「素」可以對「絲」、「帛」，「碧」可以對「金」、「珠」。「鴻」，雁類也，「鸞」，鳳名也，皆飛禽字。而「鴻」可借對色，「鸞」可用稱車。「駒」稱千里則爲馬，「烏」稱反哺則爲禽，而言「白駒」、「赤烏」，則指日也。「蟾」本水際之蟲，「兔」本林間之獸，而言「蟾光」、「兔魄」，則指月也。「玉斗」則酒盃，「牛斗」則列宿。「箕踞」則匡坐，「箕畢」則天星。以至「雙單」、「孤獨」、「半滿」、「初始」之字，俱可以對數目。「上下」、「前後」、「左右」、「内外」之字，俱可以對四方。臨楮運化，因人之才，初學者可取以爲引伸之助耳。

字眼變换

變换平仄之法，如宜平則易「嶺」而爲「峰」，以對對句之仄。宜仄則易「波」而爲「浪」，以對對句之平。或兩字一倒，如「峻嶺」易爲「峰頭」，「流波」易爲「浪裏」。「峰」、「嶺」同而倒其平仄，「波」、「浪」一而倒其上下，以對對句。或「嶺上雲」易爲「雲間岫」，「峰頭雨」易爲「雨滿山」，「隨波轉」易爲「逐浪行」，「浪中風」易爲「波際月」，於句中上、中、下三處變易字眼，或以對句而易，或以粘上而易，或以押韻而易，最爲活動。

字叶宫商

有欲以喉、齒、牙、舌、唇配五音，求其字實之，而卒不及憶。余曰：「宫」字即宫音，「商」字即商音，「喉」字即喉音，「齒」字即齒音，諸可類推。蓋識得紅色，則見霞光、虹氣、赤錦、丹砂、榴實、桃花、猩血、鶴頂，都認得是紅。識得白色，則見嶺雪、河冰、素絲、玉椀、梨花、柳絮、狐腋、鷺毛，都認得是白也。

句有精深

偶採詩句極佳者爲精深一例，如東坡《煎茶》詩云：「大瓢貯月歸春甕，小杓分江入夜瓶。」王豐父待制《拄杖》詩云：「老境得爲丘壑伴，醉鄉還勝子孫扶。」臧謀《梅花》詩云：「緑楊解語應相笑，漏洩春光卻是誰。」賀知章《柳》詩云：「不知細葉誰裁出，二月春風似剪刀。」一閨秀《咏初月》詩云：「天邊怕看如鉤月，釣起新愁與舊愁。」劉師道《荷花》詩云：「有路期奔月，無媒與嫁春。」《殘花》詩云：「金谷路塵埋國艷，武陵溪水泛天香。」謝希逸《蝴蝶》詩云：「狂隨柳絮有時見，舞入梨花何處尋。」皆精深句也。

句有旁似

張祜《柘枝詩》曰：「鴛鴦細帶抛何處，孔雀羅衫屬阿誰？」白樂天謂撿點亡妓什物。白樂天《長恨歌》曰：「上窮碧落下黄泉，兩處茫茫皆不見。」張祜謂是目連訪母。羅隱《牡丹》詩曰：「若教解語應傾國，任是無情亦動人。」周繇謂是女障子詩。程師孟《静室》詩曰：「每日更忙須一到，夜深長是點燈來。」李元規謂是登溷詩。皆苦吟其題而不覺他有所肖也。至如孫魴《夜坐》詩曰：「劃多灰雜蒼虬跡，坐久烟銷寶鴨香。」沈彬以爲得人間烟火氣多。此實用烟火字眼堆積，但詩句欠煅煉而少超脱，便可謂之烟火氣耳。

句有旁犯

唐崔湜《咏邊愁》五律第三句「風塵馬變色」、第六句「邊書驛騎歸」，袁暉《二月閨情》五律第四句

「林裏鳥能歌」、第七句「更聽春燕語」，皆爲旁犯。劉禹錫七律前聯云「雪裏高山頭早白」，後聯云「于公必有高門慶」，亦旁犯也。

天然妙對

詩有集句對而自然合拍者，如「馬踏紅塵風力軟，鷄鳴紫陌曙光寒」、「乾坤聖世空搔首，雲雨巫山枉斷腸」、「人間自古無仙骨，池上於今有鳳毛」、「諸葛大名垂宇宙，元戎小隊出郊坰」，皆信手拈來，絶無湊合之迹。又如祖詠詩「以文常會友，惟德自成鄰」，用《四書》句亦極自然。至沈約《八詠》詩有「夕行聞夜鶴，晨征聽曉雞」，東坡詩「朝與烏鵲朝，夕與羊牛夕」，與夫「叫切禽名宇，飛狂蝶姓莊」之句，則愈妙極矣。

陽關三叠

門人吴宫近問《陽關三叠》，答曰：東坡謂第一句不叠，後三句皆再唱，爲三叠。白樂天詩云：「相逢且莫推辭去，聽唱陽關第四聲。」第四聲者，「勸君更進一杯酒」也。

物類互襯

詩人咏物，交相借襯，本互爲形容也。李太白《對雨》詩「水紋愁不起」，而羅隱《秋江》詩則曰「細雨翻荷葉」。董思恭《咏雲》詩「帶月綺羅映」，而李商隱《咏月》詩則曰「吐時雲葉鮮」。杜甫《咏雷》詩「何須妬雲雨」，而曹松《夏雲》詩則曰「先聞江上雷」。董思恭《咏虹》詩「橋上晚光舒」，而張文琮《賦橋》詩則曰「虹勢尚凌虚」。李嶠《咏笙》詩「聲隨舞鳳哀」，而李商隱《鸞鳳》詩則曰「王子調清管」。唐太宗《李花》詩「蝶戲脆花心」。而李商隱《咏蝶》詩則曰「所得是花心」。李嶠《咏露》詩「珠湛緑荷中」，而韓偓《荷花》詩則曰「浸淫因露重」。唐太宗《咏簾》詩「珠光摇素月」，而杜甫《咏月》詩則曰「風簾自上鈎」。皆各賦其題，而成互爲形容也。

句末用仄

朱竹垞《曝書亭集》載富平李天生言：「少陵五、七言近體，一、三、五、七句用上、入、去三聲，必間隔用之，未有疊出者。」因誦少陵七律，惟八首與天生所言不符。其一《鄭駙馬宅宴洞中》云：「主家陰洞細烟霧，留客夏簟青琅玕。春酒杯濃琥珀薄，冰漿碗碧瑪瑙寒。誤疑茅堂過江麓，已入風磴埋雲端。自是秦樓壓鄭谷，時聞雜佩聲珊珊。」疊用「薄」、「麓」、「谷」三入聲。其一《江村》云：「清江一曲抱村流，長夏江村事事幽。自去自來梁上燕，相親相近水中鷗。老妻畫紙爲棋局，稺子敲針作釣鈎。多病所須惟藥物，微軀此外復何求。」疊用「局」、「物」二入聲。其一《秋興》云：「昆明池水漢時功，武帝旌旗在眼中。織女機絲虚夜月，石鯨鱗甲動秋風。波漂菰米沈雲黑，露冷蓮房墜粉紅。關塞極天惟鳥道，江湖滿地一漁翁。」疊用「月」、「黑」二入聲。其一《江上值水》云：「爲人性僻耽佳句，語不驚人死不休。老去詩篇渾漫興，春來花鳥莫深愁。新添水檻供垂釣，故著浮槎替入舟。焉得思如陶謝手，令渠述作與同遊。」疊用「句」、「興」、「釣」三去聲。其一《鄭縣亭子》云：「鄭縣亭子澗之濱，户牖憑高發興新。雲斷嶽蓮臨大路，天晴宫柳暗長春。巢邊野雀群欺燕，花底山蜂遠趁人。更欲題詩滿青竹，晚來幽獨轉傷神。」疊用「路」、「燕」二去聲。其一《至日遣興》云：「去歲兹辰奉御床，五更三點入鵷行。欲知趨走傷心地，正想氤氳滿眼香。無路從容陪語笑，有時顛倒著衣裳。何人錯憶窮愁日，愁日愁隨一線長。」疊用「地」、「笑」二去聲。其一《卜居》云：「浣花流水水西頭，主人爲卜林塘幽。已知出郭少塵事，更有澄江銷客愁。無數蜻蜓齊上下，一雙鸂鶒對沈浮。東行萬里堪乘興，須向山陰入小舟。」疊用「事」、「下」、「興」三去聲。其一《秋盡》云：「秋盡東行且未迴，茅齋近在少城隈。籬邊老卻陶潛菊，江上獨逢袁紹杯。雪嶺獨看西日落，劍門猶阻北人來。不辭萬里長爲客，懷抱何時得好開。」疊用「菊」、「落」、「客」三入聲。後覩宋、元舊刻本暨《文苑英華》證之，則「過江麓」爲「出江底」，「多病」句作「賴有故人分禄米」，「夜月」作「月夜」，「漫興」作「漫與」，「大路」作「大道」，「語笑」作「笑語」，「上下」作「下上」，「西日落」作「西日下」，八詩無一犯者。由是推之，「七月六日苦炎熱」下文第三句不應用「蠍」字，作「苦炎蒸」者是也。「謝安不倦登臨賞」下文第七句不應用「府」字，作「登臨費」者是也。循此以勘五言長律百韻，諸本字義之異，可審擇而正之。

語平淡而意深長

如：「打起黄鶯兒，莫教枝上啼。啼時驚妾夢，不得到遼西。」望遼西，情也，欲到遼西，情深矣。除是夢中可以到，彼又恐鶯兒驚起，使夢不成，須於預先安排，莫教他啼。夫夢中未必即到遼西，鶯兒未必即來驚夢，無聊極思，故至若此。較思歸望歸者，不深數層乎？又如：「獨在異鄉爲異客，每逢佳節倍思親。遥知兄弟登高處，遍插茱萸少一人。」開口一「獨」字便是憶兄弟了，正與「一人」相應。因在異鄉，並人都成異客。異客者，人看我爲外人也，豈得不思親？然常時混混度日，有時相忘，惟逢九日之佳節，則思親倍於平日，感時而有觸也。然猶不是詩家用意深處。至於不言己之思親而言親之思己，想來亦因九日茱萸致思於己，是陟岡望兄，而兄曰：「嗟余弟行役也。」言己之思親，其意尚淺，言己想像親之思己，而思親之思更深。詩之意深者極多，學者當作如是觀。

（吴忱、楊焄、劉奕點校）

雨村詩話（兩卷本）

雨村詩話（兩卷本）提要

《雨村詩話》二卷，據乾隆至道光間刊《函海》（第二十五函）本點校。撰者李調元（一七三四—一八〇二），字羹堂、鶴洲，號雨村、童山。綿州羅江人。乾隆二十八年進士，官至直隸通永兵備道。後以事罷官，發遣伊犁，捐銀贖歸。有《童山詩文集》，輯有《全五代詩》、《函海》等。此書《函海》本前有自序，未署年月。《函海》輯成在乾隆四十七年，則詩話當成於此前。雨村與袁隨園聲氣相投，嘗自附於袁、蔣、趙後，合刻《林下四老人詩》。此書自序謂「嘗以爲詩法不出乎諸大家，每與同人多諄諄論辯，今擇摘一二」云云，似乎自得自撰，實乃泰半竊自蔣衡，自欺復欺人也。卷上以論樂府爲主，乃全數抄録蔣氏《樂府釋》、《古樂府》；卷下説杜十餘則，自「《何將軍山林十首》章法細密」以下，乃抄録蔣氏父子之《杜詩紀聞》。蔣衡原書多存師友同輩人語，一一出其姓氏字號，如論樂府多採劉繼莊（獻廷）之語；論杜採梁鷓林（以樟）、潘南村（高）、王或庵（源）、顧玉停（陳垿）、劉夢弼、王叔聞等多人之語。其中如潘高乃蔣氏鄉賢，王源之語尤四出之，蓋或庵乃蔣氏之師。今雨村將衆人之名概行抹去（偶剩一劉繼莊），又稍變文字，以泯其剽取之蹟，則其人不僅於詩無所己見，即人品亦大可議也。

古人詩話類多摘句以備採取，唐宋而降，指不勝屈矣。余非敢然也，但自念生平于詩有酷嗜，而以日以月，總覺前此之非。古人云醫，三折肱，爲良醫。不知于此道，究何如也。積習未忘，嘗以爲詩法不出乎諸大家，每于同人多諄諄論辨。今擇摘可以爲法者，略舉一二以課兒，與俗殊酸鹹，在所不計也。因所論皆詩，故亦曰「詩話」云。羅江李調元鶴洲識。

雨村詩話卷上

羅江李調元鶴洲撰

三代以前，詩即是樂，樂即是詩。若離詩而言樂，是猶大風吹竅，往而不返，不得爲樂也。故詩者，天地自然之樂也。有人焉爲之節奏，則相合而成焉。

詩有比興不能盡，故被之聲歌，使抑揚以畢其意。自漢以後，《郊廟》、《房中》析而爲二，古詩、樂府遂分。

古人樂府，非如今人有曲譜而後填詞也。然亦照定十二律賦爲詞，付之樂工，叶以音律。但樂工知清濁高下，而不通文，故先分章段，爲之鈎勒，亦讀樂府入門之一法。

樂府者以其詞付樂工，其中工尺之抑揚，乃樂工事。五季變爲詞，將所留樂工之虚字盡填滿，較古法更嚴密，不能馳騁才華，不若古樂府之鬆矣。

樂歌必要短長相接，長取其聲之婉轉，短取其聲之促節。律詩則與管絃無涉，而天然之樂自存於中。唐以五言七言爲句，此定式也。間有六字成句者，與宫商不協，不必作也。

天然之音，止有五字。今笛中之五六工尺上，配合宫商角徵羽之五音，猶琴之五絃，加文絃、武絃而成七，所謂變宫、變徵而成七調也。故南北正調，原止有五，唐律之五言是也。若七字則爲變調，而名變宫、變徵矣。七言難于五言十倍，以其雜變調故也。故雖變調，必須排蕩而成，不可輕易下筆。

蓋八句不出起承轉收，神而明之，存乎其人爾。

今人易言近體，難言古詩，真乃不知甘苦者。殊不知古詩可長可短，近體限定字數，若非具大手眼，便如印板，何足言詩！故唐律之聖者，間于八句之中，别有五花八門之妙，自成黄鐘大吕之音。

音樂以氣爲主，然氣有放開者，有收合者。放開者，曲中《混江龍》是也；收合者，曲中《桂枝香》是也。氣之放開收合，相題而然。

《毛詩》三百篇，爲萬世詩原，然不出比、興、賦三字。首章云：「關關雎鳩，在河之洲。窈窕淑女，君子好逑。」試問後之詩人，有能出其範圍乎？

讀古人書，須自具手眼，又必奇而可法。如王或庵之《文章練要》，劉繼莊之《解樂府》，不必盡然，而得其法，可以他用。故《古詩十九首》，或云二十首，或云數十首，或云各家雜作，或云各首一意，紛紛聚訟。不如作一章看，其意自見，此善讀書法也。

《古詩十九首》，解者無慮千百家，其實友朋思念之詞，無庸穿鑿也。

《臨高臺》，軍中鐃歌題也。作者胸中民胞物與，慨然有臯、夔、稷、契之思，故借題以展其宿抱。末句「收中吾」三字，是樂工標記語，言此《臨高臺》一闋，其收聲之音，則在「吾」字之中音耳。此句不列章内。

樂府製題，提筆爲要，篇中安章頓句，各有其故，或在題前，或在題後，或題不足而詩補之，或詩不足而題補之。如《上邪》一首，作者胸中有無限深意，非若今人之草草下筆也。

《東光》，因漢武有事西南夷，動衆勞民，文、景之富，一朝頓匱，故託古人諷諫意而作也。諸家聚訟，迄無一是。

向傳田横歿後，門下客作挽歌，《薤露》挽田横，《蒿里》挽五百從死之士。或曰作此等題須有一段英豪激烈之概，今皆不言，只以數語寫其蕭瑟悲涼景況，何也？噫！是殆不知作者苦心，并不知文章體例也。田横不與劉、項共逐秦鹿，屏迹海隅，又不肯降志從漢，種種曲折，豈可明言？蓋不唯恐罹漢高忌諱，即田横有知，亦捫心飲泣而不願聞者，而門下客豈忍重提往事？故于不叙處，正藏一篇大文字在内。所謂可與知者道，難與俗人言也。

樂府長短雖殊而法則一，短者一句中包含多義，長者即將短章析爲各解，此即律詩之前後分解也。分解不出起承轉合四字。若知分解，則能析字爲句，析句爲章，雖千萬言，皆有紀律。如四體百骸，合而成人，能轉旋無礙者，心統之也。老子曰：「當其無，有車之用。」故文章妙處，俱在虚空，或奇峰插天，或千流萬壑，或喧湍激瀨，或烟波浩渺，祇須握定綫索，十方八面，自會憑空結撰，並不費力也。今人補綴裒集，遮掩耳目，何足言文乎？觀樂府「鷄鳴高樹巔」一篇，可以悟矣。

文章亦如造化也。四序雖定而萬物之生成不然，穀生于夏而收于秋，麥生于冬而成于夏，有一定之時，無一定之物也。文之起承轉合亦然。徐文長曰：「冷水澆背，陡然一驚。」便是興、觀、群、怨之副本。唯能于虚空中卒然而起，是謂妙起。本承也，而反特起，是謂妙承。至于轉，尤難言，且先將上文撇開，如杜詩云：「江雲飄素練，石壁斷空青。」此殆是轉之神境。所以古樂府偏于本題所無者，忽然排宕而出，妙在有意無意之間，如白雲捲空，雖屬無情，却有天然位次。只是心放活，手筆放鬆，忽如救火捕賊，刻不容遲，忽如蛇遊鼠伏，徐行慢衍，是皆轉筆之變化也。至于合處，或有轉而合者，有合而開者，有一往情深去而不返者。人所到，我不必爭到；人不到，我却獨到。要在人神而明之。果能久于其道，定與古人並驅也。

《陌上桑》云：「日出東南隅，照我秦氏樓。秦氏有好女，自名爲羅敷。」四語極平淡，而首句起興，下三句出落詳盡，簡括似古謡。後半篇皆此二十字注釋也。

凡詩有有題者，有無題者。有題是詩之正面，無題是詩之反面。如樂府《隴西行》，何篇中無隴西之意？爲尊者諱也。立是名，補詩之不足也。「隴西」二字是題正面，全詩却是反射旁擊。漢武有事于西南，窮兵黷武，隴西男子，無不荷戈從戎，巨室細民莫敢匿。故篇中備言婦人待客，委曲盡禮，以見家中無男子也。言豪富者何無男子，貧窮者豈容燕息乎？夫勞苦疆埸，必餐風宿露，今反寫歡樂，其勞苦却在言外，使後人于無字處默會也。寫隴西以反襯天下，寫豪富反襯貧苦，寫婦人反襯男子，寫閨門反襯邊廷，可悟作文之法。若唐以後人作《隴西行》，必備寫山川風景，有何妙意？《善哉行》乃倉卒棄家，最不堪事，而反曰「善哉」，蓋事拙而自慰之詞也。故詩貴反用，詩題亦然。

《悲歌行》，客子懷故鄉之作也。妙在起句「悲歌可以當泣」，人至傷心極處，不能泣而思以歌當之，較泣愈痛矣。此爲加一倍法。

《枯魚過河泣》，命題甚奇。魚已枯，何能泣？人將此渡河，而悔前之不慎，又安得不泣也？夫涉世末流，而此身尚在，猶可及也。偶蹈虎機，名敗身喪，何可及耶？世間之事，受累一番，便爲他日受用根本。「作書寄鲂鱮」，前車覆，後車戒，皆此意也。

《飲馬長城窟行》，此嘆好友得志不復相顧也。觀「入門各自媚」兩句，可見用筆之妙。「書中竟如何」一句，令人黯然，則知不過泛語通問，夙昔苦思，付之流水矣。

郊廟歌辭始於《詩》三百篇之《周頌》，三代以前，不可考矣。《昊天有成命》，郊祀天地之樂歌也。《清廟》，祀太廟之樂歌也。《我將》，祀明堂之樂歌也。《載芟》、《良耜》，藉田社稷之樂歌也。然則祭樂之有歌，其來尚矣。兩漢已後，世有制作，其所以用於郊廟朝廷以接人神之歡者，其金石之響，歌舞之容，亦各因其功業治亂之所起，而本其風俗之所由。武帝時詔司馬相如等造郊祀歌詩十七章，薦之宗廟。至明帝乃分樂爲四品：一曰《大予樂》，典郊廟上陵之樂。郊樂者，《易》所謂「先王以作樂崇德，殷薦上帝」。宗廟樂者，《虞書》所謂「琴瑟以咏，祖考來格」，《詩》云「肅雍和鳴，先祖是聽」也。二曰《雅頌樂》，典六宗社稷之樂。社稷樂者，《詩》所謂「琴瑟擊鼓，以御田祖」，《禮記》曰「樂施於金石，越於音聲，用乎宗廟社稷，事乎山川鬼神」是也。永平三年，東平王蒼造光武廟登歌一章，稱述功德，而郊祀同用漢歌。魏歌辭不見，疑亦用漢辭也。武帝始命杜夔創定雅樂，時有鄧静、尹商訓雅歌歌詩，尹胡能習宗廟郊祀之曲，舞師馮肅、服養曉知先代諸舞，夔總領之。魏復先代古樂，自夔始也。晉武受命，百度草創，泰始二年，詔郊廟明堂禮樂，權用魏儀，遵周室肇稱殷禮之義，但使傅玄改其樂章而已。永嘉之亂，舊典不存，賀循爲太常，始有登歌之樂。明帝太寧末，又詔阮孚增益之。至孝武太元之世，郊祀遂不設樂。宋文帝元嘉中，南郊始設登歌，廟舞猶闕，乃詔顔延之造《天地郊登歌》三篇，大抵依倣晉曲。是則宋初又仍晉也。南齊、梁、陳初皆沿襲後夏創制，以爲一代之典。元魏宇文繼有朔漠，宣武已後，雅好胡曲，郊廟之樂，徒有其名。隋文平陳，始獲江左舊樂，乃調五音，爲五夏、二舞、登歌、房中等十四調，賓祭用之。唐高祖受禪，未遑改造樂府，尚用前世舊文。武德九年，乃命祖孝孫修定雅樂，於是斟酌南北，考以古音，作爲唐樂，貞觀二年奏之。按，郊祀明堂，自漢以來，有夕牲、迎神、登歌等曲。宋、齊以後，又加祼地、迎牲、飲福酒。唐則夕牲、祼地不用樂，公卿攝事，又去飲福之樂。安史作亂，咸、鎬爲墟。五代以後，宗廟典章文物，但按故常以爲程式。蓋自《練時日》以下，皆相沿相襲，並少跌蕩音節，不足觀矣。故樂府中凡郊廟歌辭，皆樂府而非樂府，應入制作一體，並不可以詩論也。

論詩首推漢、魏。漢以前無專家，至魏，曹操、植子建一家繼美，以沉雄俊爽之音，公然籠罩一代，可謂「文姦」矣。王粲、陳琳、劉楨、徐幹、應瑒、應璩起而和之，阮籍、嵇康輩皆淵淵乎臻于大雅。故論詩者以漢、魏並論，不誣也。

晉如張華之博物，束皙之補亡，陸機、陸雲之抗衡漢、魏，潘岳、左思之淵沖高曠，張載、張協之叶聲塤篪，劉琨、盧諶之音節悲涼，皆大家也。王羲之不以詩見長，然《蘭亭集詩》已非諸君所及；又有逸句云：「争先非吾事，静照在忘求。」幾于一字一金矣。陶淵明生于晉末，人品最高，詩亦獨有千古，則又晉之集大成也。

淵明清遠閒放，是其本色，而其中有一段深古朴茂不可及處。或者謂唐王、孟、韋、柳學焉，而得其性之所近，亦有見之言也。

沈確士云：「淵明以名臣之後，際易代之時，欲言難言，時有寄託，不獨《咏荆軻》一章也。」是爲確論。鍾嶸《詩品》云「其原出于應璩」，真小兒之語矣。

詩之綺麗，盛於六朝，而就各代分之，亦有首屈一指之人。如梁則以鮑照明遠爲第一，其樂府如五丁開山，得未曾有，謝瞻輩所不及也。齊則以謝朓玄暉爲第一，名句絡繹，俱清俊秀逸，武帝、簡文帝所不及也。梁則以江淹文通爲第一，悲壯激昂，何遜猶足比肩，任昉輩瞪乎後矣。陳則以陰鏗爲第一，琢句之工，開杜子美一派，徐陵、江總不及也。至北周則唯庾信子山一人而已，不但詩凌轢百代，即賦啓四六，上下千古，實集大成，宜爲詞壇之鼻祖也。

庾子山詩對仗最工，乃六朝而後轉五古爲五律之始。其造句能新，使事無迹，比何水部似又過之。武林陳胤倩謂「少陵不能青出於藍，直是一步一趨」，則又太甚矣。名句如《步虚詞》云：「漢帝看桃核，齊侯問棗花。」《山池》云：「荷風驚浴鳥，橋影聚行魚。」《和宇文内史》云：「樹宿含櫻鳥，花留釀蜜蜂。」《軍行》云：「塞迥翻榆葉，關寒落雁毛。」《法筵》云：「佛影胡人記，經文漢語翻。」《酬薛文學》云：「羊腸連九阪，熊耳對雙峰。」《和人》云：「早雷驚蟄户，流雪長河源。」《園庭》云：「樵隱恆同路，人禽或對巢。」《清晨臨汛》云：「猿嘯風還急，鷄鳴潮欲來。」《冬狩》云：「驚雉逐鷹飛，騰猿看箭轉。」《和人》云：「絡繹無機織，流螢帶火寒。」《咏畫屏》云：「石險松横植，岩懸澗豎流。」「愛静魚争樂，依人鳥入懷。」《夢入堂内》云：「日光釵影動，窗影鏡花摇。」少陵所云「清新」者，殆謂是也。

雨村詩話卷下

羅江李調元鶴洲撰

唐詩首推李、杜，前人論之詳矣。顧多以杜律爲師，而于李則云仙才不能學，何其自畫之甚也？大約太白工于樂府，讀之奇才絶艷，飄飄如列子御風，使人目眩心驚，而細按之，無不有段落脈理可尋，所以能被之管絃也。若以天馬行空，不可控勒，豈五音六律亦可雜以不中度之樂章乎？故余以爲學詩者，必從太白入手，方能長人才識，發人心思。王漁洋曾有《聲調譜》，而李詩居其半，可謂知音矣。

唐王、楊、盧、駱四傑，渾厚樸茂，猶是開國風氣。自吾蜀陳子昂，始以大雅之音，振起一代，渢渢乎清廟明堂之什矣。昌黎詩云：「國朝盛文章，子昂始高蹈。」信不誣也。吾蜀文章之祖，司馬相如、揚雄而後，必首推子昂。

人有性而自汨之，有情而自漓之，似乎智而其愚孰甚。毛嬙、麗姬雖粗服亂頭，無損其爲天質之美也。捧心效顰，人望而却走矣。沈隱侯曰：「文章當從三易：易見事，一也；易識字，二也；易讀誦，三也。乾以易知，坤以簡能，易簡而天下之理得矣。」詩之道亦然。

李詩本陶淵明，杜詩本庾子山，余嘗持此論，而人多疑之。杜本庾信矣，李與陶似絶不相近。不知善讀古人書，在觀其神與氣之間，不在區區形迹也。如「問余何事棲碧山，笑而不答心自閑。桃花流水杳然去，别有天地非人間」。豈非《桃源記》拓本乎？

論詩拘于首聯、頷聯、腹聯、尾聯，直是本領不濟，所謂跳不出古人圈套。如太白起句云：「犬吠水聲中，桃花帶露濃。」又云：「五月天山雪，無花祇有寒。」隨手拈來，俱如奇峰峭壁，插地倚天。才人固無所不可，若他人有此句，必用入腹聯矣。太白與崔顥，皆盛唐人，其時風氣相似。《鳳凰臺》詩，太白自咏鳳凰臺耳，人乃以爲太白學崔顥《黄鶴樓》而作，何其小視太白也。太白仙才，豈拾人牙慧者？而更作俚語有「一拳打倒黄鶴樓」之句，俗子以僞亂真，可恨如此，乃知小説之誤人。

人各有所長，李白長于樂府歌行，而五七律甚少，杜少陵長于五七律，而樂府歌行亦多，是以人舍李而學杜。蓋詩道性情，二公各就其性情而出，非有偏也。使太白多作五七律，于杜亦何多讓。若今人編集，必古今體分湊平匀，匀則匀矣，而詩不傳也。

「筆落驚風雨，詩成泣鬼神」，太白詩也。又有「興酣落筆摇五嶽，詩成笑傲凌滄洲」之句。此殆公自寫照也。而杜少陵詩：「白也詩無敵，飄然思不群。清新庾開府，俊逸鮑參軍。」又不似稱白詩，亦直公自寫照也。

余于詩酷愛陶淵明、李太白、杜少陵、韓昌黎、蘇東坡，丹鉛數四矣，率多爲人竊去。就中少陵全集，批點最詳，今遊宦四方，半濕于水，十忘七八矣。漸衰漸耗，不知何時再得細讎一過也。

《何將軍山林十首》，章法細密，爲杜詩五律之冠不待言。其三章忽云：「萬里戎王子，何年别月支？異花開絶域，滋曼匝清池。漢使徒空到，神農竟不知。露翻兼雨打，開拆日離披。」文氣似與上下文絶不相蒙。《銷夏録》曰：「馬上無事，與鄭廣文閒説其來歷，遂成此詩，遂不連接，而法脈有天然之妙，文章唯太史公有此奇横。」愚謂通首皆比也。公與鄭俱有才不遇，故感慨獨深。

不但詩宗杜，詩題亦應宗杜。如杜詩《陪李金吾花下飲》，題不曰「招飲」，而曰「陪飲」，滑稽之甚。末句云：「不怕李金吾」。謔浪之辭，似訶禁犯夜，直是面笑李金吾矣。

詩有借葉襯花之法。如杜詩「今夜鄜州月，閨中只獨看」，自應説閨中之憶長安，却接「遥憐小兒女，未解憶長安」，此借葉襯花也。總之古人善用反筆，善用傍筆，故有伏筆，有起筆，有淡筆，有濃筆，今人曾夢見否？

司馬温公曰：「牂羊墳首，三星在罶。」言不可久也。古人爲詩，貴于意外。如杜詩云：「國破山河在」，則無餘物矣，「城春草木深」，明無人矣，皆神于意外見之。類此頗多，最得詩人之體。

杜詩云：「牛女年年渡，何曾風浪生？」注者云此刺明皇幸貴妃以致亂也。因有七夕牽牛事，故不嫌穿鑿，所謂旨隱而詞微。

注杜者全以唐史附會分箋，甚屬可笑。如少陵《初月》詩云：「光細絃欲上，影斜輪未安。微升古塞外，已隱暮雲端。河漢不改色，關山空自寒。庭前有白露，暗滿菊花團。」此不過咏初月耳，而蔡夢弼謂「微升古塞外」，喻肅宗即位于靈武也，「已隱暮雲端」，喻肅宗爲張皇后、李輔國所蔽也。句句附會實事，殊失詩人温厚之旨，竊恐老杜不若是也。

「西蜀櫻桃也自紅」，「也自紅」三字，感慨悲涼，令人低徊不已。總之胸中先有無限感慨，然後遇題而發，故有此三字吐出。杜老最工此法。

詩先要起句得手。杜詩云「夜睡何曾着」，又云「亦知戍不返」，如此起法，何人有此？永定河觀察蘭公以余言爲然，嘗朗誦以爲樂。

作詩須用活字，使天地人物，一入筆下，俱活潑潑如蠕動，方妙。杜詩「夜睡何曾着，秋天不肯明」，「肯」字是也。即元方回《瀛奎律髓》之所謂「眼」也。

杜詩之妙，有以意勝者，有以篇法勝者，有以俚質勝者，有以倉卒造狀勝者。如「劍外忽傳收薊北」一首，倉卒間寫出欲歌欲哭之狀，使人千載如見。

杜詩有最瑣屑事，且爲莫須有而煌煌成篇者。如「聞道雲安麴米春，纔傾一盞即醺人。乘舟取醉非難事，下峽消愁定幾巡。長年三老遥憐汝，棙柂開頭捷有神。已辦青錢防雇直，當令美味入吾唇」。蓋爲酒咏也。而酒並未見，懸憶成篇，因用「聞道」二字以虚之，所謂無聊之甚也。杜老原不在此處要好，而亦未嘗不好，故題曰《撥悶》。人遇舟行岑寂，紙筆在前，往往有此興致。近見王漁洋批本，全行批抹。嗟乎！此漁洋詩之所以不如杜也。俗謂「朱貪多，王愛好」，信然。朱謂竹垞。

《秋興八首》章法聯絡之妙，諸家評詳矣。余獨愛「蓬萊宫闕對南山」一首，思玄宗，因後日西禁，而追憶其當陽臨御時也。通首皆虚，只第七句「一卧滄江驚歲晚」，點出「秋」字。末句「幾回青瑣點朝班」，又挽足全首之意。若「驚歲晚」下再作淒涼語，便與上文不稱。今人詩全不講收束，以此爲金丹可也。

《咏懷古跡五首》，前庾信、宋玉，後蜀主、孔明，豈古跡竟無，咏懷絶少，而以明妃廁其中耶？蓋以明妃天地所鍾靈，至今傳頌，而漢帝止從畫圖一識面，終死胡中；貴妃何如人，竟致馬嵬之亂，可傷孰甚？此首全在言外見卓識。

少陵詩有不可解之句，如《咏懷》宋玉一首曰：「悵望千秋一洒淚，蕭條異代不同時。」夫「異代」即「不同時」，乃作此語何耶？蓋身雖異代，摇落之悲，却似同時人耳。此爲深知宋玉也。《秋興》之「瞿塘峽口曲江頭」，摘出一句不可解，下云「萬里風烟接素秋」，乃知劉繼莊所謂「兩句合而一句之義始成」，真妙論也。又如「晚節漸于詩律細，誰家數去酒杯寬」，偶對不測，自稱「律細」，何耶？蓋雨中遣悶，戲呈路十九曹長耳。雨中悶極，唯有作詩飲酒，故想路十九也。此皆意在空際之法。

詩宗少陵，書學會稽，夫人而知之矣。山谷之詩曰：「世人但學蘭亭面，欲换凡骨無金丹。」爲學書者言乎，實爲學詩者言也。

杜詩箋注有《千家注》，有《五百家注》，然總遜近日仇兆鰲《詳注》，可謂集大成矣。作詩之法，少陵嘗自言之矣。曰「别裁僞體親風雅」，言正其所從入也。曰「熟精文選理」，言有根柢也。曰「前輩飛騰入，餘波綺麗爲」，曰「篇終接混茫」，言有收束也。曰「新詩改罷自長吟」，曰「老去漸于詩律細」，夫以太白之才，雄奇跌蕩，而猶欲與「細論文」，然則「細」之一字，其詩學之金針乎？

詩不可以貌爲，少陵《發同谷》諸篇，昌黎、東野聯句，皆偶立一體。至昌谷之奇詭，義山之獺祭，各有寓意，不可以貌爲。乃今人襲取二李隱僻字句，以驚世眩目，叩其中絶無所謂，是皆無病呻吟，效齆而不自知其醜者。詩以道性情，自淵明而上溯《三百篇》，何嘗有不可解字句，使人眩惑，而其意之所托，或興或比，往往出人意表，千百載竟無能道破者。余嘗謂古之詩文，句平而意奇，後人句奇而意平，可笑也。

《詩》三百篇有正有變，後人學焉而各得其性之所近。《楚騷》之幽怨，少陵之憂愁，太白之飄豔，昌谷、玉川之奇詭，東野、閬仙之寒儉，從乎變者也。陶靖節以下，至于王昌齡、王維、孟浩然、高適、岑參、韋應物、儲光羲、錢起輩，俱發言和易，近乎正者也。白居易以和易享遐齡，長吉以瑰詭而致夭折。《記》曰：「和故百物不失，冬寒故景短，夏酷烈而秋悲，春日遲遲，信可樂也。」知此可與言詩矣。

白樂天《新樂府》，夭矯變化，用筆不測，而起承轉收井然。其規諷勸戒，直是理學中古文，不可作詞章讀。元微之則宛然柔媚女郎詩矣。世稱元、白，元何能如白也。

王建、張籍樂府，何曾一字險怪，而讀之入情入理，與漢、魏樂府並傳。古人不朽者以此，所以詩最忌艱澀也。

韓昌黎詩云：「險語破鬼胆，高詞媲皇墳。」此是公自贊其詩，不可徒作贊他人詩看。然皆經藉光芒，故險而實平。

韓詩注，近有顧嗣立、方氏編年二家，方較詳覈。

柳子厚文配韓，其詩亦可配韓，在王摩詰、孟浩然、韋蘇州之上，根柢厚，取精多，用物宏也。

鄭谷詩喜用「僧」字，余獨愛其「上樓僧踏一梯雲」之句，以其神韻遠也。他皆不及。

世之好西崑體者，以爲李義山從杜脱胎，不知其流弊至開餖飣一門。當時温庭筠已嫌濃縟，今之鏤刻粉飾者，大都以此藉口矣。

杜牧之詩輕倩秀艷，在唐賢中另是一種筆意。故學詩者不讀小杜，詩必不韵。

晚唐人品最高潔，以司空圖爲第一。唐室凌夷，不食而卒，忠烈之義，千載如生。吴融亦不事異姓，大義凛然。故余編《全五代詩》，以二公以上爲斷，不採入也。

五代自以韓偓、韋莊二家爲升堂入室，然執牛耳者，必推羅江東。其詩堅渾雄博，亦自老杜得來，而絶不似宋西江派之貌襲，世人稱之者少，何也？皮、陸輩雕文刻鏤，近乎土木偶人，少生趣矣。

余雅不好宋詩而獨愛東坡，以其詩聲如鍾吕，氣若江河，不失於腐，亦不流于郛。由其天分高，學力厚，故縱筆所之，無不精警動人，不特在宋無此一家手筆，即置之唐人中，亦無此一家手筆也。公嘗自舉生平得意之句，以「令嚴鐘鼓三更月，野宿貔貅萬竈烟」一聯爲其最，實不止此也。公集中無論長篇短幅，任舉一句，皆具大魄力。如《有美堂暴雨》起筆云：「遊人脚底一聲雷，滿座頑雲撥不開。天外黑風吹海立，浙東飛雨過江來。」其聲直震百里，誰能有此？

蘇詩注自以施元之爲第一，王梅溪贋注，無論荒謬未必非王，即就一人詩分類，乃《兔園册子》，老學究所爲也。施注所未引，近日查他山有補注，甚詳該；編年井井有條，並列同時諸公和什，甚有體裁。但刊本不與施合刻，翻閲爲難。余嘗有志合施、查二公爲全編，其編年一以查爲主，其注施前查後。刊費繁多，尚無此力也。

温公詩絶少佳句，蓋史才非詩才也。歐陽文忠詩，則全是有韵古文，當與古文合看可也。魏野、林和靖二家，皆宋逸民，詩雖不多，而沖淡有逸致。余嘗欲編二家詩爲一册，不果。

唐子西庚亦眉山人，詩多佳句，其氣骨類東坡而稍乏變幻。後亦謫惠州，人稱小東坡，亦奇事也。詩如「水裁偏岸直，雲截亂山平」，「佳月明作哲，好風聖之清」，「手香橙熟後，髮脱草枯時」，「脱使真能去窮鬼，自量無以致錢神」，屬對俱極精切。余尤喜其「山静似太古」一聯。《鶴林玉露》載羅景綸云：「唐子西云：『山静似太古，日長如小年。』余家深山之中，每春夏之交，蒼蘚盈堦，落花滿徑，門無剥啄，松影參差，禽聲上下。午睡初足，旋汲山泉，拾松枝，煮苦茗啜之。隨意讀《周易》、《國風》、《左氏傳》、《離騷》、《太史公書》及陶杜詩、韓蘇文數篇。從容步山徑，撫松竹，與麛犢共偃息於長林豐草間。坐弄清泉，漱齒濯足。既歸窗下，則山妻稚子作筍蕨供麥飯，欣然一飽。弄筆窗間，隨大小作數十字，展所藏法帖墨蹟畫卷縱觀之。興到則吟小詩，或草《玉露》一兩段，再烹苦茗一杯。出步溪邊，邂逅園翁溪友，問桑麻，課秔稻，量晴較雨，探節數時，相與劇談一餉。歸而倚杖柴門之下，則夕陽在山，紫緑萬狀，變幻頃刻，恍可人目。牛背笛聲，兩兩來歸，而月印前溪矣。味子西此句，可謂妙絶。然此句妙矣，識其妙者蓋少。彼牽黄臂蒼，馳獵于聲利之場者，但見衮衮馬頭塵，怱怱駒隙影耳，烏知此句之妙哉！」讀此深愜予心。

蘇叔黨《斜川集》，書肆多以劉過贋充。余于汪鹿園家始得真本，爲之梓行。其集中好句，秀挺工麗，叠出層見，不止如世所稱「一天如許皆明月，一客所須惟濁醪」也。

西江派詩，余素不喜，以其空硬生湊，如貧人捉襟見肘，寒酸氣太重也。然黄山谷七言古歌行，如歌馬、歌阮，雄深渾厚，自不可没，與大蘇並稱，殆以是乎？後山詩，則味如嚼蠟，讀之令人氣短。如「且然聊爾耳，得也自知之」二句，係集中五律起筆，竟成何語？真謂之不解詩可也。擁被呻吟，直是枯腸無處搜耳。

詩有于一人一物一事，用全神全力而成家者，亦可傳，如唐之《游仙詩》、《比紅兒詩》，宋之《梅花百咏》是也。若用油滑腐語編湊成集以圖名，後之人豈能欺乎？余家宋人小集百家抄本，俱經手批一過，雖間有佳句，所得不償其勞也。

陸放翁詩，以「小樓一夜聽春雨，深巷明朝賣杏花」得名，其餘七律名句輻輳大類此，而起訖多不相稱。人以先生先得好句，後足成之，情理或然。然余少年頗喜之，今則棄去矣。余獨愛其《感憤》一律，頗近唐人，嘗舉以示客。詩云：「今皇神武是周宣，誰賦南征北伐篇？四海一家天曆數，兩河百郡宋山川。諸公尚守和親策，志士虚捐少壯年。京洛雪消春又動，永昌陵上草芊芊。」可稱《渭南》、《劍南》二集壓卷。

楊誠齋理學經學俱不可及，而獨于詩非所長。如《不寐》云：「翻來覆去體都痛。」復成何語？至其用筆之妙，亦有不可及者。如「忽有野香尋不得，蘭于石背一花開」，又「青天以水爲銅鏡，白鷺前身是釣翁」，皆有腕力。

范石湖詩稍次于放翁，而入蜀峽中詩，爲獨具手眼。余曾擬其《刺濆淖》諸篇，不免效顰之笑。至云「蜀人好食生蒜，臭不可近」，今則不然矣。

元遺山詩，精深老健，魄力沉雄，直接李、杜，上下千古，能並駕者寥寥。

楊鐵崖詩，太險怪矣，然其樂府，則不減宋謝臯羽也。

虞道園有遺稿十二卷，向無刊本，是以人不之見。余于京都買得朱竹垞曝書亭抄本，七律尤工，容當梓以傳。

明詩一洗宋、元纖腐之習，逼近唐人。高、楊、張、徐四傑始開其風，而季迪究爲有明冠冕。前七子應之，空同、景明，其唐之李、杜乎？後七子王弇州、李于鱗輩，未免英雄欺人，而王爲尤甚。然集中樂府變可歌可謡，固足壓倒元、白。

李東陽工明史樂府，近尤西堂效作，皆可備史料。

詩以人品爲第一，蔡京書法，荆公文章，直不可寓目，所謂惡其人者，惡及儲胥也。《鈐山堂集》本皆應制套語，不知人何以稱之？余在端州，嘗有示門生詩云：「我本西川一腐寒，讀書酷愛品行端。荆公文章蔡京帖，高閣從來不一看。」謂此也。

吾蜀楊升庵，爲有明博學第一。其詩亦以典麗爲宗，嫌其太似六朝，如《春興八首》是也。然其吐屬雋艷，富有萬卷，故是有明一大家。

雨村詩話

雨村詩話(又一種)提要

《雨村詩話》十六卷補遺四卷,據道光二十六年暎秀書屋刊巾箱本點校。撰者李調元,生平見前《雨村詩話》提要。李氏晚年專輯「話今」之詩話新本,篇幅遠過於「話古」之二卷本,此是當時長篇詩話風行之反映。正編有乾隆六十年乙卯序,而記事有晚至嘉慶三年者。續編有嘉慶六年序,而記事最晚者乃爲嘉慶七年,蓋均有續補也。雨村乃乾隆詩壇一活趺人士,其詩學不足觀,而此書所記則頗存乾隆詩壇之實景。其記雖亦如《隨園詩話》之巨細靡遺,然較著筆於士子之有詩者,與隨園之留意標榜販夫女子之詩稍異。所記袁、蔣、趙三家,偏詳於袁、趙兩家,與蔣則稍疏。如其視學廣東時曾刻袁枚詩選五卷,隨園暮年不忘去信索取;姚鼐曾受其託,轉達《雨村詩話》於甌北之類。評三家詩亦於袁、趙幾無軒輊,而不滿於蔣詩,可見其性之所近,於性靈詩家自有別擇也。其記既詳熟,有可作兩家詩之本事讀者。如記劉霞裳始末,即是隨園《屛風館詩》之本事;記李桂官行跡,即是隨園《李郎歌》、甌北《李郎曲》之本事也。三家外,與王夢樓、紀曉嵐、王述庵、畢秋帆、法梧門、程晉芳、楊蓉裳、荔裳兄弟等俱有交往,所記多可補乾隆詩史。雨村家有別業,先居醒園,歸田後復築函海樓,與四方賓客流連其中,一時蜀中稱盛,幾可追東南之隨園。其萬卷樓藏書後焚於匪火,有作《哭書詩》三十韵者,雨村和之,衆人復和之,興、衰皆成蜀中風雅。其《詩話》求入者應接不暇,與《隨園詩話》亦差同。

然两家聲氣雖稍近，而雨村識見實不逮隨園遠甚，梁九圖《十二石山齋詩話》譏以「雨村所欲言而子才已言之，雨村所欲爲而子才已爲之」，「子才長處雨村未及其一，子才短處雨村已逾其數」，語雖苛，要亦近之。此書刻本甚夥，多無補遺四卷，此道光刻本爲最全。

雨村詩話序

《雨村詩話》前著名矣，而此復著，何也？前以話古人，此以話今人也。詩者，天之花也，花閲一春而益新，詩閲一代而益盛。穠桃繁李，比艷争妍，而最高者爲梅、蘭、竹、菊。唐、宋、元、明，分壇列坫，而最大者爲李、杜、韓、蘇。然梅、蘭、竹、菊高則高矣，而藝圃者不遍植奇花，非圃也。李、杜、韓、蘇大則大矣，而談詩者不博及時彦，非話也。兹之作也，上自名公鉅卿、高人宿士，下逮輿臺負販、道釋閨媛，無論隻字單詞，莫不口記手録。譬之于花，可謂四時俱備，五方並採矣。夫花既以新爲佳，則詩須陳言務去。大率詩有恒裁，思無定位，立言先知有我，命意不必猶人。詩衷于理，要有理趣，勿墮理障；詩通于禪，要得禪意，勿墮禪機。言近而指遠，節短而韵長，得其一斑，可窺全豹矣。乾隆歲在乙卯六月下浣〔一〕，綿州童山老人李調元雨村撰。

【校勘記】

〔一〕「乾隆歲在乙卯」，原作「道光歲在丙午」，李調元卒於嘉慶八年，今據《續函海》本改。

雨村詩話卷一

綿州童山老人李調元

大司寇嘉興錢文端公香樹，詩名與長洲尚書沈歸愚齊驅。以老告休，在籍食俸，異數也。丙子，先北路公爲秀水令，文端見余，器之，命受業門下。時召試迎鑾獻詩賦諸生，題爲《春蠶作繭》。先生在金陀坊宅，命余與諸公子同作。余得一聯云：「不梭還自織，非彈却成圓。」先生極賞之。謂曰：「曾憶十年前，侍上於乾清宫，聯句。上思如湧泉，言言珠玉。僕得一聯云：『風團謝家絮，霜點洞庭橙。』一時王公大臣以僕爲五字長城，固不敢當。今見足下圓字一聯，與前足印證也。他年成進士，入翰林，聲名雀起，余企望之。」自是遂授以詩法。後予以己卯鄉試第五名，癸未會試第二名，入翰林。報到，公笑曰：「余所賞識，固不謬也。」

詩有三字訣，曰：響、爽、朗。響者，音節鏗鏘，無沉悶堆塞之謂也。爽者，正大光明，無囁嚅不出之謂也。而要歸於朗。朗者，冰雪聰明，無瑕瑜互掩之謂也。言詩者不得此訣，吾未見其能詩也。

桐城相國張文和公廷玉，少年入館，詩氣最清。有《春日侍直暢春園》云：「錦石橋邊路，簪毫日日過。柳陰春水曲，花外暮山多。雨洗檀欒竹，風梳窈窕蘿。銀河天上瀉，下界沐洪波。」後遂大拜，由其骨秀也。

錢塘袁太史枚，字子才。薦博學鴻詞，登乾隆己未庶吉士，散館，以不嫻國書，改沭陽令，調江寧，解組，遂不出。寓居金陵郭外，築菟裘以老，名曰隨園。四面無墻，每春秋佳日，任士女往來遊觀，不禁也。有緑浄山房二十三間，非相識不能到。自題集唐句聯云：「放鶴去尋三島客，任人來看四時花。」又聯云：「不做公卿非無福，命終緣懶難成仙。」既愛詩書，又好花，其園門，李鶴峰先生贈一聯云：「此地有崇山峻嶺茂林修竹，是能讀三墳五典八索九丘。」人多傳誦。園有二十四景：倉山、雲舍、金石藏、小眠齋、緑曉閣、柳谷、群玉山頭、竹請客、因樹爲屋、雙湖、栢亭、奇礓石、回波閘、澄碧泉、小棲霞、南臺、水精域、渡鵲橋、泛杭香界、盤之中、嵰山紅雪、蔚藍天、凉室。諸勝皆有題咏。嘗有《答人問隨園》七絶云：「想送隨園到汝前，商量圖畫與吟箋。畫來不若吟來好，元九曾夸白樂天。」「北門橋轉水田西，路少行人鳥漸啼。遥望竹雲遮半嶺，此中樓閣有高低。」「四圍有樹總無鄰，孤塔臨風獨倚門。最是一株銀杏古，參天似表此山尊。」「卍字長廊接綺察，繞廊流水影迢迢。遊人知住杭州客，湖上雙堤又六橋。」「芙蓉楊柳種千行，半拂溪流半繞塘。爲有池蓮開並蒂，水中亭子學鴛鴦。」「澄碧泉清足浣紗，相公題作小棲霞。怪峰壓屋似堆浪，銜着幾叢丹桂花。」「廿三間屋最玲瓏，恰好梅開坐上風。霧閣雲窗隨步轉，至今人不識西東。」「五色玻璨耀眼鮮，盤龍明鏡置墻邊。每從水盡山窮處，返照重開一洞天。」「插架琳瑯萬卷餘，商盤周鼎鎮相於。時時縹帶琮琤響，風意如夸有異書。」「一房才畢一房生，鎮日房中屈曲行。窗外風聲簾内雨，主人只是不分明。」「緑浄軒中草色含，水晶域外露華酣。忽然四面空青色，第二重天號蔚藍。」「紅雪嵰山四季紅，不開花日與開同。方知天下春歸處，都在先生此屋中。」「此外經營力不支，儘將隙地變荷池。有時瀑布空堂走，卧着匡床理釣絲。」「溪流南去板橋分，不住幽人只住雲。六角松亭半山望，丹青一幅李將軍。」「烟波深處置輕航，掠水穿雲意自將。憑着春風吹上下，料應流不到他鄉。」「戲點春燈桂樹稍，萬重星斗盪烟濤。魚龍出没金銀海，那覺當頭碧月高。」「闌鶴踈籬手自裁，更添鹿砦傍西齋。亭臺不厭千回改，畢竟文章老更佳。」「愛將樓閣自家看，每上山巔獨倚闌。嘆息天心非艸艸，安排此處老袁安。」

子才欲續《夷堅志》，《到杭州》詩云：「老去全無記事珠，戲將小説志虞初。徐紘懸賞東坡索，載得杭州鬼一車。」

袁子才詩好爲大言，亦是一病。如五言云：「不敢吞雲夢，休登黄鶴樓。」七言云：「仰天但見有日月，摇筆便知無古今。」未免太狂。又自作《子才子歌》云：「子才子，頎而長。夢束筆萬枝，爲桴浮大江，從此文思日汪洋。十二舉茂才，二十試明光，廿三登鄉薦，廿四貢玉堂。爾時意氣凌八表，海水未許人窺量。自期必管樂，致主必堯湯。强學象胥語，誤譯槃木章，改官江南學趨蹌。一部循吏傳，甘苦能親嘗。至今野老淚漱漱，頗道我比他人强。投幘大笑，善刀而藏。歌招飲，唱迷陽。此中有真意，曉人難俱詳。天爲安排看花處，清凉山色連小倉。一住一十有一年，蕭然忘故鄉。不嗜音，不舉觴，不覽佛書，不求仙方。不知青鳥經幾卷，不知樗蒲齒幾行。此外風花水竹無不好，搜羅雞碑雀録盈東箱。牽鄂君衣，聘邯鄲倡。長劍陸離，古玉丁當。藏書三萬卷，卷卷加丹黄。栽花一千枝，枝枝有色香。六經雖讀不全信，勘斷姬孔追微茫。眼光到處筆舌奮，書中鬼泣鬼舞三千場。北九邊，南三湘，向禽五嶽遊，賈生萬言書，平生耿耿羅心腸。一笑不中用，兩鬢含輕霜，不如自家娱樂敲宫商。駢文追六朝，散文絶三唐。不甚喜宋人，雙眸不盻兩廡旁，唯有歌詩偶取將。或吹玉女簫，綿麗聲悠揚。或披九霞帔，白雲道士裝。或提三軍行古塞，碧天秋老吹甘涼。或拔鯨牙敲龍角，齒牙閃爍流電光。發言要教玉皇笑，摇筆能使風雷忙。出世天馬來西極，入山麒麟下大荒。生如此人不傳後，定知此意非穹蒼。就使仲尼來東魯，大禹出西羌，必不呼子才子爲今之狂。既自歌，還自贈，終不知千秋萬世後，與李杜韓蘇誰頡頏？大書一紙問蒙莊。」此與英雄欺人之王弇州何異？

鄂文端相國爾泰，滿洲鑲藍旗人。好賢若渴，子才在詞館三載，不掃公門，及以國書考下等，公病中聞之，力疾趨朝，謂諸相曰：「袁枚去，可惜少一名翰林矣。」及詔下，以知縣用，公召餞之，退謂人曰：「公等但知渠文學，余決其必任吏事也。」嘗有咏竹句云：「自有鳳鸞集，曾無苔蘚侵。」及卒，子才哭之云：「當年遭際遇先皇，曠古恩榮話最長。如朕親臨朝出塞，爲卿眠食夜焚香。訏謨語密青蒲煖，顧命身孤玉几凉。争怪報恩心力盡，旁人聽説淚沾裳。」

襄勤伯鄂虚亭容安，西林相國文端公之子。雍正十一年癸丑，由庶吉士授編修。有《恭和駕幸翰林院》詩云：「霓旌鳳咮晝沉沉，雲路鵬程入聖吟。千載持衡天鑒在，百年養士國恩深。芙蓉敢有先傳鏡，桃李誰言自得林。科第須從忠孝副，雲霄儀羽九重心。」後官至河南巡撫。爲參贊，出征青海，没於王事，「科第」句竟如其言。袁子才挽詩云：「聽築長圍幾萬里，將軍匹馬獨臨戎。天山掃雪兵猶戰，青海題烏帳已空。拜表淚留秋草上，彎弓絃斷夕陽中。男兒欲報君恩重，死到沙場最善終。」傅文忠公最愛末句，謂人曰：「我不識袁枚何如人，能作此語！」

德化陳東浦奉兹，由進士授閬中令起家，至江寧布政使。喜論詩，爲茂州牧時，從軍金川，領美諾臺務，與綿竹令湘潭張世淥一夕談詩忘倦，竟至張燒糧五百石，認賠。陳曾有句云：「論詩到針芥，世情百不顧。衣單未更著，燭跋不知屢。」其風趣可想。有《梭木雜詩》咏土司婦女云：「果然像教推西土，三寺金光相好多。就裏倮交歡喜佛，女王拜罷意如何？」「錦帳雕鞍候曉嵐，當臺下馬禮儀諳。如何侍女紛隨後，麰婦身邊掖兩男。」諢談絶趣。

詩須體貼人情。鄞縣施瞻山句云：「欠伸妻勸睡，盥洗僕嗔煩。」此情逼真。

近時詩推袁、蔣、趙三家，然皆宗宋人。子才學楊誠齋，而能各開生面，此殆天授，非人力也。心餘詩學山谷，而去其艱澁，出以響亮，亦由天人兼之。子才亦自言：「余不喜山谷而喜誠齋，心餘不喜誠齋而喜山谷。」雲松則立意學蘇，專以新造爲奇異，而稗家小説，拉雜皆來，視子才稍低一格，然視心餘，則殆有過之無不及矣。

襄城諸生李更新潔軒，有詩癖，入試以韵語爲制義，考下等。好酒，每出，夜深乃歸，歸必醉。有《遊春》句云：「縱然暮醉迷歸路，只在桃園深處宿。」

尹望山相國總制江南三十年，袁子才本門生，愛其才，招致幕中，爲上客。閽者惡其出入煩瑣，多不禮之，而袁亦不介也。一日，望山入相，眷已起行，袁入别。閽者以爲求助，故令久候。袁既獲謁，見相國坐旁一白貓，乃啓云：「枚無所求，此貓乃師所玩，入都無所用，乞此貓歸足矣。」望山許之，令咏索貓詩。袁索筆題云：「烏圓爲送主人行，似抱離愁宛轉鳴。繞座已無雲鬟影，聞呼還認相公聲。

也同遺愛甘棠好，可許尋常百姓迎。小畜有靈應識我，絳紗帷裏舊門生。」公諱繼善，鑲黄旗，癸卯庶常，謚文端。

琴書，袁子才青衣也。事袁八年，勤慎如一，袁絶愛之。一日，贖券去，跪辭淚下。袁亦凄然，作詩送之云：「都兒洒淚别陽城，來是垂髫去長成。人好纔能八年住，春歸那忍一朝行。交還鎖鑰知誰託，欲掃樓臺誤唤名。總爲香山居士老，楊枝駱馬倍關情。」琴書求代答，又云：「畫梁春燕去猶悲，况是巴童别主時。洒掃應教新隸學，性情惟有舊人知。書防起蠹勤翻頁，花爲宜瓶巧折枝。神爵三年買奴券，袖中擎出淚如絲。」

詩有限韵難押者，謂與題絶不相涉也。然明眼慧心人仍須從本題生發以押之。如蛺蝶詩限船字，可謂難押矣，《西涯詩話》押云：「有時飛到江邊去，跟個賣花人上船。」又雞冠花限魚字，可謂難押矣，《儼山詩話》餘姚楊軾在寧波延慶寺押云：「若教夜半能三唱，驚起山僧打木魚。」皆巧。按宋謝逸蝶詩有「頻逐賣花人過橋」句，其藍本也。

詩用助語字，始于唐人五言。老杜云：「去矣英雄事，傷哉割據心。」孟浩然云：「重以觀魚樂，因之鼓樵歌。」至宋則七言亦用之。東坡云：「時復中之徐邈聖，無多酌我次公狂。」可謂善於摹倣。至曾幼度云：「不可以風霜後棄，何傷於月雨餘雲。」則更巧矣。余嘗戲擬云：「其可再乎忙止酒，未爲晚也亟删詩。」未知似否也。

山陰黄儀逋逵，豪飲工詩，久客江南。嘗有端午句云：「午時天下醉，水底一人醒。」

朱孝廉子潁，奉天人，壬午舉人，亦出王夢樓之門。工畫，人傳其「萬山青到馬蹄前」句，不愧謫仙，遂呼「小李白」。其髯如戟，分二支，又呼「戟髯」。選珙宰，余作《子潁子歌》送之，有「子潁子潁髯如戟，眼中無物氣無敵」之句，謂其頗使氣也。官至運使。守重慶時，以迴避另補，寓成都。余艱歸，就寓訪之。時大雨，欲別，子潁堅留不得，遂大哭。乃止，暢談竟夜。出其遊峨諸集，並棧道詩以示余。爲各題二絶，並贈長歌。中有句云：「語猶未了雲雷作，留客眼青須若蝟。」目空一世如此。有《别陸赤南》云：「無端楊柳怨斑騅，俯仰前賢别淚垂。那得愛才嚴僕射，草堂空弔少陵碑。」

袁子才無兒，有女阿良，嫁蘇州某子。甫二年，壻亡。子才慟之，有哭壻詩，令人不忍卒讀。詩云：「老人哭壻當亡兒，欷歔臨風淚暗垂。擬把衰年托嬌客，誰知白髮送瓊枝。數雖前定恩難捨，病竟無名死尚疑。聽喚阿爺曾幾日，一場春夢不勝悲。」又云：「埋玉新房舊館甥，女兒擘藥等雞鳴。情癡屢向庸醫拜，力竭空餘禱佛聲。宛轉檀奴難決别，彌留叔寶尚神清。禁他十七紅顔婦，斷雨零風了一生。」後二年，到蘇，孀女出見，喪服將終，而年纔十九。又作《傷懷口號》云：「漠漠風寒錦瑟絃，飄飄鬖髮尚垂肩。傷心三載成孀婦，猶是人間未嫁年。」聞者爲之墮淚。

傅忠勇公恒，當今名臣。因征緬甸病，回京卒。上親奠酒，入昭忠祠。人多作輓詩，惟袁子才詩爲得體。詩云：「捧日雍容三十年，一朝星隕紫微邊。恩雖外戚才原大，病爲南征死更賢。忍見聖躬親奠酒，更無内相力回天。夕陽望斷貂蟬影，羽騎黄門盡黯然。」「少年曾作霍嫖姚，洗甲金川賦早朝。銅柱千尋留絶域，天章九錫下丹霄。百官諾諾堦前立，甲第沉沉海樣遥。如此榮華如此福，和平二字總能消。」「遲卻南蠻奏凱歌，竟勞上將走滇河。功名晚累吳明徹，壯志人哀馬伏波。烟瘴那知公相貴，天威終到鬼方多。送公魂入昭忠廟，小阮猶提殺賊戈。」「下士無端哭上公，此身雖賤感恩同。談深各倚宮門柳，手操難忘玉殿風。白髮半生春夢遠，青天一望慶雲空。陰鄉侯去黄羊冷，腸斷南陽老敬通。」

詩用典亦須相題，有典宜於近體者，有典宜於古體者。時文亦然。記己丑會試，爲「歸與歸與」一章。廣東解元梁泉，名士也，中式會墨有「肅慎之矢，防風之骨」語，出《國語》，非不典也，然題中原不必引此，被磨勘革去進士，留舉人。子才《隨園詩話》載閣學王禮堂詩云：「霜濃牛馬通身白，林凍鳥鴉閉口喑。」以爲一用《毛詩》，一用《北史》，俱典雅。此與「肅慎、防風」何異？倘一例磨勘，吾知不免矣。

程漁門云：杜于皇濬以詩文往來淮揚間，善諧謔。適中秋，於廣陵豪家讌集。同席十餘輩，舉令，須各誦唐律，「月」在第二字。坐間有紈袴子，初不解詩，口撰一語曰：「白月照詩人。」衆鬨問此係誰作，能頌其上句否。逡巡未對。杜遽曰：「是『黑風吹酒鬼』也。」合坐大笑。

作詩須講句法，有句法則着字皆活，所謂「文章切忌參死句」也。如曲江句云：「一水雲際飛。」若俗手，必作「一雲水際飛」矣。放翁句云：「山從飛鳥行邊出。」若俗手，必作「鳥從山邊出」矣。知此，方可與言詩。

毛太史奇齡選浙江閨秀詩，獨遺山陰王氏。王女名端淑，寄以詩云：「王嬙未必無顔色，怎奈毛君下筆何。」使事可爲巧絶。

綿竹普覺寺禪堂見壁上題詩云：「尋真誤入蓬萊島，香風不動松花老。採芝何處未歸來，白雲滿地無人掃。」欵落「過路道人題」。按：此乃宋魏仲先野《訪隱者不遇》詩也，見《東觀集》。又遊峩眉，至萬年寺，見壁間亦有題詩云：「萬松嶺上一間屋，老僧半間雲半間。三更雲去作行雨，回頭方羨老僧閒。」欵落「無心和尚題」。按：此乃宋僧顯萬詩也，見《誠齋詩話》。二者皆攘占所有，以博詩名，但圖誑庸人之目，而不顧識者之笑。今之和尚、道士愛談詩者，皆此類也。

甲辰，余謫戍，袁清恪公爲奏贖，獲免，兼准封還原職，爲長子捐銜，是年余五十初度。四弟編修鼎塘驥元以詩祝云：「好風隨我潞城隈，報喜還兼獻壽杯。依舊頭銜花誥錫，從新手簡綺筵開。梅邊桃李千年植，砌下芝蘭此日栽。合與封翁拚一醉，相看欲召日邊來。」「是吾兄也亦吾師，伯氏風流合在茲。報國文章昆與弟，傳家衣鉢禮兼詩。運河兩載清風播，粵嶺三年藻鑑持。有德自應兼有壽，南山頻願祝期頤。」蓋四弟從余受業，故云。

余視學粵東，幕友錢塘丁傅，名士也。父敬，字敬身，與厲太鴻齊名。魯啓人曾贈詩云：「世有真詞伯，人誇大布衣。」即其人也。傅閲文極細，有句云：「十年辛苦非容易，一筆横抹自覺難。」

詩不可用僻事，亦如醫家不可用僻藥。善醫者不得已而用藥，必擇其品之善、用之良，如參、苓、耆、术可以久服而無害者，必無不驗。善詩者不得已而用事，必擇其典之雅、詞之麗，如經史諸子可以共知而無晦者，必無不精。

休寧汪灝與崇明何焯，俱以康熙壬午欽賜舉人，癸未入翰林，異典也。灝有詩云：「特將定鏡辨媸妍，何幸高天碧日懸。一自聖人親選士，人間玉尺總無權。」

鉛山蔣苕生士銓，字心餘，與王金英友善。金英納姬，心餘作《賀新郎》詞云：「水院春風護。親檢與、粧臺玉鏡，太姑真母。宛轉玉房清晝永，兩兩胎仙同住。是碧玉迴身佳處。金縷衫籠金粟影，小名兒、可上無雙譜。畫一朵，月中樹。　秋花一對香儔侶，東籬木樨開了，靈犀心住。八月蟾光今夜滿，桂子明年生取。消受到、朝朝暮暮。幾載寒燈孤榻恨，到將眠，却又喁喁欲訴。人欲睡、話休絮。」又云：「本是多情者。百般爲、無情懊惱，有情牽惹。小杜尋春多少恨，所事心纔輸下。容易到好天良夜。恰是東坡嘗荔日，絳紗中、白玉膚斜亞。任鸚鵡，隔簾罵。　讀書倦後填詞罷，從此把零愁碎苦，盡情除謝。更有甚於媚嫵事，不但遠山新畫。須趁取、緑窻清暇。再玩愆期歸妹象，算今年、居士應同嫁。緑衣汁，向他借。」詞出後，一時盛傳。

袁子才初不識苕生，甲戌春，往揚州，過弘濟寺，見壁上題詩云：「山水争留文字緣，脚跟猶帶九州烟。現身莫説三生事，我到人間廿四年。」末署「苕生」。子才録其詩，遍訪之。一日，遇熊滌齋先生，告以姓名，曰：「江西才子也。」子才曰：「此翰林才。」遂以書交。己丑，苕生果館選，自是始密。

蔣苕生工于填詞曲，獨步一時。至于詩，不但不及袁子才，亦稍遜趙雲松。而子才一見傾倒，贊不絶口，有「名動九重官七品，詩吟一字響千秋」之句，大抵以題壁詩決其必貴，而自夸眼力也。然三人不免互相標榜，子才有《題雲松甌北集》云：「集如金海自雕搜，滿紙風聲筆未休。生面果然開一代，古人原不占千秋。交非同調情難密，官到殘棋局可收。我倘渡江雙槳便，定來甌北捉閒鷗。」蓋雲松咏古人有「先我出來搶好句」句也。其挽苕生詩云：「君家花裏別君時，君起看花力不支。一慟自知無見理，九原還望有交期。應劉並逝空存我，李杜齊名更數誰。教作藏園詩稿序，已成未寄倍淒其。」蓋苕生《寄袁子才並求詩序》詩有「六代江山兩寓公」句也。子才又以其集屬苕生校定，並謝詩云：「自愛詩如百煉金，多君辛苦賜神針。姓名敢作千秋想，得失先安一寸心。天上月過花照影，海邊絃絕水知音。如何六代江山大，夢裏空存二鳥吟。」則又左袒蔣矣。而《倣元遺山論詩絶句》又云：「雲松自負第三人，除却隨園服蔣君。絶似延平兩龍劍，化爲雙管鬬風雲。」則又自高身分，而俯視二君無軒輊矣。然平心而論，詞曲袁、趙俱不及蔣，詩蔣俱不及袁、趙。而詩詞俱兼者，斷必推丹徒王夢樓先生。子才亦有《寄懷夢樓》詩云：「未踏金鰲頂上行，中華戒外早知名。出疆海水橫身過，入夢宫花繞筆生。才子中年多學道，仙人家法愛吹笙。騷壇旗幟張多少，我覺王維是正聲。」此真公論也。

乾隆壬申，袁子才重至京補官，檢發陝西，非其本懷也。道出良鄉，見店壁上有人題詩云：「滿地榆錢莫療貧，垂楊難繫轉蓬身。離懷未飲常如醉，客邸無花不算春。欲語性情思骨肉，偶談山水悔風塵。謀生銷盡輪蹄鐵，輸與成都賣卜人。」末有「篁村」二字，不知何人也。子才和云：「天涯鴻爪認前因，壁上題詩馬上身。我爲浮名來日下，君緣何事走風塵。黄鸝語妙非求友，白雪聲高易感春。手疊花箋書稿去，江湖沿路訪斯人。」久之，徧訪不得。後十一年，勞觀察宗發來書云：「曾宰此邦，仝制府方公見此詩，愛之，禁止店主勿塗去，然亦不知何人。」又六年，在方伯梁瑶峰國治席上晤篁村，方知蕭山陶元藻也。

仁和孫補山先生，辛巳進士。召試，授中書，洊歷至雲南巡撫。後始入翰林，授編修，旋巡撫廣東。時安南國王黎某爲臣阮惠所篡，其國母率族衆逃至南寧求救。時補山陞授兩廣總督，奏請討之。詔命領兵前往，大破之，阮惠逃竄。入其城，立國王嗣孫黎溎，而護送其逃人歸國。上嘉之，賜爵謀勇公。袁子才有《爲補山作平安南歌》云：「堯之南交周越裳，年年貢使日相望。忽然國母款關至，訴有篡臣亂紀綱。乞賜天朝師一旅，遠爲亙國扶孱王。尚書拜疏臣請往，一奏便聞天子獎。伐叛安邊聖主心，兵符王節將軍掌。朱鳶之山形崎嶔，市球之江水毒滛。一江才過一江深，賊兵冒死争抵敵。螳蜋怒臂張如林，尚書儒者色不動。十萬貔貅左右擁，錦帳談兵孔雀聽。軍門傳箭蛟龍捧，九天九地孫武謀。八戰八克吴漢勇，來嚼鐵李摩雲陣。前奉命，如嚴君。浮橋誘，黑夜燒，出奇制勝誰能料。指揮頃刻黎城定，三軍出入無人境。爨氎雖逃未授首，吕嘉終獲難延命。日南久不見王師，壺漿簞食争來迎。尚書宣詔立黎溎，彼國君臣笑口開。不肯縣陳貪尺土，敢忘朝漢立高臺。二百姎徒送出關，佛桑花下唱刀環。單于内附争端息，陁利來歸境土安。屈指成功未匝月，鬼方何用三年克。紫桂濃熏甲冑香，蠻溪紅洗弓刀血。蠻夷大長盡來賓，威德傳呼到九真。共欽遠國存宗社，端賴中華有聖人。捷書飛報天顔喜，重叠恩綸加不已。一個詞臣爵上公，千秋佳話傳青史。君不見吾鄉前朝三大賢，文成忠肅劉青田。雖然社稷功勳大，尚未揚威海外天。」

袁子才與補山相國雖屬同鄉，尚未識面。其弟香亭守肇慶，以書邀子才遊粤。補山聞之，甚喜，遣人饋問不絶，並先寄詩云：「不遞鄉書不遣媒，闖然直爲荔支來。文章澤國蛟龍避，裙屐仙山蛺蝶陪。當日登場誰不識，衹今此事更交推。自慙海上孫賓石，瘴霧憑公一掃開。」子才答云：「正投巴曲到軍門，忽聽鈞韶到野濱。汲鄭果然能禮士，皋夔原本是詩人。筆揮强弩堪穿札，氣吐秋雲不染塵。病裏瑶箋當靈藥，一回雒誦一精神。」「舟泊羚羊峽口邊，早聞父老説公賢。官如子弟人人見，政比秋霜樹樹鮮。渡海輕裝常載石，焚香諸事不瞞天。嶺南元氣非難復，只望旌旗住十年。」補山愛石，故云。既見，禮待甚優，並遣人送遊羅浮諸山。臨别，出其所畫《紀恩圖》屬題。第十六幅名《珠江轉舵》，子才題云：「此行真不負衰翁，得識羅浮又識公。同館政叨前輩禮，虚懷真見大臣風。憐才心在官階外，知己情深落照中。料得紀恩圖未了，珠江轉舵督江東。」次年公果由西川移督兩江。補山將抵任，亦先以書問訊，子才復答云：「果然轉舵督江東，人意天心往往同。千里峩眉來紫氣，一朝南國有春風。争聽野老呼生佛，勝説詞臣爵上公。不是孤忠能格主，幾人恩眷極初終。」

袁子才曾有句云：「若問隨園詩學某，三唐兩宋是誰應？」亦英雄欺人語，集中不盡然也。如《贈庵僧》云：「晚風初起燈摇閣，溪雨乍來梅落花。」句法本許渾「溪雲初起日沉閣，山雨欲來風滿樓」，則唐人可應矣。又《馬嵬》詩云：「但使宋姚還作相，君王妃子共長生。」本宋張文定《華清宫》云：「姚宋未亡妃子在，胡塵那得到中華。」則宋人可應矣。大抵句法無有不學前人者，所謂幼而習之，壯而行之也。雖前人亦然。如羅江東《柳》詩云：「灞岸晴來送别頻，相偎相倚不勝春。自家飛絮猶無定，争把垂楊絆得人。」楊誠齋《子規》詩云：「花愁月恨只長啼，雨夕風晨不住飛。自去錦江歸未得，至今猶勸别人歸。」則學江東也。白樂天有云：「便是羲皇代，先從心太平。」陸放翁《心太平庵》詩云：「少年妄起功名念，豈信身閒心太平。」則學樂天也。然皆本于《黄庭外景經》云：「觀志遊神三奇靈，行閒無事心太平。」輾轉相學，亦不足爲病也。

江寧劉霞裳秀才，姿容絶世，望之如處女。學詩于袁子才，出筆敏捷，兼聰慧善體人意，袁深愛之。每出遊，必携與俱，爲小友，相與唱和。如天台山、仙霞、九華、黄山、武夷，遠而東粤，近而西湖，無不從也。霞裳家貧，初受業時，嚴子進、陶怡園兩公子代饋修贄，並牽羊引進。子才却曰：「如此好門生，爲老人山水伴足矣，何必贄也。」即約爲天台之遊。贈詩云：「觥觥問字子雲家，奕奕風神動絳紗。似汝瓊枝來立雪，一時愁殺後堂花。」「未免多情枉費才，狎遊頗被里人猜。須知玉貌張雕武，終向儒林傳裏來。」「負笈從師意頗殷，向禽心願許平分。天台倘共劉郎去，定有桃花認得君。」次年，霞裳方就婚汪氏，子才又約遊黄山，而婚已五月尚不出。子才賦詩調之，兼呈新婦云：「入市羊車久擅名，今宵燈下見卿卿。佳人不語低頭喜，消受檀奴過一生。」「五月愔愔住洞房，定知努力作鴛鴦。藁砧滋味親嘗後，示我房中曲一章。」「戲題花葉寄粧樓，好作羹湯代束脩。莫惱袁絲太無賴，奪人夫壻出山遊。」遂同至粤。子才舟中贈詩云：「一枝玉樹當筇扶，臨水登山興不孤。不是子春高弟子，琴聲能入海天無？」「挂榜厓名惱秀才，丫叉雙髻是誰裁。緑章我欲天公奏，乞汝三峰架筆來。」「灘急聲喧鳥不聞，猢猻滿樹嘯成群。與君賭向船頭數，一個峰頭幾朶雲。」「傳世文章豈易描，會須筆下起波濤。水堪招隱都緣曲，山到成名畢竟高。」霞裳和詩云：「壓船山影十分險，洗月江光萬派清。夜半聯吟同剪燭，人間應少此師生。」「飯後圍棋例幾回，私心不敢把窗開。昨宵底事輸先着，爲有奇峰數朶來。」「船行船止任風吹，九節吟笻是我持。望見前村烟樹好，先生又是上山時。」「一雙孔雀一猢猻，相伴船頭共作群。啼嘯似知山水樂，居然清福與人分。」霞裳雖日從子才遊，而少年情性，不慣孤衾獨枕，時有狹斜之行，子才亦聽之不禁。在武夷時，霞裳隨輿夫至屏風館茶肆茆亭，有張氏女者，見而悦之，遂宿其家。其女憐其單寒，並代出纏頭交阿母，臨别泣下，霞裳亦爲墮淚。子才作《屏風館》七古吟其事，有「冶容易惹天花染，莫再他生作宋朝」之句。又在粤東時，有袁郎名師晉，年十七，明慧善歌，爲吴明府司閽。乍見霞裳，推襟送抱，若不得霑接，再三謀得私約。某日，兩情可狎，忽主人奉大府檄，火速鑿行，郎不得留。别時，淚如綆縻。子才以兩雄相悦，數典殊希，作詩以補《國風》之愛云：「珠江吹斷少男風，珠淚離離墮水紅。緣淺愛能生頃刻，情深誰復識雌雄？鄂君翠被床才疊，荀令香爐座忽空。我有青詞訴真宰，散花折柳太匆匆。」亦善謔也。後霞裳薦與九江觀察福公，子才送别，有詩云：「翩翩書記駕香驄，多少諸侯拜下風。只有衰年張禹苦，彭宣一去後堂空。」「負笈同遊萬里來，名山處處費詩才。而今失却劉郎伴，再到天台花不開。」又贈福觀察云：「自笑多情范大夫，西施網得獻東吴。臨行兩下私房訂，還要同舟泛五湖。」又云：「九江此日朔風嚴，賴有長途樂事兼。一個門生一天女，被公奪去太傷廉。」蓋是時，子才有《天女散花圖》，爲福公所乞去也。

嶍峨周立厓先生於禮，余己卯鄉試座師也，由辛未編修，官至少廷尉。書法東坡，嘗得《上元節侍宴》真蹟，愛之，爲鐫石置左右。有《敦彝堂集》，多警句。五言云：「西風一横笛，吹月下秋窗。」七言云：「小留隙地還栽菜，多樹高梧當結庵。」風格俱在王新城上。

漢州張懷溎，字玉溪，雲谷次子。九歲即能詩，館師一日以「清風徐來」命對，即應聲曰：「明月正上。」蓋出句用《赤壁賦》成語，對句乃《琵琶・賞荷》成語也。又出「樹憐平仲緑」，對「草愛寄奴青」。師謂其父曰：「此子必以詩名。」尤少諳字學，嘗問其師曰：「矮字，委矢也，宜音射。射字，寸身也，宜音矮。乃古人翻以矮爲射，射爲矮，其故何也？」師無以對。一日，余至其家，其父出外，見玉溪于西園書館，其師呼出見，言其能屬對。適花甚開，余出對曰：「雨過花争放。」即應聲曰：「春來鳥自鳴。」余曰：「鳴必驚人，非凡才也。」遂以子妻。

袁子才至粤，先柬香亭絶云：「明年倘到越王城，不向司關道姓名。徑上珠孃船上坐，萬花扶入海天行。」及至粤，見之，意興索然，復作詩云：「可笑珠孃負盛名，我來孤負看花情。青脣吹火柴蓬立，難近都如鬼手馨。」

《江舫唱和》，康熙丙子，安徽觀察張魯庵霖由皖至秣陵，舟中與賓從諸人詩也。費此度密及子錫璜東來亦與焉，密即王阮亭所稱「成都跛道士」也。時魯庵舟中出唐宋書畫鑒賞，限七陽，坐客各有詩。費燕峰密云：「飛蠅墨點彈屏小，舞劍工深濡髮長。」梅勿庵文鼎云：「龍蛇勢與滄波動，雲樹遥連遠岸張。」商介廬和云：「四海賓朋文舉坐，千秋騷雅米家航。」張逸峰坦云：「點蠅誤拂微汙墨，懸蚓驚看古硬黄。」時密子錫璜滋衡齒幼，尚未有名，侍父側，獨默然。魯庵曰：「令公子何不作？」密曰：「粗拈學筆，恐至詒笑。」諸公强之，遂賦曰：「玉笈名山屢代藏，古人手蹟辨微茫。晴江影動蛟龍氣，素練寒生粉墨光。苦茗啜殘移畫槳，折釵評罷促飛觴。閑身欲付滄浪裏，卧對烟林到夕陽。」一坐皆驚，賀密曰：「此君鳳毛也。」自是名大噪。故汪淡洋贈密詩云：「曲江風度端無比，公子聲華更絶倫。」謂滋衡也。

余舟過江西峽山，舟中得句云：「帆迴山背風無力，櫓剪江心月有聲。」自爲得意。後見張逸峰《發皖城》詩句云：「月影櫓聲破，風帆之字行。」較更渾融。

安慶昝抱雪與費此度論詩云：「論詩何所據？人各有詩腸。但悟十分活，先除一字忙。雲烟無鹵莽，花鳥費商量。真意果能得，知希亦不妨。」此度答云：「老去才華盡，篇章久不關。群公出高論，使我一開顔。彩筆從時變，遺篇未易扳。只愁年代遠，更復幾經删。」觀二公詩，深得旨藴。

徐芷塘爲廣漢牧時，邀余至署。時雨初晴，余在雲谷西園有句云：「大江昨夜初添漲，小港今朝便有罾。」既而改云：「蕉窗昨夜瀟瀟雨，柳港今朝處處罾。」一日質之芷塘，曰：「大江句工整，不若蕉窗句丰韵。」遂定。

陽湖趙雲松翼，乾隆辛巳探花，余中書同年也。爲人頷尖面小似猿，而胸中書氣逼人。癸未，散館引見後，上語大學士傅忠勇曰：「此人文自佳，而殊少福相。」故雲松詩云：「傳聞天語殿東頭，益愧才非第一流。已忝班行詞館綴，曾邀名字御屏留。文章似惜楊無敵，骨相兼憐廣不侯。寒士從來感知己，况蒙帝鑒更何求。」

雲松歸里後，一日遊西湖，子才正與霞裳同舟，來謁，雲松以詩調子才云：「最羡師生共一航，曉窗聯句夜傳觴。禪門亦有旁參法，我欲勾他叛呂防。」

程鍾字在山，吴之隱士也，與其妻生香居士仝有詩名。所居逸園，在西磧山下。袁子才屢訪之，僅得一見。其佳句云：「高樓鎮日無人到，賸有山妻問字來。」

家居，買燈最爲不急之務，及稍貧，則此物先賣矣。雲松一日買燈十二挂，示兒輩云：「想見華堂照酒樽，無端來伴我黄昏。須知是物關興替，最後登門早出門。」

癸未，余始謁趙雲松先生于所寓椿樹三條衚衕，汪文端公舊宅也。余時官中書，與雲松宅門斜對，朝夕過從，詩酒言歡。癸未會試，雲松爲分校，揭曉出場，雲松排闥直至床前曰：「將軍捷第二名矣。後似也二比，大總裁密圈無縫矣。」未幾，出守鎮安，改廣州，陞江右道，假歸。其爲詩千變萬化，不可以格律拘，而筆舌所奮，如諧如莊，往往令人驚心動魄。人皆推其古歌，余獨愛其近體。五律如《曉行》云：「曉星疑似月，古堠立如人。」《陶然亭上巳》云：「城中如野外，酒客盡詩人。」《鎮安》云：「四時無落葉，一雨或披裘。」《江行》云：「繞帆如不動，寒月故相隨。」《送馬亭》云：「詩多成筍束，人瘦似梅花。」《舟夜》云：「孤燈殘夢蝶，落月滿村雞。」《渡太湖》云：「漁歌秋水杳，人影夕陽高。」《東臯》云：「蛙鬧當更鼓，螢多似火城。」《即事》云：「人少將兒使，家空恣犬眠。」《屏跡》云：「杜門閒客散，攤卷古人來。」《飲晴嵐家》云：「家多佳子弟，身是老神仙。」《大風》云：「信有水皆立，兼疑山亦摇。」七律如《哭杭廷宜》云：「久客不歸無異死，故人入夢尚如生。」《洛陽梓澤園》云：「美人絶色原妖物，亂世多財是禍根。」《分校同門》云：「十數名分新雁塔，一家人聚小龍門。」《鄴城懷古》云：「自古英雄多好色，最難子弟是能文。」《哭兒》結句云：「可憐眉目清如畫，生把參苓毒死他。」《桂平》云：「遠嶺路高人似豆，空江水落岸如山。」《傅忠勇》云：「郭令身原兼將相，潞公名久動華夷。」《阿果毅》云：「可憐病到三遺矢，猶自身銜百戰場。」《遺興》云：「積歲刻成新楮葉，過時身比舊桃符。」《江干》云：「枯樹萬鴉棲似葉，荒蘆群雁宿爲家。」《歸田》云：「詩就多兼唐小説，客來與作晉清談。」《韓蘄王墓》云：「勳業未來先卧虎，英雄老去亦騎驢。」《故居》云：「老再來時惟後輩，舊曾游處似前生。」《落花》云：「過客也驚停屐齒，小鬟猶誤覓枝頭。」《漫興》云：「看戲人歸談古事，負暄叟坐述前聞。」「詩不與人争險韵，字常倚老作行書。」「家貧婦或勞兼婢，身老兒還小似孫。」「身到罷官如敗將，詩因遇敵想交兵。」皆工。

乾隆甲辰八月二十日，余將往汴梁，過直隸大名，店壁上見有詩云：「歷歷覃懷道，秋來暑漸輕。暗香浮竹粉，遠脉瀉泉聲。富貴原宜骨，文章豈爲名。十年游宦志，無限故園情。」欵題「蝴蝶道人步李雨村觀察題壁原韵」。奇哉！此余辛卯年北上題河南清化鎮壁詩也，有「人家團竹色，客路盡蘆聲」之句，不知蝴蝶道人爲誰。且「富貴原宜骨」一聯似深知予平生者，不題姓名，可惜也。

夔州太守徐鄰哉良，書法學董華亭，余曾於羊肉衚衕口生生堂見之。其書不擇筆，而天然古秀，然求之者金夫爲多矣。詩亦有古意，見《題金英種菊圖》云：「菊莊來菊徑，對菊攜書讀。愛菊又愛書，書聲出茅屋。」

雲松詩有可學，有不可學。可學如《青燈》云：「爲人嘗盡寒窗味，有女曾分夜績明。」《汪文端師》

云:「先生在日曾青眼,弟子如今也白頭。」《贈沈南雷》云:「投刺到門無俗客,讀書滿屋有佳兒。」《村舍》云:「老猶束帶見生客,窮尚典衣求異書。」「將酒勸人無惡意,借花獻佛也真情。」《贈袁子才》云:「作宦不曾逾十載,及身早自定千秋。」又:「曾遊瀛苑空三島,愛住金陵爲六朝。」《歸里》云:「散遣僮僕佳處住,收藏袍帶祭時披。科老將如祧廟主,官休已似退堂僧。」《哭心餘》云:「屢移家去無黔突,再出山來已白頭。」又:「久將身作千秋看,如此才應幾代生。」《錢司寇》云:「科名一代尊沂國,絲竹千年屬謝家。」《六十》云:「才子聲名徒嚇鼠,好官滋味略如雹。」又:「尚未成僧緣食肉,久辭作吏且伸腰。」《定軍山》云:「與賊勢終難兩立,斯人功竟限三分。」《汴梁雜詩》云:「得國也從孤寡手,傳家難料弟兄腸。」而《咏美人風箏》尤妙,如云:「直上似追奔月女,孤行肯逐馭風仙。」「但愁神女來行雨,恰喜封姨肯借風。」「挽住尚煩紅線手,倦飛或墜緑珠樓。」俱工麗。不可學者,七古如《十不全歌》云「自從塑就人樣字,化工能事始畢矣。聽他夫妻父子依樣畫葫蘆,大概不出範圍裏」等類,未免以詩爲戲也。

雲松詩多愛嘲笑,有句云:「惟有村童讀書聲,都都乎文喧不已。」謂錯讀「郁郁乎文」之句也,則近於發科打諢矣。又集中有《夏將軍廟》,言即傳奇《醉隸夏得海》事,雖見《明史·蔡錫傳》中,亦可不必入集。

青浦王述庵昶,乾隆十九年甲戌進士,由吏部郎歷官至少司寇。從大將軍阿征金川有功,爲陝西按察使。性躭金石,余得《金石存》一書,忘其名,述庵爲余言之,始補其原名。《韓蘄王廟》詩云:「蘄王古廟傍城東，殘碣猶書舊日功。半壁江山經血戰，一家婦女盡英雄。中朝冤獄悲三字，絶塞蒙塵痛兩宫。驢背歸來無限恨，靈旗日暮捲秋風。」寫出英氣勃勃。

崆峒巖在端溪，新建大宗伯曹地山秀先提粵學時，嘗大書「雲巖」二字，勒於崖壁。後學使吴殿撰鴻，本號雲巖，試畢，游其地，見之大笑。題其後云：「我名何爲掛絶壁，曹侯下筆摩蒼穹。」其風趣可想。

瓊州在海外，學使先分肇高，今併廣東，每三年一過海，科歲並考。其地風物又與海内異。學使仁和殿撰吴頡雲鴻，有《瓊臺覽古》云：「横海樓船出漢家，南荒一髮啓朱耶。地穿絶島圍龍窟，山壓群黎樹虎牙。颶母有風飛鐵浪，天孫無路接銀槎。名香十斛氤氲集，吹遍瓊臺四季花。」可盡海南風景。

兩廣總制桂秀岩林，原任總制鶴年之子，父子同任兩廣，亦異事也。先是余多題壁詩，桂至粵時，余適省試，一見即謂余曰：「吾最喜君題壁詩，每至驛亭，必摩壁尋覽。惜爲辦公館奴子紙糊，大是恨事。嘗愛君有句云：『日落易從投店後，月圓偏是别家時。』人在途中，多有此景，不意二語君能道出。」其愛才如此。鶴年，乾隆丙辰庶常，官至尚書，好詩，嘗有《半天樓》句云：「忽聞妙語真如佛，遂使凡材也欲仙。」

學政終年考試，每遇佳節，多在扃門之日。仁和金殿撰雨叔甡，先北路公同年，以閣學視學江西，有《九日在吉安試院》句云：「深屋不須愁帽落，殘牋猶足借糕題。」

余視學雷瓊，過化州，遊驪珠臺。臺在城北，渡皆竹筏。乘筏而上，纔如一拳，而林木蓊翳，迴抱蘭若，亦勝境也。見壁上有詩云：「珠母何年吐上游，巋然一軸底中流。我疑重見金山寺，客過鷺同白鷺洲。接岸人家浮竹榭。」讀至此，惜粉壁斷簡，失去三句。末有舊欵「張棟」，問之，州判也。後有人續之曰：「傍城烟火起漁舟。磨厓不用尋雲去，坐對青山可黑頭。」自書「巢雲生」，傳爲太守桂林胡德琳。

湖南中丞天津查儉堂禮，老詩翁也。丙戌，余官文選，查以廣西太平府烟瘴，終養，坐補至司，始識其人於吾師户部梧岡宅。白髮毿毿，善飲酒，口若懸河。因言在太平，烟瘴三年，齒落不生，告終養文方出，旋即丁憂。余以應以部文到日論歸起服班，言於堂，得即補選寧遠太守，陞松茂。適余丁艱，赴京，贈以饁。後歷官至副憲。最愛余詩，嘗於白馬關見余題龐靖侯祠《賀新郎》詞云：「白馬原非馬，是當年、將星應落，箭鋒齊下。至今松栢怒聲號，鳥語猿啼，空聞澗水哀瀉。問劉璋，益州何在？爭地爭城，看來莫非都假？休誇綸巾羽扇，名士風雅。想當年、伏龍鳳雛，一時聲價不相下。人盡道、八陣功最奇，又豈知，三策能亦寡。若問冠冕南州，微斯人，誰與歸也？」蓋是年庚寅，同年祝芷塘方典試入蜀，過此故，感廟中龍鳳並祠而作。查嘆其工，即呼筆伏地，親録之。愛才如此。後辛丑，余官通永，至省，適查由蜀藩入覲，在保定相晤，猶誦此詞，云：「此尊題格也，今人久不講矣。」未幾，卒于京。其詩沉鬱頓挫，嘗有《郫縣》詩云：「行行榿樹引官程，望裏平田到眼明。水逼雲迴揚子宅，春隨人入杜鵑城。漫愁髮白身仍健，較喜燈紅夢易成。縣酒連筒湮古製，市醪味薄亦堪傾。」

余弟鼎元，字墨莊，乾隆戊戌進士，改庶吉士，授檢討，現任中書。平生好學張王樂府，著有《假遊集》，余爲序行。遊江南時，有《擠船行》云：「北船入城來，南船出城去。擠塞狹港中，兩岸泊無處。中有大船槍插旗，以肉爲林酒爲池。指揮小船令迴避，船多岸逼篙難移。篙難移，櫓更密，小船欲退不得出。小船載糧米，大船載佐史。佐史不時遊，糧米不一秋。米舟若覆別無米，國課未完遭誅求。哀求大船退一步，暫放小船納糧去。」

雨村詩話卷二

綿州童山老人李調元

武進相國程文恭公，工於應制，在翰林時，賦《春郊時雨》詩，有句云：「十里青沾沽酒旆，一肩紅滴賣花人。」爲士林所膾炙。雖然位躋宰輔，而總裁典試，皆不一與，亦缺事也。爲冢宰最久，汲引後進，有吐哺握髮之風。乾隆三十九年甲午考差，公充讀卷官。詩題《善人爲寶》，余句云：「南國人堪憶，東平語不忘。」公擊節歎賞，以爲諸卷皆所寶惟賢，惟此方是善人，擬第一，然彌縫不知爲何人。後對同曹誦及，皆以余對，從此拭目。嗣後，余屢遭坎坷，公皆以一身衛之，此詩之力也。

歙人程漁門太史晉芳，年六十餘，辛卯，始由中翰登進士。爲人多髯，識與不識，皆以髯稱。其學無所不覽。嘗病痔，閒月一發，發時猶坐馬子，著述不輟。友至，俱就之對談，不覺有阿魏香也。尤長於詩，與余中書、吏部皆同官，最稱莫逆，嘗以詩倡和。壬寅，余在通永署，與曹來殷諸人有《偏橋灣觀荷倡和集》。余方刻《函海叢書》一百五十種，罷官後，寄居潞河，鋟事始竣。時漁門寓都米市衚衕，以詩乞云：「我生未彌月，抱在母氏懷。壁間懸大字，瞪目如欒窺。吾母謂此子，長定爲書癡。六歲上學堂，戀戀於書齋。日晡放學時，長揖請於師。願以燭繼讀，師乃大笑嗤。汝幼未得爾，姑待稍長來。戚姻傳怪事，有此酸嬰孩。洎既冠成人，圖史左右堆。好之恒不足，博取旁搜蒐。所恨資性鈍，臃腫樗櫟材。散錢失貫串，韈線難縫掜。然其好書籍，鮫子求珠胎。有則必求觀，無亦久繫懷。自甲午秋水，故册淪於淮。凡十六紗幮，痛絶泥沙埋。隨身插架者，缺鼎斷碣碑。聞子近刊刻，皆世所未知。高過七尺身，奇與二酉儕。行將以書貧，而未有止涯。曷不舉以贈，毋使願不諧。以食喂飽鷹，不若投餓豺。老至擴未聞，所錫皆琦瑰。子聞定囅笑，癖乃與己偕。驢車馱數重，來問米市西。我且再拜受，頓覺雙眼開。書面素籤識，書口楷字排。几端古香氣，指上新墨煤。他時佐撰著，惟子之功推。」余答云：「我雖生於蜀，吴越長在懷。十八便游浙，書籍得恣窺。攤錢日向市，書賈憐我癡。凡我之所欲，任意攜歸齋。我父憫其癖，廣延友與師。端誦同隊中，不顧紈袴嗤。回蜀捷秋闈，花樣實南來。我父嘗謂人，宦囊在此孩。以此通籍後，萬卷左右堆。兼之好抄校，志欲百家該。譬如匠氏門，長短各取材。編著事裁尺，兼呈瓠與摫。積今所儲蓄，多于魚子胎。敢曰皆飽腹，差勝俗士懷。君書無不讀，名久冠江淮。古人多遺文，幽光當未埋。尚冀啓箱縢，馨贈家藏碑。博學如髯翁，豈猶有未知。何以仍不足，搜古乃我儕。書經秦火後，灝瀚益無涯。天地之大也，豈能盡願諧。充子嗜書性，貪殘不讓豺。而乃妙于乞，來語吐琪瑰。行將盡付君，覆瓿物亦偕。網羅遍名山，所缺吾川西。新都夙所嗜，餘書雕始開。書成曰《函海》，其卷尚未排。明窻安大几，已貯龍墨煤。若問注疏事，此事惟君推。」漁門得書甚喜。

漁門又乞余編《全五代詩》，云：「五代誠草草，遠不逮六朝。禮樂征伐事，若火之燎毛。文筆則唐餘，翡翠棲蘭苕。詩格如韓韋，晚出乃益高。其他旁側見，清味争醇醪。子誠有心人，采掇弗憚勞。全體若單詞，理之俾有條。考核必精詣，注釋連昏朝。裒然四大帙，錦錯珠光摇。昨者舉贈我，寶之敵瓊瑶。一月讀未盡，六時神已超。有客來借觀，謂不損毫髮。劍既入水去，畫亦隨風飄。久假不知歸，徒以言訾謷。弗憚無厭請，重冀嘉惠叨。子其再贈諸，我已雙足翹。置之秘笈中，玩向寒燈宵。譬如除是鬼神奪，此外奚容拋。」余再答云：「五代本無詩，多附唐末朝。亦或入宋初，九牛纔一毛。譬如采蘭菊，彌堅皆烟茗。況復蒿與艾，其品益不高。我生好吟咏，嗜古如甘醪。自漢魏以還，鈔校不憚勞。唐宋各專家，彙疏頗有條。中間五十年，缺略非一朝。獺祭勤補綴，日夜筆自摇。叢書或隻字，喜若逢瓊瑶。祇取備文獻，不在格卑超。手録垂三年，幾脱十甆毫。雞窻耿燈火，牙籤風雨飄。遺文遭簡斷，詰曲牙或聱。有時聞善本，未到首屢翹。君昔在中秘，寄贈亦屢叨。再索理難吝，詩逋慙隔宵。倘更異書借，聊當磚先拋。」

漁門以老思歸，無費。告假至大梁，觀察唐芝田侍陛助千金。回京，旋復匱乏，不果行。次年辛卯，聞秋帆爲陝西中丞，決意歸，力疾往秦，欲以身託。余亦將攜眷回蜀，甲辰四月出都，時祝芷塘太史邀飲話别。漁門謂余曰：「古人云：『便教從此休官去，猶有閒居二十年。』況先生已爲傳人，竟作名山不朽之業可也。」臨别又口占曰：「此時猶共一杯酒，别後俱爲萬里人。」遂洒淚别。未幾，竟卒於秦河陝汝道王鑾署中。秋帆爲料理後事，送櫬歸。是年，余至汴，晤芝田，始知其詳。余哭詩有句云：「三春兩汴水，四海一芝田。」謂此也。

江南宋中丞漫堂犖，瓣香東坡，所定本朝江南十五子：王式丹方若、吴廷楨山掄、宫鴻歷友概、徐昂發大臨、錢亮工、張大受匠門、楊掄青村、吴士玉荆山、顧嗣立俠君、李必恒百藥、蔣廷錫揚孫、王圖炳麟照、郭元釪于宫、徐孝廉永宣學人也。皆俎豆蘇詩，雖意在廣聲氣，亦各有所長焉。

寶應殿撰王方若式丹，工於宫詞，有南唐、南漢、前後蜀宫詞各十二首。言花蕊夫人有二，前蜀小徐妃即詡聖太妃，嘗游青城山，題詩，後被害於秦川驛，復投生于青城徐氏家，前後皆號「花蕊夫人」。詩云：「青城花蕊舊題詩，環珮魂歸夜月疑。證得隔生文字業，重磨螺墨寫新詞。」其論幾於原壤化爲闕黨童子矣，不知其何據也。

長洲吴太史山掄廷楨，工七律。有《雜感》云：「幽蘭鬱鬱合孤生，誰遣當門迕物情。石亦能言憑晉國，人曾巧笑惑陽城。峨眉自分逢謡諑，馬磨何辭變姓名。顑頷青衿今又誤，可憐冠蓋漫縱横。」似爲《長生殿》諸人作。

泰州宫友槪太史鴻歷，工唐張王樂府。有《村店女兒行》云：「村店女兒年十六，黑鴉群中一白鵠。野花隨時插半鬟，葛袖苧裙新結束。倚門望見官人至，轉過墻頭不迴避。官人肩輿入草廬，問有午飯餉客無。答言阿耶往輸賦，瀝米旋炊誤行路，壺中有茶吃茶去。」此與《田家留客行》風味逼肖。

長洲徐大臨太史昂發，工近體。《向夕》云：「葭葵荒荒白，沙汀漠漠黄。草聲飛蚱蜢，巷氣下牛羊。風入書翻几，瓶香酒過墻。檐牙西月挂，炯炯抱晴光。」嘗云：「錢亮工有《題闈卷尾》云：『食葉蠶聲下筆時，誰能點竄不容絲。歐梅若用吹毛法，肯教東坡恕小疵？』主文柄者不可無此心。」

嘉定太史張大受，亦工絶句。徐大臨家有乙未亭，遂以名稿。太史題云：「數家籬棘帶斜暉，七十翁携長鑱歸。牽引吴牛亭子下，刺人花脚野蚊飛。」絶有風趣。

武進楊青村掄《黔陽》云：「四合山光翠欲浮，晚來嵐氣倏如秋。高坡插漢從無樹，細水名江不載舟。」此意無人道過。

吴縣吴荆山太史士玉，工五律。《仙女廟》句云：「水光沉遠岫，雲氣擁孤舟。」不減唐賢。

長洲顧俠君太史嗣立，近體學元。題所選元百家詩有云：「樂府歌深古意存，蛇神龍鬼語銷魂。竹枝唱到西湖曲，南北傾心拜鐵門。」

高郵李百藥必恒，長於懷古。有《方正學祠》句云：「十族可堪同蔓草，九重亦自愧麻衣。」十四字包括無限史論。

常熟相國蔣廷錫南沙，工没骨花卉，宫中皆重之。工詩，《題康次韓小像》云：「夜雨平明漲一犁，綠楊如綫稻如荑。此中應有詩人住，草屋三間似瀼西。」

繆湘芷殿撰沅，官至侍郎，奉命審案，不避權貴，人畏其鋒。有《使黔南》云：「綠如么鳳黑鴉軍，如此江山駭夙聞。白馬渡前延佇立，一叢鸚鵡戲紅雲。」「藤芒鬼帶刺人衣，筍迸龍奴竹幾圍。譜出辰沅風土惡，如拳黑蝶傍巖飛。」

華亭王麟照太史圖炳，詩有英氣。《渡江》云：「雲自孤飛月自明，蒲帆十幅剪江行。君聽濁浪金焦外，淘盡英雄是此聲。」「燕子磯前早趁潮，佛狸城下暮停橈。老僧竹院渾相識，如夢如塵話六朝。」

揚州郭于宫元釪句云：「小步野花亂，讀書秋院深。」武進徐學人永宣句云：「城小關門早，官稀醉尉尊。」二公俱工五言，而風格亦相似。

從古詩人，如李、杜、韓、白諸鉅公，千古宗之，不啻泰山北斗，然從未有祭其生辰者。東坡生于宋景祐十二年十二月十九日，江蘇中丞商丘宋漫堂犖刊《施注蘇詩》竟，曾首舉是會。吴下名士馮山公、汪武曹右衡、張日容天申、韓祖語、吴荆山、顧俠君、郭于宫及子山言，陳李伯時所畫《東坡笠屐圖》於庭，致集中名物以祭，各有長古詩。異代稱觴，古詩人未有，此福非東坡亦不足當也。而是日，武進李學人永宣以中途水阻未至。更考東坡乞居常州，於建中靖國辛巳七月二十八日卒於孫氏寓館，即今方庶常僑居宅，去學人家不數武，舊蹟猶存，乃邀同學諸子，於是日忌辰，肇祭賦詩。一祭生辰，一祭忌辰，皆詩家韵事也。後乾隆甲辰年，陝西中丞畢秋帆沅復偕吴泰來等十四人，復供像于撫院署祭之，刻有《設祀詩》。公有「酌酒壽公公色喜，滿堂書是詩弟子」句，則又盛矣。

欒平于清端公成龍，官至兩江總督，清廉爲本朝第一，而詩亦古朴。《有感》云：「書生終日苦求官，及做官時步步難。窗下許多懷抱事，何曾行得與人看。」真大臣語。

新喻晏中丞斯盛一齋，有《楚蒙山房集》。同年孝感夏力恕爲序，言其詩知言窮理，浩然自得於心性之間，謂其理學詩也。然佳處如「城迴江樹合，驛近市人喧」、「繞浦浮僧寺，疎林入酒家」，正在無《擊壤》習氣。

乾隆十三年六月，金川昔嶺之役，經略某公僨事，以至總兵官任舉陣亡。舉，大同進士，在參將任，值固原兵變，舉以單騎手刃亂兵。開鎮攻昔嶺色爾力，山賊避其鋒，堅守石城。舉念士卒戰疲，欲養蓄再攻，督帥逼促，遂提刀薄卡，一踴而上，連砍數賊，死。嘉定錢辛楣學士大昕輓詩云：「蚩尤妖霧塞漫漫，絶域威名死不刊。忽向榆溪悲趙縱，驚聞秦隴失陳安。忠魂氣挾秋風怒，戰血光殷曉日寒。留得靈旗祠下捲，英姿颯爽後人看。」實録也。

上海趙璞函文哲，由中書陞主事。三十八年，再攻金川，璞函與吴鑑南從軍，木果木兵潰，遇害，贈光禄寺卿加主事。余輓鑑南有句云：「縹緲魂穿深箐月，嶙峋尸裹亂山雲。」趙雲松輓璞函有句云：「偶翻書札猶前日，忽憶鬚眉已古人。」皆極淒惋。至云：「遊魂血污空山裏，知化猿身化鶴身？」則諸人同聲一哭矣。

余視學嶺南，考端州，有陽春學生劉世馨拔第一。試後，以其母節婦謝方端《小樓吟稿》乞余弁首。問之，名解元仲玩之女也，乃知得於庭訓者多。余爲序行。詩多警句。《早梅》云：「不見前村雪，香風溪口來。誰知疎竹外，忽有一枝開。」又《剪燭》云：「數行清淚落，一點淡烟摇。」最有味。

先北路公詩多散軼，辛餘姚時，嘉興吴敬齋高增爲山陰廣文，著有《蘭亭志》，載先君《和辛未南巡御製蘭亭即事詩》云：「遲日鑾輿宛轉行，林端拂拂好風生。蘭亭一夕留遺蹟，芝蓋千秋擅令名。曲水帶聲依仗瀉，野花含笑湛恩榮。羨他醉本銷沉久，洗拭重邀睿鑒評。」此詩不載《石亭集》中。

余弟檢討墨莊嘗云：《舊唐書》以李白爲山東，誤也。白爲蜀人，已自見於本詩中，有《寄趙蕤》詩云：「國門遥天外，鄉路遠山隔。相憶相如臺，已夢子雲宅。」以蜀爲故鄉之路，是自以爲蜀人矣。紛紛聚訟，得此可息。

黎城靳榮藩蒉溪，字价人，以進士官遵化牧。時余爲通永道，所屬也。爲人多髯而五綹，余嘗呼爲「五綹髯翁」，詩人也。有吴梅村詩箋，名《集覽》，博引群書，最爲賅覈。嘗因公謁，必翦燭論詩。時余方刻《龍龕手鑑》，屬价人校定，故贈余詩落句有「侯芭問字付揚雄」之語。余答云：「橡栗生涯在瀼東，由來喜怒似狙公。漫言勤學通今古，深愧爲人在下中。氣自錯磨顔遂俯，詩從摧折格愈工。平生頗笑子雲老，投閣空慙一世雄。」後陞大名太守，余至河南，紆道訪之，則前一日已卒，猶未小斂。余入署，撫屍大慟，題詩哭云：「豈愛老爲客，言歸累不輕。難逢開口笑，何意聽哀聲。春雨懷遵化，秋風哭大名。詩人零落盡，孤館若爲情。」

价人嘗作《詠明史詩》百首，俱有見解，未備録。有《夜氣》云：「歸雲棲灌木，遠岫帶疎星。」《平順縣》云：「隔灘遥問路，入郭始知城。」《除夕時恩寺》云：「鐘聲開曙早，人語入春喧。」七言《春郊》云：「灘水飛花如白鷺。」又云：「風裹飛沙欲度山。」皆有遠神。

錢塘余秋室中允集，能詩，兼工書畫，余故人也。甲寅，偕大興范攝山鏊典蜀鄉闈，揭曉，余壻張玉溪懷淮獲雋。重九後回京，過綿，寄余書云：「老前輩桑梓優游，提唱風雅，想益多著述，不知付梓幾種，甚欲先覩爲快。撤棘後，張生來謁，詢知爲閣下快壻，亭亭玉立，器宇非凡，從此扶摇，自必鵬程萬里，足徵相攸之卓識，無慙玉潤之嘉名，可勝欣賀。刻於十三日底州，承惠《函海》，尤深銘感。此書久播藝林，刻下坊間漸少，今得載與俱歸，真不啻珍珠船矣。」外送摺扇一柄，上畫墨蘭，並題詩見寄云：「墨沼風生翠葉凉，秋光又喜到重陽。素心不在繁枝葉，三兩莖花一國香。」寓意深遠，見其詩不啻見其人也。

錢塘王輔棨名國梁，號荔裳，庚辰孝廉。與余及秋室在京，俱極文會之交，而余與荔裳尤契。辛巳，館於京麻線衚衕，曾有《遲荔裳不至》詩云：「西窻特爲故人開，百種忙時亦暫迴。爲報月輪休更照，今朝幽屋有誰來。」是科禮闈下第歸，曾作四十韻詩送之。後以挑得知縣，未得闕，往揚州，久無消息。今秋室書來，言戊申中秋作古於邗江館舍，爲之黯然。荔裳詩不多作，作則必佳。有別余詩云：「射虎屠龍竟未成，寄身天地一書生。桃花潭水誰能比，轉念青蓮送我情。」

詩有捷才，殆天賦也。古有七步八叉，本朝自宫詹張南華鵬翀而外，指不多屈，目見者，惟廣漢玉溪一人而已。乃袁子才最不喜人敏捷，曾有箴作詩句云：「物須見少方爲貴，詩到能遲轉是才。」此余所不解也。

甲寅秋，中江斗山書院山長王敏亭捷中，江陵諸生同遊閬人公樓小酌。孟石軒以箋乞余書，有言其詩最捷者，余因指韵扇上蠅頭小字三韵成七絶，敏亭得鋒、饔、供三字，應聲云：「鐵畫銀鈎不露鋒，飽看書法勝朝饔。興來寫罄南山竹，萬斛喻麋不足供。」真捷才也。敏亭工書法，詒余臨右軍《蘭亭》諸帖劖石，涇縣朱矩棠格、涪州岳秋塘炯皆善書，極爲稱許。炯，威信公曾孫也。

湘潭龔太史大萬荻浦，辛卯進士。余在京時，以議稿失官，旋復。同酌於沙土園唐堯春寓，初相識，酒酣言及，瞪目謂余曰：「不如此，則無天理矣。」曾記其《過洞庭》詩云：「扁舟一葉洞庭波，百里湖光瞬息過。借問岳陽三醉客，巴陵酒價近如何。」頗有凌雲之概。

蠶豆，蜀人呼胡豆。宋楊誠齋集中有「翠莢中排淺碧珠」一首，乃豌豆，非蠶豆也。余友靳价人太守《咏蠶豆》有句云：「筥分羊角異，盤祀馬頭歸。」最工。

棟鄂氏，舒相國明亭三子安配也，秦督永常季女。乾隆四十年，安卒，氏送葬畢，盛粧辭翁姑，自縊以殉，年甫三十。旌表節烈，朝中公卿俱有詩。余同年山陰平聖臺句云：「天使蛾眉扶大節，人傳鴛塚茁奇芬。」寫得煞有關係。又編修合肥蕭際韶有句云：「天因礪世多磨折，人肯損身即聖賢。」句法相同，而議論尤確。

甲辰，余至汴，過東昌府北關，見壁上有《題錢串子》詩云：「出身原自漚麻地，一到人間萬事宜。莫怪無端便拋却，多因不是有錢時。」又句云：「床頭内子矜藏酒，被底兒童賭念詩。」末題「洪洞春塘韓經筆」，不知何人，頗有風趣。

王雨莊世維，字維之，淳安人。先北路公丙子浙闈本房所取士。工詩，書法亦佳。己丑，登進士。朝考進呈，上親折彌縫，見論冒有「維皇降衷」語，疑皇乃王之半，而維又其名，乃不用，黜之，遂就司務職，非其志也。有題先北路公滋蘭小照云：「鴻雪仙踪杳莫尋，丹青空見故園心。可憐身爲勤民死，辜負華亭鶴夜吟。」讀之令人墮淚。

安岳令朱景韓琦，諸城人，别號篔谷，工詩。余庚寅於成都相晤，出其詩集，有句云：「天空來雁小，江遠去帆遲。」

吴縣惠天牧士奇提學廣東，以經學造士，爲雍正中學使之冠，至今粤人思之，與韓文公並祠於潮。所取試牘，無非經腴。余視學其地，猶以爲法。詩有《南中集》，皆學盛唐。其《廣州書懷》云：「暫作南中客,淹留歲月徂。鮫人元有淚,野女本無夫。山徑逢樵父,烟波狎釣徒。持竿將入海,直欲拂珊瑚。」觀末句,可謂不愧文宗矣。

福建中丞諸暨余叔子文儀,丁巳進士。有句云:「海面文生魚吐黑,嶺頭春暖麝行香。」極爲新穎。

詩尤貴潔。金在沙必揀其礫,米在箕必簸其粃,理也。若撿金而不去礫,簸米而不去粃,則塵飯土羹,知味者必不食;以瑕掩瑜,善鑒者必不觀矣。

昌黎云:「氣盛則言之長短與聲之高下皆宜。」此可與知者道,難與不知者言也。詩以氣行,氣盛則詩奇,有奇氣者,必能傳也。但空疎者不可言氣,粿雜者亦不可言氣。以空疎言氣,則白話而已;粿雜言氣,則粗鹵而已。方且抹之批之不暇,何暇觀其氣乎?空疎者必入打油,麤鹵者必墮惡道,勢所必至也。

余在餘姚時,見先北路公壬戌同年諸暨廣文施瞻山滄濤,年已七十,好奇句,崛强不猶人。教余以詩法,余敬受之。未幾,卒。所刻有《石雲樓集》,記其《書懷》云:「人如多恨生何益,鬼果無愁死不難。」「青山曾濕眼中雨,赤日不消頭上霜。」「祇今四海莫相識,更後百年知是誰。」《旨悉庵》云:「貪看山色行過路,雅愛溪流坐片時。」《無寐》云:「横議笑如咻衆楚,除愁難似定三秦。」又《題畫》云:「柳岸風波少,維舟下釣絲。羡魚心已淡,一任上鈎遲。」《蜂》云:「官是何銜兩度衙,采糧近遠日紛拏。黄鶯粉蝶需爲命,也合留遺幾瓣花。」《牡丹》云:「一任西園羯鼓頻,不隨黄紫鬬芳新。輸他饒有鬚眉氣，笑殺群花盡婦人。」皆有味外味。

瞻山兄肖山江濤，布衣，詩亦工。屏居一室，作養五齋，以嘯咏其中。養五者，節嗜欲以養性，慎言語以養氣，寡思慮以養神，惜服食以養福，積陰德以養子孫也。著《蓬廬集》，有《答友》云：「病知養性魔無術，貧到忘愁鬼失權。」亦可謂「爲人性癖躭佳句」矣。

甲午，余典試粤東，闈中同考官如仁和許石蘭、龍門趙雪樵、連山李雲圃、澳門司馬宋天波，皆互相唱和。余向有《華陰道題壁》詩，石蘭能背誦之，龍門趙雪樵亦有「我未得見華陰詩，聞似春葑酒清洌」之句。因録前詩再答，有云：「君欲知我華山詩，大似西子蒙不潔。」蓋其時年少氣盛，未免金沙並下，非自謙也。

侍御劉乙齋天成，大足人。由甲戌檢討改官，與先北路公善，《石亭集》即侍御所序也。余以館後輩在京，觴咏無虚日。歸里後，其詩稿半失。雲谷曾録其《綿潭山館》詩云：「草色迷荒徑，松陰覆緑苔。尋芳人不到，只有鶴頻來。」

江寧王金英性愛菊，故字淡人，號菊莊，亦奇士也。嘗作《種菊圖》，海内諸公題詠近百人，載所輯《友聲集》中。惟獻縣紀曉嵐學士有詩云：「東籬千載後，癖嗜似君無。以菊爲名字，隨花入畫圖。秋深人共淡，香晚韵逾孤。可要王宏輩，重陽送一壺。」此爲包括一切，可稱壓卷而最佳者。少寇山陽阮吾山葵生云：「雙丫奴子灌清泉，秋在笆籬老樹邊。一卷殘書數枝菊，南山不見也悠然。」更新穎。

袁子才《生女詩》云：「墮地無人賀，遥知瓦在床。爲誰添健婦，懶去報高堂。妄想能招弟，佯歡且爲孃。江干有黄竹，慣作女兒箱。」若不經意，而曲盡人情。内江姜太史爾常錫嘏《山行》云：「山風吹木末，古徑絶來往。石洞白雲封，飛泉滴空響。」最爲幽峭。

夫婦皆能詩者，于常州得二人，一莊欒閒，一崔幔亭，皆毘陵趙雲松同年，俱工詩，而莊夫人董蘭谷、崔夫人錢浣青亦俱工詩。兩家又同居一宅，閨閣韵事，近代罕有。趙雲松歸里後，郡城詩社最盛，而董、錢亦皆走詩索和，幾於筆不暇給。雲松有詩云：「旌鼓詞場各策勳，正愁應敵力難分。如何惡少雕青外，又遇一班娘子軍。」

吏部藤花廳藤爲明吴匏庵手植，今已合抱。其花榮落，關係本部陞轉。乾隆辛酉，花忽憔悴，冢宰甘公薨于椅上，手猶執筆未落。納公奏聞，上償銀一千兩治喪。丙戌，花忽齊開，侯官何念修逢僖由郎中直陞少宰，亦異事也。何《咏藤花六絶》有句云：「曾從粉署爲郎日，看到水廳判事年。」人傳爲佳話。

顧寧人云：「古詩轉韵方活，《三百篇》詩無不轉韵。」鮑之鍾雅堂嘗爲余言：「雅不喜詩一韵到底。」最有卓見。鮑，詩人步江臯子。句云：「翻書細檢遺忘事，撥火閒尋未過香。」

詩牌不知所始。按宋林和靖《孤山寺》詩云：「白公睡閣幽如畫，張祐詩牌妙入神。」詩牌名當始此。然此但以牌寫詩於上，如《湘山野録》「寇萊公題平仲酌泉之詩，詩牌猶存」是也，非今所謂詩牌。今詩牌，古稱韵牌。《考槃餘事》：「韵牌刻詩韵，上下二平聲，爲紙牌式，每韵一頁，總三十頁。遊出分韵，人取一頁，吟以用韵，似甚便覽。」按此乃以紙爲之，不知何時改易竹木。余家有韵牌，乃象牙所造，四方式，小不過寸，薄止一分，平仄皆有，平韵塗紅，仄韵塗緑，各四盤，每盤二百四十字，足四人用。又各置小方盤八，以盛集成之詩，用大提匣盛之，匣皆紫檀。購自京師騾馬市骨董鋪，名曰「詩牌」，據云王邸賣出。余在京時，常與同館唱和，用之集詩。大半字皆精選，無難認字。後携歸家，置萬卷樓。客至，則出匣以集句。張雲谷、甯湘維見之，甚喜。有剞工宋翮子能造，俱令照式以木爲之，轉相效尤，皆出宋手，以此起家。今各州縣皆有矣。大約其製盛行康熙戊午年博學鴻詞諸公，見蕭山毛西河《詩話》，與編修合肥李丹谿孚青《咏雪詩》，言「平生詩牌不入集中，惟此適分雪字，有『平橋雪未乾』句，存之」。又見慈谿姜西溟宸英《葦間集》，有《送王令詒》云：「接席催花飲，長篇按字詩。搜奇人競長，守拙我甘雌。」自云：「余性不工此，竟坐觀終日。」詩牌盛行，實始於此。錢塘厲太鴻有和人詩牌詩云：「誰將平水韵，刻竹縱横呈。集韵以爲詩，詩牌所由成。如彼伯玉妻，盤中辨形聲。其難各一字，其數逾百名。區分忽陣合，星列俄雲行。束縛窘意匠，凌亂鬬心兵。韓豪不得逞，李捷那可并。諦視經營始，落落疑殘枰。脱簡類《酒誥》，補亡待《由庚》。耐險劇登棧，須滿呀嗔阬。得雋亦偶爾，取鬧真無情。頃之目光到，手敏緣思精。棄取判碔玉，虚實歸權衡。音通柳邨讀，意協猗那賡。澀體篠驂亞，餘韵瘀絮争。泥塗弄明月，枯枿擢芝英。君家詩神王，筆掉横海鯨。勺涔出變化，一一敵皆勍。分曹破往例，遞送同踐更。復製詩牌詩，用以堅齊盟。我媿才力薄，壁上觀峥嶸。身世等格五，科第任投瓊。惟此文字戲，見獵心猶傾。和詩傳故事，奚事鍾嶸評？」

詠物詩不在切題，又有以切題爲佳者。蕭山胡蓋新偉然有《楊梅詩》云：「霜天勞灌溉，春月競分栽。種自清明接，山從夏至開。樹能長繫姓，名可並稱梅。聞道西天使，浮槎帶得回。」頸聯翻以切題爲工。

祝芷塘官侍御，有直聲，劾司業某受贄，坐是改官。歸，其房師雲松在揚州，送别古詩中有句云：「瘦羊官乃索肥羊，合口椒難禁開口。立仗馬鳴雖可怪，蹲池鳳噤實所醜。」蓋實録也。

嘉定曹來殷學士，風流跌宕，好徵歌，與珠郎狎，贈詩云：「一桁銀燈照畫屏，綺筵夜静酒微醒。碧梧小院壁郎妙舞珠郎曲，拍遍紅牙掩淚聽。」王蘭泉戲贈云：「往事分明附逝波，湖山别鶴奈愁何。重門裏，曾記珠郎擫笛歌。」

張孝廉霖川懷泗，漢州人。以口吃，人呼期期先生。家金雁橋東，草屋數間而已。余嘗訪之，不值，題其壁，有「豆花深處别開門，中有幽人自樂園」句，其人可知矣。嘗有句云：「獨木橋邊垂釣影，百花叢裏讀書聲。」今官順義令，聞依然一寒素也。

成都王心齋純一，爲余己卯同年。官懷寧令，以事繫獄。適余視學粤東，過安慶，時中丞即己卯座師閔峙庭先生也，迂道謁之，爲之緩頰，并效脱驂之贈，久之得釋。今歸錦城，閉户著書。病聾，常用兩婢代耳，客有言，婢必高聲報之。余在省病瘧，心齋移予養疴，爲余置酒起病。余有句云：「耳還欲塞聾何害，身各無官醉不妨。」

豆腐不知起於何時。按《本草集解》：「豆腐之法，始於漢淮南王劉安。」故宋朱子有《豆腐》詩云：「種豆豆苗稀，力竭心已腐。早知淮王術，安坐獲泉布。」蓋世傳淮南以丹藥點成也。然《蔬食譜》：「《禮記》：『啜菽飲水。』菽，豆也。今豆腐條切淡煮，蘸以五辛。」是漢以前已有之，但不名豆腐。而豆腐之名，叠見於宋元諸説部。明蔣仲舒《堯山堂外紀》云：「何仲默少時，極能文，善於破冒。有出其鄉喭爲對者曰：『張豆腐，李豆腐，一夜思量千百計，明朝依舊賣豆腐。』破曰：『姓雖異而業則同，心無窮而分有限。』」然未見詩。本朝海寧他山慎行及尤西堂侗始作有豆腐詩，已膾炙人口。余在成都，同年孝廉懷寧令王心齋純一嘗出示《和石觀察豆腐詩》，原唱云：「瓊漿玉液瀉銀河，點化何曾費琢磨。香色盡捐留渾璞，剛柔相濟得中和。不因富貴交輕絶，怡向貧寒會更多。聲教朔南真廣被，駝峰瑶柱總么麽。」「謀遠方知肉食非，淮南妙製總皈依。初拈八箸流仙液，乍點成膏試夾衣。切就玉條蓴比滑，剖來雲片菌同肥。清泉活火松間煮，晚飯晨餐可療饑。」「何須異數始加籩，至味中存詎可捐？且喜鉛刀能試割，莫愁饞口見流涎。程功勝吸金莖露，賜號宜加玉板禪。徵逐場中渾不覺，菜根兼美讓青氊。」「不論山程與水程，茅簷到處有逢迎。何妨作宦耽斯味，最怕爲儒得此名。未脱布衣仍韞櫝，獲求璞玉豈連城。椒香酒冽和鹽豉，小甕封題贈遠行。」余和云：「諸儒底事口懸河，總爲夸張豆踖磨。馮異蕪蔞嗤卒辦，石崇虀韭費調和。挏來鹽滷醍醐膩，濾出絲羅湩液多。富貴何時須作樂，南山試問落箕麽。」「家用爲宜客用非，合家高會命相依。石膏化後濃於酪，煮沫挑成縐似衣。剁作銀條垂縷滑，劃爲玉片截肪肥。近來腐價搬成肉，只恐貧人不救饑。」「不須玉豆與金籩，味比嘉肴盡可捐。逐臭有時入鮑肆，聞香無處辨龍涎。市中白水常成醉，寺裏清油不碍禪。最是廣文寒徹骨，連筐食罷卧空氈。」「敏捷詩慚七步成，到門何敢荷逢迎。菽疑陳叟難同啜，乳讓蘇州獨擅名。華未擷時清可點。渣全浄後白連城。家園漿果紅如染，却悔屠門逐隊行。」

雨村詩話卷三

綿州童山老人李調元

吏部郎覺羅祥鼐葯圃，滿洲正藍旗進士，官至直隸布政卒。爲霸昌觀察時，余在通永道任，相與唱和。嘗作《酒帘》詩，有句云：「送客船停楓葉岸，尋春人指杏花樓。」皆服其工，余戲呼「祥酒帘」。

江南七子者，閣學嘉定王鳴盛鳳喈、學士錢曉徵大昕、曹來殷仁虎、進士長洲吴企晉泰來、光禄青浦王蘭泉昶、主事上海趙璞函文哲、布衣王芳亭文蓮也，爲沈歸愚所定。大抵所選，聲調仍不出明七子窩臼，而佐以剪紅刻翠，失之靡麗矣。其中杰出者，來殷、蘭泉、曉徵、璞函而已。鳳喈反列壓卷，殆以爵，非定論也。

錢塘方芳佩芷齋，乾隆丁丑編修汪芍坡新夫人也。著《在璞堂稿》，沈歸愚稱其「清而不靡，如水仙一囊，緗梅半萼」。兼工書，在粤時，常爲余書聯云：「心如雪夜潭中月，文似春天雨後花。」極秀勁。《咏秋海棠》句云：「幾夕和烟更和雨，一時無語本無人。」可謂化工之筆。

旗人穆荔帷丹，辛未庶常，改主事，授嘉定太守。工詩，嘗總西藏松岡糧，得句云：「月當露白風清候，人在登仙選佛場。」易簀時，實應秋月，人以爲讖。

余舟過江西十八灘，泊萬安，偶步江滸古廟，見有題壁詩云：「吉州南上水環灣，十八灘頭是萬安。來客莫言萬安惡，萬安無數好青山。」問其居人，云前令高密進士胡萬年所作也。余愛之，曾用其末句爲起句，和至十首。

余六十初度，獻壽詩者不一，惟壻張玉溪懷溎四詩最佳。詩云：「嘉平節届獻羔羊，載酒還應稱壽觴。詞賀千秋金作鑒，書藏萬卷石爲倉。文章北海聲名重，絲竹東山歲月長。試望五雲高拱處，老人星見倍光芒。」「立朝風度憶當時，骨鯁偏逢聖主知。銓選掄才真吏部，衡文品藻大宗師。彤庭重賚推龍翰，華省芳名徧鳳池。怪得雞林齊頂祝，年年臘五頌期頤。」「小隱臨風放白鷳，飄然華髮鬢初班。天留丘壑烟雲裹，地起樓臺縹緲間。半世交遊無俗客，一生著述有名山。即今矍鑠精神健，佳話應添九老班。」「青蓮家法得真傳，何必洪崖更拍肩。父子勳名垂柱石，弟兄科甲慶蟬聯。門前桃李栽培茂，膝下芝蘭次第鮮。況復目明兼耳順，令人長羡地行仙。」

余弟編修皃塘驥元，有遊兩粤詩。《獞猺》云：「四山蔦蒨半荒蕪，家世樓居與俗殊。帶醉酒人忘擺馬，浣衣女子懶擔蒲。迎神迎鬼青牛祀，供粟供粱黑袋輸。若拜同庚群奏曲，歌聲驚起滿藤烏。」蓋獞猺語謂「歸來」爲「擺馬」，「穿衣」爲「擔蒲」，「月兔」爲「朒兔」，「關門」爲「黑堵」。以彝言入詩，得竹枝遺音，屠隆《赤雅》所漏載也。其句，《勒馬頭》云：「江連龍水驛，山接象州城。」《象州》云：「地貧家賣竹，人苦婦撑舟。」《柳州》云：「獞長腰横劍，猺孃鬢插花。」《融江》云：「鷓鴣深箐伏，蝴蝶異花眠。」《内姝》云：「江同巴水險，樹較柳山多。」《曉行》云：「亂山稀見樹，平地半生田。」皆工。

内江布衣張又益祖詠，少以詩名。從尊人群玉先生寓江北，以果湖魏惟憲過毘陵，與研齋李太史評又益爲「浣花才子」。惟憲，即選刻《百名家》者也。稱其詩「以英雄之氣，練儒雅之才，響中鳴球，風生玉樹」，未免過實。然觀其集，如《芝江》云：「楚王夢裏神爲賦，黄祖刀頭血是才。」太險。獨嘉其《途中遇雪》云：「雪風吹馬去遲遲，何處梅花勸酒巵。在我固宜潘岳鬢，於人何盡馬良眉。雲連玉宇炊烟淡，凍合瓊樓雁陣岐。歸去自憐裘已敝，寒江拋却釣絲垂。」三四爲從來咏雪者所未有。

本朝蜀中鼎甲，遂寧李少農子静仙根一人而已。先生，如石公實之子。公號南津，明末官吴縣，不得歸，遂家焉。少農少時，夢中榜眼，遂拆二字之半，名仙根。中榜眼，授編修，陞侍讀。康熙六年，安南黎維禧與高平莫元青構怨侵殺，維禧奪高平，元青奔入朝。滇界粤西撫臣入奏，上遣仙根往，奉勑諭，移元青於廣西南寧，責維禧誤國十節，大義凛然，安南君臣帖服。回朝，晉閣學。曾著《安南紀使略》。過黔，適思南太守長洲許竹隱虬由兵部郎初授，出示屬題，竹隱爲題二首，云：「賜袍一品繡宫霞，祖帳千官夾道遮。荒甸北通龍虎節，經年南犯斗牛槎。本朝赤子惟知主，上使丹心不顧家。却笑天山蘇屬國，白頭始得返京華。」「雕題疾苦控閶闔，柔遠分茅一統恩。非是急馳巴蜀檄，輒同自大夜郎論。孟堅《地理》寰中隘，郭璞《山經》域外存。讀罷《安南紀使略》，普天齊識漢廷尊。」旋晉少農，督餉。許詩云：「王師十萬事南征，蕭相先傳閫外名。七校揮戈皆踴躍，三湘馳檄見澄清。馬頭直指扶桑窟，雞舌遥熏細柳營。轉餉自來功第一，敖倉隨處起長城。」閩三詩俱有和。蓋子静與竹隱最莫逆，平生二人唱和詩甚多，惜子静稿失傳，故和詩皆軼失。今所傳「半山紅日迎人出，一徑清烟傍馬斜」，非其至也。

江西中丞巴縣劉如漢卓如，順治己亥庶常。有《山居》云：「樹裏半開門，兒童報客訪。携琴兩忘彈，坐聽松風響。」甚幽淡。

金堂高白雲先生，乾隆辛未庶常，由青浦令調華亭，陞禮部主事。《贈子才》詩云：「名重隨園詎偶然，興來神妙寫毫顛。已知葛井來勾漏，豈但香山數樂天。入座嵐光時拱揖，依人鶴影自翩翻。荀香近處瞻先輩，慰我調饑三十年。」《過定軍山弔武侯》云：「三代而還論出處，兩朝之際見權宜。」兆魯，諸生，亦能詩。其女與余兒朝礎子簡端聯姻。

余同年成都張鶴林翯，乾隆庚辰進士，官檢討。二十四年十月初五卒於京邸。余已序其集，而並採其佳者入《蜀雅》。雲谷在固始時，刻《詩滙》，亦收其詩至四十五首。鶴林可不没矣。詩學東坡，有《冬夜書懷六首》，竟可入室。其第一首云：「抗志希古人，志不在青紫。」則其人可知矣。佳句如「夕陽殘暑退，虚閣晚凉生」、「牧人驅犢身先跨，釣侣分魚手自攜」，此類甚多。卒之前月，嘗夢中得句云：「碧樹青烟寒食節，淡雲微雨落花風。」時雲谷在京，翌日舉示曰：「吾殆不久人世矣。」果成詩讖。弟翥，字儀庭，由孝廉任梓潼廣文，保授二和令。以陳中丞輝祖案遣戍，死於伊犁。亦能詩，有《廣文署》云：「閑日真如鶴，寒衙不似蜂。」又云：「岸猿啼夜月，村犬吠寒燈。」亦佳句也。

國初蜀詩人，王阮亭最賞新繁費此度密「大江流漢水，孤艇接殘春」，余以爲不如「故國不可到，春風吹閉門」神氣高古。

順德黎二樵簡，工詩畫。余試古學，始拔八黌宫爲諸生。二樵與益都李髯南磵文藻善，南磵官粤東令時，與二樵往來倡和。二樵爲余擬雲林《松石圖》，添一趺坐道人，於思彡彡，細視之，儼然南磵小影也。自題《臨江仙》詞云：「夢裏空山孤負了，平臺一枕松風。好生消受付山翁。尋詩芳樹晚，展席碧湖空。　萬事眼前成畫餅，春窻悶雨濛濛。苦茶清水教村童。相邀意中友，來對意中松。」

黎二樵工古學，而時藝非所長。余歲試順德，已取入庠，科考將與補廩，而試題「不察於雞豚」，其文有「大夫知其大而忘其細，何其心之粗也；明于遠而忽其近，何其識之昧也」等語，顯背朱注，遂不得補。爲人清狂，徵歌狹邪，日與酒徒醉飲于市。聞今亦得明經矣。屢躓科闈，而習氣如故，嘗自刻圖章曰「小子狂簡」。余門生趙渭川希璜贈以詩云：「突兀西樵山，緑漫珠江水。小子曰狂簡，襟期稱奇詭。囊盈詩萬首，論闢張三耳。獨得畫中禪，烟嵐生滿紙。」蓋實録也。

順德有百花村莊，黎二樵即其村人也。嘗圖其山水，題長句於上云：「昨夜江波揭天白，秋在蘆花葉尖赤。幽人江村有凉夢，吹去蘆灣看秋色。朝來一葉隨新潮，萬象澹遠明秋毫。詩心物態静不已，惟有警霜飢鶴驕。我家水縣受景闊，年年江上過秋節。鳴琴小艇獨蕭疎，瘦石空沙自騷屑。倩誰更搦王蒙筆，寫我清癯入幽絶。廣州客舍兩逾月，卧憶此境不可説。説之不得安得詩，畫取快意省脣舌。二樵驅毫腕欲折，我不求工亦忘拙。」

畢秋帆中丞猗香夫人以《采芝圖》屬袁子才題，並寄書云：「月尊周氏端肅問隨園先生萬安。尊讀先生之書十有餘年矣，又時時聞中丞道先生言論丰采，口無虚日。海内老師宿儒、奇才異能之士，至中丞左右者，莫不盛稱先生之才。其在先生同輩諸公，亦極口讚揚于無既。尊覺耳目所及，海内名流，無若先生者矣。尊凡陋之質，叨侍上公，巾拂身世，無復所憾。惟幼耽翰墨，妄生好名之心，不肯沕沕終世。乃生少聰明，兼多疾病，蛩寒蟬寂，終不成聲。于今悔嘆廢棄，始信天限之，弗可渝奪。又無絶技殊能，高于輩行，可託傳于名人著述，以垂永久，他日晏然隨化，澌然傷神而已。前在中州，取義山『十年長夢采華芝』句，作《采芝圖》。畫工既劣，更不能擇手題咏，誠無可觀。今特寄呈，求賜宏製。斯人斯圖，雖不足當大方題品，誠欲籍傳姓氏于集中，則生平之憾始釋然也。小兒嵩珠，年甫三歲，近已種花，以爲遲郎福命宜兄弟所致。先生與中丞誼重交深，聞之必喜。用敢附及，冒昧千請，臨啓惕然。附呈微物導意。」子才題云：「空山雪花飛滿地，雪中一葉仙書至。道有《真靈位業圖》，教儂小綴蠶眠字。開圖驚見魏夫人，蝶繞雲鬟花繞身。手采靈芝覓仙種，果然天上降麒麟。欣傳嫁得尚書壻，明珠九曲穿無數。朝衣熏罷便題箋，寶髮梳成還作賦。尚書愛士古人同，海内名流走下風。誰知日具千人饌，都是周家絡秀功。山人欲乞簪花格，特寄隨園圖一册。上元靈笈未曾披，玉女真容已先得。急爇旃檀十斛香，拜乾阿嬭喚蓉祥。偷描一幅天人貌，供向慈雲大士旁。」蓉祥者，子才晚年所得之子，名阿遲，寄夫人膝下所取名也。

閨媛填傳奇，古今所少。長安女史王筠，幼閲書，以身列巾幗爲恨。嘗撰《繁華夢》傳奇，自抒胸臆。以女人王氏登場，生于二齣始出，亦變例也。自題一詞于首，名《鷓鴣天》，云：「閨閣沉埋十數年，不能身貴不能仙。讀書每羡班超志，把酒長吟太白篇。　懷壯志，欲冲天，木蘭崇嘏事無緣。玉堂金馬生無分，好把心情付夢詮。」稿成，就正于其戚南圃王元常，爲加評定，藏之篋中。乾隆戊戌，偶出以示觀察息圃張鳳孫，即制軍畢秋帆之舅也。息圃即轉呈畢太夫人，共相擊賞，爲之梓行，並作序詩以弁首。畢太夫人題詞云：「秦臺仙子愛吹簫，鳳去臺空不可招。賸與芳閨傳慧業，清聲譜出叶雲韶。」「燕子桃花絶妙詞，南朝法曲少人知。天公翻樣輕才藻，不付男兒付女兒。」「不爲海上騎鯨客，暫作花間化蝶人。是幻是真都是夢，三生誰證本來身。」「掃眉才罷襲冠簪，海水蓬萊淺復深。真倩麻姑抓背癢，聲聲擊節快人心。」欵落「東吴歸河間張藻」，即太夫人諱也。自古女史填詞，容或有之，今並能填曲，可謂奇矣，一時傳爲女才子。嘉定學士曹來殷仁虎嘗讀之，題其集云：「烏衣門第擅風流，自作新詞自遣愁。一種掃眉才子筆，也應占得鳳麟洲。」「結習多年詎易忘，漫將九命嘆文章。青衫慣濕才人淚，不道春閨怨更長。」北平學士朱石君珪題云：「形軀變换古今難，夢裏何妨作是觀。巾幗居然登甲第，裙釵一任襲衣冠。行踪不讓黄崇嘏，才藻真同李易安。從此閨中傳法曲，桃花燕子好同看。」

朱夫人者，朱沛三觀察之配也。善琴，寓杭州紅藕山莊。招客小集，袁子才與焉。朱引入内，夫人玉貌錦衣，隨二侍者抱琴出見。叙寒暄畢，起立曰：「妾故善琴，非得先生詩不足以張之。請鼓一再行，换先生佳句。」旋從容布指，操《關雎》一曲而退。子才贈詩，有句云：「逸韵梁間繞，餘情絃外多。曲終人不見，天上一嫦娥。」

子才在粤東，寄鍾姬詩云：「不聽釵聲半載餘，粧臺眠食近何如？愁生夫子登程後，喜見嬌兒上學初。海外朝雲空有夢，盤中伯玉竟無書。遥知七夕銀河好，嬾畫眉痕月一梳。」姬即遲兒之母也。

墨莊弟癸丑南遊，謁袁簡齋於隨園，始知近日於西湖收女弟子甚衆，皆能詩。袁日登壇講詩，女弟子圍侍。其善解悟者，袁乃撫摸而噢咻之，衆女以爲榮。女悉宦家良子也。因録其詩寄余，言庚戌春暮，袁子才回杭拜祭先塋，寓西湖孫氏寶石山莊，女公子張秉彝、徐裕馨、汪妽等十三人以詩受業，大會於湖樓。子才以《隨園雅集圖》遍令題之，臨行賦詩，紀其事云：「紅妝也愛魯靈光，問字争來寶石莊。壓倒三千桃杏樹，星娥月姊在門牆。」又女弟陳淑蘭遣郎君鄧秀才索紅蘭詩，贈云：「佳話傳來鄧十郎，金閨蘭草作紅粧。想因燕姞梳頭處，偶灑胭脂水數行。」又贈雲鳳、雲鶴姊妹詩云：「從遊兩個女雲仙，得信呼車拜榻前。多謝朝朝送清供，湘蓴帶露筍含烟。」又謝贈女弟子碧梧、蘭友姊妹題圖詩云：「掃眉才子兩瓊枝，自署門生遠致辭。不怕程門三尺雪，兒家情願立多時。」「惹得袁絲喜欲驚，千秋佳話在門庭。河汾講席公侯滿，可有天邊織女星。」碧梧者，即雲鳳也，姓陳，錢塘孫令宜觀察長女。雲鶴，其次女也。袁子才十四歲時，曾與其曾祖陳典同赴己酉科試，迄今已六十年。碧梧先以書來，自稱女弟子。其書云：「前歲星槎回里，恨叩謁之無緣；恰喜錦句傳來，幸芳塵之可步。曾和短章，恭求鈞誨。竊謂先生鍊金點石之才，必有啓瞶發矇之賜。乃聞貯於案頭，將欲登諸集上。得冒丹砂，雲鳳雖爲一時之幸；混收魚目，先生恐低千古之名。且崔、汪二夫人久已聯珠合璧，安敢雜以粃糠。而閨中諸女伴，亦有碎玉遺金，何堪並收瓦礫。雲鳳得蒙清訓，已列門牆，忝在弟子之班，妄竊詩人之號。自顧彌增慙汗，問世益覺厚顔。務祈先生即加針砭，附便擲還，萬勿災諸梨棗，徒滋貽笑方家。」並附和先生别杭州故人詩云：「未曾折柳倍留連，縱得重來又隔年。遠水夕陽青雀舫，新蒲春雨白鷗天。三千歌管歸花縣，十二因緣屬散仙。安得講筵爲弟子，名山隨處執吟鞭。」子才答詩云：「蜜字珍珠遠寄將，簪花摽格粉花香。早欽道藴名家女，敢屈班昭弟子行。四世交情存白髮，千秋衣鉢有紅粧。伏生自笑衰頹甚，還想傳經到故鄉。」至是亦寓會焉，所謂碧梧夫人也。此公一生享詩之福，四方執贄請謁者，桃李盈門，而晚年並收及閨媛，奉杖屨者多，至有女如雲，可謂樂事矣。以視毛西河收女弟子徐昭華，不得專美于前矣。

朱子潁轉運守重慶時，與開府阿公不合，故以迴避例撤回，三年閒住。及阿死，弔以詩云：「三年畢竟能淹我，一語何曾敢負公。」袁子才贈詩云：「平生秋月此襟懷，小李丹青大謝才。愛向蜀江看峽險，嬾從秦棧叱車回。九重語密恩仇忘，萬里遊多眼界開。莫怪使君風骨冷，泰山頂上抱雲來。」

子才有《論唐堂集》詩云：「莫將死句入詩中，此訣傳來自放翁。掃盡粗豪見靈活，唐堂真比稼堂工。」

羅兩峰自言目能見鬼，常畫《鬼趣圖》。袁子才題云：「畫女必須美，不美情不生。畫鬼必須醜，不醜人不驚。美醜相輪回，造化即丹青。鬼死化爲聻，鴉鳴國中在。君盍兼畫之，此鬼更當怪。君曰姑徐徐，尚隔兩重界。」

戊午順天試官爲吾蜀大廷尉廣安鄧遜齋先生，時袁子才與阿公廣庭相國同出門下，先生每稱得士一文一武。後阿公平定金川，封誠謀忠勇公，而先生先一年捐館。子才有詩云：「當年絳帳同升客，此日凌烟第一勳。共説門墻原不忝，敢云文武竟平分。名書虎榜三生夢，甲洗龍沙萬里雲。告奠九原公亦笑，是誰衣鉢有將軍？」

通江李錫徵蕃，順治丁酉孝廉，官黃縣，有《鴻雪堂集》。《咏木蘭》云：「攬轡提戈坐錦韉，長途無復著花鈿。若教有夢眉重畫，火伴先驚十二年。」長子鍾峩芝麓，康熙丙戌進士，由庶吉士歷太常少卿。雍正年上疏，請分省點庶吉士，勅部議，竟允其請，至今着爲例，芝麓請也。著《雲亭集》。詩有「野艇浮於漢，遥峰劃彼蒼」句。弟鍾璧，字鹿嵐，康熙丙子孝廉，官廣西平南令，有《燕喜堂集》，皆能詩。《黃汾阻風》有「客行慣下千猿嘆，潮至如聞萬馬聲」句。與其父蕃，人稱「通江三李」。

鄧遜齋以合江董太史樗齋新策《容子山人稿》見示，皆余《蜀雅》所未收者。《病中》云：「夢裏天讒何處問，命中月孛幾時消。」《病起》云：「似鶴清癯惟有我，除僧來往更無人。」《舟中》云：「往事漫論翁失馬，此時誰道子非魚。」皆工穩。

會稽商太史寶意有妾環孃，絶愛之。隨至司馬任卒。太史作《悼亡》詩四首，音極凄婉。厲太鴻和之，有「今日烟波司馬淚，當年風月翰林家」，人以爲佳。然余獨愛其三云：「騎去青鸞入杳冥，檀郎從此號商星。草名懷夢真成幻，衣可招魂豈有靈。弟子尚留吹了笛，侍兒忍捧誦殘經。扁舟共泛尋常事，腸斷東風檇李亭。」商星二字，用來何等雅切。

人之禍福，亦於文之險夷卜之。崇寧蔡雪南時田、華陽顧密齋汝修，皆先北路公壬戌同年。其詩，蔡主劖刻，顧主和平。如咏古劍，蔡句云：「光氣入斗間，星辰失其位。」顧和云：「天地自包藏，無事以爲福。」二公得失，亦於此見。

章夫人，宛委之配，能詩善書，伉儷甚篤。結褵之夕，閨秀徐昭華贈夫人詩，有「稱得佳人配才子，不殊松雪管夫人」之句。所居東樓，扁曰「金粟香苑」，四面花木皆手植。宛委提唱風雅，諸嗣君以文學世其家。曾聯西園詩會，每遇燕集，夫人親爲治具。商太史蒼雨、鶴泉、來嶽昆、李伊重皆會中人也。卒後，宛委哭之慟，有《悼亡五哀詩》，句云：「望夫不用身成石，等待千秋同穴人。」讀者無不爲之魂銷。

劉宛委自喪偶後三年，經墓下，詩云：「幾月暌離各愴然，傷心訣别竟三年。生無二色天堪表，老有千愁鬼定憐。暗淚夜同殘雨滴，孤衾歲擁冷雲眠。空山野水抛伊在，兒女徒看滿眼前。」一時和者甚衆，宛委彙爲《炊臼集》。商寶意云：「舊雨論交意最深，六陵懷古五燈吟。西園公讌詩如錦，費盡夫人纏臂金。」蓋追前詩會事，題炊臼作也。

山陰沈南坨份，工畫鴛鴦，欬詩亦佳。宛委題云：「晚唐才子姓名香，翠髩紅衣句擅長。誰語千秋崔侍御，有人今號沈鴛鴦。」

劉宛委每一詩出，輒滿人口。如《春泛》云：「山曲雲生摺，溪迴波有稜。」《柳花》云：「帶雨離人淚，沾泥禪客心。」《春草》云：「入簾青有色，近水碧無涯。」七言《咏淚》云：「暗滴紅粧和影語，輕沾翠袖送行人。」《落花》云：「幾多雨洗朱兼碧，一半風吹整復斜。」《嗜易軒》云：「小坐人疑蕉葉色，頻來衣透藕花香。」《哭商介盧》云：「生不如人工暮乞，死須爲厲殺冬烘。」皆奇句也。

詩有用支干者，惟唐張祜詩「野橋經亥市，山路過申州」最工。按，「祜」今多誤作「祐」，不知祜有子望虔，爲冬瓜堰長，祜自謔冬瓜合出瓠子。事見《太平廣記》。此名「祜」之證。

寶應王守孟亭篋輿，嵩高之尊甫也。多髯，清狂嗜酒，耽聲伎。爲河南太守，每遇狹邪，乘車就飲。罷官，寓金陵。餘姚道州牧翁進士運標回南，相晤于邸舍，贈詩云：「四十專城早立勳，投簪及赴舊榆枌。喚回梁苑繁臺夢，許入閒鷗野鶴群。崔琰虬髯人未老，孫登鸞嘯我先聞。藩草小市成前度，何處重逢左阿君。」

桐城馬相如、陽羨吴介于，素有詩名，負才落拓。適越，主于蕭山沈可山堡家。可山亦少負逸才，尚氣誼，喜結納，居傍湘湖，花月燕遊，水酌山期，簪裙滿坐。一日，遇親迎者，馬、吴二君不問主人，竟造其室，爲新婦作《催粧詩》云：「江南詞客太蹁躚，打鼓吹簫亦偶然。應是天孫今日嫁，碧空飄下兩神仙。隨郎共枕心猶怯，别母牽衣淚未乾。玉筯休教褪紅粉，金蓮燭下有人看。」名士不覊如此。

學杜而處處規橅，此笨伯也，終身不得升其堂，况入其室？唐人升堂者，惟義山一人而已。常誦其「池光不受草，暮氣欲沉山」、「江海三年夢，乾坤百戰場」，舉以問唐堯春曰：「此唐何人詩？」曰：「少陵也。」余曰：「此非少陵，乃善學少陵之李義山也。」蓋義山自立門户，絶去依傍，方能成家。黄山谷名爲學杜，實從義山入手，故猶隔一層，然戛戛獨造，亦成江西一派。此古人脱胎换骨，不似今人依樣葫蘆也。

漢州張雲谷邦伸，余己卯鄉試同年。歷官中州襄城、固始，有聲，舉卓異，而淡於仕進，以母憂歸，遂不出。平生詩以忠厚爲主，所著有《雲谷詩艸》八卷。集詩工古歌，如《徐孝子岳立復讎行》、《許忠節公逵南昌行》、《題王二姑傳》諸作，煌煌大篇，皆有關風化。嘗與童二樹唱和梅花詩最多，有《二樹山人畫梅歌》云：「君不見逃禪客，手寫梅花穿怪石。潑墨淋漓出化工，數枝點破孤山碧。又不見華光老，胸中丘壑真奇矯。人云欠香自有香，筆底嫩寒奪春曉。古幹蕭疎畫本難，羅浮烟月生清寒。傳神妙品誰能繼，落花如雲空珊珊。二樹山人本詩叟，飲吸湖光弄星斗。新題萬紙落人間，奇姿絶艷凌王柳。愛花尤愛雪中花，生綃點綴烟横斜。水邊籬落時一見，暗香突兀飛瓊葩。昨日讀君梅花詩，今日讀君梅花畫。詩情畫意兩争妍，香雪迷離照沙界。我坐梁園春已深，玉笛無聲江月沉。請君爲我畫半幅，空齋坐對清塵襟。」

余歸田來，鄉人求詩字者日踵門。楮既麤惡，幾於葦管瓦硯，不得已倣箕筆作龍蛇勢，率意而出，略不存稿，而片言碎語，往往傳遍人口。然亦有假冒，姪朝彦曾對余言，有《浮山石牛詩》，以余曾遊，相傳爲余作。詩云：「怪石嵯峨形似牛，山中獨卧幾千秋。風吹遍體疑毛動，雨洗渾身似汗流。青草齊眉難下口，牧童敲角不回頭。至今鼻孔無繩索，天地爲闌夜不收。」此不知何人作，亦粗而可笑。

永川李孝廉桂山天英，工詩，豪放中時有古音。如《皖江》云：「山添一夜雨，緑過大江來。」《梅花》云：「一片月横水，十分香到人。」皆有丰骨。

秀水陸漁六宙沖，工詩畫，先北路公曾命余從學畫。有句云：「當湖陸子真奇絶，得遇王宰傳真訣。清江滚滚走蛟龍，白日濛濛籠烟雪。分明紙上活三毫，飄渺雲山驚一瞥。追風獨讓驊騮先，入室應慙虎豹劣。」漁六又以家藏《淵鑑類函》一部，并所畫山水二軸見寄，復答云：「春染桃花半欲酣，米家書畫舊曾諳。聯翩贈我成雙絶，宛轉因人附一函。架上雨風亂籤葉，堂中烟霧起層巖。一官休道清如水，網盡珊瑚不諱貪。」

余至高州，見太守商丘陳望之淮《題石龍池》詩云：「一脉寒流石罅穿，癡龍千載尚酣眠。靈潭夜夜風雷起，不是尋常洗耳泉。」曰：「此人官必大。」果至江西中丞。

雲谷西園有古香閣，滿壁皆粘近人詩，苦無玉石之分。余偶過，盡汰之，爲存其一。有沈廷奎云：「桃紅李白柳鬖鬖，醉插花枝壓帽簷。鵝炙長思豪士啖，豬肝未損故人廉。收心仙佛先逃俗，放膽詩文不入纖。縱使三旬艱九食，幾曾恨事上眉尖。」奎即雲谷妻弟也。

中江廣文潘元音東庵，爲山陽令。有句云：「細水穿危石，閒雲度野僧。」又：「飛烟迷渡口，落葉淡山魂。」皆極冷悄。

石土地，雲谷之僕龎八也，爲人黑短而傴僂，性樸訥。余戲云：「占得人間土地名，定應頑石老成精。心如混沌竅初鑿，身似籧篨俯不成。背上重擔何日釋，胸前磈礧幾時平。橋頭樹下全無分，只合長隨老曼卿。」

詩有活對，可開人無限法門。如費錫璜「征夫歌雨雪，之子去雲陽」，雲陽，縣名，雨雪，則點景也。吴縣沈戴山有《梓潼道中曉行》云：「北郭誰司筦，東方夜未央。寒烟迷五婦，霖雨憶三郎。處處山雞舞，聲聲謝豹忙。平蕪行已盡，穩步上崇岡。」五婦，山名，三郎，則明皇也。皆活對之佳者。

甲寅蜀闈，四壻玉溪張懷淮登鄉榜，即雲谷次君也。余在中江聞捷音，喜甚，先寄詩賀雲谷云：「老斲輪原讓若翁，英年獲雋與翁同。怪君頗有譽兒癖，似我方稱擇壻工。陪讌草堂如昨日，攜参棘院又春風。人間樂事無過此，記取烟樓一撞中。」時在走馬舖作，草草疾書，於「同」字誤寫「風」字。翌日相見於古香閣，時雲谷兄綿州廣文藍圃邦瑄在坐，笑曰：「老嫗倒抱孩兒矣，第二句『風』字誤也。」雲谷和詩云：「却笑南村老居士，賀詩重韵一篇中。」

綿竹唐堯春樂宇，爲諸生時，質文於先北路公，深器之。乾隆丙戌進士，由户部郎中出守貴州平越，調南籠，鐫級歸，卒於夔關。少以詩名，有《桔柏渡》云：「白沙千里月，黄葉半江潮。」人稱爲「唐黄葉」，已見《蜀雅》中。没後詩多散軼，雲谷，其四子岳翁也，爲之裒集，復得三十餘篇。有《送張雲谷還固始》云：「芰冷寒塘秋竟老，人添别緒酒初温。殷勤莫負今宵意，木葉聲乾雨打門。」亦雋。

學使吴壽庭樹萱，奬進人才，頗有水鏡之目。於諸生中首拔四人，一漢州張懷泩，即余壻也；一金堂陳一沺，一温江劉曙，一丹稜彭蕙支，决其必中。是科甲寅恩科，主考爲刑部郎中大興范攡山鏊、右春坊仁和余秋室集，皆鉅公，知文。榜發，張、陳、劉皆入彀，而彭落孫山。然彭實工詩，有奇氣，制藝非所長也。有《贈玉溪歌》云：「張公子，十八春，峨峨清遠貌如玉，下筆早已驚鬼神。世上之書萬萬卷，鎔成一句膏君脣。世上之字箇箇舊，走出君腕無不新。由來操觚大難事，君如此易何術循？或云本家訓，家學媲荀陳。或云厚修脯，廣致賢師賓。豈知有福子弟世非少，未見一一皆軼倫。我媿貢父乏奇夢，不能知君前世因。坐我西堂飲我酒，繞優曇花思千巡。奎宿老而嫩，寧復沾紅塵。仙吏趙庭過，日侍香案親。疑是上帝瑯環玉京所藏秘書籍，通靈化作君之身。錦躔緗帙爲冠紳，人即是書書即人。」自注云：「峨峨四字見王輔嗣《易·漸》卦上爻注。」洵奇才也。

東坡有《秧馬歌》，核其製，與今農人所用不同。今製衹用上下二版片，形如〤字，略凹，騎其上以分秧，前人未有咏者。學使吴壽庭有《秧馬詩》云：「農具謀諸馬，分秧候最宜，千畦行滑汰，一躍壯權奇。不假銅爲式，真如竹可騎。頭尻昂奮迅，腹背穩馳驅。略與鳧鷖似，何勞芻秣爲。拂驧風較駛，騁轡日忘疲。恰聽呼鳩早，還看叱犢隨。駃騠聊息鞅，栖壁日斜時。」寫來聲色如繪。

金堂陳一沺蒙仙者，乾隆甲戌進士，鈞第五子也。鈞榜下即就職，歷雅州、潼川兩府教授，以老歸。前令劉下關聘延爲金淵書院山長，而新署令新建進士彭錫光以其老，復易湖廣杜師開儀。蒙仙以其父業下關聘，不合另易，争，與彭齟齬，每對人辨其事。是科甲寅，彭入闈，分房得一卷，贊賞不已，力薦得中。拆卷唱名，即一沺也，彭爲愕然，自是遂相得。蒙仙能詩，有《秋曉懷徐蒲塘》句云：「落月誰家笛，西風昨夜樓。」十字抵一篇《感秋賦》。

堯春性穎異，通天文、算數、六壬、星命，嘗於琉璃廠市得西洋渾天銅儀，購歸，排列敷衍，遂通勾股之法。爲人瀟洒絶俗，性嗜酒，不問家人生産。好購書，官寶泉時，所入俸以萬計，隨手輒盡，宴如也。赴平越，至空乏不能具行李。時同年王汝璧爲保定守，路過，以缺費拜謁。汝璧知其意，辭以病。堯春直下輿，坐大堂暖閣公案，久之，竟不得見。乃蘸案上硃題詩於壁曰：「右諭通知貼大堂，主人從不會同鄉。門前若遇抽豐客，衹説官今病在床。」投筆竟去。

本朝博學鴻詞，得人最盛。康熙己未，初蜀未入版圖，薦舉缺焉。乾隆丙辰再舉鴻博，得一人，即崇寧許水南儒龍也。工詩，以「帶雨馬如寒夜犬，穿雲人似早秋鷹」得名。然佳處尚多，如《春池》云：

「乍添三尺水，已聽四鄰蛙。」《到岸》云：「一舟横野色，百聽廢灘聲。」《觀風巖》云：「茶山細路人如蟻，野店當門樹蔽牛。」《白雲觀》云：「山從閣後縈青去，水向堦前噴碧來。」《天柱庵》云：「籠懸東粤能言鳥，階放南溟弄色花。」皆流麗可喜。

戲臺對聯有集唐句者：「此曲祇應天上有，斯人莫道世間無。」有集宋句者：「古往今來只如此，淡粧濃抹總相宜。」有集曲句者：「把往事今朝重提起，頗工夫明日早些來。」已見子才《詩話》，可謂盡態極妍矣。余有集《四書》句云：「如彼其卑也莫甚於生，可以爲美乎坐以待旦。」以生對旦也。

《四書》中有天生對句，人多習焉不察。查浦輯聞載其父對句云：「子謂之姑徐徐云爾，丘何爲是栖栖者與。」人多傳誦。近少司馬紀曉嵐亦工於對，有刺庸醫云：「醫來，寇至。」「君視之，吾死矣。」「康子饋藥，瞽瞍殺人。」「不行於妻子，若殺其父兄。」余在粤，亦以對句命題試士，如：「燕毛，熊掌。」「三人行，二女果。」「有衆逐虎，其父攘羊。」「是爲馮婦也，無若宋人然。」「知虞公之不可諫，何許子之不憚煩。」「魚鼈不可勝食也，牛羊又從而牧之。」此例甚多。

會稽布衣丁鶴泉煌有句云：「卵色晚天彈欲破，縠紋春浪熨難平。」「彈」字、「熨」字妙於關會。

合州張西村乃孚，癸卯孝廉，有句云：「半江秋水碧於染，一片夕陽紅過山。」張雲谷亟稱之。有《鸚鵡》詩云：「公子呼名出隴春，生來野性最難馴。能言尚不離飛鳥，學語何須巧駡人。鼓吏賦題誰後繼，玉奴經卷證前因。會當擺脱金絲去，緑樹青山自在身。」最有意味。

吴壽庭學使在蜀三年，未嘗一謁。乙卯秋，由宗人主事陞吏部司封，回京。甫出新都，適余至省，相遇於道，始晤于行館。暢談久之，並以過拘見責，兼告四弟驤元典試山東之信，並託帶家書及余壻玉溪信。別去，臨岐諄諄，以乞余送別詩爲屬。閲日，余正偕錦江掌教儀部姜爾常、固始張雲谷遊少陵草堂，接壽庭舊羅江行館見寄墨刻諸作，並見懷七古云：「官職本非有生有，棄之奚翅却敝帚。江山風月作主人，詩名獨占千古後。挂斗大印不足奇，破萬卷書真不朽。慕先生名世載前，識先生面雙桂右。升庵故里暫停車，名紙忽枉驚抖擻。此邦文獻溯丹鉛，後二百年傳齏臼。几几之舄岌岌冠，六十須眉較我黝。三載相思欲往從，咫尺南村竟虛負。傾蓋略申茶荈香，匆匆車騎復東走。我來看遍蜀山春，蜀山盡入先生手。以樓函海海函胸，開闢天地共長久。曾從玉潤問冰清，洪鐘却笑以莛叩。撫卷能窺意匠真，夏雲之峰曉春柳。莊耶佛耶兼有之，此福此慧誰與友。西川江水六朝山，醒園隨園差並偶。後學逡巡乏羔雉，獻以長謠供覆瓿。木瓜何敢望瓊瑶，但乞先生詩一首。」噫，推許何太過也！至與袁子才並偶，尤失實矣。其墨刻總名曰《花溪吟勝》，皆與王觀察秋汀啓焜、石觀察梅溪作瑞、徐觀察玉厓長發唱和者。其《泛舟草堂》云「水激橋唇吹雨白，月銜城角見山青」句，尤爲膾炙人口。所索和詩，當俟續寄也。

蕪湖韋葯軒謙恒，余同年探花，生平不飲酒，妻没不再娶，年七十餘，白鬚毿毿，而童顏如故，由所養厚也。由黔藩歷官大司成。所著有《傳經堂詩鈔》，余弟墨莊自京寄余，蓋新刻也。一洗從前應酬作，有《戲詠不倒翁》詩云：「罄折無心與俗謀，顛危幸免復何求？神全本不須蛇足，項短居然是虎頭。借面未妨儕傀儡，低眉差喜異俳優。世間豪傑誰推倒，位置高應百尺樓。」言外頗有諷勸。

鐵畫，古未有也。本朝蕪湖湯鵬，字天池，少攻鐵，與畫室鄰，已窺其潑墨勢，畫師叱之，鵬發憤，因鍛鐵爲山水障，寒汀孤嶼，生趣宛然，傳至日下，可直數十緡。然性頗放，不受促迫，故卒以技窮。同年韋葯軒謙恒有《鐵畫歌》云：「荆關一去倪黄死，無人能寫真山水。誰從鐵冶施神工，萬里居然生尺咫。匠心獨出無古初，揚鎚柳下樂何如？肯作兩錢雖補履，直教六法歸洪鑪。想見解衣任槃礴，烟樹天然謝雕鑿。百鍊化爲繞指柔，始信人間兔毫弱。當年作貢來梁州，越人枉解求純鉤。詎識烏金寫生態，寒松怪石皴清秋。唐宋畫手紛於葉，素絲轉眼飛蝴蝶。何似錚錚不壞身，安用金題與玉躞。獨憐奇技坐天窮，江天日暮酒錢空。不見程鄭與曹邴，冶鑄竟至千人僮。胡爲鼓鞲營丘壑，空聚六州鑄大錯。夜闌莫更彈哀絃，竊恐蕤賓一片躍。」題既生奡，筆亦屈鐵。

古來武人能詩，如曹景宗、沈慶之、岳忠武、戚少保，皆表表者。會稽羅衛水淇，康熙己未賜武進士第一，官至提督，能作擘窠大書，氣魄如米襄陽。兼工詩，有《渡河》云：「未得波源去，先成擊楫過。夕陰寒白日，秋色澹黄河。八月靈槎路，千年瓠子歌。東流終不息，向晚水增波。」不愧唐賢。

卜舜年《春日》句云：「鶯坐一身柳，蜂歸兩股花。」讀此等詩，可悟句法。

《紅梨書屋集》，成都李光緒耿堂作也。向余晤重慶守朱子潁孝純，于省中護國寺見之。近體未見超脱，而五古獨造幽淡，于遊鎣華諸作尤妙。如《入關》云：「沙岸曲成村，溪茅覆斜路。纔聞折竹聲，又見驅牛渡。前山多白雲，我欲乘風去。」《雷動坪》云：「危樓鎖層陰，垂虹壓叠嶂。山雲忽欲下，溪雲忽欲上。中道遇風吹，依依若相讓。投林暫留託，衣濕然薪炕。」《木皮殿》云：「細路折疑斷，危殿冷欲頽。昨宵聞磬處，空翠忽飛來。」于古峭中寫出閒淡光景，此得柳州筆法者。

余甲午過徐州，遊放鶴亭，偶至黄茅岡，見壁上題詩云：「亂踏群羊上石牀，更誰學得使君狂。題詩總覺無名句，不醉如何過此岡。斷碣土花寒漠漠，漫天霜氣暮蒼蒼。當年放鶴知何處，獨有黄樓倚夕陽。」欵書「守謙」，不知爲誰，即録之。後問雲谷，曰：「此丁酉孝廉華陽王廣益之詩也。」

祥符寺在綿竹小西門外，有明嘉靖九年王汝賓刻禮部尚書胡濙成化四年訪張三丰詩碑，云：「交情久已念離群，獨向山中禮白雲。龍送雨來留客住，鹿啣花至與僧分。疎星出竹昏時見，流水鳴渠静夜聞。却憶故人從此隱，題詩誰似鮑參軍。」按《明紀》，永樂五年丁亥，命户科給事中胡濙巡遊天下，訪三丰，去十年始還。或曰爲踪跡建文君也。碑作成化，似誤。故余和云：「屢宿祥符緣有定，誤書成化過誰分？」陸儼山《玉堂漫筆》：「三丰名通，號元元，一名張邋遢，天師之後。寓居鳳翔寶雞縣之金臺觀修煉。詹事府主簿南陽張朝用嘗識之，見其行，足不履地。胡忠安公薦爲均州知州，同訪不遇。有密勅云，淮安王宗道曾與三丰學仙，令覓同往。三年，召見，賜金冠鶴氅，奉書香，遍遊天下名山。越十年，竟不遇，還。」據此，則五年丁亥，正胡忠安公至綿竹時也。今刻于天王殿後板壁上有三丰所書「翔符禪院」四字，筆勢飛動，以「祥」作「翔」，或者曾至此歟？

乾隆己亥仲秋，王述庵從軍前乞假回，適子才遊北固山，相與舟中話别。子才有小史桂郎，隔船度曲，歡飲達旦。述庵臨别有詩云：「桂枝風調冠南吴，一縷清歌一串珠。並作老夫情緒惡，江雲黯淡雨模糊。」子才和云：「謝公陶寫客中情，流管清絲夜不停。爲道何戡年半老，不宜相見只宜聽。」比述庵假滿入都，則羅兩峰、余少雲已各繪圖長安，傳爲雅事。後庚子三月，述庵有江右之行，復次京口，則子才居白下，桂郎在金閶，非復曩日風景。淡雲微雨，青燈危坐，不勝今昔之感，復作詩寄子才云：「多景樓前畫舫停，空江微雨夜冥冥。坐中祇少中郎並，唤取歌珠剪燭聽。」

朱子潁太守有句云：「飛鳥與人争道路，啼猿知我助悲凉。」與「萬山」句並爲人所傳。張玉川畫爲詩意册，王述庵題云：「萬山青到馬蹄前，此景分明似劍川。可惜不曾摹雪嶺，層層玉筍接雲天。」

大司成蒙古法式善，字時帆。玉溪在京，曾與交往，言其詩甚風雅，人亦謙冲。常作《詩龕圖》，畫陶淵明正坐，王、孟、韋、柳分坐兩旁，而畫己北面執卷而立。其曰龕者，以寓衣鉢之意也。王述庵題詩云：「吟壇久已建麾幢，詩境偏宜近石窻。應是不同彌勒住，鑄金先事賈長江。」時帆善謔，有王孝廉鐵夫芑孫，狂士也，教習三年滿，自負必得知縣，及引見，改國子教官。時帆以詩戲云：「自負千秋業，原非百里才。山川餘鐵硯，風雨共金臺。明月前身誤，梅花昨夜開。皋比吾上坐，一笑看君來。」

雨村詩話卷四

綿州童山老人李調元

朱子潁鄉試出王夢樓先生之門。子潁南遊，先生贈詩云：「當年燕市和悲歌，只有荆卿感慨多。肯信奇才終濩落，已憐豪氣半銷磨。江湖接海紅銜日，山翠連城碧暈螺。倘過鄉園勞問訊，敗畦仄巷近如何。」

直隸滄州李隨軒廷揚，庚辰進士，與夢樓先生至交，由工部郎中授廣東南韶道，陞臬司。先生有《秋夜對月懷李隨軒》云：「楊柳方城晚，蒹葭漢水秋。今宵千里月，應上武昌樓。沙白容迴雁，波青趁没鷗。五湖曾有約，何日共扁舟？」隨軒多髯，善諧謔，與程秀岩林同爲工部郎中，相善。隨軒與京伶李德翠號翠官親昵。一日，見其浴，遍體如漆，乃遣之。後秀岩總制粤東，隨軒執下屬禮見，秀岩握手笑問曰：「頗憶黑郎否？」隨軒不覺面赤。

漢司馬長卿以本省人奉命檄諭蜀中父老，從來未有。本朝大司馬周文恭公亦兩次奉命至蜀審案，真佳話也。有《再至成都次杜少陵韵》云：「芙蓉溪上海棠溪，一帶風烟望欲迷。鄉路遠分江内外，儂家原近瀼東西。遊滇尚憶尋蟆口，入蜀猶能逐馬蹄。賸有輕裝閑檢點，天香時惹武都泥。」詩意亦頗自負。

海上天后甚靈驗，凡使舟過海，皆奉迎舟中，香火甚肅，有急則呼孃媽，云可速至。乾隆二十一年丙子，大司馬周文恭公同侍讀全穆齋魁奉命册封琉球，舟至姑米山，薄暮颶颶大作，舟觸礁幾沉。舟中皆呼孃媽，須臾果見一燈自遠而至，舟中皆歡呼曰：「天后救至矣。」遂登北岸。次年回朝，奏聞，上准請，于原封「獲國庇民妙靈昭應宏仁普濟福佑群生」外，加封「誠感咸孚」四字。海山有書事詩云：「不關潮汐水添肥，半夜人呼事已非。疾痛尋常呼父母，一時回首籲天妃。」謂此也。初未阻風時，人言颶作，有光如星火，又有海蛇黄色，浮遊水面，至是果然。又《姑米阻風》云：「未似無雷國，還同不夜城。鐵沙排雁齒，銀礫促鼉聲。熠燿争險見，蜿蜒習水行。故應心腹事，菅蒯托平生。」

西湖天竺白衣大士籤，相傳甚靈。册封琉球正使全穆齋同周海山舟過西湖，周以順遊不敢瀆，全先詣請兆，得一籤云：「有物不周全，須防損半邊。家鄉烟火裏，祈福自安然。」公以己名全，而云不周全，甚惡之。及姑米之事，始少釋然，但「祈福」二字無着。及歸自琉球，以正月三十日開洋，是爲祈福日。祈福者，蓋琉球未奉到頒朔前，祈權行時憲書中語也。

詩學唐人，須要脱去唐人面目。乾隆丁丑人日，周海山先生在琉球詩云：「暖雲如絮雨如塵，不見長安却見春。十二月中都作客，八千里外未歸人。蠻花匝地紅於錦，海浪兼天白似銀。誰説道衡離思苦，江南山色尚堪親。」末句翻用唐趙嘏句也。

琉球菊花多内地所無。九月二十四日，中山王送海山菊花，有太白仙影、祥星清曙、秋山霓裳、山紅小錦、黄霞、朝霞、晚霞之目，俱以竹簡書之。海山詩云：「是歲開應再，今朝賞乍新。即看黄帽客，不似白衣人。山小霜飛晚，秋長露裛頻。佳名煩譯得，一一上青筠。」

《靈應記》云：「天妃姓林，莆田湄洲人，宋都巡檢第六女。以建隆元年庚申三月二十三日生，少有神異，於雍熙四年九月初九日昇化，年二十八歲。」康熙二十一年，中書莆田林麟焻，副檢討汪楫册封琉球，天后族也。海山誦其獻聯云：「累朝叠誥表神功，嶽降自鯑江，翊運凝庥，頻現紅燈宣聖化；重譯獻琛逢盛世，皇華臨馬齒，摳衣展拜，永清碧海耀吾宗。」末欵稱「裔姪孫」，則其宗譜支派必有可放矣，非浪傳也。

夢樓先生從侍講全魁過海册封琉球回，鐫有「曾經滄浪」四字印章。余問海外王典禮，先生云：「國王宴使臣有七：一諭祭，二册封，三中秋，四重陽，五餞别，六拜辭，七望舟。每宴，王府庭中滴水前造戲臺，以幕四使周，天使及隨封員役皆坐觀。演夷劇，樂工十餘人，俱着紅帕，伶童數十人，皆戚臣子弟俊秀者習之，衣綵衣，着紅綾襪。先演無隊，作一老人登場，唱起神歌。歌罷，退，小臣齊唱太平歌，樂工引聲和之，皆侏儷不可解，大抵皆頌聖及神人共喜之語。次笠舞，次花索舞，次花籃舞，次竹拍舞，次武舞，次獅毬舞，次桿舞，次演雜劇，悉其國中故事。凡舞皆以提琴、三絃、短笛、小鑼鼓和之，小童只演科白，唱則樂工。昏時撤席，設烟火。又有數十人騎紙馬，頭尾烟爆齊發，奔走戲樂。宴畢，以火炬送歸。」先生有《竹枝》云：「一行金埒響瓊裾，公子群過水竹居。丱髮也須千萬值，綺年多是十三餘。」「將離更唱驪駒曲，相憶應看青李書。鸚鵡香醪斟酌遍，不知涼月透文疏。」又《留别》詩云：「那霸清江接海門，每隨殘照望中原。東風未與歸舟便，北里空消旅客魂。盡夜華燈舞鸜鵒，三秋荒島狎鯨鯤。他時若話悲歡事，衣上濤痕並酒痕。」

癸未，余禮闈出夢樓先生本房，祝芷塘亦在趙雲松房内。芷塘時年甫十六，同年以「祝小姐」呼之，亦猶庚辰前輩宋小巖也。先余愛學小李將軍畫而不甚似，故人以此嘲之，幾成别號，不復呼雨村矣。一日宴於先生書屋，酒半，先生指祝與余曰：「余有杜詩二句，可贈二君。」問何句，曰：「『將軍不好武，稚子總能文』也。」一坐傾倒。故余和芷塘接葉亭詩有「頭銜謬許武文同」句，謂此也。

甲寅十月二十四日，明經計天禧訪余於紅蓼村莊，小飲，門生冉曉山玉嘉、劉樹庵全禄、顔東坪明典咸在。酒正中，忽玉溪四壻新孝廉至，遂即席分韵，余得「三」字，云：「懷人冬正孟，愛客徑開三。

有壻玉初琢，諸君青出藍。傲霜吾即菊，噀霧爾懷柑。各出驚人句，平生此最耽。」玉溪得「共」字，云：「水潦魚影稀，林密鳥聲縱。荷殘滴露輕，硯凍凝寒重。松比大夫秦，詩慚小國宋。東籬傲霜菊，還應晚節共。」曉山得「酒」字，云：「出門即檤林，共此一杯酒。竹動來故人，菊遲真淡友。好句誰白眉，窮經師皓首。有客月宫來，群稱折桂手。」樹庵得「蟬」字，云：「名園山叠石，高閣水聽泉。閉户如干木，狂吟似謫仙。殘荷啄饑鷺，疎柳抱寒蟬。有客真驚坐，飄然到席前。」先是，余與玉溪詩先成，冉、劉次之，顔東坪覓句有無已之風，時方兀坐，未聞也，忽拈管作「杯」字，云：「名園佳客至，小集共傳杯。簾捲月初上，窻開山欲來。霜彫三徑菊，臘破一枝梅。翁壻真冰玉，探驪句早推。」玉溪最愛「來」字一聯，曰：「此陸放翁所云『文章本天成，妙手偶得之』也。」

玉溪爲余言，郫縣金雲亭中鼎爲人瀟洒，詩有别致。《詠懷》云：「拙不隨年去，愁多逐境來。」又《移居》云：「砌堦鵝卵石，蓋屋鬼毛針。」俱用蜀方言，亦趣。

「投老欲依僧」，古詩也。「垂老抱佛脚」，孟郊詩也。今諺云：「閑時不燒香，急來抱佛脚。」不知唐以前已入詩矣。

閨媛能詩已屬僅見，而又出自弱齡，尤屬絶無。武陵女士覃光瑶，其父偲宸爲齊東令。九歲能詩，有題《畫鸚鵡》云：「已無言語慧，只有羽毛奇。鎮日輕綃裹，鷹鸇那得知。」命意便不凡。有《玉芳詩草》。

近人見江西人，即以西江派爲口實，不知亦有不然者，非人人吕本中也。南昌熊滌齋本，中丞學鵬之父也，康熙庚辰編修，有《和淡人春日漫興》云：「睡起雞聲報午炊，由來迂嬾性相縻。留賓每覺論文拙，讀《易》深慙見道遲。歲序如斯仍故我，乾坤若大少新知。回頭五十年前事，垂老翻思少壯時。」何等洒脱。

汪文端公謹堂，先北路公會試座師。殁後，其子副憲承霈以其遺集囑門生趙雲松編校，有《感賦》句云：「真草源淵王内史，文章臺閣李東陽。」可括公生平。

江西有兩才子，南昌彭芸楣冢宰、鉛山蔣苕生編修也。皆丁丑進士，彭出廷尉嵋峨周立厓先生本房，與余先後同門。苕生授職後，即奉其母太夫人浮家汎宅，遊於天台、雁蕩之間。曾掌教山陰，後買宅金陵，携家住之。二人名達宸聽，芸楣爲冢宰時，上屢詢及，輒嘆息久之。有御製句云：「江西兩才子，惟卿官九卿。」芸楣屢以書勸出山，苕生時已歸養十年，及再入詞館，則資俸已在後輩之後，乃保送御史。已蒙上記名，而考差引見時，上俱未問及，未幾病風。趙雲松寄詩云：「跋扈詞場萬敵摧，如何仍築避風臺。少貪酒色終償債，老訂詩文幸滿堆。木有文章原是病，石能言語果爲災。可憐我亦拘攣臂，千里相忘兩廢材。」後卒，以書囑袁子才爲墓誌。子才以書報雲松，復哭詩云：「斯人遂已隔重泉，腸斷袁安一幅箋。預乞碑銘如代死，久淹床第本長眠。貧官身後惟千卷，名士人間值幾錢。磨鏡欲尋悲路阻，茫茫烟樹哭江天。」

雲松工於懷古，《樓桑村》云：「敵强終造三分國，士少能臣第一流。」又《金門懷古》云：「前史曾傳靖難兵，摩戈從此破神京。削藩禍起書生計，負扆圖慚叔父名。一領袈裟宵出竇，九江紈綺曉翻城。興師若不論成敗，高煦宸濠豈異情。」末二句千秋定論。

余既以詩受知于相國程文恭公，甲午，余由廣東典試回京，適公兼攝冢宰，即保題員外郎。是科公派磨勘，御史李廷欽僉出廣東中式王汝麟三場策内「淳化之皃」四字，公曰：「此出《法帖考正》。蓋言帖有祖禰，故以《絳帖》爲皃也。」因出書示，李乃愧服。次年，余因畫稿兩議一事降調，公力争不得，遂去官。引見時，蒙上詢問，公以實對。上曰：「司官議見不同，原許兩議。」又問平日辦事何如，公以勇往對，遂得恩旨，仍以原官回部。尚未補缺，復有提學廣東之命，皆公力也。未幾，公薨。余哭之，有詩云：「星隕台階月又朦，老成一去滿朝空。存心寬恕王丞相，秉性威嚴魏弱翁。獨掌銓衡將十載，佐襄爕理比三公。如何湛露方濃日，遽駕雲旗颭朔風。」「玉堂珥筆侍楓宸，掞藻群推格律新。五嶽談經多折角，九重幾諫少批鱗。並無袒護分朋黨，祇有孤忠諒鬼神。主眷始終公第一，丹青千古炳麒麟。」「憶昔初除吏屬官，幾曾風月敢私干。却因謝朓驚人句，便把阿蒙刷目看。恩荷三薰方拂拭，心驚六法入糾彈。累公争救終無益，感到憐才欲報難。」「幸有恩光出自天，戴盆回憶尚潸然。鵲巢空繞日三匝，鶯谷旋邀歲九遷。靈雨秖今歸故里，慈雲何日哭新阡。只悲言行空千古，羊傅無兒失載編。」

程文恭公，雲松外舅也。公無子，以姪爲嗣。晚年常有乞身之思，以恩重不敢請。及其薨也，朝臣多爲挽章，惟雲松最爲親切，能道文恭立朝丰采。詩云：「黄扉方仰贊鴻鈞，何意騎箕遽返真。上殿每陳寬大語，舉朝共服老成人。故鄉屋僅堪容膝，退直書嘗擁等身。欲識蓋棺公論定，早聞歎息徧朝紳。」「官班台輔壽耆年，寧復餘恫抱九泉。老去香山猶望子，病來疏廣未歸田。孤寒有客傷垂淚，言行何人録作編。慚愧向蒙元獻愛，難將薄劣繼新傳。」

房師王夢樓先生與雲松癸未同作房考，俱稱得人。後俱出守。罷官歸里，相訪於鎮江北固山，置酒江閣。雲松即席詩云：「握别京華十五年，故鄉垂喜履綦連。人曾從海隨星使，家住臨江作水仙。老境風流猶顧曲，儒門淡泊忽逃禪。故應海岳庵邊路，不可無人繼米顛。」「滇嶠歸來鬢未秋，萬籤高擁一窻幽。詩名尚愛稱才子，官位幾忘是故侯。碧海鯨魚傳麗作，楊枝駱馬遣閒愁。羨君天與無花眼，燈下蠅頭寫更遒。」語語傳神，可作繪贊。

寶山張薌圃仲芳爲安縣令，善畫山水，與余交最爲莫逆。常延至安，日以詩酒唱酬。曾爲寫泥金扇面，甚工，惜藏久脱落。後從綿竹捕公姚古愚處見薌圃畫晚秋山景，筆致閑遠，有雲林遺意。自題云：「湖光斷續接荒茨，好景分明小米詩。記向泗州道中見，濛濛細雨落帆遲。」頗雅。又句云：「衙官求仲兼羊仲，弟子温生與石生。」甚工。

仁和徐觀海一號袖東居士，蓋取東坡「我持此石歸，袖中有東海」之意也。曾寶一壽石，故又號壽岩。余癸未曾見於春明榜下同年庶常李琪園鐸宅中。爲人風流自喜，善畫，後爲安岳令。姚梅園有所臨袖東爲沈澹園畫小幅二十板，自題柳村一册云：「試看萬柳色參覃，一抹晴光染蔚藍。料理一帆歸去好，浪遊總不及江南。」梅園即古愚，工於臨畫，以二公皆其鄉西湖名士，故臨之。然多不爲人作，故人無由知也。

清江楊實之學光，乾隆癸丑進士，綿竹令，太史松江太守壽楠之子，袖東門下士也。余弟梟塘鄉試亦出其門。今春余遊綿，得晤實之，翩翩公子也，而少年老成，政聲頗有「説尹終在口」之風。嘗爲余言，其同年曹山甫惠華，大宗伯地山猶子也，能詩，工水墨。乾隆庚子召試，賜國子監學正。萬壽進呈，稱旨。每對，諸大臣詢其家世甚悉。癸丑，已中式矣，而以首場題「民有三疾」一節卷中，有「蘧蒢」、「戚施」語，磨勘罰停兩科，竟未得隨進士班瞻仰天顔，亦厄遇也。實之出京作令時，山甫曾畫梅一幀以贈其行。上有自題詩云：「君是前身楊補之，梅花作骨玉參差。春風同咏霓裳日，算我今生修到時。」與苕生皆江西人，皆工詩，而厄亦似之，奇矣。

蜀中書坊無書，間有新書從南船來，皆係翻板。近日袁子才曾有詩云：「自作詩文信未真，麻沙翻板各家新。左思悔作《三都賦》，枉是便宜賣紙人。」真確論也。

仁和李若虚實夫，工書法篆籀，累舉不第，乃就簿吴，甫到任而重犯越獄，遂失官。孫補山相國總制全蜀，延入幕中。姚愚谷，總角交也。嘗有《懷愚谷》詩云：「十年歸夢水雲鄉，彷彿西湖醉夕陽。一頃荷香衣袖冷，又移鴨嘴過菱塘。」「竹笪參差釣艇遲，月明初轉柳稍垂。菱花香馥湖波闊，正是鰻鱺出水時。」風調不減漁洋。

吴興張雲客鶴爲人落脱多狂，所畫山水着墨不多，疎疎落落，而神韵如活。詩極超妙，書亦似枝山。嘗訪古愚於綿竹清照堂，爲畫梅一幅，有云：「在家相好只梅兄。」以梅爲兄，本米顛「茶甘露有兄」來，于梅妻外，又添韵事。有《題秋景幅》云：「秋曉晴窻佳興多，研屏時對酒顔酡。何妨也學雲林子，泛箇輕舫披緑蓑。」

仁和梁文洪深甫，文莊公詩正之叔也。隱居不仕，自號龍泓居士。工八分，大小相間，不依烏絲，有嶔崟歷落之勢。畫學唐六如，筆致瀟洒。愛遊名山大川，所至輒數月不返。不交俗士，喜與漁人往來。常言：「月夜偶漁于潭，見上流有一人，坐船頭，朗吟而來，云：『前山飛雨後山晴，一抹人烟晚樹平。移我漁舟就蘆荻，隔江凉月正東生。』吟聲甚清，正欲問之，其船已過，不知何人詩也。」

方敏恪公有姑母，五月在淛濱閣作五日詩，用前人「也將白水蘸菖蒲」句爲起句，姑一刻遂成五首，有一聯云：「友遺黍角如分困，自寫牋詩可當符。」公爲閣筆。

仁和施樂莘禮耕，先北路公壬申浙闈所取士。其父子皆單傳，相倚爲命。樂莘北上會試，其父必哭，至歸家日乃止，以是不北上。其從弟養浩静修，癸酉孝廉，工山水畫，筆致疎淡，直入元人之室。樂莘携至姚江，先君留之一月，爲作《倣文太史柳村桃林》小幀，自題云：「春染明湖翠欲流，桃林窈窕柳陰稠。前村一逕通山寺，石色苔痕獨自遊。」

奚大蒙，長洲隱士，住太湖之濱，小溪之曲，足跡不入城市。詩多奇古，嘗有句云：「鬼神無禍福，詩酒有乾坤。」人傳誦之。徐太史昂發嘗步訪之，贈以詩云：「放棹前溪去，閒尋隱士村。水枯魚汕出，門破鹿籬存。麯部狂堪吏，中書老欲髡。愛君吟句好，詩酒老乾坤。」

火米俗曰炒米，見《后山叢談》。以秋米蒸而陰之，拌沙炒熟，粒大於米，極鬆脆。饑時乾食，或沸茶泡食亦可，余素嗜之。從無咏者，高郵李百藥必恒詩集有《火米詩》云：「豈異群兒嗜，堆盤焦轂芽。乾餱吾不憾，火米浪争誇。簡便删匕箸，鏗鏘奏齒牙。談深饑可療，拾葑每煎茶。」

家大夫石亭公善射，每發必中。在浙作令時，公餘則矢不離手，故所至輒築箭道。官餘姚時，與華都閫校射，日以爲常。嘗遇雁群飛過，華命射之，一發而墮其一。平湖陸宙冲爲作《射雁圖》，王夢樓先生題云：「平生不解彎竹弓，一言射獵卻心喜。秋天高高塞馬肥，恨不馳驅古原裏。披圖素練風霜生，金鐵彷彿聞鏦錚。畫師有意逞筆力，馬蹄直踏虚空行。烏號之弓赤羽箭，游韁瞥轉驚飛電。控弦不發發無虚，遲速中間争一綫。雁飛遠與青旻傍，弓滿渾如月初上。雨血風毛未墮時，金鏃神光已相向。公之治行衆所推，越東燕北俱春臺。豈知李廣射鵰手，即是文翁作郡才。放衙無事琴絃静，莎廳緑暗飛花影。偶然一寫胸中奇，塞草邊風眼前騁。千里驊騮不動塵，穿楊飲羽信有神。寄言游俠邯鄲子，莫漫相輕儒服人。」

房師丹徒王夢樓先生由侍讀出守臨安，歸即不再出。家有女樂一部，會本縣令齮之，即飄然載女樂作扁舟五湖之遊。適同年畢秋帆爲兩湖總制，以書來，遂之楚。宦場市鎮，無不延請奏伎，纏頭之費，踵相接也。其女伶有輕雲、寶雲，袁子才所命名者，最明慧。而柔卿兼能詩，曾有《送成嘯厓》句云：「生小原無落雁容，秋風偶覺病身慵。挂帆公子金陵去，望斷青青江上峰。」女伶中有此，亦異事也。

嘉善周侍講稚圭升桓，爲人英爽，好客善飲，詩不起稿，輒有生氣。一日，余與沈南雷士煒、成進士城訪之，稚圭大喜，曰：「吾正苦寂寞，今得佳客，詩興勃然矣。」即口占曰：「佳辰不速客能來，且莫匆匆便放回。種到春蔬新甲出，香聞蠟甕老丁開。詼諧恰似針投芥，約束明如鬮數枚。金谷休教沿罰例，吟成加倍引深杯。」遂盡歡而散。後出守蒼梧道，遂無此樂矣。

山陰童梧岡鳳三，庚辰在京，與余交最篤。余有十五省通志，缺甘肅，梧岡督學陝甘，屬之，即郵寄一部，其信義如此。有《送至山南歸》云：「二月燕山道，春寒雪尚滋。如何亭畔柳，偏緑送人枝。遠鳥孤帆外，斜陽獨立時。幾回搔首望，玄鬢欲成絲。」梧岡有青衣，病殁於京，思之不置，常繪其小像携之，同館諸公皆有題咏，始終無沈休文之懺，可謂篤矣。

陳侍御賡年孝泳，婁縣人，乾隆壬申孝廉，官國子監助教，以篆書入直内廷。余壬午授崇志堂學録，到任日，賡年謂余曰：「君英氣勃勃，非國子監中人也，不過借徑耳，轉瞬必飛黄騰達去矣。」明年果捷禮闈第二人，始知其兼工相術。有《中秋夜坐》云：「不教雲點染，全爲月勾留。」

廣陵胡總憲期恒復齋，與其里詩人厲鶚等唱和，有《韓江雅集》，全祖望爲序。《田家雜興題如閔華》云：「驢背田翁傍晚回，繞身兒女笑轟雷。城中完納官租了，帶得泥嬰面具來。」《陳章》云：「兒童下學惱比鄰，抛墮池塘日幾巡。折得松梢當旗纛，又來呵殿學官人。」「黄葉溪橋村路長，挫鍼負局客郎當。草花插鬢偎籬坐，知是誰家新嫁孃。」「屏當連枷穀滿囷，莫將豐樂忘艱辛。團圓曝背談今古，只有鋤頭不誤人。」末用文信國書中語也。

詩律有拗體，須諧音節。楚南唐赤子太史，建中名士也，因江南總制范時繹與浙江總制李衛不睦，據唐拜帖入邪教案，爲李奏釋。有《消寒初集》。《晚清軒得秋字》云：「長至彌旬氣似秋，消寒故事亦重修。背陽眠愛陸魯望，棹雪興虛王子猷。東閣梅因冬暖綻，西園客爲晚晴留。渡淮人憶去年集，知倚趙家吹笛樓。」時洴江程恂客淮未返故也。

出仕人多憶田園，個個皆然，然太繁瑣則厭矣。惟張四科云：「二十四橋客去，七十二峰山青。明年春水生日，遲我扁舟洞庭。」二十四字，抵人二十萬言。

宋小巖爲余誦年大將軍《題楊紫宸小照》云：「魑魅隨身亦等閒，肩挑龍虎亦徒然。只他這付超凡骨，不煉金丹也是仙。」跋扈之氣，已露於言表。

海寧太史查雲在祥，康熙戊戌進士，曾舉博學鴻詞，余業師梧岡先生之父也。書法倣董思白，余家藏有《采柔圖》，題詩其上，今已爲人攜去。雲在先生詩刻意奇峭，有《遊平山》詩云：「耳熟堂名識面初，平生來往歎麤疎。山隨江遠皆如俯，地以人傳信不虛。有客尚能知載月，因公兼欲想環滁。名區往往多僧占，碑碣閒從洗剔餘。」此詩字字切平山。梧岡先生甲戌進士，由户部郎出守池州，歸。詩本家法，格律謹嚴，有批點元人《瀛奎律髓》，深惡詩眼之非。余在平湖，曾授余讀之，大抵論詩以風韵、神韵爲主，而氣必雄渾，詞必典麗，余詩得先生而益進。先生有《冬日田家》句云：「桔橰懸遠圃，碌碡卧斜陽。」可入《豳風圖》。

英夢堂相國廉，本姓馮，能詩，有《小山游草》，沈德潛爲序，多生造句。《霜降》云：「不飲慣能留客醉，愛閒偏有和詩忙。」《風夜舟行》云：「河聲怒欲驅舟轉，夜氣嚴能禁酒温。」《誌痛母》云：「十載僅存慈母綫，一生未食小人羹。」

毘陵邵子湘有《悼兒》句云：「過愛翻成薄，求全屢受笞。」最近人情，爲子者當知之。又有句云：「荒村無好客，把卷即思君。」余每懷玉溪，即誦之。

蜀中産燒酒，在唐時已然。雍陶，成都人，即所稱雍白鷺也，有《到蜀後記途中經歷》詩云：「劍峰重疊雪雲漫，憶昨來時處處難。大散嶺頭春足雨，褒斜谷裏夏猶寒。蜀門去國三千里，巴路登山八百盤。自到成都燒酒熟，不思身更入長安。」觀末二句，則唐時蜀中燒酒以成都爲佳矣。然今則以綿竹爲上，綿州豐谷井次之。綿竹味甘美有香氣，豐谷稍辛燥觸鼻，成都則不聞有此矣。《片刻餘閒》云：「達賴喇嘛言：中國有勝似補藥者，人不知之。每日用燒酒少許，不貪不間，功倍人參。」不知其言確否，行將試之。

鄞縣施瞻山滄濤，壬戌會試十四名，魁墨士林傳誦。于同年中最重先北路公文，以爲不可及。及補姚江，曾有《喜年友李石亭令餘姚》詩贈先北路公云：「杏園一醉春風花，分手越蜀天一涯。十年相憶同張籍，臨風西望空咨嗟。當代文章誰獨步，重君思君日幾度。雲横緑野想巴村，夢入紅蕉迷劍路。何人獨上越王樓，放歌響遏清江流。何人得似海棕樹，高壓衆木低松楸。帝子千年海上跡，是誰徧訪循江陌。渴擬與君賞勝遊，每恨飛身却無術。豈知遠隔轉相親，一日天涯同比鄰。舜江新得種花令，夢魂恰慰採花人。乘潮一葉扁舟瀉，碧筩玉液爲君把。握手柳署能幾時，相逢恐避青驄馬。」

《老學庵筆記》：僧行持，明州人，有高行，而喜滑稽。在餘姚，貧甚，有頌曰：「大樹大皮裹，小樹小皮纏。庭前紫荆樹，無皮也過年。」先北路公在餘姚時，署中蓬萊閣有荆花正開，甬上施瞻山來訪，有《咏荆花呈同年李石亭》詩云：「閣倚蓬萊秋意賒，繞墻紫影簇荆花。若知此樹無皮久，衣被何妨氈一車。」先北路公見之，笑曰：「老友相見，何止一車。」按無皮似是紫薇，《酉陽雜俎》云：「紫薇，北人呼猴郎達樹，謂其無皮，猿不能捷也。」此僧誤以薇爲荆，放翁亦偶爾未察也。

平湖詩人張鐵珊雲錦，少年工詩，爲洛如詩社領袖。從來名士之盛，不啻顧氏玉山。有《藝舫雅集詩》，尤善詠物，嘗賦《紅葉》句云：「賜緋不信寒山徧，衣錦還推大樹能。」其舅陸陸堂奎勳見之，有「而今合唤張紅葉，石徑寒山未足多」句，遂呼爲「張紅葉」。又《春草》句云：「櫓摇細緑過芳渚，簾捲遥青入畫樓。」嚴陵方文輈見之，又呼「張春草」，云：「何必池塘夢作緣，争看佳句滿霞箋。楊春草後張春草，他日應將合傳傳。」然余以爲不如《菜花》詩有味，云：「色擅中央簇嫩薹，貧家非分見金來。未經杜老園中送，先向劉郎句裏開。斜日溪橋風不斷，野人門巷客初迴。無成一事真堪笑，自斂霜根恨乏才。」錫山相國嵇曾筠賞之，謂能獨開生面。又《帆影》云：「乍移春岸闊，忽捲浪花飜。」《簾影》

云：「未能捲暮雨，仍不隔春風。」《鄴中》云：「篡來漢祚三分業，折盡陳思七步才。」《隋宫》云：「錦纜長牽千里怨，綺樓只是一人迷。」皆《蘭玉堂集》首選句也。

吴鑑南尊人樸庭先生，工詩，嘗有句云：「心無恩怨分牛李，世有炎凉薄藺廉。」又《過安肅》七絶云：「鴻泥覓偏總微茫，如夢如癡柳數行。一夜城烏頭已白，將雛飛過浣衣塘。」蓋樸庭尊甫曾任安肅，故動懷絹之情，可謂忠孝一門矣。

貴州普定牟太史素田元文，余癸未同年。性恬淡，館選後即假歸。工詩，有《望重慶城》句云：「關隘羊腸入，樓臺蜃氣生。」

富順李瑞五芝，乾隆丙辰鄉試第二，戊辰第九，科第兩魁，蜀中前此未有。癸未赴選，曾相晤于京邸。爲人頗有骯髒之氣，曾以《峽中》詩示余云：「出峽復入峽，一灘又一灘。浪花穿雪過，帆影觸雲殘。山鬼昏同宿，龍宫日共餐。故鄉行尚遠，枕上總風湍。」授宜都令，去後有人言其能知前生事，惜未面質也。

余同年鳳臺吕陶村元亮，爲人精爽，善詩，少髮，群以禿呼之。由庶常改刑部，以郎中授川北道，余曾作詩送之。有《灌口八咏》句云：「畝山號怒雪，叠石卧寒雲。」一字當人千百語。

餘姚城外有「王文成故里」五字碑，余隨任時書，時年甫十六。文成倡良知之學，官江西巡撫，時宸濠已有異心，曾對人言：「王守仁文臣，易與耳。」豈知驚天裂地事業竟出儒者，宸濠不識也。劉豹君有《南昌雜感》云：「回首驕王迹已湮，從來藩鎮勢難馴。婦言不聽偏亡國，帝座雖移别有人。地下應慚雙烈士，軍前未識一儒臣。破巢早見無完卵，黄石磯頭識竟真。」詩格雄麗，兼具特識。

什邡尉周青門佩蘭，長洲人，善畫菊，兼工小詩。有《借禮汀盆蘭復還》云：「九畹清姿傍法堂，移來小署挹芬芳。拈花微笑西來意，只令仍供佛座香。」押香字殊有味。蜀中衲子能詩，近復得二人。一文殊院際微，工草書，《和盆蘭》云：「自甘老醜隱山堂，忽見拳盆挹露芳。自倚春風曾拂拭，歸來分外放清香。」一法参，和云：「盆蘭一自入華堂，遂覺閒花百不芳。富貴場中留不住，仍回林下散幽香。」

安縣令龍門吕守謙功，有詩名，著《知非吟》。有《咏蚊》云：「偪陵卧榻浪飛騰，未許人間好夢成。蝨處褌中君夜裹，看來俱是不光明。」《看菊》云：「自詡花中大丈夫，春紅夏緑向秋枯。寒梅冷眼旁相笑，能待深冬傲雪無？」《紅梅》云：「爲厭冰容與俗違，紅匀醉面學楊妃。骨姿清瘦仍非計，可識君王更愛肥？」俱酷似誠齋。又《嘲傳蔚青遊聖燈山歸不能行》云：「素履平途拄杖艱，也同仙侣訪雲鬟。歸來莫怪腰肢重，袖裏詩囊貯萬山。」皆有趣。

守謙任安縣二年，聲樂非所好也。丁未元夕，有役孫榮者，頭頂一碗，胸縮一鑼，恣其舞蹈而碗不墜，因奇其技，有感作詩云：「趨承案下近三春，不識謳歌妙絶倫。悼嘆王門工瑟者，遭逢偏是好竽人。」寄託更深。

蕭山沈皆金榮鍇，有《八廟溝》云：「惱殺連朝雨，溝塍水亂流。馬遲難按站，輿小類羈囚。竹火驚山鬼，竿燈識櫓樓。驅寒須酒力，村釀出新篘。」用囚字韵，險而穩。

山陰葉研三士南，有《寄徐璠六》句云：「英雄老去思成佛，富貴時來望若仙。」每一讀之，喟然生歎。

松江女媛葉慧光自號月中人，早寡，好吟，以之得嘔血症卒，遺有《懷清樓稿》。有《謝人貽折海棠》云：「睡起渾如病酒時，多君折贈好花枝。可憐嘔盡心頭血，又見花紅似血絲。」於煞風景中更見嫵媚。

吴江女媛董蓓紉，高陵令永令之女，諸生吴梅配，早寡。病劇，語弟云：「甫得一聯：『病多未得專醫肺，瘦盡何妨獨論腰。』」有《春暮》詩云：「垂簾不捲病房安，罷誦楞伽獨傍闌。桃謝柳飛三月暮，雨迎風送一春寒。鶯梭織就愁千縷，燕剪裁成恨百端。錦片韶華塵土看，茶孃慰藉勸加餐。」頗有玉茗筆意。

余謁劍閣姜平襄祠，見壁上詩最多，獨前任保寧莊太守學和爲佳唱。題云：「沓中豈是爲身謀，保障成都第一籌。不畏裹氈來鄧艾，最嗔啣璧出譙周。軍皆斫地完齊燼，敵竟呼天縶楚囚。大膽何嘗無遠略，陰平曾表護橋頭。」此詩平允，可作平襄論。

陳崑谷芝圖，諸暨詩人，有《楓溪》句云：「寒鳥亂噪争殘核，秋蝶孤飛戀小花。」妙在殘字、小字，善體物情。

進士選期未到，每以鄉居教讀，栽竹、蒔花爲事。鄞縣施瞻山滄濤，有《戲答人問選期》六言云：「鑑湖舊除山長，亭溪新補花曹。管領鷗鳧政拙，撫摩桃杏心勞。」「笑口頗殊俗吏，別腸亦貯清流。詩社十年稱伯，醉鄉一等封侯。」

中州李鶴林振青，不但畫蘭，兼工小詩，嘗以《秋螢草》示余，有《落葉》句云：「黄帶夕陽迷古渡，紅飄野燒度江村。」佳句也。

王澹人工詞曲，所著有《焚券記》、《太平園》、《吉慶釵》三種，皆寓微意，而《焚券》尤佳。曾在京集諸人陶然亭演之，而梨園不善，蔣心餘題詞詩云：「陶然亭子壓城偏，一老風流據上筵。可惜新聲傳唱晚，不曾親付李延年。」

臨汾周泝塘來謙，客于楚，著《楚聲》一卷。有《春盡》句云：「緑暗鶯啼老，紅稀蝶夢訛。」訛字絶工。

有問袁子才如何人，余誦白樂天句云：「已爲海内有名客，又占世間長命人。」此一聯可以貽贈。

臘月祭竈前後，川人以鹽淹豬肉，至次年夏乃食，謂之臘肉。銅梁王太史汝嘉士會，謂古無詠者，嘗在京邀同館爲臘肉會聯句，余不及赴。有句云：「絶少似鵞酒，偏多嚼蠟人。」異日以示余，余曰：「臘肉自宋時已有之，楊誠齋有《吴春卿郎中餉臘豬肉》句云：『霜刀削下黄水精，月斧斫出紅松明。』是其警句，非古無詠也。」士會攷之，大服。

雨村詩話卷五

綿州童山老人李調元

本朝三元一人，長洲錢湘舲棨也。乾隆己亥解元，辛丑會、狀，趙雲松贈詩有句云：「累朝如君十一個，事蹟半在青史留。」十一個者，謂唐張又新、崔元翰、宋孫何、王曾、宋庠、楊寘、王巖叟、馮京，金孟宗獻，元王宗哲，明商輅也，及棨爲十二人。棨榜下假歸，適雲松在籍，同諸詞館公讌湘舲於未堂司寇第，出歌姬顧四孃侑酒，顧乞名於湘舲，贈以霞娛二字。雲松即席詩云：「綠酒紅燈紺袖花，江城此會最高華。科名一代尊沂國，絲竹千年屬謝家。拇陣頻催拳似雨，頭銜恰稱臉如霞。無雙才子無雙女，併作人間盛事夸。」亦佳話也。

事有先兆，莫知其然。大司馬紀曉嵐云：余自四歲至今，無一日離筆硯。壬子三月初二日，偶在直廬，戲語諸公曰：「昔陶靖節自作輓歌，余亦自題一聯曰：『浮沉宦海如鷗鳥，生死書叢似蠹魚。』百年之後，諸公書此以見輓，足矣。」劉石庵參知曰：「上句殊類公，下句若以輓陸耳山乃確當耳。」越三日，而耳山訃音至，豈非機之先見乎？耳山陸錫熊，官侍讀學士，與曉嵐同充《四庫全書》總纂。

袁子才讀蔣苕生詩云：「俗儒礰礰界唐宋，未入華胥先作夢。先生有意喚醒之，矯枉張弓力太重。滄溟數子見即嗔，新城一翁頭更痛。我道不如掩其名姓只論詩，能合吾意吾取之。優孟果能歌《白雪》，滄浪童子皆吾師。不然三百篇中嚼蠟者，聖人雖取吾不知。」此公論詩，畢竟高人一層。

近代詩人之榮，無過長洲大宗伯沈歸愚先生。年六十始登第入翰林，不數年至卿貳。上命校刊御製集，念其年將八十，賜歸，並御製詩有「清時舊寒士，吳下老詩翁」之句。德潛有《紀恩詩》四章，上勅親王、皇子及同官依韵和之，以寵其行。並分御製二十字分韵以餞，誠稽古之榮也。和者甚衆，惟諸城劉文正公統勳詩稱首。詩云：「幾年丹禁領仙官，香案身依得駐顔。特許歸田辭北闕，應憐託興在東山。朝衫舊着袍爲鵠，里第新開客是鷗。多少篇章供睿賞，豈惟傳頌滿清班。」

富陽董少宗伯，工山水，供奉内廷。子少農蔗林誥爲余癸未同年傳臚，山水亦得家傳，人稱大小董。宗伯嘗有《冰嬉》句云：「臣愧語冰者，徒從壁上看。」讀之可以悟用典之法。

黄太史石牧，讀書十行並下，而於古人詩尤具隻眼。人皆言李賀無七言律，石牧一日讀長古全集《南園》絶句十一首，嫌語氣未完，急讀第十二首，乃知爲一首而誤分也。詩云：「長巒重谷倚嵇家，白晝千峰老翠華。自履藤鞋收石蜜，手牽苔絮長蓴花。松溪黑水新龍卵，桂洞生硝舊馬牙。誰遣虞卿裁道帔，輕綃一疋染朝霞。」如此讀古人詩，古人可無憾矣。

象棋造自周武帝時，從未有咏者。黄太史唐堂《象棋歌》云：「學者何事不遊藝，象棋造於周武帝。三光五行今不傳，庾信王褒載其製。後人没僞爲象棋，唐宋以來踵習之。雍門遺語偶符合，岑順傳聞尤怪奇。車堅馬肥砲衝突，壁擁士象轅列卒。夾河陳兵勢兩雄，三十二子判吴越。相持方互有殺傷，將帥死亡已倏忽。或再整軍而恢復，或屢出師而覆没。或覆而解和，或傀而顛蹶。或操舉不定,或沈謀未發。或旁人指示而心嗛,或兩相争悔而色勃。青天鬼陣力不遺,過眼烽烟便銷歇。吁嗟市夫牧豎靡不能,著棋遂同擔糞稱。豈知此中藴兵法,用心猶賢胡可憎。君不見軒轅蚩尤亦戲耳,鉅鹿昆陽不過此。世間蠻觸何營營,蝸角封疆一局紙。」

嘉善曹秋漁焜,余癸未同年,以頭秃,人呼「蘸兒鬼」,浙人謔語也。殿試十本進呈,竟不獲館選。以知縣選新都令,陞瀘州,以蜀督阿爾泰案,幾罹重典。未幾得釋,陞部郎,歸。當庚寅赫奕時,祝芷塘典試來蜀,余以艱在籍,曾以書屬余來省,同祝作草堂之遊,頗稱快事。秋漁喜談詩,旁若無人。嘗以《登雅州城樓》詩示余云:「從軍兩度閲秋冬,蕉鹿偏教得失重。叱馭未妨過峻坂,詫牛曾此勸春農。朝開毳帳炎風入,夜草邊書凍墨濃。慚愧白衣猶領職,揚舲三月下巴賨。」時已解官,然氣槩仍自颯爽也。

詩中每用「晴絲」、「游絲」,多習而不察。偶閲《啓堂集》,言太湖濱人云:春晴有鳥,送風而上,高入雲際,罡風一吹,羽毛骨肉化爲絲飄下,所謂晴絲、游絲是也。又海人以鯿魚子晒乾蒿葉上,經雷雨復生,石牧有句云:「暴雨翻鯿成尾尾,罡風吹鳥墮絲絲。」對極工。

《啓堂集》,華亭黄石牧太史之寯作也。黄辛丑進士,官至中允。所著有《香屑集》,膾炙人口。其詩巧不傷雅,麗不傷淫,人稱爲浦東才子。五言如《夏日》云:「蟬唱風爲句,魚梭水作絲。」《芭蕉》云:「日不紅三伏,天惟緑一庵。」《雪》云:「不雨濕一地,無風飛滿城。」《泊舟》云:「沙色黄雙履,雲陰黑半江。」《白鬚》云:「堪使稚孫將,幸無嬌妾嫌。」六言《買餅》云:「駐馬一錢交易,羈留三刻行程。」七言《菜花》云：「人緣紅紫千般別，蜂不炎涼一例看。」《玫瑰花》云：「生來合是依人命，從不容渠在樹看。」而最傳者莫如《柳花八音》兩聯云：「不宜雨裏宜風裏，未見開時見落時。」「風裊裊時難墮地，雪濛濛處不沾衣。」真絶唱也。

仁和相國孫補山，乾隆五十三年節制全蜀。時錢多私鑄，以至小錢兼行，商民交病。公奏聞，重鑄制錢，銷私錢，其弊始絶。公房師華陽趙宏信没，師母猶在，親至其家，登堂拜謁，以金米厚恤其孤，人稱盛德。先是公征交趾，直搗其巢，進爵上公。旋敗，奪爵，有稱公者輒却之。至是，以大學士重制全蜀。余聞之，賦詩四首遥憶云：「黄閣元勳再鎮邊，岷峨歡舞遍閭廛。韋皐出塞兵三路，嚴武回朝帥兩川。燮理陰陽沾澤溥，節和風雨沐恩偏。老農家住金山下，望見旌旄喜欲顛。」「和如靄日肅如秋，百鍊剛原繞指柔。師誼未忘存趙氏，君恩深諱伐交州。五銖不待黄牛復，雙轂争看白鹿輶。如此福星如久住，九重西顧復何憂。」「文武才原將相兼，運籌難得是神恬。一車兩僕清如水，萬騎千軍静若箝。竹馬兒童望風拜，杖藜父老惜霜髯。就中獨有支離叟，感泣私襟涕盡沾。」「歸來鴛鷺化鷗鳧，只把烟霞自樂娱。得句每遭人敗興，清狂非是自卑汙。愧非徐孺蒙懸榻，豈料文翁再剖符。從此漁樵亦安堵，殘山剩水挈妻孥。」

補山相國征交趾，長驅直入，克復黎城，賜爵上公。旋失機，欲致身，有裨將阻曰：「奈國體何？」乃止。上聞，復故官。公有《南征》十首最工，録四云：「團城襟帶接重洋，上下思文景物荒。寅霧蛟涎工掙日，丁男鴉嘴慣耕霜。入雲坂洞盤千折，夾道翁茶網四張。最是馬前煩慰勞，檳榔滿榼當壺漿。」「羊腸留綫虎留蹤，聞説蒙茸路久封。母嶺群狙晨伏莽，鬼門燐火夜乘墉。宣威竊欲方朱儁，來晚應知愧賈琮。多少佽飛齊繭足，敢因下馬便支筇。」「龍城新鑄赫連刀，要斬生鼍斷巨鼇。萬里戎王歸信杳，三江戎壘陣雲高。韋先鄭犒情原怯，幕有齊烏計必逃。烈炬連空遺窟浄，斯斯競向朔風號。」「闞虎聲中蹀血鮮，臨江士氣倍争先。欃星乍落三層外，礮火還奔五步前。豈有夜郎能自大，果然飛將竟從天。戰場直已成京觀，此劫應消幾百年。」思文，地名。安南寅時，蛟霧敝日，諒山土人趁霜而耕。又呼官爲「翁茶」，四人舁網而行，故云。

乾隆辛卯，郎中桐鄉馮星實應榴提學入蜀，余適北上，相遇于鳳縣心紅峽。贈余詩，有「靈秀江山君占取，可留餘氣續遺風」句，意極見推，固不敢當，然言外殊有一槩不屑之意。余答詩云：「臨邛不少相如賦，休令諸生歎白頭。」星實不聽，卒以《井蛙賦》命題，爲諸生鼓噪，撤回，此其先兆也。

余嘗有句云：「書戒忙時作，詩多醉後成。」蓋酒能助詩，非青蓮始斗酒百篇也。故宋人句云：「酒渴思吞海，詩狂欲上天。」嘉興李虹舟祖惠，北路公門生，醉後詩尤捷。乾隆甲戌七夕前一日，酒酣，先君出鐵嶺楊文彩指畫墨龍屬題，虹舟一揮即就，詩云：「鐵嶺楊生頗好奇，胸吞渤澥蟠蛟螭。以指作畫畫方半，萬里風雲奔會之。蔚蓄真疑天地沓，黤慘乃出須臾爲。自昔神龍止見尾，冉冉下掉形蹲踞。剛壯特開真面目，觺角隆鼻睛光垂。欲現不現身萬丈，半明半滅鱗之而。龍兮龍兮，爾之騰躍固有時。尚憶一月之前潮不至，小港曲汊車難施。燥風連吹日杲杲，陣脚如山旋改移。此時欲識爾面豈可得，江潭日日空禳祈。到今早穀登場晚禾䆉，兩夕滂沱喜可知。自兹且斷十日雨，下田不侵高田滋。餘糧棲畝皆就刈，無令秉穗多滯遺。噫！神物變化兮，忽上赫曦。願龍長佐神明宰，霖雨蒼生無自怠。」

湖北中丞海豐吴樹堂垣，掌選時，適余在京候補，樹堂即攜余見諸城劉文正公，仍派選司，遂得缺。文正公薨，樹堂以余工四六，屬爲公祭文。余有「人憚王陵之戆，天憐汲黯之忠」句，亟蒙首肯。嗣是凡有撰文，皆以見屬。戊戌，余以議稿失官，樹堂與弟江蘇中丞壇于引見前一日至繩匠衚衕宅，謂余曰：「此事太偏，聖明如天，恐明日降旨詢問，必有喜音，勉之。」及奏對，果如其言，交軍機，飭吏部堂官明白回奏，特恩仍復原官，其料事之明如此。復官後九月朔，樹堂招飲賞菊於椿樹衚衕之我堂，諸司皆在。樹堂舉杯屬曰：「今日當有好詩贈。」余即席賦云：「群賢畢集我堂東，四面圖書映畫櫳。九月天逢楓葉雨，一時人醉菊花風。却嫌投轄情何重，共説恩波迥不同。好與諸公同努力，玉珂及早響瓏璁。」未幾，余即有出使粤東之命。

大司寇錢文端公，以甲午五月薨，余輓詩四首云：「三朝眷遇老成身，頤養林泉二十春。秀水文章各似斗，香山圖畫髮如銀。簡濤世掌三公職，錢沈齊名兩老人。豈謂忽翔雲外駕，傷心驚見邮恩綸。」「簪纓不少聖明時，誰似詞章結主知。御製驪珠頻寄和，迎鑾龍舸每教隨。自慚才豈籠中物，偏許天從管裏窺。我是歐陽最遲弟，瓣香獨自感恩私。」「記得嘉禾侍起居，趨庭剛是學詩初。吟成蠶繭鬢眉喜，引近臯比講論徐。一棹鴛湖春載酒，幾行鶩帖夜臨書。自從忝竊蘭臺選，清夢時猶傍草廬。」「一别春風不與遊，人間無處望仙舟。昔蒙國士曾青眼，今作郎官欲白頭。篋裏卷餘朱筆抹，壁間字尚墨痕留。平生酷有西州慟，不是羊曇亦淚流。」

雍正元年七月九日，掌院奏呈中元祭仁廟文，上傳旨云：「狠好。」問誰撰，掌院以上科庶吉士黄之雋對，即于明日召見，奏對移時，奉旨即以編修用，並賜紫貂一張。庶吉士不俟散館即授職，異數也。石牧有《紀恩》詩云：「草茅從未識賡颺，天子呼來近御床。似與家人相告語，始慙報國是文章。温綸懇摯榮三接，後命從容出九閶。霄漢陸離雲爛熳，豈知身侍日華旁。」又有句云：「丹地尚遲除吉士，玉音已早擢詞臣。」可作聖朝佳話。

華亭顧小厓成天，初以《皇城草》詩爲世宗籍得，疑有譏刺，既而見挽仁廟詩有「已增虞舜巡方載，竟少唐堯在位年」句，欽賜編修、上書房行走。乾隆二年，以老乞歸，上加侍講銜。年八十二，卒。自古詩人遇合之奇，所僅見也。

閬中嚴凌雲瑞龍，康熙丁未庶常，改御史，歷湖北布政使。招諸人唱和，有《續漢上題襟集》，亦雅事也。中有傅辰三《感春》云：「夜闌莫怯風吹袂，爲愛梅花不惜身。」葉聲木《送人》云：「吹酒凉風穿樹過，破烟水月隔樓生。」沈樹得《落花》云：「飛燕蹴歸簾影裏，遊魚吹起浪花中。」皆佳句也。

江寧秦澗泉大士，乾隆壬申殿撰。爲秀才時，受知于袁子才。甲子科，袁從沭陽就聘南闈，過燕子磯，見秦題詩，有「漁火直疑星倒出，鐘聲欲共水争流」句，心異之。次年，袁調江寧，月課多士，拔其尤者，如龔孫枝及秦等二十人，徵歌選勝，大會于徐園。有伶人康郎，爲子才所賞，秦即席賦詩云：「秋雲羃䍦午陰長，舞袖風回桂蕊香。忘是將軍門下客，公然子細看康郎。」一坐爲之解頤。

什邡縣有衛真人元嵩墓，余題詩云：「跨鸞乘鶴總無憑，雞犬紛紛想上騰。畢竟仙家都有墓，誰言白日盡飛昇。」自謂此論獨創。偶晤柴豹文邦直，言錢塘梁文莊公兄啓心守存入翰林後，即乞歸養，平生不近婦人，不宴客，不信仙，有《返游仙》詩云：「漫説長生有秘傳，餐芝絶粒幾經年。登仙直是尋常事，雞犬由來亦上天。」「瑶林瓊樹生來有，玉宇雲樓望裏深。上界不聞阿堵貴，道人偏要煉黄金。」「曾侍朝正三殿來，遥瞻旌節下蓬萊。如何一片飛鳧影，也被人間網得回。」「賺他劉阮是何人，畢竟迷樓莫認真。我是天台狂道士，桃花多處急抽身。」「擾擾蜉蝣奈若何，寸田尺宅竟蹉跎。自從偷吃嵇康髓，只覺胸中塊壘多。」乃知亦有先持此論者矣。

溧陽相國史文靖公，三部尚書，歷五省總督，審各省大案，廳聯云：「江山勝跡皆行部，臺閣名卿半屬僚。」及大拜，廳聯云：「行路驚傳相司馬，於今欣得見歐陽。」雖人諛詞，實不愧也。

大宗伯德清蔡公升元，康熙壬戌狀元，姪啓鐏爲庚戌狀元，有《紀恩》詩云：「入對彤庭策萬言，句臚高唱帝臨軒。君恩獨被臣家渥，十二年間兩狀元。」

和詩有倒疊前韵者，非才思横逸，率多牽强，惟蔣心餘書卷流溢，縱横説來，無不頭頭是道。有《和澹人雨中見過》五古云：「文章比稼穡，艱苦成美好。人如毫木樹，豈易到合抱。緯言貴經物，植意必根道。歛實爲古幹，敷榮發春藻。天風如呼吸，作者迹如掃。吾師賤浮名，謂金檜門先生。把筆壓諸老。竊憐貴人詩，望秋各枯槁。編成付我讀，藉心作梨棗。師如韓退之，我郊汝則島。與師隔南北，破扉獨汝造。汪軔亦數來，令我屣輒倒。好賢厭聲利，視官等臺阜。君言敵風雨，氣欲叱蛇媪。

汝懷郊壇璧，我異肆門蕘。兩兒解跳躍，誰暇慮傭佼。訂婚守宿諾，禁臠難供飽。倘令射屏雀，只恐中翼爪。感君此意厚，他日事克紹。遥知兩人孫，稱謂列中表。情親一家共，結契寸心曉。君詩具國色，顰笑盡閒窕。我詩挺桔林，縈蔓絶藤蔦。求師果同心，稽首證了了。不知千載下，誰附檜門草。」又倒叠前韵云：「使筆如使風，力足偃徑草。落紙掣驚雹，一揮十行了。馳馬握快劍，百步斷飛蔦。君才本天授，敏捷異輕窕。趙奢善用衆，田單詎能曉。鄆詩等飛檄，意欲索降表。魏武一世雄，談笑制袁紹。黄鷂當我前，百鳥失觜爪。又若掣馬兔，燕食尚未飽。攻疾一城閧，萬户奪妍佼。可憐儀秦舌，僵直若魚蕘。取譬新婦醜，豈易避尊媪。執戟衛王宫，竊願服衣皁。吟苦汝門閉，力竭我幟倒。還待魚亭子，偏師與攻造。勿使趙括軍，亦殉田横島。不如纓拾矢，用贄當脯棗。庶幾班汝師，捷書另成稿。君同媒兩譽，自衒我將老。淡日作新霽，積陰漸除掃。潢汙滿前墀，照我如荇藻。君西我居東，横巷似函道。唱和比蛩駏，依倚成負抱。用心償飽食，且勿計媸好。」順倒皆用，無一語支離，真大手筆也。中間以詩説詩，備見源淵甘苦。

蘇東坡《赤壁賦》云：「客有吹洞簫者。」客爲楊世昌，綿竹道士。見明吴匏庵寬詩云：「西飛孤鶴記何詳，有客吹簫楊世昌。當日賦成誰與注，數行石刻舊曾藏。」

嘗讀白香山《感舊石上字》詩云：「閑撥船行尋舊池，幽情往事後誰知。太湖石上鐫三字，十五年前陳結之。」結之，香山妾也，見《對酒有懷寄十九郎中》詩云：「往年江外抛桃葉，去歲樓中别柳枝。」公自注云：「桃葉，結之也。柳枝，樊素也。」今人但知白遣楊枝，而不知先已遣桃葉矣。

袁子才除讀書種花外，百無所嗜，獨喜近紅裙，雖老猶然，蓋其天性也。歌場酒席，每多題詠。嘗於蘇州題舊識任氏扇詩云：「小市長陵路狹斜，當簷一樹碧桃花。果然六十非虛度，半醉天台玉女霞。」其四妹亦以扇求題云：「玉立長身窈窕姿，相逢從此惹相思。雲翹更比雲英弱，知是瓊臺第四枝。」後姊妹逢人即歌此曲。又四年，任氏卒，其姊翠筠見袁，出舊扇，紙已破矣，猶裝裹護持，爲袁唱曲，因有感，題二絶云：「四年前贈扇頭詩，多謝佳人好護持。不是文君才絶世，相如琴曲有誰知。」「爲儂重唱玉瓏璁，嚦嚦鶯聲繞畫屏。一曲清歌人一世，那堪頭白客中聽。」大有杜牧之風。

百花洲在南昌城内，名勝居第一，凡顯宦名流燕集，必于此。一日，金陵（黄）〔王〕澹人招蔣心餘、趙方白、汪魚亭、朱孺冲、葉紫珊、裘地山、洛川昆仲及危、李二生，携樂集百花洲，分韵得鳥字，心餘即席落筆如飛，未移晷，成五百言，詩云：「丘壑隨人境，獨爲勞者寶。因閒覓佳會，不忍厭枯槁。笙歌滿廊樹，冠蓋都草草。來爲文字飲，用以足幽討。避喧耳乍聾，鑒水形忽倒。已忘塵宇傴，未覺高城繞。危徑朝雨洗，積葉夜風掃。同雲匿輕旭，澄汰浄寒潦。食鼎濟水火，雁櫝飣鱻薧。雜坐葉拘檢，行杯滌煩惱。朋簪盍十人，老輩推一趙。丈人梁苑客，浩氣難屈撓。詩書敵王公，文字爲壽考。低頭友小生，剛健出窈窕。居然脱世械，尚志一何狡。汪生如我兄，十載同學道。至味漸盈臆，浮情已難擾。濂基本二鬼，郊愈故雙鳥。及此共寂寞，動衆戒聞譟。朱生季路徒，骨鯁視人藐。緼袍抗狐貉，襆被甘嫉娼。二裘巉機雲，華實爲裏表。他年騁逸足，人始悟騕褭。危生與李生，各各負文藻。偕遊翰墨場，意已輕謝鮑。葉生今時彦，標格見清狡。文心與賦筆，稱量爲美好。佇看三館儔，拜爾十丈旂。盛年若初日，照人殊杲杲。吾儕豈衰頹，對之愧蒼老。主人江左王，幼辨瑯琊稻。清裁發蘭芬，傳馨過江裊。可憐同學翁，輕裘豈爲少。抱經歷憂患，零落傷懷抱。遨頭樂友生，引類半賈島。我亦聵其聞，但覺直而絞。臣罪自知之，不恭語傷巧。偶説匡鼎詩，四座爲絶倒。人生如月魄，焉得無朒朓。强懷與弱念，盈缺誠莫保。誰能固秦楚，而不變舒蓼。得友眼彌青，作達頭屢掉。仰視真宰心，千里來浩浩。山川大如礪，我身亦太小。妄求原可耻，行樂不妨勦。湖淺聚網罟，頗惜物命夭。叢稀遠樓出，巢脱衆鴉悄。人家遞掩映，臺閣在縹緲。暝色動石根，餘情散林杪。醉寫西園圖，留付後賢考。」興會所至，揮洒如意，寫座中十人，各肖其生平，而雜以諢諧。詩成，一時多閣筆，惟汪魚亭得洲字，裘地山得還字，危生得明字，祇五律、七絶而已。汪名軫，武寧人，吉水訓導。裘名元謙，新建人。危名言，字緘三，南昌人，庚辰孝廉。葉紫珊原名敏，新建人，丙子孝廉，候補山東縣令，即所謂「盛年若初日」者也。

近人咏物詩皆太粘滯，以未見前輩法律也。武進相國程文恭公《紅葉》詩云：「寒林秋盡鬬春華，妬殺春城二月花。溪水一篙翻錦浪，山村十里映明霞。榆關日暮横邊塞，楓葉霜酣落酒家。仿佛仙源桃萬樹，幾回錯泛釣魚槎。」又新建大農裘文達公曰修《落葉》詩云：「飄泊何常負夙心，閉門三徑積還深。轉疑淅瀝侵階響，不見婆娑匝地陰。傳帚老僧閑共話，支笻幽客重相尋。風前頓有攀條感，千古猶聞太息音。」大宗伯沈歸愚德潛《落花》詩云：「天雨曼空散曼殊，人間榮悴只斯須。縱然流水香還在，直到成泥艶始無。陌上草茵稀見蝶，門前柳綫暗藏烏。明年依舊勞青帝，又遺芳叢發故株。」數首俱于寬處着想，而題神畢露，此爲可法。又柳絮詩，掌院學士滿洲正白旗觀補亭保詩云：「漫空詎比太倉稊，漠漠蒙蒙入望迷。漢殿三眠初過也，陶家五樹恰歸兮。襯綿時節便粘袖，近水生涯欲被隄。滿地榆錢買不得，殘香還補燕巢泥。」宫詹張南華鵬翀云：「空階勻集似鋪霜，忽起因風上玉堂。縱有别情輸管領，本無才思敢輕狂。散來欲著仍難定，飛去如閒却又忙。剩有鬢絲堪比素，蜂粘雀啄了無妨。」休寧汪文端公由敦云：「穿花渡水晴霏霏，亂撲長亭客袖揮。灞岸低迷芳草遠，御溝陰帶玉泉肥。漫空蛛網黏難褪，貼地榆錢卷共飛。安得御寒同吉貝，掃來裝作萬家衣。」諸城相國劉文正公統勳云：「嫩緑常瞻鳳輦巡，交枝深鎖玉園津。遲遲日轉當三月，點點花飛送暮春。曲院飄連斑筍籜，遊輪碾伴麯絲塵。悠揚自趁芳菲節，留取濃陰蔭暍人。」二公尾句皆包含萬象，而文正尤籠罩一切。

高郵賈國維，工書法，與學士法海同供奉内廷，食内俸，上常以「内翰林」呼之。登順天鄉榜，籍貫被劾，蒙恩賜復。康熙丙戌會試落第，又蒙恩特賜舉人一體殿試，賜一甲第三名及第。國維有《傳臚日紀恩》詩云：「紫陛朝儀肅九賓，聲聲臚唱出楓宸。忽聞御苑探花客，即是孫山下第人。天子深恩能造命，寒儒榮遇頓生春。喜心倒劇翻嗚咽，百折名場困此身。」

曲阜顔酌山崇溈，復聖之裔也。乾隆戊戌進士，授編修，大考一等，陞侍讀。辛丑，偕太史曹習庵、程魚門、吴鼎雯遊通州偏橋灣賞荷，唱和詩友也。工八分書。丙午，充蜀闈正典試，余弟本元出其門下。試畢回京，過綿時，余方居醒園，課丁澆花，買僮教曲，未暇往談。顔貽八分書一幅，有句云：

「名園傍水多栽竹，小榭聽歌好放船。」殆如親到然。

畢秋帆中丞夫人，其尊人禱于黄山，夢神以緑衣女子俾之，遂生。伉儷甚篤，余辛卯過西安，秋帆出《紅雨山房悼亡詩》三十二首，屬余跋其尾。詩云：「雲鶼連理恨無窮，伉儷凄然一卷中。莫訝傷神荀奉倩，相秦曾記戾庨同。」「曾聞蕚緑降羊權，知是天都第幾仙。祇恐玉真仍未遠，雲鬟霧鬢華峰顛。」

青陽王春甫善諧，典試粤東時，保昌辦驛館，家人於授餐饌中上鋪殽胾，下襯冬瓜，春甫嘲以詩云：「一車兩馬向東馳，贏得人看兩主司。自是書生緣分薄，菜根咬盡又瓜皮。」

湘潭張孝廉度西九鉞，楚南名士，爲人皙白如玉，眉目如畫。癸未，卷亦在夢樓先生《禮記》房，首薦已中魁矣，以二塲「德勝其氣，性命於德論」誤解，總裁秦大寇味經先生遂以余卷易之，先生深爲惋惜。選江西峽江令，有《江上望玉笥山四首》云：「長江江水平如砥，江上長林低映水。花村板屋一千家，盡在參差素烟裏。」「蒲帆裊裊濕雲白，玉笥東峰鐘響隔。三洲杳靄何處尋，浦外鷓鴣愁遠客。」「三十二朶青芙蓉，隔江插作長屏風。樓臺飄蕩烟霧窟，中有仙子驂飛龍。」「朝嵐太古色不洗，半落空天半秋水。安得收之紫霞杯，和以丹砂作香乳。」頗似温李。

夢樓先生與趙雲松皆探花及第，一庚辰，一辛巳，俱由劇郡乞假歸里。而夢樓先生晚年皈佛持齋十餘年，每赴宴，必自携庖人以往。秦西巖嘗邀同雲松，治具全用素，雲松作《素食歌》調之。一日，同遊平山堂，雲松云：「有一聯，恰合吾二人身分。」問何聯。曰：「後輩舊隨前輩第，在家今作出家僧。」

雲松詩最富，余在粤東時，其子來謁，以《甌北全集》見示，雖美不勝收，而微嫌其不能割愛。今玉溪自成都回，見貽一册，名《甌北詩鈔》，則雲松手删，僅存什一，可謂去滓存液矣。有《自題删改舊詩》云：「愛筍食其嫩，食蔗愛其老。愛嫩則棄根，愛老則棄杪。非人情不常，物固難兩好。何況詩文境，所歷有遲早。少時擅藻麗，疵纇苦不少。老去漸剗除，又覺才艷槁。安能美並存，病處又俱掃。晚作蔗根肥，少作笋尖小。」真閱歷有得之言。

余家藏唐杜牧《樊川集》，中有《江上偶見》一絶云：「楚江寒食橘花時，野渡臨風駐彩旗。草色連雲人去住，水紋如縠燕差池。」初讀似詩意未足，且疑非杜筆。後讀劉夢得集，乃知劉集中半首詩也。原題《酬竇員外使君寒食日途次松滋渡先寄示四韵》，後半云：「朱輪尚憶群飛雉，青綬初懸左顧龜。非是湓城舊司馬，水曹何事與新詩。」自注云：「時自水部郎出使。」不知被何人割去下四句，入《樊川集》，而首句改「鄉」爲「江」，並易其題爲「江上偶見」，所當亟宜訂證也。

余甲午奉命赴粤，宿固鎮公廨。有竹數竿，花石相間，雁來變一花尤鮮艷，花下有石甚奇，爲題四絶云：「暫借茅茨屋數椽，無端秋色鬥春妍。深紅一朶雁來變，錯認江南二月天。」「小小園亭未就蕪，數竿修竹鳥喧呼。晚來添箇拳枝鵲，一幅文同淡墨圖。」「圖書兒女伴同行，日日郵傳走踐更。滿面塵埃渾不洗，呼童浣石看峥嶸。」「春到明年爛熳催，桃花千樹遺誰裁。題詩忽憶連州句，前度劉郎今又來。」洗馬湘潭劉雲房權之爲余同年，前曾主試江左，今又視學其地，與余前後奉命，道必經此，故憶及之，見此當爲捧腹也。嗣後典試大江南北，過此者俱有和詩，無慮數十家，惜未録也。

余過黄梅時，縣令曹秋圃，王春甫故人也，邀余二人入署，張燈聽劇。有歌者銀郎，春甫甚暱之，曹令解意，爲移樽至館，使銀侍酒。以令在座，礙於耳目，未得欵洽，擬回轅時將後車載之。别後思之不置。次日抵德化，適值七夕，以銀郎二字分韵，春甫得銀字，有云：「牽牛欲渡知何處，只見天河那見銀。」後試畢回京，舟至三水，春甫得廣西提學信，猶諄諄以銀郎爲念，曰：「吾不及君，正坐此也。」及余至黄梅，則秋圃已調任他所，銀郎亦眇不知所之矣。余作詩寄春甫云：「七夕蒲亭有所思，曾將銀字押成詩。瘴江孤客腸空斷，明月何曾似昔時。」

余甲午典試粤東，舟泊清遠，與正考編修王春甫七絶連句。余首唱云：「櫓聲伊軋又移灘。」春甫云：「宿鷺争飛嚮羽翰。」余云：「何處酒樓人對語。」春甫云：「一江燈影浸闌干。」余曰：「浸字佳則佳矣，惜上下未成一片。余爲换一字如何？」春甫曰：「君勿言，我試猜之。曰湧何如？」余曰：「較浸字稍活，然而未也。」春甫沉吟良久，忽躍然曰：「余得之矣，且勿言，各書掌心，以觀二人同心與否。」于是各啓手示之，則皆動字也，相與撫掌大笑。

元和顧星橋宗泰，乾隆乙未進士，有《停雲集》，余詩亦在選中，然未識也。初銓中書來京，始見之。後陞吏部員外，余有《粤東皇華集》，星橋題云：「羅江才子今詞客，玉署仙郎作使臣。花滿越王臺畔路，一編收拾五羊春。」「七十二峰何處好，白雲山外白雲多。瓊杯如海看朝日，榕樹陰中發浩歌。」「校士餘閒寄古情，珠洲翠浦晚風清。艷歌小作琵琶怨，子夜猶傳樂府聲。」「嶽轉湘飛未許夸，番禺不數舊三家。鷓鴣嶺接梅花嶺，清麗詩情似斷霞。」

武進趙繩男，恭毅公申喬之孫也，官户部郎中。辦事小心特甚，每對中堂議稿畢，輒汗流滿面，謂人曰：「我尚有魂否？」人皆稱爲趙有魂。時召試中書，興化徐蒸遠初判票籤，每直宿，貧不能具僕從，人或言閣中夜多祟，毅然曰：「堂堂中書，豈畏鬼乎？」人遂呼爲徐無鬼。余嘗作一聯云：「紫薇獨宿徐無鬼，黄閣高談趙有魂。」

俗語經雅人説過，便可作典。亂彈，秦腔也，《綴白裘》謂之梆子腔。黄唐堂太史在桂林，有雜咏句云：「吴酎輸佳釀，秦音演亂彈。」注云：「雛伶演劇，謂之亂彈。」自是遂可入典用。

畢秋帆制軍太夫人張氏于湘，能詩，所著有《培遠堂集》。張母顧恭人若憲亦能詩，所著有《挹翠編》。周太史駕堂題其集，所謂「書經太母親傳授，義訓詩成若干首。官箴又令季子知，塾課更使諸孫守」是也。合之畢秋帆造室周夫人月尊，賢媛萃于一門，俱有詩集，可謂盛矣。月尊有句云：「家如夜月圓時少，人似秋雲散處多。」

江蘇中丞奇麗川豐額，滿洲進士，由刑部郎中出巡高廉道。院署與道署祇隔一墻，余考高州時，預令人拆墻一角，以便聯床夜話，曰：「較勝墻頭過濁醪也。」其風雅如此。常爲余誦其《咏梅》句云：「淡影是雲還是夢，暗香宜雨亦宜烟。」風流旖旎，酷似其人，余深賞之。麗川少年登第，美姿容。余去高時，奇出郊親送，拜别，適余折腰不能回禮，至熱水池，寄以詩云：「腰折一壺渾不俗，身輕三沐漸無灾。題詩寄與賢觀察，贏得平身受拜回。」蓋戲之也。

雨村詩話卷六

綿州童山老人李調元

羅兩峰聘，英夢堂相國上客也。工畫，醉後落筆揮洒如飛。余在翰林，晤于朱竹君學士席上。酒酣，笑謂余曰：「聞君詩最敏，能敏于余畫乎？」余曰：「唯。」曰：「余一畫成，君即題一首，誰遲者罰酒。」余又曰：「唯。」兩峰遂以紙團蘸墨，連畫四軸。畫甫畢，而余詩亦成。四座競嗟嘆，以爲兩不可及。記題葡萄云：「兩峰落筆走松濤，中有蟠蛇氣鬱陶。我醉喝思呑馬乳，君言此是畫葡萄。」孔雀云：「拳足何曾盤石安，翠毛猶鬬日光寒。須知渠有文章在，莫作山雞舞鏡看。」竹云：「植物之中竹難寫，白樂天詩論最詳。今日不須誇與可，風風雨雨是蕭郎。」梅云：「枯枝點染作杈枒，想見東坡竹外斜。怪道昨宵鄉夢熟，騎驢江上覓梅花。」兩峰時已醉，不能畫，曰：「余降矣。騎驢句名唱也，翌日當爲君寫圖以謝，可乎？」閲日來謁，果作小障，着墨無多，而有飄然出塵之意。時朱子潁、程魚門、吴鑑南、王少林皆在坐，子潁更爲點綴圖景，俱有題詩。兩峰有《西山道中》云：「蘿徑緑無次，百蟲聲裏行。不知田父姓，問得野花名。茅屋隔溪見，柴門架樹成。東皋原有約，何日事躬耕。」

余在翰林時，寓梁家園官房。其東有樓，余扁曰「看雲」，有聯云：「窗外小丘如岫列，樓前積水當湖看。」每與同僚咏嘯其上。己丑丁艱回蜀，後屢易主人。辛卯來京，則爲編修王方川增所居，改名「遲雲閣」。方川曾有重遊之約，而以事未暇。翌日，魚門出詩相示，則雪後飲閣中作，同司王鎮之汝璧亦有詩，遂和云：「身是滄溟一寄螺，行歌燕市日顔酡。自憐餘勇猶堪賈，其奈君餘未肯波。蜀道崎嶇來騎少，長安傳舍閱人多。更抛青紫非難事，壯志休教付緑蓑。」魚門叠前韵，有「終是吾儕樂官職，江湖本不少漁蓑」之句。復答云：「君身有似聚香螺，纔覺聞香意已酡。百代風騷存砥柱，一時議論若揚波。書藏李泌猶嫌少，金笑蘇秦亦不多。我也殘年衣典盡，護寒祇恐欲謀蓑。」方川後改河南祥符令，藩司江蘭逼令派民效細侯竹馬來迎事以迓己，方川不肯，幾爲所劾。幸中丞畢秋帆先生撫中州，乃止。方川亦竟辭歸去。

會稽明經劉豹君文蔚，少年以《秋草》詩得名，稱爲劉秋草。詩云：「肅肅西風偏陌頭，誰言緑野可忘憂。烟銷鸜鵒洲邊色，露冷鴛鴦枕上秋。布襪青鞋成舊侶，金根翠幄憶前遊。小園鬭罷渾如夢，女伴相逢話未休。」「病眼逢秋觸處驚，風欺霜壓更關情。愁聯騷客寒無夢，怨入王孫夜有聲。竹徑尚堪留鶴步，芝田何必倩龍耕。不須讀到《蕪城賦》，早爲興衰涕淚横。」「淒風苦雨滿平蕪，照眼芳姿好在無。自昔曾聞燒不盡，於今休説蔓難圖。客程合處鄉愁重，野艇偎時詩興孤。留得康成舊書帶，蕭齋端可伴清臞。」「朱雀橋邊正繫思，休論薜芷與江籬。每于落葉平鋪處，却憶飛花小綴時。渡口幾經風颯沓，墻頭猶剩影離披。待他燕掠鶯啼日，依舊青青徧水湄。」

詩中言詩，皆由閱歷得之。布衣金雙埜鋏《雜興》云：「人逢知己原非易，詩到名家亦大難。」又云：「筆墨漫教忙裏錯，聲名只怕老來低。」又云：「書多奇字因誰問，詩到無題只自知。」此即詩言詩也，讀者自領之。

女媛越中爲多。戴緑華玉蕚，諸暨諸生余蔭祖妻也。伉儷甚篤，有《送外之河北幕》云：「一輪冰鑑滿，照見物華新。入幕君寧貴，持家我固貧。素絃揮寶瑟，清淚掩羅巾。去去還無恙，前途有故人。」又《謝外寄春衫》云：「窄袖春衫小樣新，勞君遠寄別離身。幾回對鏡增長嘆，不是當年綺麗人。」會稽胡雲英，字小霞，有《咏牡丹》云：「花稱富貴好，人奈賤貧何。」

古人作近體詩，必先選韵，一切晦澀者不用。如葩即花也，而葩字不亮；芳即香也，而芳字不響，諸如此類，間有借用者，皆謂之不善選韵。尹文端公繼善論詩選韵最細，有句云：「得天厚只論詩刻，待客豐惟自奉廉。」

山陰劉鳳岡鳴玉，能詩，兼工繪事，通篆刻，律詩尤佳。如《菜花》云：「庾郎素業緑盈疇，摇漾黄金露未收。半畝只邀貧士賞，一生不上美人頭。晚菘早韭須增態，戲蝶狂蜂漫作然。知有玄都無限恨，桃花開盡見曾不。」

先北路公令餘姚時，余以癸酉下第，至浙，適先君試童子，題爲「一卷石之多」，亦命余作。曰：「汝不及張羲年也。」取予爲次。張字淳初，曾出其《睇筠軒集》示余。見《五人墓》起句云：「生不畏九千歲，死不愧六君子。」驚曰：「此詩人也。」遂深相結納。後余官吏部，時淳初以選貢任於潛訓導，奉徵分校《四庫全書》來京，復相見。誦其近作《姚江竹枝詞》云：「杯渡微風送櫂頭，寒潮暮雨黯春愁。離心莫似蘭江水，流過菁江便不流。」

同年進士湖南潘閏章相，爲琉球教習。其國人鄭孝德、蔡世昌、梁允治、金型即其受業，官生也。

乾隆辛巳重陽前六日，同助教張函暉若、霍顒齋元觀率琉球諸入學遊陶然亭。孝德詩云：「先生秋日興無窮，携我城南眺遠空。背郭千重蘆葉雨，抱樓四面菊花風。凌霄健翮看翀鶚，懷古高談薄草蟲。況許雞林陪座末，一亭佳話鮮人同。」甚工。其餘俱有詩。世昌嘗有句云：「鯨波恬作卿雲色，蜃氣銷爲瑞日光。」

余在越中，專採布衣詩爲一集，曰《布衣集》，爲友人携去不還。曾記其佳句録之。山陰茅少菊逸《晚村》云：「帶聲鴉易樹，偶語客歸村。」《郭外》云：「髑髏肥野草，翁仲戴山花。」《鼓樓街》云：「數家炊餅肆，一椀賣漿燈。」《晚步》云：「傍曉步墟落，朝暾隔疎雨。谷口不逢人，山禽學人語。」《山村》云：「山銜茅屋竹籬斜，一徑苔深野老家。溪畔幾株紅柏子，自横疎影學梅花。」許聲山鏞《秋亭》云：「凉風瑟瑟捲簾波，隔院榆花雨後多。卍字竹欄閑倚徧，一池春水浴雛鵞。」餘姚陳古銘梓《種菜》云：「慘澹斯民色，艱難老圃心。」鄭錫玉山云：「花落纖纖雨，溪流處處村。」鄭星環之樞《不寐》云：「犬聲争巷黑，蛾影狎燈陰。」

乾隆中，閨媛詩以胡氏爲最。胡慎容字卧雲，山陰人，會稽馮坦配，有《紅鶴山莊集》。與同懷姊慎淑字景素、堂姊慎儀字采齊俱有詩名，稱胡氏三才女。紅鶴夫亡後，以貧困，隨姊采齊遊嶺南，鬱鬱死。無子，有女思慧。慎儀字采齊，號石蘭，元城教諭世繹籍大興，遂家于北，諸暨諸生駱烜之配。烜客死嶺南，采齊携家累及五櫬北歸。有「五櫬十三人，艱危仗此身」之句，人稱女英雄，有《石蘭集》。撫卧雲女思慧爲女，遂壻洪洞劉侍御秉恬爲繼室，從駱姓。慎儀有《寄懷蔣太史心餘五弟》云：「如何疎散卧江皋，却負詩中一世豪。沽酒每聞捐玉佩，濟人時復典宮袍。文星下界耽游戲，嬃姊天涯苦鬱陶。消受吾鄉岩壑美，玉堂風月未宜抛。」《偕女思慧及壻劉秉恬陶然亭踏青》云：「萋萋芳草緑城隅，花外同搴御史車。勝跡登臨荒塚地，孤亭突兀破窑墟。簪裙雅集庭闈共，鸞鳳和鳴飲宴餘。倘割菰蒲結茆屋，不嫌來作野人居。」慎容《過嶺》云：「一雙征雁拂天翔，似我天涯姊妹行。半嶺梅花成故舊，兩肩書本是行裝。南瞻粵海成羈旅，北望燕雲是故鄉。只有嬌癡小兒女，戲馮籃笥索檳榔。」《寄蔣太安人並清容兄》句云：「江水不分歸海路，山光只解上眉愁。」又《病中》云：「忽忽魂無定，飄飄若夢中。扶行驚地軟，倚卧覺頭空。放眼皆疑霧，聞聲似起風。那堪窻外雨，寂寞一燈紅。」思慧十六歲作《秋山瀑布》云：「劈破高峰最上頭，玉龍直下隱潭湫。横空百丈銀河瀉，挂壁千尋素練浮。濺雪噴雲楓葉冷，穿崖度壑翠巒秋。誰來濯足飛泉裏，洗盡紅塵一泳游。」

乾隆癸酉，浙江解元傅莫庵學沆，諸暨人。先是，乙卯秋，已擬元矣，後主司得他卷，欲置第二，而房考不可，寧俟異日元，是秋果得，然年已六十一矣。丁丑下第南歸，《潞河舟中感懷》詩云：「柳色蒼茫黯潞河，南舟歸路客愁多。年華自笑三遺矢，意氣何堪再倒戈。一色晚霞排雁字，半船涼月落漁蓑。從今有錯應須鑄，莫道簪纓勝薜蘿。」其歸老之志已决矣。《贈陶式南》云：「四壁生涯數卷書，倦遊無地曳長裾。罷羅破碎籃輿賣，五柳門前自釣魚。」想見高人風味。

王倚園《新竹》云：「龍角森森解緑苞，昨霄雷雨過春郊。出雲薄有參差影，幾箇黄鸝欲上梢。」句法與楊誠齋「詩句與竹一樣秀」同工。

何九皋人鶴，吾綿詩人也。以明經曾入監肄業。因父索租，爲佃某反毆傷，卧溝中，挾回隕命。九皋慟父，忿極，立至佃家，乘其不意，以石擊斃。自詣獄，遇赦贖免，人稱其孝。詩頗有古直氣，嘗以集屬余定。有贈余詩云：「雨村山人南村居，俗跡不得干階除。園列甲乙丙丁石，櫝閣經史子集書。山中隨意去聽鳥，溪上有時來捕魚。傅粉插花一大笑，樵青相扶騎蹇驢。」

梁瑶峰相國寓齋有枯柳一株，吴梅村舊居故物也，今已成槎。相國曾作《枯槎賦》，屬商寶意盤、諸桐嶼重光、吴鑑南璜、平確齋聖臺諸人作詩以紀，限席上即成。確齋詩先成，云：「城南韋杜漫招邀，攀折東風日幾條。老矣飄零江總宅，宛然零落義熙朝。」甫四句，諸公即爲閣筆。

余在越中，閨中能詩者，除祁忠敏公一門婦女外，如胡氏三姊妹，固爲杰出。然亦有母女俱能詩者。劉淑慧字守拙，澄海令德基女，福州府司馬會稽魯楷配，有《芝雨堂稿》。《昭君》云：「出塞寧辭萬里遥，建功未肯讓班超。丹心不愧芙蓉面，赢得單于拜漢朝。」其女魯湘芷字慕班，言慕班大家也。山陰劉孝廉以垂配。《銅人》云：「赤帝山河蔓草蕪，無人敢問昔規模。承光盡是金魚珮，惟有銅人血淚枯。」

商可，字長白，寶意太守愛女，未出閣而卒。太守痛惜之，輯其遺詩爲《曇花一現集》。有《垂簾》云：「柔緑陰無際，垂簾晝似年。鶯聲催午課，花氣擁春眠。向母尋眉譜，隨兄治硯田。潛心看内則，抄得兩三篇。」

詩僧蜀中頗少，綿州新店壽佛宫見僧玉池，衡陽人，自言能詩。面試即事，應聲云：「忽傳太史至，藜火映山房。苦無蔬筍供，南無一炷香。」南無，恭敬也。余見之大驚，更出集一編求定。余贈云：「詩僧久不見，零句裒成編。賈島何曾没，參寥不獨傳。活人囊有藥，救世橐無錢。誰似婆心好，長齋壽佛前。」

會稽宗价藩聖垣與山陰吴漁汀尊盤齊名，人稱宗吴，有合刻詩，皆工於古體。宗有《牛車謡》云：「農夫愛牛如愛兒，飼草浴水無失時，長夜蘞蘞時聞齡。役夫驅牛如驅鴉，黑毛脱落口吐牙，寒冰踏走蹄如瓜。世間萬事耕田樂，慎勿蹔跛走沙角。」七言佳句，《平山堂》云：「紅橋愛看初三月，碧椀新嘗第五泉。」《病中》五言有「將病母先知」五字，最爲真摯，古人所以慎疾爲孝。

余詩不經意者多不入稿。偶遇戚唐之藩，記余曾在金堂趙家渡，館人爲子納姻，慮余室近内榻，欲移前廳，余作詩戲之云：「冷館闃然爇九光，欣聞有鳳欲求凰。簫吹碧落鸞方跨，橋隔銀河鵲亦忙。尚喜主人分半榻，何妨宴客竟中堂。老夫正要于垣耳，玉杵今宵聽搗霜。」

神泉熒惑宫月上人，手折足跛，善彈琴，愛種花，酷好梅、菊。余題其居曰「焦尾亭」，戲贈云：「釋戒從來不聚婆，梅花妻子菊花娥。昨宵獨抱焦桐卧，梅菊明朝醋意多。」又嘗拭箋求余行書，即落筆云：「跛僧見客不袈裟，伸紙要余寫《法華》。」甫二句，月上云：「非也，代親家求耳。」余曰：「僧安得有？」曰：「乾親家也。」蓋蜀俗以子送薙入空門爲徒者，其父即有此稱。乃續二句云：「借問書成將那贈，僧人亦復有親家。」

越中詩僧，近推會稽元宏，字石庭。送人之燕云：「天末美人多塞北，長安名士半江東。」亦人所欲道而未道者。

西湖詩被古人説盡，别無生發，惟邵星南緯云：「桃根桃葉最多情，姊妹人前喚買餳。一片酒船爭泊處，衣香花氣不分明。」余亦有詩云：「畫船日泊斷橋灣，偷得春光也學閒。幾度笙歌人散後，夕陽依舊滿前山。」俱於無人道處着想。

秦淮水閣，題詠甚多，率多綺語。余過江南時，偶一遊覽，見酒肆中有粘壁詩云：「嫩金宫柳好棲鴉，細雨無聲濕杏花。十二闌干春似水，秦孃船到正琵琶。」問之，乃姚江秀才鄔亦范希文也。他日問徐敬璲，徐言：范亦工文章，善書畫，贅居吴門，故有此詩。曾爲商寶意太史寫《中泠試茗圖》，自題其上云：「憑將大落墨，寫出小遊仙。」乾隆丙辰，薦舉博學鴻詞，寶意贈以詩，有「何人豫掃迎門雪，看爾新銘克敵弓」之句。用周必大、洪景伯應鴻博科事，最爲確切。

吾綿明經計天禧廷起，余硯友也。工宋字，同考省試，俱用此體，年幾七十，猶能細書。余嘗問其生平有何佳作，曰：「余苦吟五十年，並無成篇詩，只得五個字。《元旦賞雪》云：『縈梅瘦影肥。』」余笑曰：「如此作詩，若成五絶，豈不要二百年乎？」

太倉沈子大起元，有句云：「月來海底如新沐，雲到天心欲化烟。」最新。

顔中丞希深，字静亭，廣東連平人。不由科甲，章奏皆自爲之。常有咏錢句云：「守得年時終是虜，貪他多處豈成官？」

京師陶然亭在南西門右，地極高曠。每遇重九，京官皆于此登高，題咏者頗多，苦無杰作。辛巳，編修曹來殷仁虎有句云：「穿荻小車疑坐艇，出林高閣當登山。」傳爲絶唱。

温柔敦厚，詩之教也。余最不喜尖新。在浙時，有人遺商氏家集，有孝廉商和《新豐》云：「行人樹裏見新豐，雞犬歸來萬户同。爲問安居諸父老，可知叱咤欲烹翁？」太尖新矣。嘗讀袁子才《玉環》云：「可惜雲容出地遲，不將讕語訴人知。《唐書》新舊分明在，那有金錢洗禄兒。」論古最爲敦厚。

學使吴壽庭，少與兄蠡濤齊名。永寧道秦州石梅溪作瑞送吴詩云：「景文著述逾公序，蘇老朋儕獨子由。」最切。

和韵詩至順用、倒用，其法備矣。玉溪忽創逐句拈韵之法。如拈四韵，先拈爲首聯，再拈爲次聯，得一韵即成一聯，亦新樣也。玉溪首拈「尊」、「門」、「痕」、「根」四韵，即咏云：「東山方臘屐，北海又開尊。吐鳳翁驚坐，登龍客在門。蝸涎書屋角，鳥跡破苔痕。刻燭何人苦，吟聲出樹根。」蓋嘲顔東坪也。

閩縣張超然遠，康熙己卯解元。未遇時，登滕王閣，題詩云：「高閣登臨此大觀，四山對面壓龍盤。愧無詞賦驚閻帥，已把文章讓子安。人世百年風浩浩，長江千古水漫漫。南州高士今誰是，有客斜陽獨倚闌。」一時傳誦，遂以詩名。又有《松濤》句云：「月明何處雨，風定數聲鍾。」亦佳。

余自六十後，多怯登樓，翻書必遣兒輩，以足力不健故也。家有小梨園，每冬月，圍爐課曲，聽教師演崑腔雜摺，以爲消遣。甲寅冬，玉溪至約與冉曉山玉嘉、顔東坪明典登樓集韵，余老興忽發，遂移行竈于樓，分牌集詩，作竟日之樂。余詩云：「登樓憐歲晚，閉户老江村。蜂去花無朵，螢飛草有根。

雷聲喧瀑響，月影淡梅魂。誰訪長齋叟，酣談伴暮昏。」玉溪云：「着身疑少地，放眼任看天。獨醒休茶社，逃禪惜酒錢。松孤斜可撫，山遠勢如眠。到處頻搔首，携筇恐不前。」冉曉山云：「地僻堪留飲，天寒擬着裘。書樓背山起，茅屋枕江流。池鑿園來鴨，波摇渚泛鷗。倚欄頻眺後，落日下簾鉤。」顔東坪云：「客齋頻小集，清興引朝晴。野鷺有高志，秋鴻牽遠情。蘿痕依檻碧，岫影隔江明。月上簾初捲，清磬何處聲。」古人云詩有神助，疑集牌詩亦有神助也。

長洲許子遜廷鑅，詩有盛名，宜興儲編修大文比之李翰林。有《粤中吟》云：「迢迢五嶺雁來遲，越女含情唱竹枝。灕水月明三萬丈，到今流不盡相思。」風韵自是不凡，比供奉不虚也。

李桂官，吴伶人，嘗識畢秋帆於未魁時，委身事之。史文靖公庚辰再入瓊林，嘗戲呼爲「狀元夫人」。後畢官秦撫，往訪之，贈千金。歸，販玉玩至粤東，趙雲松爲廣州守，見之，則已老矣。爲作《李郎曲》云：「李郎昔在長安見，高館張燈文酒讌。烏雲斜綰出場來，滿堂動色驚絶艷。得郎一盼眼波留，千人萬人共生羨。人方愛看郎顔紅，郎亦看人廣座中。一個狀元猶未遇，被郎瞥睹識英雄。每當舞散歌闌後，來伴書帷琢句工。畢車瓮頭扶醉起，鄂君被底把香烘。但申齧臂盟言切，并解纏頭旅食供。明年對策金門射，果然榜發魁天下。從此雞鳴内助功，不屬中閨屬外舍。五花官誥合移封，郎不言勞轉謙謝。專恩肯作鄭櫻桃，儘喜後房多粉麝。狀元官貴擁高牙，匹馬相從萬里賒。爲聽甘凉邊曲好，當筵改學撥琵琶。主人酬贈千金橐，幸客莊嚴七寶車。送上雲程心事了，忽傷老大苦思家。思家泣與東君别，歸到姑蘇百花宅。舊時同伴見資多，誰不咨嗟眼光赤。豈知遊興猶未已，盡倒囊金買瑶碧。捆載巾箱過嶺來，昔是玉人今玉客。謁儂恰趁放衙早，不覺相迎屣爲倒。通詞曾記托微波，欲即仍離郎太狡。往日挑琴未目成，今朝擁檝偏人老。西子重逢范大夫，非復當時浣紗好。成陰樹已感司勳，轢釜聲兼記丘嫂。迴憶華年澹泊遭，褊衷那禁私相惱。生平不喫懶殘殘，偏是人間禁臠難。初日杲蓮雖已褪，晚風緒柳尚堪攀。樽前軟語聊調笑，李下何妨一整冠。」

吴興徐芷塘德元，《咏秋海棠》有句云：「睡意似貪深夜月，愁情欲鬭九秋霜。」得名不知何故。今歸田，見所贈《唱和集》，多至數百家，乃知非以詩得名，以和者多而得名也。和詩高出原作者，如少宰沈雲椒初云：「半庭秋影掠花光，倩女魂離黯自傷。天與多情常泣露，人憐薄命不禁霜。夕陽低弄三分色，午夢柔縈一縷腸。斜倚石闌愁思足，無煩定惠記僧堂。」學士紀曉嵐昀云：「靈妃一笑影便娟，雙頰桃花記儼然。無語自含愁脉脉，有情時作舞僊僊。緑窗人静憑誰賞，翠袖天寒最汝憐。珍重西風好相惜，莫教憔悴不成妍。」天津太守錢塘金質甫文淳云：「捲紗絳袖弄新妝，紈扇班姬意自傷。冷翠欲凋初過雨，生紅微褪一分霜。燭燒正照繁華夢，風定難迴宛轉腸。獨媚墻根無客到，娉婷寒蝶上空堂。」副憲江都申笏山甫云：「便同空谷見嬋娟，翠袖朱脣太宛然。欲折尚疑根有淚，半開真覺態如仙。定知秋思誰能遣，若在春時更可憐。只莫便將叢菊比，淡中風味自清妍。」少農富陽董訥齋誥云：「施粉施脂總薄裝，雅宜書幌面繩床。蝶飛小徑留殘夢，人立空階正晚涼。葉卧苔分裙樣緑，蕊含檀比額邊黄。那容清淑評春卉，領取風前意更長。」而登峰造極，尤以蔣心餘四首爲冠。詩云：「恨淚熒熒暈臉光，美人何事爲秋傷。閒堦夢冷三更月，繡被魂銷一夜霜。烏柏子疑飄落瓣，杜鵑枝欲斷柔腸。亭亭瘦影空凝佇，引得清幽滿畫堂。」「舞袖香風舊日裳，不堪回首合歡牀。墻陰睡起添新感，堂背妝成趁晚凉。太息汀蘆頭已白，相憐籬菊鬢俱黄。砧聲斷續殘燈暗，秋夜凄其一倍長。」「無情有恨漫禁當，露泫虚庭月轉廊。記曲紅紅稱小婢，凝妝楚楚看新孃。無人解妬三千寵，漫許曾依十二行。碎錦飛英共回首，雨中開後更無芳。」「斑痕敢便擬英皇，延佇常偎薜荔墻。一笑回眸原有韵，三生結願可無香。依稀碧玉郎中抱，彷佛紅綃鏡裏妝。别有顛翁騎馬地，碧雞坊裏費思量。」

座師大司農錢塘王白齋先生，一兒一女，年未入冠，皆能詩。芷塘嘗以秋海棠求題，先生命其子朝颺及女小春題。朝颺云：「春來八月鎮相當，半彈苔陰半映廊。舊事空憐桃葉渡，新詞合付竹枝孃。淚花輕墮紅千點，眉葉斜分翠幾行。天意恐教太孤寂，故留岩桂伴嬌芳。」小春云：「女夷司令嫿春皇，又見芳叢茁短墻。最愛夕陽無限好，每來曉氣自然香。娉婷尚作生前態，憔悴都爲别後妝。秋意妮人嬌不語，含毫佯揣費思量。」亦家庭中韵事也。

錢塘孝廉楊苑仙華，長于詞賦，詩畫俱精絶。少年時，儉堂先生見其所作《梨花詞》，擊節嘆賞，遂以子妻之。詞云：「欲將花事問東風，消息番番春雨中。却怪梨花能獨醒，開時不作醉顔紅。」

《益部方物略》記石瓜生峩眉山中，樹端挺，葉肥滑如冬青，甚似桑，花色淺黄，實長不圓，殼解而子見。《廣群芳譜》：烏撒軍民府土産石瓜，生堅如石，善治心痛。按：今綿州馬馳寺正殿東廊下有之，土人因實形如冬瓜，呼爲冬瓜樹。計性成拾其子種成，移余六株，皆活。余《閒居》詩云「花儲罌粟種，樹帶石瓜名」是也。

近時一家婦女皆能詩者，以閩之永福黄孝廉莘田任爲第一。莘田以壬午孝廉官四會令，罷歸，遂不出。工書法，有硯癖，自號十硯先生。其詩秀韵獨出，兼饒逸氣。有《泰安》云：「倡條冶葉拂瓏璁，帽影鞭絲困午風。十里棗花香不斷，行人五月出東蒙。」其二女，長淑窕，字娰洲，次淑畹，字紉佩，皆擅詩名。紉佩尤工，有《題杏花雙燕圖》詩云：「艷陽天氣試輕衫，媚紫嬌紅正鬬酣。記得春明池館静，落花風裏話呢喃。」「夕陽亭院曲闌東，語燕時時扇底風。不管春來與春去，雙雙長在杏花中。」人皆稱之。有侍兒金櫻，是其千金所購得者，工絲竹，兼解文翰，有《夜來香》句云：「知隔絳紗帷暗坐，謝孃頭上過來香。」風致自佳。一家風雅，所罕見也。

閩縣謝編修道承，號古梅，今之理學也。《釋褐後謁文廟》云：「六經原不爲科名，爵判天人在此行。今日瓣香分獻後，驅車歸去自分明。」

仁和杭太史大宗世駿，乾隆丙辰召試，詩爲浙江一巨擘。所著有《諸史然疑》、《榕城詩話》。平生篤于師誼。平湖令林鳳谿者，是其癸卯本房師，大宗典試閩中，以門下士拜太夫人于堂下。見師壻秀才鄭種玉，握手歡愜。鄭贈杭有「鯉也蚤亡公冶在，七年憔悴話當湖」之句，杭答云：「衣鉢難傳不世才，十年同籍半蒿萊。絳帷獨有彭宣在，曾到師門一再來。」

錢塘陳太常星齋兆崙，與大宗名望相埒，友誼最篤。曾寓閩中，聞杭校試，喜極，寄詩云：「聞説徵車入海天，羈魂延佇驛樓前。定知史稿餘三篋，獨占湖山已二年。過嶺日低晴戴笠，下灘風駛晚行船。自慙面目同猿鶴，把袖何堪對鄭元。」杭亦有和詩。撤闈後，遂同蕭寺接席聯床，刻燭題詩，至東裝日乃止。人以二公不脱書生習氣。

煖鍋俗名火鍋，所以盛饌，最便寒天，家居必用。余年過六十，苦畏冷，每食必須，然從未有咏者。晉安鄭荔鄉方坤與兄石幢方城，先後成進士，有《却埽齋倡和集》。而荔鄉《煖鍋》詩尤奇，云：「涸陰司頊冥，寒威變俄頃。夜卧衾生稜，晨書筆垂綆。癯儒尤貪食，非不列杯皿。朔風動地來，攢眉愁齒冷。嚼雪將奈何，水懦濟以猛。江南錫爲用，椎鑿出頑礦。巧匠琢成模，制與豆登等。燦燦白如銀，飾之苗山鋌。彭亨足有容，那復分畦畛。圓蓋一太極，幕首免露頂。帖妥鶖裙垂，不作鳧鶴脛。右挈而左提，兩耳弓束檠。中央洞無物，無乃象廢井。阿奴策火攻，燄燄生稈秉。離上巽斯下，于卦名爲鼎。揭視悦饞目，一一皆雋永。髖髀或解丁，鱗鬐倘出丙。受辛滋桂薑，抽甲芼藻荇。鱻薨儘收羅，聶切任斜整。沉焉星隕石，浮者桃斷梗。微沫噴珠璣，亂響聒蛇黽。老饕恣大嚼，衆客紛延頸。下箸揭長竿，舉匕泛小艇。饞食豈割魏，狼吞乃入郢。藉此勸加餐，何嘗礙説餅。捫腹已果然，發言莫聽瑩。側聞古之人，每飯祝噎哽。酸鹹《洪範》陳，痼疸《内則》警。食單欠講明，心疾起蛇影。是物固驅寒，内熱亦宜省。動摇及齒牙，爗灼延項領。或作馬卿痟，或嘲杜預瘿。譬彼嗜酒人，腐腸終不醒。寄語屬厨孃，此後亟當屏。和以冷淘槐，啜以甘泉茗。物候一轉移，習習清凉境。」據此，則長用亦非所宜矣。

余視學嶺南時，巡撫爲江西尚書李恭毅公又川湖，爲人清嚴不笑，人比之包孝肅。粤人謡云：「廣東真樂土，來了李巡撫。」廣州守李天培素奢侈，輿帷用緑毦，聞其來，爲之易青布。先是，番禺茭塘灣爲盜藪，每劫宦商，不敢過問。又川甫到任，即會同制軍巴延三，出兵擒捕一百八十人，請王命斬之，海盜肅然。余復命時，上詢及，一一奏聞。上曰：「此非李湖，他人不能辦也。」然其外雖嚴，而內和平。曾撫貴州，有詩云：「雙旌遥指貴陽城，紫蓋紅旗夾道迎。自愧書生當重任，不知何以報昇平。」真大臣語。任通永道時，有自題一聯云：「人苦不自知，願諸君勤攻吾短；弊去其太甚，與爾輩率由舊章。」未嘗不在人情天理中也。其刻聯久淹塵土，余在通時，復爲洗拭，挂于所題之鴻雪堂。卒，贈尚書，與謚。

詩社，吴越居多，率多出于好事者爲之提唱。自宋、元、明以來，如《春日田園雜興》，吴渭主之，而連文鳳第一。《醉樵歌》，饒介主之，而張簡擅場。黄牡丹之會，鄭超宗主之，而黎遂球首選。其前事也。乾隆二十三年，海寧施蘭垞倡爲詩社，皆詠物體。其題松毬限「魚」字，柳帶限「真」字，竹粉限「侵」字，榆錢限「尤」字，一時諸作，非不雕肝刻腎，譬諸七竅鑿而混沌死，詩之生氣無存矣。其佳者，嘉善丁伯長孟勤《松毬》云：「喬柯點綴致偏餘，佳話曾傳蓋宛如。錯落翻嫌瘤是贅，聯駢却與鬣同疎。蹴回圓頂知栖鶴，抛入平溪見戲魚。多怪山居不相惜，連枝帶葉當柴儲。」嘉興姚晉錫安伯《柳帶》云：「俯仰腰支類屈伸，天然裝束在濃春。韋弦風裏難拘定，青紫秋來莫認真。去住蟬緌無綰結，縈回蟲篆當書紳。津亭漁舍俱千樹，不見絲絲縛着人。」秀水諸草廬錦《竹粉》云：「夭桃濃杏妝時世，怪爾孤標學滯淫。有似搔頭姿色弄，無端勻面淚痕侵。截來才子書青鏤，付與將軍卧緑沉。爲伴毶翁淇澳久，白圭無玷凛前箴。」平湖張雲錦鐵珊《榆錢》云：「改火剛逢四月秋，忽翻輕薄莢盈眸。白疑歷歷飛天上，青訝紛紛落杖頭。已分長貧安里社，何須晚景羨揚州。最憐夾道飄零易，不爲當爐買笑留。」此殆所謂意行彀中，神遊象表，觸于物而不滯于物者乎？

詠物體，方萬里以爲著題一類，然語忌太切，切則盡，盡則少味，昔賢所謂「作詩必此詩，定知非詩人」是也。莊周不云乎：「以馬喻馬之非馬，不若以非馬喻馬之非馬也。以指喻指之非指，不若以非指喻指之非指也。」譬如射然。射者，虎也，徐而察之，則石。貫者，虱也，不知其視若車輪也。氣足以蓋之，才足以馭之，不爲事縛，不爲韵拘，而能事畢矣。新繁費滋衡《杜鵑》云：「斷送落花三月後，驚迴殘夢五更前。」成都張子還《蘆花》云：「雨圻花明殘月夜，一灘霜近薄寒天。」西充爲韞雪《落花》云：「六代鉛華蝴蝶夢，一林風雨鵓鴣啼。」渠縣李宕山《梅》云：「遠寺僧歸烟滿壑，小橋人去雪封苔。」富順郭進士于藩《夕陽》云：「紅掛樹頭喧鳥雀，黄迷村口下牛羊。」彭縣趙子明《咏硯》云：「賴爾相隨消日月，磨人到老是雲烟。」宜賓胡一山《秋草》云：「飯餘甯戚牛應老，獵罷曹丕兔正肥。」皆得不粘不脱之法。

吴江金法筵，董重熙配，吴縣諸生聖歎人瑞之季女也。七歲能詩，聖歎愛之，爲賦「左家嬌女惜餘春」之句。于歸後，遂以「惜春」名其軒與集。詩有道氣，《咏雨》云：「黯淡湖山雨氣連，鵓鳩聲裏萬家烟。直愁漠漠旁無地，不見高高上有天。石勢趁雷移隔浦，濤聲逐雹落平田。凭闌萬慮捐除盡，可似身居混沌先？」聞乾隆初年尚在，相傳以爲得道云。

余遣戍出京時，甫至涿州，聞袁清恪公奏牘，乃别移北城旅邸。見壁間題絶句二首云：「寒雞初唱已中宵，獨擁銀缸耐寂寥。一月不將奩具理，侍兒猶道黛痕嬌。」「密意深深人未知，自將新恨寫新詞。郵亭多少題詩客，誰是當年杜牧之？」後書：「家君宦留京邸，氏同母入都，旅館凄凉，有感書此。雲間月移題，時年十七齡。」蓋摽梅之怨，已露毫端。惜未書年月，不知何姓，良可念也。

成都費滋衡錫璜，寓揚州，與新安程且碩庭善。程回籍省墓，作《春帆紀程》，滋衡爲之作《序》，比之杜紀夔以詩、柳紀永以文，稍覺太過。然《别黄山》一首頗佳，詩云：「有約重尋世外緣，綠莎桐帽任悠然。歸來醉把容成袖，一個峰頭住一年。」

雨村詩話卷七

綿州童山老人李調元

大司寇秦味經先生，余父子兩世會試，皆出其門，一爲房考，一爲總裁，亦異事也。先君牧涿州，曾携余求訓。先生精于《易》，以「《謙》卦六爻皆吉」勉之。先生著有《五禮通考》，爲今大著作。有《味經窩就正稿》，詩不多而精，有《燕子磯與黄唐堂邵北庵分韵》云：「挈伴涉層巔，凌虚望遠天。江山如舊日，亭榭起新年。帆影懸殘照，漁歌八暮烟。長吟舒逸興，風月浩無邊。」想見丰骨崚嶒。

鄂文端公西林有《恭紀賜扇詩》云：「一握蒲葵雅自珍，五明題賜墨痕新。南薰不是(風)〔因〕風力，到手深慚把柄人。」真調元贊化手也。

澤州相國陳午亭，中進士與通州庶常敬同名，上以名無别，因于澤州名上加「廷」字别之。以《上賜石榴子》詩受知聖祖，以至大拜。人多未見其詩，今記于此。詩云：「仙禁雲深簇仗低，午朝簾下報班齊。侍臣密列名王右，使者曾過大夏西。安石種栽紅豆蔻，火珠光迸赤玻瓈。風霜歷後含苞實，只有丹心老不迷。」

庶子張南華詩之捷，爲古今第一。一日上朝，值春雪初霽，南華見午門外簷下冰柱，賦七律一章。張文敏公照疑爲宿構，南華請面試。文敏出所佩小玉羊爲題，南華應聲云：「宛爾成形質，居然或寢訛。」方欲續下，而皇上有旨，命和《湯圓》詩。南華在朝房，立進二十四韵，警句云：「甘白俱能受，升沉總不驚。」文敏嘆服曰：「不料倉卒，先生猶能自見身分也。」

鄞縣俞醉六先生經，先北路公壬申本房，余所受業也。詩工小樂府，多借舊題，別抒新意。有《黄雀行》云：「黄雀田間翔，田夫逐若狂，惡彼食稻粱。黄雀不肯去，步啄如故常。鷹鸇從而指數其不良，且食爾肉充我腸。嗚呼黄雀死固當，鷹鸇假公濟私之罪人相忘。黄雀雖有罪，有時能食蝗。」寓意深遠。

餘姚煖閣「樂只堂」三字，先北路公爲令時取名，擘窠書，余髫年時作也。邑人候選知府邵士正啓賢有別先君詩云：「是處清絃續政聲，公餘還自擁書城。栽培此日思潘岳，婚嫁何時畢向平。活鮒我慙升斗水，饑鴻共念指囷情。千秋留得琴堂在，不愧南山樂只名。」

海寧陳孝廉中翰竹香林，有文名，以北里之癖，竟罹劉貢父「風起眉揚」之嘆，無一人向邇。然詩實佳，有《下第》詩云：「短笛長亭月色新，絲絲烟柳拂輕塵。青山舊是吾歸路，失意孤舟又一人。」

今所傳猶子龍《馬弔譜》十三篇，馬士英妓馬(相)〔湘〕蘭作。翟顥謂即葉子，始宋易安打馬，非也。葉子格戲久不傳，打馬別分彩選，與此不同。按《寄園・裂眥寄》云：「明萬曆末年，民間葉子戲圖宋寇姓名而鬭之，至崇禎時大盛。其法以百貫滅活爲勝負，有曰闖、曰獻、曰大順等名。其『馬弔』二字殊不可解。」今騐之明季，遇馬即弔，闖與士英皆馬也，夫豈偶然？今《譜》乃長洲馮氏本，康熙中建州石登峨增訂。近又有吕師濂《馬弔牌歌》，借題發論，頗有感慨。歌云：「馮長洲，善牢騷，故編葉子重錢刀。以少爲多井有條，陶朱程鄭失秋毫。就中功罪互出入，蒙冤聚訟來喧囂。我今筆削儼大書，刑賞忠厚本臯陶。借問宋江趙家賊，烏可推導渠出色？使民走險驅者誰，高車大吏休辭責。君不見啓禎之際立門户，東林南黨分好惡。腐儒匡救只空譚，群小欺瞞動厚賂。蟋蟀堂前紅袖圍，鳳凰城外黄巾布。乾坤在在驚飛鏃，奚止宋江三十六。大厦俄傾無木支，鼎湖髯墮天爲哭。治亂攸關錢與盜，作者高明事先料。世眼休將兒戲看，似應直向朝堂告。獨不聞要致太平何者先，武官不惜死，文官不愛錢。」師濂，紹興人。

人當去官，多作不平語，袁子才江寧罷官，詩獨和平。詩云：「曳紫拖青笑蛤魚，年年户限最難居。未能閉閤常思過，且乞還山再讀書。楊素無兒供灑掃，潘安有母奉花輿。一灣春水千竿竹，容得詩人住草廬。」頗得隨遇而安之樂。

程魚門渡淮舟覆，書籍皆没，而人無恙，僅失一履。及袁子才寄書，子才嘲以詩云：「久别青琴海上音，忽然彈作水龍吟。文章偶有清流禍，神劍終無化去心。長願伊人歌宛在，何妨與刺共浮沉。水經注疏河渠考，此後輸君閲歷深。」又云：「聽説寸函隨隻履，轉疑龍女愛瑶華。」亦善謔也。

御史井研雷紹堂輪，乾隆己丑進士，由編修改官，出守湖州。詩多香奩體，即他作亦類是。嘗爲人作節烈詩以示余，中有句云：「蘭釭夜半光如豆，窸窣風生簾額皺。深房欲泣不成聲，剪取皮金香暗透。」余笑曰：「此仍是韓冬郎閨怨也。」

春聯自明孝陵始，前此未有也。帝都金陵，于除歲前忽傳旨：公卿士庶家門上，悉加春聯一副。帝親微行出觀，以爲笑樂。亦古桃符之遺。趙庚夫《歲除》云「桃符詩句好，恐動往來人」是也。京中各官住宅，每歲首，春聯皆書前人「聖恩天廣大，文治日光華」句，貼大門，翰詹、科道、六部、九卿，家家皆然。丹徒房師夢樓獨不用，以自諱文治故也。同館者遂戲呼夢樓誥君爲光華夫人，相傳爲笑。

黄唐堂云：「花者，天之詩也。梅花，詩之高者也。作梅花詩，須不粘不脱，于言外托出，方可與化工争權。此意惟林和靖知之，高青丘遠不及也。」嘗見嚴海珊云：「自入山來皆雪意，最無人處有烟痕。」許幼文尚質云：「平橋十里天如水，僧磬三更月在門。」爲得此法。然至趙雲松云：「一到歲寒誰識我，每逢月落便思君。」則更目空一世矣。

綿竹唐堯春尊人汪波叔度，由孝廉官桐城令，其家孫張友以遺詩十卷屬選，中間咏梅詩最多。有七律云：「托跡孤山耐雪霜，踈踈落落别行藏。忽風忽雨渾無恙，宜淡宜濃自有妝。任是摧殘無改色，縱然憔悴也生香。春回仰視浮雲散，可許冰心見太陽。」言外别有寓意，不專爲梅花也。

余歸田後，就先君之補過亭而廓充之，顔曰「得歸茅屋」，用杜工部《復歸草堂》詩首句也。作詩四首，有句云：「拈花偶笑人稱佛，戴笠行吟自謂仙。」「甕面常留親漉酒，案頭時有自圈詩。」「不能飲却常求醉，略解棋偏自説高。」雲谷極贊之，常爲人書聯。

羅太史蒼山世芳，會稽人，乾隆丙辰進士，少年館選，改令，卒。太史少年以《湘波》詩得名，稱「羅湘波」。詩云：「湘波如淚落迢迢，海月初生夜聽簫。誰採芳馨貽二女，一天秋影蕩蘭橈。」

余在通永被議，時將往涿州，羈滯旅店，作《滿江紅》詞十首。後歸里，偶題金雁驛壁，雲谷與其姪林川競和之。有明經黄望亭者，與余初不相識，亦有和詞。後于雲谷座上見之，圓面皤腹，坦然君子也。一見如故，贈余詩有「簪笏滿門三學士，雷霆貫耳一將軍」之句。余答云：「傳聞廣漢多才子，巨擘繩鄉手屈公。一自留題金雁驛，酒樓都唱《滿江紅》。」

雲谷好堪輿之術，每多出門遊山，而與吾遊山有別。余之意在山水，雲谷之意在地理。每遇龍穴所在，疊嶂疊叢，輒草笠短衣，下馬披視，間投人家屋後深箐中。多疑爲賊，即之，乃知爲前固始令也。主人大喜，遂邀至家，爲具雞黍。雲谷亦欣然無猜，盡歡而去。所注有《地理正宗》，余嘗爲序行。曾寄七絶云：「人傑原須仗地靈，飽看水緑與山青。邇來聞得頻遊倦，夜雨挑燈注《葬經》。」

花亦有兩岐之瑞。廣漢宋老人年七十五，有宅在西門，即房湖也。茅屋三間，花不多，而澆灌得法，余嘗作《老人種花歌》以贈之。己酉，偕雲谷與墨莊訪之。老人大喜云：「圃中鳳仙今早忽茁三朶，皆兩岐，蓋爲三君來而發也。」相與留詩而去。庚戌，墨莊上京，余與雲谷再訪，句云：「鳳仙勢利來朝看，定爲仙班少兩岐。」

吴縣潘訒齋邦和，由富順令署綿州，爲詩灑脱可喜，贈余詩有「雞群常混跡，魚服欲潛形」之句。壬子春三月，偕蔣參軍蓮洲玉墀訪余於醒園，復至南村别業，游小西湖，爲書「櫳林草堂」額，題詩云：「文光上徹紫微垣，奏罷清平息衆喧。爲問軟紅馳北闕，如何濃緑集西園。詩箋寄興龍吟水，宦况驚心駒在轅。君已回輿儂叱馭，相看一笑不須言。」漢州張雨山懷溥和云：「文章早歲震詞垣，一笑歸來息衆喧。天遣雲烟供絳帳，人携絲竹遍梨園。山中閒放千年鶴，海外曾征萬里轅。聖主恩深不遺舊，行看綵紵焕王言。」

張雨山，雲谷姬也，詩與玉溪相伯仲。有和余《紅梅》詩云：「題詩官閣飄紅雪，載酒清江指絳雲。」名句也。論詩嘗以袁子才、蔣心餘、趙雲松及余爲首肯。嘗欲同玉溪選爲《林下四老詩》，有志未成。

丁未五月二十七日，方文奎招遊杜少陵草堂。是日，偕蔡雪村及其子西池、李静齋、余雲溪、官漁洲、崔潤蒼、李愛堂九人，携樂部，泛浣花溪而上，登草堂，謁少陵石像。晚，方君置酒平橋，繁音迭作。客有吹笛者許大保，蘇州人，作桓伊《三弄》，崔官倚橋而歌，聲可遏雲。余曰：「今日不可無詩。」蔡雪村，詩人也，年已七十，落筆先成六首，云：「浮家錦里當巖阿，風雨窮愁著述多。究是乾坤風雅地，光芒萬丈總難磨。」「榿林籠竹釀寒烟，太瘦清容石碣傳。多少詞人争下拜，留題空費薛濤箋。」「當年節度過頻頻，竹裏行厨主對賓。今日招遊追盛事，就中獨讓謫仙人。」「倒影花溪鏡碧空，揚舲西上水流東。翠沉沉處清歌外，無限情懷一笛風。」「玉堂仙客擅才名，筆陣花飛四座驚。棄甲老狂何敢敵，降旗端的竪詩城。」「玉壘峰高落日孤，勾留放眼是歸途。白沙翠竹猶回首，暮景新開古畫圖。」

海寧陸冰修，浙西名宿也。康熙戊申間，嘗至京與竹垞、初白、阮亭往返唱和，曾有「倒屐到門衣不船」之句。余家有先生親筆批點陳默公《宋元詩會》，多隨意寫其近作於卷尾，書法酷似東坡。有題云：「周定九署中牡丹二株，深紅開花四朵，淺紅者僅開一朵，雖精神不甚足，然獨殿春光，猶有餘情，是可詠也。因賦絶句二首云：『闕城無日不顛風，白白紅紅一霎空。獨怪君家雙翠袖，塗朱匀粉費春工。』『沉香亭北畫闌邊，艷説春風分外妍。今日一枝擎細雨，爲誰憔悴倩誰憐。』」

荔奴即龍眼也，廣東炎方，子落即生，余嘗有「溪邊龍目樹，易生如楊柳」句。考新會古學，即以命題。諸生李大成詩云：「寒林今報荔奴黄，幾樹離離漸染霜。熟遍秋前先橘柚，採將村北後盧楊。磁盤盛出冰丸滑，紗縠中含玉液香。仙子海山歸去早，未堪佳品得同嘗。」遂拔第一。未幾，發正案，得李實文更佳，遂以實爲首，而大成次之，人頗爲怪。是科庚子，二生俱中前列，而名次實居八，大成居十五，乃信文有定價也。

古無畫己像爲行樂圖者，惟楚《騷》中有「像設君堂」一語。逮兩漢，而麟閣、雲臺，丹青愈彪炳矣。厥後凱之技擅添毫，于是貌行像者，窮奇盡變，至宋、元彌盛。然題句大槩取資時彦，求高人題欵，未有借古人名題詠者。黄石牧嘗繪《行樂四圖》，曰漁、樵、農、牧。其時春夏秋冬，其景風花雪月，其境林田山水，其體行立坐卧。經一而緯四，曰牧卧春林花，曰漁行秋水月，曰農坐夏田風，曰樵立冬山雪。既成，集古名人詩自魏、晉以下，歷唐、宋至元，凡六十餘人，欵題其上，其得各體詩七百餘首。寫照裝潢，聚千百年之人俛仰一室，旦夕晤歌，可謂自我作古矣。

蔡雪村以《畫窻稿》屬余作序。其彫肝琢腎句固多，而尤愛其善于白描，有句云：「生不擇交憐我拙，死無他恨惜君貧。」又云：「知無後會思前會，感到憐才愧不才。」直使千古才人一哭。

雲溪居士佘子驤者，工於詩，其尊人嶧桐以詩名，余選入《蜀雅》。後昭雲溪，出《耕烟集》，讀之，清麗芊綿，率又過其父，殆所謂能以詩世其家耶？有《遊草堂》絶句云：「笙歌如沸酒如流，要筭平生第一遊。兩岸兒童齊拍手，大家來看李膺舟。」

玉溪云：見人家席上有人自誦《柳花》云：「柳絮飛來十里紅。」人詫曰：「白色也。」其人曰：「還有上句。」乃曰：「荒郊一片斜陽外。」始知其詩人也。

七絶須含蓄蘊藉爲佳，近越中得此法者多。劉静庵積慶《暮春舟行》云：「桔槔亭子枕平池，行折江皋客過遲。一路腥風吹未散，打魚船去不多時。」山陰鍾介伯錫圭《鏡湖》云：「青楓樹下白蘋開，忽忽西風艇子回。三十六溪秋水漲，一時人唤賣菱來。」《懷章維則晚坐》云：「細雨黄昏慣坐愁，殘春風景似殘秋。爲憐燕子歸來晚，纔下湘簾又上鉤。」金杏村廷輝《題畫》云：「雨過空林翠靄飄，渚花汀草共蕭蕭。仙家應在雲深處，只許人踪到石橋。」俱流麗芊綿，言有盡而意無窮。

惠州趙希璜渭川，余甲午科所取副貢，爲人英爽磊落，好吟咏，余自歸田，時以書來問。今年，余弟墨莊遣子朝塏自京回川，始知爲安陽令。寄所刻《四百三十二峰草堂詩鈔》示余，並啓云：「愧桃李於公門，栖仍枳棘；悲浮沉子宦海，身寄波濤。道岸茫茫，忽喟然韓潮蘇海；此生落落，始恍然由嗲柴愚。」云云。時墨莊以中書未補，留寓安陽，資斧皆賴焉，師誼可謂篤矣。嘗贈墨莊云：「床頭無酒亦無錢，典衣買醉時洒然。朝來忽發峩眉興，踏破芒鞋直到天。」蓋述己酉遊峩事也。渭川詩多艷麗，七絶尤佳。有《海珠寺》云：「桃葉桃根細柳腰，十年前此醉春宵。祇因未入揚州夢，辜負花田第五橋。」「長鬣張郎三十八，苦吟直跨倚樓人。龍頭不秉魚須笏，望遠秋波生白蘋。」「五橋」、「白蘋」，皆粵中妓張太史葯房所贈名也。葯房，名錦芳，順德人，亦余門生。

益都李南礀文藻，博學好古，工篆隸，尤精經術，嘗著《九經古義》等書。由粤東令陞桂林司馬。

貌黑而髯，其生之前夕，父夢鍾馗入室，長而厥狀肖焉。其卒也，余門生趙渭川曾有詩弔云：「前身終南人，誕生早足異。一夢證因緣，形與圖中類。鬼眼烱碧緑，蟹面轉嫵媚。皤腹于思然，闊口懸河似。」云云，皆謂其似鍾馗也。

山左戴震，字東原，以博學徵爲《四庫全書》纂修，中進士，未幾卒。著有《戴氏遺書》，有句云：「筆硯堆成屋，詩書便是田。」

歷城周書昌太史永年，嗜古多聞，家酷貧。余在通州時，書倉嘗以家藏寫本書三十種售于余，得三百金。後復悔之，余已歸蜀，猶致書雲谷，曉曉不已，然實古君子也。趙渭川聞其貧，助以金，並贈詩云：「髯翁貧病今猶昔，時欠長安賣藥錢。堪笑石倉無粒米，亂書堆裏日高眠。」末句竟可作《書昌行樂圖》。書昌，一字書倉。

曲阜侍讀顔酌山崇溈，辛丑，同吴太史鼎雯至通永署見訪，邀登大光樓置酒。酒酣，酌山索筆作長句云：「玉河橋上車轟雷，長安城中十丈埃。炎雲如火午風熱，登樓要醉青蓮杯。延陵公子頗好事，鼓舞遊興呼朋儕。出郭眼界一空闊，輕颸披拂蓬半推。戲波拍拍簇鳧鷖，夾岸陰陰交柳槐。一葉順流不炊黍，候吏已在州城隈。主人歡迎未暇揖，亟命選勝開樽罍。大光之樓聳北郭，憑闌一目何雄哉。居庸大行儼羅列，灤水一帶遥環迴。神京西望天咫尺，五雲縹緲瞻蓬萊。九關密邇資鎖鑰，萬國朝貢從沿洄。信矣畿甸此重地，坐鎮宜得如君才。君家西蜀謫仙裔，淋漓大筆嗤鄒枚。頃枋文衡自南粤，嶺海奇秀豐詩材。畿東觀察任繁劇，文章政事能兼該。其書滿家富著作，勤蒐勝帙披槀㚖。一一精審付剞劂，要公同好流埏垓。一行作吏此事廢，如君雅尚誰與偕。走也芸館稱後進，庾樓高宴欣趨陪。尊前嘯咏極清興，西山不覺朱九頽。京華數載恒刺促，兹遊暫使煩襟開。冷官亦苦職司縛，惆悵緇塵歸去來。聊紀勝遊寫長句，艾焙幸免涪翁咍。」詩成，文不加點，酒盞尚温，一吸而盡，捫腹大笑。一時觀者數十人，皆嘖嘖稱捷才。余每有對客揮豪之稱，自是覺瞠乎後矣。

高白雲先生官江南清河令，遊平山堂，詩極多。曾記四首云：「小住揚州未一春，去年曾奉屬車塵。到來又是看花候，緑柳桃紅别樣新。」「風味清思浥露荃，蜀岡環處一溪烟。凉鞋蒲扇偷閒去，要試平山第五泉。」「緑蘿陰裏蕩輕橈，紅舫青簾擁衆嬌。日落艷歌人未散，銀燈小隊更吹簫。」「歐蘇去後漁洋死，似我風流七不堪。一抹青山如畫裏，詩人只合住江南。」時門人永川李桂山天英亦寓揚州，同遊，爲和其韵。先生遂命吴山寫《遊平山堂圖》，並題云：「東風吹暖嫩寒天，柳外何人盪畫船。不道老夫門下士，竟分旗鼓敵青蓮。」「短短夭桃不繫舟，一溪春水帶冰流。李生詩句吴生畫，併寫䶮官作卧遊。」

余與玉溪偶因赴飲曹大姑家，過河村渡口，時秋霜初肅，黄柳如新，坐沙岸，以河、村分韵。玉溪得村字，詩云：「偶坐沙頭細討論，長江依約見潮痕。吹來牛背誰家笛，聽去雞聲何處村。落葉一林閒日月，晚楓幾處老乾坤。阿翁笑指雲深處，是我茅廬小隱門。」

余妹曹大姑，小字小蘭，適諸生曹錫寶，年二十餘而寡。一子宗聖最慧，甫四歲，能作對句，未幾亦殤。零丁孤苦，年界六十，螟蛉一孫，名曰永清，亦可哀矣。撫余四女，如自己出，教之針紉，以迄成人，即玉溪配也。妹少與余同硯作詩，不假思索，出口而成，輒流麗可誦。《蜀雅》中所載一首，即閨中同課也。自遭斬嗣，絶口不吟。今甲寅人日，余有《題陸園兩色紅梅詩》八首，一時和者甚衆，陸生見麟彙爲《紅梅唱和集》。妹聞之，忽吟二句云：「鴛鴦同樹被風分，無葉扶持落自紛。」余歡賞之，請續成篇，乃云：「霜節誰憐人似雪，曉妝嬾逐女如雲。紅顔薄命增新感，白髮回頭憶舊群。獨處久拋人世事，忽傳兄句到門聞。」借題寫心，讀之一字一淚。什邡甯明府湘維見詩，謂余曰：「令妹真曹大家也。恐難爲兄，奈何？」湘維亦和《紅梅》詩中之一人也。

作詩須自成一家言，若徒東摹西倣，千百世後，又安知我爲誰乎？曾記康熙中新城最盛時，有戊辰編修金補山以成，會稽進士，未第前，以百韵長篇投新城王公。公曰：「詩家上乘，全在妙悟。」取所訂《唐賢三昧集》貽之。補山忽悟曰：「新城一生只到得王、孟境界。杜之《北征》、韓之《南山》，豈是一味妙悟者？蓋敏妙出自靈府，而沉酣資於學力。」於是獨持一論，縱覽典籍，刻意闢新，遂成一家。至今浙西論詩，必首屈焉。有《出都作》云：「四庫横陳作老饕，南徐豈比北徐高。坐中客笑羊公鶴，帳底人窺魏武刀。到處啖名如畫餅，幾番檢韵失題糕。翠毛零落炎州冷，重爲山雞惜羽毛。」亦可謂能自樹立，不隨人俯仰者矣。

新城不但詩摹倣古人，即行事無不欲與古人媲美。有梅長庚耦，宣城名士也，新城典試，索其卷不得，乃倣玉局與李方叔故事，有句云：「如何古戰場，亦復失李華。」即用玉局「平生漫説古戰場，過眼終迷目五色」句，而改用李華也。此翁亦善狡獪。

聲氣之説，由於主司採名，非必有所納交也。其風不知始于何時，然其中亦各有命。襄城萬西田榮，貌寢，於書無不讀，尤工於詩。雍正末開博學鴻詞科，穆堂寄河東制軍門人王士俊云：「兩河寧有踰西田者？」遂疏其名。及試被放。先是，中州學使劉師恕延西田入幕，辛卯，侍御徐樹庸典試中州，劉預走書，欲以西田領解。及入闈，遍索卷不得。後三年庚子，蔡侍講挺、吴編修應棻主試，始中六十四名。會試落第，挺爲總裁，始薦充史館纂修。時劉爲卿貳，言當薦于朝，已而相左。後方靈皋苞訪劉太史青藜，見西田在坐，謂曰：「君何故而令劉秘書傾倒若是？」方即劉座師也。以是知人當安命，聲氣之説，不足信也。萬有《對鏡》詩云：「只合東岡老此身，名場那更踏紅塵。縱令畫向凌烟閣，鶴髮雞皮也笑人。」著《紅崖草堂集》。

桐城明經張方爽叠萊，詩受知於何屺瞻，爲序其《默稼集》。有《感秋》句云：「生原名病草，命合比窮花。」

詩最響亮者，莫如蕭山陳山堂太史。至言屬對，雄整而出以流麗，真擲地金聲手也。五言如《晤白處士》云：「千金輕季布，一諾死臧洪。」《長干里》云：「人歸桃葉渡，家近緑珠樓。」七言如《古意》云：「盤中芍藥調新婦，山下蘼蕪問故夫。」《邊詞》云：「沙苑馬肥青苜蓿，涼州人醉緑葡萄。」《江村》云：「殘雨白遮雲外樹，落霞紅帶晚來潮。」又《白丁香》詩云：「幾樹瑶花小院東，分明素女傍簾櫳。冷垂串串玲瓏雪，香送絲絲麗覈風。穩稱輕盈勻粉後，細添薄鬢洗妝中。最憐千結朝來坼，十二闌干玉一叢。」細意熨貼，無一字可移他處。

蘇州滸墅關稅最嚴，浙人錢去病霍有詩云：「長水收帆落照前，停舟却道使君賢。雲間只有雙黄鶴，飛出吴關不稅錢。」與羅江東《釣渭圖》同意。

五律不易作，而起句尤不可忽，如賈長江「古戍滿黄葉，浩然離故關」，東坡「馬上續殘夢，不知朝日升」是也。山陰杜閑古，詩多于起處擅場，如《雨夜》起云：「風雨暗孤城，邊愁入雁聲。」《山行》云：「黄葉落如雨，秋山氣倍陰。」《春日舟次》云：「觸衣全是翠，反攬又空濛。」皆突兀有勢。

毛西河推許山陰張南士杉，不啻昌黎之於東野。然只學得唐人七律，他非所長也。《西陵渡》云：「望京門外舊樟亭，驛路臨江蔽遠坰。風轉一帆沙嶼白，天低兩岸海潮青。通關賈軸摇旌旆，下瀨軍書綴羽翎。叢荻幾行相望白，有人垂釣在東溟。」

余在餘姚，凡有投先北路公詩稿者，摘其佳句録之，歲久成帙，惜草創未成書也。最佳者，五言如山陰王焴倫《菜花》云：「細雨霑黄犢，輕風上緑蓑。」山陰王霖《山宿》云：「哀悵穿徑過，怪鳥瞰燈啼。」龔汝賓《田家》云：「遥看數家住，更在斷崖西。」會稽許尚質《秋笳》云：「秋生鵶谷口，月黑雁門關。」七言如山陰沈之法云：「先生罷奕方高卧，衲子敲門又乞書。」王倩《感秋》云：「荆土歲時俱説鬼，醉鄉日月即登仙。」此等句皆經百鍊而出。

乾隆十三年，金川奏凱，詩載在館課者，毋慮數十家。余獨愛傅編修良木王露詩云：「幾載勞宵旰，伊誰搗穴巢。登壇機不斷，鼓瑟柱多膠。麟閣徵馳急，芻糧轉運交。元戎能奏捷，方略聖人教。」措詞能切時事，非汎作頌體。

越中俞焕文樵，作詩專學義山，有《邊詞》句云：「内苑驊騮多苜蓿，邊城婦女盡胭脂。」最爲人傳誦。余尤愛《揭陽道中》詩云：「籃輿屈曲度危岑，石勢初驚筍出林。燒後草痕經雨活，春來花瘴滿山深。防身劍卧枯蛟影，失路詩多猛虎吟。不敢逢人矜七尺，頓令貧賤負初心。」余謂作詩須響，即此是也。

上元朱師晦元英，錢香樹先生房師也。亦以《長生殿》失官，著有《春雨堂集》，安溪李文貞公爲序行。集中有《贈洪昉思》云：「只因一曲《長生殿》，流落江湖二十年。至竟伶人還演習，紅牙檀板御筵前。」

京師古藤書屋，在宣武門，爲金太傅舊第，龔芝麓、朱竹垞諸君先後寓此。龔所書「古藤書屋」扁見存。曲阜孔郎中東塘尚任詩云：「太傅吟詩舊草堂，新開蔣徑自鋤荒。藤花不是梧桐樹，却得年年棲鳳凰。」最爲確切。

先北路公爲秀水令，錢文端公適歸田家居，謁見，甚喜，謂人曰：「今之廉吏也。」曾贈以詩云：「隴西才子房陵後，出宰姚江清且貧。愛客愛民兼愛士，訟庭春暖草如茵。」

玉溪自京來，帶余弟編修驤元《梟塘詩藁》一册，囑余點定，並云：「弟之詩出于兄之指示，非兄閲定，弟不敢自信其爲詩也。煩爲細閲，擇其可者存之，不可存者删之。」余閲之，見卷首有王述庵先生跋云：「清蒼奇傑，源本杜少陵。酌理準情，又不減白太傅。縋幽鑿險，筆力排奡，而一種蒼老之氣溢于紙墨。西川文人，前爲費此度，近爲彭樂齋，皆遠不逮也，當爲蜀中一大名家。亟録入鄙製《湖海詩傳》，以爲弁冕。」所言雖不無溢詞，然而閱歷既多，學問益進，校少時作，漸入老境。集中如《野望》云：「霜凋秋樹瘦，雲補遠山肥。」《山行》云：「風狂石相鬬，雨猛山有聲。」《晚步》云：「不飲書堪醉，無朋僕共遊。」《寄墨莊》云：「江山吴越畫，風月魯齊詩。」寄余云：「還家三畝宅，送老五車書。」皆警句也。又寄余詩云：「少壯何曾苦進甘，惟兄惜别歲經三。書來一紙兼心寄，人隔三秋若面談。往共看雲延月久，興逢賭酒鬬詩酣。而今鬚髮聞如昔，著述真疑似海函。」「一錢不受吏猶嫌，誰坐槐廳執法嚴。衆議如蜂排寇老，皇恩似海赦蘇髯。馬回邊外途經坎，龜卜齋前卦守謙。漫遣蜀才多蹭蹬，抽身終得返閭閻。」又答余《勸用功考差》云：「七十萱堂白髮生，家貧甘旨幾曾精。雖云失馬寧非福，未必聞鷄不動情。檻外丁香花掩苒，窗前丙舍帖縱横。相思忽動離群感，索絹題詩寄與兄。」

青陽王春甫學士，一别十年，久無消息。頃于《覓塘詩稿》見題二絶句，有懷余詩云：「玻瓈江上賦莪眉，軾轍堂堂筆陣奇。西蜀從來才子聚，蟠根仙李又連枝。」「君家伯仲各能文，通潞亭邊酒半醺。此日編排花萼集，登壇旗鼓隊平分。」

袁子才無子，年將六十，乾隆乙未十月十四，始嗣弟香亭子爲己子，取名阿通，賦詩云：「筵開湯餅舉家歡，晚景桑榆自覺寬。妻妾無功兄弟補，園林有主水雲安。關心野鶴聲相和，回首斜陽影不單。只是翁衰兒太小，客來强半當孫看。」次年丙申七月二十三日，即舉一子，名曰阿遲，鍾姬所生也。鍾入門前一日，夢人以桂子與之，至是果驗。賦詩志喜云：「六十兒生太覺遲，即將遲字唤吾兒。高禖久祀心都倦，燕姞初來夢恰奇。悔賣琴書還想贖，怕看湯餅轉生悲。萱堂握手彌留際，猶問懸弧是幾時。」「海内争傳伯道名，今朝湔雪賦添丁。長成未必衰翁見，有後姑教薄俗聽。老樹着花秋色好，餘霞返照暮山青。豆盧寧傳分明在，合授雙雛各一經。」雙雛，謂阿通、阿遲也。聞墨莊云：癸丑見之，已經長成，寄拜兩峰觀察，取名文瀾。

徽州汪喬年，字修龄，所居繡園，庭樹清幽，竹樹蓊翳，中構明鏡樓、八千亭、一粟庵諸勝，日與詩人唱和其中。年八十，特至金陵訪袁子才，不遇，題詩壁上云：「無人不識元才子，今我來尋李謫仙。底事閒雲無處捉，教儂空蕩釣魚船。」著有《繡園集》。五言云：「驅寒非愛酒，無伴始憐燈。」又云：「移栽花盡活，學試鳥争飛。」七言云：「信手拈書還復倦，無心舉酒忽成頹。」「還鄉有夢偏難竟，作客尋人每不逢。」皆佳。

婺源王廷亨于庭，著《葯齋集》。有句云：「短籬紅織槿，矮屋緑懸瓜。」

襄陵諸生楊山夫維棟，觀察浮山張荆圃道源之師也，爲刻《在山吟》二卷。余弟墨莊與荆圃善，從京寄余曰：「此山右詩人也，嘗戴麥冠，稍綬以纓，拖長衫，曳朱履，豢一犬，坐卧與俱，不事生産。妻孥勸納賦，甫入城，聞其友望緈在獄，即往見談《易》，遂傾囊與之。聞年經略督師失計，詣軍門，上平西策，幾爲所害。年七十餘卒，無子，犬亦絶食以殉。吴鎮題其集，有句云：『水木爲廬舍，詩文作子孫。』異人也。」今觀詩多獨開生面，有《題睡美人》云：「生霧生烟紫繡裍，濛濛暖月見横陳。屈伸誰信全無意，蠆尾雙纏欲螫人。」雅謔也。

山陰婁元豹，號小梅，弱冠能詩，爲錢塘孫虚船先生所賞。舉優，未入都而殁。殁前一月，詠雁有

「解得離群苦，雙行不到頭」之句，竟成詩讖。小梅詩以東坡爲鼻祖，嘗有用坡哭幹兒句云：「詩到得意處，格律原可忘。但存正始音，漢魏今豈亡。」旨哉斯言。

山陰祁忠敏公，一門能詩，時有「男子皆美人，女人皆才子」之稱。商寶意有句云：「帳下青綾思謝媛，堂前緑埜弔裴公。」

嘗見越人諸朗墨樵《詠蟹》有句云：「殺身因郭索，烹爾爲雌黄。」可令聞者戒心。

周一山炳曾，詩好奇，有《湯谷》句云：「去鳥都成點，回山打一圈。」圈、點二字拈來新穎。又《過嶺》云：「三月南風軟脚初，包失兜子儘虧渠。嶺頭過了纔亭午，甑一孃家吃醉魚。」亦趣。

商寶意太史博學多聞，以詩主壇浙東，爲風雅冠。程魚門常録其古詩一集遺余，皆題圖者，然非其至也。善對成句，隨手拈來便趣。邑有岑春江兆松，丙辰鄉試第一，五躓禮闈，贈岑云：「秋榜才名標第一，本朝科甲重三元。如何自聽霓裳後，五度春風負杏園。」用唐寅、解縉詩如自己出。

蜀人見國子生輒薄之，而獨不可以律江浙人，蓋以爲入闈階梯也。山陰吴修齡予延，國子生也，嘗有「帆帶好山移」之句，人以「吴好山」呼之。

劉宛委早以明經馳名於浙西，有才子之目。《無題》詩多至五十首，大半宗西昆，而出入于眉山、放翁間。朱竹垞、毛西河、梁藥亭諸前輩俱交口推許。琴川閨秀張佩芬曾手録先生詩，定爲課程，日必吟誦數十首。上元汪鶴田贈先生詩有句云：「太史賞音傳茘浦，美人低唱隔琴川。」蓋紀實也。

宛委篤於友誼，商廿八介廬者，其詩友也，死，哭以詩云：「雙珠樹復見回春，一樹摧殘實愴神。

世上儘多可死客，冥間偏愛有才人。黄泉碧落魂長渺，白社青山迹竟陳。歎息當初吟嘯侶，誰何血淚不霑巾。」「落葉蕭蕭鑑水隈，可憐我友赴泉臺。竟如小别抽身去，倘不相忘入夢來。玉樹生生埋着土，繡囊鬱鬱築成堆。紅蘅碧杜秋風冷，日暮吟些可勝哀。」當聞介廬訃時，即往慟哭，有笑其過哀者，口占云：「慟哭心知逝夜臺，爲他不覺過情哀。如卿數百今朝死，能乞劉君滴淚來？」「痛殺人間去子雲，旻天夢夢復何云。從旁多少衣冠客，不死諸君死此君。」即《世説》「使君輩存，令此人死」意也。但何可令笑者見乎？

宛委冢子大申柳村，年至七十，猶應試。自題齋壁云：「有功夫讀書便爲造化，得功名到手纔是文章。」

詩不可用替代字，如以風爲巽二、雪爲滕六等類，雖宋人多有之，大是低品。

對聯即分詩中之一聯也，詩即合對聯之數聯也。故詩與對聯爲一。而對聯目中所見有最工者，曾記余過邯鄲，謁吕祖祠，内有黄粱夢亭柱聯云：「睡至二三更時凡功名都成幻境，想到一百年後無少長俱是古人。」警醒語最切。

天台放憨和尚明愚，乾隆辛未，曾來姚江，以《結茆集》見示。全韵詩，曾記其一聯云：「山静不知年月日，春回始見雨風雷。」亦奇句也。

雨村詩話卷八

綿州童山老人李調元

嚴滄浪云：「詩有别才，非關書也；詩有别趣，非關理也。」然廬陵文章爲有宋一代鉅製，劉原父尚譏其不讀書；大蘇詩雄一代，而與程子言理不合。若非多讀書、多窮理，安能善其才與趣乎？

仁和侍御孫虚船灝，居官清介，一羊裘服之二十四年，學士周蘭坡長發爲作《二十四年羊裘歌》。學士有《女郎廟》詩云：「纔踰子午谷，又過女郎祠。水拆縈蠶尾，山深叫畫眉。無情雲去遠，有恨月來遲。誰奏迎仙曲，靈風滿桂旗。」

詩足徵品。蘇州太守童心樸華，初以明經起家運漕。有金陵使者，其故人也，言之當道，欲以官餂之，答云：「越客秋深讀楚騷，禦寒猶戀舊綈袍。偶沾食指嘗羊酪，肯借微軀備馬曹。脱穎未能酬趙勝，投書只合謝山濤。江天歸路帆如織，幾夜鄉心見二毛。」可以想見人品。

魯秋塍太史曾煜，《不寐》詩云：「蟲語如人絮，雞鳴似鳳難。」商寶意太史句云：「黠鼠欺貓全不避，寒雞似鳳杳難鳴。」凡人待旦時，確有此光景。

胡儀部國楷，字鏡舫，山陰人，康熙辛丑進士。有《題翁仲》詩云：「誰家翁仲立斜陽，衰草孤烟塚路長。雨後蝸涎書手板，春深苔色繡衣裳。班貓夜語愁華表，汗馬晨趨弔戰場。歲久浪傳光怪出，須知渠是石心腸。」結意隱有所代白。

盛京劉玉衡廷璣觀察，即作《在園雜志》者，《題山居》云：「預辨陰晴常聽鳥，不知節序但看花。」殊有意味。

安慶李嘯村，《臘月十五》句云：「故國有人終夜望，今年祇此一回圓。」山陰丁息園甡是日《對月》云：「皓魄依稀玉鏡圓，他鄉合似故鄉邊。勸君莫厭通宵坐，再見須知又一年。」異曲同工。

眼前話，拈出便入神妙。息園《病中》云：「藥爐茶竈結清緣，賺得閒身整日眠。不忍家人知客病，裁書只説健于前。」與黃石牧《病中》句云「家書姑妄語，依舊寫平安」同工。

金谷山昌世，康熙癸卯進士，山陰人。有《圍碁》詩云：「終朝飽食亦蹉跎，對此欣然似老坡。小劫逢場争未了，重圍决勝算偏多。人無機巧休當局，勢有盈虛莫議和。通國自來誇善奕，饒渠一着更如何？」

會稽孝廉夏大田兆豐，詩名與上虞丁廣文芝田埒，人稱「二田」。有「溪魚小躍摇山影，沙鳥低飛避櫓聲」句，人傳誦之。丁名鶴，詩有奇思。如「碧梧生是秋風客，紅藥老爲春夢婆」，恰費苦心。

廣安鄧遜齋先生時敏，乾隆丙辰庶吉士，官至少廷尉。錢塘袁子才爲先生三年戊午典試順天所取士。九年，先生爲江南宣諭化導使，畢，乞終養。二十年，始補官之京。自蜀泊舟白下，時海州州判王發桂、上元令李棠皆同門所得士，俱在白門。袁詩二首云：「萬里峩眉月，飛來江上村。師生重握手，僮僕盡消魂。鬢髮霜如許，滄桑勢莫論。扳裾難忍淚，二十七年恩。」「賸有升堂客，王褒及李冲。三人齊北面，一夕坐春風。桃李花全老，金燈帳尚紅。先生應莞爾，吾道在江東。」纏綿懇摯，意溢言外。後戊子榜發，又作一詩寄遜齋云：「九月十一日，戊子秋榜懸。門外車馬走，徹夜聲喧闐。群官一簾撤，諸生望頸延。得者眉欲舞，失者淚湧泉。恐此得失懷，聖賢難免焉。我今五十三，登榜三十年。翰林曾一入，花縣曾九遷。掛冠廿載餘，萬念付雲烟。惟逢榜發夕，猶心動不眠。棘院一聲鼓，神魂與周旋。並非望子弟，情胡爲牽連。祇緣少也賤，歷嘗考試艱。四上不中售，自信幾不堅。未知今生世，于榜可有緣。于今痛久定，思痛輒隱然。苦記戊午歲，待榜居幽燕。夜宿倪公家，昏黑奔躚躚。道逢報捷者，驚喜如雷顛。疑悟復疑夢，此意堪悲憐。觥觥鄧夫子，兩目秋光鮮。書我到榜上，拔我出重淵。敢云文章力，文章有何權。敢云時命佳，時命復究宣。父母愛兒子，不能道兒賢。惟師薦弟子，暗中使升天。豈非師恩德，還在父母前。吾師在何處，渺渺五雲邊。見榜如見師，感觸涕漣漣。有如駿馬老，重對孫陽鞭。又如燒尾魚，重過龍門顛。此恩此日酬，陸莊塹荒田。此恩異日酬，兩鬢驚華顛。不如歌一曲，聊寫心拳拳。無由侍絳帳，且憑鴻雁傳。」重師誼如此。近有王學濂者，亦杭人，出先北路公門下，官德陽令。先君原德陽人，雖逝而有師母，家在咫尺，而不一問，欲如袁者，不可得矣。

青州太守羅二峰儀，山陰人，雍正癸卯進士。《孤山》詩云：「偶逐閒雲上翠微，湖光山色半斜暉。年來無復揚州夢，一任長空野鶴飛。」

詩貴錘鍊，所謂百鍊成字，千鍊成句也。蕭山張邇可遠，五言如《送人入蜀》云「朝雲迎劍氣」；「迎」字，《寒食》云「山花煖杜鵑」，「煖」字是也。

吴東山，會稽人，丰姿瀟洒，喜吟詠，有《春江夜泊》云：「解纜章門日已晡，楚天雲樹半模糊。何人攜得王維筆，畫我春江夜泊圖。」韓青黎見之，甚愛，遂爲畫圖。

家藏有笪江上山水，筆意仿李流芳，余官通永時，夢樓先生所遺也。有詩云：「徑深茅屋小，樹倚夕陽斜。行盡青山路，何方不可家。」酷肖摩詰。夢樓先生跋云：「吾潤笪江上先生，人品清高，故書格超逸，寸縑尺楮，重於連城。乃其畫筆亦復精妙，蓋以八法之餘力通乎六法者。此幅仿李長蘅，而奄有北苑、巨然及米家遺意，致可寶也。」

沈虹舟先生以經學爲制藝，有子榮河，能傳其業，十五歲卒，先生哭之，有詩云：「慟哭西河實慘悲，非夫人慟亦誰爲。全家十口如烏合，一柱天風更折吹。」「四海蒼茫惟汝在，半生心事説誰聽。丹鉛寓目輒棖觸，從此門當廢六經。」「母也生雛祇浹辰，父當屬纊子遊秦。上天之報恐非酷，垂老應無收骨人。」「力疾都緣孝愛深，朝朝强説愈從今。萬無可慰猶含淚，夜夜魂應侍曉衾。」「宿諾平生未肯逋，一帆偕母向吴趨。山塘半日弭輕棹，箅是花間奉板輿。」「自憐久疾累高堂，説着欷歔神暗傷。垂死扶頭親料理，不曾輕易問茶湯。」「曾從賢宰試知名，十歲粗文走馬成。唱到童烏齊喝采，呈身瞥見夜珠明。」「最愛法書兼秘籍，失來悵惘得神移。而今此事已無主，九世青箱付阿誰。」蓋紀實也。

和詩有錯押韵者，多一時信筆，固無害也，而反有因錯而得巧者。余官通州時，京中部院同衙門多往來唱和。州城偏橋灣有荷花，六月盛開，遊者無虚日。先一年辛丑，編修祝芷塘、王春甫有《遊潞河回遇閘而返》唱和詩。壬寅七月既望，編修祝芷塘德麟、中允王詒堂燕緒、侍講曹習庵仁虎、侍讀學士邵香渚庾曾、宫詹劉青垣躍雲、程太史魚門，泛舟偏橋灣，遂至鴻雪堂讌集。歸途，習庵寄和芷塘叠辛丑紀遊韵各四章見寄，余有句云：「我如江上魚，日見水悠悠。君亦如賓鴻，其來必以秋。」芷塘甚稱之，而下句「幽」字韵誤押「舟」字，芷塘不知也。習庵詩言及，始知之，因仍用原字補答之云：「究之水中蟆，所見能有幾。不觀舟字誤，管水只知水。」習庵翌日見和詩有句云：「小誤亦復佳，正坐君才大。」謂此事也。

新都李尚菁陽棫，壬辰進士，官至侍御。曾監大通橋，余在通永，日相唱酬。爲人和而介，記重九登高，有妙伶欲近之，但微吟云：「落花有意粘青草，秋水無心漾緑波。」

通州無樂部，飲讌必雇京中梨園。時天成部在州，有歌者翔兒，習庵頗暱之，贈余詩云：「蘭堂布氍毹，四坐明燈耿。檀槽撥新聲，翩翩舞袖影。爲歡夜厭厭，疑入華胥境。殷勤捧巵人，相對肯獨醒。愛花不忍折，嗒然已酩酊。遑問秋江邊，芙蓉怨孤冷。解佩情漫通，乘槎路方永。明日泝波歸，三星照笭箵。」余復嘲之云：「品花不在貌，令人心終耿。滿園紅紫爛，獨愛牽牛影。既邀周郎顧，胡爲便出境。至今望重來，淚滴睡袖醒。何時再鴻雪，淺斟話酩酊。黄花有興無，登高趣更永。寄問羨魚人，及早備笭箵。」蓋戲之也。

歲己丑，余丁父憂回蜀，道出新鄉，投城南旅店。日始晡，閒遊街東白鶴觀，金劉海蟾遺蹟七字篆文在焉。閲罷，步佛殿上階，聞殿中一生朗朗誦余癸未會試二名墨，因即視，則鄉試五名墨亦載牘首。見客至，起。問其年，將三十。問：「秀才乎？」曰：「老童生也。」問：「何以專誦此人文？」曰：「平生酷嗜之。」問：「願識此人否？」曰：「翰林在朝，童生焉得識？」因告以余即其人。喜甚，即備雞肉餅餌，欵留竟夕。因悉其姓名路必達。余曰：「童生不可便誦墨卷。」求易之，爲改名登瀛，並贈詩二首。次日五更，出城里許，遥見前一燈，乃路生也。踰年過此，復來謁，念其誠敬，時適嘉興錢蕺齋以分府署新鄉令，見之，告以故，慨然以縣批許之，遂得庠，亦奇遇也。余詩曰：「白鶴先生烏角巾，欠伸驚見異鄉賓。誰知烏帽羔裘客，即是紅綾餤餅人。」「最妨欲速達偏遲，不是瀛州達亦卑。九萬里風自兹始，雲鵬今任爾高飛。」

陶元藻，號篁村，會稽諸生，有《二十四橋》等集。篁村著述甚富，詩似雕琢，却極自然。《由紅橋至平山堂》云：「層樓天半起笙歌，面面雕窻瞰碧波。若計揚州二分月，紅橋應占一分多。」「亞字墻圍柳萬條，棗花簾北酒旗飄。不教尺地清閒過，更建長廊接畫橋。」「平山堂接古名藍，太守遺踪仔細探。山色有無何處領，一簾烟雨望江南。」又《六如亭》云：「斷石闌于薜荔垂，夕陽亭外認荒碑。春風吹落朝雲暮，一路空山叫畫眉。」俱可入畫。

篁村最爲金壇相國所賞，有「竹香圍鳥夢，人影過潭心」句，時爲人舉誦。

余在吏部時，有文選司員外郎簡昌璘玉亭，邵陽進士，飲同鄉給事柯瑾宅，爲子約婚，託柯爲媒，而嫌其禮物率略，笑曰：「居簡而行簡。」簡以手直指曰：「執柯以伐柯。」一坐皆笑。

嘉慶四年正月十八日，忠襄公某伏法。先是十一日，拿問，進刑部獄，作詩十二韵，有「對景傷前事，懷才誤此身」句。賜盡後，衣帶間復作七絶句云：「五十年前幻夢真，今朝撒手撇紅塵。他時睢口安瀾日，記取香烟是後身。」事後，刑部奏聞，御批云：「小有才，未聞君子之大道也。」事見邸抄。惟「睢口」句不曉所謂，意者曾建議堵築睢州河口，抑五十年前曾夢爲其地主乎？

善飲者謂之酒仙，不善飲者謂之酒鬼。金壽門詩云：「沉酒直可呼豁伯，朝朝醉死忘頹齡。有時誑我説斷飲，怕我上天囚酒星。」豁伯者，酒鬼也。袁子才有句云：「近來頗有時苗癖，欲縛衣冠射酒徒。」則更深惡而痛絶矣。

懷寧丁芷溪給諫田澍，辛未進士，由編修改官巡城，被議，降補戎部，以老假歸。余在京時，以後進引爲忘年交，每與湯辛齋先甲、王詒堂燕緒、韋約軒謙恒共徵歌唱和無虚日。先生精肴饌，宴客必出糊涂羹，蓋用虀菜、山藥爛煮而成。余懷先生詩，所謂「徵歌興益豪，論詩或强扳。有時同博奕，虀菜咄嗟辦」是也。有《假歸述懷留别都門僚友十二首》，録其四首云：「秋風吹動故園心，引疾今朝竟脱簪。敢以微官高去就，難將衰質久淫沈。鴻文緯國推燕許，逸興尋山慕尚禽。從北東華軟塵隔，羸驂無復曉駸駸。」「人海藏身嬾出扃，養痾鎮日卧空庭。静繙蝨簡尋醫術，閒伴蛩吟念道經。入幙涼颸秋摵摵，垂簷細雨夜泠泠。曉鐘催去朝天客，過巷車聲枕畔聽。」「知足遥聞漢二疏，一官五品我何如。曾因獻賦依香案，屢許封章上玉除。門外筍班環馬帳，路旁花縣擁潘輿。魯儒顧此差堪退，莫笑腰間未佩魚。」「行裝檢點别同人，數載曹司憶接茵。論事偶然分洛蜀，交情原自比雷陳。鵷行五夜趨蓉闕，驪唱三秋向柳津。烟水一竿吾願了，諸公努力翊丹宸。」

内江同年姜太史爾常錫嘏，爲錦江掌教六年，今之道學也。誨人不倦，考課最嚴，以品行爲先。

年七十矣。昨晤張雲谷，言爾常目昏手强，欲告退，屬余代之。爾常亦有詩寄余云：「三年奚不到蓉城，高踞吟壇作主盟。一席錦江君就否，歌聲聽罷又書聲。」余作詩却寄戲云：「野鶴山猿不易收，只宜林下任悠遊。少年從未居函丈，老命何堪换束脩，况有笙歌蛙兩部，難離奴婢橘千頭。函詩寄與姜夫子，病馬如今不受鞦。」「傅粉塗朱滿面描，當年同院本輕挑。誰容絳帳兼携樂，肯爲皋比遣愛嬌。能坐豈無時雨化，出行常畏朔風飄。邇來更以人爲暖，只恐諸生認宋朝。」時爾常方買一婢，見詩誤會其意，以予誚之也，恚甚，即日遣婢，復寄余詩云：「石室傳經舌强饒，餘年全向舌耕消。情腸斷盡人垂老，底事區區比宋朝？」時玉溪在座，見之，相與撫掌大笑曰：「道學！道學！」

金華李笠翁漁，工詞，所著《十種曲》，如景星卿雲，争先覩之爲快。余家有歌伶，皆令搬演。其第十種，名《比目魚》，則其命意結穴也。有自題詩云：「邇來節義頗荒唐，盡把宣淫罪戲場。思借戲場維節義，繫鈴人授解鈴方。」可知其繡曲苦心矣。有謂余癖此者，余常誦此詩答之。

唐杜枚之《繡鞋》詩云：「鈿尺裁量減四分，碧琉璃滑裹春雲。五陵年少欺他醉，笑把花前出畫裙。」甚工。康熙元年，禁民間女子裹足，違者女父有官交部議處，兵民責四十板，流徙十。家長不行稽察，枷責，該管失察，並議。七年七月，副憲王熙奏云：「立法太嚴，或混將元年所生摺爲後生，誣妄出首，牽連無辜，亦未可知。恭請酌復舊章，以昭政典，應免禁可也。」自是弛禁。見《蚓庵瑣語》。按：繡鞋今謂之花鞋，劉宛委有《落花》句云：「賴得惜花人自巧，枝枝如粟繡弓鞋。」

錢塘桑工部弢甫調元，有遊山癖，曾徧五嶽，遂以名其集，亦奇人也。有《遊嵩洛》詩云：「獨客因依青豆房，月臺乘興縱清狂。醉中憤把龜兹笛，吹裂龍門萬仞岡。」

武林女媛多能詩，不但朱門華胄，即里巷貧户，能詩者亦復不少。桑工部弢甫調元歸里後，於杭州買得《元人百家詩》，後有黏牋云：「乾隆丁巳又九月九日，厨下乏米，手檢《元人百家詩》付賣，以供饘粥之費。手不忍釋，因賦一律云：『典及琴書事可知，又從案上檢元詩。先人手澤飄零盡，世族生涯落魄悲。此去雞林求易得，他年鄴架借應癡。亦知長别無由見，珍重寒閨伴我時。』賸之陳氏坤維題。」蓋故家才婦以貧鬻書者，惜不知其里居顛末。弢甫有次韵詩，並徵好事者同和。厲徵君太鴻有句云：「難追寫韵仙家事，應共牽蘿絶代悲。」亦可哀矣。

宛平査蓮坡爲仁，天津醝商也，以詩名。築水西莊，濱運河，有南碕草堂、數帆臺、攬翠軒、枕谿廊、水琴山畫堂諸勝，時與諸名士酬其中。尤與厲太鴻善，題咏尤多。蓮坡嘗有「衝凍每尋孤嶼寺，討春時上暗門船」之句，太鴻亟賞之，和句云：「討春衝凍相思句，傳唱江南直萬錢。」自蓮坡譴謫之後，水西無復過問矣。甲辰，太鴻有和其《移居》詩云：「我住城西小徑斜，知君也入昔游夸。當時失把林中臂，幻境如飄席上花。變姓不隨齊范蠡，舊人誰是魯朱家。新來見説耽禪味，手寫《楞嚴》浣俗譁。」蓮坡與盧雅雨俱好賢下士，未幾而前後事亦相同，可異也。

吉安諸生劉承三有《咏梅》句云：「嚼破青仁心亦沁，摘來冷幹指俱僵。」押僵字刻入。

詩有翻用古人句而更新者。宋樓攻媿《西湖競渡曲》云：「二分烟水八分人。」厲太鴻云：「竹風葵日共鮮新，向午湖亭扇障塵。試爲樓家參轉語，八分烟水二分人。」以今日西湖言之，自以烟水八分爲定論，是亦猶揚州月自以二分爲定也。

滇人李鶴齡能詩，夢樓師守臨安，未知，及去，見贈句云：「玉堂老鳳留衣鉢，滄海長虹卷釣絲。」乃遍示諸人。

厲太鴻嘗有《菜花》詩云：「三四吟朋一葉舟，踏青過後菜花稠。連畦金粉雌雄蝶，十里斜陽子母牛。北郭不來游女賞，東風都屬野人收。分明佛界周遭外，襯出紅橋碧玉流。」較他人作格外會意。

納姬細事，亦有前定。查蓮坡於丙寅春夢雙鳳飛集屋榜，各銜金篆字，一曰「貞」，一曰「福」。後納二小姬，名適與之同，因作《雙鳳圖》。太鴻題句云：「蕙蘭元自含貞性，風月何妨號福人。」蓋用元楊廉夫晚號「江山風月福人」事也。

大興吴侍讀肇元，乾隆辛未進士，鹽商也。以耳聾乞假，遂不仕，人稱吴聾子。寓京爛麪衚衕，頗有園亭之樂。與湯辛齋學士、丁芷溪、祝芷塘侍御、程魚門太史同余往還。延侍讀餘姚邵二雲晉涵教其子裕德，亦成進士，入翰林。余己丑作《懷人》五古十人之一人也。有《蘆臺九日》詩云：「尊前又見菊花開，獵獵西風短鬢催。三徑寒香空栗里，一庭秋色自蘆臺。逢歡幸不辜佳節，消渴終愁負緑醅。我欲登高迷處所，滿天霜葉鴈飛迴。」

餘姚神童張存璞，年十二歲，能詩，先北路公深器之，命余引爲小友。先君調秀水，時遣人以書墨賚之。及丁艱歸，童作詩送先君，末句云：「從此匆匆絳帷撤，可留雛鳳伴書軒。」蓋是時，越中諸友如邵二雲、張渟初皆欲余留浙讀書也。

湯圓以糯米粉包糖如彈，水煮熟爲點心。一名糖圓，見《皇明通紀》：「永樂十年元夕，聽臣民赴午門觀鰲山三日，以糖圓、油餅爲節食。」余《元宵》詩云：「元宵争看採蓮船，寶馬香車拾墜鈿。風雨夜深人散盡，孤燈猶唤賣糖圓。」

偶閲《唐闕史》，載進士单長鳴試春官日，袖狀訴吏云：「某姓单，音丹，爲榜吏易爲單，音善。单誠僻姓，而援毫吏得以侮易之，實貽宗先之羞也。」主司諭云：「方口、尖口，亦何異耶？」長鳴厲聲曰：「不然。文學之柄，屬在明公，倘以尖方口得以互書，則『台州吴兒』乃『吕州矣兒』矣。」主文者不能對。余同年南匯吴白華省欽，以侍讀視學蜀中，喜爲諸生改名。始以有諱乃改，繼乃無不改，並其點名册中祖父名亦改之，遂有父子同派者。曾記有一生，父名學宏，吴爲改鴻，生以祖名鴻圖訴，遂改易洪，其祖水旁派也。余弟繼元入泮，亦改繼爲驥。此與尖方口何異？頗爲口實。詩喜數典，惟《江油》云：「龍州南下水粼粼，野戍移來小縣貧。惆悵僰陽兒過處，荒祠誰祠李夫人。」謂鄧艾破江油，李夫人死難事也，可作詩史。

花有非其時而以火催開者，名曰唐花。唐者，房也，言花養於煖房而開也。乾隆丙辰進士，薦舉鴻博，鄞縣全太史祖望，號雙韭，授職假歸。癸亥十月，過揚州，胡中丞復翁期恒招遊攝山，適馬嶰谷曰：「琯自白下移古梅植于七峰山，同厲樊榭諸人作《移梅歌》。」是時坐中有烘梅分韵賦詩，全云：「山中方傲雪，日下已催香。我愛冰心凍，誰誇陽燧良。春應隨臘轉，人更校天忙。從此唐花墅，迎暄次第芳。」忙字韵最爲出色。

浙藩署撫國雲圃棟，旗人，先北路公壬戌同年，善飲好客。初官蓬溪令，人有「佛爺」之稱。己卯入闈分房，成都張翯、中江孟邵皆出其門，連捷庚辰翰林。幕客山陰孫大濩賀句云：「南樓風月思前度，西蜀文章邁等倫。」謂此也。又有《壯歲》句云：「關心花有恨，革面鏡無情。」《京口晚泊》云：「飛雲排鐵甕，怪石控銀濤。」上聯見筆力之健，下聯見音節之高。

先北路公乾隆壬戌進士，是科會試總裁，保和殿大學士鄂文端公爾泰、刑部尚書南昌劉吴龍、兵部侍郎休寧汪由敦、左副都御史濟寧仲永檀。三場畢，鄂文端以詩示同考諸公，曰：「三場試畢，檢閱從此始矣。」《述懷三百字奉同事諸君子》詩云：「乾隆歲壬戌，二月舉賓薦。再命領春闈，愓息增驚憚。自惟荒落姿，學植無偏擅。况乃衰病牽，心摇目昏眩。聚奎仰高堂，旁求殷秘殿。恃此衡量才，奚翅憂咎譴。所願同事賢，深感皇情眷。巨眼推老劉，汪仲並高選。分校十八人，一一瀛洲彦。學優行尤方，力充才不衒。流派窮淵源，元音審正變。推是足經綸，何有干摩研。念兹復欣然，手足忽欲旋。從來科目場，功過常居半。毷氉飾風標，鹵莽矜月旦。論文貌雌雄，憎命形歡歎。渠伊寸晷長，余吾五色眴。得人良獨難，失者孰稱善。願言體誠求，有祇殫心辦。中不中云何，無然乘懈倦。文章品類殊，穠妙各真贋。拙朴合離奇，穠華並孤幹。或瘦而温腴，或短而精悍。但令氣味存，妍醜皆生面。可畏非人言，人言等諧諺。凡百瑕與疵，吹求自躬先。惟虚明斯生，惟明公斯現。虚明兩或虧，一公詎能判。心心以爲心，見見原非見。勗哉熨帖平，庶以答恩眄。」語語從肺腑中流出，闈中詩亦有從無此纏綿懇摯，信名臣自有真也。

陽湖楊二思述曾，壬戌先北路公同年榜眼，辛巳歷官侍講，余得中書，謁先生於横街寓宅。先生置酪酥享客，余不敢嘗，先生笑曰：「此所謂南蓴北酪也。儒者須多讀書，更上進。」示和貢院詩云：「倚風鵬翮任飛摶，勿以求心逐野干。便腹五經真不易，摘鬚一第未曾難。文成黼黻方華國，笥有衣裳省服官。三尺短檠看尚在，書囊無底讀更殘。」前輩引掖後進，隨事指點如此。

秀水廣文嚴陵方卓然，文輈之子，工詩，兼書畫。爲人瀟灑不群，與先北路公交最契，無日不至署談，必三鼓乃罷。先君調署平湖，方贈詩云：「訟院風清網雀禽，冰心一片凛官箴。恩波流處誰能量，百頃鴛湖等樣深。」「茆齋恰與官齋近，絶似張南周北居。詩酒無勞招折簡，興來每自到藤輿。」「相聚情多别最難，分携誰與話酸寒。它時小舫東湖泊，共看珠樓月一丸。」「花雞剖腹省披綿，曉市魚蝦味最鮮。料得潔清真似水，肯教厨傳供常筵。」花雞、綿雀，秀水産也。

大宗伯曹地山先生秀先，官刑科給事中時，乾隆十九年，聖駕東巡，地山獻《東巡賦》，集上《御製初集》爲八首進呈，以此受知，晉秩。其序有句云：「欲以天而繪天，蓋沐日而就日。述而不作，義欲竊比于老彭；善則歸君，風難肆好于吉甫。鋪陳其事，賦者爲古詩之流；愚賤不專，臣也奉今王之制。」可謂獨創。

張雲谷卓薦至京，一日邀劉乙齋、李藝圃兩給諫，孟鷺洲、雷紹堂兩侍御，周東屏編修，王士會檢討及弟吏部鎮之，唐堯春農部，及余與弟墨莊、李桂山孝廉皆在，賦食蟹，各分險韵。雲谷得豈字，詩云：「八月香稻收，秋風吹荻葦。鄉味懷巴渝，呼朋薦橘榧。列坐寒温叙，脱略去文斐。索食及霜螯，團團滿筐篚。入鼎水眼沸，堆盤火色煒。含黃陋瓊酥，飽噉不辭菲。酒後鬭新詩，氣灝詞疊亹。雨村今詩豪，落筆驅神鬼。桂山峭且嶔，太華争奇偉。兩雄忽相角，有如穴戰螘。而我本枯腸，分韵及五尾。走險歷層殼，索典雜臭蠆。聊以供獺祭，知味則吾豈。斷港霜初落，燕市月正朏。特此謝群公，蔡謨莫輕誹。」一時推爲絶唱。

余家有二園，而每動遊山之興。忽誦冬心絶句云：「御紅千盞抵千團，園主輕抛客惡灘。三載歸來歸便去，花開却讓別人看。」爲之翻然自悟。然以視「多少朱門守空宅，主人到老未曾歸」，則又自以爲超人一等矣。

梅花自古詩人無不吟咏，大率不出「暗香」、「疎影」窠臼，惟冬心有《送吴江朱志廣下第遊粤西》云：「玉笋瑶篸山態新，灘江正好浣緇塵。桂林風土君須記，聞説梅花也瘴人。」不意清高之品，亦有墮入魔障而不得出者。習與俱化，非能魔人也。

晉安謝閣學道承太夫人能文，自課其子又紹，每晨昏省視，太夫人必詢問史事，或對稍延，訶責隨之。卒後，謝有詩云：「兒來前，自堯經今凡幾年？兒彊記，自堯經今凡幾帝？兒時應對稍逡巡，母顏變色旋恚嗔。陳篋孫志學人責，稽古胡不如婦人。吁嗟乎！母言在耳，兒顏猶泚。安得我母常嗔兒常泚，於今勸學無聞矣。」讀之覺仁孝之思油然而生。

墨莊云：番禺方蕡朔還移家吴中，喜賓客，以詩倡教，有廣歌堂，四方詩人來者皆讌集其中。曾邀至家，見詩多懷古。其弟東華朝約，生而失明，移家後乃復明，年十四矣。其父九谷不令讀時藝，衹與漢魏人詩令讀，唐宋以下皆未寓目，故詩無時下習氣。因以《勺湖集》示，有《江夜》句云：「江星動魚背，山果落猿懷。」確有新意。

宋編修小巖銑嘗對余言，其家有詩人宋樂者，字玉才，年少嘔血卒。有《蘇臺柳枝詞》云：「十里珠簾映碧流，絲絲金線拂人頭。閶門過去盤門路，一樹垂楊一畫樓。」活畫出一蘇州。

《桃花扇》傳奇，云亭山人孔東塘學博尚任作，演侯方域、李香君事。鐵嶺陳于玉云：「《玉樹》歌殘迹已陳，南朝宫殿柳條新。福王少小風流慣，不愛江山愛美人。」明末結局，一詩説盡。

華陽王松麓煓，諸生，工樂府，有《蜀宫四首》。一爲《荷池引》，弔蜀王近侍嚴蘭珍也。蘭珍，華陽人，父椿茂，邑諸生。蘭珍工書法，年十六，與同邑齊飛鸞、許若瓊、李麗華同選入宫。甲申十一月，賊攻城急，蘭珍於月之晦日投宫西苑荷池死。「宫中書法誰第一，嚴家女有鍾王筆。麗春軒裏最承恩，繭紙鸞箋紛絡繹。競渡詩成寫未終，驚天鼙鼓王城急。國將亡，生何益。妾身殞，妾事畢。行過風梳束鬢橋，回頭東望烟塵偪。不受賊奴污，願作魚兒食。浣荷池水深幾尺，明年花開色應碧。」二爲《御溝怨》，弔蜀王近侍齊飛鸞也。甲申十月朔，王同周貴妃自經端和殿，飛鸞躍入御溝死。又别有成都王澍、太平王至渌投宫中八角井云。「外城開，内城開，蜀地河山何有哉。國君縊，王妃縊，魂與烈皇悲社稷。君王殉國妾殉君，仰天一痛慘烟雲。御溝水深清瀰瀰，中有玉人眠水底。君不見美人頭，桃花面，酒可消，色不變。」三爲《銀瓶擊》，弔蜀王近侍許若瓊也。王殁之日，賊入宫，逆閹王宣執瓊見獻賊。賊喜，僞封皇后。夜伴宴寢宫，瓊持席上銀瓶擊中獻賊額，賊大怒，戕瓊右臂，瓊復以左手撻賊，賊又戕瓊左臂，駡不絶口，賊衆臠之。「錦官城頭鼓聲死，鐵礮如靁地中起，山嶽崩頹悲徹耳。宫門開，黄虎來，殿庭格磔屍盈階。嗚呼蜀王安在哉！阿瓊蒼皇逢惡監，縛以獻賊賊稱艷，趨立宫中陪夜宴。包羞忍耻受賊封，决計殺賊酒筵中，眼底已無張獻忠。自顧手中無寸鐵，審視國仇心膽烈。隱孃驤首提銀瓶，奮力擊賊賊腦裂。賊雖未死魂已攝，群賊顧之咸戤䠒。右臂折，左臂折，倒地駡聲猶未絶，肉虀骨碎飛香血。香血飛貞心，烈性誰與歸？荆軻難把秦王袖，豫讓徒擊趙襄衣，都亭殺賊今古稀。君不見司農擲笏擊朱泚，忠義之氣堪比擬。堂堂大節屬峨眉，荆軻豫讓空男子。吁嗟乎！荆軻豫讓空男子。」四爲《漢殿仙》，弔蜀王近侍李麗華也。麗華幼慧，父友許寛義嘗以「吴江令」對，華應曰「漢殿秋」，其家因呼爲「漢殿仙」。賊既破蜀宫，幽華密處，華絶粒五日不死。十二月六日，吞金卒。卒時，與蘭珍、飛鸞、若瓊年皆二十歲。「漢殿仙，蜀王宣。直何處，麗春軒。五日浣花溪上渡，王有賦，誰能步？字裏風霜含諷喻。龍舟酣宴正傳杯，錦水爲竭寇忽來。殺聲賊焰日爲隤，案頭黄紙隨劫灰。念君王，美人傷，絶粒不死吞金亡。何物黠賊逞狓猖，争殘王體舞郎當。豈知烈女骨，萬古猶馨香。」按：遂寧張氏有《闡幽録》，專列《四女傳》，爲丹稜彭氏《蜀碧》一書所未悉者，詩即選自《録》中。

奉天劉玉衡廷璣曾有句云：「雁將天作路，雀以樹爲家。」論者謂本宋人「柳間黄鳥路，波底白鷗天」句得來，非也。此皆從楊誠齋「青天以水爲明鏡，白鷺前身是釣翁」句脱化而出，所謂參活法也。宋張南湖鋐有句云：「自前言句知多少，罕有先生活法詩。」南湖即元方萬里回所云「得活法于誠齋」者，誠齋謂「新拜南湖爲上將」是也。

凡作古詩必有奇氣，起句尤要。偶見徐芬若《松山》起云：「一峰飛入雲，雲故推之出。一峰飛出雲，雲故攫之入。」如此奇警，得未曾有。

丹徒孝廉張宏敏，字訥夫，孝感令，曾中副榜。有詩云：「瓊樓高迥絶躋攀，大藥功成第八還。行到半天仙骨少，罡風復遺落人間。」

歸安葉氏三女皆能詩。長令儀，字淑君；次令嘉，字淡宜；三令昭，字蘋渚。長適錢塘麗江太守陳某，次適京宦某，三適邱太史庭漋。令儀有《寄兩妹都門》詩云：「紅閨雁影惜分離，强説相逢定有期。此日燕山空繞夢，何年官閣付題詩。海棠庭院敲棋處，鸚鵡簾櫳唤茗時。往事依稀休重問，有人緑鬢已添絲。」令嘉却寄云：「蛾原分手隔天涯，風雨聯牀願尚賒。兩地空煩詩代簡，三春同有夢還家。病多漸識君臣藥，别久愁看姊妹花。他日相思勞遠望，五雲多處是京華。」令昭却寄云：「繡閣當年共理妝，傷心此日各分行。寄書已過櫻桃節，惜别休聞芍藥香。曉月鳴雞驚昔夢，夕陽歸雁感殊方。平生舟楫偏無分，枉説江南是故鄉。」令儀有《花南吟榭遺草》。令嘉女陳長生，字秋穀，適孝廉某，亦能詩。有《咏鏡和外》云：「緑窻人起鏡臺横，繡箔初開曉月明。到處周旋逢我我，暫時調笑欲卿卿。屏間孔雀應憐影，夢裏芙蓉定識名。料得俗塵磨洗盡，照人原似玉壺清。」著有《繪聲閣初稿》。尤工小樂府，袁子才亟稱之。有《金陵阻風侍太夫人遊隨園作》詩云：「輕帆三日滯江干，爲訪名園足勝觀。點染總教詩意滿，安排祇恐畫工難。一簾風月供濡筆，六代鶯花伴倚闌。却怪西泠山水窟，尚無勝地卧袁安。」

述庵云：「詩之爲道，偏至者多，兼工者少。分茆設蕝，各據所獲以自矜。學陶韋者，斥盤空硬語、妥帖排奡爲粗。學杜、韓者，又指不著一字、盡得風流爲弱。出主入奴，二者恒相笑，亦互相絀也。吾五言詩期于抒寫性情，清真微妙。而七言長句頗欲驅使典籍，縱横變化。世之偏至者，或可以無譏也。」又云：「士大夫略解五七字，輒以詩自命，故詩教日卑。吾之言詩也，曰學，曰才，曰氣，曰調。學以經史爲主，才以運之，氣以行之，調以舉之。四者兼而弇陋生澀者，庶不敢妄厠於壇坫乎？」其論如此。今觀所著《述庵詩鈔》，清華典麗，經史縱横，然學、調其長，而才、氣略短。總之，近體勝于古體，七律勝于五律，而七律尤以從軍諸詩爲最。蓋身列戎行，目所經歷，故言之親切而痛快也。如《將往騰越寄趙甌北太守》云：「鐵甲連雲戰未收，毛錐何意雜兜鍪。浮蹤約略同齊贅，假面分明作楚優。天入南溟窮鬼宿，地過西濮盡神州。小人有母知同感，望斷孤雲萬里愁。」《悼升之寄沈莘田太守》云：「沙蟲猨鶴未分明，循誦新詩信愴情。河外一軍亡傳變，鄴中七子失劉楨。衰年久已傷哀樂，戰地安能定死生。幾度相思畏相見，如何血淚恐齊傾。」又《寄魚門》句云：「簿書仍似東曹椽，袴褶真同北府兵。」寫出軍機部郎從戎光景。

官妓侑酒，自唐宗以來皆然。今既奉禁，故多以伶人妝飾代之，相習成風。惟黔中提學山陰吴編修泰交壽昌不以爲然，有《觀劇》詩云：「暫輟登場侍酒頻，也知粉黛總非真。平生不解紅裙醉，任爾擎杯奉別人。」亦今之古人也。著有《虚白齋存稿》。

雨村詩話卷九

綿州童山老人李調元

直隷總制長山袁清恪公爲少宰時，使蜀辦案，住錦城皇華館。遣人向坊間覓書，得余與成都教授彰明鄧在珩所刻《李太白集》，前有序文一篇，深蒙擊賞。丙戌，余由庶常散館，改授選司，始得謁公，即曰：「向未見君，已見君李集序，真不讓當年皇甫謐也。蜀坊間無書，獨君此書耳。」時諸城相國劉文正公掌銓，公指謂曰：「此蜀中名士也。」嗣是拭目。丙申，余以書稿落職，奉特恩，仍復原官。公聞之，喜曰：「固知此人不止此也。」庚子，余授通永道，公時亦由尚書節制畿輔，上謂公曰：「朕爲汝放一好道矣。」公奏曰：「此原故吏，久知其能。」上曰：「惟性氣不好，汝當教之。」公退以相勗，余奉命惟謹。未幾，公以太夫人憂歸，而余亦以參永平守弓養正，爲後督英廉奏解任，遂掛吏議，遣戍伊犁。弓亦坐臺。閲月，清恪公帶制仍督保定，聞之，深爲惋惜。即於黄新莊陛見時，代余面奏贖罪，其奏有「學問尚好，彼處稱爲才子」之語。上允之，乃得免。余從涿州赴省謁謝，屬以亟完贖項，以圖復官。乃完項未匝月，而公即薨，余遂不作出山想矣。古人謂「感恩知己，兼而有之」，余之謂也。哭之，有詩云：「清德名門柱石椎，一朝星隕共嗟哀。舉朝盡訝長城壞，故吏尤悲泰岳隤。曾薦彌衡雲漢上，能教李白夜郎迴。從今不作然灰夢，世更何人解愛才。」公長君鎬，字鈞坡，乾隆壬辰進士，官兵部郎中。

編修宋小巖銑，長洲人，乾隆庚辰進士。入館時，年甫弱冠，美丰姿，人稱宋小姐。詩極葱蒨，贈余詩有句云：「林月送疎磬，山風耿遠燈。」

興化徐蒸遠步雲，召試中書，在京與余詩酒往還。後以鹺使盧雅雨事，牽連遣戍。嘗以親病回南，和余送行詩云：「君才如老將，筆陣震屋瓦。峨嵋與太白，等是謫仙者。得酒便歌呼，肝膽盡傾瀉。出門無華軒，所畜但一馬。棐几晝静滑，潑墨恣飄灑。登俎厭家雞，復笑野鶩野。生平不喜博，著書暇亦且。瓦酌視黄金，射注雨窗下。一敗千人廢，怒氣生喑啞。轉眼開笑容，忘情真達也。昨夜夢君瘦，髀肉不掩踝。得句捲寄君，蘭膏尚未灺。」老將亦嘲將軍也。

寧都魏叔子徵君禧，辛亥六月客揚州，病熱。下邳張天樞九度挾一客過魏，丰儀甚美，不通名次。坐定，天樞揮扇不已，魏竊視扇上有《登焦山》詩云：「滄江如此急，亂石自中流。」魏驚賞，謂此何人作？天樞手指客曰：「是程山公詩也。」魏取扇卒讀，而揖山公曰：「吾固聞君名，不謂遂至此耶？」於是恨相見晚，爲序其集。

許竹隱有句云：「箭道入深柳，棊聲出小池。」甚工。

丹徒張石帆句云：「交從貧賤得，詩到别離工。」宛平王青山句云：「相逢佳客少，懷舊死人多。」皆從至理中寫出。

朱子潁候補在京，爲余作《醒園圖》。所謂醒園者，先君之别業，其園在羅江，今改綿州治之北二十里雲龍山，蓋取杜少陵《題瀼西新草屋》第三章詩意也。額爲丹徒編修王夢樓先生文治書。余以庚寅正月旋里，各建亭於其上。其最高者爲望江亭，其下爲萬松嶺，每風畟畟而起，彷彿澎湃之聲。西山之陰爲放鶴亭，可一望雲龍諸山。下一層有二船房，左曰貯風，右曰延月，叠翠重嵐，最爲幽折。其中爲大觀臺，一園之景皆萃焉。出蓬萊門以北曰木香亭，與醾醾架相對，每花時，芳氣襲人。下即魚池，有兩亭，南曰納凉，北曰非魚。每五六月之交，緑柳含風，坐卧終日，可以忘暑。稍下，又爲青溪草堂，春時啼鳥繞屋，桃花三兩枝，令人移情。其南洗墨池，池上有石亭。其北則雨村書屋在焉，竹竿萬個，大有村落閒意。其最北又有臨江閣、樹根亭、緑陰山房、倚雲樓、聽鶯軒，凡欄楯石梯，皆極曲折。而又匆匆補官赴京，然思之不置，固屬子潁爲圖，一時同館閣部院諸公俱有詩。侍講學士長洲褚廷璋筠心云：「醒園主人我良友，倜儻權奇世無偶。詩追鄉達紹門風，前有青蓮後髯叟。數分花月坐吟嘯，結構林亭傍堆阜。雲龍山側蓉溪南，琴鶴留貽澤長久。前春示我方幅圖，紙上烟霞鬱紛糅。時君嶺嶠方旋車，我亦探書歸二酉。相逢重話數年别，剪燭夜寒消九九。連閈望宇欣過從，並坐簾櫳對開牖。分張雲樹纔幾時，復遣各飛怨疎柳。蜺旌遥羡多光輝，冰署俯慚成老醜。今春會合歌筵酒，小春筵上重攜手。通潞畿南卅里程，咫尺分明託居耦。銅街夜嚴霜柝高，蕭牕映雪抽凍毫。擁烟開帙了宿諾，彼美不見心煩勞。梅花香中緘尺素，嗟予晏歲懷同袍。名園登陟尚遲待，讀畫幸許供遊遨。兩地相望共霜月，圓光流照交情叨。」跋云：「雨村先以圖屬題，余以匆匆未暇，庋几案，竟三年未酬宿逋。庚子，雨村學差試竣來京，次日即授畿南觀察，始了宿願，歸之，故詩云。」户部主事吴璜鑑南云：「榿林籠竹夾空垣，中有臨江舊業存。彷佛翠屏通細雨，荷鋤閑立聽吟猿。翰林奉使詩曾和，太守來遊舊擅長。好貰郫筒多酌我，當筵一效次公狂。」順天府府尹南匯吴省欽白華云：「君才美如蜀錦段，滇歸養母淹三年。墓田丙舍計初就，來枕畫省香爐烟。今朝對酒坐瀟洒，言有鄉夢依左綿。雲龍山旁象山麓，潯江東繞鳴濺濺。小園雖衍先人澤，漁父信宿時賓緣。一樓一閣置帖妥，一花一藥羅芳鮮。亦知人情重懷土，猨驚鶴怨終由天。上礬生絹乞能手，朱老真似南鄰然。古來行軍著要約，馬厩往往摧平泉。即今松維事撻伐，輸輓例藉租庸錢。君爲蜀人朱蜀守，時蠟兩屐張長筵。想見雪嶺戍天外，千里貼席忘戈鋋。予於是園欠親歷，巖居川觀寧非仙。掉頭不住入京洛，山水之福將唐捐。賴此書本秘行篋，玉蟾蜍淚流微涓。醒園獨醒太無賴，豈若買醉長安眠。楂林他日大於斗，過訪我亦浮巴船。」潁州府知府陽湖蔣熊昌云：「吏部文章信有之，使君圖畫翰林詩。必逢佳士醉尤好，但得名園醒亦宜。花木泉亭千里夢，暨茨堂構百年思。家山亦有烟霞僻，猿鶴同君怨别離。」編修歙縣程晉芳魚門云：「重慶太守能詩復善畫，昨來與余剪燈話。乘閒乘雪曾上峨嵋最高頂，俯矚大千銀世界。嶺無平勢澗無聲，凍雀冷雲爲一派。凌虚抗手欲招真，不信人間多芥蔕。談神説鬼無此瑰目奇，使我聆之起衰憊。因覽其近詩蕭瑟，空濛具得山水力。醉後拈毫繪醒園，乃是雨郵所促逼。雖經促逼饒遠神，羅江亦有峨嵋春。斜亭曲沼歸方幅，瀉入平羌月一輪。依巖作屏，植木如錦，兩舍桑柔熟丹葚。清泉白石自惺惺，暢好於中圖快飲。奚以獨醒爲，自命狂特甚。霜猿叫更寒噤癢，墮葉鏗鏗警秋枕。皇然蘧然炊來飪，斯境可稱無上之上品。太守懷蜀予憶家，眼中筆底開烟霞。此時蓉溪芙蓉白於玉，問君何苦留京華。籬門盡被松遮却，空際描摹難捉摸。後人讀畫羨遭逢，詩家流爲詩家作。」桐城刑部主事姚姬傳鼐云：「蜀山西自蠻夷之中來，千仞萬仞雪催嵬。劍閣山南錦江暖，桑麻沃野當中開。

綿州綰轂劍關口，白沙碧水環杉柳。吏部平生居此州，萬株種松百瓶酒。録詩空谷感英靈，投轄使驛招賓友。天下傳君此醒園，君今却出劍關門。我見君顔長不懌，君道思家歸未得。況復西山有畔夷，軍興大渡河西北。湔氐山密豺狼驕，又傳兵馬乘繩橋。丁男盡力助輸輓，園林坐看生蓬蒿。前夕渝州使君至，看山徧歷邛駹地。籌邊經國意何長，就君傳説西南事。爲君水竹貌平分，先貌松維雪嶺雲。偃卧信知魚鳥樂，明年定罷殿前軍。」甘泉太常寺少卿施朝幹白沙云：「巖壑三巴路，林園二載春。思鄉悲宰木，披畫拭芳塵。吏部聲華久，先公堂構新。象山低壓檻，蓉水静浮茵。浩劫餘芻牧，孤雲剪棘榛。命名懷獨醒，種樹自含真。鴻爪驚遊宦，龍吟此穸窀。經營猶曩昔，繼述一酸辛。徑闢盤紆盡，工鳩次第均。高臺覽今古，元氣接峨岷。村遠荷鋤立，烟深采藥頻。觀魚延夕景，放鶴仰秋旻。佳事供歌嘯，端居異隱淪。北來時入夢，西望轉傷神。太守過從舊，中朝拜舞辰。逢君談井里，潑墨寫松筠。忽指峰巒出，如看麋鹿馴。行藏天欲問，誠孝志爲申。亦有江淮客，相憐文酒身。徘徊重握手，終擬學垂綸。」青陽侍讀學士王懿修春圃云：「仙才未合住岩阿，數畝園如傳舍過。宦跡共瞻星使遠，文心應貯錦囊多。春風海外新桃李，素業山中舊薜蘿。此日棠陰真濟美，玉河遥接潞河波。」德清翰林院庶吉士陳塘厚堂云：「羅江山水清且妍，浮空一碧通雲烟。雲龍之峰勢突立，俯瞰衆壑如隨肩。芙蓉溪水環其前，清光似練涵長川。群巒倒影落明鏡，恍覩玉女高鬟懸。雨村卜居蒼翠間，登臨縱目千山連。搴帷暮招西嶺月，把酒曉挹峨眉天。揭來催程赴日下，山靈應笑奔塵緣。草堂風色定不改，特乞好手圖林泉。輕風縈江天漠漠，微雲入樹山娟娟。林亭石室互虧蔽，畫中彷彿花源仙。

京師八月秋氣鮮，高槐雜樹鳴涼蟬。明窗晝静拂絹素，對之如泛書畫船。我思兹園歷已久，前人作室基開先。當時經營手澤在，詩篇幾處曾題鐫。龍門晉謁今幾年，古杭風月吴山偏。墓田旋見生宿草，西望蜀道悲啼鵑。安得驅車來古綿，相從鄰架披遺編。吟餘更着上山屐，高崖一枕松風眠。」

乾隆庚寅，編修海寧祝德麟芷塘典蜀鄉試，回京，道出羅江，偕副典試檢討鄧文泮筆山聯騎出城訪余於雲龍别業。時余弟鼎元出其門下，尚未歸。清談竟夜，翌日邀至南村舊宅，登堂拜母。具雞黍，出家釀，命余弟龍山並諸子弟以詩文質正。翌日，連轡送至金山。芷塘有《醒園留别用杜工部遊何將軍山林韻十首》云：「跡滯三秋後，身遊萬里橋。黄花明異域，青鳥返重霄。短李幽居僻，長鬚突騎招。逢迎欣得主，造訪肯辭遥。」「減從聯雙騎，天光出郭清。溪喧惟祭獺，秋老不聞鶯。野父除瓜架，山妻茹菜羹。殷勤語楚客，何似武陵行。」「林外波聲活，潺江别一支。叱牛收水磨，呼鴨上陂池。徑亂增樵惑，巒重獨鳥知。只因遊履過，荆棘已教披。」「已近醒園路，山寒少雜花。插峰山似象，赴壑水如蛇。鱗鬣看松嫩，杯棬想澤賒。他年長千尺，喬木識君家。」「柴荆無灑掃，今日逐江開。堂構方求木，寒暄異望梅。榻懸徐孺至，黍見范卿來。爲問門前路，容誰損緑苔。」「握手出詩集，高源詞湧泉。思親新涕淚，懷友舊纏緜。唱和聯諸謝，評論待老錢。雨村素學詩於香聞，爲錢翁所極賞。雕零雙桂後，若箇長西川。楊升庵先生雙桂堂在新都，今已廢。」「飲我郫筒酒，春醪麴米香。庖烟衝暝濕，園菜益津涼。選忘兒能誦，杯乾婦久藏。乘醺思振策，下界鬱蒼蒼。」「熹微尋石磴，曲徑半臨池。直欲謀笭箵，仍來着接羅。人家團竹色，秋水瘦魚兒。早識溪山美，應令畫手隨。」「雪嶺明晴旭，花驄撥亂雲。碑前重墮淚，身後但遺文。拜母衣冠肅，論交輩行分。童時遊釣處，指點復紛紛。」「一飯南村舍，臨岐意若何。别人甘語少，看客比鄰多。敢忘對床約，難爲行路歌。回頭問野老，使節幾經過。」

川馬産建昌，亦呼建昌馬。小於驢，蹀躞善行，但不勝重載，亦猶朝鮮之果下馬也。余嘗重價購一馬，棗榴色，惟鼻有白毛直道，名銀針。芷塘至余家，愛之，即連鞍相贈，並詩云：「我有川駒子，銀針世未聞。同心蒙見顧，迴首惜離群。鼻噀三冬雪，蹄輕萬嶂雲。知君無所换，空自謝殷勤。」時芷塘方謀納妾，故云。

新城有《記得詩》二十首，不載集中，人言罷官後贈妓月僊作。記其四云：「班班車又到河間，越燕辭巢幾歲還。記得繡堂紅燭下，有人和淚唱《陽關》。」「風迴曲陌漾遊絲，新作浮萍緑漲池。記得去年今日見，石欄西畔牡丹時。」「瑯琊怊悵爲情多，記得臨岐唤奈何。千媚中央隨處好，最難忘處是横波。」「菖蒲花好乍聞名，花底從教過一生。記得迴廊人語寂，卸頭纔罷月微明。」

蔗塘云：「作詩好用經語，亦是小癖。老杜詩：『致遠思恐泥。』東坡寫到此句云：『此詩不足爲法。』然亦有善用者。楊誠齋云：『聿來胥宇蟻爲穴，無以爲家燕入秋。』近日劉宛委云：『從吾所好惟書史，匪我思存伺笑嚬。』却工。」

先北路公在平湖縣，政聲爲浙中第一。先是，平湖久不得雨，以六月六日到任，忽得大雨，都人喜甚。沈雲椒初爲諸生，有「陽春匝地千家煖，好雨隨車六月寒」之句。及去平湖，都人祖餞者以萬計，時有「雲霧七年，兩月青天」之謡。是年保舉知府，丁艱，留别諸人詩云：「父老攀轅意不勝，江花江草影層層。寇恂敢詡才難借，黄霸何心秩許增。迴首關山渾是夢，傷心涕淚半成冰。七年宦海支離甚，苦雨淒風耿夜燈。」

甘泉朱二亭云：「亂鴉喧老樹。」錢塘仲小海云：「老樹健西風。」同用老樹而意態各别。

余嘗云：作詩者當使千百世見，不但使一時人見。使一時人見，下筆必率。使千百世見，下筆必謹。

餘姚人最推尊黄梨洲先生經學。先生忠端公尊素之子也，名宗羲，字太冲，受業劉念臺先生之門，著有《南雷文定》、《文約》。至論詩，非其長也，然亦不苟。有《種百合》句云：「却信佳詩堪治病，從今清淚不沾膺。」初閲之不解，後讀《王右丞集・百合》結句云：「果堪止淚無，欲縱望鄉目。」乃知其典，百合能止淚也。

山陰張陶庵岱，世家子，豪放自喜。家畜梨園數部，日聚海内名士，徵歌行酒，有文舉座上之風。晚歲家日落，鬱鬱不自聊，年九十三乃卒。余在越猶見之。著有《西湖夢尋》、《快園道古》、《奚囊十集》。自挽何柱史甥句云：「無忌原來真似舅，賓王寧死不爲僧。」

諸暨章無黨平事，順治壬辰進士，官河南永寧令。詩多淡而有味，《畫眉》云：「清音空自好，淡掃竟何爲。」《秋夜》云：「暑睡渾如病，秋宵竟霍然。」

蕺山四鳳者，唐載歌、駱叔夜、孫宣化、王舜舉也。舜舉名元愷，山陰明經，有《夜赴濟寧》云：「草明微見露，馬疾但聞聲。」寫長途夜景逼肖。

餘姚邵之詹，字思遠，布客，人不知其能詩，同舟過金山，忽口占云：「殘月曉逾白，寺門僧未開。」人始驚之。邀遊寺，復續云：「山雲穿户出，海日破潮來。」乃大驚，請成篇。應聲云：「水落談經石，風高誦法臺。曙鐘聲透碧，一棹過蓬萊。」自是詩名大震，延請者踵其門，不復販布矣。

蕭山高士來北河蕃明，來集之裔也。家世烜赫，獨淡寂自甘。每出遊，攜書滿袖。遇當意人，語終日不倦，否則絶口不交一言，人以其語卜人臧否。隱居不仕，嘗自署一聯於門云：「賣魚供晚爨，養犢待春耕。」與諸墨樵「紅塵難到處，松竹以爲家」句，並稱高尚。

吏部錢塘韓開雲朝衡《京師月令》其《四月》云：「是月也，糞溝開，會墨出。」都下傳之爲笑。近桐城方爾止有《京師竹枝詞》云：「清晨旅舍降嬋娟，便脱紅裙上炕眠。傍晚起來無個事，一回小曲一筒烟。」亦可笑也。

雲谷言：魯星村詩，余酷愛「暑天几席暖于人」七字。

甲戌，先北路公官餘姚，彙縣試，會元侍讀邵二雲年甫十三，有神童之目，先君呼至案前，命背五經，一字不失。復試以詩，有「小鳥解依人」句，語本《説文》。先君深器之，謂其父曰：「此汝家千里駒也。」遂命與余訂交。後辛卯，果中第一，入翰林。二雲一目有花，而讀書十行俱下，四庫館纂校中稱博學第一。

《群芳譜》以木棉花與棉花同譜，似誤。木棉亦名吉貝，余在粤歲考，以吉貝命題，得「棉」字。璗山諸生吴玢詩最工，詩云：「吉貝名何自，爲看發木棉。花開燈顆顆，子結絮聯聯。樹杪幾同燄，杖頭渾欲然。千株多爛熳，萬樹益明鮮。可結黎人帔，堪爲稚子氈。絲迷春日柳，光雜夏池蓮。似錦平鋪地，如霞遠照天。刺桐差足擬，木筆頗相連。火齊雲端現，珊瑚雨後鐫。絮飛如點雪，葩吐似凝烟。望去光何燦，看來色倍姸。瓊臺多少樹，葱鬱對寒泉。」

余有趙松雪畫馬圖，令諸生賦，以新會李超言爲冠。詩云：「曾擬龍眠敢並驅，空群自負信非迂。若教寫向宣和日，玉牒應添八駿圖。」

余試畢嶺南，招集諸生登五層樓分賦，限「青」字。合作如南海陳珮居云：「百丈層樓控杳冥，闌干高倚玉亭亭。天浮日月雙丸急，地界波濤一劃青。嶺表鼇蟠朝北闕，文瀾鯤化過南溟。登臨此日逢秋色，雲鴈蒼蒼下遠汀。」順德袁起鵬云：「丹梯飛棟矗空冥，憑眺層層放眼青。城市舊饒冠冕望，山川曾集霸王靈。鴈聲寒帶鍾聲入，蜃氣遥連海氣停。重鎮東南天半壁，化鯤時欲奮滄溟。」南海莫如衡云：「層樓一氣擁南溟，有客憑高問古銘。叱不起羊空有石，挽曾亡妓尚留馨。縱横自昔歸王土，燕喜於今盡使亭。更轉東南窻隙望，白雲平淡數峰青。」新會李大成云：「樓開鎮海奠山靈，憑弔人來倚曲櫺。五嶺勢雄朝北極，百蠻地盡接南溟。霸圖寂寞消殘劫，功德巍峩紀舊銘。獨立蒼茫無限恨，三城依舊鬱青青。」俱雄壯稱題。

德慶李峰字雲崖，《雜詠》句云：「池臨新婦帖，鼎爇女兒香。」余絶愛之。登五層樓望海，皆限七言律，峰獨請作七古，最爲杰出。詩云：「誰構飛樓鎮海國，南溟一望渾無極。十洲三島檻中收，天與波光同一色。初登漸覺洪濤寬，蜃樓隱見龍呼吸。忽然身與海俱浮，雲爲下垂水爲立。旋渦白晝走風霆，萬怪喧豗蕩精魄。千尋魚眼射波紅，萬里鰲身映天碧。飽聞師子通神市，瞥見紅毛來鬼舶。須臾變化奔烟霞，鼉作鯨吞杳難測。佇令風雨撲樓寒，瘴霧迷離留不得。狂颸黑浪無時無，要須一吐胸奇特。明朝更擬看朝暾，乘時好展扶摇翼。」

余在粤，按試至龍川，通衢壁上有海陽趙璣《和嫂題壁韵序》云：「兒與嫂共筆硯者四載矣。順治癸巳，城陷被俘，至通衢，見壁間詩，知出嫂手，因次其韵，續題於後。倘嫂一日生還，重過此地，覩兒淚筆，兒死猶生矣。」詩云：「分明筆仗影依稀，驚陣啼鴉散夕暉。去國竟成千古恨，抱琴應共九泉歸。才高柳絮餘香瀋，命薄桃花卸舞衣。淚眼相逢何日事，一聲鼙鼓各魂飛。」今筆蹟猶存，但不知嫂何名，兼失其詩，可惜也。

揭陽有女媛謝玉孃，能詩，《題春暮》句云：「朱簾畫閣小橋東，人倚東風對落紅。何事柳眠鶯不起，卻緣春事晚來空。」

袁子才云：「古人船行多用鼓，如杜詩『打鼓伐船何處郎』是也。今以鉦代之，不知始自何時。」此皆未深考也。蜀中三峽行船，皆用鼓以助挽，百丈之繂，惟上水用之，終日鼕鼕，兩山相應，其聲不絶。惟峽中爲然，他則否，故杜詩云爾，不得以江浙行船爲例。此由子才未入蜀，無怪矣。至開船用銅鑼，見《東京夢華録》，有小龍船二十隻，上有緋衣軍士各五十餘人，各設旗鼓銅鑼，是宋時已有之。又作開道之用。《金史·儀衛志》第一節中「道象節級二人，銅鑼七」是也。《雲麓漫鈔》：「中原人以擊鑼爲篩鑼，東南方亦有言之者。」又鳴鑼擊鼓迎賽神社，見《元史·刑法志》。凡此皆銅鑼也。至於鉦，與鑼迴別。《説文》：「鉦，鐃類也。似鈴，柄中上下通。」《詩・小雅》：「鉦人代鼓。」《疏》：「鳴鐃以却，聞鉦而止。」蓋鼓以動之，鉦以静之也。故東坡詩云：「樹頭初日挂銅鉦。」若以鉦爲鑼，則是比日爲銅鑼矣，豈不可笑？今詩家誤以鉦代鑼，亦自宋人始。楊誠齋詩云：「一事新來偏可戀，夢中聞打放船鉦。」則誠齋已有詩矣。子才善學誠齋者，豈未之見耶？抑偶不及檢也。

張桓侯詩最難出色，太麤則非名將，太細則非桓侯。先北路公官涿州，即古范陽，侯即州人。城西十里有侯廟，在官路旁。廟極巍崇，山門有鐵鑄蛇矛，前築樂樓，里人春秋演戲祭賽。余在翰林時，嘗省親至涿，展謁，見題詩者甚多，惟學士嘉定曹習庵仁虎爲合作。詩云：「巖巖廟貌凛眉須，想見雄姿敵萬夫。國士有風終定蜀，鄉侯無命未吞吴。風開曉帳長矛動，日落陰庭列騎趨。留得家聲綿竹戰，合教配食到堂隅。」末言侯孫遵與鄧艾戰死於綿竹也。余曾有句云：「必逢漢賊方瞋目，若遇將軍肯砍頭。」

曹習庵長於咏古，《子胥祠》云：「千古恩讐誰是主，一家患難最憐君。」又《樓桑村》云：「直以乘車占帝胄，敢將織席笑英雄。」俱工切。

海鹽董東亭潮，余癸未館選同年，出趙雲松門下。能文，詩詞尤綺麗，工對仗，作《紅豆歌》，人争傳誦。制義亦如之。是科會試題爲「甯武子邦有道則知，邦無道則愚」，中有以「獃犬」對「襄牛」一聯，人服其工。素有嘔心成句之病，踰年假歸，修《毘陵志》，卒於常州，可惜也。趙雲松哭之，有句云：「生無薄産常依婦，才可名山未著書。」最爲沉着。

頑童即孌童也，見於《尚書》。《逸書》亦曰「美男破老」，其來舊矣。歷代史傳所載，如《左傳》衛之宋朝、彌子瑕癰疽，宋之向魋，楚之申侯，晉之優施，齊之刁豎，《國策》魏之龍陽君，楚之安陵、鄢陵君、壽陵君，趙之建信君，魯之臧倉，漢高祖之籍孺，孝惠之閎孺、趙談，文帝之鄧通，武帝之韓嫣、李延年、張放，哀帝之董賢，霍光之馮子都，梁冀之秦宮，蜀漢後主之黄皓，魏明帝之曹肇，吴後主皓之岑昬，晉桓玄之丁期，趙王倫之孫秀，宋王僧達之朱靈寶，宋廢帝之華願兒，齊高祖之紀僧真，東昏之茹法珍、梅蟲兒、王寶孫，陳文帝之韓子高，北齊世祖之和士開、高阿那肱，後主之穆提婆、韓鳳、史醜多、胡小兒、陳德信，後趙石季龍之鄭櫻桃、申扁，北周庾信之蕭韶，後秦符堅之慕容冲，隋煬帝之宇文化及，唐馬周，劉洎之李義府，明皇之王毛仲、姜皎、崔滌，懿宗之李可及，宋徽宗之童貫，金熙宗之蕭肄，海陵王之張仲軻、高懷貢，明武宗之錢寧等十俊，嚴東樓之金鳳，本朝陳維崧之紫雲，冒襄之楊枝，龔鼎孳之王紫稼，宋轅文之張韶九，有名者幾及百人，其他指不勝屈。破家亡國，皆由於此。嘗欲作《孌鑒》一書以示戒，未成也。詩自張翰咏周小史「翩翩周生，婉孌幼童。年十有五，如日在東」，詩亦祇言孌幸而已，尚未有孌童之稱。大率此風於晉末始熾。《晉・五行志》云：「有人兼男女氣，亦能兩用人道，而性尤淫，此亂氣所生。自咸寧、太康之後，男寵大興，甚於女色，士大夫莫不尚之，天下相倣效，或至夫婦離絶，多生怨曠。故男女氣亂而妖形之作也。」其流弊如此，雖以庾信、沈約亦所不免。故約有《懺悔文》曰：「追憶少年，血氣方壯。習累所纏，事難排豁。淇水上官誠云：『無幾分桃斷袖，亦足稱多；此實生死牢穽，未易洗祓。』今於十方諸佛前，見在衆生大衆前，誓心尅己，追自悔責，當今斷絶，永息來緣。」是時梁簡文帝始有《孌童詩》曰：「孌童嬌麗質，踐董復超瑕。羽帳晨香滿，珠簾夕照賒。翠被含鴛色，雕床鏤象牙。妙年同小史，姝貌比朝霞。袖裁連璧錦，牋織細橦花。攬袴輕紅出，迴頭雙鬢斜。嬾眼時含笑，玉手乍攀花。懷情非後釣，密愛似前車。定使燕姬妬，彌令鄭女嗟。」末句可增浩歎。暨自宋東都盛時，少年賴此以圖衣食，政和中始立禁行告捕法，而其風不熄。明律既立有禁條，又有蓮子衚衕承應，至有開舖者，吴謂之小手，即今之跑梁也。蓋非法之所能禁矣。

莊子云：「猨猵狙以爲雌。」謂俳優如獸，所謂獿雜子女也。古謂雜戲如獿，乃知生，狌也，旦，狚也，今則俱改作立人。胡應麟云：「今優人自優孟抵掌孫叔敖，實始濫觴。《漢・宦者傳》脂粉侍中，此即裝旦之漸。《樂府雜録》：『范傳康、上官唐卿、吕敬還三人弄假婦人。』即裝旦矣，尚未有旦名。《武林舊事》始有『裝旦色目』，是旦始於宋、元。然祗用妓，如李嬌兒爲温柔旦，張奔爲風流旦，則皆婦人爲之，今旦則直以男人爲矣。」近有《燕蘭小譜》五卷，不知何人撰，自稱西湖安樂山樵，或云余秋室作。所紀皆京旦之有名者，分花、雅二部。花者，弋腔、梆子傅粉旦也；雅者，崑腔不傅粉旦也。花部四十四人，以成都陳銀官爲冠，王桂官次之，魏長生爲殿。雅部二十人，以元和吴大保爲冠，四喜官次之，張發官爲殿。亦可謂戲旦之《烟花録》矣。余向未見，廣漢牧陽曲王建初嘉猷始見寄，上題云：「小小燕蘭誰所譜，名經一卷盡優童。非雌嫫母胭脂厚，不牝提婆粉黛工。嘆世風，哭世風，禍殃梨棗最傷衷。人間不少沉幽客，誰與旌揚振聵聾。」不知何人筆，意即王公也。

仁和沈澹園清，任性瀟洒，耽吟咏。由禮部郎觀察蕪湖，時奉委熱審例，至各州縣就訊。澹園正結伴遊黄山，分韵賦詩，乃命將各犯寄交紹興酒船，同送至黄，以至重犯中途逃竄，部議鐫級，可以想其風趣。後復官，至潼川守，而吟興不衰。有《呈宋玉亭太守》句云：「沈郎腰瘦詩逾瘦，宋玉愁多病又多。」《寄查儉堂》云：「國事直如家事治，軍心常共士心收。」皆名句也。至《到站》云：「三杯濁酒煨銀孍，半幅蠻箋付小奴。」則故態復萌矣。

余幼詩久忘，一日，明經計瑞庵謂曰：「君髫年詩頗有佳者，何不入集？」請誦之，曰：「曾見美人圖，方乳子玩貓，君題云：『何處一佳人，開懷乳其子。忽聞貓一聲，春心知動矣。』」余笑曰：「此亦余春心動時詩也。今我四十，不動心矣。」

崇寧蔡孝廉笠齋時豫，雪南弟，官鎮遠令。《養痾》云：「每頓必酒肉，家事無關白。一笑語妻孥，我是在家客。」善寫老年情境。

查儉堂《至茂州任》云：「奚奴臨澗戲，兒女隔輿呼。」凡携家赴任時多有此境。

寧夏沈新園從德，本儒士，隨祖寓蜀，由行伍拔至綿竹駐防，非其志也。未幾，即告退，築室于綿南之南軒故里。四面竹林，環以溪水，閉户課子，蒔花木自娱。築亭三楹，日夕嘯傲其中，非知己不得見也。不役奴僕，惟使二婢，一曰紅梅，一曰黄菊，而紅梅尤倩麗，解書識字，有佳客至，則呼出使侍酒。一日，余過訪之，時《紅梅唱和集》成，同主人共讀，而紅梅在旁微笑。主人曰：「此亦紅梅也，何獨無詩乎？」遂走筆贈云：「偶過南郊訪隱淪，一溪瓦屋照魚鱗。園居第五橋邊路，屣倒開三徑裏人。獨坐梧陰親課子，時烹菜甲爲留賓。誰言東閣紅梅落，又見闌干笑語頻。」主人見之，笑曰：「肉紅梅亦附以傳矣。」

彭縣尉秀水盛世綺竹厂，工篆隸，彰明尉大興周琦大可，工草書，安縣尉顧厚堂墉，工畫，峩眉尉通州李源静齋，工詩，四君皆與余善，余戲呼「四仙尉」。静齋曾官吾綿，同遊富樂山，有詩。己酉，余與墨莊遊峩眉，不知調仕峩眉，以肩輿值貴，幾不成遊。静齋忽排闥入曰：「二翰林何不遠千里而來乎？」因告以故。曰：「當爲東道主。」遂雇輿，遣兩子送至山頂，沿路供饌。邀宿署中旬餘，給費而歸。静齋曾著《遊峩小草》《峩眉》云：「西蜀地維坤，峩眉五嶽尊。泉源江漢脉，山麓嶓岷根。空翠千巖滴，浮雲萬壑奔。徑寬纔度鳥，樹老但聽猿。風雨時難測，星辰自可捫。寒光通一線，梯月上天門。」

眉山中有布衣，自號椿坪老人，足跡不入城市，人言能詩。余同弟墨莊遊峩時，往紅椿坪訪之，年已八十矣，蒼顔鶴髮。問有峩山詩否，朗吟云：「山忽爲之雲，水忽爲之風。風雲頃失所，水清山復崇。」後再訪，不復見。

《輟耕録》謂唐晉所畫士女不帶耳鐶，以爲古無穿耳者。按《三國志》，諸葛恪曰：「母之于女，恩愛至矣。穿耳附珠，何傷於仁？」則漢末已有之。唐張籍《蠻中詩》云：「玉鐶穿耳誰家女，自抱琵琶迎海神。」蓋此風山蠻而漸入中國也。

錢塘孝廉柴豹文邦直，先北路公丙子薦卷，延至家課子。壬午，中蜀闈孝廉，今已落籍綿州矣。嘗主安縣浮山書院，余訪之。飛鳴禪院中有牡丹，年久成樹，山僧日夕灌之，開花甚盛，余句云：「老猶耽詠終成癖，僧解澆花亦近淫。」豹文和云：「却憐倦後和春睡，每怕開時遇雨淫。」押俗字能雅。

天津王吉雲兆祥，精于音律，凡摘阮、胡琴、小鑼、鼓板，無不工妙，尤善笛。余有《月夜聽兆祥笛》云：「長安年少客，生長本天津。半字譜初按，三聲翻更新。最宜深院裏，却憶倚樓人。無限梨園客，俱推技絕倫。」朱子謂工尺上合四爲半字譜。

優童尹喜，德陽人，柔婉能歌。言能薙頭，在家曾讀剃頭書，始信黄山谷「身不出家心若住，何須更覓剃頭書」非虚語也，但不知書何名。攷《楊文公談苑》云：「唐朝宫中嘗于學士院取《眠兒歌》」。《眠兒歌》者，即剃胎頭文也，當即此書之祖。

余自乙巳歸里，居醒園，閉門不出，日以課歌童爲樂。而京中故友如庚寅典試之編修海寧祝芷塘德麟、檢討湘潭鄧箺山文泮，丙午典試之侍讀曲阜顔酌山崇溈、中書吴江費鶴汀振勳，己酉典試之編修順德温畇坡汝适、主事長沙劉若㻫，皆于回京時便道就訪，各有題詠。而甲寅典試之郎中大興范攝山鏊、中允仁和余秋室集，以余方有中江之行，未得一談，亦寄詩書見訊，亦林下樂事也。余有詩云：「笑對青山曲未終，倚闌閒看打魚翁。門前一任車如水，看破繁華總是空。」「生涯酷似李空同，投老閒居鄠杜中。習氣未除身尚健，自敲檀板課歌童。」

秀水陳天裔潢過邯鄲吕祖祠，題詩壁上云：「富貴榮華五十秋，縱然一夢也風流。而今落拓邯鄲道，敢與先生借枕頭。」時靳文襄爲河督，見詩歎賞，以墨蹟未乾，追踪得之。一見，遂爲知己。潢明測量之法，復精奇門，與文襄爲一人之交，凡河防事宜，得失變態，並有先見，一時河道以下諸員皆受業焉。康熙三十二年五月，上南巡，於行在問曰：「靳輔，爾有何等通今博古之人？」輔以潢對，召見，賜參政道銜。卒，配享文襄祠。見秀水盛百二《柚堂筆談》。袁子才《詩話》亦載此事，未爲詳也。

什邡羅漢寺禮汀禪師達徹，丹徒人，於乾隆己丑貿易入蜀。登峩眉，慨然動出世之念，遂薙髮于嘉定東山寺，太守穆丹延主凌雲大佛者十年。于四十七年遇縣令任思正，延主是席，以繼其師寶光未竟之志。初寺雖有羅漢名，而無其實，禮汀念馬祖道場荒蕪日久，乃竭力募化，建長廊各十二間。先訪明吴興學博必山居士所刻宋乾明院羅漢圖，延成都塑工曹志偉肖五百阿羅漢像于兩廊。又得邑令會稽甯明府湘維錡一力襄贊，于甲寅冬蕆事後，鑿羅漢池，淘馬祖井。于是林木陰翳，臺閣壯麗，照映十餘里，遂爲什邡名刹，皆禮汀創也。曾屬余爲記。禮汀工詩文，善談禪理，無非格言。曾刻洪應明《菜根譚》一書勸人。住凌雲時，復作徵詩啓，以輯今人題詠，皆雅事也。嘗與樂山阮孝廉勑湖鳴鸞善，年已七十七，同禮汀唱和。有《和阮見寄》詩云：「隨緣度日樂閒居，大抵乾坤一草廬。花落花開春自在，雲來雲去意長如。莫馳忘想思求佛，不善謀生且讀書。心地本無閒草木，自然光滿勿勞鋤。」蜀中詩僧，當屈一指。

雨村詩話卷十

綿州童山老人李調元

先北路公官餘姚最久，嗣後調秀水，再調平湖。姚人思之不置，回蜀時，姚江紳士各有餞章，刊集成編，名《莪堂贈言》。壬申探花盧召弓文弨云：「雲翳關山樹翳天，顧瞻桑梓念侯賢。乙春柳署芳初挹，酉歲槐闈譜早聯。方待先生來北闕，何圖孝子返西川。遥知悵别臨風處，只有輕裝書畫船。」

先北路公爲秀水令，總制楊廷璋保舉堪勝知府，時餘姚諸重光申之爲中書。及丁憂歸，申之贈詩云：「三遷異數轉眸間，薦牘先來紅葯邊。十六年前題塔去，五千里外載書還。省門奪解輸珊網，驛報逢人問玉山。憑杖西風遥寄語，蒼生願望節哀顔。」申之中庚辰榜眼，由編修出守辰州卒。

先北路公少筮仕時，夢人贈句云：「終向江南借一枝。」後選拔及鄉、會試，俱出江浙人門下，引見復發浙用，故拔貢徐敬璲琰送先君句云：「扁舟執手頻相送，果否江南借一枝。」

余在餘姚時，見黄千人證孫來謁，先北路公甚敬之。問之，忠端公尊孫也。年已七十，而清癯鵠立。工詩，戛戛獨造，旁若無人。先北路公命余出見，以詩質之，驚曰：「老夫當讓此人。」記其《貧居雜興・野田》云：「爊後蝸居剩幾楹，楝花風入嫩凉生。草收益母堪充藥，豆植瞞婆待佐羹。至理每從童語察，新詩頻借鳥音賡。是誰得解閒中趣，呼我爲顛便應聲。」又句云：「書不戒淫時可讀，酒能作聖且容酣。性僻只嫌難諒友，愁多自恨不爲僧。」皆奇句也。

乾隆年間，杭州布衣符曾葯林、唐學潮雨江、俞大受槐谷、符元嘉樹谷，杭大宗稱爲「錢塘四布衣」。有《半春唱和集》，皆一字題，語淡而意遠。葯林《雨》云：「雨約輕塵幾點飄，朝來也説潤如膏。誰知競長蘼蕪草，緑過春田一尺高。」雨江云：「春雲冉冉覆香埃，春雨蕭蕭濕翠苔。洗得玉梨妝更好，須知不是妬花來。」槐谷《風》云：「已醒柳眼濛濛碧，更折桃腮淡淡紅。除却東風無此手，挽回春色一宵中。」樹谷云：「東風只覺一春忙，日日吹來陌上香。新緑新紅雖藉汝，莫將花訊做顛狂。」

嘉善曹六圃庭棟，即刻《宋詩存》者。嘗與錢文端公香樹先生唱和，名《香林集》。有《臘梅》詩云：「磬口含嬌故故斜，芳根也解托林家。妻梅自是高人意，副妾還應寵此花。」意最新。

余少時曾過金陵阻風，舟中有人誦《采石磯阻風》詩云：「去帆疑峽走，捲浪駭山飛。」「走」、「飛」兩字極爲奇險，但不知何人詩，惜忘其姓名。

編修上元朱元英師晦，作《學詩金丹》一卷，言詩有祖宗、父母、妻等名色十六條。所謂祖者，言《三百篇》爲詩祖；宗者，言大宗則陳思王、陶淵明、謝靈運、杜甫、李白之類，小宗則張、陸、庾、鮑、王、楊、盧、駱之類，言學詩不可不宗一人。可謂奇矣。至父，則已詩之所出也，母則已詩之所育，妻則與己齊者也，更爲紕繆。《論語》曰：「夫子焉不學，而亦何常師之有？」《三百篇》後，無慮數百家，將誰氏之從？必執一人以爲宗，豈不謬乎？

「囦」，古淵字。余有別業，四面皆水，故扁曰「囦園」。偶閲《唐堂集》有《囦關送別》云：「榕江江上萬重山，春正還時我亦還。我自送君人送我，陽關風景即囦關。」乃知前人已用。

鈕玉樵云：長洲汪鈍翁在詞館日，與友各誇鄉土所産，鈍翁嘿無一言，衆共揶揄之曰：「蘇州自號名邦，公蘇人，寧不知乎？」鈍翁曰：「蘇産絶少，唯有二物耳。」衆謂：「二者謂何？」鈍翁曰：「一爲梨園子弟。」衆皆撫掌稱是。衆復問其一，翁徐曰：「狀元也。」衆皆閧然。今川中所少者，狀元耳。近日京師梨園以川旦爲優，人幾不知有姑蘇矣。如在京者，萬縣彭慶蓮、成都楊芝桂、達州楊五兒、叙州張蓮官、邛州曹文達、巴縣馬九兒、綿州于三元、王昇官，而最著爲金堂魏長生，其徒成都陳銀官次之，幾於名震京師。《燕蘭小譜》云：「長生名宛卿，昔在雙慶部，以《滚樓》一齣奔走豪兒，士大夫亦爲心醉。其他雜劇冑子，無非科諢誨淫，一時觀者如堵。而京中王府、萃慶、大成、裕慶、餘慶、保和六大部，幾無人過問，真可爲長太息者。壬寅秋，奉禁入班，其風始息。雖與銀官改分永慶，亦稍殺矣。而桂官與雲南劉安官，亦沿習醜狀，以博時好。余謂魏三作俑，可稱野狐教主。傷哉！幸年届房老，近見演貞烈之劇，聲容真切，令人欲淚。則掃除脂粉，固猶是梨園佳子弟也。效顰者當先有其真色，而後可免東家之誚耳。詩云：『媚態綏綏別有姿，何郎朱粉總宜施。自來海上人争逐，笑爾翻成一世雌。』」其論如此，而名已著矣。未幾，魏與陳以事押回原籍，余歸田，往成都，曾於新都見陳，非復前觀矣。過金堂，魏三曾以書來約一見。余有詩云：「魏王船上客，久别自燕京。忽得錦官信，來從繡水城。謳推王豹善，曲著野狐名。聲價當年貴，千金紙不輕。」「傅粉何平叔，施朱張六郎。一生花底活，三日坐中香。假髻雲霞膩，纏頭金玉相。燕蘭誰作譜，名獨殿群芳。」

余在姚江時，伯升階官會稽令，往來其間，紹郡之中能詩諸生，往還甚多，皆携各家集見示。余戲爲摘句圖。五言如明經鍾則文省《大闡寺》云：「厨香猿守竈，燈緑虎窺禪。」徐寄亭顒《村居》云：「野花隨蝶放，水草近鷗生。」唐石篷夢鵬《斗室》云：「鶯歸隔林語，蜂飽抱花眠。」金杏村廷輝《歸舟》云：「船移山欲動，雲散月分飛。」王倍園大治《芳草渡》云：「鐘鳴知寺曉，葉響有行人。」章集甫大成《山齋》云：「緑倒扶秋菊，紅疎餞晚荷。」吴燮齋修道《村行》云：「鵝翎梳落葉，鴉背捲晴絲。」劉玉屏顯祖《早起》云：「開户月沉水，遥瞻星在空。」七言如《吼山》云：「山從高處看人小，日正斜時覺影長。」姚三山念祖《落花》云：「瘦損啼痕偏帶雨，生成薄命不因風。」陳滄靈占鰲《春暮》云：「春果欲歸何井邑，花如不謝或蓬萊。」趙來雨青《漫感》云：「十載守雌惟效舌，五官無用莫如眉。」不但新語解頤，亦且神韵飛動，必傳無疑。

陶明經石湖章煥，會稽人，篁村之兄也，著有《秋佳詩存》，多名句。如《悼亡》云：「兒艱覓食頻呼父，女索穿針便哭孃。」《武昌》云：「夢敢欺人緣别久，酒能爲病感年衰。」《蓬萊閣》云：「島中樹帶炊烟白，潮後天兼海氣黄。」「酒力尚雄争似海，歸期無准不如潮。」散句如：「天青積雨餘，雲起不連山。」皆體貼入微。又《過借風臺》云：「浪沙淘盡古英雄，猶説周郎破敵功。家近扶桑歸棹遠，借風不願借東風。」如此用古，出人意表。

余詩學授於海寧查梧岡先生，而科舉實得力于錢塘陳學川先生澐，美鬚髯，長身鶴立，古貌古心。癸酉，余隨任餘姚，先生初中是科副車，先北路公聞其時藝，首稱宗匠，因延請課余于署之六不齋西，自是余文始有法。己卯，余中鄉試第五，而先生亦中浙闈。相晤于京，先生以同年呼之，余執弟子禮益恭。癸未，余捷南宫，入翰林，先生下第。直至壬辰，始成進士歸班，年已老矣。自是南北相隔，每一思之，未嘗不溯洄洙泗也。先生詩力追少陵，在署中嘗祝先祖七袠雙壽云：「並蒂芙蓉本自雙，芙蓉溪上好風光。八千歲樹春初艷，廿四番風暖漸香。酒泛玉缸移小艇，紙裁棋局畫閒房。更聞六不琴清絶，一曲蓬萊日月長。」署中有蓬萊閣，故云。

紹興女媛能詩最多。商景徽，字嗣音，寶意高祖等軒公季女，上虞徐徵君咸清配也，有《咏雛堂集》。《題畫》云：「溪水流潺湲，孤村多薜荔。雨後清磬遥，中有寒山寺。」徐昭華，咸清女也，爲諸暨駱加采配。幼時受業於毛西河，著有《花間集》，詩最含蓄。其《織錦詞》云：「當窗夜織未停梭，嫋嫋秋風入夢多。遊子欲知思婦怨，但看錦上淚如何。」王端淑，字玉映，號映然子，山陰李重女，宛平丁睿子配，亦有《感懷》云：「容顔似草怯經秋，弱柳痴心戀白頭。每笑唐人詩意淺，反云少婦不知愁。」皆可傳也。

姚江明經徐敬璲琰，爲人光明如青天白日，先北路公亟重之。與余談詩，一見稱知己。善於咏古，《臨安》云：「杭州争似汴州雄，南渡當年宋故宫。二聖春秋抛腦後，六陵風雨怨窻東。玉兒湖底魚痕在，金亮山頭馬跡空。笛鼓君臣遊宴地，江山長咽月明中。」後官蜀簡州州判，有《白帝城》云：「一棹西來攬舊都，夕陽滿地草荒蕪。英雄魂魄三分業，辛苦江山六尺孤。丞相表忠長有漢，夫人捐節早無吴。斬蛇漫論興亡案，白帝稱名亦偶符。」每立一論，必有一番卓見。

會稽童二樹鈺，髫歲下筆，千言立就，兼工畫梅，善隸草，名滿大江南北。有《竹嘯集》、《抱影廬詩》。豐邑令盧綗齋愛其詩，爲刻摘句圖。有《五人墓》云：「直道行吾是，危機中爾身。自能成節俠，不必在經綸。只此二三子，居然千萬人。要離墳近處，抔土亦嶙峋。」《西興》云：「初聽落花聲，先經第一程。關山牛馬走，風雪蟪蛄鳴。出世復入世，逃名亦近名。明朝吳市客，頻問闔閭城。」《茅店曉起》云：「風雨忽驚起，不知天已明。霜深虧月影，江凍縮潮聲。繞樹烏三匝，依人馬一鳴。誰憐衰草苦，猶戀道旁生。」《行若耶溪》云：「一百五日花正妍，三十六溪清可憐。午風乍急燕歸屋，春流亂落魚上田。幸不自縛看山脚，且可高聳吟詩肩。明朝歸去深閉户，曉窻還抱鶯聲眠。」《題太白樓》云：「山川長護此精靈，百尺高樓應紫冥。倚馬才華稱絶調，騎鯨心事感頹齡。胸中自可無詩聖，天上何曾有酒星。莫咏王孫舊時句，夜深恐觸卧龍聽。」《自題畫册》云：「縛竹編橋自一村，幾間茅屋浸雲根。此中便與塵凡隔，只許荷花開到門。」可以想其風趣。其詩深入顯出，多流水對，工整而典麗。佳句如《小吴軒》云：「沼吴今已矣，平楚正蒼然。」《劍池》云：「斗間猶虎氣，雨後忽龍吟。」《春日歸園寄俞鶚岑》云：「招隱桂之樹，歸來桃始華。」《弔劉戢山》云：「可憐文信國，不及武鄉侯。」皆不愧作家。

姚江有名士岑青巖巘秀才，書法似董華亭，有《遊春》句云：「天容如薄醉，人意怯新晴。」前人所未道。

乾隆丙子，先北路公自餘姚調秀水令，分房，餘姚黄南坪璋，忠端公之元孫也，出門下，先君待之甚厚。嘗作《趙忠毅公東方未明硯》長古，商寶意亟稱之。後來京，下第歸省，有贈先君祝先祖云：「願將舜水謳歌意，博取羅江堂上歡。」時吾綿爲羅江縣，尚未改州也。

山陰吳泰交太史壽昌，與余交。甲午，方有嶺南之命，太史曾遊其地，問其士風，出其《廣州雜咏》以示。有云：「踏青分道上呼鸞，葵箑棉裘略帶寒。垂老居人驚雪墮，未春時節有花看。催參茉莉宵盈閣，遞啖檳榔曉上盤。我恨欠嘗珍果味，來時偏失荔枝丹。」

什邡令會稽甯湘維錡，主王陽明之學，嘗借余萬卷樓原稿訂證。工詩，有《伊蒿集》。十年前，曾晤於天津觀察明正庭署中，幾忘矣。辛亥五月，余往成都，便道就訪，時湘維方集右軍半截碑作四言古，刻石未竣，邀余觀之，並出見幼子最秀。即席贈云：「邇年多傳食，又過什邡侯。愛客孔文舉，生兒孫仲謀。看花今有主，集字古無儔。剪燭聽論史，真堪大白浮。」「碧椀傾牛乳，銀瓢沓鼈裙。潞東曾話舊，州花又論文。非我誰能識，如君信不群。醉來書潦草，笑殺座參軍。」謂耿尉也。湘維和云：「古蜀名賢盛，於今得李侯。心傾一夕話，而憶十年謀。句自探驪得，人終寡鶴儔。停杯看寶劍，紫氣斗牛浮。」「談經携絳帳，樂部假紅裙。安石山中屐，東坡海外文。淡交自忘分，塵吏敢超群。若論騷壇主，還應讓岳軍。」余再和云：「飯牛終遇主，射虎厄封侯。」以兩人姓戲相對。而湘維再和，有「山林何氏好，素欲訪將軍」，則以將軍號見戲也，可稱勁敵。未幾，果訪余於紅蓼村莊，爲具雞黍，信宿而去。

吳覺先尊尹與其弟橡村尊萊、漁汀尊盤，稱「越中三吳」。覺先有《晨發天台》云：「一徑入雲氣，千山皆雨聲。」《金山》云：「江聲歸海斷，塔勢入雲平。」《五人墓》云：「千秋憤氣成冤獄，兩字公平定亂民。」《歲暮雜感》云：「窮能急償惟詩債，儉可兼營是酒錢。」尤工。七言斷句《懷唐緗紋》云：「蘼蕪青偏越王宫，懷古登臨感慨同。自昔文章憎命達，才人原是可憐蟲。」《懷孫雨田》云：「塵海茫茫嘆二毛，樂人争唱《鬱輪袍》。不知誰是真知己，夜雨寒釭讀楚騷。」《書朱竹垞鴛湖櫂歌》云：「曝書亭子題詩句，不減徐熙寫畫屏。賸水殘山都入拍，如何脱却女兒亭。」《泊湖州》云：「烟艇雲帆艤小橋，寒山叠叠小迢迢。白蘋州上秋蕭瑟，只有斜暉似六朝。」橡村《小雨》云：「東風吹衆緑，一夕遍湖山。」《新城》云：「一路人飛雨，不知山幾重。」漁汀乙酉孝廉，登進士，有《錢鏐王鐵券歌》云：「可惜强弓射怒潮，却輸古錦囊中矢。」譏其不討朱梁，有媿隴西父子也，議論最正。

作詩須化舊翻新。余過高州熱水池，見前觀察福山王槩題壁詩云：「怪石聳山岡，潤流熱水渌。炎蒸薰我心，肯向此中浴。」

詠史詩應着議論，否則前人俱已道過，何處出色？吴橡村《讀南史》云：「九子鈴摇玉鏡新，蓮花滿地步生春。宫中趨市朝來鬧，却把山河販與人。」《漢武帝》：「紛紛中使住蓬萊，却老誰知是禍胎。至竟求仙成底事，少君亡後少翁來。」

吴鑑南璜，會稽人，乾隆甲辰進士，官户部主事。壬辰仲夏，在京與余論詩最契。性好吟咏，兼嗜酒。時寓法源寺，嘗以東路酒埋棗樹下，閲七日夜掘起，謂之窨酒，非相識不得飲。余有句云：「聞道棗根儲窨酒，可能撥瓮共拚醺。」謂此也。時余候吏部，未得缺，嘗終日高卧，所與往還，海寧祝芷塘德麟、桐城姚姬傳鼐及吴而已。鑑南贈余詩有「亂蟬聲裏枕書眠」之句，余酷愛之，即用爲首句和其韵，至十首。

鑑南在京，日事吟咏，人未奇也。忽發金川運餉，余以詩贈行，有云：「贈君腰下劍，好爲斬樓蘭。」蓋激之也。後竟卒於木果木之難。時家屬居衛輝。没後，中丞畢秋帆、觀察顧晴沙、王審淵見山爲經紀其事。有周筠村者，送櫬由中州返浙。時潼川守沈澹園清任在納凹軍所，爲收其《黄琢山房稿》，有送筠村古詩，中有句云：「竹轎馱吟魂，詩卷苦殘闕。」謂此也。上聞之，贈道銜，並邺其子，祀入慰忠祠。

《武林舊事》載百戲社名，影戲曰繪革社。又名影燈戲，見范成大《石湖集·燈市詩》，有「吴臺今古繁華地，偏愛元宵影燈戲」之句。又名手影，然從未有專咏者。惟《夷堅志》辛集：華亭縣曹照寺僧惠明常遇手影戲者，人請占頌，即把筆書云：「三尺生綃作戲臺，全憑十指送詼諧。有時明月燈窻下，一笑還從掌握來。」余有詩云：「繪革全憑兩手能，一人高唱衆人賡。人生總是風中燭，何必争光一盞燈。」

先北路公云：「官之妙者，無過司馬。其秩不卑，而廉俸足以自給。」嘗官宣化同知，署任新保安，治小齋，日夕嘯咏其中，有句云：「官閒胥吏拙，身懶友朋疎。」

「洞房花燭明，燕餘雙舞輕。」庾信詩也。今人稱新婚之所由來。

金匱顧晴沙光旭，由壬申户部郎歷諫垣，觀察甘凉。署蜀臬時，喜接文士，提唱風雅，有《惠陵詩》，人皆傳誦，云：「南陽諸葛真名士，天下英雄惟使君。定霸才應高管樂，尊王義自邁桓文。兵戈滿目玄黄戰，衣帶寒心玉石焚。白帝歸來三峽冷，春山杜宇不堪聞。」

松茂舊轄成、綿二屬。乾隆癸未，大吏以松茂道控制以西，奏請移駐茂州，遂削成、綿，隸鹽茶道分巡，查儉堂始移駐焉，前此皆在省城也。初儉堂至蜀，西昌北二十里有禮州，州有查村，作詩云：「是州余之名，是村余之姓。遇合實奇絶，却怪巧合並。」俗言食禄有方，信然。

永定河觀察陳韞山琮，南部人，余錦江書院同硯也。由副貢爲永清縣丞，陞固安令，晉南岸同知。丁艱歸，起復候闕，余適觀察通永，言于總制，補余所屬之務闕，相得甚歡，遂洊歷至道。余發伊犁，曾走二百里，送至涿州，餽費百金，並代完工部核銀千鍰。時余刊《函海》書一百五十種，閲五年始成，板在梓人林處，鐫資三百金未楚措，不發。時余方將遠戍，自料不能續完矣。會韞山至通視兒女，聞之，慨然曰：「此雨村不朽業也，奈何使之中棄乎？」立出金如數，交弟墨莊贖歸。余歸時，過固安道署，留家屬暢飲三日，各指一子一女結婚而去，書板盡載以歸。侍讀吴白華臨送謂余曰：「此書爲川板，不可得矣。」既回川，來刷者踵接於門，皆韞山之力也。在河工以大農裘叔度薦，受上知，聖眷甚隆，有總河之望，忽於己酉以腹疾卒。余在漢州徐芷塘使君坐上，聞之大慟，有《哭韞山百韵詩》。未幾，櫬歸，余爲作墓誌銘。著有《永定河志》，于歷代源流甚悉，今有稿藏于家，只一子，即余六壻也。搜遺詩一首，爲《贈算士趙鐵嘴》云：「得意豈關命，良心自有天。前途黑如漆，只是穩加鞭。」可想見英雄氣槩。鐵嘴趙瞽，算人八字，惟以算盤布子，便知運行，屢有奇驗。韞山爲固安令，余赴京補官，以負債往固求濟。韞山暗以余命斷之，趙一布便知余科第官階，曰：「君當濟之，此人十年後爲君上司，君他時雖厚贈，已晚矣。」後果然。亦異人也。

「逢橋須下馬，過渡莫争船。」此古格言也。懷寧翁立齋達善，有《江行示同舟》云：「大江東去水連天，一棹同覊晝似年。客路平安遅亦好，風波無定莫争先。」較爲警醒，出行者當奉爲圭臬。

宋西岑其桐，德州狂士，歲試劣等，乃大書「五等生員宋其桐」七字于坐前。科試即冠一軍，連中癸卯孝廉。有《太湖》詩云：「溪畔新秧映白沙，嶺頭古木絡藤花。雞聲隊隊來何處，路轉峰迴一兩家。」

崇慶何希顔明禮，少遊宜興儲氏門，深得古文家法。其才博而奥，蜀中文獻，半貯腹笥。潦倒場屋三十餘年，己卯始領解，與余同榜，年已五十餘矣。庚辰北上，試卷已擬魁，因小講用十二轉字太奇，遂落第。客於山左郿城周令士孝署中，卒。有《入峽》句云：「亂猿昏月色，殘葉冷江聲。」新城見之，必當擊賞。

馬嵬有題壁詩云：「一自紅塵進茘支，遠山也學畫蛾眉。勸君莫譜淋鈴曲，多少夫妻别此時。」不著名姓，雲谷見之，録寄希顔，曰：「兹非君作乎？」希顔答曰：「非君神交，不我知也。」

雲谷官固始，以卓薦赴京，寓繩匠衕衕。時八月十五，雲谷爲主人，邀周海山先生、劉乙齋、李藝圃、孟鷺洲三御史及余弟墨莊。時李桂山在坐，雲谷首唱《中秋讌集詩得留字》，余即席和云：「昔年曾記汎滄洲，楓葉蘆花寫客愁。作吏羨君梟作舄，爲郎愧我雪盈頭。虚名每代持筊卜，過愛常爲借箸籌。昨夜鄉思還倍切，淡烟喬木夢綿州。」桂山和云：「吾今竊起似孫休，十載車逢結勝遊。常恨客中多閉户，誰知高處更登樓。蛩吟緑砌聲聲咽，雁點青天字字秋。堪笑雨村老居士，燭花剪盡尚勾留。」

泰安令同里何玉書人麟，受業於先北路公，亦從查梧岡先生得詩法，然不多作。罷官歸四年卒，弟九臯始搜得詩三十六首，頗多警句。如「泉飲攜兒狖，崖巢釀蜜蜂」、「園外短籬添竹笋，巖前古樹帶藤花」，最精刻。有《自長安至咸陽》云：「鎬京夜度月如霜，斥堠疑人立影長。送客車鈴村店響，催更鼓角驛樓忙。五原處處皆春草，一世匆匆付夕陽。偷過灞陵無阻滯，摇鞭弔古到咸陽。」頗有嶺南三家風味。

余壻異齋，幼年挺秀，磊落英多。以明經北闈薦卷，已得復失，遂肄業成均，候選訓導，未及用而卒。余撫棺哭之，有句云：「文能壽世空邀薦，才可匡時未設施。」時乾隆五十九年十二月十八日戌時也。卒後，九臯爲余言：「姪素不見作詩，是年四月朔，張曲江憲齡自昭化來，酒酣論詩，異齋色動云：『有己酉冬北上稿。』急索觀，爲録其數首，皆棧中詩。其絶新奇者，如《滴水鋪》云：『去年過滴水，今復見巖泉。店挂熊皮大，盤登雉肉鮮。山荒雲更掩，徑窄樹相連。客路遭疲馬，前驅不畏鞭。』《昭化縣》云：『桔柏雙江會，烟村雜市闤。坡斜如斧削，水曲似弓灣。縣小民多困，途衝吏少閒。天雄連劍閣，至此越重關。』二首皆蒼老古質。乃知家有名士，三十年而不知，不但其叔痴，即岳翁亦痴也。」

雲谷冢子張懷洵方湖，亦能詩。下問，自誦其《送弟玉溪北上》句云：「春草池塘千里夢，夜窻燈火十年情。」余曰：「此近兄弟套句，應另吟。」遂云：「一日長乎同有志，三冬足矣讓先行。」余大加稱賞。

余嘗讀《世説新語》，戲集爲對，頗可備採。如：「荀淑六龍，鄧艾一鳳。」「彼自有濠濮，此疲于津梁。」「阮侃言憎鬼，劉惔不信神。」「齒牙無惜餘論，聲名應共獎成。」「但問識何如耳，寧可急相棄耶。」「秘書處不競之地，高坐簡應對之煩。」「車裂韓康二丈絹，梁懸袁穀百斤絲。」「華王優劣今方定，戎嶠死生應可憂。」「不疎綱目劉公幹，若犯嚴刑管幼安。」「賣犬隱之將嫁女，烹雞羅可自呼拏。」「雍熙之軌兩無失，鄙吝之心已復生。」「王安豐未免滅性，范子宣不敢毁傷。」「庾亮不賣的盧馬，叔敖先殺兩頭蛇。」「年逼桑榆賴絲竹，手栽松樹作梁材。」「傅翽吏能惟不飲，蘇瓊清慎愛談玄。」「食炭怕逢楊德幹，處脂當效孔君魚。」「食葱孔奮常供母，拔薤任棠自抱孫。」「名教中自有樂地，入心處便覺玄門。」如此例甚多。

仁和翟晴江灝，博覽群書，兼明佛理。癸酉浙闈，主試裘司農叔度已定元矣，既而得諸暨傅學沆，易第六。時先北路公亦在闈中，深加器之，出闈即訪，以所著《通俗編》來質。余已採數十條加以考證，入《唾餘新拾》，另録其俚語對句於此。如：「三叉路，十字街。」「象棋餅，骨牌糕。」「誠意高香，細心堅燭。」「天理肥皂，地道藥材。」「酒肉兄弟，柴米夫妻。」「貓口裏乞食，虎頭上做窠。」「口甜心裏苦，眼飽肚中饑。」「好心不得好報，痴人自有痴福。」俱自然工穩。余復戲倣得數十聯云：「抓癢筋，打痛腿。」「養家咒，護身符。」「隨風轉柁，順水推船。」「説一是一，拏三道三。」「忙裏偷閑，苦中作樂。」「好好先生，花花公子。」「關門養賊，坐産招夫。」「酒落歡腸，棋逢敵手。」「抛磚引玉，點鐵成金。」「瓜熟蒂落，藕斷絲連。」「將蝦釣鯉，見兔放鷹。」「貓頭公事，狗臉親家。」「一身不充二役，雙手難敵四拳。」「羊肉當狗肉賣，死馬做活馬醫。」「清官難斷家務事，好漢不喫眼前虧。」「矢棋肚裏有仙着，强將手下無弱兵。」「聰明反被聰明誤，惡人自有惡人磨。」「大匠手裏弄鉞斧，强盜頭上抓網巾。」「砍得樹倒有柴燒，認得秤來莫肉賣。」「鼻涕拖得一丈長，骨頭莫有四兩重。」「張天師弄得莫法，海龍王怕少了寶。」「大家馬兒大家騎，鄉裏獅子鄉裏跳。」「管水喫水管山喫山，嫁雞逐雞嫁狗逐狗。」「説話不明猶如昏鏡，飲酒不醉甚于活埋。」「錢近手頭食近口頭，酒在肚裏事在心裏。」「瓶兒罐兒有隻耳朶，蚊子虱子生條肚腸。」東坡謂古今語未有無對者，雖俗諺亦然也。

彭縣令侯官謝康侯生晉，有幼子敦艮，年甫十歲，善作對句。余在彭，康侯呼令出見，出其對句數十聯，俱極工巧，可稱神童。其句如：「客來先放林逋鶴，使至難籠郭瑀鴻。」「誰信石榴成瑪瑙，人疑薏苡是明珠。」「之野轅中聽馬罵，來朝犧用識牛云。」「淵明有酒醉叢菊，子美無詩咏海棠。」「放去麑兒心不忍，探來虎子志何雄。」「陶壁挂梭龍化去，秦樓吹管鳳飛來。」「幼慧王戎知李苦，老奸魏武詐梅酸。」「蛙鼓駭聞王晏耳，鶯黄歡吹載顒腸。」「螃蠏人憐求外郡，蝦蟆天使報平章。」「德似元方星共聚，賢如大趙日分冬。」「學富五車由我讀，才儲八斗有誰量。」「無雙國士推韓信，第一人文羡李揆。」「兒才可譽何妨癖，叔德難知未是癡。」「名士無成空畫餅，詩豪遺恨不題糕。」「會心濠濮知魚樂，得意華林覺鳥親。」皆倣五代李瀚《蒙求》體也。

廬陵王雲浦，即吾綿州尊也，乾隆己丑進士，在蜀十餘年，以賢能著。詩以和平爲主，嘗出示《蜀遊寫意詩稿》，屬爲校訂。余倣山谷詩，選其最者别爲《精華録》。其中如「冬花香繞地，山月冷窺人」

句，極耐思索。又有《和杜少陵打魚歌》云：「但使常存愛物心，垂綸何須問得失。」則仁人君子之用心矣。尤長于七律，有《羅江晚渡》云：「古雒城頭望眼明，水流山色總關情。兩行雁自書空去，一葉舟如畫裏行，嶺樹向人烘晚照，浪花奔馬碎秋聲。歸來獨坐虚堂静，唧唧寒蟲匝地鳴。」可稱繪聲繪色之筆。公名用儀，康熙乙未進士，順德太守諱大年拙山公次君也。

當今督撫中，愛賢禮士，兩湖制軍畢秋帆先生而外，則仁和節相孫補山先生其首也。晝戟餘閑，則日與文士賦詩酬唱。四方師友來求濟者，無不供其困乏，各得其意以去。余弟檢討鼎元將起服赴京，謁見起咨，次日即親遣親丁交付，並贈厚資。紳士如此，故舊可知矣。後移督江南，蜀人思之不置，冀其復來。閲年，西藏蠢動，復奉命來川，父老杖藜而至，兒童竹馬以迎。余亦偕至綿之金山鋪，就近揖迓。蒙垂問家况，而須髮較三年前班白一半矣。余有詩云：「聞道卿雲再降川，也隨竹杖拜輿前。路旁望見霜髯戟，盡是憂民百慮煎。」相傳公赴童子試時，杭州有術士善拆字，無不奇中，公拈一「損」字，使拆之，問：「能入泮否？」其人曰：「必入矣。『損』字左旁爲『才』，右旁爲『員』，現成秀才生員也。」又問終身命，另拈一字，公曰：「仍即『損』字斷可也。」其人曰：「『才』字加點爲『木』，『負』字去上下爲『目』，是『相』字也，官可到宰相。下有『八』字爲足，主拜相多在外奔走，不在朝耳。且『厶』字加『八』，位可至『公』，而『八』字不在頭而在足，只恐封公不到頭耳。」至是果符其言。

湖口周厚轅駕堂，乾隆辛卯進士，官編修。工書畫，爲人清狂不羈。赴春闈時，行至山左旅店，道旁有有子廟，謁之。歸寢，夢峩冠褒衣者迓之入，曰：「吾有子也，《論語》『其爲人也孝弟』即吾所言也。連下『其爲人之本與』，皆作『仁』，漢字『仁』與『人』通用。今世人不察，多爲注所誤，盡作『人』字解，非也。子當告之。此行吾當助子。」醒而記其言，是科遂得翰林。自是逢人必告，每假夢中事以神其説，時借幽冥事以駭聽聞，亦往往有驗，人稱爲鬼董狐。補山相國題其集，有句云：「班家史學董家儒。」蓋暗以此相謔也。

貴州苗叛，補山相國駐秀州平苗。臨行，人問駕堂：「苗何時乎？」曰：「近日川中作葉子戲，多云抓貓，蓋平苗之兆也，去即抓矣。」臨别，留詩寄補山云：「客底光陰二月雙，梨花花下酒盈缸。欲隨行帳心千里，暫艤歸舟雨一窗。錦里舊聞抓葉格，萍踪端合走枝江。春明拭伫歸調鼎，金闕仙鐘待曉撞。」枝江爲楚、蜀交界，舟路所經也。其善諧如此。

奴僕能詩，如捧劍之類，所在多有，而未聞有皂隸能詩者。周駕堂告假至蜀，路過歸州，刺史王小山鍾岱招遊黄魔廟。有州捕役何清自言能詩，周面試之，令賦灘聲，限「歸」字。清即應聲云：「天上鑾坡清貴客，彝陵留跡古今稀。怪來昨夜灘聲吼，萬里鵬程到秭歸。」周大奇，贈以詩云：「爾竟知詩者，而胡爲隸乎？狄青初配籍，欒布肯爲奴。世上如公等，招之即我徒。撫膺增太息，吾道豈云孤。」亦韵事也。

蜀中家家皆祀壇神，不知始于何時，俗謂之黑虎玄壇趙公明。按晉干寶《搜神記》，散騎侍郎王祐疾，聞有通賓者曰：「今年國家有大事，出三將軍分布徵發，吾等十餘人爲趙公明府參佐，吾今見領兵三千，須卿得度簿相付。」祐以老母年高辭，許之。明日，見其徒數百，皆長二尺許，烏衣軍服，爲祐擊鼓祀，諸鬼應節起舞。出赤筆十餘枝，在薦下，使簪之，出入避災，舉家無恙。據此，是趙公明亦有其人，然初不言爲黑虎壇神也。偶閲遂寧李如石《蜀語》云：「壇神名主壇羅公，黑面，手持斧，吹角，設像于室西北隅，去土尺許。歲莫割牲，延巫歌舞賽之。」攷《炎徼紀聞》曰：「羅羅，本盧鹿，而訛爲羅羅。有二種，居水西十二營寧谷馬場漕溪者爲黑羅羅，曰烏蠻；居幕役者爲白羅羅，曰白蠻。羅俗尚鬼，故曰羅鬼。今市井及田舍祀之，縉紳家否。杜子美詩曰：『家家養烏鬼。』即此也。養讀去聲，言供養也。注杜詩者以烏鬼爲鸕鷀，或云猪，皆非。」按元稹《江陵》詩有「病賽烏稱鬼」句，則烏鬼乃神名也。

袁子才詩善謔。從庶常散館，改授知縣，《出京懷楊二思述曾》云：「鐫秩堪當曳落河，簪花新到鳳凰坡。昭君出後班姬入，從古佳人避面多。」《侍御錢嶼沙琦悼亡》云：「身領蓬萊第二清，朱琴絃斷月三更。鰥魚自把金箱管，繫鑰時聞環珮聲。」《賀商寶意司馬納秦淮張姬》云：「新將錦石擣流黄，應索瑯琊繡裲襠。寄語青溪張好好，好風果屬往來商。」《除夕和尹望山尚書》云：「尚書得韵便傳箋，倚馬才高不讓先。今日教公輸一着，新詩和到是明年。」《題高南磵哭筠兒詩後》云：「一編香墨剩遺珠，舞雪迴風妙有餘。絶好齊梁詩弟子，不教來事沈尚書。」又《題蔣苕生桐下聽簫圖》云：「搦管佳人翠袖孤，分明畫出采鸞圖。不知元相金閨籠，我是楊炎許見無。」又汪芝圃姬人李氏，國色也，亡後索子才挽詩，詩未至而又催，子才答云：「汪倫老去情何重，輓妾徵詩嬲不休。笑煞東山謝安石，不曾同樂要同憂。」又《答香亭弟問足疾》云：「知君手足最情多，問我蹣跚足若何。我作禽言吟向汝，道行不得也哥哥。」

諸城編修劉石庵墉，文正公之子，風厲亦如翁。乾隆己丑，由編修督學江南。時袁子才居隨園，風聞石庵將逐回杭州，子才以符未至，暫留，並答其弟香亭云：「白下蹉跎二十霜，正愁無計暫歸裝。果然逐客真吾福，如此西湖在故鄉。」久之，候符不至，不但免驅，並通往來，屬子才撰江南謝表奏之，逢人獎譽，乃知全屬訛傳。任滿，石庵陞江右糧道，子才送別詩云：「莽莽山萬重，惟嶽淩宇宙。蒼蒼樹萬枝，惟松挺堅瘦。四序雖平分，五行有獨秀。人胡獨不然，但觀所秉受。觥觥石庵公，實應金精宿。神羊不受羈，祥麟豈在囿。其剛玉莫磷，其清石可漱。初聞傾丹陽，官吏齊縮脰。光風吹一年，歡戀極老幼。先聲將人奪，苦心將人救。抗上聳强肩，覆下紆緩袖。張口輒詆娸，上手多寬宥。姦豪既帖柔，狐鼠亦俯伏。救災如救焚，除弊如除垢。殷然愛才心，白首還如舊。視學上下江，所拔多薪槱。今雖卸臯比，群才猶輻輳。顧榮主未幾，宗泰鮑昭來復又。之鍾六一先生貧，三千弟子富。即如山中氓，半面尚未覯。客秋當此時，蜚語群相嗾。道公逐李斯，不許少留逗。諸生弔於門，山鄰餞恐後。我未奉伍符，姑且儲糧糗。故鄉歸亦佳，内省終無疚。果然逢悟言，風影皆訛謬。匪徒免鞭驅，兼且通蘭臭。南國有表章，群儒已製就。公獨掉頭言，必須某結構。自慚石鼓頑，忽被桐魚叩。安將下里音，强擬鈞天奏。公竟矜寵之，逢人夸鋪繡。愔愔知己恩，嘿嘿辨香祝。一朝簡帝心，授玉節西走。甘棠枝可攀，膏雨澤難留。人人愛依劉，聲聲思借寇。賤子抱區區，一言陳左右。送公旌遠行，望公德日茂。公以天人姿，而兼宰相胄。高如冰鑑懸，那有吞舟漏。寧可察之詳，慎毋發之驟。獄如萬鈞弩，所貫無不透。但慮未中節，不愁不滿彀。已褰賈琮帷，可免葉公胄。能爲李橫衝。何妨伏不鬬。氣斂理益明，業廣福彌厚。黄堂雖始基，黄屏將肯構。禄位奚足矜，勛名自可壽。豈徒繼家聲，兼以答我后。」

雨村詩話卷十一

綿州童山老人李調元

余歸田，移居醒園，以其山居稍遠，後於南村當門隔溪另築别業，即少時書塾也。以田二十畝鑿爲湖，湖中東築函海樓，西立愛蓮亭，界兩湖曰滄浪舫，前曰觀瀾閣，後曰聽泉亭，前左曰雲林館，右曰水月軒，中爲榿林草堂，而堂之北曰紅梅書屋，繞舍皆梅。自是遊者絡繹不絶，不復問醒園矣。而湖中盡栽蓮花，聞什邡西湖多紅蓮，向甯明府湘維乞種詩云：「破費溪西廿畝田，鑿池引溜漸成淵。人言書塾宜栽杏，我愛方塘雅配蓮。惜少凌波妃子襪，難稱貫月米家船。西湖佳藕如容覓，記取紅妝萬朶妍。」湘維隨以紅藕見寄，並和云：「風催旋看葉田田，光綻驪珠競出淵。豈有盤根配仙李，已添穠艷並青蓮。百年愛結濂溪室，五月涼歸賀監船。剩得西湖妝半面，還來載酒賞餘妍。」是年五月，紅蓮盛開，余復寄湘維有句云：「佳藕移來大西子，稱名合喚小西湖。」湘維遂爲余書「小西湖」額，並寄和詩句云：「效顰漫借名西子，直説全川有二湖。」自是人皆稱爲小西湖。

乾隆間，凡官去任，囑紳士爲立去思德政碑，甚有立生祠者，相望於道。庚、辛間，乃奉勅禁止。曾記陳默公言：宋楊長孺，字伯子，誠齋先生子也，嘉定間爲湖州守，嘗云：「士大夫能清廉，便是七分人了，」公忠仁明皆從此出。」時百姓以伯子與工部尚書戴少望並祠小像于學宮，楊羞與戴伍，值有淛東庚節之除，故捲己像以行。自題其上云：「面有憂民色，天知報國心。三年風月少，兩鬢雪霜深。

更莫留形跡，何曾廢古今。不如隨我去，相伴老山林。」當時士子有戲和楊韵者，末句云：「可憐戴工部，獨木不成林。」此等作爲，今人罕見，洵不愧誠齋子也。

廣州珠江旁有花田，即素馨斜，南漢葬宮人處也，多素馨花，今爲買花市，遊人四時不絶，題詠頗多。趙雲松爲太守時，題壁云：「十里芳林傍水涯，當年曾是玉鈎斜。美人死後爲香草，醉守來時正好花。滿地種珠誇老圃，千筐帶露入豪家。蜑孃頭上微風過，勾盡遊人是鬢鴉。」

余弟在京市上偶見朝鮮李德懋懋官所撰《清脾録》四卷，買歸示余，蓋取唐貫休「乾坤有清氣，散入詩人脾」而名也。皆彼國人詩話，亦間有採中國人者，如摘蕭山毛西河奇齡「平田千蝶舞，深店一驢鳴」、「酒旆碧垂丹棗下，廟門紅閉緑楊邊」，又載羡門彭孫遹「溪漁時自擲，水鳥慣卑飛」，王士禛「木花當晝浄，鷗鳥入門飛」，評云：「皆有妙解。」又載徐澹園、施愚山、汪堯峰、邵子湘，曾有「堯峰文章阮亭詩」句，又極贊邵子湘詩，以爲秘本。而沈歸愚德潛《别裁》、臨川李穆堂紱詩亦在焉。近人則稱陸解元起潛篠飲《題彭念堂小影》句云：「書卷貧愈富，交情老更真。江山擁茅屋，風雨屬詩人。」評爲「清真澹遠，漁洋嫡派」。又載錢塘嚴孝廉誠與潘秋庫，俱嗜禪悦，而陸善隸書、畫，嚴主陽明學，有句云：「存心總似聞雷日，處境常思斷氣時。」極爲贊賞。又載余詩云：「綿州李雨村《白鷺洲書院》云：『一林蕉雨侵窻緑，四面書燈映水紅。』《梅關》云：『松杪人行雲氣外，梅花僧定月光前。』《三水縣》云：『夕陽人在千峰外，夜雨猿啼萬樹西。』《潛山》云：『皖山似展倪迂畫，潛水慚無許渾詩。』言皆足傳誦。」云云。按此皆係余《粤東皇華集》，不知從何處覓得，竟傳東海，想亦在京中書肆購得耳。其實皆非得意作也，可知詩句之傳，亦有幸不幸。

華亭張賓門永銓，詩人也，多新句。五言云：「避喧憎燕語，貪睡怕聞雞。」七言云：「疎窻歙響知風利，瓦碎穿光怪月尖。」「雨大如拳穿牖入，風疑有脚踢松眠。」「鳥跡篆成蝌蚪字，笛聲吹出鷓鴣天。」皆學放翁而刻意出奇者。余最喜其《山莊夜宿》云：「詩魔酒伴舊生徒，擊筑歌呼道未孤。吾則師之陶侃甓，身將隱矣管寧鋤。一窻燈火疑禪寂，四壁山川入畫圖。不用棲遲商出處，獨醒只合老江湖。」風調最爲秀逸。

唐芝田侍陛，中丞綏祖孫，人呼爲「唐二搗鬼」，爲人慷慨好義。程魚門、宋小巖兩太史、徐蒸遠中翰，日以詩酒相徵逐。既而選徐州通判，余作長古送之。甲午，余奉使，道出彭城，召余署中之馴鶴堂，得遍遊牧鶴亭、黄樓諸勝。後丁酉，芝田陞下河同知，至京，余適以畫稿事罷官，芝田臨別厚贈，謂余曰：「且勿歸，我看天下事非刻板定也。」是年果復官。復奉命典試粵東，道經夾溝，芝田即遣長鬚來迎。是日，仍宿署中，自詡前言不謬。臨别贈詩云：「不料重逢始是緣，此回執手益凄然。途當窮處疑無地，事到平時信有天。萬里難爲知己别，一生長是主恩憐。贈言不是君誰肯，前路尤須穩著鞭。」

乾隆壬戌之間，京中争尚吴縣沈志祖永之書法，其書脱胎於唐歐陽詢《九成宫》，故先北路公歸班後，擕原榻《九成》課余臨橅。永之書法挺勁，而詩却秀媚，爲秀才時有《寄内》句云：「深院蝶嬌無語坐，小園花嫩卷帘看。」爲敷文書院掌教楊文叔先生所賞。

仁和姚申甫成烈，乾隆乙丑進士，由吏部郎歷官廣西中丞。余視學嶺南，公爲方伯，時余方撰《賦話》，公亟稱之曰：「再得廣搜古今賦事，便成大著作矣。」於今未竟此志，每憶其言，未嘗不以爲恨也。余任滿，遣人送恭人由粤西回川，公遣人送出陡河，古道如此。公與沈志祖永之觀察本中表親，姚姐嫁沈。二人少同肄業，同登鄉、會，沈殿試二甲第三，姚二甲第二。自後官階沈必差姚一級，姚爲觀察，沈爲太守，沈爲觀察，則姚爲方伯矣。寄詩云：「平居每好居人後，今日還應讓弟先。」可爲嘉話。

滿洲學士春臺苦吟，自云：「年三十時目不識丁，從禪師靜坐三月，仰頭見月，忽然自悟，賦詩便工。」有《塞外》句云：「野水吞人面，青山瓮馬聲。」嘗識袁子才、沈永之於少年時，過必留飲，遣妾捧觴，謂人曰：「袁必以詩傳，沈必以字傳。」

周駕堂《蜀遊草》所題崔太守龍見配夫人錢氏《浣青集》，即錢稼軒司寇之女，名孟鈿，其號浣青，欲兼浣花、青蓮而一之也。初庚申，袁子才乘舟北上，稼軒時未中狀元，見手中抱一幼女，年才周晬。後經四十餘年，在杭州，始見夫人。問之，即抱女也。題其集云：「而翁南下賦歸歟，值我新婚北上初。水面匆匆通數語，懷中正抱女相如。」

崔夫人爲人風雅，尤愛袁子才詩。太守龍見爲富平令時，嚴東有南歸，崔夫人厚贈之。嚴問：「至江南帶何物奉酬？」曰：「無他求，只望寄袁太史詩集而已。」兼通音律，常在畢秋帆中丞座上聽客鼓琴，曰：「角聲多，宫聲少，且多殺伐之音，何也？」問客，果從塞外軍中來，人稱爲「女蔡邕」。嘗有句云：「啼雅空繞樹，殘夢只隨鐘。」寫早景最真。

侍御虞山王次山峻，風骨嚴峭，劾罷都御史彭茶陵維新，直聲震天下。初未第時，館蔣文肅公家，不戒於酒，肆口嫚駡，蔣家人群欲毆之，文肅呵禁。次日，待之如初。峻不自安，辭去。文肅公薨，公挽詩有句云：「回首却傷門下士，少時無賴吐車茵。」即此事也。

乙卯夏五，余弟墨莊自京中寄余書云：「弟有《登岱圖》一幅，係黄司馬名易號小松者所畫。又寫意一幅，帶雨景過江得袁簡齋爲首唱，現在名人題者已四十餘家。吾兄有興，可遥題一首見寄否？前見簡齋，聞吾兄爲彼搜詩上刻，甚感，伊已覓得《粤東皇華集》入彼《詩話》，爲相報之意。若遇便，吾兄可將己作《童山全集》寄彼一部，即索其全集，想無不報命。」余答云：「此公神交已久，刻入余《詩話》者甚多，况我兩老人相知，原不在區區結納間也。」因遥題其圖云：「昔年曾共上峩眉，馭氣排空讓爾奇。今日又聞登岱岳，陰昏陽曉獨君知。」「烟入齊州青未了，收入尺圖天下小。崔顥題詩在上頭，只恐鳳樓亦推倒。」

金匱楊笠湖潮觀，丙辰孝廉，官邛州刺史。有《過巫山神女祠》云：「神女祠前落日曛，千秋禹蹟異傳聞。君王一夢渾閒事，何處山川不出雲。」

畢秋帆撫河南時，如嚴東有諸人皆參首幕。崑山徐朗齋自負詩名，在幕最久，寂然無稱。一日席間，中丞出示《木瓜詩》命諸人和，朗齋即席先成，中丞驚異，傳示諸人，遂爲上客。詩云：「投贈雲牋詠《衛風》，瑶環玖佩韵相同。香分水谷秋霜後，花落宣城春雨中。黛色裹瓤攢老緑，沙痕糝蒂變嬌紅。彩華寫就憑誰寄，石罅靈蛇路可通。」

宜興湯辛齋先甲，字蓴南，辛未進士，由翰林改御史，陞内閣侍讀學士。在京時，待余最厚。嘗謂武進劉星煒圃三曰：「李君純乎天理，而無一毫人欲之私人也！」後以直諫被謫，尋復授編修，督學廣東。丁酉，與余前後交代，時先生已病移舟中，相見于天字馬頭，公已昏迷，呼之久，乃張目，曰：「代余者即君耶？好，好！」旋卒。諸人皆有詩，惟韋葯軒最切當，詩云：「四海論交久，錚錚見此人。相期唯直道，所得在清貧。歸夢孤舟斷，吟魂萬里親。西風吹老淚，中夜獨霑巾。」

編修嘉善周東皐澧，乞假南歸，舟過金山，方共客飲，一笑而逝。或疑其前身爲金山僧。韋葯軒題其像詩云：「優曇一現便成空，瘦鶴分明到眼中。爲問吟魂更何處，妙高臺上月朦朧。」前有人傳其過金山看江景，爲他船刮去其首，誤也。

余同年嘉定秦修撰簪園大成，肥而黑，人皆呼爲厨。以會試第三大魁，即乞養歸。終喪，復來京師。戊戌，余督學粵東，適公分校禮闈，匆匆一别，旋以疾去，爲鍾山書院山長。簪園事繼母最孝，其去也，韋葯軒有送别詩云：「之子非高蹈，拂衣歸故鄉。抽簪身未老，異撰志何妨。至性師曾閔，幽懷託老莊。遥知參易象，意得已言忘。」蓋教行恬退之君子也。

絶句須有言外意。海寧太史查查浦嗣瑮，著《半緣庵絶句》，有《瘴雲》云：「瘴雲如海白漫漫，埋没群峰一瞬間。笑爾浮空偏得氣，纔從山起便吞山。」

江浦劉太史大山巖，以制藝名天下，詩不多作，偶見《詩窺》載《賀樓村移居》詩云：「官如蠶受繭絲纏，鬱鬱惟將邸舍遷。家具無多移較易，街坊太遠住堪憐。月逢廟市剛三日，俸算詞林已六年。閉户忍饑都不患，只愁囊乏買書錢。」意真語摯，所謂學人之詩也。

六言、九言，詩家有作，獨未有爲八言者。查太史德尹云：「賦人言詩，凡一句可兩讀者須禁之，以避四字古體。」當時諸公皆以爲然。時有貴州周起渭漁璜，自言此易耳，遂就悔餘所題《匡山讀書圖》九言後作八言，其起句云：「吾不知廬山幾萬丈，但覺蒼蒼兮靄浮空。亦不知此山之廣袤，但見跨兩郡而稱雄。」一時推爲絶唱。然究詰曲聱牙，故從來作者頗罕，雖不作可也。

從古詩人多至蜀，自唐杜子美、宋陸放翁後，指不勝屈。鄞縣邵明經安侯整，少宰學址從弟，偕子鑑遊幕入蜀，所作甚富。如丹泉井、石紐邨、飛來鍾、豐年碑諸古蹟，皆考據鑿鑿，非大手筆不能。而五律尤佳，有《自江口抵彭水》云：「捨筏尋征路，肩輿鳥道通。馬嘶黄葉外，人語白雲中。野色寒于水，陰崖静有風。石華高矗處，徑仄轉冥濛。」語皆百鍊。子鑑亦有《定遠即事》詩云：「有筆未曾投，言從定遠侯。花看潘子縣，月對謝公樓。漫奏琴中鶴，應慚水畔鷗。鹽灘何處是，擬上木蘭舟。」甚工。安侯著有《廣古今同姓名録》，以續余《函海》，頗費苦心。

韓城相國王偉人杰，以尊人官浙，隨任讀書，工書法。尹文端公延掌摺奏，以庚寅第三捷辛巳第十，適文端公在京，力稱其人品、學問，果登大魁。一時碑版，多出其手。立朝持正，己酉，充考試，參房考編修大興祝堃，人皆憚其丰采。詩工柏梁古體，喜用古韵。官少寇時，爲人作節烈詩，深奥可勒琬琰，篇長難以備書。近體詩尤工整，曾記其見贈句云：「月檻開樽浮竹葉，晴窻滌硯試松花。」風神秀麗，真不愧燕、許手筆。

江西吉安白鷺洲書院，自南宋淳祐元年江萬里始建，即聘歐陽守道爲山長，文信國、劉辰翁、鄧光薦皆出其門。後歷有興廢，至本朝乾隆甲午，奉天盧太守崧始重建之，一時人文稱極盛焉。是年，余副青陽王編修春甫懿修典粤試，道出吉安，適落成，太守請余同遊，留詩皆刻志中。春甫詩云：「白鷺芳洲曲，郵程得暫尋。半江浮小艇，一徑入疎林。絳帳思前輩，青衿啓後心。誰知賢太守，栽種早成陰。」

庶吉士散館改縣令，此朝廷參用宋制用人之法，令其更歷吏治也，人皆不知。番禺莊殿撰容可有恭《送袁子才由翰林改官江南》詩云：「盧陵事業起彝陵，胸界原從閲歷增。況有文章堪潤色，不妨風骨露崚嶒。杯分廉俸余同況，明澈冰壺爾獨能。儒吏風流政多暇，新詩好與寄吴綾。」語有根源，能見其大，非汎汎應酬者比。位至參知，宜也。

直隸制軍、桐城方敏恪公，詩多奇句，《洞庭雲》云：「雲影白無岸，浪花飛上天。」《冰牀》云：「有綏如馭馬，無地與支龜。」《夜來香》云：「釵影半横人倦後，衣香又到晚來時。」《次石東溪雨後》云：「隴樹迴風吹野水，人家倒影浸前溪。」《丙午除夕》云：「也知天上無今古，底事人間有舊新。」皆自出新意。

方敏恪第三妹詩最工，有《題畫牡丹》云：「菊瘦蘭貧植謝家，愧無春色繪年華。剩來奩底胭脂水，學畫人間富貴花。」

平湖韓柘田戴錦，年七十餘，贈余《賨實墨齋詩》，前有沈歸愚序，蓋當湖詩人也。有「花風吹到酴醿雪，不信紅歸春亦歸」，極爲查浦先生所賞。

寶應王少林嵩高，會狀方若之孫，太守孟亭之子也。與夢樓先生、嚴東有齊名。來京謁選，有姬桃葉寵甚，爲畫《歸舟圖》，索余題詩，有云：「畫橋燈火昔年遊，犀押銀缸共一舟。紅袖烏絲人正醉，恰如山谷在揚州。」「燈閣風流彼一時，又傳新得謝芳姿。浣花溪上嗤同夢，也擘濤箋賦艷詩。」時余亦有妾萬氏艷詩十首，故云。

楊誠齋《宿潮州海陽館》云：「蠟前蚊子已成歌，揮去還來奈爾何。一隻攪人終夕睡，此聲原自不須多。」趙雲松用其意作《一蚊》云：「六尺匡牀障皂羅，偶留微罅失譏訶。一蚊便攪人終夕，宵小原來不在多。」反較明爽。

京師人於上元節以泥塑鬼判，虚其腹，燃煤於中爲戲。宣武門左鐵門，每年必塑，人争觀之，甚于燈市。趙雲松戲咏云：「禄藉端資校勘工，故當炙手勢豪雄。共驚氣燄能炎上，誰識神靈也熱中。隸以夜叉應面黑，配宜旱魃稱顔紅。只愁黄胖遊春罷，碎竹飛塵陌上空。」末用韓平原事，見《白獺髓》，可稱神肖。

歸安費雲軒先生刺綿時，于越王樓下建涪江書院，延名師張巨堂，令五屬生童肄業其中，余亦與焉，一時人文稱盛。時學使虞城葛峻起先生題詩云：「綿州自古聲名地，風教于今久不振。賢牧獨能開化育，諸生幸得荷陶甄。居家孝弟敦懿表，華國文章貴雅醇。使者輶軒偶駐此，蕉窻喜見一時新。」至今士林尚能記誦。

即墨蒲松齡，即作《聊齋志異》者，有《青石關》云：「身在甕盎中，仰看飛燕度。南山北山雲，千株萬株樹。但見山中人，不見山中路。樵者指以柯，捫蘿自兹去。勾曲上層霄，馬蹄無穩步。忽然聞犬吠，烟火數家聚。挽轡眺來處，茫茫積翠霧。」此公詩亦專學新城者。

己亥，余校試端州，武生得人最盛，所取第一至第十，是科皆中舉人。當時諸生，高要張肖麟、王宗烈皆有詩。有縣佐宫發岫，中丞兆麟弟，工繪事，署提調看箭，爲余畫《校射圖》。布置圖中景極細，自輿隸、書役、廩保、試童，各確肖其貌，畫侍僮商秀立余後，作撫几勢，尤爲神似。泉陵陳觀察繩祖，相國可亭次子，題云：「神武君王將將才，多緣選自澤宫來。西川使者峥嶸甚，桃李成陰玉帳開。繪事須因好事成，抨弓偏肖魯諸生。皋比坐上神明王，僕馬安閒各有情。雙飛鵰鶚起層雲，盤馬青蕪曉色分。堂下弓衣如簇笋，定應人唤李將軍。眼中人即意中人，尊從威儀一一真。自是眼前相見慣，寫來圖上便翻新。」

程魚門以中書纂修《方略》。癸未，余亦以中書同赴春闈，余獲雋而魚門竟落孫山。趙雲松以詩慰之云：「眊矂春官又一回，誰從爨底識琴材。生花不落行將秃，棄甲子思忍復來。官燭空修書滿案，子錢欲避債無臺。衹應一卷名山業，消爾平生磊落才。」程多髯，故云。

祝芷塘爲余言，其師趙雲松以鎮安守調赴滇，從經略傅忠勇公征緬甸，本故吏也，呈詩云：「屈指兵興一路中，郵亭不斷戞刀弓。頻年聖主籌良將，多少蒼生望相公。關勢相傳銅鐵固，軍威兼列鸛鵞雄。腐儒篋有雞毛筆，要咏平蠻第一功。」錢充齋在經略幕下，讀至「多少蒼生」句，不覺痛哭。經略令幕僚皆屬和，遂傳遍滇南。

閩中稱至愛者曰契弟，非盡褻語也，而人皆諱之。雲谷移居中江，孟鷺洲亦以艱回籍，潼川太守沈澹園招飲，雲谷《戲鷺洲》有句云：「同年君契弟，異地我鄰兄。」亦雅謔也。

今人稱宦家女曰小姐，攷錢惟演《玉堂逢辰録》「掌茶酒宫人韓小姐」，小姐二字始見於此，然是人名，非稱謂也，故從來未入詩。明朱有燉《元宫詞》有句云：「簾前三寸弓鞋露，知是嫉嫉小姐來。」則是「小姐」二字亦可入詩矣。

安居王中安中丞，康熙辛丑庶常，與同年錢文端公先生同館唱和，最契。文端復以女妻其子汝璧鎮之。鎮之以丙戌四名中試殿試二甲，與余同在吏部文選，朝夕論詩，(常)[嘗]以尊人《樓山集》示余，始知沈歸愚所選入《别裁》《牧牛詞》，(尤)[猶]非佳也。中丞有《過潮州》詩云：「金山遥帶鳳凰洲，書記崆峒憶昔遊。二十七年如昨日，八千里外似并州。空餘大樹翻斜日，尚有遺丁説故侯。路過西州秋欲老，舊參軍也雪盈頭。」袁子才極贊之。然其佳者如《句容早發》云：「南浦柳牽千里思，東風梅返去年魂。」《燕子磯》云：「石底灰餘秦代劫，檻前風度楚江雲。」《送鍾杰人》云：「萬卷讀書兼讀律，一生憂道不憂貧。」五言如《晚泊》云：「昨夜寒偏甚，人家早閉門。」《舟中》云：「扁舟載暝色，歸馬破寒風。」《早發》云：「湖平波欲白，風正浪無花。」《夜雨》云：「秋風波撼樹，夜雨水侵門。」《雪遊虎丘》云：「石平能受月，池暖不成冰。」皆學力淵博，氣象沉雄，必傳無疑。此應從杜入手，而兼學西崑者。

元郎，宛平查蔗塘爲仁家所寵歌童也。乙卯秋，會稽商寶意編修盤入都，路經水西，蔗塘出歌者演劇，元郎度曲，寶意自吹紫簫和之。臨别，贈元郎云：「妙高臺上好風光，值得東坡醉一場。解唱幾時明月有，元郎本是舊袁郎。東坡有命袁綯歌「明月幾時有，把酒問青天」句。」「水西秋景未凋殘，送客留情坐夜闌。惱亂好花紅着眼，不教攀折只教看。」末語令人解頤。

巴縣進士龍雨蒼爲霖，官至潮州太守，所著有《本韵一得》十卷。大意以十二律分平聲，以七音分入聲，又以四聲不備五音，分陽平陰平爲二，以令五音之數。《四庫全書目録》駁之，謂律之作也，應陰陽之氣而寫之以音，此出乎天者。文字之作，因形爲聲，由點畫而起，不由律吕而生，此定乎人者。故古人律吕窮（祈）［析］毫茫，而音則無平仄，此韵不與律俱生之明證。其説良是。然自宋初釋神珙作等韵，南陽釋處忠撰《元和韵譜》，即以韵配律之始，亦未爲無本之學也。雨蒼工詩，嘗與廣安大廷尉鄧遜齋先生唱和，有《尋梅詩》云：「疎影横斜一水遥，不辭深夜探烟稍。三更踏雪歸來晚，猶帶寒香渡石橋。」風味不減姜白石。

羅江令滇南楊周冕，書學黄華，故字古華，好作擘窠書，今東山石壁所鐫「雲谷」二字是也。受代後，詩酒自娱，有《感懷》云：「歌哭無端任坦夷，雖云狂態亦情痴。恐教易醒難抛酒，縱使頻輸不厭棋。寶劍久埋光頓滅，白雲誰贈手空持。從今欲學逢迎術，檢點時腔入肚皮。」

岳襄勤公鍾琪，字容齋，成都人，官至川陝總督，加太子太保，進爵威信公，著有《蛩吟》、《薑園》、《復榮》等集。威信先秦之莊浪人，以父蔭襲，歷官至川省提鎮，遂家於成都。勦平川陝沿邊諸番寇，威重華夷，邊民懾服。恩眷隆重，列鎮四川幾三十年。其歿也，以忠州陳昆邪教倡亂，日夜馳至，擒捕餘黨，歸至重慶卒。上震悼，謚恤有加云。公於軍旅之間，輒寄嘯於筆墨，邊塞諸作，多慷慨悲歌之氣。而退居林下，寄情花鳥，又復神似放翁、石湖諸君。所謂奇人，真無所不可。先公出征青海，十八部落皆封王爵，自二月八日出師至十六日，悉皆擒斬蕩平，故《述懷三十韻》有云：「出師不十日，生擒十八王。」蓋實語也。

袁子才云：岳大將軍鍾琪，一代名將，容狀奇偉，食飲兼人，而工于吟詩。丙辰赦歸後，種菜于成都之百花洲。尹文端公贈詩云：「他日玉書傳詔日，江天何處覓漁翁。」未幾，王師征金川，果復起用。過邯鄲，題壁云：「只因未了塵寰事，又作封侯夢一場。」岳公喜題壁，周蘭坡學士祭告西岳，所過僧壁山岩，見題詩甚佳，字亦奇古，欵落「容齋」，不知即岳公也。

金川之役，威信嘗有詩自序云：「余閒居十二年，童頭豁齒，景逼桑榆。因大金川土酋狂悖，致干天討。自乾隆十二年五月進兵，至十三年五月尚未克捷。余奉旨統師黨壩，又命大學士公納親經略軍務，督師勦逆。自立秋以來，霪雨連旬，阻我長驅，有感而作云。」「遯跡丘林十二年，於今又着祖生鞭。銅標未建將軍柱，錦纜重牽相國船。瀘水瘴來雲似墨，蠻荒秋後雨如泉。霪淋欲試蒼蒼意，先挽天河洗穢羶。」

岳夫人高氏，威信公配，封一品。能嫻弓馬，公每出征，署中内外莫不肅然。能詩，常與公唱和。其歿也，公哭以詩云：「一字如金愛惜之，卻因相敬故如斯。從今永擱閨中筆，自此無人解和詩。」

巫雲，姓韓，華陽人，威信公侍兒。善歌舞，最獲寵愛。後以微嫌遣之，臨去，公送以詩云：「漫化巫山入夢雲，向人重着海榴裙。年來杜牧風流減，襆被無香夜不薰。」相傳巫雲有《鈴兒草》云：「衆芳燦爛獨青青，賺得明皇仔細聽。寄語流鶯今且去，春風繫遍護花鈴。」一云公代作。

國初從龍漢軍，雖女媛亦帶英雄氣。高文良公其太夫人名琬，字季玉，蔡將軍毓榮之女，尚書珽之妹也。其母國色，相傳爲吴宫舊人。夫人生而明艷，嫺雅能詩，博極群書，兼通政治，文良奏疏文檄，每與商定。公巡撫蘇州，與總督某不合，屢爲所傾，而公卓然孤立，《咏白燕》第五句云：「有色何曾相假借。」沉思未對，適夫人至，代握筆曰：「不群仍恐太分明。」語帶規勸。此等識見，巾幗所無。

女媛馬士騏，字韞雪，西充人，祥符張上舍應垣，給諫文光之孫婦也。馬夫人高祖廷用，官大宗伯。曾祖金，官布政使。祖晋明，官太守。父雲錦，官江西南城令。聲華累世。韞幼從父讀書，十四歲以詩名，中歲孀居，輒自晦其筆墨，故見者絶少。初有《漱泉集》七百餘篇，爲其姻黨女竊去。嗣集成帙，又以病革自焚，由是殘箋賸紙，僅存百一。其子刻《片石齋燼餘草》五卷，亦非初本。趙木亭見示全集，乃覩其全。其詩鴻洞踔厲，籠蓋諸家，絶無閨閤氣。沈歸愚《别裁》只選《齊雲樓》一首，未盡所長。有《落花詩》，多至十五首。其一云：「爛紅殘紫乍高低，痛惜行人踏作泥。六代鉛華蝴蝶夢，一林風雨鵓鴣啼。徒聞湘瑟人何在，再問胡麻路已迷。元亮猶存松菊徑，不須空説武陵溪。」頸聯最工。散句如《獨坐》云：「雨餘蛛續網，社後燕空巢。」《池上》云：「隔岸疑花語，扶闌見柳情。」《病卧》云：「婢拙挑燈滅，醫庸射覆頻。」《醉》云：「酒後神如馬，燈前影似僧。」皆工於描形繪影。

錢塘方祐俊配懷英，字畹餘，性孝，耽吟，著《倚香樓稿》。有《掃墓》句云：「原草盡舖鸚鵡綠，山花齊放杜鵑紅。」最工。

黄霖，江南人，寓蜀，善畫菊，自號菊隱老人。年八十餘，猶吟誦不輟。有《歸農》云：「我愛騎驢婦坐車，兒肩書籍僕擔花。出城未到青羊市，先問橋西賣酒家。」又《畫蟹》云：「不食霜螯二十年，未曾舉筆口流涎。何時得到江南去，明月蘆花繫釣船。」五言尤妙，如：「燈借月相照，門隨風自開。」名句也。又云：「溪寒魚咂月。」又：「萍開池受月。」二「月」字俱有理會。

張清夜子還，别號自牧道人，著有《潭東草》。周守一云：道人先名尊本，長洲諸生。不得志，乃溯江入蜀，覽峨眉、青城諸名勝，遂易羽士服，結廬于成都城南武侯祠之西偏。一琴一榻，蕭然自得。年八十餘乃卒。有句云：「梧葉飛時數點雨，蓼花明處一灘鷗。」庚辰，余至武侯祠，陪主試祝芷塘遊祠，見弟子宗繩，始獲覩其全集。其孫徐本衷亦弱冠能詩，有和余詩云：「少年落落志難同，夙夜精勤繼祖風。不受塵寰烟露惹，此間便是廣寒宫。」

郫縣朱孝廉近光衣德，有詩名，自嫌里名近俗，爲改曰桐花村，即以名集。與何九臯善。七言云：「兩岸落霞烘夜月，半林斜日醉秋風。」五言云：「野碓春寒月，山禽噪晚霞。」又云：「緑襯尋詩徑，紅薰買酒天。」最爲纖麗。

雲南黄素庵恩錫，有《瀾滄雜憶詞》最佳，云：「三月江村色色殊，細鱗擲浪酒堪沽。緑陰更愛山光午，囮鳥聲中打鷓鴣。」「白雲寺裏白雲封，海色遥看寺外峰。幾樹樓臺深樹裏，隔林敲落一聲鍾。」

俱有音節。

崇寧蔡呂橋曾源，雲南之孫。甲辰，與余弟驥元同榜，二甲進士，以知縣用。詩古峭好奇，亦似雪南。有《相嶺》句云：「古木虬蛇走，危崖虎豹蹲。」句法亦險。

宋卭州魏了翁先生有《送丁夔帥黼》詩云：「人生行止莫非天，去國重來又十年。學自孔顔期有是，道非堯舜敢陳前。憂時正念梁甌缺，視己當如趙璧全。若是時清身不辱，儘教人道是登仙。」先生一生學問具見此詩。家有抄稿十五卷，缺上六卷，不全，可惜也。彭樂齋《臨卭懷古》詩云：「南宋真君子，西京作賦才。」頗能括公一生。

雨村詩話卷十二

綿州童山老人李調元

乾隆五十年五月，上以「眼鏡」題大考翰林，坐是點落者甚衆，亦由習焉不考故也。按眼鏡始見於前明類書，前此未聞。《言鯖》言明提學潮陽林公有二物，如錢大，形質薄如水晶琉璃，每看文字，目力昏倦，以此掩目，能辨細書。聞得南海賈胡，相傳出西域滿剌加國，名曰靉靆，老年觀書，小字看大。用骨鑲成二片，若圓燈剪，然可開合而折叠，如市肆中戥子匣。壯歲目明者用之，則反昏暗，即今之老眼鏡也。然前賢題咏闕如，余向所見，有《道藏》元僧及明吴匏庵二詩，然皆依稀不甚似。至本朝則查太史慎行有《賜玻瓈眼鏡》七律詩云：「霽月光風在紫垣，海西佳製賜頻煩。潭空秋水清無底，壺貯春冰薄有痕。絶勝金鎞除脆膜，不須藜杖照黄昏。曾經隔霧看花後，老戀餘光盡主恩。」又五律云：「巧製海西傳，能争造化權。隙光分日月，宿障掃雲烟。頓覺生虚白，猶堪續草玄。一編聊秉燭，兀兀慰衰年。」袁太史子才枚有五律云：「眼光原自在，怎仗鏡爲能。縱使窮千里，終嫌隔一層。有繩先繫鼻，無淚已成冰。徐偃不忘國，瞻焉便可憎。」自注：「《荀子》：『宋偃王目可瞻焉。』謂近視也。」此皆前輩可考也。近編修趙雲松翼有《初用眼鏡》詩云：「少年恃目力，一覽數行下。能從百步外，遠讀屏滿架。因之不自惜，逞用弗使暇。螢火貯囊照，鄰燈鑿壁借。倦勿交睫眠，怒或裂眥咤。豈知過則傷，索債乃不赦。年來理鉛槧，忽驚眩眵乍。恭逢廷試期，方覬一戰霸。生平見敵勇，坐是臨陣怕。

真同霧看花，幾俾晝作夜。何來兩圓壁，功賽補天鑄。長繩繫雙目，橫橋向鼻跨。瑩比壺映冰，朗勝炬燃樺。平添膜一層，翻使障翳化。涼月浄無塵，澄潭堪不瀉。瞳神失所居，賃此得宅舍。空中花不存，鏡裏影逾姹。遂覺虱懸輪，可以命中射。奇哉洵巧製，豈復金篦藉。相傳宣德年，來自番舶駕。內府賜老臣，貴值兼金價。初本嵌玻瓈，薄若紙新砑。中土遞倣造，水晶亦流匹。始識創物智，不盡出華夏。緊余愧結習，把卷頗嗜炙。已知老漸浸，幸有光可貰。抱茲千年冰，如刀難入糲。收宜近筆牀，挂豈雜弓弝。留伴炳燭餘，觀書味噉蔗。」袁子才見云：「詩令人發笑者，其詩必佳。如『長繩繫雙目，橫橋向鼻跨』是也。」余以其言不然，曾記紀曉嵐大司馬《嘲近視帶眼鏡》云：「終日耳輪拖短牽，何年鼻管謝長枷。天涯莫道無知己，磨麪驢兒是一家。」豈不令人發笑乎？詩必令人發笑，勢必流入諢諧一派，余不取也。

遂寧相國張文端公鵬翮，論詩以理爲主，未免太文，然措詞實爲得體。爲吏部尚書時，有《自歎》云：「謬忝銓衡愧此官，白頭垂老息肩難。思親惟有衰年淚，獨寢無如旅夜寒。鬢爲憂民催作雪，心因補過煉成丹。天恩若許陳情去，菽水承歡也自安。」其恬退實從肺腑流出，不愧曲江風度。

大廷尉鄧遜齋乞終養二十年，服闋補原官，而已老矣。在京時，寓孫公園，有海棠一株，大可合抱，花開，香達四鄰。先生常招同鄉官讌酒賦詩于下。乙酉，余爲庶常，陪大司馬周海山煌、御史劉乙齋天成、檢討張鶴林翯、郎中李藝圃潄芳、員外王鎮之汝璧、户部主事唐堯春樂宇、刑部主事孟鷺洲邵即席分韵，余得「香」字，有「恠道酒皆無異客，須知花亦是同鄉」之句，先生極爲贊賞。遜齋有《野望》

詩云：「獨上高原望，蒼茫古樹秋。白雲荒大漠，紫氣滿中洲。水落魚龍冷，山空鸛鵲遊。何人吹玉笛，清韻出江樓。」猶見唐賢風格。

奉節傅副憲濟庵汝楫，起家别駕，少咏《永安宫》詩，有「孺子不才君可取，老臣如此罪當誅」句，得名。曾從出征厄魯特，至烏泥圖，即所謂渤海也，故詩有横槊之風。著有《雪堂》、《燕山》、《遼海》、《西征》、《南行》等集，美不勝收，已選入《蜀雅》。其佳句如《大同》云：「三山盤塞出，二水夾河來。」《薊門》云：「寒鵰驚月落，陣馬刷雲來。」《得雨》云：「風清駝益徤，水足馬無嘶。」《秋雲》云：「晚樹陰從天外合，寒江色向雨中分。」《出塞》云：「營舍苦霧旗猶濕，陣壓陰雷鼓不鳴。」高健雄渾，李于鱗不足多也。七絶如《感懷》云：「石榴花下别朱顏，黄菊開時客未還。却怪賓鴻不相待，等閒先入薊門關。」其音節宏亮，直逼龍標。

成都李敬伯其昌，與先北路公壬戌同年，官蓮花廳同知，有聲，陞南籠知府。引見來京，余時爲庶常，執父執禮甚恭，先生自誦《七盤關》句云：「山割亂雲分蜀地，寒針孱面帶秦風。」頗自得意。余曰：「割」、「針」二字佳則佳矣，但落元人纖巧一派，若改「割」爲「撥」，改「針」爲「衝」，則巧不傷雅，而神氣完善。先生即五體投地，稱爲「二字師」。先輩謙尊如此。

乾隆壬申恩科，先北路公充浙闈同考官，主試爲閣學晉寧李鶴峰因培，偕編修金匱秦果亭鐄，題爲「上如揖」四句。草榜將定矣，而鶴峰公意頗慊然，以浙中文藪，必有精於經學者。時先北路公充《書》一房，偶抱微恙，閲卷稍遲，直至九月初二始得絲字六號，即呈薦。公贊不絶口，遂定爲壓卷。榜發，爲嘉興李祖惠，兩浙名宿也。鶴峰大喜，有贈先北路公詩云：「耆宿日就謝，耀彩誇後生。經田不易畬，往往鹵莽畊。浮若積潦漚，細若蚓竅鳴。捫燭不識日，扣缶難爲聲。我特白玉尺，參黍皆分明。拊髀一再歎，誰能掣長鯨。吾宗有墨綬，岷峨發精英。首肯忽擊節，凝眸忽轉睛。乍如得荆璞，價重十二城。遺我共欣賞，古色果峥嶸。尊罍列太著，金石調成韺。非復時所艷，罣然生遠情。顧爾獨何人，乃令識者驚。俗目眩金采，俗耳諧琶箏。哳口芹萍棄，襲錦燕石榮。老死一丘壑，疇則玉女成。而我獨感喟，此必十年貞。聖朝羅俊彦，寄命於持衡。南金不入冶，鐵中謅錚錚。焉用彼相哉，塗抹徒縱横。懸兹作士鵠，俾知稽古榮。」

渠縣李藝圃漱芳，乾隆丁丑進士，官巡城御史。以參額福公家人蘭大醉打金陵樓事，蒙上召問，嘉其有膽，陞給事中。旋以奏山東饑民事不實，左遷員外，遂假歸不出。有《自題小照四圖》，一《白雲斷雁》，二《蘭省晚歸》，三《載書過峽》，四《茅簷望闕》，張玉溪亟稱之，謂情詞懇摯，必傳無疑。有《晚秋江上》詩云：「澹澹秋江落日斜，水清沙白下寒鴉。舟人撒網携壺去，一路漁歌入荻花。」氣味逼近韋、柳。余乙巳歸田，方欲訪之，已卒。其卒之前，盥水靧面，忽自驚視曰：「來何早也？且門外候。」家人問之，不應，入室更衣，端坐而逝。亦異事也。

余在翰林時，藝圃以其高、曾集屬訂。順治甲午舉人、鳳陽令岩山公《片石齋集》有句云：「野水亂流臨古驛，夕陽和樹入簾櫳。」吐屬風雅。又《感懷》云：「投身可得如張儉，洗耳還應似許由。」又：「漢廷近詔寬三甲。蜀道何年鑿五丁。」「早疑雞肋嘗無味，便却豬肝去又非。」《聞笛》云：「豈有梅花開更落，自驚楊柳折還生。」皆似何、李七子。弟丁酉舉人、寧德令《説劍齋集》有《寄周嘉受》云：「荀君坐處香三日，潘令行來果一車。」極爲唐鴛港所賞。尤工五律，有《聞官軍收漢中》云：「天險誰終踞，先聲已不支。傳聞收宋建，遂已殪姜維。王者師無戰，流人已可知。翻愁雲棧路，雨雪擔簦遲。」「已分歸無計，朝來涕淚新。誰傳今日信，吾是再生身。月冷瘡痍色，花殷鼓角春。安危爭撫虐，跂望轉傷神。」全從工部脱胎。康熙辛酉舉人楚材甡《濠梁集》有《從戎》句云：「星從柔櫓動，月傍戍樓生。」《滕王閣》云：「五更江湧初生日，十里潮青未了山。」俱有家法。

人皆知丹稜有三彭，而不知先有三楊。一楊岱，字東子，康熙丙午舉人，有《郋山集》。一岐，字周子，有《碧蘿亭集》。一崑，字葛山，有《三樹堂集》。皆以詩名。東子名句如《送孫默》云：「野水斜春磑，孤猿啼向人。」《大慈寺》：「青苔荒石馬，昏月宿寒鴟。」句極幽險。又《夜泊二絶》云：「夜船將泊棹歌齊，芳草萋萋野路迷。只有斷猿無宿處，最高枝上徹明啼。」「拍堤春水四無涯，吹笛樓邊起暮鴉。舊寺僧殘江樹盡，空留寒月老蘆花。」讀之淒楚欲絶。周子《雪》詩云：「遠塞孤城没空山，樹影寒葛山雨中。」《看荷》云：「細雨低雙鷺，微風咽一蟬。」亦體物之工者。三彭以科名顯，而三楊僅一孝廉，故人多不傳。其實能詩不係科名也，世有能詩而不第者，豈少哉？

丹稜彭端淑，字樂齋，乾隆丙辰進士，官至廣東肇羅道，有《白鶴堂集》。次肇洙，字仲尹，雍正癸丑進士，歷官河南道御史，有《撫松亭集》。次遵泗，字磬泉，乾隆丁巳進士，官至江防同知。兄弟皆由庶常起家，世稱「三彭」，皆有詩名。樂齋晚年主席錦江書院，有《春暮》云：「愁緒聲添十有八，春光老去二之三。」仲尹《别兄》云：「臨岐翻語塞，不淚更魂銷。」《到家》云：「階落山前果，藤開屋上花。」句極新警。磬泉年四十失偶，不娶，有摩詰之風。有《悼亡遇長子初娶歸來》詩云：「中饋紛拏事可嗟，向平初願計非遐。蘭堂燄燭方成采，萱背堂階已謝花。豈是命宫逢磨蝎，寧同此歲在龍蛇。可憐新婦歸來日，不着新妝只着麻。」所著有《蜀碧》，記獻賊屠川事，用編年體，亦今之《蜀檮杌》也。

丹稜諸生彭田橋蕙支，名士也。庚戌秋，余有奴劫金而遁，自駕舟追之。田橋適自眉來，訪余于南村别業，兼携其家集以示，不值，悵然留詩而去。詩云：「青山紅樹渺斜陽，剥啄南村漫上堂。久識將軍非好武，今知丞相慣追亡。空令潁水登龍幸，虚作吴門看竹狂。支枕幽齋聊一宿，歸途回首轉茫茫。」三四典既確切，語亦風流，我輩中人也。

廣東瓊山諸生李琦，貌凹色黑而内秀，屢考第一，余詩所謂「海南得二士，李琦符家麟」也。是科果捷進士。《咏椰酒》云：「誰從樹上挹清酤，一勺芳甘解悶無。美不待儀林自釀，造何須杜味偏逾。者同真一微微辨，春向羅浮處處沽。佳醖滿園天賜與，憑教放飲賽醍醐。」全學東坡，俱用坡語。

蜀中人才，多出于錦江書院。己卯，余以科考第一，學憲史怵堂先生送入錦江肄業。時掌教爲金堂高白雲先生，余與崇慶何希顔明禮、成都張鶴林翯、内江姜爾常錫嘏、中江孟鷺洲邵、漢州張雲谷邦伸，並在及門。是年七月，有桐花鳳十八隻集于講堂前梧桐樹，小如橄欖，五彩俱備，而四隻先飛。是科院中中式十八人，希顔領解，而余等皆叨中焉。榜後，白雲師邀兩座師刑部郎中歸安閔峙庭、編修嶍峨周立厓遊草堂，設宴賦詩，句云：「題名已應桐花鳳，幾個先鳴上苑鶯。」後張、姜、孟連捷入翰林，而余遲一科，亦入詞館，始知四隻先飛之兆。

武進湯蒔芥建業，同年世交，署安縣令，常往來醒園見訪。後署新繁令，署中有東湖，蒔芥築一亭於中，名曰聳翠亭。成，適值壽日，余與諸人聯句于中。蒔芥有《自題聳翠亭》云：「翠柏老千古，新亭敞復幽。水深魚影絶，林静鵲聲稠。清白江如此，龔黄志未酬。此中有真趣，空自羡瀛洲。」

綿州東門玉京山道士劉虚静，能彈琴，工山水畫，水墨花鳥尤佳，然不知其能詩也。張方湖爲余誦其《八月十六夜自懷》云：「夜静虚堂寂，林深鶴自閒。風聲喧遠水，月色冷空山。獨坐長松下，悠然修竹間。紅塵心不戀，瑶島尚容攀。」對余亟賞其「月色冷空山」句，余因訝之。一日，至山相訪，見長身鵠立，羽扇翛然，飄飄有凌雲氣。因留詩一首，以充道官，末句戲云：「此去蓬萊近，微嫌尚作官。」虚静和云：「莫笑微名僭，何人不愛官。」風趣可想。

漢州諸生張雨山懷溥，余初不知。一日至玉京山訪劉虚静，見壁上有和余詩云：「絶頂來飛塔，臨軒落小城。撥雲穿徑濕，携杖引風清。花暖蜂巢閣，春深鳥喚名。怪來人寡和，仙骨太峥嶸。」心甚異之。又《登玉京山》詩云：「官路高於樹，孤城小似拳。大江流碧海，一塔指青天。山密幽禽避，雲深古佛眠。夕陽霞不散，化作滿江烟。」又《訪劉虚静》云：「緑岫烟霞古，丹房草木幽。花關迷白鹿，松下卧青牛。塔勢飛南嶺，鍾聲動北樓。羽衣無個事，琴韵自悠悠。」皆工整有法，非俗下囂囂者。異日，訪雲谷，乃識之。時新自京東兄林川順義任回，以棧道詩示余，余開卷即喜其《馬鞍嶺》句云：「微風灑然來，林有碎珠滴。」雖眼前語，從無人道。其佳句如《松林驛》云：「獨鳥無朋友，哀猿有子孫。」

《界牌嶺》云：「衣含秦嶺雪，屐帶武都泥。」《寧羌》云：「州女解調馬，山童各抱猿。」皆能别開生面。蜀中詩人，不意張氏伯仲竟居其二，玉溪、雨山也。

吴縣沈籥雲聯芳有《上亭驛》云：「細雨微風過上亭，海棠零落霧冥冥。不知當日野狐曲，可作《霓裳》一樣聽。」冷語最耐人思。

雲谷有《柏香書屋詩彙》，所抄皆近人詩。内有《春日簡弟》一首云：「玉羅窻格碧蟬紗，磁碗垂雲試露芽。懸桶君臣蜂建國，繞梁夫婦燕成家。杏花漠漠重簾遠，芳草凄凄一道斜。池上樓臺應有夢，柳綿飛盡欲藏鴉。」筆意頗近皮、陸，但未著名。異日，問雲谷，乃知即陳蒙仙一油詩也。陳一號竺山，其詩多喜用桃葉渡、海棠溪、黄葉寺、白蘋洲、芙蓉袂、薜荔香、金花寺、玉女祠等艷字，今忽細意熨貼，字斟句酌，如此學人，固不可量也。

晉寧李中丞鶴峰，有子太史衣山翊，祝芷塘之妻弟也。中年忽癡，人云爲狐所祟。有《寄王金英》詩云：「懶向金門獻《子虚》，閉關從此好深居。風塵莫便淹歸計，早買青山學著書。」詩品最高。

安縣金可蘭紫芝，幼不讀書，以梓匠爲業。聞人詠詩，漸工韵語。年至七十，吟咏不輟。嘗作《百秋詩》，有《秋艇》句云：「隨鷗欹蓼岸，載月入蘆汀。」何九皋爲余言。

七絶最難工。成都許水南儒龍《夜坐》云：「月明小院清于水，人坐空齋淡似僧。貪得夜凉窻不掩，秋蟲飛上讀書燈。」可入洪邁《絶句》。

康熙己卯孝廉涪州何元鼎鉽，曾官鄞縣令，工詩，有《芝田稿》。其子見示，余記其《看梅》一絶云：「酒沽林外野人家，霽日當簷獨樹斜。小飲呼朋三面坐，留將一面與梅花。」爲之拍案叫絶。爲人書扇，多至數十。常云：「古有林梅花，此不可稱『何梅花』乎？」

余試粤東諸生古學，先以詩，次必以《竹枝詞》命題，蓋以觀其土俗民情也。記其最佳者，頗可譜入風謡。南海崔芝蘭云：「船裏歌聲水面腔，阿奴生小住珠江。凌波爲恐塵生步，肯著鵶頭襪一雙。」東莞陳大基云：「自小生涯海月邊，不知朝市不知年。不願我郎作官去，願郎撒網我摇船。」順德黄丹書云：「隴西莊畔野花香，金榜山頭夕照黄。水色山光浄如許，送郎直到鯉魚岡。」高要王宗烈云：「兩峰夾水碧參天，日日墟期泛果船。記得那年峰下過，與郎停棹買香櫞。」德慶李峰云：「閲江樓下水溶溶，西江江水日流東。水流東去幾時返，疎雨黄昏愁煞儂。」謝濟經云：「十指無能苦用憂，儂郎賣硯水街頭。新坑石亂老坑石，一倍金錢十倍收。」肇慶温周翰云：「踏青一隊過横塘，鬟插山茶巧樣妝。惱却春來雙燕子，郎家不見送檳榔。」潮州張對墀云：「蛋船無數大江東，蛋婦如花倩倚風。多嚼檳榔當户立，一笑迎人玉齒紅。」海陽陳鳴鶴云：「乍寒乍暑渾無定，當午乘風晚着綿。自是嶺南多氣候，日中常備四時天。」嘉應楊揆叙云：「閒却金籠鎖繡窻，採桑初罷浴清江。春絲争比秋絲好，點點椒花縷縷雙。」謝熊云：「虹橋烟雨鎖行程，愁絶賣茶郎遠行。聽説哥哥行不得，鷓鴣真個解人情。」瓊州文昌范學經云：「紛紛雜劇出東郊，迎得春來豆穀拋。着意尋春春不見，東風吹上刺桐梢。」皆可採也。

嘉應多六篷船，以中二篷住家，前後四篷則朝開晚合，以便使篙。中艙皆蛋孃居也，客非中艙，即無可住，故有「老不入川，少不入廣」之謠。諸生楊揆叙《六篷詞》云：「榜歌軋軋采茶聲，不問山程與水程。最是月明風定後，玉簫檀板太分明。」

溧陽太史西山先生貽謨，提學蜀中，己卯，余自秀水回補考，即附一等末。定例：補考皆附三等，無附一等者，異典也。科試復第一，獎賞日，謂成、綿、資三屬生員曰：「吾在蜀三年，未見一秀才，今始見一秀才。」命各教官以試卷給諸生公閱，曰：「如此方是文，方是策，方是詩。」即日以雙花插帽，命從中門出，餘應獎者以單花從兩角門出，吹鼓送入錦江書院。蓋未有之殊遇也。是科登鄉試第五，癸未會試第二。先生回京，每謁見，必曰：「吾所拔蜀中第一人也。」詢余，乃知從錢香樹受業，先生亦出其門，於是優待視他座師益親。庚午，先生充江西副典試，正主考即錢文端公。先生有和文端《廬山雲海歌》云：「我昨來見匡廬峰，倚天無數青芙蓉。江楓掩映望不極，山腰披絮雲谷容。東林飯罷得小憩，草堂萬壑聞松吹。五老鬚眉毿林麓，夢中惝怳猶能記。今朝策馬出建昌，道旁依舊山青蒼。爛兮如銀白如練，俯視一氣何茫洋。中流相距才尺咫，百道飛泉寧可比。彭郎湖口接兩姑，拍天泱漭無踰此。諦眎都是雲涌山，蓊然嘘吸生微瀾。匡廬落我芒鞵底，磴道迴望高盤盤。吾聞天都之峰三十六，六六蓮花粲巖谷。文殊院裏夜中看，雲海奇觀眩心目。黄山於我只鄉邦，足未能履耳曾熟。兹山雲景亦幻哉，一碧萬頃光皚皚。雲爲車兮風爲馬，真教颯爽心心開。徘徊瞻眺那能釋，江山清空我行役。山花可擷雲可囊，馬首匆匆倏言别。作詩紀實留班班，何當扶笻並挈榼，坐我萬仞丹崖間。」讀之想見黄河之水自天來也。

大興黄中丞崑圃叔琳，庚午十月六日集新孝廉舉同年會，用王文恭《癸卯公晏詩》韵。錢文端公香樹云：「乞憲行開八秩筵，迴看甲子説同年。武夷君在山頭坐，笑指花前幾輩仙。」

浙江有孫姓者，以工畫山水，遊當湖求售。居月餘，過者不顧。有客謂孫曰：「但得錢香樹題詩，可易錢十千。」孫徒步扣門索題，文端諒其求之誠，走筆應之云：「靉靆群峰擁翠鬟，飛泉百道響潺潺。長松不受人間暑，雲幔低垂晝掩關。」出易，果得錢十千。

錢文端公于乾隆三年九月十三日舟泊濟寧，時夜將半，月明霜寒，小立船唇，閘吏開板放船，鄰船撑撞，失足墮水，家人擲篙以援，得不死。因戲謂賓客曰：「吾聞墮水死者，必有鬼物憑之。倘昨夜遇太白，便携手同去矣。」明日適登李白樓，有句云：「昨夜未曾逢李白，今朝乘興一登樓。」

乾隆庚午九月十四，錢文端公典試江西。事畢，中丞阿補堂爾衮置宴百花洲。酒半，中丞指門前石刻謂文端公曰：「此先生三載前詩也，今日之會，不可以無詩，盍依前韵爲之？」遂援筆賦曰：「繞砌秋英點點斑，天教勝地占蕭閒。皇恩只許經旬住，星節何妨一再攀。如掌平湖高士宅，當頭明月故人顔。不須更上滕王閣，已見江城雨後山。」公嘗自言：平日詩此最得意。

烟草，今直呼曰烟，始來自西域，今所在成熟，爲土産。其毒似亦全減，故人有「寧可不喫飯，不可不喫烟」之説。蓋其味因人改，不必禁也。烟草前人並無咏之者，《香祖筆記》：韓慕廬宗伯掌翰林院，嗜烟草及酒。戊午，與王士禛同典順天武闈，酒杯、烟筒，不離于手。王戲問曰：「二者乃公熊、魚之嗜，則知之矣。必不得已而去，二者何先？」韓俯首思之，良久答曰：「去酒。」衆爲一笑。韓嘗以

《淡巴菰歌》題作館課，已膾炙人口。近錢塘進士翟晴江灝《咏烟草五十韵》，警句云：「藉艾頻敲石，圍灰尚撥爐。乍疑伶秉籥，復效雁銜蘆。墨飲三升盡，烟騰一縷孤。似矛鶯燄發，如筆見花敷。」袁子才極贊其工，以爲典雅出色，在韓慕盧烟草詩之上。然余以爲不如海寧陳文簡公元龍五律四首爲最佳。詩云：「神農不及見，博物幾曾聞。似吐仙翁火，初疑異草薰。充腸無滓濁，出口有氤氳。妙趣偏相憶，縈喉一朵雲。」「異種來西域，流傳入漢家。醉人無藉酒，欵客共輸茶。莖合名承露，囊應號辟邪。閒來頻吐納，攝衛比餐霞。」「細管通呼吸，微噓一縷烟。味從無味得，情豈有情牽。益氣驅朝霧，清心却晝眠。誰知飲食外，別有意中緣。」「清氣滌昏憨，精華任咀含。吸虛能化實，嘗苦有餘甘。爝火寒能却，長吁意似酣。良宵人寂寞，藉爾助高談。」可謂獨出新裁。

余丁酉往粤，道出南昌，蔣心餘約與余相晤。既而相左，遣介追至新淦，以自作樂府《空谷香》數種見寄，並附以詩。余答云：「卧聽郵籤報水程，開窻已見挂銅鉦。半篙緑水舟初動，一片青山樹上行。空谷香中人去遠，郵筒詩裏句堪驚。友生聚散憑誰問，一紙浮沉託武城。」末句謂汪太史上林也，時爲新淦令。

余素不談風水。給諫謝梅莊濟世有《金山郭璞墓》詩云：「雲根浮浪花，生氣來何處。上有古碑存，葬師郭璞墓。」曉世之意，隱然言外，乃知前輩亦有先得我心也。然但見戴紗帽者來看地，不見戴紗帽者來上墳，前明袁了凡已言之矣。

錢文端公與歸愚齊名，有和沈《山居雜咏》云：「吴下詩名大，聲華聖主聞。銜恩歸故里，閉户闌徽文。每結漁樵侶，閒隨湖海雲。石公山畔路，烟月欲平分。」末二句隱然自命兩宗主。出仕早者，閒居亦早。如花早開，必早謝也。香樹尚書有《題紅葉》云：「一夜流傳霜信徧，早衰多是出頭枝。」可令熱中者冰冷。

錢塘厲太鴻鶚有姬人朱氏，烏程人，姿性明秀。生十有七年，吴興竹溪沈徵士幼牧爲作媒，以中秋夕舟迎於碧浪湖口，同載而歸。取浄名居士，字曰月上。姬人鍼管之外喜吟，筆硯影榻，書格略有楷法。從太鴻授唐人絶句二百餘首，背誦皆上口。壬戌正月三日得疾，忽爲庸醫所誤，卒，年僅二十有四，竟無子。有《悼亡》詩十二首最爲悽惋。其一云：「無端風信到梅邊，誰道蛾眉不復全。雙槳來時人似玉，一匳空去月如烟。第三自比青溪妹，最小相逢白石仙。十二碧樓重倚徧，那堪腸斷數華年。」

樊榭詩極細緻，五言如「波冷鴨群語，風高鷺獨拳」，七言如「人影不離春水舫，詩愁都在夕陽山」，最爲警策。有《途中除夕》云：「客裏休尋餞歲筵，河干聊爾息吟鞭。荒村已是裁春帖，茅店猶聞索酒錢。燭爲留人遲見跋，雞防失旦故争先。郎當遠鐸仍催起，回首東風又一年。」寫盡他鄉過節情景。

金匱杜凝臺玉林，由甲戌進士，官刑部郎中，轉蜀鹽驛道，陞按察，屢遷至中丞。兩遭遣戍，卒。在成都時，以杜少陵舊地而增修之，叠石鑿池，樓閣幽邃，花木茂密，爲一郡遊觀之冠。詩最雄壯，有《登雅州城》四首，其一云：「大渡河西畫角聲，投鞭撫髀若爲情。空言司馬能傳檄，漫學參軍欲請纓。春盡林香猶作瘴，雨餘山氣不全晴。關心最是從征客，雪没弓衣夜斫營。」頗有豪氣，一時和者甚衆。

富順令金壇段懋堂玉裁句云：「灘聲不厭喧終古，山色從來媚夕曛。」墊江令荆溪吴白江云：「萬里魚通城郭達，百盤鳥道使唐蒙。」皆杰作也。

四川鹽茶觀察王秋汀啓焜，嘉善人，書法似思白，詩多警句。如《舟行》云：「寒沙明荻浦，落日醉楓林。」《山家》云：「雲卧樹皮屋，泉穿石脚床。」俱有清思。其《烟峰城雜詠》云：「日淡風高古夜郎，施家口接塞蠻荒。年年十月來山市，争賈青鹽换麝香。」「左插雲鬟烟草花，右遮半面抱琵琶。雙雙高綰青螺髻，淡掃蛾眉暈曉霞。」皆有古《竹枝》遺意。

王蘭泉昶自從軍金川而後，詩又一變。余乙巳三月歸里，道出西安，蘭泉時爲臬使，召飲署中，出其《蜀中集》以示。如《大崖》、《楚卡》諸古體，直奪昌黎之席。有《羅博瓦曉行》云：「炙轂塗泥滑，攢刀石角分。泉聲千壑雨，霧氣四山雲。驕馬嘶還躍，啼鳥近漸聞。兵鋒乘破竹，已擬進前軍。」想見横刀握槊之風。又《咏雪》云：「希聲仍颯颯，空色尚斜斜。」能於空中繪影。

山陰令滿洲舒雲亭瞻，乾隆己未進士。在餘姚，見余詩稿，深加器之，曰：「公子他日詩名，我輩不及也。」贈以《蘭藻堂集》。少日以「性愛登臨同謝傅，志存温飽愧王曾」得名，詩學放翁。五言如《南陽》云：「連天都是水，隔岸不多山。」《環翠寺》云：「市聲隔浦斷，野色過橋分。」《車溪道中》云：「菜花黄夾路，春水緣平堤。」七言如《上元》云：「梅花瘦入詩人格，竹葉空添惡客杯。」《僧舍中秋》云：「風料峭時偏抱病，月團欒夜却離家。」俱極流動。

《滋蘭圖》者，先北路公遺像也。公于乾隆乙酉家居，闢地于雲龍山之西峰，樹植花果數百株，于峰之陽，結廬一區，名曰醒園，自號醒園居士。公曾有詩云：「何處堪宜着此身，園林幽處絶囂塵。鋤荒結就三間屋，便與烟霞作主人。」即此時作也。滋蘭者，取《離騷》「余既滋蘭九畹」之義。先君同年、殿撰、閣學金兩叔甡題云：「廿載同看上苑花，浮雲南北隔天涯。須麋始向圖中識，愧我繁霜繞鬢加。」「情由生意託根荄，牕草還聞護惜來。麥隴棠陰膏澤徧，使君閒坐灌花回。」「治譜編成帝座通，賓書天上授青銅。芝蘭滿砌滋培久，喜見新叢壓舊叢。」「頻年鄉貢沓難追，辜負星臨淛水湄。此去津門裁尺咫，歸帆倘趁看花期。」時君爲天津司馬，故云。副憲竇東皋光鼐題云：「竿翠豐尋蔭碧虛，芳蓀馥砌映清渠。輞川暇日多幽興，正好科頭讀秘書。」「我來京輔尋芳日，君去巴西息轍時。峽樹棧雲秋水闊，美人徙倚芷蘭思。」「昂藏鶴立認風標，喜見霜翎奮九霄。回憶春明題塔日，廿年清露拂蘭苕。」「東逐藍山萬里遊，披圖彷彿衆香浮。他年史乘傳佳話，應喚羅江作叙州。」蘭山在叙州。

陳壽《三國志・王修傳》注：太祖與修書曰：「此君沉滯冶官，張甲李乙，尚猶先之。」宋顔延之《庭誥》亦云「張甲李乙」。蓋姓氏中惟張、李等爲盛，故《朱子語録》、《五燈會元》俱有「張三李四」之説。然究不可以入詩。王安石《擬寒山詩》：「張三袴口窄，李四帽簷長。」又云：「莫言張三惡，莫愛李四好。」安石詩似此等，俱不足爲法。

古詩稱「七步」、「八叉」，已爲捷矣，近人有限吸烟一二口而成者。黄唐堂云：「松江有韓曉童者，詩最速。客聞試之，甫吸烟，限烟畢時詩成，請題，客指橘燈，應聲曰：『映雪囊螢未足奇，請看朱橘代青藜。我來不敢高聲讀，恐有仙人夜賭棋。』時尚黄烟一二吸未盡，古未有也。」若時下繡袋銀筩，飽納黑烟，歷半時未灰者，可成《琵琶行》、《連昌(京)[宫]辭》矣。

《容齋隨筆》：寧馨，晉、宋人語助，如山濤謂王衍「何物老嫗生此寧馨兒」是也。按：「寧」字當作上聲讀。宋張謂詩：「家無阿堵物，門有寧馨兒。」東坡詩：「六朝人物餘丘隴，空使英雄笑寧馨。」可證。

行役詩多有目前境而未經人道者。如廣元令吴明軒《嘉陵道中》句云：「酒逢茅店飲，馬過板橋騎。」簡州牧宋汝和《金臺》句云：「穿林驚宿鳥，殘夢逐村雞。」皆清切有味。

周汝一道湖《還家吟》云：「芭蕉已補床頭漏，匾豆猶開屋角花。」寫盡村落人家秋景。

謁祠詩須語無泛設，若一字落空，則他祠亦可用矣。如許幼文《潁考叔祠》詩云：「尚祀封人廟，空悲蔓草盈。村巫分社肉，野鳥啄殘羹。谷暗泉重咽，山摧犬隧平。小人家有母，悽切計歸程。」宛委《漂母祠》詩云：「荒祠仰遺像，千古有誰同。識過重瞳子，恩先隆準公。扉臨淮水月，臺冷釣絲風。漂跡知何處，晴烟一片籠。」是也。

劉宛委最工七絶，《題沈石田畫》詩云：「吴中畫手誰先輩，老氣横空沈石田。二百餘年遺跡在，不知是墨是雲烟。」又《夜雨》云：「黑雲含雨濕空宵，幾樹庭花已盡凋。叮囑西風好吹散，莫教□點上芭蕉。」又《鑑湖竹枝詞》云：「邀郎夜夜掉船行，歷歷春星照水明。箕好風來畢好雨，阿儂只是愛長晴。」

袁子才云：錢文端公陳群好謔。少時，鄉試落第，其科主試者趙侍郎也，别號長眉公。觀演「小尼姑下山」，戲題云：「三寸黄冠綰碧絲，裝成十六女沙彌。無情最是長眉佛，訴盡春愁總不知。」

雨村詩話卷十三

綿州童山老人李調元

成都向太史日貞乾夫，年十四，過目成誦，有神童之目。美丰姿，在塾中，爲人誆去，誘入梨園學戲。其兄尋覓半年不得，後聞在重慶某班裝旦脚色，聲名藉甚，乃踪得之。議以價贖回，而班主以向青年童音，方倚爲本班首屈，居奇不肯。其兄遂詣巴縣訟，而令亦方謀漁獵其色也，斷仍留本班。其兄遂赴太守上控，太守持呈久之，問曰：「爾呈内言在書塾中已完篇，今既入梨園，尚能作文乎？」曰：「能。」即令取紙筆，于堂下親試之。未炷香而文成三百字，短比相接，筆致靈動。大驚，又問：「能詩乎？」曰：「初知平仄。」即指柏樹爲題，應聲曰：「柏本棟梁器，初生不自全。倘蒙培養力，平地直參天。」嘆曰：「此神童也，豈久于梨園中哉？」謂班主曰：「汝另覓一旦，當得多金？」曰：「非五十金不可。」即令人如數與之，謂向曰：「吾爲汝贖，亟回攻書，無負吾意。」是歲，學使廬江宋嵩南在衡按臨，首拔入庠，決其必領解。戊子榜發，果第一，適太守亦在闈，遂認爲師生。中癸巳進士，出黄太史際飛之門。入翰林，改授御史，有直聲。此康熙五十二年事也，今此詩猶傳人口。

金壽門農，錢塘大布衣也。疎髯廣顙，工詩兼隸書，自云「餓隸書」，鄭板橋所謂「亂髮團成字，深山鑿出詩」也。年五十餘始學畫，涉筆即古，由所見古蹟多也。初寫竹，師不室老人，繼畫梅，師白玉蟾，晚畫馬，自謂得韓、曹法，寫佛像，號「心出家」，用白香山「身不出家心出家」語。有「孤竹瘦于尊者相，野雲白似道人衣」句，酷似其畫。有青衣彭郎，甚暱之，跬步不離。平湖張鐵珊戲贈二絶云：「畫船三度見同來，豈止蕭家解愛才。身似花枝心似鐵，天生小史伴于鬔。」「翻覆交情比雨雲，彭郎難得日隨君。青衣别向人傳酒，此語知他不肯聞。」又有犬曰小鵲，出入必與俱。厲太鴻爲作長歌，有句云：「一時豪艷誠難兼，愛才蕭僕得汝添。」蕭僕謂彭郎。又有「手裁花護娱老髯，雪糜名共縹囊籖」句，雪糜，元洲犬也，見元張伯雨《還錢塘》詩「雪糜應護手裁花」，謂小鵲也。所著有《冬心集》，無子，以付其女。海珊題云：「一帙詩成手自删，苦心孤詣破深艱。斯才不出雲霞上，相見多於松石間。變隸向誰遺大翮，美髯自合狎垂鬟。只争貞曜他年謚，莫到名山便不還。」謂客維揚也。相傳金壽門遊西湖，得一白龜，小僅如錢，光彩照耀，金視如掌珠，以水晶盒貯之，常携以自隨。一夕，忽夢白衣童子曰：「我當候君于棲霞松石間。」明日啓視，龜已死。金大慟，以晶盒葬之，作《瘞龜銘》，但不知所言「候君松石間」又作何解。後因制府延至江寧，迴過棲霞，忽于樹影中見白衣童招之，如夢中所見。及至近接，忽又杳然。心疑之，隨登祖師殿，則座傍龜蛇二將，俱妝神像，龜將軍則儼然白衣童子也。壽門大訝，亟趣裝歸錢塘，不數日病卒。

紀曉嵐侍姬沈氏，字明玕，本長洲人，祖流寓河間，父因家焉。生二女，姬其次也。神思朗徹，殊不類小家女。常私語其姊曰：「我不能爲田家婦，高門華族，又必不以我爲婦，庶幾其貴家媵乎？」其母微聞之，竟如其志。性慧黠，平生未嘗忤一人。初歸曉嵐時，拜見馬夫人，夫人曰：「聞汝自願爲媵，媵亦殊不易爲。」斂衽對曰：「惟不願爲媵，故媵難爲耳。既願爲媵，則媵亦何難。」故馬夫人始終愛之如嬌女。常語曉嵐曰:「女子當以四十以前死,人猶悼惜。青裙白髮,作孤雛腐鼠,吾不願也。」亦竟如其志,以辛亥四月二十五日卒,年僅三十。初僅識字,隨紀檢點圖籍,遂初知文義,亦能以淺語成詩。臨終,以小照付其女,口誦一詩云:「三十年來夢一場,遺容手付女奴藏。他時話我生平事,認取姑蘇沈五孃。」方病劇時,紀適侍直圓明園,宿海淀槐西老屋,夢中恍見沈姬珊珊來寓所,以爲結念所致。既而歸,聞沈姬是夕暈絶,移時乃蘇,語母曰:「適夢至海淀寓所,有大聲如雷霆,因而驚醒。」紀憶是夕果壁上掛瓶繩斷墮地,始悟其生魂果至。紀痛絶,題遺照二絶云:「幾分相似幾分非,可是香魂月下歸。春夢無痕時一瞥,最關情處在依稀。」「到死春蠶尚有絲,離魂倩女不須疑。一聲驚破梨花夢,恰記銅瓶墜地時。」

周書昌在京,嘗謂余云:「質文遞變,原不一途。宋末文格猥瑣,元末文格纖濃,故宋景濂諸公力追韓、歐,救以春容大雅。三楊以後,流爲臺閣之體,日就膚廓,故李崆峒諸公又力追秦漢,救以奇偉博麗。隆萬以後,流爲僞體,故長沙一派,又反脣焉。大抵能挺然自爲宗派者,其初必各有根柢,是以能傳其後。亦必各有流弊,是以互詆。然董江都、司馬文園文格不同,同時不相攻也。李、杜、王、孟詩格不同,亦同時不相攻也。彼所得者深焉耳。後之學者,論甘則忌辛,是丹則非索,所得者淺焉耳。」其論最確。

召涣張雪爲映斗,乾隆初北上,題晏城壁云:「沽酒烹鮮勞僕夫,出山路勝入山無。莫言前路平原好,狹處多聞少坦途。」寓意深遠。後介休劉某見之,因題於後云:「癸亭才子留題處,投筆翩然何所之。那識風塵五百里，有人驢背誦君詩。」時丁酉四月也。閱三年，汪文端公謹堂過此，見書作草草，甚古雅，而名已剥落，時雪爲尚留滯京師，因録劉詩並次其韵寄張云：「文昌妙句思無敵，才勝微之與牧之。莫道風塵少知己，爲君試誦壁間詩。」一時傳爲美譚。張詩名由此益著。

《四書》童而習之，竟有白首而茫然者。余猶子朝塏以八月生，余爲咳名蟾兒。鼎元子字爽人，弱冠文有奇氣。今年乙卯，自京回蜀省試，余八月至省，送其入場。畢，以文質余，三藝皆用《書》卷，大都經腴。其《孟》藝爲「交得見于鄒君」三句，中有「公孫丑通《易》，孟仲子通《詩》，樂正子通《春秋》」語，閱之，茫然不解，問塏，言：公孫、樂正見《陶淵明集·八儒》，云樂正氏傳《春秋》爲道，爲屬詞比事之儒；公孫氏傳《易》爲道，爲潔浄精微之儒。按何燕泉云：「八儒、三墨出《韓非子》，大抵録之彼書者也，但不宜用子。」據塏言，《四書備考》已引。至孟仲子通《詩》，見《闕里志》：「子夏以《詩》授曾申，申授李克，克授孟仲子，仲子授根牟子，牟子授荀卿，卿授毛亨，亨授毛萇。」疑亦不宜用《志》。又據塏言：《四書類典賦》已引，並言仲子爲孟子之子，名睪，田氏所生。亟繙閱諸書對之，果然。若是，則《孟》藝可用矣。小子風簷寸晷，而能博引群書，可望中矣。而太史姜爾常、同年張雲谷竟云可元，榜發果中三十名，竊幸老眼無花，益信文有定價也。然目前書而老尚不知，非恥乎？山陽阮太史裴園學浩主試山右，曾有詩示同考曰：「鐘鼓樓高入夢初，由來心眼戒粗疎。此邦人物推君實，今日文章陋子虛。雲路誰争新薦鶚，蝨編吾合老爲魚。不才最怯閒嗤點，多少平生未見書。」誠哉是言，信乎業患不精，無患有司之不明也。是科主考官，正刑部郎中星子項豫齋家達，辛卯翰林，副編修青陽王蓮甫宗誠，庚戌探花，春甫先生子也。

汪文端公由敦與劉文正公統勳同在政府，一日，文端以《咏杖》詩示文正云：「太乙青藜卭竹杖，酒錢挑得恰過眉。携防花徑莓苔滑，倚向柴門夕照遲。遠道雪霜當健僕，衰年筋力付童兒。縱然得力難抛却，終有臨岐放手時。」文正見之，謂曰：「末句尚未健，余爲改一句如何？」因急請之，文正曰：「何不云『入手先思放手時』？」文端不覺躬鞠，遂用其句刻入《松泉集》中。書之以見前輩之服善。

傅雯，字凱亭，閭陽布衣，工指頭畫，尤工鷹。爲人廣顙闊眉，有巖巖氣象。嘗爲余寫高麗紙鷹，覺少陵「愁胡」句尚遜其巧。鄭板橋曾贈詩云：「長作諸王座上賓，依然委巷一窮民。年年賣畫東風冷，凍手胭脂染不匀。」

江南臬司陳東浦《咏美人風筝》詩令諸人和，竟無愜意者，惟一生得一聯云：「薄憐妾命風吹紙，瘦到腰肢骨是柴。」陳曰：「此詩雖佳，但恐不免饑寒。」後果然。王心齋曾和其韵，有句云：「縱目天河窺織錦，回頭月窟聽鳴絃。」意極周匝。

合肥女媛許燕珍，字儼瓊，孝廉許養棨曾園妹也。有題《半面畫竹》云：「琅玕誰寫一枝枝，墨瀋烟濃下筆遲。爲問瀟瀟何處似，渭川風雨夜深時。」王心齋爲余誦之。

三月初三日修禊，非古也。《荆楚歲時記》：「三月節巳日爲上巳；月建辰，則巳爲除日，除不祥也。魏以後但用三月三，不復用巳。」《風俗通》曰：「巳者，祉也，祈介祉也。」乾隆甲辰閏三月二日，日在丁巳，平湖孝廉徐春田志鼎倣古蘭亭故事，于此日邀同修禊于東湖。南瞻九峰，北迎三泖，勝槩畢萃于弄珠一樓。因自製小舟，名曰水馬，相與蕩遊其中。坐中有宋愚者善笛，倚檝而吹，顧而樂之，遂繪圖以志，故有「魯酒足解頤，宋笛更悦耳」之句。自作《嬉春詞》云：「靈辰數到牡丹風，紫蓋青旗一色空。怪煞碧桃偏解事，緑波影裏舞殘紅。」「水馬中流任所之，推篷飽看遠山眉。興來自製新詞唱，不愛楊枝與竹枝。」蓋毅然復古之士也。時餘姚邵侍講二雲晉涵亦在里，以邀遊東湖，爲雨所阻，亦寄題圖詩云：「招邀烟艇惜緣慳，老屋枯滕雨掩關。贏得曉窻開畫幀，湖光浮作硯前山。」「亞桃颭柳兩行齊，蘋漾輕橈轉畫堤。認取湖中夜珠照，九烟鬟近女牆西。」少宰沈雲椒題云：「孤負春光兩載餘，帶圍寬減鬢蕭疏。湖邊高興輸君輩，白舫迎風浸緑裙。」「纔自西泠過北關，何曾携屐一看山。風光管領非容易，如此烟波我不還。」

武進劉種之存子，閣學圃三先生仲子。召試，以《菜花賦》舉第一，授中書。旋登進士，入翰林。有青衣周定珠，字得發，武進人，婉媚能歌，嬖之。圃三禁之甚嚴，乃暗藏他處，私相狎妮。復尋獲，逐之，乃入保和崑腔班唱旦，其名大噪，而存子往來如故。圃三卒後，存子視學山右，遂携之偕行。山樵贈以詩云：「舞衫歌扇助輕盈，十載京華早擅名。不忘深恩依舊主，尊前時度囀春鶯。」可謂有始有終矣。

余《詩話》初成，一時求者甚衆，並有各寄佳句，以求選録者，然未見用入典。惟吴壽庭《别諸生》云：「同是青袍隊裏人，識塗慚媿占前塵。雪螢多恐初心負，水鏡休誇巨眼真。話到臨岐殊繾綣，酒因和淚更逡巡。去年棘鎖傳詩話，針芥猶餘爨下薪。」蓋末句專謂彭田橋也。自注云：「甲寅恩榜，予于科試時首拔四人：彭蕙支、張懷泩、陳一沺、劉曙。榜發皆雋，而彭落孫山。今科則彭將脱穎而出矣。此事盛傳，李雨村已編入《詩話》。時方入闈，故屬望尤切。」時余《詩話》方出，不謂已入詩注。

杭大宗校閩試時，過仙霞嶺，見榜刊周櫟園詩四律，甚佳，書俱八分，不知爲何人筆也。旁有吴興沈閣學涵視學時曾兩次其韵，亦置榜，未見其勝。約諸人和，同行山陰王霖有句云：「怪石攔人立罔兩，巨厓奔浪舞天吴。」嘉興凌大田句云：「灘分石齒水清淺，雲斷山腰徑有無。」公曰：「此稍可與頏，然未盡也。」迨入闈，又與諸同事言之。時吾蜀新繁楊觀察宏緒方監試内闈，聞而繼作，有句云：「雲收人語層霄外，磴轉天浮曠野中。」公首肯之，曰：「旁魄雄論，壯觀山靈，非特極文場一時之盛，亦覽勝者之司南也。」

乾隆甲子，重修貢院，時翰林院亦落成，上幸宴畢，即幸貢院號舍，自來未有之盛典也。是日御製七律四章，有「志聖賢志須當立，言孔孟言大是難」，凡聞者見者莫不感奮。一時館閣諸大臣皆競和「難」字，首相鄂文端公西林云：「飽温無意償三代，軾轍稱名匹二難。」溧陽史相國云：「漏殘蠟淚終宵易，筆走蠶聲得意難。」金壇于相國敏中云：「若論觀國非容易，語到知人哲最難。」無錫嵇相國璜云：「五色賦成迷目易，三條燭燼稱心難。」汪大農由敦云：「批沙不道求金易，抱璞應憐獻玉難。」厲少寇宗萬云：「盡除積弊持衡易，特命新題勸説難。」裘大農曰修云：「試看雷雨經綸起，未覺風雲際會難。」編修宋楠云：「冰甌雪椀盟心易，月斧雲斤措手難。」俱警句也。

貢院詩有最能感人者，裘文達《南闈揭曉日示多士》云：「門外青袍如立鵠，十年前記此間過。自維舊業成荒落，端藉新知與琢磨。卷裏蟲魚催我老，榜中龍虎得人多。只愁結就珊瑚網，別有遺珠可奈何。」諸城竇東皋光鼐副憲有《和貢院詩》云：「三條漏盡漏深沉，嚼徵含宮費苦吟。誰似賈生能策治，漫希揚子好思深。圭璋有價諳都市，梁棟須才訪鄧林。自古人文關國運，虛公端合體皇心。」二公皆屢掌文衡，故言之沉着痛快，令人心感欲泣。

副憲竇東皋屢視浙學，爲學臣未有。乾隆乙卯，主試禮闈，榜發，歸安王以鋙、以銜聯中第一、第二，皆搜落卷而得，士論沸然。上聞，以二王文即佳，不應兄弟聯名，且閱元文「參也魯」句，有云「日有萬幾，思兼四事」兩語，此等典故，人君方當用，曾子人臣，亦孝子，不應用，置之榜末。副考官劉躍雲、瑚圖禮降四級用，竇以四品休致。上親殿試，欽定狀元，及拆卷，仍以銜也，士論乃息。

甲寅臘月初五，余生辰，玉溪壻來祝，將以明正北上，預作送別詩云：「懸弧纔過壽筵期，又賦乘龍北上詩。倚馬萬言真快壻，家駒千里當吾兒。讀書目或十行下，得句能參一字師。更擬潺亭春水動，看君破浪上雲逵。」「九重是我舊巢痕，累葉無人繼國恩。此去上林枝定借，應聞大樹號猶存。玉壺冰鑑知非謬，清廟明堂品最尊。倘遇故人相訊問，爲言寂寞老江村。」大樹謂將軍號也。玉溪見之，亦和韻云：「來朝行李定歸期，送別翻成錦字詩。一劍橫腰如健僕，六經使熟似呼兒。西川才子吾推岳，東粵文章衆所師。此去膝前勞想望，五雲深處是天逵。」「和成斧鑿見詩痕，問字常蒙教育恩。冰玉一編佳話在，金鑾萬里故交存。書厨許勝外人看，詩話嚴于老吏尊。多少名卿成碩輔，問翁何故老南村。」白衣句謂侍姬小桃也，時余欲效白樂天遣楊枝，故云。

江都鄭楓人澐有句云：「翻因爲客久，較勝别家難。」翻用前人，其意愈深。

上元車養源研，詩名最著，七絶尤佳。《南河道中》云：「三月春陽淡不濃，老冰如石漱寒風。蹇驢覓路人家遠，日暮山坳虎眼紅。」《野店》云：「野水村頭三兩家，夕陽横抹酒帘斜。蝶穿籬出如迎客，一徑秋風紅蓼花。」筆意清絶。

蜀中方言云「買乾魚放生」，謂其不知死活也，頗有樂府「枯魚過河泣」遺意。余過什邡白魚舖，有彭術士饋鹹魚，有感于懷，詩云：「盛意誰能及老彭，術同膠鬲餽余烹。老來妄想真堪笑，尚捧乾魚欲放生。」

上元陳古愚彀，江南隱士，工詩，曾選《所知集》。陳楚筠製錦贈以詩云：「歷落嶔崎自不平，藥爐茶具一身輕。韓康市上成真隱，諸葛隆中仰大名。貧尚有家容嘯傲，才偏無命到公卿。倦游我已歸期决，遲爾重尋鷗鷺盟。」

陳古漁婦亦能詩。新婚時，袁子才賀以詩云：「摽梅休注鄭康成，春晚花遲最有情。貧士家原需健婦，高人妻亦唤先生。承歡聽唱姑恩曲，擇木看花谷口鶯。從此蘆簾燈似雪，吟詩决定是雙聲。」

桐城方綺亭求義，宫保敏恪公兄，嘗携古漁詩一卷置行篋。辛巳，客保定署，語及江東詩人，綺亭出古漁詩，敏恪公大加賞識，尤愛《春草》八首，至「失路可能無壯士，登樓何處不斜陽」句，爲之泣下。因屬綺亭延之北游，古漁竟不往。詩多佳句，袁子才嘗愛其「老經舊地都嫌小，晝憶兒時似覺長」。又

「年來一事真堪笑，只見來船是順風」、「得句渾疑前輩語，登筵初僭少年人」、「未游五嶽心雖切，便到重霄事又多」，皆冥心孤詣，直造古人。

近人每作詩，輒繙書尋詩料，不知詩料只在目前。嘉興陳梅岑熙有《暮春》句云：「誤鋤野草傷新笋，偶檢殘書得舊詩。」錢塘袁梓齋艭句云：「碁殘因客至，書草爲花忙。」皆眼前詩料也。

凡官居林下者，當以隨園爲法，雖遇感恩知己當道，亦不常與往來，非但避怨，兼之損名。吾見出入衙門、交結官長者，始則借光寵以驚愚，繼則受虚名而貽實累者，比比矣，古人踰垣閉户之所以高也。尹文端公總制江南，袁子才門生，待之甚厚。然有招，多辭不往。文端頗怪之，子才寄詩言志云：「不是師門愛懶行，尚書應諒此中情。聽來官鼓心終怯，换到朝靴足便驚。老眼書銜愁小字，詩人得寵怕虚名。閒時每看青天月，長恐孤雲累太清。」

薊州牧長某，旗人，以斫寺松售賣入己，爲方敏恪公參奏，委先北路公摘署。寺僧作《哭松》詩十首，余向有抄本，爲人裹去，記得二句云：「可憐千歲雲端鶴，夜半歸來失故巢。」

乙卯三月，余在綿竹令楊實之坐上，同姚古愚賞牡丹。時幕友汪心泉、盧晝榮俱在，相與分詠賦詩。而古愚只得一句云：「春風第一枝。」便閣筆。問之，曰：「余意已盡。」余笑曰：「此蠻參軍郝隆例也，當罰酒三升。」姚問其例，余曰：「郝隆亦以三月三日會作詩，不能者罰酒三升。隆攬筆作一句云：『娵隅躍清池。』以此受罰。今只一句，豈不當援此例乎？」姚笑而受罰。遂據其句改爲聯句，實之云：「公餘開小讌。」余云：「閏月趁花期。國色無雙譜。」姚云：「春風第一枝。」心泉云：「玉樓人醉後。」晝榮云：「金屋貯嬌時。漫説姚黄種。」實之云：「名花出晉熙。」聯畢盡歡。時余分詠詩已成，皆請誦。余朗吟云：「牡丹如斗占春芳，不枉嘉名錫作王。八面雕闌尊北極，四圍錦幛擁東皇。垂頭露重如扶醉，對面風來掩衆香。」尚少尾聯，正呪吟時，實之有門子宋貴欲投梨園學戲，先一日曾親赴金貴班求收，不納，紿以見揚，自行面乞而旁助之。是日，門子見令不肯，遂囁嚅不發一語。余遂續云：「别有好花雖解語，位卑不敢訴衷腸。」滿堂大笑。

馬洪燦綱園，世榮子也，幼稱神童，卒，年甫二十九。詩極清高，有《秋日》云：「自編枳棘護藩籬，一到秋光便酒悲。霞醉晚楓沙尾卧，月貪新果樹頭窺。著書偶欵無名氏，延客常來没字碑。行矣扁舟誰作伴，看來獨有野鷗宜。」

魯星村璸與兄研山琢，詩稱「懷寧二魯」，璸尤佳，有意想不能到者。如「貓穿隔花戲，魚負小萍移」，爲王夢樓先生所稱賞，遂負重名。其五言「酒盡僕無望，詩狂夜不眠」、「聞犬知過縣，眠檣欲度橋」、「衆山爲竹有，一經入林無」、「遠岸如高樹，遥帆挂半天」，皆在乃兄所作「沙頭如月影，柁尾自波聲」之上。又云：「文章奇不出天外，風月閒常來筆端。城低窻裏見江水，屋小座邊圍菊花。」皆想不到也。

興化鄭板橋燮，乾隆丙辰進士。爲人瀟灑不羈，善畫蘭，工八分，自謂七分，一時王公大人聞之，無不倒屣求識面，而鄭夷然不屑。初選范令，日以詩酒爲事，金壇于相國時爲學使，與大宗伯德定圃時爲典試，俱見器，相與諛揚于當道，得調濰縣，而鄭狂態如故，遂不合，歸。善諢諧，酒間議論風生，滿堂爲之動色，故亦有「陳驚坐」之目。嘗云：「昔人謂陳後主、隋煬帝作翰林自是當家本色，燮亦謂杜牧之、温飛卿爲天子亦足破國亡家。乃有幸而爲才人，不幸而爲天子，其遇與不遇也。」人頗服其言。詩多信筆，而鄭自爲得意。所定《板橋集》，皆手自隸書刊行，並附小唱于後。題數語于簡端云：「板橋詩刻止于此，死後如有託翻板，將平日無聊應酬之作改竄爛入，吾必爲厲鬼以擊其腦。」其可怪至此。奇句頗多，五言如：「雲揉山欲活，潮横雨如奔。」七言如：「山茗未賒將菊代，學錢無措喚兒迴。」《揚州》云：「千家生女皆教曲，十里栽花當種田。」又云：「盡把黄金通顯要，惟餘白眼到清貧。」又：「得句喜拈花葉寫，看書倦當枕頭眠。」又：「樹裏燈行知客到，竹間烟起喚茶來。」又：「滿堦蕉葉兼梧葉，一夜風聲似雨聲。」又《贈袁子才》云：「室藏美婦鄰夸艷，君有奇才我不貧。」又《挽太傅》云：「學並南陽還令主，勳高郭相又佳兒。」其《自遣》云：「嗇彼豐兹信不移，我于困頓已無辭。束狂入世猶嫌放，學拙論文尚厭奇。看月不妨人去盡，對花只恨酒來遲。笑渠縑素求書輩，又要先生爛醉時。」其自贊如此。平生所得潤筆，隨手輒盡，晚年竟無立錐，寄李三鱓宅。鱓亦興化人，善畫，蔣南沙弟子，爲滕縣令，即《懷人》句所謂「兩革科名一貶官」其人也。盧雅雨揚州寄詩云：「一代清華盛事饒，冶春高燕各分鑣。風流暫顯烟花在，又見詩人鄭板橋。」集有家書一卷，皆教其子弟，有《顏氏家訓》遺意。

秀水張浦山謂板橋畫蘭，以草書之中豎撇法運之，秀勁絶倫，信然。其畫蘭多畫瓶盆，有《題破盆蘭》云：「春雨春風洗妙顔，一辭瓊島到人間。而今究竟無知己，打破烏盆更入山。」又《勸無方上人南歸》云：「萬里關河異暑寒，紛紛灌溉返摧殘。不如歸去匡廬阜，分付諸花莫出山。」

板橋最喜傳人佳句，常云：「白駒場顔秋水前輩句云：『偷臨畫稿奴藏筆，貪看斜陽婢倚樓。』滿洲常建極句云：『奴潛去志神先阻，鶴有饑容羽不修。』湖州潘汝龍《西湖》句云：『秋風鴈響錢王塔，暮雨人耕賈相園。』淮安程鳳衣云：『乾坤著意窮吾輩，途路難言仗友生。』」俱寫貼四壁左右，復題詩云：「小小茅齋短短籬，文窻繡案緊封皮。秋風白粉新泥壁，細貼群賢斷句詩。」

板橋家酷貧，而聲色不廢。有招哥者求去，板橋送云：「十五娉婷嬌可憐，憐渠尚少四三年。宦囊蕭瑟音書薄，略送招哥買粉錢。」又已故僕王鳳相隨最久，在范縣時，縣有小皂隸頗似之，每一見，爲黯然。有詩云：「乍見心驚意便親，高飛遠鶴未依人。楚王幽夢年年斷，錯把衣冠認舊臣。」

酒能醉人，書亦能醉人。世有恃才傲物者，以略讀幾卷書便醉也。若遇讀破萬卷者，便當千日不醒矣。曾見有人題壁句云：「書亦醉人何况酒，詩能治瘧不須醫。」或疑板橋作。

乾隆二十一年二月三日，鄭板橋邀三老人、五少年共八人，作一桌會，各携百錢，以爲永日歡。三老人者，白門程綿莊、七閩黄癭瓢與燮也。五少年者，丹徒王文治夢樓師、李御蘿村、燕京于文濬石鄉、全椒金兆燕棕亭、杭州張賓鶴仲謀也。是日爲撇蘭八枝，以肖八人，而誤多一撇，笑曰：「豈有後來者乎？」午後，濟南朱文震青雷果至。鄭大喜，遂爲九人會，因繪《九畹蘭花圖》，題其上詩云：「天上文星與酒星，一時歡聚竹西亭。何勞芍藥誇金帶，自是千秋九畹青。」是日，綿莊最長，即交圖與携去，亦佳事也。

歷城布衣朱青雷〔文〕震，工鐵筆，其家集古印最夥。嘗示余漢卓文君印，乞余作歌，余歌有「青雷山人蒼籀徒」句。爲人善嘲笑，嘗對余言，其友高西園夢一客來謁，名刺爲司馬相如，驚寤。越日，無意得玉印一顆，有四篆字，乃司馬相如印也。古澤班駁，篆法精妙，欲與文君配爲一對，而西園恒佩之不去，非至親不以出示。會官鹽場，密託盧雅雨致之。一日索觀，西園離席半跪，正色啓曰：「鳳翰一生結客，所有皆可與朋友共，其不可共者，惟二物，此印及山妻也。」客爲之鬨堂。青雷乃止。青雷詩最蘊藉，《揚州晚步》云：「西風開遍野棠花，垂柳絲絲數點鴉。多少畫船歸欲盡，夕陽偏戀玉鈎斜。」

婺源齊雨峰翀，余癸未同年，爲電白令。余在粤東時，常屬序其集。其詩專主麗情，嘗對余咏《珠江竹枝詞》云：「十二小娃能度曲，明珠百斛便開封。海門一夜爲春雨，弱柳愁他不禁風。」問何爲「開封」，曰：「蜑户謂梳籠也。」余爲之絶倒。又云：「平生得意詩，却在夢中獲。」因舉夢中「蝴蝶有情春入夢，杜鵑無語夜開花」爲勝。余曰：「君詩有『争道春來花一縣，何如秋熟米三錢』，此真君杰作也。」雨峰以爲然。曾和余《熱水池》詩云：「宦冷惟依電，詩成欲醉霞。」極爲巧合。

余家居十年，甲寅正月初，侍御李尚菁陽棫回蜀，得祝芷塘同年手札云：「别來匆匆七八載矣，彼此跧伏鄉閭，無從一通尺素。近得墨莊書，知眠食無恙，甚慰。麟宦情本淡，適以彈事鐫級，遂浩然而歸，主講雲間。全家浮寄江湖乞食，風雪著書，正不必與九陌黄塵較量得失。而運行侘傺，去秋疽發于尻脽之間，至今尚未脱體。病中無可逍遣，删改舊詩，每遇與足下唱酬之作，覺當年跋扈飛揚之氣，綢繆繾綣之情，如在目前。若夫醒園下榻，二閘放舟，尤所溯洄留連，爲之神往。至于各懷壯志，今日而同老空山，則又不禁感慨係之矣。前後奉懷詩甚多，録之不勝其録，故勿寄也。墨莊兄弟都無起色，奈何。尚菁回川之便，草此奉候近履。天涯海角，此生殆無相見之期，惟努力自愛。不宣。」末句慟人，讀之不覺淚下。遂滴墨成詩云：「一函書自浙東來，喜極須臾變作哀。君尚在耶鱗竟犯，輕人知重亦有玉。老來那有三鮮夢，天下争傳一鶚回。倘念將軍仍似故，松江莫惜者鱸顋。」

袁子才嘗遇相士胡炳文，决其六十三生子，七十六而終。後果如期得子，一驗自無不驗矣。歲至七十六，遂沐巾待期者一年，既而歲除，竟不死。子才作《除夕告存》詩遍遺親友云：「相術先靈後不靈，此中消息欠分明。想教邪璞難推算，混沌初分蝙蝠精。」「過此流年又轉頭，關心枕上數更籌。諸公莫信袁絲達，未到雞鳴我尚愁。」趙雲松戲贈云：「添丁果驗洗兒綳，預索灰釘乃不行。術者莫非司馬懿，不能料死只料生。」「毦筆閻羅未及勾，遂教天網漏吞舟。笑他袍笏風流宰，換作人間夜不收。」「割肉偷桃狡獪才，九閶都怕此人來。故應天亦難安頓，纔召巫陽又召回。」「年是新年人是陳，過年只算再來人。便將來世連今世，省得輪迴又換身。」

薛一瓢名雪，長洲人，工醫，爲人放曠風雅。偶遇異僧，見身挂一瓢，鐫七字，曰「喫盡天下無敵手」。薛奇之，邀至家，延客置酒，以瓢注酒，容一斤，盡三十六瓢，薛僅一瓢，遂以自號。嘗有汪孝廉爲厲所纏，呼曰「薛一瓢至矣」，即遁去。與袁子才至交，嘗贈以詩云：「醫特傳一技，雲池水獨清。九天傳姓氏，百鬼避聲名。散藥如頒賑，籌方當用兵。衰年雖掩户，總爲活蒼生。」爲此也。薛詩多奇句，有「懷人傍枕月初没，陽鼠墮梁天欲明」，最爲人傳。有《重門》詩云：「重門深掩共誰俱，自愛幽齋與世殊。盡日無風吹柳絮，有時信手數花鬚。窻添墨譜摇新竹，几印連環按覆盂。領得静中真意味，不曾薄醉卧氍毹。」不但高手，亦是高人。

山陰蕭超群，德陽人，有第四女鳳齡，爲余甥何元如之妻。戊午，余至台子山，從余學詩，有《夏日絶句》云：「喜晴偶向庭前盼，畏暑常思池上行。日出先看眠柏影，風來時有墮梨聲。」詩思極清。

有客自誦其佳句云：「酒人好似楓林葉，一日斜陽醉一回。」余甚稱之。後墨莊寄京中諸人詩，則此錢塘吴侍講錫騏《正味集》中句，客殆勦其語爾。

大司農沈雲椒先生，諱初，同詞館時，出其詩集屬題，頗多崑體，今則實大聲宏矣。嘗有和余見懷詩云：「書到知君鬢未蒼，天公特俾壽而昌。暢吟山水烟霞外，況醉鶯花鼓拍旁。數典殘叢邁干寶，耀人車馬羡王陽。無端引我江湖興，橘岸楓林接杳茫。」

詩用成句，必天生地設。錢塘厲太鴻鶚句云：「杜陵突兀見此屋，韓子辛勤始有廬。」蕪湖施曼郎長春句云：「平生能著幾緉屐，一飲會須三百杯。」皆可稱天衣無縫。

給諫上元王友亮，辛丑進士，余初不識，曾於《晁塘稿》中見其批點，殆詩中老宿也。弟書言亟賞余詩，每見必詢起居若何，並寄余詩一册，中多佳句。如五言：「四圍山立雪，一線路盤雲。」七言：「楓高幾樹作霞影，柔櫓一行如雁聲。」皆骨力高古。而懷古詩尤工，《張麗華祠》：「臨春艷質已成空，留得遺祠傍故宫。直以捐軀酬後主，更能假手報高公。青溪幻影沉秋月，翠幕生香颺晚風。畢竟國亡還一死，後庭狎客有誰同。」

竹垞晚年自訂詩集，不删《風懷》一篇，曰寧不食兩廡特豚，此寠言也。竹垞蓋恥元明崇祀之典頗濫，意有在也。不然，使竹垞删此詩，其果可以厠兩廡乎？亦未必然矣。袁子才曾有《題風懷詩後》云：「尼山道大與天侔，兩廡人宜絶頂收。争奈升堂賨也在，楚狂行矣不回頭。」

玉溪在京時，有傳余作古人者，玉溪大慟，爲位祭之，作輓詩二章，從家書寄回，詩云：「忽傳凶信淚如絲，命也天乎聽轉疑。方謂高年能健飯，緣何小病竟難醫。倚閭心切恩同父，撫柩情疎愧當兒。西蜀暮雲頻悵望，不堪再讀送行詩。」「去年殘臘記登堂，追憶音容轉渺茫。詩可名家生不負，文能壽世死何妨。篋中書剩三千版，身後田餘八百桑。他日小西湖畔路，童山重拜舊祠堂。」書到日，余適至漢州，與雲谷遊連山湧泉，彼此大笑。余即日作詩寄玉溪云：「連綿一病輒兼旬，此話傳來亦有因。科第已如祧廟主，姓名都似隔朝人。只愁不死將爲賊，縱使長生也怕貧。從此天公應不管，免教重鑄二回身。」玉溪得詩，復寄云：「書來疑是再生身，細讀瑶函字字春。天地多情留此老，山林有幸着斯人。選樓又見青編富，拄杖遥憐白髪新。手把詩篇如夢寐，不堪回首涕沾巾。」本年正月十五，玉溪回里，訪余于囦園。時余病初起，玉溪復有詩云：「阿翁病起百花舒，分付家童掃舊閭。每仗肩輿代行脚，全憑眼鏡替看書。覓栽楂木少陵似，欲遣楊枝白傳如。著述南村與山等，尚搜萬卷付鈔胥。」「摇尾欣看小犬迎，園丁認得玉溪生。似曾相識燕雙至，聽訴離愁鶯一鳴。人到名園思化蝶，天留老樹欲成精。柳條依舊青如許，知我新歸自帝京。」

詩有借字寓意之法。廣東謡云：「雨裏蜘蛛還結網，想晴惟有暗中絲。」以「晴」寓「情」，以「絲」寓

「思」，樂府閨怨體也。

晉安陳子師允錫，官平湖令，著《疊齋詩删》。自言每年僅删存廿首。《有感》詩云：「兩代詩存三百首，今人動是數千餘。仲尼縱在無删處，直待秦皇焚却書。」

高要陸椿甫樹英，余視學時所取士也，隨中庚子孝廉。工詩，屢赴春闈不第，隨其尊人羲華文祖來川。聞余歸林下，每遣使通問，兼享多儀，古道人也。其家居近羚羊峽，爲産硯之地，人争覓之。余去粤時，竊效孝肅不持之義，故行匣絶無佳者。乙卯復下第，丙辰來川，時尊人由黔江調任井研，遣長脚以素用端硯見贈，並呈一律云：「去年携不上金臺，今日還投玉壘來。白璧一心無處剖，青花滿眼爲誰開。澄泥未解摹新樣，潛璞終難脱舊胎。遥捧紫雲趨絳座，臨池風雨好追陪。」托硯言情，一片雄心仍如金石，洵奇才也。惜乎伯樂不顧，致困鹽車，豈非命乎？其五言詩如《夜船》云：「峽雲歸寺宿，山月傍船行。」《秋塘》云：「浸天寒月小，罩岸冷烟多。」《河内》云：「禾登喧鳥雀，棗落剥兒童。」《雨泊》云：「夕陽明渡口，春水抱山腰。」七言如《病左眼》云：「論病根從左氏得，抄方書覓右軍來。」《席帽》云：「不將短髮頻吹汝，莫問逢車下揖誰。」《武侯祠》云：「全才豈限三分國，大勢難支五丈原。」皆名句也。椿甫又言晉陶潛、唐儲光羲工言田家詩，不知皆出《論語》。如「四體不勤，五穀不分，孰爲夫子」、「執杖而芸」，皆陶、儲所祖也。此語爲黄石牧採《五經》韵語所未及。

成都布衣秦甡，一名秦陳甡，字多亭，性耽佳句，語必驚人，如《東郊晚步》云「斜月依山小，殘霞着樹多」是也。

莊亭詩：「路多通嶺背，人半住林間。耕牧時無事，高腔唱往還。」高腔，俗名清戲，楚、蜀皆尚之，所謂一人唱而百人唱也。向未見入詩，拈出便雅。莊亭，温承恭字，德慶門生。

蔡長菁，小字喜春，商城人，玉溪僕也。少時頗癡，嘗以醴面湯潑山茶盆，余有「從此花經添種法，日將滚水灌山茶」之句。嘉慶四年己未，隨玉溪來，問之，則已能詩矣。復值山茶盛開，限「紅」字試之，應聲云：「山茶照得滿軒紅，爛熳争開小苑中。莫笑當年澆滚水，湯花人怕灌花翁。」又余僕恩濤，姓劉，能背袁子才詩，令嘲之，復云：「小友恩濤我輩人，浩然堂上亦君臣。口吟袁句身隨李，勝似西園蔡喜春。」西園，雲谷園名，浩然，余堂名也。因作二絶句贈之，亦使玉溪之僕得附名于余詩集中也：「山茶舖白復舖紅，人在天生錦繡中。映得席間誰醉色，主詩翁與僕詩翁。」「仍是花澆滚水人，偏如蜂蟻識君臣。浩然一句堪垂古，唤醒綱常萬萬春。」

雨村詩話卷十四

綿州童山老人李調元

薛筠，吴縣人，上元高繼允澗南青衣也。善歌，有殊色，能詩。《曉行》云：「風烟初接塞垣秋，曉日籠鞭過驛樓。並馬忽驚人在後，貪看山色不回頭。」《望都道中》云：「野風吹落芰荷香，一片孤城送晚涼。彷彿湖心亭畔路，滿簾秋水泛斜陽。」甚清雋。隨澗南官晉，未幾得病卒，澗南慟悼不已。一日宴客，有小童自庭中出，忽仆，良久起，自稱我是薛筠，索紙筆大書云：「一入風輪三紀多，雪泥鴻爪又來過。不須更作悲思曲，千載紅兒總逝波。」「綺語新詞記昔年，而今懺悔隔人天。自從別却芙蓉主，心事分明白玉蓮。」「剗除不斷是情根，清夢冰天裊裊魂。删盡亂絲留一縷，難忘還是主人恩。」「藕絲衫子薄於紈，萬里罡風也不寒。施我金錢渾不用，散他幽犴補盂藍。」「嚴城峻嶺不曾遮，行向山涯又水涯。昨夜美人林下過，輕彈清淚洗梅花。」「手披青縷下晴嵐，來往鄉關路再三。旅櫬何時歸故國，孤烟一片是江南。」書畢，復仆，尋愈如常。客詢其故，童不知也。澗南愈思之不置，效唐人《比紅兒》詩，作《比筠兒》詩百首。載其一云：「嫣然一笑頰潮紅，斜倚闌干拂蕙風。絶似翩翩周小史，芙蓉開處日初東。」

懷寧諸生李嘯村葂，少時督學于耐圃先生按皖，試《春江》詩，筆不停揮，成上下平七律三十章，于大驚，有國士之稱。未幾卒，可惜也。詩最清警，相傳「楊柳晚風深巷酒，桃花春水隔簾人」句，非其至也。《酬真州方鑑齋》云：「無成鹿鹿已華顛，又到生辰意惘然。諱老偏逢人序齒，已窮猶自聳吟肩。倦眠蕭寺春風榻，放浪桃花夜月船。此際多君慰岑寂，一尊郊外集群賢。」又《金山》云：「鰲背連雲未易攀，塵心到此覺全删。空中樓閣無多地，海上蓬萊有數山。天遠帆隨春樹没，潮平鍾送夕陽還。當年不解坡公帶，長此横要亦等閒。」皆工整流麗。尤工七絶，《廢園》云：「誰家庭院自成春，窗有莓苔案有塵。偏是關心鄰舍犬，隔墻猶吠折花人。」可令人發噱。

鮑步江皋，丹徒詩人，工古樂府，《荻港曲》云：「荻港女兒花滿額，不重花香重花色。桃花開港南，李花開港北。港南高樓女兒宅，港北花開未相識。年年花落港水流，荻港女兒長在樓。朱顔夭好不早嫁，明日荻花吹上頭。」

仁和袁薌亭樹，子才弟，余癸未同年，官粤東太守，詩亦有子才之風，頗多佳句。如《定遠道中》云：「山頭見塔知城近，樹裏聞鍾覺寺深。」《憶秦淮》云：「月明歌管常無夜，水長燈船直並窗。」《寄隨園》云：「閒猜獨鶴梳翎意，静惜孤雲出岫心。」《下第》云：「其説文章原有價，若論徼倖豈無人。」皆若哀梨并棗，甘脆可味。而五言尤佳，《春晴》句云：「雲光烘客路，鳥語碎春懷。」余絶愛之，常爲人舉誦。有《曉發北爐橋》云：「月斜人一行，簾影入清光。微覺馬行滑，不知衣有霜。群鴉低似霧，遠水立如墻。漸漸星河淡，村雞叫樹荒。」語語是曉發。解組後，專心著述，常熟王介祉陸禔贈詩云：「叢叢著述皆千古，草草功名只十年。」足以包其生平。

儀徵施太僕朝幹，字小鐵，余同年。乙卯典試山左，其副即余弟編修驥元也。小鐵詩最古秀，如：「鳥從幽處宿，泉入定中聞。」《客夜》云：「遠火深無影，空江静有聲。」皆耐人思。有《東關早發》云：「雉堞鬱崔嵬，孤征一棹開。春星兼鳥落，山雨接潮來。土瘠憂人事，年饑出吏才。生涯猶旅食，慚媿嶺頭梅。」三四與王子安《滕王序》「落霞孤鶩」同工。

歷城李大木榕，山左諸生，清瘦如鶴，性耽詩，每雞鳴輒于枕上高吟不已，人稱「詩雞」。苦附郭，買薄田長城南，只有兩家住，喜曰：「得我真三家村也。」沿溪種桃花，自號桃源主人。好《莊子》内外篇，日閉户讀書，嘗有句云：「一簾細雨偏宜草，二月春風特爲花。」

龍溪嚴太乙仙藜，清高不俗，嘗自署其軒曰「野航」，題詩云：「近不爲塵絆，情懷長灑然。匏湯留客飯，竹簟與兒眠。室小能容膝，墻卑幸及肩。時時刪密樹，未忍負青天。」太乙詩多警句，五言如《山行》句：「水碓舂山藥，晴帘曬杏花。」《秋山》句：「雲閒歸嶺腹，月久到溪心。」七言如：「爲安一榻常鋤石，欲見三溪數剪松。」《漫成》云：「酒非鄉味難成醉，歌到秦聲易感傷。」皆細膩可味。

吴鑑南，商寶意外孫也。爲諸生時，即見器于烏程嚴海珊先生，嘗稱其《咏桃花》「三月生波喚渡時」句爲絶唱。爲題其集，有句云：「何無忌果似其舅，嚴挺之那有此兒。」後從軍入蜀，竟死木果〔木〕之難。「嚴挺」句竟似先知入蜀者，亦奇也。

康熙辛酉中秋，數宦客寓湖上，擬作《西湖夜月》詩，限「壁」、「白」二韵，未成。一老人因步月，微聞之，即伺隙大書壁間云：「誰于空青中，雙懸夜光壁。雲翳天亦昏，雲浄地亦白。」擲筆而去，咸疑爲仙。後偵之，乃知爲海鹽馬侑浦世榮，即廉使墨麟維翰之祖也。有《虎丘》詩云：「山花紅白滿山塘，青酒旗邊見靚妝。一片笙歌如鼎沸，也應無處宿鴛鴦。」詞意超遠。

乾隆中，善書者以昌平陳紫瀾浩爲第一，單條尺幅價等兼金。而詩亦工，重九日有「山銜落日青相對，鳥度長空白作雙」，爲人所賞。而五言尤爲古淡，有《舟發襄陽》云：「江雨細如絲，江花開滿枝。一年春好處，昨夜水生時。放棹自歸去，採芳遺所思。閒中仍有課，對酒讀陶詩。」

詩咏地名不可使挪移他處，如上元張漁村《天津》句云：「關口船聯高下火，岸頭人雜楚吴聲。」歙人江汝舟作楫《桐廬縣》云：「空江足風雨，荒縣缺屠沽。」海寧陳南園文楝《江陰》云：「城郭山光裏，人家水氣中。」余亦有《鳳縣》云：「三更驚虎入，四面盡猿聲。」皆挪移不得也。

西林相國未貴時，有《客至》云：「田間拋却携鋤手，來與先生話白雲。」及貴爲總制，《别貴州》云：「功名到底都塵土，留與閒人袖手看。」疑前身非仙即佛也。

東流汪京門思迴進士，以時藝馳名，然頗工小詩，《春遊》云：「垂柳陰濃一徑斜，顔公池畔隱僧伽。無端撲面香生異，半畝田開蠶豆花。」

德州高西園鳳翰，工畫山水，縱逸不拘，張浦山謂其以氣勝。善草書，圓勁飛動。嗜硯，所藏皆自銘手琢，著有《硯史》。尤豪于詩，酒酣落筆，千言立就。以諸生薦舉，官歙縣丞。乾隆丙辰，同里盧雅雨爲轉運，深愛之，適高委管泰堪秤掣，適儀徵縣缺，具禀保薦。會有構盧者，以爲結黨，並列高欵禀參，遂罷職。寓泰州，題壁詩云：「十年江上奉恩光，一夕春臺變曉霜。鳶墮無端逢腐鼠，觸來那信有神羊。幾曾連茹茅同拔，却爲鋤蘭蕙並傷。祝網幸逢寬大日，上書不用學鄒陽。」「呼牛呼馬總非真，別有悲歌泣鬼神。功過難憑從信史，恩讐無故哭前因。不妨李固終成黨，到底曾參未殺人。莫怪書生輕陟險，世間坎坷本來深。」盧有詩云：「晚上徵車遇已遲，賢良異等聖君知。王陽況已臨方面，柳下寧宜老士師。自古薦賢膺上賞，不知對簿有何辭。憐才惟羡凌雲客，狗監偏能識不羈。」及事得白，已病廢卒。盧復哭以詩云：「最風流處却如癡，顛米迂倪未是奇。再散千金因託鉢，已殘右腕更臨池。殷生瀟洒談玄日，戴掾昂藏對簿時。見說淮西傳故事，遺文争患少人知。」

西園嘗以《雁字詩》呈尹文端公云：「戲海飛鴻作態殊，鸞標八德向雲衢。編成蒼帝名官誌，排出青冥筆陣圖。無意迴波風錯落，有時潑墨雨模糊。澄江如練揮長卷，撒盡空中萬斛珠。」文端見之，亟口嘆賞。嘗出以示坐客曰：「不在李嘯村、鄭板橋之下也。」

山樵云：有京伶遇一貴客，邀往酒樓，稱其色藝雙絶，命僕以兩寶贈之。伶叩其寓，客言粤東太守，不日出都，無客往還。次日，見客仍在戲園，遂訂翌日午飯，客許之。是日至，復贈多金，固留宿，乃遣僕返。伶延入卧室，談至夜深乃寢。次早，伶家人見門牖箱櫃俱開，惟伶獨卧榻上。唤之，迷悶不醒，亟以水解之乃覺。則所積數千金，已爲盜席卷越垣而去。因作詩云：「豈是千金憐季布，誰言一飯重王孫。小偷積得大偷奪，饒個餘歡戀夢魂。」嗟乎！伶即盜也，而更揖盜入室，可不畏乎？

蒲城張莨亭士範，官中書，性好客，京中士夫有名者，無論識與不識，皆折簡招延，余亦預焉。亦好名人也。官至蕪湖觀察。有《秋日》句云：「禾熟更經新雨潤，雀喧常伴暝烟飛。」甚工。

奉天李再來烱有「鷗隨帆影去，人負夕陽還」句，「負」字甚佳。

青陽吴文簡公襄，字七雲，康熙癸巳翰林，官至禮部尚書。立朝如景星慶雲，人皆知其爲瑞。詩最真摯，雖應制亦然。有《千叟宴》云：「六旬今列千官宴，兩榜原登萬壽科。才薄何緣恩獨厚，九重雨露一身多。」同時有無錫侍御秦道然，己丑翰林，亦有詩云：「既忝詞臣又諫臣，昇平無事奏楓宸。生年尚在龍飛後，已並耆年祝聖人。」俱爲詞林佳話。

李豸青鍇，奉天布衣，索相子壻也。極博，倣蘇穎濱《古史》著《尚史》七十卷。家本仕冑子，而淡于仕進。《睫巢前後集》，朝鮮人奉爲至寶。有《聞鴈感賦》云：「畢竟家何在，而云北是歸。高城殘照下，萬里一行飛。風急毋相亂，沙寒定有依。畸人方失序，於汝淚沾衣。」此君詩骨，故自不凡。

商寶意詩於無意之中時露警策，有《留别和袁子才》句云：「困人禮法相沿久，入世英華欲斂難。」寫名人處世之難，盡此二句。又《鷹毛扇》句云：「曾隨鵰鶚三秋迴，忽與蒲葵一樣輕。」詠物亦落落大方。七律尤工，《將歸故里寄同學》云：「竹密槐疎緑蔭門，溪山良約待重論。名心未斷難遺世，晚景無多怕受恩。韋杜繁花何處散，宗雷舊侶幾人存。怪他一掬南湖水，不替凉衫浄酒痕。」《還家》云：「千里津梁半月程，餐風露宿不勝情。怕看鏡裏添霜雪，倦向人前説姓名。抵舍便憂家累重，過關新喜宦囊輕。長鑱短笠何曾辨，潦倒歸耕計未成。」皆字字從人肺腑中流出。

乾隆乙卯初秋，州尊王雲浦以舊作拾遺見示，大半皆在京時所作，有《和家宰彭芸楣消寒詩》，俱京師景物。最愛《風門詩》，讀之如見其形，聞其聲。詩云：「列劣疎櫺離白間，重門簾幕且容删。登堂無復風生席，脱屣翻疑晝掩關。乍轉轆轤披繡闥，每因控送響金鐶。餓延日到南窻下，叉手吟哦自往還。」

星村詩妙于傳神，如《舟夜》云：「風定不聞浪，夢回聞水聲。」《抵家》云：「久客神常倦，還家似在舟。」又：「一兩人心定，歌聲四野聞。」「雀浴乘冰缺，雞鳴立雪堆。」皆是也。

渠縣寇檢討賚言，乾隆庚子解元，辛丑連捷。初赴省會科場，年僅弱冠，例赴學院衙門趕遺才，連趕三次不收，窘甚。乃到各衙門求轉送，不准。望省中大轎，輒攔輿懇求，亦不接。時衆舉子俱已進貢院，將届封門矣，愈加窘迫，乃持手版，獨立街，徬徨四顧，忽遥見執事呵道鳴鑼而來，中有大轎，四圍緑氊，金鑲、繡緑，旁施纓絡，垂簾不捲，乃提督桂秀岩夫人上廟行香也。寇不知爲夫人，以爲當道大官，乃直奔向前，攀輿大呼救命，從者呵叱，不放。夫人問何人，從者曰：「秀才寇賚言，考遺才不收，故此亂喊，乞轉送學憲求收。」夫人隔簾視之，美少年也，憐之，遂命收其呈，乃去。是日夫人回見秀岩，爲告其事，曰：「吾已收矣，汝爲我代求學臺，以全吾面。」秀岩許之，使人將寇名帖送學臺，遂准收補，送入場，頂門而進。是科主考正爲宗人主事長洲李滄雲桑，副爲編修汾陽曹錫齡，榜發，竟中解元。桂夫人聞之，曰：「此我門生也。」命引寇至署中，以師生禮見。寇鞠躬入，至堦，見夫人滿妝，遥立堂中，兩旁侍婢花團翠繞，繡氊鋪地。寇不敢仰視，鋪氊再拜。令坐，待奶茶，略問家世，並賞花紅表禮荷包，提臺亦有所賜。夫人曰：「爾，我親送門生，無客氣。」寇唯唯拜謝而出。一時傳以爲美談。余嘗有詩戲曰：「五千科舉竟無名，四望求援絶救兵。窮措誤攀官婦轎，武衙直達考文棚。豈知榜上頭名客，便是輿前目送卿。年少解元誰及汝，珠簾錦帳拜門生。」

余少日試童子，遊吾綿之鹿頭關，見有人題龐靖侯祠云：「落鳳傳茲地，停驂弔古墳。君才非百里，國運自三分。霸業歸黄土，空祠倚白雲。徘徊庭樹下，風起日初曛。」欵落「介休王佑天孚氏題」。後再過之，已爲人洗矣。三四甚有識見。

余偶遊綿竹北伏虎寺，見僧源明，出所作《紅梅》詩，有句云：「飽戰霜風沾血雪，酣吞海日醉紅雲。」驚曰：「此又一貫休也。」遂爲刻入《唱和集》。于是詩名大著。

岳公卒後，烏程嚴海珊嘗對人云：「公由前寧遠副將軍提督四川。乾隆己巳春入覲，出京還，止望都縣傳舍，余適相遇於道，因謁見。長身赬面，被服儒素，爲言金川形勢，及納降事甚悉。談罷見食前方丈，飲啖兼人，行厨之費，頗爲不貲。又雅能詩，即席千言立就。其英風若此。故卧護全蜀十年，卒無一事。昔唐以李世勣爲長城，信不虚也。今將星已，没當爲天下惜此人。」曾作七古挽詩，蓋深知公者也。

常熟汪東山繹，康熙庚辰狀元。臚唱日，馬上得句云：「歸計未謀千畝竹，浮生只辦十年官。」癸未假館歸，遂卒，果十年。

乾隆十三年，攻金川時，侍御福山王顯緒奏其父現任建昌道王柔素識軍律，乞調至軍前面問，必有秘法可以破碉。上交納公，調柔至軍，詢之，則欲祈請終南山道士用五雷擊碉，人笑其妄，稱柔爲「五雷觀察」。余嘗見其子顯緒于人家壁上書一詩云：「到底劉安未絶塵，昨宵相與共朝真。還將富貴夸同列，手板横腰道寡人。」則又不似信道教者。或云此顯緒書，方扶南作也。

臨桂相國陳榕門宏謀，由總制内陞冢宰參知，甫到任，即設立考勤簿，稽察司官到署遲早。向例，各官吏役俱于早飯後絡續到部，然後堂官始到。公每日黎明即肩輿到部，獨坐廳上，飭司官進部者，先到堂書「到」字，然後進司。其實早膳前各吏役俱無人也，公不顧。有到遲者，必面責之，並記過一次。一日，選司員外郎諸城劉墫故意遲至，公詰之，劉曰：「有詩呈中堂。」因出之懷中云：「外吏京官不一揆，京官飯只一爐炊。炊得飯成又熬菜，家人喫飽故來遲。」公怒揉其詩，麾之出，自是不設簿。

成都伶人羅振名，色藝動一時。周載軒頗眄之，羅謂其可親。一日，出扇求題，周即書云：「到來總是風流客，醉寫成都絶妙詞。過眼雲烟休錯認，慢拈紅豆惹相思。」羅得詩，悵悵而去。

江陰翁霽堂照，少以《蓑衣》詩「烟波雙鬢老，風雨一身秋」得名。《獻嵇錫山》云「此生得遇裴中令，不向香山老一生」句，相國大喜，即薦舉博學鴻詞。召試放歸，有《漂母祠》云：「漂母祠前老樹枯，欲尋遺蹟半荒蕪。士甘餓死今還有，女識英雄古所無。野屋三間風荏苒，殘碑一片雨模糊。可憐韓信功成後，不復歸來作釣徒。」足見傲岸有丰骨。其佳句如：「水當臘去冬浮岸，山到春來緑進城。」又：「友如作畫須求淡，山似論文不喜平。」俱無常語。

方南堂貞觀，桐城名士，與江退谷、王篛林、喬介夫、舒子展往來，有「老除文字將焉託，法止飄零總算寬」句，寫出苦景。

余雅不喜詩中説詩，以易涉率略也。而善言詩者，轉于詩中琢出名句。魯星村云：「酒中萬愁散，詩外一言無。」邳州王居田天潤云：「世味隨雲淡，詩思到枕工。」歸安徐雨亭溥云：「交論古道原求淡，詩到能傳不在多。」合肥高筠村卓云：「花當極盛愁風雨，詩到干名失性情。」舒城闞蘿岑云：「老猶多累難言達，詩未能工早得窮。」許賁亭養弼云：「病緣戒酒偏思飲，窮不工詩亦費吟」舍山嚴渭古之熊云：「昔年酒怕人前減，近日詩從病後多。」巢縣釋覺珍云：「縱然山水能醫俗，其奈詩文不療饑。」皆是也。

詩人多用斜陽、夕陽等字，最爲惹厭，然亦有佳者。青浦廖古琴景文云：「獨倚危闌望秋色，半巖黄葉下斜陽。」德清陸正甫端云：「正好論詩梅竹下，苦催人去是斜陽。」和州徐瘦吟琰《秋日》云：「西風莫向原頭立，易惹人愁是夕陽。」是也。惟總漕清江楊方來錫紱《夕陽》詩云：「一棹秋風裏，行行又夕陽。飛還鴉背黑，舞罷柳絲黄。客意啣山急，帆陰卧水凉。何人方獨立，覓句向蒼茫。」最爲精當，俱於言外會意。

金匱顧晴沙光旭，由黄門授寧夏太守。是日，王公驗看，問吏部司官曰：「給事中放知府，陞乎？降乎？」對曰：「明陞暗降。」王曰：「看來直是降。」蓋不諳品級，謂京官大外官小也。然此亦有定數，晴沙初官農曹時，夢至一山，歷磴登樓，見青蓮座上香案中有通替，發之，則一函玉屑也，味如糖霜。下樓，見一泉巖上，有篆書曰「甘泉」。覺猶記憶。後十餘年出守寧夏，于乾隆己丑九月二十二日同莆田鄭慎人王臣太守、陸王任州牧遊臯蘭山，觀五泉，所歷與夢無異，惟「甘泉」則大書「甘露泉」，近人筆也。曾作《夢遊五泉亭》七古詩以紀其事，有句云：「此事見夢久應效，詎料此日重遊觀。」亦異事也。

晴沙詩入蜀更佳，句云：「燒痕空樹腹，雲氣束山腰。」《大崖》句云：「雲根穿地白，石色冒天青。」《白土坎》句云：「水將浮石下，山不放秋高。」皆奇句也。著有《響泉集》。

桐城方靈皋工於古文，詩非其長也，然當時名重斗山，故求詩序者必得弁言以爲榮。光禄吕謙恒，新安人，字澗樵，有「月遲群宿動，天迴一峰孤」，同胞兄少農見之，爲之神懾。所著有《青要集》，命子主客司主事耀曾求序于方。方子爲同年，澗樵亦待之厚，素以序屬。適方時有《南山集》禍，辭焉。後將歸，親請謂曰：「吾兩人皆老，姑序而藏之，出之身後若何？」復辭。光禄歸三日而卒。卒後，方忽夢光禄如平生，持《青要集》刻本，手緡示方所愜心者，使更視之。坐移時，作而曰：「茲當永訣矣，尚惜一序乎？」方驚寤，乃知没猶拳拳于一序也。遂坐于所居之信芳齋，握筆而成。翌日以寄其子，使告光禄墓。夫死而猶以序乞名，可謂鬼亦好名矣。少農名履恒，字名素，詩亦生峭，有「萬山争隙地，一徑入高天」之句。

宜興儲氏以制藝雄天下，而最盛者爲清源公諱方慶一門。清源由康熙丙午解南省第一，丁未會試第三甲第十名進士，選清源令，以廉名。丁巳薦舉博學鴻詞，罷職謝病歸，遂不出。妻徐氏，賢而才。生子五人，長右文，丁巳孝廉，選京山令。次大文，辛丑會元，二甲進士，入翰林。三在文，己丑二甲第三名進士，入翰林。四郁文，五雄文，俱辛丑進士。兄弟三人同榜，古未有也。五人中惟雄文字雲汜，詩獨擅長，有第五之稱，著《浮青水榭集》。黄石牧稱其詩「如松迸石，如龍離雲，如劍韜匣，漏光滿石，如金藏坎，騰精出上。寧澁無滑，寧崚無坦」，非虚也。有《訪友》詩云：「未遇幽人又獨還，貪看落日立村灣。隔溪幾處炊烟動，遮斷寒林數疊山。」可以入畫。

湘潭羅徽五典，乾隆辛未進士，由編修視學蜀中，聲名爲從來蜀學之冠。公精于經學，於《五經》皆有箋注。每按臨考試，輒呼諸生環坐明倫堂聽講，如先生之教弟子。每至高興，輒脱帽露頂，口角流涎，諸生環而聽之，亦如弟子之近先生，全無畏懼。雖講至饑餓，公猶命人買餺饠以啖，卒講乃輟。然其講經多有與朱注不合處，如謂《詩經》棫、樸、栩、櫟，即今之橡栗子，蜀中俗所呼青㭎樹是也。考之《救荒本草》，信然。至于《丘中有麻》之「子國」、「子嗟」，言國以面似國而取名也，嗟謂難産嗟嘆而名也，未免穿鑿，至今諸生頗以爲笑，然不害其爲好文宗也。相傳其示諸生詩云：「謬掌文衡到蜀來，耳提面命不須猜。諸生莫笑談經客，我本湖南老秀才。」

余同年竇應王少林嵩高，詩有豪氣。《大梁懷古》云：「金明池水上河通，宋帝諸陵白露中。花石南來軍國病，翠華北狩寢園空。烟寒桑柘連秋社，雨緑蘼蕪滿故宫。莫問樊樓舊燈火，東京遺事夢華同。」

唐芝田嘗爲余言：揚州有釋湛汎，字葯根，詩僧也，以「雨收亦似痊沉病，日出渾如見故人」得名。嘗有《舟中同秦西巖》云：「扁舟良友快清談，一夜無眠曉睡酣。夢裏不知風正好，片時江北到江南。」寫出舟景如繪。

成都杜明經南林芟，老詩人也。其先大興人，尊甫諱士秀，字來若，歲貢，由蒼溪令歷官寧遠太守，遂家于蜀。所著有《祀典儀制》、《三寧堂詩鈔》。子五，芟居四。子慶乾，即余四兒朝堯岳翁也，現爲綿州廣文。南林年近八旬，猶吟咏不輟，有《春遊潺亭》詩云：「薜皮溜雨千年樹，翠羽吟風一院春。

記否潺江亭子上，扶筇曾有杜陵人。」氣骨尚自不凡。

凱歌，即漢《鐃歌》，軍樂也。《周禮》所謂「王大捷則令凱樂」，短簫鐃歌鼓吹之，漢《鐃歌鼓吹曲》題如《朱鷺》、《思悲翁》是也。魏文帝始改《鼓吹曲》，如《戰滎陽》、《獲呂布》是也。後使繆襲造《鼓吹十二曲》以代漢。晉武帝令傅玄製《鼓吹》，加二十二曲以代魏。至章華始造《凱歌二章》，大抵皆敷陳其事，而直言之，亦可自創新題，蓋即古樂府之遺也。乾隆五十四年，臺灣林爽文作亂，殺傷官兵，賊日益訌，環數十里，我兵三番救援不得進，鳳山等邑皆下，惟諸羅孤城，士民死守不下。糧盡，食草根、樹皮，賊日枋車來攻，爲炮擊碎。上命嘉勇公福敬齋經略出征，大兵雲集，賊聞益添兵抵拒，諸羅圍解。軍中有吴歪頭、陳弔眼，尤狠黠，用反間計，賊内亂，我兵齊乘勢夾攻，賊縛爽文出降，檻送京師。上賞賚從軍將士有差，特改諸羅爲嘉義縣，以示獎勵。守城士民，皆加官職。時趙雲松在泉州，親見其事，作《凱歌》三。一《諸羅守城凱歌》云：「諸羅城，萬賊攻，士民堅守齊効忠。邑小無城只籬落，衆志相結成垣墉。浸尋百日賊益訌，環數十里屯蟻蜂。援師三番不得進，山頭連夕惟傳烽。是時矛戟修羅宫，陣爲天魔車呂公。吼聲轟雷震遥岳，噓氣滃霧迷高穹。孤軍力支重圍中，草根樹皮枯腸充。翾飛鳥雀不敢下，恐被羅取爲朝饔。裹瘡忍餓猶折衝，壯膽寧煩蜜翁翁。百步以外不遥拒，待其十步方交鋒。一炮打成血衚衕，尺腿寸臂飛滿空。戈頭日落更夜戰，萬枝炬火連天紅。何當范羌拔耿恭，赴援艦已排黄龍。會有長風起西北，揚帆直達滄溟東。」《擒獲逆首林爽文凱歌》云：「木籠裝囚語啾唧，兵衛簇成片雲黑。不須露布曳長縑，夾道争看海東賊。海東賊本一細民，豈讀兵書習部勒。半夜無端嘯持挺，殺吏攻城血流赤。是時鼎沸雖猖獗，猝起猶堪滅朝食。後先航海諸宿將，持重養威示不測。隔海調兵動幾旬，兵添一萬賊添億。孤城遂困重圍中，糠籺俱空煮履革。倘非妙算決大舉，絶島妖氛幾時熄。即今就傳入檻車，不過圈牢一豚腯。若論經歲軍貲費，千兩黄金一兩骨。」一《俘囚絡繹再作凱歌》云：「海風恬，海風闊，帆檣絡繹執俘歸，口目睢呿賊猶活。初疑海外人，琵琶之腿碌礴身。齒可嚼鐵碎，手能舒鈎伸。誰知入蒐獮，狺狺一群犬。吴歪頭，陳弔眼，爾勇伊何面徒靦。當時若早勤搜爬，咀爾不摇牙，踼爾不用靴。胡爲養成洛姬肚，大於宋公鼓？羽檄經年始就擒，已費廟謨遺龍武。嗚呼一雞何用牛刀割，不是牛刀割不得。」録之可作新樂府讀。

胡中丞太虚寶瑔，目能視鬼，嘗云：「會因葺屋，巡視諸屋，皆有鬼，惟一室闃然。問之，乃僕死，其婦守節不嫁屋也。婦亦常奴，爲鬼所敬如此。」由此觀之，公蓋以鬼道設教，未必真有其事也。中丞詩戛然生造，其佳句如：「珍珠萬顆暗行地，韎韐一奩明映天。」爲一時傳誦。有《盤山雲林石室》詩云：「雲石天開岩粤通，滿庭秋色簇烟叢。倒看巖鏬飛泉碧，横勒林梢返照紅。靈境本來環渤澥，仙踪不用訪崆峒。御題筆渲山光潤，萬象俱涵雨露中。」

余過定遠旅店中，見縣人羅興淳老鐵《雨後題壁》詩，曾記其兩句云：「月破層雲出，螢穿亂葉飛。」甚服其工。

歷城諸生田露湛渥，居大明湖邊，口吃，而有詩名。屢應不第，有《夏日遣懷》詩云：「一徑翛然不剪茨，埋頭竟作處囊錐。貧還鍵户迂如此，少便違時老可知。無字書空勞咄咄，有銘緘口故期期。軒窻莫遣飛塵到，門繞明湖當插籬。」

宜賓胡一山瀛，康熙戊辰翰林，官中州，受知于田文鏡，官至按察。有《秋興》詩云：「宣武門前結小廬，若臨丹地鳳城居。天邊有信來鴻鴈，江上無因覓鯉魚。紅濕芙蓉秋露滴，緑垂蕉葉雨聲疎。閒時細讀相如賦，絶代才名付子虛。」

陽湖管揚復幹貞，官至總漕，詩有奇氣。有《太白樓》句「從來名士多無位，豈有蛾眉不忌人」，爲世傳誦。官編修時，閣學劉圃三星煒督學安徽，招飲映春池，云：「最愛北池上，山亭帶夕暉。花浮魚負走，菓熟鳥啣飛。雪藕酒中盡，秋荷雨後稀。臨流尋石坐，蟬翼點絺衣。」一時諸人推爲首唱。

高白雲先生嘗言：震澤沈東里裕雲在揚州，有「流水孤村秦學士，曉風殘月柳屯田」句，甚佳。乾隆丁卯六月，在京謁選，得崇寧令。時金川有事，恐南歸遲誤，即束裝西行，留别親友云：「春明門外乍回車，此日衝炎道路賒。十口依人原有地，一行作吏竟無家。迎風榴火餘酸子，浥露蓮房帶好花。聞道西南正多事，拚將飛檄走天涯。」後竟卒于蜀，三四蓋其讖也。

雨村詩話卷十五

綿州童山老人李調元

顧寧人云：天之行謂之歲，《書》「以閏月定四時成歲」、「歲二月東巡狩」是也。人之行謂之年，《書》「吕命王享國百年」、《左傳》「季隗曰我二十五年矣」是也。今人多以年爲歲，誤也。濰縣孝廉朱草亭若賓有《贈内》云：「夫婦貧多愛，遠離常苦悲。並無三尺婢，只有一年兒。寂寂庭中草，蕭蕭機上絲。那堪窻月冷，寒鴈數聲遲。」一年兒即所謂一歲兒也，正與古合，非因調而改字也。

韓朝衡，錢塘人，乾隆三十一年丙戌進士，改庶吉士，散館分吏部考功司主事，有《翰林改部曲》四齣，寫得情景如繪。其一齣云：「幾曾見傘扇旗鑼紅黑帽，叫名官從來不坐轎。只一輛破車兒代腿跑，膡有個跟班的夾墊馱包。傍天明，將騾套。再休題，遊翰苑三載清標，只落得，進司門一聲短道。」二齣云：「大人的聰明洞照，相公的度量容包。小司官登答周旋敢挫撓，從今那後容高傲，少不得講稿時點頭播腦，説堂時垂手呵腰。」三齣云：「公堂事了。拜客去，西頭路須先到，借債去，東頭路須親造。亟歸家，栅閉溝開沿路繞，淡飯兒剛一飽，布被兒剛一覺，怎當得有個人兒細把家常道。」四齣云：「道則道，非絮叨，你清俸無多用度饒。衛門裏租銀絶早，家人的公食嫌少。這一隻破鍋兒等米淘，那一隻寒爐兒待炭燒。且休管小兒索食傍門號，怎當得這啞巴生口無麸草。況明朝幾家分子，典當没絲毫。」此曲京中盛傳，凡酒席詩壇，無不互相背誦，以爲笑樂。惜不記其牌名。曾對余言，用《牡丹亭》尾齣，亦未深考也。韓于丁酉年卓異，八月陞惠潮嘉道，未幾歸。

歷城劉此亭伍寬，己酉選拔，屢試不第。嘗言：夢覲見己名列第六，而下注一「制」字。俄而丁艱，以語同里薄履青，薄笑曰：「君今衣白矣，不當以履青代耶？」履青名曰堅。是科，薄果中第六名。有《夜坐》詩云：「棗花簾子碧紗幮，散髮何人坐讀書。行到中庭明似晝，闌干高挂玉蟾蜍。」又有句云：「秋風瓜架酒，夜雨竹簾燈。」亦工。

江寧馬秋田幾先，詩多杰句，如《泊臨江寺》句：「二更聞雁月在水，半夜打鐘天有霜。」不減唐人。有《赭山夜歸》云：「入夜路難辨，葉聲疑鬼神。山荒鳥叫月，村黑犬欺人。塔影暗相失，燈光遥可親。偶然聞戍鼓，彷彿近城闉。」三四與合肥倪鴻侶「荒雞啼野水，獨犬吠寒星」，皆工于寫夜景者。

李之彦云：常玩「錢」字旁着兩「戈」字，直殺人之物，而人卒不悟。然則兩戈争貝，豈非「賤」乎？五代錢鏐王諱錢字爲金，朱竹垞《鴛鴦棹歌》云：「如今世上錢神貴，地下劉伶改姓金。」蓋深有感也。成都許水南儒龍云：「入山未遽能餐玉，處世先須善點金。」亦是此意。

常熟蔣渭公伊，康熙癸丑進士，由庶吉士改御史。祈嗣於靈巖，夢文禪僧指執錫二童子爲之子，因舉長子陳錫，乳名文生，後爲雲貴總督。嘗自謂命中應得二子，久之，夢中堂曝錦被一床，一龍盤裏其間。適佃户曹姓携其女送租至，年甫十餘歲，裹舊錦衣嬉笑。公大驚，遂留納之，生文肅公廷錫。公在内廷，應制詩最多，皆壯麗絶倫。有《東征凱旋遇雨》詩云：「望裏新豐王帳垂，凉飇拂拂雨初時。沙隄組練三千丈，御道天閑十二騎。萬里關河騰露布，九霄膏澤濕雲旗。歸來奏凱芙蓉闕，笑獻横戈馬上詞。」

曹少農竹虛文埴，工書，與彭冢宰芸楣元瑞、沈少宰雲椒初、金閣學聽濤士松入直内廷，繕寫泥金佛經，世所傳「經生四人」也。曾典試江西，以清真取士。余自粤歸，問所得人才幾何，俱以小摺記載，分經生、文生二種，愛才如此。嘗補題先北路公《滋蘭圖》云：「草木由天生，栽培借人力。譬諸彼小民，撫字賴循吏。先生居官始，即具此良意。種花寫種蘭，披圖識深義。蘭心不染塵，言寓潔清志。蘭馥可爲佩，用恰冲和氣。春風次第吹，甘露霏微湊。仍以民歌之，比德君子貴。天亦鑒其心，蘭階起嘉瑞。」

夢樓先生自臨安守歸吴中，久不得音耗。乙未二月，余在京閉户養痾，夢夢樓先生來京補官，燕坐如平時。坐中出詩一首，中有「趙北燕南新驛路，柯亭劉井舊瀛洲」句，極自得意，相與大笑而寤。忽門外剥啄聲，傳中翰顧星橋新自南來拜謁問疾。因見之，問先生踪跡，云：「已歸里，不出山矣。」袖中出先生《送别星橋》詩云：「正擬都門作壯遊，維駒爲我暫勾留。巨觥低唱春孃酒，小海争迎夏統舟。趙北燕南新驛路，柯亭劉井舊瀛洲。烟雲伴侣如相憶，爲報清江有釣鈎。」閲至五六，爲之訝然，共驚爲奇夢。

滄州張君輔好談怪，先北路公牧滄時，嘗過余談怪。言南皮侯生初與狐爲夫妻，伉儷甚篤，誓不相負。後忽别娶，洞房時，突聲若風霆，有手大如箕，從窻入，攫侯生而去。家人遍覓不得，後忽于土神祠中聞聲如牛，而門以土瑾，啓其户出，則昏矣。亟治，幸免。曾言於紀曉嵐，笑曰：「此真乘龍壻也。」紀戲作詩云：「到手良緣事竟違，春風空自鎖雙扉。人間果有乘龍壻，夜半居然破壁飛。」此雖紀寓言，實佳唱也。

粤東梁裕堂赴京，過白溝河，在逆旅午餐，見有騾車載婦女，住對屋中，飯畢去。偶步入，見壁上新題一《眼兒媚》詞云：「垂楊裊裊映回汀，作態爲誰青？可憐弱絮，隨風來去，似我飄零。濛濛亂點羅衣映，相送過長亭。丁寧囑汝，沾泥也好，莫化浮萍。」梁訝曰：「此妓語也，有厭倦風塵之意。」遂日逐同行，至京，遣小奴記其下車處，後宛轉物色，竟納爲小星。兩不相期，偶然湊合，竟以一詞爲媒，亦奇矣。

梅都官云：「詩之工者，寫難狀之景如在目前，含不盡之意見于言外。」此言是也。丹徒(于)[余]江干京《秋月蝕》云：「自滿定知多外侮，處高原忌太分明。」錢塘李雪樵秉《懷弟》云：「家業似星當曉日，世情如草易秋霜。」皆不盡之意。大興袁保候《暮春》云：「天遠望窮飛去鳥，春寒誤盡早開花。」懷寧魯星村瓚七律句云：「積雨頻添千澗水，新晴忽挂一江帆。」江陰張時升《晚泊》云：「野墅垂楊沽酒肆，短籬江樹賣魚家。」上元陳春山仁《望江樓》云：「帆迎檻外如將落，水到雲邊似不流。」含山嚴花園之熊《寒夜》云：「夜消簷雪聲如雨，火剩爐灰燼類螢。」江都余茁翁元甲《步城東》云：「亂鳧共浴野塘水，一蝶獨尋寒菊花。」桐鄉釋明中《泛湖》云：「青落船頭山影重，紅移波面岸花明。」皆難狀之情也。

王葑亭友亮《方正學墓》云：「十族同時無姓字，一言終古有君臣。」壓倒前人。

張薌圃仲芳與余交至相厚，夫人頗有河東之風，年五十尚無子。未謁選時，嘗館于少農蔣虛齋李廣橋賜第，即所謂「秀寫蓬壺」者，待之甚厚。欲送一婢以延嗣，薌圃畏不敢承，遂止。後卓異進京，見少農，問，尚乏嗣，曰：「不可緩矣。」盡出諸婢，置帷幄中，各伸一手從穴中出，令檢之，合意者以環約其指。薌圃見一婢子手白如瓠，以環約其指，出之，則麻婢也。蔣爲置裝奩送之。薌圃載歸至家，而夫人亦厭其麻，不復置問。然止服役，不與衾裯。余嘗有「哀向吼聲求柳氏，可容搔癢倩麻姑」之句戲之。婢未幾遣去。薌圃後謫官，重赴巴臺，有詩云：「失樹飛禽何處投，號呼竟夜不曾休。憑誰寄語江湖燕，又逐何方鷺與鷗。」蓋謂是也。

蜀藩楊荔裳揆，《夜坐》句云：「月明鴉誤曉，露重鶴知涼。」極工。

窯器並無專書，海鹽朱孝廉笠亭琰，博古士也，著《陶説》六卷，分「説今」、「説古」二門，古則自古迄明，今則自乾隆八年管九江關唐英由内廷交出《陶冶圖》二十張，作《圖説》進呈，並更加考訂，其説大備。蓋自明以上，皆太監派民，今則鳩工庀材，動支内府，按時給直，不但不累民，而且便于民矣。然所引雖博，但以古而論，尚有杭州新平鎮素瓷，唐貞觀時最有名而最久，又武林吴氏繡谷所藏八百酒器；以今而論，則有楊中丞雍嘗監窯務，有《酌定事宜書》，邵遠平請禁窯器寫年月以爲惜字一端，俱未數其典而録其文，不無遺恨。然余素不喜用窯器，以其易缺易壞，不經搬也。王心齋同年嘗以磁花盆六個送余，有詩謝云：「六個宣窯送到門，衰年長怕受人恩。只愁老樹生來醜，不慣磁盆慣瓦盆。」

高白雲先生嘗言：上元遇道人，字鶴雛，喜琴能詩，《閒居》云：「大道得從心死後，此身錯在我生前。」又：「雨中破壁蝸留篆，醉後餘腥蟻起兵。暑雨驟來雲似馬，涼風掠去水生鱗。」又《榆錢》云：「風落榆錢點碧苔，花間細數幾徘徊。只因未鑄開元字，浪擲春光買不回。」有無窮感慨。

今人奇句，竟有古人所不到者。山陰俞楚江瀚句云：「水流明月亂，風靜白雲癡。」又：「春風甦凍柳，殘雪老青山。」「岸闊村浮水，天低鳥負雲。」上元周舍卉發春云：「才霽天如人醉起，獨行雲讓鳥先飛。」皆古人未有也。

錢塘詩人最多，未能遍録，曾記數聯。如陸豫庭《過平望》句云：「網魚船小風無礙，賣酒帘高雨不收。」李雪樵秉《遣夏》句云：「風墮蟬聲盤樹脚，日移水影篆簷牙。」五言《燈花》句云：「窺人微有暈，擲地碎無聲。」《曉起》句云：「樹涼團鳥夢，窗曙觸癡蠅。」袁翠圃炘《宿息滋草堂》云：「空潭沉夜色，落葉走秋聲。」又鄭荔莊奇樹《舟中》云：「日脚斜飛雨，潮頭轉鬬風。」皆有奇思。

安南探花阮輝僜能詩。甲午秋，余典試粤東，出涿州，見店壁詩云：「遠捧芝綸萬里來，烟雲繞向馬頭開。客囊衣在縫仍密，帶得平安兩字回。」題「安南探花阮輝僜題」。後過恩縣，又見壁間題云：「仲春烟景柳絲斜，《宵雅》三章荷拜嘉。舜目重瞳瞻舞罷，中原穩駕指南車。」後署云「乾隆丁亥年三月二十五日回程作」，署名亦仝。近見蒲城雷松舟國楫出所著《燕遊日記》，中言曾見探花修身銀面，烏鬚飄然，冠峩冠，衣褒衣，闊領長袖，翩翩欲仙，儼然圖畫中人。曾于乾隆三十四年二月十三日至濟寧州閘瑺神祠，壁上復見輝僜有《徐閘遇雪賦詩一首》：「四序分司造化功，元冥戒令已成冬。朱提染出江湖色，白玉妝來世界中。插漢蒼松偏傲雪，迎風柔柳欲鞭空。春光走漏好消息，先到梅稍露粉容。」又三十五年過淮陰漂母祠，復見輝僿一絶云：「咄嗟一飯進王孫，何似晨炊不耐煩。立志本無關望態，千金難買怒時言。」署云「丁亥春書」。又云：所已見者，《燕子磯》二律、《漢憲王墓》一絶，並前二詩，又爲五首，皆筆于《龍山詩話》中。據此，則不止余所見二首矣。文教覃敷，屬國皆然，若阮輝僿，可以詩矣。

查浦云：唐人飲酒爲令，嘗有人舉令云：「馬援以馬革裹屍，死而後已。」答者云：「李耳指李樹爲姓，生而知之。」又云：「鉏麑觸槐，死作木邊之鬼。」答者云：「豫讓吞炭，終爲山下之灰。」夫以字相生，所對者亦多矣，何作此不祥語也？桐城方登嶧鳧宗在粤東，常與陳元孝、梁藥亭諸公唱酬。一日夜飲，嚴藕漁舟元孝主酒令，以「夕夕多良會」屬偶，鳧宗對以「人人從夜遊」，遂用爲起句，諸公稱善。余在通永道巡河時，亦有此體云：「少水沙即露，是土堤方成。」用其體也。

中翰方沃園式濟，鳧宗子，敏恪公之尊人也。鳧宗爲友人累，戍塞，常侍左右，稱其孝。己丑進士，有《陸堂初稿》，蔡聞之先生爲序。有《送同年宋太史筠歸》句云：「作賦人偏羡金馬，歸心君不爲蓴鱸。」佳句也。又《小姑廟》云：「密林斜磴夕烟霏，玉女明璫敞石扉。夢裏鄱湖碧千頃，一從淪謫幾時歸。」讀之令人欲悲。

「無山不帶長城路，有寺都盤絶頂峰。」方敏恪公《永平府》句也。人但知有英雄氣魄，而不知亦兒女情長。有《秦淮》詩云：「翠袖徵歌幾處樓，凉風吹近大樓頭。江潮帶月休歸去，十里珠簾要玉鉤。」「清溪樓閣繡輕羅，皓月繁星曲曲波。不是情光偏照水，分來銀漢色原多。」

靳介人善作對，有孝廉習堪輿術，介人贈一聯云：「研經自合師師古，遊藝何妨景景純。」

余嘗遊金山，見壁上粘長洲蔣虎臣太史超詩云：「江烟日暮正高秋，雪壁銀巒據上頭。老衲不知風勢惡，自提燈火上鐘樓。」

紀曉嵐先生云：江寧王金英，余壬午分校所取士。喜爲詩，才力稍弱，然秀削不俗，頗近宋末四靈。撰有詩話數卷，尚未成書，其稿不知流落何所。猶記其中一條云：「江寧一廢宅，壁上微有字跡，拂塵諦視，乃絶句四首，云：『新綠漸長殘紅稀，美人清淚沾羅衣。蝴蝶不管春歸否，祇趁菜花黄處飛。』『六朝燕子年年來，朱雀橋圮花不開。未須惆悵問王謝，劉郎一去何曾回。』『荒池廢館芳草多，踽踽青年少時行歌。譙樓鼓動人去後，回風裊裊吹女蘿。』『土花漠漠圍頹垣，中有桃葉桃根魂。夜深踽徧堦下月，可憐羅襪終無痕。』詞意淒清，不著姓名，不知爲人語、鬼語也。」

杜甫詩曰：「巴童渾不寐，半夜有行舟。」因不寐而想行舟，與張繼「夜半鐘聲到客船」俱從對面落想。錢塘俞祺工詩，癸未，紀曉嵐督閩學，延入幕中，有《野泊不寐》詩云：「蘆荻荒寒野水平，四圍唧唧夜蟲聲。鄰舟應有遲眠客，獨倚枯松看月明。」亦用此法。

遵義李芝山顯嘗客蜀，裋褐不完。春日遊薛濤井，有酒筵先在，客各限一韵爲詩，芝山睨笑。客怒詰之曰：「若能詩乎？」芝山援筆立就，一座驚訝，遂與定交。詩云：「浣花箋紙似雲蒸，我舊聞名見未曾。冽井寒泉空有色，柔荑欄檻記曾凭。欣逢節度高千里，錯過詩人杜少陵。此日招魂吾輩在，銀床遥奠酒如澠。」又《錦城懷古》云：「土壤肥饒天下少，英雄割據古來多。」《送鄂文端相國還朝》

云：「童叟難留君實去，旌旗猶望令公來。」皆佳句也。

桐城孫湘南元衡，前任漢州，兼攝綿州，好吟，有《片石園詩》，取漢署中房公片石以題其集。有《綿陽道中》詩云：「西風吹露濕䴢裘，又到綿陽古渡頭。山老閒雲當寺起，田荒野水背村流。關前雨過猕猴滑，嶺上寒生鸚鵡愁。却笑旅懷寬未得，香醪真向卓家求。」按：綿陽即綿江，《蜀都賦》所謂「浸以綿洛」，即今綿州所由名也。在德陽北黄許鎮，今人大書木枋曰「沔陽古渡」，誤也。沔水在漢中。

江上布衣張江，字漁村，落魄不偶，家甚貧。嘗有《黄河晚泊》句云：「荒堤花是寶，村店酒如金。」又：「任舖柳絮門終冷，除却苔錢客更貧。」皆工。

高白雲先生云：巴縣周泗，字龍門，九歲以神童名。隨群公宴黄鶴樓，作詩云：「吾蜀青蓮曾閣筆，今朝黄口數言詩。長江眼底滔滔去，大冶雲空漠漠馳。鸚鵡竟成才子恨，梅花笛斷玉人吹。徘徊落日高樓影，縱不思鄉淚已垂。」一座嘆賞。年二十餘，依年大將軍幕府，被害，「鸚鵡」句竟成其讖。

青浦曹諤廷一士，雍正庚戌翰林，有《閒居》詩云：「樓外輕風落葉乾，一行雁影度江干。葛衣未疊防秋熱，布被新添護曉寒。寄遠詩成常嬾寫，借人書在幾閒看。病軀吟得安閒法，訪菊東籬和酒餐。」皆曲如人意。

成都高晴峰繼苯亦有《感懷》詩云：「風塵荏苒總愁余，晝掩柴門卧敝廬。家倍艱難僮僕散，身長貧賤友朋疎。空憐賈賦同湘水，誰薦雄文類子虚。四十頭顱仍似昔，只宜踪跡混樵漁。」三四道盡世情。

秀水張徵君浦山庚，一號瓜田逸叟，晚號白苧村桑者。先北路公爲邑令時，曾拄杖來謁，余始見之。古貌古心，今之高士也。工畫，余家藏《鐵網珊瑚圖》，其所贈也。嘗言古人畫山水多濕筆，迨元季四家始用乾筆。至明董宗伯合倪、黄兩家法，則純以枯筆。士夫便之，遂以爲藝林絶品，而争趨焉，失之遠矣。蓋濕筆渲染費功，乾筆點曳便捷故也。由是肉漸消而骨加出，迄今有過于尚骨者，幾成髑髏矣，尚得謂之畫哉？言頗中肯。所著有《畫徵録》，皆近時人，略掇小傳，可備史料。其詩長于選體，方伯陳密山欲焚香讀之，侯商丘龍山肩復題其《録》云：「今時選體更誰長，雅調惟君獨擅場。春草吟留佳本在，直令讀者欲焚香。」

夏邑李竹門長生，與袁子才、陳古漁往還，故詩多藴藉。有《過隨園贈子才》云：「人生出處總難論，晝正長時肯閉門。譜盡名花真有福，吟殘紅豆最消魂。暫辭北闕成高卧，久别西湖似少恩。占得隨家園子好，詩情半在謝公墩。」又《贈古漁》有句云：「人到折腰無傲骨，語能驚坐是奇才。」亦能手也。

余在王夢樓先生座棗花書屋，見粘壁《早春》云：「昨宵忘却下簾鉤，吹得梅花滿竹樓。五夜寒衾清似水，夢凉酒醒雪盈頭。」問之，丹徒程荆南夢湘詩也，遂與訂交。是年下第南歸，臨别，出其集見示。余贈詩云：「落日春城伴侣稀，欣逢佳節感芳菲。酒腸此後逢人隘，詩骨從前悔我肥。頭上花枝晴壓帽，暗中柳汁早汙衣。請看燕子來媒日，借得東風便試飛。」

荆南喜誦人名句，嘗爲余言其鄉有李蘿村御者，有「昂藏鶴似真名士，消瘦梅如老病僧。」儀徵黄北垞《江上晚眺》云：「估船帆穡青雀少，人家門巷白鷗多。」蕪湖汪秋輪謹云：「人在藕花香上立，月從桐葉破中行。」皆工穩可誦也。

上元龔旭開《立秋》云：「山園明日涼蟬裏，簾幕清風碧澗頭。小婢拾將梧葉去，也從閨閣報新秋。」詞雅而趣。

余同年袁薌亭嘗對余贊潛山丁星樹珠佳句，如「江心浪險鷗偏穩，船裏人多客自孤」、「日中睡至如相約，酒後詩來似有期」，以爲得未曾有。

合肥張小山《贈沙西巖》云：「人非豪氣無肝膽，士到奇窮見性情。」語極烹鍊。又《偶吟》云：「西風吹樹葉聲乾，追憶年來興欲闌。不讀書人偏厚福，但成名士總清寒。蛩當秋令争鳴易，花未春時着色難。負郭有田尊有酒，閉門真覺夢魂安。」每于無聊中寫出至情至理。

江都江松泉昱，其詩以鍊意爲主，有《送嘯村歸畹城》云：「失路危檣偏阻淺，字人老女慣愆期。」佳句也。《漢上晤汪文遇》云：「他鄉執手感前盟，白髮垂肩閲變更。問舊可堪皆後輩，抱書猶記拜先生。漸成安士如秦贅，别後添丁盡楚聲。客況中年誰復遣，一尊寒雨故人情。」能言人所未言。

獻縣戈孝廉式之廷模，侍御濤長子，天姿朗澈，詩格書法並有父風。於父執中獨師事紀曉嵐，年過四十始選一學官。一日，讀書至夜半，偶得句曰：「秋入幽窻燈黯淡。」屬對未就，忽其友至，因告以此句，友曰：「何不對以『魂歸故里月凄清？』」式之愕然，曰：「君何作鬼語？」其人忽不見。未幾遂卒。紀曉嵐嘗爲余言。

蕪湖孝廉洪阮溪鑾，名士也，爲人清狂，揀發山東令。余乙未扈從，相晤署衙，爲置酒高歌，狂態如故。示以近作，如《落花》云：「芳草有愁色，小樓多雨聲。」與袁子才所稱《春草》句「經雨過時應更長，無人種處忽然生」，似又過之。

江寧崔筠谷工詩畫，有《崑山早發》句云：「雞聲鄉市遠，鷺影水田多。」與上元陳他山《不寐》云：「鼠因人静鬬，雞爲夜闌鳴。」寫早晚之景同工。

黔江李紹亭華國，四川總制世傑之子，余督學粤東時，紹亭以司馬署揭陽令，爲人美儀表，善詞令。庚子爲内監試典試，王太史仲愚亟稱其詩，因出其集，有《憶》云：「白日澹江樓，寒江净不流。遠人雲外别，何處月横舟。日暮縣雙眼，秋聲起四愁。蕭條依澤國，風冷木棉裘。」弟惕齋華封，亦能詩。

乙卯八月十二日，姜太史爾常邀張雲谷及余遊浣花溪，置酒少陵草堂。是日，諸人戒不作詩，惟中州李鶴林獨出新意，畫蘭一枝，命工刻於杜祠右廊壁間。翌日，鶴林置酒草堂，復邀前人看蘭。余有題蘭詩云：「寄語詞人漫浣墻，文章那得杜光芒。鶴林解得真詩意，畫筆蘭花當瓣香。」「帶草堂西荷見招，肯教杜老笑蘭苕。風流試問今誰似，四海交游鄭板橋。」鶴林見之大喜，並勒于右。

桐城石曉堂文成，有詩名，好閉門静坐，不交俗客。詩多警句，《病初愈枕上作》云：「支枕數殘更，燈昏窻未明。年衰交態見，病久道心生。寒夜雞無准，高秋樹有聲。萬緣今已斷，難斷是鄉情。」《遣興》云：「荒村官舍似柴荆，生計蕭然萬慮輕。藜藿貧來嘗有味，笙歌老至聽無情。苦吟自得閒中樂，卑宧難言去後名。種竹窻前看亦好，却嫌風雨引秋聲。」具見瀟灑自得之意。

黄石牧在垛莊，見題壁《山行遇雨》詩句云：「今日泥沾三寸濕，明朝麥長五分苗。」不苦泥淖而反有利物之思，賞之，和云：「但存霖雨蒼生意，策馬皇都也不慙。」

巢縣向霞栖説有《醉翁亭》句云：「是真山水原無價，最好文章只近情。」最工。

魯秋塍有《西湖絶句》最工：「緑楊千樹繞城西，泊得湖船斬斬齊。連日僱船無定價，晴天價長雨天低。」「繚垣新粉屬誰家，卐字闌干逐徑斜。園内春光藏不住，行人仰看碧桃花。」「雲林寺外好名泉，集度僧寮注藥全。吴孃要上三天竺，總搭茅家步口船。」「萬松嶺上石崚嶒，千石如林第一層。新築山房多似石，一房一點讀書燈。」

分宜吴氏，乾隆庚戌進士、刑部主事南城楊鯤之母也。少工詩，夫亡，親課其子，嚴過於師，不假顔色。鯤癸卯鄉試，母在園看菊，賦詩云：「西風一夜剪東籬，曉起欣看異昨時。帶露已舒幽女思，迎霜特見丈夫姿。自來未受閒憐惜，從此還應好護持。」尚欲續成，聞報鯤中信，遂止，至是喜見于色。有《訓兒詩》云：「三年飲恨淚難乾，任重於身豈忍安。夜讀幾曾星半落，朝眠每是日三竿。順帆不肯先登岸，逆棹徒勞上急灘。我愧古來賢聖母，也將心苦和熊丸。」人多傳之。又有《拜月詞》云：「欲斫月中枝，縛作齊天帚。夜夜掃輝光，不使微雲垢。」有《悟雪草堂集》。

生前自輓始于陶淵明《自祭》，然未有索人輓詩，惟袁子才腹疾久而不愈，作歌自輓，邀同人作詩云：「人生如客耳，有來必有去。其來既無端，其去亦無故。但其臨去時，各有一條路。或以三年淹，或以頃刻仆。或明如水晶，或瘦如涸鮒。黄帝雖成仙，依然有陵墓。扁鵲被刺死，醫病不醫妬。去路不雷同，僂指難悉數。我年垂八十，神明頗强固。客秋傷暑痢，服藥偶然誤。饍飲輸滯留，腸胃失常度。每有前後溲，相約必齊赴。如船張破帆，雖行不速渡。如客騎病驢，無鞭更緩步。如酒滴漏巵，前茹後已吐。臨食不忘憂，非僧强茹素。雖然子公指，染鼎心猶慕。其奈廉將軍，三遺矢可怖。人身即國家，臟腑乃倉庫。五倉逐漸空，危亡在朝暮。因之將平生，歷歷自追溯。弱冠登玉堂，早獻淩雲賦。飛舄到江左，民吏俱無惡。山居四十年，虛名海内布。著書一尺高，棃棗俱交付。妻妾鬢髮白，兒童頭角露。黄粱夢太長，仙枕何時寤。晨星雖竟天，孤懸亦寡趣。逝者如斯夫，水流花不住。但願着翅飛，豈肯回頭顧。偉哉造化爐，洪鈞大鼓鑄。我學不祥金，躍冶自號呼。作速海風迎，仙龕陪白傅。或遊天外天，目覩所未覩。勿再入輪迴，依舊詩人作。」諸公輓章不至，口號四首催之云：「久住人間去已遲，行期將近自家知。老夫未肯空歸去，處處敲門索輓詩。」「輓詩最好是生存，讀罷猶能飲一樽。莫學當年癡宋玉，九天九地亂招魂。」「莫怪詩人萬念空，一言我且問諸公。韓蘇李杜從頭數，誰是人間七十翁。」「臘盡春歸又見梅，三才萬象總輪回。人人有死何須諱，都是當初死過來。」一時和者，趙翼云：「薤露如何可預支，渡江來似別交知。故人惟恐君真去，不肯輕爲執紼詞。」「君果飄然去返真，讓儂無佛曷稱尊。只愁老境誰同調，獨立蒼茫也斷魂。」「生平花月最相關，此去應將結習刪。若見麻姑休背癢，恐防又謫到人間。」「修短終須聽太空，莫將殘錦乞諸公。還防老學庵燈火，絆住人間陸放翁。」姚鼐詩云：「龍飛四歲一詞臣，嘯咏江山五十春。莫怪尊前爲了語，當時同輩久無人。」

「一代文章作滿家，爭求珠玉散天涯。替人未得公須住，天上寧無蔡少霞。」「起行拋杖坐吟詩，豈是膏肓不可治。自此但留真疾在，也堪談笑却熊羆。」「氣聚升成五色霓，倏將散與太虚齊。海山兜率猶粘着，那更投生向玉溪。」王昶詩云：「來本無生去豈亡，空勞薤露助悲凉。笑君不了還詩債，又向朋儕索輓章。」「輓歌聊復仿淵明，莫向觀河厭此生。非直谷神常不死，也知年老定成精。」「心如眢井看常涸，身似枯桐豈再華。我亦新來頻小極，藥烟影裏過生涯。」「論齒輸君小七年，髪無可白總華顛。他年撒手休皋復，浄業終歸自在天。」然皆不及補山相國詩。補山持節西川，有吴山錢道士書來，告知水星入身宫，十年方出。未幾，即拜量移兩江之命，適見子才自輓詩，即以自輓和云：「久聞奏事重端明，又説蓉城主曼卿。未必九天香案吏，肯將賢路讓先生。」「文書眯目騐吾衰，腹痛憑誰奠酒杯。囑備一奩磨鏡具，他年高會望公來。」「五嶺曾叨折柬呼，揭來正喜傍菰蘆。十年果踐星家語，請譜蒼山二老圖。」子才得詩，復和云：「軍門頒下輓章來，讀罷袁絲笑口開。自是少微歸位日，敢勞星象動三台。」「蒼生方賴謝安石，紫府誰迎趙魏公。就使升天同作佛，也應前輩讓袁翁。」「水星聞説命宫居，十載旌旗住有餘。但恐賡歌無謝脁，江南閒煞沈尚書。」

袁子才有三不信：一不信佛。其弟春圃設醮九華，僧有爭香火相毆者，戲題二絶云：「禪門閒看白雲飛，從不燒香惹是非。生怕佛靈能降禍，受他恩重要歸依。」「不求自己偏求佛，佛手拈花笑不清。道我至今心抱歉，未曾一粒施臺城。」二每出門不信擇日。人勸之，子才笑以詩云：「何須六甲卜王匡，心是功曹善主張。展氏自知無隱慝，吕才從不信陰陽。燕知戊己巢雖穩，人守庚申道亦亡。豈若信天翁最好，一生所到是康莊。」三葬地不信風水。有《造生壙》詩云：「莫笑先賢造化臺，何人不向此中來。譬如華屋身將住，可不梅花手自栽。三板暫教風日閉，一門且待子孫開。香山墳畔沉滓酒，先與群公醉幾回。」又壙外葬工匠、奴婢三十餘人，親鄰之貧者與焉，亦有詩云：「倉山西去有幽宮，壙外還餘地數弓。陪葬蒼頭工匠滿，九原還作主人翁。」

滇西彭湘南翥別駕，有《據經樓詩選》，人服其嚴。嘗遊淮揚間，有錢校書投詩，願侍左右，詩末句云：「願得化身如燕子，春風巢上據經樓。」湘南却之。胡少霞蔚寄詩云：「詩狂酒渴一生休，弄筆居然費校讐。寄問梅花新燕子，可曾巢上據經樓？」胡武陵人，寓無錫，補山撫滇時聘入幕，有《萬吹樓稿》。補山題其集，有「十年龍尾空來往，纔識能詩胡少霞」之句。

袁子才嘗云：「吾詩無常師，惟取其是。」有《遣興》詩云：「愛好由來落筆難，一詩千改始心安。阿婆還是初笄女，頭未梳成不許看。」「但肯尋詩便有詩，靈犀一點是吾師。夕陽芳草尋常物，解用都爲絶妙詞。」「平生作字類塗鴉，況復衰年腕力差。争奈家家索親筆，不容老樹不開花。」又《題天台卓筆峰》云：「孤峰卓立久離群，四面風雲自有神。絶地通天一枝筆，請看依傍是何人。」皆夫子自道也。

趙璞函殉難後，其子秉淵刻其遺集，曰《娵隅》，用郝隆蠻語事也。有《秋日雜詩》三十首，最爲沉着工麗，如「詩因乞酒連宵和，僕爲移花帶雨差」，押「差」字新穎。

歷城楊爽山繼溥，濟南名士也，有《春愁》云：「世無知爾方爲貴，有地容吾不算貧。書帶肯芟窻外草，瓶花自護雨中春。長將曉露論前事，祇作風燈看此身。好客孟公思往昔，愛山靈運竟何人。」讀之想見胸無一塵，筆有千卷，今《高士傳》中人也。

上元任東白爕，與方望溪先生少子行之皆酷貧，相與爲友。行之讀書閉户，終歲不出，東白亦困迫，不干一人，行之亦愛重之，廣厦之庇，久而不倦，今世之羊角哀、左伯桃也。行之没，東白哭以詩云：「空齋一過一傷神，撒手塵寰竟十旬。世俗但求言語巧，交游誰識性情真。雄文尚漬生前淚，壯志難酬病後身。此日聊將盃酒奠，夜臺應諒故人貧。」未幾東白亦卒。交誼如此者亦罕。

吉安諸生戴嘉祥，善書，王雲浦延掌書記，嘗以其曾祖戴潔軒遠穀詩示余，頗多見道之言。有句云：「但使酒能供我醉，不勞名作護身符。」《山居雜興》云：「曠懷詩酒樂天年，獨善吾身火食仙。蘇子何妨聽説鬼，杞人何苦只憂天。閒抛蠹簡通宵坐，倦擁牛衣白晝眠。蝴蝶夢中仍是我，欲從莊叟學談玄。」

闞蘿岑疑，舒城詩人也。佳句五言如：「柴門抱山翠，村碓搗溪烟。」「石阻水横出，巖懸樹倒生。」七言如：「野寺鐘鳴鴉動樹，寒江月上客推篷。」而最出色者，《牡丹》詩云：「桃李紛紛未足誇，錦苞初放洛陽花。若論標格無寒色，便擬文章亦大家。帶露酣容增娬媚，臨風舞態自欹斜。紅顔易遂朝雲散，珍重還宜繡幔遮。」二三非牡丹不足當也。

壁山明經鄧練江樹極，有《兩江争漲》云：「南北離人罷濯纓，沉牛答處客魂驚。年年盛夏蛟龍戰，誰與馮夷講會盟。」頗有會意。又《哭黄玉峰》句云：「生有千金諾朋友，死無尺地葬衣冠。」亦佳。

六安夏湘人者，今之義士也，名之璜。德州盧雅雨初爲六安牧時，識湘人于諸生中，課試拔第一，然夏非試期不入。盧在六三年，最得民心，方貞觀贈詩有「才比寇公饒學術，清如包老近人情」句。後陞𨖢使被劾，坐羨餘不足，寓揚州董相祠，聽部議。己未冬十月，爲雅雨誕辰，夏遠來慰祝。以十二月至，適有軍臺之命，一時皆失色。湘人乃毅然請從行，或沮之，夏笑曰：「昔人不謂鄒志完乎？京師疾七日，不汗死耳，獨塞外能死人哉？」遂密爲治裝，屬孔體仁爲繪《軍臺負笈圖》。初，雅雨聞之，未以爲即真，辭謝之。及五月，果飄然就道，妻子哭于室，親友餞于郊，反惘惘有憐色，而湘人飲三爵，策馬飛行，去已不顧，蓋所以報前之知己也。臨岐有《留別諸人》詩云：「此身無復繫高堂，萬里何妨別故鄉。豈以激昂思厲俗，但令忠孝守吾常。眼從大漠舒逾闊，骨向堅冰鍊更剛。爲遜龍門千載筆，滿筐巨軸貯歸囊。」一時以詩別者甚衆，惟膠州高西園鳳翰七絶云：「傳箪能投事更夸，烏孫相伴走天涯。蘇門不少秦晁客，只喫龍團餅子茶。」一時趨炎赴熱者可以汗下矣。在塞三年，壬戌始歸，往返萬餘里，身所經歷聞見，皆以札記，名曰《槖中集》，浙江學使雷翠庭鋐爲序行。

歙人方子雲正澍，詩家之豪也。有句云：「逢世自憐强弩末，思鄉空説大刀頭。」「平田入野横棋局，遠嶂排空展畫屏。」皆奇句也。《春郊獨吟》云：「青袍如草自年年，薄命瓊樓未有緣。蘋葉緑回三月雨，桃花紅入一村烟。家書路遠愁難達，鄉夢宵長記不全。爲戀清時未歸去，鑑湖孤負釣魚船。」「丹爐肯貯尋常藥，詩卷非争倉猝名。交到鄭莊方是俠，遇非智伯不酬恩。」上元韓鄰竹泗芳句也。以高才負氣卒，惜哉。

《四川通志》云：「成都土産瓜疇芋區。」注引《太平寰宇記》云：「夔州産瓜疇，似薯，芋區似貫瓜，皆伏草根。」按：左思《蜀都賦》云：「其園則有蒟蒻茱萸，瓜疇芋區。」注：「疇者，界均小畔際也。區，諸葛亮《表》所謂『有宅一區』也。」蓋因上「蒟蒻茱萸」二物，而遂以「瓜疇芋區」亦爲二物名，且揑引《寰宇記》以實之，可發一粲。此志爲黄總制廷桂監修進呈，不知輯纂何人，想因催迫所至，當事者所宜急爲改修也。曾有《題通志》詩云：「但聞瓜芋可分甘，不棄藤嘗已屬憨。若使疇區俱並食，地皮捲盡不爲貪。」

雨村詩話卷十六

綿州童山老人李調元

余有故人，以《梅花》詩三十首求余和，余不動筆，但微吟杜茶村《梅花絶句》答之云：「數尺霜根幾載移，一尊深賞向南枝。生平只是知慚愧，逢著梅花不作詩。」

北音生故多與南音不協，阮亭、飴山皆所不免。如《廣韵》勝任之勝平聲，在六蒸，勝負之勝去聲，在十七證。而阮亭《梓樹鎮》詩云：「誰識諸生離講席，絶勝三十六將軍。」飴山「簾捲江湖紫禁清，山勝艮嶽是生成」，則皆以去爲平也。二大詩人尚如此，不免者幾希矣。

中江孟宗丞鷺洲邵，有子海山，年甫十歲，余至中江，出見，命屬對，曰：「雲外松。」即應聲曰：「月中桂。」謂其伯曰：「此子他年不凡。」

鄞縣萬氏，自前明有四忠三節一義，至本朝，勳爵既除，文學乃盛。充宗、季野兩先生，一以經術，一以史學，而胞姪貞一先生，復薦入史館，書成叙功，授三河令。問罪在獄，其子開遠名丞勳，號西郭，踉蹡萬里，多方營救，乃釋。喜吟，痛既定，出行篋朗誦母前，且泣且哭，母曰：「兒即榮我以告身，猶無此樂也。」嘗夜吟云：「病愁殘蠟斜陽短，寒對西山積雪長。」母聞之，嘆爲不祥。俄兩親俱逝，家愈窘。雍正初，年已六十，始授磁川牧，有《冰雪集》，查初白亟賞之。爲人磊落光明，自扁其堂曰「温厚和平」。嘗自謂生平時文不如古文，古文不如詩，詩不如人，亦是篤論，非自贊也。

紀曉嵐少司馬充甲辰會試副考官，余弟編修驥元出其門。每謁，必問曰：「將軍安否？」在京時，嘗蓄一琴硯以示余，自云揚州張桂岩所贈。斑駁落剥，古色黝然，右側近下鐫「西涯」二篆字，蓋懷麓堂故物也。中鐫行書一詩曰：「如以文章論，公原勝謝劉。玉堂揮翰手，對此憶風流。」欵曰「稚繩高陽孫相國字」也。左側鐫小楷一詩曰：「草緑湘江叫子規，茶陵青史有微詞。流傳此研人猶惜，應爲高陽五字詩。」欵曰「不凋」，乃太倉崔華之字。華即漁洋門人，《論詩絶句》所謂「溪水碧於前度日，桃花紅似去年時。江南腸斷何人會，只有崔郎七字詩」。真希世之寶。後皃塘弟以書來，言此硯已送慶大司馬丹年矣。

直隸廣寧甯文山思信，有《桃花》詩云：「淡烟濃露浣朝霞，誰過天台問妾家。江左女郎多薄命，祇名根葉不名花。」頗有理會。

襄陽顧夔瑋，寒士也，有《擁爐》云：「酒錢盡付買烏薪，求煖何如向火親。莫笑車侯門下客，世間耐冷是何人。」語極有味。

安豐布衣吴野人《内人生日》詩云：「潦倒丘園二十秋，親炊藜藿慰余愁。絶無暇日臨青鏡，頻過凶年到白頭。海氣荒凉門奈燕，溪光摇蕩屋如舟。不能沽酒持相祝，依舊歸來向爾謀。」

婁東多詩人，而王氏一家尤多。前明婁東十子，王氏居其六，然未及本朝爲盛。内外俱有集者，太倉王冰庵先生吉武，以康熙丙辰進士，由民部出守紹興，以詩爲家傳，自少至壯，所至不廢詩。祖孫、父子、兄弟，人各有集。而母吴氏及三女咸工詩，家庭無事，輒命諸子女拈題分韵，吴夫人爲第其甲乙，以爲笑樂。既嫁，至老猶詩筒往來不絕。王有《冰庵集》，可謂佳話矣。其時唐東江亦一家擅詩名，然視之謙然，自以不如冰庵也。

近時詩人遲發壽長，不獨沈歸愚七十登賢書，九十乃歸也。太倉唐東江孫華，九歲織簾，顧麟士見而奇之。康熙初年之風始變，唐有《學山園選本》，人抱一編，無不掇科以去，而唐浮沉諸生幾三十年。每入省試，不欲人知，有鄰號生問字，窺卷端，見籍貫姓字，驚曰：「唐夫子耶？」傾號聚觀羅拜，請教乃去。至康熙戊辰中進士，年已五十五。嘗論詩，以爲學問、性靈，缺一不可，有學問以抒性靈，有性靈以融學問，而後可與論詩。其言如此，與嚴滄浪之言相合，洵藝苑家之金丹大藥也。唐由朝邑令薦鴻博，改考功郎，典浙試，亦年逾九十乃終，有《東江集》。人言六十後與少女同卧起，輒更番數輩，及長則遣去，皆宛然處子也。

王夢樓先生晚年置一雛姬，善能度曲。一日，趙雲松至京口訪之，呼姬歌以侑酒。雲松詩云：「手剔銀釭畫燭明，愛留客坐聽新聲。人間無限《霓裳曲》，出自家姬覺有情。」「䜺段新翻指點勞，要令姿致極妖嬈。自家忘却便便腹，只管呼他學柳腰。」聞者絕倒。

慈溪姜西溟宸英太史云：「我輩人人有集，然其詩或傳與否，均未可知。惟當牽連綴姓名于集中，幸有傳者，即所附載之人亦因以顯，如少陵之于阮生、朱老，東坡之于杜伯、升老、符秀才是已。」嗟乎！先生《葦間集》今已大傳，特不知誰爲附之者，可慨也。

蔣文肅公己酉生，故小名酉君。少時曆籍，馳馬試劍，有魏收、段成式之風。稍長，折節讀書，尤工于畫，有《青桐》、《秋風》、《片雲》等集，詩畫並傳。嘗有《題陳仲美竹雀》句云：「以畫作詩詩細膩，以詩作畫畫入神。」蓋公亦早以王右丞、趙承旨自許矣。

深于經學者多不能詩，如明震川、鹿門及本朝望溪、嗇東諸君，間一爲之，亦蹇轄不成家數。蓋制科以經義取士，則老生宿儒率疲神埋照于中，故未遑習也。吴門張匠門大受，其經學最爲汪鈍翁、韓慕廬、朱竹垞所賞識，故《秋懷》云：「堯峰許領東南儁，吏部容先弟子行。更感日頭朱檢討，苦將塵劍拭光芒。」然《匠門集》三十卷，各體皆工，嘗召至御舟賦詩。是知學究一科，亦不足以牢籠大雅也。曾典蜀試，《八月十五夜題衡鑒堂》云：「衡鑒堂開月色澄，臣心敢擬玉壺冰。鄉科類萃寄難得，文字銓量老尚能。蜀國山川如錦列，皇朝館閣若雲蒸。分明露溢蟾宫近，桂子清香此夜凝。」

南溪令莆田翁霔霖，字筠樓，閩中名元，中進士，屢校蜀闈，名士多出其門，即乙卯余姪朝塏之房師也。曾囑塏以詩集求序，有「秋夢不離黄葉外，詩情多在白雲中」句，亟賞之。有《南廣雜咏》七絶百首，皆蜀中土語，可備一邑風謡。今録四首云：「挑煤多半是生涯，亦復傭工度歲華。笑殺么兒無活路，倒騎牛背弄梅花。」土人謂生意曰活路。「紫茄白菜碧瓜條，一把連都入市挑。瞥見珊瑚紅一掛，擔頭新帶辣花椒。」土人謂逋共曰一把連。「背篼一路影横斜，婦女多情亦作家。青帕裹頭誰屋裏，紅花採過又棉花。」土人謂稀眼背曰背篼。「唱燈隨在作歌樓，曲子無腔易轉喉。聽説官班明日攏，開場先看小包頭。」土人謂旦脚曰小包頭。

張浦山《畫徵録》：無錫鄒小山一桂，工花卉，嘗作《百花卷》，每種賦詩一絶，進呈，上亦賜題百首。錢文端香樹嘗遊盤山，時杏花盛放，香樹出藏紙索寫《盤山杏花圖》，小山即于花下點染，屋宇頹垣、山嵐花氣，一一入妙。人皆知花草之工，而不知山水之佳著之也。小山有《題盤山天成山》詩云：「天遣垂虹挂作泉，更留盤石坐人便。平分遠岫雙蛾翠，獨立孤峰一指彈。鹿伏自來經座側，鴿馴時下飯鐘前。是花色相誰能辯，繞澗山花燭欲然。」

武進錢司寇維城，畫與富陽董宗伯邦達齊名，皆以幽深兼沉厚。蓋稼軒秀骨天成，而通籍後又得力于東山者也。俱爲上所重，嘗扈遊中盤，上顧維城，使畫《盤山圖》，閱日進覽，御製三十韻幨首。維城作恭和詩有句云：「繪圖奉宸命，怵惕久未報。」乃知能事不受相促迫，以供奉内廷人，奉旨繪圖，猶久未報，不獨杜詩中王宰也。

閩晉安鄭石幢方城、荔鄉方坤兄弟齊名，互爲詩友，極風雨對床之樂。嘗於叢臺官舍刻燭賦詩，拈題得「寒柝」，限「雙」字韵。荔鄉先得句云：「遲久更疑六，于喁唱或雙。」客皆歎其新穎。及石幢詩成，則云：「偶作行歌互，應驚好夢雙。」于時徐静谷在坐，拍案叫絶，謂是題能以神韵勝，斯爲絶無僅有。石幢官蜀新繁，舉卓異，旋以蜀闈磨勘，延主錦江書院。學者聞名景附，負笈者踵相接，至書舍不能容。踰年卒，有《綠痕書屋集》。荔鄉爲沂州太守，作《國朝詩鈔小傳》四十七人，附石幢於後，持論頗精。

凡雨後光景，另有一番可愛，非詩律細者不能體貼。錢塘宋笠田樹穀，詩極工，曾有「護籬小犬吠生客，曝背老翁調幼孫」句，頗爲時稱。有《雨後郊行》云：「雨後春郊畫意賒，石橋流水縐如紗。一犂破曉牛蹄滑，雙剪迎風燕語斜。楊柳青連官驛路，杏花紅入野人家。豐年有象民先樂，行處鼕鼕社鼓撾。」

落梅詩最難作，以説煞則無味，太拋則失題也。曾記余同年海鹽董東亭詩云：「亭亭松影淡無痕，消盡風流楚客魂。半樹衹應留别浦，一枝猶自記前村。烟殘遠水初迴棹，月落寒山正掩門。只有蓬萊花鳥使，抱叢偏解惜空尊。」此爲恰好。

乾隆六十年，萬壽恩科，天下入場士子以壽得官者一百一十七人，蜀得九人，而賜檢討銜者共三十一人，蜀得六人，巴縣張玉屏孔訓預焉，年八十矣。少以詩受知于學使羅凝園先生典，家有蒙子園，即前明倪大司農之巴子園，廓而充之，手植梅花百株，皆翳然成林，日夕讀書其中，自號梅花主人。湖北中丞滿洲惠瑤圃琳聞其名，造門訪之，曾贈句云：「一溪流水幽人宅，半塢梅花處士園。」名重如此。有《留鴻草堂落成》詩云：「將老方爲娱老計，替梅作屋住梅間。舉杯邀得月同坐，出户多疑雪滿山。苦甚于人偏作樂，忙無如我且偷閒。還須典盡裘兼葛，多釀醇醪醉客顔。」頗清新不俗。其《謝恩》有句云：「不會編書名檢討，未曾散館授頭銜。」亦趣。

蜀音多與古韵合。如「鉛」音遇，韵書謂磨取銅屑也，蜀語物漸銷曰鉛。楊升庵在朝，一中官問曰：「牙脾磨鉛，鉛字如何寫？」以「鉛」字答之。考《萬彙海物異名贊》曰：「江瑶柱厥甲美如瑶玉。」是古韵亦作去聲讀。又蜀語大讀一駕切，楊升庵云：「大字古音戴，又音墮。」而無一駕切者。《淮南子》宋康王時有雀生旗鳥，占曰：「小而生大，必霸天下。」以大叶下，古亦有一駕切者矣。

袁子才住金陵六朝之地，爲詩壇主，四方客至，坐花醉月，尊俎殆無虚日。一日大開東閣，客至五百人，趙雲松方遊栖霞，招之，竟不往，貽以詩云：「名紙填門奉坫壇，隨園豪舉欲留餐。靈山五百阿羅漢，一個觀音請客難。」袁得詩大笑。

余雅不喜題畫詩，爲其爲尺幅所束，然見不爲所束者必録。太倉毛宿亭上奐，官中翰，工詩書畫，有「三絶」之目，所著有《繪餘漫録》，皆題畫詩也。宿亭畫頗自矜重，無論王侯貴卿，略不當意，則卷絹擲還，或終歲不畫。然性嗜酒，有求者必先以酒，無不應命。飲必醉，醉則左手引觥，右手搦管，一掃千紙。畫必有詩，詩亦多醉筆。有《爲助教金以埒葵圃寫長幅》云：「翠滌群峰新雨後，凉生高樹得秋初。此山不用將錢買，贈與詩人小結廬。」《爲章桐門寫立幅》云：「偶爾花間倒玉醅，又聞疎雨滴蒼苔。憑闌寫得吴山意，酒氣還從十指來。」《過雲岩寓齋話雨圖》云：「聯翩屐履過比鄰，又得偷閒半日身。畫罷題詩詩罷酒，始知風雨是佳辰。」《爲沈中翰舫西寫》云：「寓齋今日偶消閒，隔寺松陰落硯間。乘此筆逋須便了，明朝又恐一房山。」

余赴粤時，過桐城北峽關，見安徽中丞滿洲託墉師健題壁詩《同魯洛書步古寺》云：「聯筇偶過老僧家，石髓香烹竹葉茶。清磬一聲日欲暮，野禽飛上山桃花。」殊有雅人深致。後官冢宰，余曾爲其屬。

吴縣黄任達時，布衣也，工詩。有《漫興》云：「移家擬到洞庭邊，生計名心兩渺然。負郭田多頻易主，布衣詩好幾人傳。豆棚説鬼初凉候，竹院尋僧落月天。不用關門防俗客，太湖風浪少來船。」

長洲李石閭果有《秋原》句云：「人烟不見處，古木遠成村。」宋謹函照《白雲寺》句云：「飛鳥没邊孤塔見，亂山缺處夕陽明。」寫山村遠景如見。

今人字號多同音而異字，如蔣心餘一作辛畬，趙雲松一作耘菘，程魚門或作漁，陳古漁或作愚，周書昌一作倉，皆可。然名姓則斷不可易字。楚中有刻近人詩者，于厲太鴻姓旁誤增「力」字，太鴻戲成俳體云：「展卷風前睡眼醒，何人未辨六書形。蕭生有系知非鄭，温尉如存笑帶令。旅食欲添雙鬢白，鄉書只説兩峰青。多年不得詩書力，早晚烟波買釣舲。」

余最愛盤山拙庵和尚智朴《上銅峰》詩云：「一峰聳起萬峰低，寂寞巖厓徧虎蹏。中有道人無死地，茅庵結箇與天齊。」

蜀中詩當以費滋衡錫璜爲大宗。其詩如百戰健兒，三鼓不竭。五言如《燕山》云：「鐘聲寒似雨，燈影白如霜。」《野步》云：「溪浮田字草，路放碗兒花。」《房山》云：「村塢僧買酒，山縣馬馱煤。」《黄州夜雪》云：「近江晴亦冷，積雪夜常明。」《雨霽》云：「雲過山争出，潮歸水亂流。」《古廟》云：「丹桔生青氣，樹老聚群精。」七言如《黄谥阻雨》云：「雨聲收入何朝寺，殺氣蒸爲半夜潮。」《蝶》云：「香中昨夜知何國，夢裏前身是落花。」皆有少陵風格。自名其集曰《掣鯨》，不誣也。

乾隆戊、己之間，長洲沈歸愚德潛以詩受特達之知，天下翕然宗之。所選唐明詩《别裁》，家有其書。一時後生求序詩文者，幾乎踏破鐵限。其一時壇坫之盛，差與漁洋頡頏。迨後復進呈《國朝詩别裁》，適值普天同慶，而開卷即《陸宣公墓道》，被旨切責，詩名遂稍衰矣。然平心而論，其詩格律整嚴，音調諧叶，雖描頭畫角，徵帶蘇人習氣，而摹倣太過，反失性情，此其失也。余雅不喜讀其集，以其臺閣氣重也。惟《田家雜興》詩一首，題雖擬古，而自出新意，尚爲可法。詩云：「白雲護山林，紅葉隱茅屋。門前跨板橋，户後羅修竹。牛閒繫道旁，磨𢈪向古木。是時秋氣高，霜重秔稻熟。老農顔色喜，早晚食新穀。惟苦欠文墨，舉動成鄙俗。今年幸有秋，送子入書塾。」末四句酷是今之田家。

紀曉嵐在塞外，見兵役自遞文書。而翌日對人言，夢中遞文書，恐誤時刻，鞭馬狂奔，今日髀肉尚痛，衆皆粲然。紀作詩云：「一笑揮鞭馬似飛，夢中馳去夢中歸。人生事事無痕過，蕉鹿何須問是非。」

如皋管雲度濤，屢躓場屋，家甚貧，平生最工五言，不工不作。《别汪蓉夫》句：「話和蟬共絮，身比鴈先歸。」《舟出古豐》句：「違時遲换服，戀别倒撑船。」皆其矯矯杰出者。

江夏崔拙圃應階，工詞曲，少隨父廣東總戎任，善騎射，同知直隸西路，以捕劇盗報最，擢汾州太守，歷官至中丞。客東京時，嘗作《烟花債》傳奇，紀宋汴梁宋單符郎與邢春孃始離終合故事，盛行于時。嚴海珊題云：「蘸將紅粉飄零淚，彈出烏絲絶妙詞。」

烏江項王廟，題者必言弒義帝，何異面駡。諸如歙人許誠夫棫云：「今古快心三月火，君臣負德一杯羹。」釋竹隱祖德云：「沉舟百戰心猶壯，捲土重來事未知。」皆譏其失。惟烏程嚴海珊云：「劍舞鴻門能赦漢，船沉鉅鹿竟亡秦。」説得項王寬仁英杰，所謂尊題格也。

聞杭人云：銅陵李敏達公衛，總制浙江，偶至西湖謁岳忠武祠，見廟前鐵人秦檜夫婦猶反手並跪，慨然曰：「此老罪已足矣，我爲釋之。」是夜夢秦檜來謝，翌日謂左右曰：「我以此老死已久矣，乃身死而魂猶靈耶？」仍令立之。遂病，調直隸，以參總河朱藻，卒。先敏達未遇時，請箕，有仙自稱零陽子，判其終身曰：「氣概文饒似，勳名衛國同。欣然還一笑，擲筆在秋紅。」當時不解，後乃知秋紅即朱藻也。

嘉興諸生吳澮川文溥，曾入畢秋帆制軍幕，足跡幾遍天下。好作詩，與子才交往，有《簡袁太史》詩云：「家住金陵山水清，看山吟遍石頭城。一時豪俊隨車後，到處諸侯掃榻迎。直若松喬在霄漢，不妨猿鶴共平生。人間福地都尋過，仙骨從今老更輕。」又贈袁句云：「不負碧山張學士，最憐紅粉杜司勳。」真道得出子才生平也。有《靃林山人集》。

鄞人邱至山學敏，官潮州司馬。居東皋里，家有古柏一株，兩松夾之，輪囷㚃空，蓋南宋六百年物也。金壽門、陸筱飲、奚鐵生、吳雙峰俱爲作畫，杜于皇題詩，所謂「既竭風霜力，難移草木心」是也，人呼爲「古樹邱家」。以後題詩者甚衆，至山彙爲《古樹續集》。余同年山東姚士琅詩最佳，云：「甃紋苔砌居然古，六百年來見典型。幾輩詩人頭盡白，三株老樹葉長青。疏疏碧月分鸞影，肅肅涼風動鶴翎。未許柔情擢蕙圃，星霜有意託蒼冥。」

秀水盛百二，字秦川，丙子孝廉，官淄川令。博覽載籍，工於考證，所著書如《周禮句解》、《尚書釋天》、《柚堂筆談》、《續筆談》、《棣華樂府》，皆已刊行傳世。余在彭縣，晤其孫少尉世綺，言未刻者尚多也。其詩有《題邱氏古樹》云：「松栢參爲友，於今六百春。宅爲傳一姓，樹肯屬他人。苦節風霜飽，青枝雨露新。東皋他日約，試一訪輪囷。」讀書人詩謹嚴如此。

邱至山有墨癖，聚有百十二家墨，置巨匣二緹，襲古錦，藉以研光紙，侍史執帚，時加拂拭，號「東河藏墨」，非其人不能見也。在粤東時，著有《墨録題詞》。余門生詩尤多，如黄丹書、張對墀、楊揆叙、馮敏昌，皆余所取士，而黄丹書詩用東坡《孫莘老寄墨》四首，詩中有「邇來畫風篠，興發創爬疥。丸螺倘見及，揮灑獲利械」，乃知黄兼能畫竹。在〔粤〕三年，知黄尚未盡也。諸生皆發甲乙科，馮敏昌，欽州人，戊戌進士，官編修，改刑部，詩最老健，云：「江南墨説李廷珪，明代還傳邵格之。百十二家誰與譜，蘇黄晁後幸公追。南中治見牛刀奏，北上名隨驥足馳。竹篋摩挲聯共賞，慙余指鈍尚臨池。」

秀水萬光泰循初，工古文，嘗言：「今之古文以全謝山爲第一，餘子不及也。」著《柘坡集》，有《登後樓》句云：「林間矮屋低于鷺，雨後殘雲走似羊。」頗能描畫遠勢。《坐兜過玉山》詩云：「山行雨後洗無泥，篗竹輕于木駃騠。一霎草平銜易過，鷺鷥飛處見江西。」酷似誠齋。

嘉興汪康古孟鋗，乾隆丙戌進士。好學博聞，家多抄本書，皆由朱竹垞家得來。開《四庫全書》時，進書蒙賞之一家也。其子編修如藻鹿園，乙未進士，次子殿撰如洋，庚子會狀，皆與余善。同館時，鹿園忽以債逼，盡舉所有四庫退還抄本三百種而售于余，故萬卷書半出其家。浙中聚書稱范、汪兩家，今汪不及范矣。然聞鋗弟仲鈖豐玉書尚全，至今同居，人猶稱汪氏書樓，手自丹黄。萬柘坡有贈其兄弟詩云：「孟家兄弟城東住，一室方壺四葉傳。老樹歷年如翠帳，書多連屋半丹鉛。朋樽昨日卧花坐，大被終宵對客眠。遺藁碧巢重得讀，典型彌復想前賢。」康古家有藏書，子又好學，無怪其科第聯綿也。

莆田鄭慎人王臣，工詩善書，少以神童名。由孝廉官至蘭州太守。其詩工於樂府，嘗作《燕中懷古》詩，爲人傳寫。有《閒情詩》三十首，蓋本淵明《閒情賦》而名，大抵皆作客依人，不得意之什，情詞工麗，爲温、李後第一作家。録其一云：「閒拈紅管寫烏絲，才子于今屬掃眉。豈但衛孃能作字，由來蘇蕙最工詩。穠纖小楷簪花格，宛轉回文織錦詞。只爲有情還有累，惹人謡詠起人疑。」

少宗伯鐵冶亭保，滿州人，乾隆壬辰進士，由吏部郎中，工草書，專學淳化，同部時，余曾作《觀鐵公子草書歌》贈之。壬子，冶亭典試江南，事竣訪袁子才於隨園，鐵出詩求訂，袁亦出《歸娶圖》求題。冶亭題云：「詔恩歸娶興如何，白髮朱顏鏡裏過。我向隨園稱後輩，廿年前亦小登科。」蓋冶亭亦於庚寅鄉舉後完姻京中，謂完姻爲小登科，故云。

朱青湖名彭，工詩，錢塘名士，著《抱山堂集》。有《平望》云：「殘霞散綺水涵虚，曬網人家落照餘。何處客船炊晚飯，畫眉橋下買銀魚。」

曲阜桂馥，字未谷，乾隆庚戌進士，就教候選縣令。性嗜酒，詩多酒後作，以最工八分，輒爲人持去，比醒，都不記憶，幸其孫顯忱拾其餘，録爲《東萊草》。有句云：「處處勾留因嗜酒，時時懊惱罷題詩。」酷似自畫行樂圖。

乾隆六十年，楚苗石三保、黔苗石柳鄧蠢動，招紅、黑、花各種苗，據險作亂。上命福公自滇南督師征勦，以補山相國住秀山防後兼督糧運。時公年已七十，躬自堵截，不遺餘力。嘗有句云：「廉頗已慙遺矢後，終軍還憶夢繻年。」愈老愈工。

平湖陳太暉朗，乾隆庚辰解元，以髮秃，人呼爲秃解元。文简淡，詩亦高古，如「黄葉多藏寺，青山半入城」，人多傳之。有《題王節婦松石居》詩云：「吟來彷彿類啼鵑，茹嘆含酸二十年。句裏分明遺識有，芳魂無主草娟娟。」蓋節婦有《寒食郊外》句云：「孤塚不知誰是主，空留野草色娟娟。」後嗣子連喪，故云。

仁和馬比部履泰叔安，年至三十不爲詩，其婦翁朱青湖，詩人也，謂之曰：「子以詞賦通籍，而不學詩，是農夫不修耒耜矣，其可乎？」比部乃始學詩，落筆便工，著有《秋藥庵集》。晚嘗主灤源講席，與儀徵阮宫詹芸臺唱和，有《滄浪》句云：「湖壓烟光白，山吞雨氣蒼。」頗工。

上海徐觀察長發，字玉厓，祝芷塘門生也。徐至蜀，祝作《漢嘉行》贈之，中有「送君直過大渡河西頭」之句。後金川之役，竟至大渡河，故玉厓寄師有句云：「大渡河西怕回首，燕雲秦樹不勝愁。」謂此也。

海寧許承祖繩武有别業曰雪莊，在西湖葛嶺下，即志所載八仙莊也。有絶句一百二十首，名曰《雪莊漁唱》。有婢善歌，錢塘金志章繪友題云：「雪莊瀟灑是吟窩，四面峰巒擁翠螺。日對雙桐安筆硯，詩成先付雪兒歌。」仁和杭世駿大宗云：「萬株宫柳接長堤，濕翠漫天路欲迷。青箬緑蓑春雨細，唱歌人在段橋西。」梁啓心首存云：「才調偶然驚白雪，心情懶更寫烏絲。後房别擅三弦子，賦就先教譜竹枝。」皆謔語也。

丙辰正月二十五日，玉溪自京初回，過訪困園，諸花盛開，適余病初起，戲拈險韻，各賦一花。玉溪得桃花，限「鶩」字，詩云：「武陵源内記曾過，引得漁郎着短蓑。露井春風留粉蝶，洛陽紅雨泣銅駝。相逢怪爾無言甚，不醉其如解語何。我愧右軍無好句，元都亦領换經鶩。」余得梨花，限「魚」字，詩云：「不到困園數月餘，梨花依舊放春初。似知玉潤詩人到，故對冰清仙子如。倚檻月斜猶戀蝶，臨池雪落誤吞魚。老夫病起行常怯，只向東欄住板輿。」余姪朝磬鴻漸得梅花，限「牛」字，詩云：「春信憑誰寄隴頭，臘前愛爾幾登樓。山邊放鶴霜初下，江畔騎驢雪未收。明月横窻疎影動，清風入座暗香浮。誰家十里紅梅放，誤認桃園好牧牛。」

綿竹何鰲峰登榜，余姻家也。乾隆己酉經元，任岑溪令，今調永福。年四十始學詩，今之高適也。蜀中木槿皆白，而粤西皆紅，即所謂扶桑也。鰲峰有詩云：「枝葉分明木槿花，不如西蜀淡無華。被誰移種文身國，便爾輕狂着絳紗。」其子如瀚，字學海，諸生，亦能詩。嘗咏海棠，限「雞」字，有句云：「妃子正當春睡足，等閒莫遣亂啼雞。」

乾隆丁酉上元，余在京，忽有朝鮮人柳琴到門云：「我朝鮮副使徐浩修使也。浩修，字養直，號鶴山，大邱人，官禮曹判書，兼同知經筵成均館事，前宏文館副提，集賢殿學士，議政府舍人，湖南布政使，承政院都承旨，吏曹參判。因在琉璃廠書肆見尊刻《粤東皇華集》，無心山谷、放翁，而自合於山谷、放翁。竊意著作必不止此，不知此外尚有幾種，乞求數部。」勉愬不已，因令人與之使去。是年秋，余奉命視學廣東，偶爲諸生言，門生順德黎二樵爲畫《東海人求近著書圖》。順德編修張錦芳題弁裝潢。藏之，後爲人竊去。閲數年，有人自京來，言東海人爲余畫像作生，並寄四家詩求質，謄寄示余。柳琴云：「今夕是何夕，西蜀故人降生辰。故人在燕京，一盃爲祝故人真。憶昔燕京瞻仰日，有似自古斷腸别。爲近婦人縱不泣，有物如石塞胸臆。長别路隔三千里，丑月五日心中記。是日夙興掃正堂，殺雞買猪濁醪沽。穉子先知乃翁意，蹲蹲起舞底一隅。少女亦知乃翁意，金橘香梨作醍醐。病妻亦知丈夫意，截餅作湯親入厨。李朴諸人騎驢至，髯頭各携酒一壺。鶴山大人聞舉觴，鰈鰒鮮魚送忙忙。徐家少年碧香春，厥弟準平然沉香。鶴山二子。是日月上紗窻遲，頗似雲樓求書時。故人今日在雲樓，左膝抱兒右手巵。但願故人此時化蝴蝶，栩栩飛來入此室。已矣哉！故人那得來入此室中，故人不來心冲冲。歲歲年年一盃酒，此月此日遥祝公。」又柳得恭云：「臘月五日幾何室，主人掃閤延賓客。肉如蠶頭之山百丈高，酒如洌水之波千頃碧。停酒對肉忽不御，我所思兮乃在岷江之西蠶叢國。洌水遥連江水白，獨有伊人似天上。恨不高飛生羽翼，傴僂再拜祝一觴。小照猶掛中堂壁，不願今日明日便相見。但願壽考千萬億，化作逍遥地行仙。頰餘丹砂毛髮緑，我亦此時訣妻子。三山十洲尋靈藥，飄然白日共霞舉。姓名雙留青案牘，相遇珠宫貝闕間。招呼雲鶴乘白鹿，朝遊西蜀暮東韓。往來轉眄窮八極，不怕滄桑互變移。坐看烏兔長騰擲，陡擺紛紛文字緣，回笑當時苦相憶。已矣哉！狂生放言徒爾爲，舉頭明月空顔色。」朴齊家云：「岷峨碧天下，江水出禹穴。長庚照李樹，閒氣挺豪傑。胸次蟠竹石，詞源貫天地。常存遐舉情，肯爲簪組累。萬里懸弧日，人間臘月五。生死結寸心，酒一香一縷。未登清閟閣，欲繡宛陵句。拜像如拜佛，我欲黄金鑄。」不知余何以見賞于諸君若是也。

朝鮮四家詩頗多可採，附載於後，以見我朝文教誕敷，屬國皆然。一完山李書九洛瑞，著《薑山小稿》。有《松山道中懷柳惠風》云：「夾溪春樹帶殘陽，望裏鞭梢指點長。一抹蝦青山色裏，不知何處隱君堂。」「文周開國幾千年，公字山青哭杜鵑。解唱江南斷腸句，那能不憶柳屯田。」二柳得恭惠風，著《歌商樓小藁》。有《同宋芝山話舊述懷》云：「東小門東更向東，新興蕭寺舊棲同。別來幾日非吳下，和者無人又郢中。不及鳳凰得過鳥，可憐鸚鵡寄居蟲。寒山蝨笈悲今夜，逵屋霜鳴槖槖紅。」《松京雜絶》云：「紫霞洞裏草菲菲，不見宮姬並馬歸。爲是辛王行樂地，至今猶有燕雙飛。」「荒凉二十八王陵，風雨年年暗漆燈。進鳳山中紅躑躅，春來猶自發層層。」三朴齊家次修，著《蹔遊集》。有《東潞河見山東督撫何裕城船》云：「何是浙人，其女壻鮑紫卿蘇州人，船屋深麗，忘其水也。」詩云：「有客乘舟到夕陽，自言嫁娶住蘇杭。南朝寺外鐘聲遠，西子湖頭樹影長。萬里生涯春水宅，一天魂夢白鷗鄉。三韓使者腸堪斷，回首烟波入渺茫。」《宿李光錫復初心溪草堂》云：「山中杜樹每思君，草澤胡爲鳥獸群。遠水縱橫人獨去，野田蕭瑟路微分。午時墟落惟天籟，亞字柴門宛古文。一笠亭陰聊共憩，寥天杳杳潑孤雲。」「田間幽步獨尋君，殘照牛羊又一群。遐岫空青書外落，長林金碧畫中分。蠛蠓知雨爲行陣，啄木求蟲有咒文。盡拾天機歸眼底，飄然方外躡飛雲。」《次李宜庵韵》云：「心静還知丈室寬，酒酸猶博片時歡。十年人似齊門瑟，半世文多楚相冠。感此孤蟲催歲暮，飄然曠野履霜寒。鄉村寂寞眠常早，月壓柴荆始出看。」四李德懋懋官，著《青莊館小稿》。有《廣州途中》云：「指點鞭梢問俗頻，鳥飛盡處是誰鄰。仄暉山忽雄黃潑，冷暈天將卵色皴。草際蹣跚輪稻馬，楓中縩綷負芻人。吾行未必愁羈旅，現了關荆畫裏身。」《柳彈素琴見示李雨村所餽落花生》云：「樹有秮含狀外名，果盤驚見落花生。是誰廣採群芳譜，香芋諸蔬辨不清。落花生附芋末。」

袁子才與余前後同館，讀其詩，常慕其人，曾于視學廣東時，刻其詩五卷以示諸生。然蜀、吴各天，無由通信。客歲，王心齋同年回金陵，曾肅寸楮候問。嘉慶元年五月十四日，忽于心齋處接得子才書云：「枚頓首雨村觀察老先生閣下。忝叨同館，久切欽遲，祇以吴、蜀暌違，愛而不見。二十年前，有東諸侯來訪者，道閣下視學粤東，曾選刻拙作以教多士云云，仰見閣下不棄葑菲，聆音識曲，樂取于人，以爲善之意。枚雖感深肺腑，而沾接無由，至今翹首雲天，不知向何處一申拜謝。忽客歲令弟墨莊太史過白門，得通悃欵，方知蜀中五色雲見，自生司馬長卿，後又應在君家昆季也。立春前五日，接手書，娓娓千言，迴環雒誦，如接光儀。惟是獎餙逾情，有龐士元稱引人才，每逾其分之慮，且感且慙。伏讀《童山全集》，琳瑯滿目，如入波斯寶藏，美不勝收。容俟卒業後，當擇其尤者，補入《詩話》，以光簡篇。惟是區區之心，有不能已于言者。大集開首一卷，題俱古樂府，非不侈侈隆富，足登作者之堂，然而規仿太多，似乎有意鋪排門面，未免落套，恐集中可傳之作，正不在此。漢惠帝使夏侯寬爲樂府令，武帝命之采詩，其中有因聲而造歌者，有因歌而造聲者，有有聲有詞者，有無聲無詞者。古樂府已忘其音節，久不可考，故元微之《樂府古題序》云：『由樂以定詞，非選詞以配樂。』最爲定論。太白所作樂府，亦祇偶借古題，自寫己意而已。此外杜甫、白香山、王建諸詩人，竟作新樂府，自樹一幟，真豪傑之見解也。至於咏物一門，古人亦不過興之所至，偶咏數題，便足千古。詩中如咏嶺南草木，物物有詩，似可不必編入。尊作《詩話》，精妙處與老人心心相印，定當傳播士林，奉爲矜式。枚今年八十有一矣，頹光暮景，料無相見之期，僅以文字因緣，一通悃欵，爲之憮然。茲特奉上拙刻數種，另單開呈，統祈教削，知不以老耄而棄我也。所要心餘、甌北二集，枚皆有之，多被人借去，現存者只夢樓先生一集，寄上一覽。其奇横排奡處雖不如蔣、趙，而細筋入骨，神韻悠然，實爲過之，知老作家自有定評也。再啓者，尊著《函海》洋洋大觀，急欲一覩爲快，雖卷帙浩繁，一時無從携帶，倘有南來便船，望與選刻拙作五卷一齊惠寄，是所懇切。上元後四日，枚再拜。」以數十年傾倒未見之人，一旦得聞謦欬，不勝狂喜，因作二首奉寄云：「仙山無路得登龍，忽接隨園書一封。七集寄來如拱璧，千言讀罷若晨鐘。天分吴蜀何時聚，人是東南一大宗。只合黄金鑄袁虎，幾多名士瓣香供。」「子才真是今才子，天賜江淹筆一枝。要與江河同不廢，隨拈花鳥别成奇。高軒半是公卿過，遊屐惟應宗尚知。天下傳人當首屈，不知附驥更爲誰。」

袁子才今年八十一矣，自七十以上，四海文人以詩遥祝者甚多，而以畢秋帆先生爲第一。曾有《寄祝隨園前輩七十詩四首》云：「巋然江左一靈光，星宿羅胸句出芒。山水静留真歲月，烟霞絢染好文章。何人御李思懷刺，此事推袁果擅長。春到杖頭元不老，雙丸物外任他忙。」「元相才名出禁傳，雞林紙貴艷新篇。筆雄繡虎詩兼史，影落飛鳧吏即仙。緑字養心花養性，碧山同壽鶴同年。回思上表成婚日，曾撤明光寶炬蓮。」「園裏樓臺江外山，盍簪曾記欵雲關。地兼緑野平泉勝，人在青蓮玉局間。官職抛纔全福占，詩名成爲半生閒。别來未取紅衫浣，猶帶倉山冷翠斑。」「十入名場半隱淪，鹿唧芝草伴長生。六朝風骨餘金粉，五嶽真靈作主賓。燕喜尊開蘭渚會，鳳簫聲遠洛川濱。祝鳩寄語須珍重，已未詞臣有幾人。」四首褒奬如分，無一諛詞浮語，非子才不足以當之，洵杰作也。今春忽得子才書，余因用其韻補祝八十詩四首，云：「誰有奇文萬丈光，君子李杜別生芒。六七歲時曾讀集，八十年來始報章。才吏何妨官百里，散仙不在展三長。如今髦悼行將到，仍説校讎日夜忙。」「寄到雲箋萬口傳，蜀中人競寫新篇。若仍對策同梁灝，倘使同舟或郭仙。地占六朝多暇日，天教一老享高年。問君頤養遵何術，莫是曾餐太華蓮。」「何人不識小倉山，獨我無緣未款關。老始接談徒紙上，向曾選句遍坊間。余視學廣東，曾選刻前輩詩以示多士。也貪花酒偏多壽，盡有交遊不礙閒。自嘆問奇空有志，天涯無奈鬢毛斑。」「直是蟠溪一隱淪，飛熊不夢夢長生。遲方得子真英物，晚序同人丰大賓。文遍鷄林通異域，詩傳淑女滿江濱。有名有壽君兼占，借問從來有幾人。」

嘉慶三年戊午四月二十七日，接江寧王心齋同年書，言去年八月，接到《函海》及尊詩二首寄去，子才當即寫書和詩，兼寄《小倉山房集》，於九月交紅花客佘九寄來。不料舟至巫峽覆溺，仍舊帶回，見袁函已開，尚不模糊，因録子才原詩奉寄。詩題爲《奉和李雨村觀察見寄原韻》，詩云：「訪君恨乏葛陂龍，接得鴻書笑啓封。正想其人如白玉，高吟大作似黃鐘。《童山集》著山中業，《函海》書爲海內宗。西蜀多才今第一，鷄林今有綉圖供。」「蓬島仙人粵嶺師，栽培桃李一枝枝。何期小稿蒙刊正，竟示群英謬賞奇。面與荆州猶未識，音逢鍾子已先知。醒園篇什隨園句，臭味同心更有誰。」隨又接一書云：「子才已於丁巳年十一月十七日病故，並送少君通書及訃聞。」余聞大慟，向南哭之，仍用前韻奉輓云：「懸知老子是猶龍，不謂俄成馬鬣封。江上馮夷停鼓瑟，山中師曠不調鐘。六朝風月教誰管，萬里雲天失所宗。自恨彥先慳一面，生芻一束向南供。」「瓣香遥奉是吾師，望斷龍門百尺枝。詩比漁洋聲更大，老游粤海集尤奇。可能虎賁中郎似，若箇驢鳴武子知。接罷和章兼接訃，文章萬古更推誰。」兩書到日適季夏連雨，亦滲漉不能讀，仍用前韵寄答心齋，詩云：「長江豈有愛詩龍，浪打袁詩要拆封。總爲文名驚水府，故遲歲月到林鐘。紅花異客原難信，丹桂同年實可宗。到底來書遭雨滲，祇宜沉浸當茶供。」「此老峨峨百世師，無端千尺倒松枝。書看虎子生成肖，寄到驪珠死後奇。交晚難登名士傳，年衰料得故人知。錦江不少吴船泊，此後郵筒舍子誰。」

華陽徐明府念高星槎，德慶選拔，尊父昭曾爲樂昌教諭，與余同事，官至福建令。星槎首辦西藏，軍功第一，調署崇慶牧。才情明敏，一日當堂，可畢十餘案，免民拖累，群稱頌之。詩多英氣，有《塾江丞李宸禦賊被殺弔以詩》云：「半旅提戈去，真成革裹屍。千軍全避賊，一倅獨搴旗。主怵他先報，官忘我尚卑。功名傳史册，凛凛見鬚眉。」

莊亭詩多新解，《姜平襄祠》云：「信國歸元心有宋，伍胥復楚哭無秦。」奇句也。《張曲江祠》云：「劍請胡雛悔欲追，凄清雒谷笛風吹。姚崇宋璟開元相，死後君王記得誰。」《賈太傅祠》云：「懷才心切便高呼，涕淚輕流笑大蘇。抗論熙寧中亦熱，得君肯待十年無。」皆不拾人牙後慧。又《落第遇雪》七絶云：「霏霏柳絮暮風團，吹到無聲濕馬鞍。不許書生輕脱白，天公也似掌文官。」語甚新異。

粤東詩萃于德慶一州，而州中詩復萃於温氏一門。如温承恭莊亭及其從兄温瑞柏、瑞桃、周翰皆是也。今年自粵東復攜乃祖《青雲詩集》見示，屬余定之。見其詞醇而肆，味淡而腴，乃知諸温之淵源有自來也。尤愛其《有憶六首》，中一聯云：「義士肝腸同白日，美人顔色屬黄金。」寓意尤爲深遠云。

莊亭來，得粵東諸生寄呈詩，其一南海范璧如，初入歲試第一，被攻冒籍，遂不復試，隱于醫，偏覽名山大川，歸著《約齋賸草》，年八十猶苦吟不輟。呈詩云：「老託門墻不自羞，鈔詩作贄尚風流。九千里外香曾炷，八十年人刺始投。不硯包拯方去越，擁書李泌又稱侯。當壇肯説生公法，卷石雖頑亦點頭。」其二陸暢蘭，字紫涯，德慶廩生。詩云：「置身高與白雲齊，一代聲名萬古垂。畫諾竟無同輩許，孤忠獨有聖明知。河陽幕裏温生至，元禮門中陸子遲。自笑一生緣分淺，不知附驥定何時。」其三趙均，字平坦，順德監生。詩云：「無緣御李但遥師，萬里傾心遠寄詩。東粵兩搜才盡得，南山一判力難移。榜如龍虎名無愧，樹大蚍蜉撼不知。我有古琴彈一曲，除君難望識鍾期。」其四即温瑞柏，號漢臺。詩云：「老誤青袍笑得名，吹嘘屢借馬卿名。試登舊選文兼賦，詩咏新傳弟及兄。去歲贈承恭詩有「汝兄前列記曾標」句。鳳字每嘲誰賞識，龍門得傍足生平。素絲恨未青藍近，錯過他人早染成。」其五温瑞桃，字灼坡，丁酉拔貢，孝廉瑞柏弟也。詩云：「芳聲一代齒牙馨，海内文壇重典型。詩播雞林曾選句，朝鮮李德懋作本國詩話，名《清脾録》，選先生佳句極多。身遭虎日仗明廷。九重提案心方白，五嶺衡才眼獨青。奇字十年思再問，何時攜酒子雲亭。」温莊亭亦有詩云：「隻手扶輪大雅存，粵中英士盡承恩。半生文字邀知己，一卷詩人領到門。謝朓齒牙公論在，昌黎山斗士林尊。廿年萬里重趨贄，共把新篇質雨村。」

博羅教諭梁春亭沂，德慶州人，余在惠州，知其深于詩學。有見懷詩二首，從崇慶徐州牧寄來，一云：「歐陽一代大宗師，老卧東山著述奇。此日聲名天下震，當時骨鯁九重知。津梁有壻傳衣鉢，謂玉溪。詞賦無人竪鼓旗。二十年前懷舊雨，五雲多處望莪眉。」二云：「皇華遥憶嶺南時，幾度春風侍絳帷。帖寫《黄庭》留舊蹟，峰登白鶴和新詩。惠州白鶴峰新亭落成，公作婆字韵詩，曾令屬和。三年鈴閣瞻雲久，廿載寒氊感暮遲。遠隔龍門無路到，空栽紅豆寄相思。」其三子曾齡，廩生，亦能詩，有寄呈云：「玉尺持衡遍粤東，聲名廿載共稱公。憐才心許千人見，選士群教一過空。著述問誰夸手筆，迢遥何日坐春風。歐陽考試遲生我，回首當年在恨中。」又《送温莊亭下第入蜀》句云：「文章有價頭終出，科第無憑眼易糊。」《秋夜》云：「行嘗索句頭頻掉，卧愛觀書眼半開。」

張增健，字乾夫，湖北荆門州人，丁卯副榜，官羅田教諭，漢州牧曾孝廉先烈之師也，著有《鼓缶編》。玉溪以示，有《歸自鄭商玉宅》詩云：「一帶荒寒路，歸摇馬上鞭。冷雲低渡水，老樹遠撑天。鳥集無僧寺，沙淤有主田。嗟余家計拙，饑走更誰憐。」

古麗程尚濂以《心吾子詩鈔》見示，中有《漫成》詩十首，皆佳。余獨賞一聯云：「臨池謝草空千古，出窖唐花自一時。」抹煞近來多少詩人。

雨村詩話補遺序

人以愈生而愈衆，詩亦愈出而愈工。沙不披不知其中有金也，石不琢不知其中有玉也。乾隆乙卯六月，余已著有《雨村詩話》刊行矣，一時求之者頗盛，海内以詩見投者日踵于門。每有佳句，存之篋笥，愛不忍釋，韞匵而藏，今又七年矣。嘉慶五年二月，忽遭烽火，避寇錦城，因得與當道諸公及四方流寓交接往來，幾及半載，於是所積益夥。秋後回綿，稍有餘閒，揀金擇玉，又得百十餘篇，乃分爲四卷，名曰《雨村詩話補遺》。非謂我用我法，不失古規矩，亦云予取予求，聊更自怡悦爾。嘉慶六年辛酉四月下浣，綿州李調元童山老人撰。

雨村詩話補遺卷一

綿州李調元雨村

乾隆十三年戊辰春月，聖駕東巡，過濟南，貢生張廷璺之孫永清，五歲能背誦《御製樂善堂全集》，其祖攜來迎駕，命入行營，皇太后、中宮皆加賞賚。時悼慧皇子喪甫逾月，孝賢皇后觸懷悲痛。至二十二年丁丑南巡，其祖復攜迎駕，問已十四歲。御製《叠濟南舊作韵》云：「五歲神童亦自賢，誰知深恨觸悲絃。那堪嶷嶷將成冠，鞠跽趨迎蹕路邊。」時謂「欽定神童」，士論榮之。見本家墨刻。五歲神童，前此未有也。

乾隆十六年辛未，聖駕南巡，予告尚書長洲沈德潛至清江浦接駕，御製賜詩以賜之，有「玉皇案吏今烟客，天子門生更故人」之句。天子門生固榮，天子故人，尤前人所未經之榮也。

古人謂詩句用地名者，詞氣多高壯，要之情思、筆路自然相合，非有所承襲也。其源出于梁江總詩「函關分地軸，華嶽接天壇」、庾子山「關山連漢月，隴水向秦城」。此後唐人如杜甫「浮雲連海岱，平野入青徐」、王維「樹色分楊子，潮聲滿富春」之類，指不勝屈。本朝王文簡公漁洋始專擇地名，提唱詩壇，自云：如「姑蘇城外寒山寺」，若作「南城門外報恩寺」，豈不可笑？又云：「白日澹幽州」，若作「白日澹蘇州」，不堪絶倒耶？所言固是。然偶一爲之可也，若詩俱如此，便無生趣矣。余少年亦學其語，自歸林下，讀《誠齋集》，乃悟其非。

以目送情曰賣眼，曰流目，即古目成也。《楚辭》：「滿堂兮美人，獨與予兮目成。」按：賣眼見梁武帝《冬歌》「賣眼拂長袖，含笑留上客」。流目亦見湯惠休《白紵詞》「短歌流目未肯前，含笑一轉私自憐」。然余以爲此等語皆宜入詞，不宜入詩。

蜀酒名咂酒，俗呼糟鐔子。余弟鼎元自京校對余所刻《童山詩集》，弟素工音義之學，不知有咂字，欲以嚼、啑、噮等字皆作雜音以代之，因疑「咂竿」「嚼竿」，並疑「竿」即郫筒之筒，皆非。郫筒酒至今不傳，此或其遺法。然咂酒詩無人咏及，蔣心餘爲文恭公周海山先生煌作《咂酒詩》一首，甚佳，今録于此，以俟他日弟自海外歸來，見之以釋其疑。詩云：「地鑪暖深罋，酒香生座隅。緩火蒸融融，黳發看浮蛆。截竹爲留犂，露頸没其趺。主客次第嘗，吸之燕徐徐。中通風過籥，暗引樂出虚。注泉便作醴，仙釀逡巡如。罋面白水添，罋底醇醪儲。貫糟出沈齊，氣體成須臾。枳橘性則一，涇渭源豈殊。神丹變兼金，黄芽轉河車。物理可旁悟，速化然非歟。再拜求釀法，酒經顧箋疏。秔稻殺粱稷，皆可鞠蘖俱。和以衆露香，若點塞上酥。百花歸蜂衙，五金同一鑪。至味咂乃出，淺嘗得其粗。蜀有雲安春，復有郫筒酤。可惜少陵翁，取醉徒咨且。東坡不解飲，真一堪盧胡。苟唊道士蜜，寧發調水符。浙人尚越釀，六載糟丘居。今夕换别賜，沈面不願餘。只疑虹首垂，又疑斗柄斞。底須吸西江，欲續無功書。久出醉翁門，才識涪溪醹。彭宣嚼侯芭，是皆聖人徒。」

秀水錢坤一載，前明貢生、劾魏璫十大罪嘉徵之裔孫也。乾隆元年丙辰，薦舉博學鴻詞，十七年壬申，二甲第一名進士，改庶吉士，年六十矣，人稱錢老相公。散館授編修，工詩，善寫生，初遊都門，常熟文恪公延爲其子主師席，因得親其點染，筆法益進。尤工墨蘭，京師士大夫重之，無不家有其蘭。官至詹事府少詹事，卒。坤一在京，居于繩匠衚衕。愛黄騾，性嗜菊，舉止歷落可笑。博古而不善時文，兩次試差取中舉人，皆以僻澁不成句，磨勘被議革除，坐奪罰。人戲改杜甫諸葛武侯祠詩調之云：「繩匠衚衕何處尋，相公鬍子白森森。映堦黄菊自秋色，隔壁黄騾空好音。兩次試差天下笑，三年學政老臣心。功名未遂虞山死，長使先生淚滿襟。」

江西李中丞恕齋湖，今督撫中之第一清廉官也。余提學廣東時，適公撫粤，相待甚厚。見其留客，脱粟之外，惟肉一盂而已。左右侍者皆着布衣，自服衣冠練色而舊，珊頂小如豆，韡底薄而多塵。問其家人署中日用，每日惟太夫人始買肉一觔，自亦蔬肉無兼味也，其廉如此。編修蔣苕生士銓初見時，曾有詩贈公，最爲貼切，詩云：「質樸衣冠古大臣，依然琴鶴守清貧。舉朝模楷爲君子，重地封疆要正人。致用惟憑經世學，匡時猶是讀書身。平生纔識荆州面，敢説交情淡始真。」至今讀蔣詩，猶如見其人也。

同年安徽張慕青燾，少年館選，面微青，人稱「黑驢」。後改儀部，已有鬍矣。一日，同部陸杉石元鋐、盧南石蔭溥郊遊分韻，坐有歌郎，識之，曰：「此鬍子豈非張老爺乎？」張樂，遂與拇交痛飲。陸贈以詩云：「緑衣傾坐少年初，老共荆高作酒徒。領略春光三十載，争教人不識張鬍。」按：金張伯玉美鬍齊腹，性豪邁，嘗有詩云：「日日飲燕市，人人識張鬍。西山晚來好，飲酒不下驢。」蓋仍以鬍驢嘲之也。

吳美人，和相侍兒，蘇州人，舊爲工尚彭芸楣元瑞之婢，彭視浙學，王中丞亶望時爲浙撫，見吳姬，心願之，彭原係王姻親，遂以侍兒贈之。納姬之夕，彭往賀，王謂曰：「如作詩佳，當重謝。」彭許之，詩有「色即是空空是色，卿須憐我我憐卿」句。王大喜，因以三千金爲謝，遂改名卿憐。王敗後，侍郎蔣戟門賜棨得之，厚備嫁奩，轉贈和相。和敗後，姬年二十九，又有豪家欲奪，誓不再嫁，作《絶命詞》十首，自盡。詩云：「曉妝驚落玉搔頭，己未正月八日，曉起理髻，驚聞和事。宛在湖邊十二樓。平陽王處遇事時，亦是清曉，情景宛然在自。又王撫浙時，起樓飾以寶玉，酷似迷樓，和處池館皆仿照平陽。事定暗傷樓外景，人間無水不東流。」「香稻入唇驚鵝肉，和處查抄時，正餐，因而驚吐。燕窩列鼎當蘿絲。王處查抄時，庖人方進燕窩湯，列室皆然，人每食厭，多陳几上，兵役見之，謹然入爵，謂之蘿蔔絲。娥眉屈指年多少，兩閱滄桑知不知。」「緩歌慢舞畫難圖，月下樓臺冷繡襦。終夜相公看不足，朝天懶去倩人扶。和素有肥疾，然亦有愈時。每倩人扶入内廷，或謂相度宜然。」「相門冠冕列星辰，幽室傳聞盡貴臣。今日門前何寂寞，可知人語未曾真。」「蓮開並蒂豈前因，虚擲鶯梭廿九春。回首可憐歌舞地，兩番光景一番人。」「最不分明夜月魂，何曾芳草怨王孫。梁間紫燕來還去，害殺兒家是戟門。坐罹此禍者，皆由侍郎蔣戟門釀成也。」「村姬歡喜不知貧，長袖輕裾翠黛顰。二十九年秦女恨，卿憐真是可憐人。」「白雲何處老親存，十五年前喚語温。夢裏輕舟無近遠，一聲欸乃到吳門。」「若教能悔即君才，和臨歿時，有「萬景傷前事，懷才誤此身」之句。一代雄心付劫灰。流水落花春去也，伊周事業讓人來。」「冷夜痴兒掩淚題，他年應付杜鵑啼。啼時莫向漳河畔，銅雀春深燕子棲。焚香者何人，曳履者何人，空梁落燕泥，助妾之怨懷。」

《史記》云：「信巫不信醫，一不治也。」余素不信巫，巫者，每歲必慶壇，余家亦無壇神。每記長孫簡端患噤口痢，請巫治之，巫知主人素不信壇，兒女輩亦囑戒用鑼鼓，勿使翁知。巫低聲藏小鑼于瓮祝之，余夢中聞之，乃披衣起，携竹杖逐之。後閲蔣心餘《忠雅堂集》，有《驅巫詩》，乃知亦有同心也。詩云：「巫覡紛紛行鬼教，可憐不遇西門豹。呵神叱鬼啼復笑，病者驚疑醫莫效。東鄰夜半擊巫鼓，擾我酣眠魂夢苦。披衣踏月登鄰堂，妻孥含泣翁卧床。老巫摇頭作神語，手持龍角咒白虎。狰獰醜怪神數層，雜以淫娃真可憎。木鸞金帖隱旗幟，高爇本命符牌燈。我裂神像付一炬，脚踐餘灰折弓弩。吹燈罵巫巫疾走，賓客循墻皆舌吐。巫神巫鬼紛竄逐，明晨病者起食粥。胡生師楷爲作驅巫詩，三日傳誦城鄉知。前聞太守召巫招己魂，鼓樂送巫歸廟門。吁嗟乎，妖由人興胡不聞？」

戊子，余爲吏部主事。是年新詔，不考差，只將應考京官交部帶領引見。先是，文選司廳後有井，相傳淘則司中必有出差者，余邀同寅淘之。是年四月引見過，相傳余名上打雙圈，既而久望不驗。同司員外馮晉祚及同年孟卲，皆人所不擬者，而馮得江西副典，孟得貴州副典，告假回川，妻頗妒。考功司郎中陳用敷已放揚州太守，又放山東差，經軍機奏明，勾去，另放朱岐。余同司王元燮以詩見戲云：「聞道雙圈上李頭，殘春直盻到初秋。尚書省裏空淘井，主事家中懶上樓。馮到江西聞鬼哭，孟回川北見妻愁。傷心最是陳翳子，放出差來一筆勾。」

戊午六月初六日，余携家伶至臺山界牌何家視女，因得並視二妹，即何元如之母也。元如由八歲撫成，已二十餘歲矣。先喪結髮，續娶山陰縣丞德陽蕭超群之次女，名鳳齡，喜書能詩。余妹呼出拜見，出平時所作數首，腕力雖弱，而用意極清。予略爲點定，固請拜爲詩女弟子，每日掇几鋪茵，拭案磨墨，案上取玉筆架、玉鎮紙及側理紙陳于前，而自執扇驅蚊，求余講詩。余妹復引余視其奩櫝，啓之，皆書也。蕭君本與余至交，彼女不啻余女，而又屬甥媳，因憐其誠，爲之面喻耳提。臨行，有《呈母舅雨村觀察大人》詩云：「偶爲霓裳是舅顔，喜憐甥婦痛加删。聞談句法開茅塞，惜我夫君中見還。」蓋怨元如之不急婦而受教于余也。又《閨怨》云：「夫壻閑行久，幽閨望遠人。不憐紈扇妾，當思堂上親。」又《寄外》二首云：「大禹從來惜寸陰，須知書内有黄金。願君早發陰符讀，莫負孀姑教子心。」「不向窻前工刺繡，每于閨内學敲詩。良人早折蟾宫桂，正是今年大比時。」皆不愧孝婦。又《喜晴》云：「喜晴偶向庭前盼，畏暑常思池上行。日出先看眠柏影，風來時有墮梨聲。」末句甚佳。所生一子，年甫歲餘，屬余命名，爲名曰宗衡。

故泰安令何玉書，於乾隆五十九年正月初四日卒於家。時母柩未葬。有子豁茹，以痼疾卧床累年，忽一日，蹶然而起，大呼取紙筆來。時長子貢生耀茹、次子廩生晉茹，聞聲奔至，見其聲音氣象有似其父生前，知魂附體，因跪進紙筆。豁茹乃呼二人名而前曰：「不料竟死，我有一詩囑咐汝等。」即大書云：「一去那能還，兒孫淚點斑。哀哀吾老母，堂殯未歸山。」書罷大哭，諸子亦哭。哭畢，豁茹仍復倒卧，呼醒問之，茫然不知也。

馬嵬詩，古今賦者甚衆，至本朝袁子才，而絶句嘆觀止矣。近日見川東觀察丹徒嚴筠亭士鋐七律尤出其上，詩云：「弄權不似韋皇后，竊國更同武則天。若得函關嚴鎖鑰，肯教蜀道走烽烟。將軍龍武威何在，天子蛾眉葬可憐。漫把蒙塵罪妃子，開元諫草隔多年。」起二句何等議論，何等筆力。

國初杜于皇濬有《早行》詩云：「早發柘皋鎮，出門疑五更。池光先作曉，山路幾時平。後騎風相送，前人影漸閎。翻愁群動起，亂我百蟲聲。」桐城陳默公焯選《詩會》，附載劉後村《早行》詩後，謂可匹敵「山頭雲似雪，陌上樹如人」，然實後來者居上。

嘉慶四年八月十九日，琉球國王尚穆之子尚温請封。是日，軍機照例以内閣、翰林、都察院、禮部四衙門挑選儀度修偉、學問優長者十四人引見，奉旨，正使着趙文楷去，副使着李鼎元去。封使例賜一品麟蟒服。前周文恭公海山先生曾充副使封尚穆，事在乾隆二十一年。今閱四十年，弟又繼之，異數也。先是甲辰九月，墨莊以假遊浙，泊舟温州城下，夜夢遊海，覺時惟記舟牌有「免朝」字，並記詩有「雲養淡螺深」之句。至是，閱《琉球志略·封舟圖》，恍如前夢，惟詩未得其解。墨莊有《紀恩》詩二首云：「宦海浮沉又幾秋，生涯酷類海東鷗。忽聞襲表來姑米，已見星槎入女牛。帝德如天無異域，臣心似水可同舟。外藩共順球陽最，寵命何由得繼周。謂周海山先生。」「四署班齊十四人，天顏霽處盡儒臣。望洋敢信蠡能測，涉險全憑節有神。一品虛名將號集，廿年舊夢肯迷因。同行況直星爲福，正使爲太湖趙介山文楷，丙辰狀元。語云：狀元天下福星。海不揚波際此辰。」余聞之，寄和其韻云：「寵命傳來八月秋，柴門驚起滿江鷗。衰年兄忽喜如鵲，早歲君原氣食牛。鴂舌應詢蘇軾集，龍潭争看李膺舟。中山宴天使有七宴，龍潭其一也。別腸此去車輪轉，一日思君一萬周。」「三甲傳臚第一人，弟登戊戌三甲第一。紅梨臣改紫微臣。境當窮處無非鬼，運到來時若有神。同上峩眉慙後步，獨經滄海亦前因。遥知使畢歸朝日，萬國來同拱北辰。」先是，余聞報寄墨莊詩二首云：「怪君如鳥集王廷，年不飛來歲不鳴。豈料日光臨紫省，忽傳天使送滄瀛。槎移牛渚河應動，航載龍章浪不驚。記取前程須努力，此行直繼海山旌。」「聞道中山海外懸，南風三日底山邊。百年豪氣銷磨半，弟今年五十。一品恩榮服色全。姑米颶高神共護，扶桑露灑詔初宣。琉球刀好君須寄，矍鑠兄猶喜弄鋋。」今年庚申正月内，復接弟見和原韻詩云：「拜恩元旦出丹廷，剛到秋齋雁忽鳴。是日得雨村大兄書。羡我壯遊追汗漫，知君舊恨失蓬瀛。風來喜瀨魚方躍，浪打封舟雀不驚。誓辦歸裝非陸賈，天妃許爲獲龍旌。」「星槎高與片帆懸，不遠球陽在日邊。詔有靈威知颶静，心無恐懼覺神全。瓊州舊見文旌耀，兄曾過海。鉢嶺新瞻使節宣。海若定諳兄弟過，肯令蛟蜃負鋒鋋。」數詩俱有聲色，筆亦高騫，大勝平時諸作，福至心靈，信不虚也。

墨莊由檢討改官中書後，心平氣和，無向時拔劍張弩之態，其論古亦多折衷前賢。嘉慶元年自書大門貼對聯云：「立定脚根，從吾所好；放開眼界，與物無争。」然余以爲從吾所好則未知所好之是否也，與物無争則未知所争之當否也。所好是如仁義禮信，此可好也，否則放僻邪侈，流連荒淫，亦可好乎？所争當如忠孝廉節，必争也，否則權奸誤國，傷風敗俗，亦無争乎？余作一詩寄之云：「立定脚根須擇步，放開眼界看施爲。人間多少常行事，做出來時始見奇。」

余見玉溪有應制詩二首，其一爲《咏春餅》詩云：「説餅新吟就，嬉春樂事占。筵當燈夕設，技是鼎娥兼。銀屑摶來膩，珞膏溲處黏。千張輕易砑，十字巧能添。薄落雲盈釜，團圞鏡出奩。蕉心抽一束，蓮葉拳雙尖。細擘吴緜軟，匀鋪魯縞纖。莫淘槐汁冷，罷點蔗霜甜。縷切秦人汁，融調蜀井鹽。

金鮮虀乍擣，玉脆韭初醃。如向辛盤飣，還宜卯酒沾。故鄉誇不托，小市認青帘。」其二爲《咏小呢》詩云：「最憶多羅貴，佳名古未稽。不煩越女製，遠自海人賫。五色繽紛燦，千層熨貼齊。織成輸錦繡，無縫陋繒緹。半曳常宜雨，全坡恰障泥。薄寒衣勝袷，遠道贈如綈。晴日偏應曬，輕塵最易棲。酒痕何處浣，花樣本難提。防蠹添㦊腦，生香點麝臍。剪裁還帖帖，佩服更褆褆。謝朓氈寧並，羊欣練漫題。氍毹看共立，靺鞨想同攜。濯向波濤外，來通嶺嶠西。願隨賓屬獻，珍貢備航梯。」二詩俱極工緻。問之，曰：「此今楊方伯昆弟詩也。前《春餅》爲方伯兄楊蓉裳芳燦作，後《小呢》爲方伯楊荔裳揆作。蓉裳著有《芙蓉山館詩稿》，方伯著有《桐華吟館詩稿》。此從程心吾處抄來也。」二公詩名，於此始聞，惜二稿未得見也。

雨村詩話補遺卷二

綿州李調元雨村

金匱楊方伯荔裳先生，由中書舍人歷官至蜀，余在省城，以萬卷樓焚，曾一謁衙齋，見其氣度春容，待人如飲醇醪，不飲自醉。暢談之下，不覺鄙吝之氣盡消。並言曾見余和吴觀察壽庭所作《蘇東坡遊赤壁酒杯詩》，即用前後兩賦集字體，嘆爲絶唱。因請閲公近詩，出其與兄伏羌令蓉裳芳燦《荆圃唱和集》，見珠璣錯落，真如雲蒸霞蔚，美不勝收。而尤愛咏物詩，不着聲色，而言外傳神，得不粘不脱之法。白桃紅柳尤爲得名，因録於此。荔裳方伯《白桃》四首云：「明妝一色艷疎枝，冷淡還當未嫁時。悟到才華俱命薄，願抛金粉懺情癡。簾移斜日鶯初見，門鎖東風燕未知。寄語渡江雙姊妹，不須重妬舊丰姿。」「酒醒珊枕褪紅潮，人面分明隔綺寮。不爲冰霜香夢冷，偶懷風露茜痕消。衣沾杏雨猶嫌涴，魂化梨雲未易招。昨夜杜鵑啼不住，似看淚點揾輕綃。」「淡掃蛾眉自出群，冰肌不用水沉薰。洗妝消瘦春人影，瘞玉淒涼倩女墳。路近天台三里霧，夢回巫峽一身雲。劉郎詩句重來好，合寫羊欣白練裙。」「緑葉成陰漫自憐，絡絲時節正韶年。早空色相應成佛，得謝繁華便欲仙。雪貌尚含前度恨，素心定結再生緣。憶他天上春多少，暫墮塵寰別樣〔妍〕。」蓉裳明府《紅柳》四首云：「柳色偏嬌紫塞春，推烟唾月〔怨〕行人。傷心定染壺中淚，拂面空隨陌上塵。冶葉恰宜縈茜袖，柔條可解綰斑輪。小蠻巧按紅兒譜，併覺今晨舞態新。」「惆悵江鄉別路遥，無緣移傍赤欄橋。春風百結垂珊網，暖日三眠擁絳綃。底事施朱工作態，却看成碧轉無憀。抵他南國相思樹，一種纏綿恨未銷。」「纖纖小小愛穠華，掠削新妝欲妬花。漢殿漫懸連愛縷，楚宫曾繫定情紗。頰痕欲暈迎朝日，眉黛纔勻映晚霞。腸斷紫騮空躑躅，朱樓十二是誰家。」「落絮應同嫌雪飛，燕支山下見依稀。啼殘怨血巴鵑去，舞倦香襟越燕歸。艷影易迷三里霧，蒨絲不上九張機。謾誇汁染宫袍色，如此風姿合賜緋。」

《荆圃倡和集》自以金匱蓉裳、荔裳兩先生爲冠。蓉裳公詩似王、孟、韋、柳，和平澹遠，方伯則藻思縱横，各擅其長，不辨誰軾誰轍，皆自出機杼，不肯蹈襲前人一字。蓉裳公五言如《夏夜》：「霞沉紅散影，星過白留痕。」《瓶菊》云：「人澹秋無色，天寒水自知。」《福公》云：「大將推横海，奇兵出伏波。」《菜薹》云：「頻煩園吏選，恰稱腐儒餐。」方伯七言如《贈周生》云：「讀書終竟慙袁豹，作計徒然羨季鷹。」《初冬》云：「星精雲縫微于粟，月轉林梢小似丸。」又云：「但云作佛何須慧，若許成仙也要頑。」《秋夜》云：「雞冠傍檻高于帚，鸎粟垂欄小似瓶。」皆極工雅。其餘唱和諸人亦多可採。金匱侯春塘士驤《閒遊》云：「寺荒禽聚族，岩迴翠成盤。」《夏夜》云：「風簾摇碎月，水檻貯流星。」《書院》云：「每因愛士常忘倦，但到論詩竟不廉。」「荒圃未霜瓜早墮，平田通水秫先收。」《瓶中杏花》云：「凝妝淺淡映簾紋，伴我清吟夜漏分。雙蝶花間應有夢，隔窻分去一枝雲。」會稽張雨岩森《秋海棠》詩，巧思獨抽，大勝從前徐海棠詩。詩云：「露白葭蒼萬卉稀，靈秪脉脉正芳菲。天教薄命偏紅粉，人爲憂心故緑衣。愁思合邀蛩四壁，離情應妒蝶雙飛。菊花倘倩柳爲婢，薦向東籬酒力微。」「滿腔飲恨最凄凉，不恨無香恨有香。擬返鵑魂逢怨耦，合招螢影照殘妝。詩尋好句猶揮淚，譜到佳名已斷腸。紅瘦緑肥同寂寞，底須重問碧雞坊。」

楊荔裳方伯歌行學梅村，而音調工整，似出其上。有《己未五月由蜀營調赴甘藩呈兄蓉裳》七古詩一首，最爲慷慨淋漓。詩云：「一歲常行幾千里，西望蘭山良尺咫。如何展轉十年强，歷徧塵勞空陟屺。可知宦迹難自由，天涯到處增離憂。長宵看月總同影，平地瀉水還分流。憶昔河湟與君別，辛亥冬，余從嘉勇公赴衛藏，取道青海，兄送余至西亭面别。峩峩萬丈崑侖雪。草檄濡毫盾鼻書，傳餐裹甲矛頭淅。君憐辛苦數致辭，勗我遠道無恐悲。生還絶塞幸無恙，足有重繭頤添髭。歸來召對明光殿，鄭重君恩還賜絹。旋分蕩節過劍門，帶水嘉陵浄于練。余自藏歸，即蒙恩擢川北道。與君隴蜀遥相望，時平道路皆康莊。涼秋喜迓版輿到，俸入差足供衣糧。無端蠻觸沸南楚，又治戎裝參幕府。烏草河深水獨淫，黄瓜山迴雲吞吐。烏草河、黄瓜山俱楚南苗地。歸行罙入河闐闐，十萬健兒争控絃。翻身正怯試生馬，仰首何暇愁飛鳶。寧知匝地蠻氛惡，兩見中權大星落。乙卯春，余從嘉勇公出師苗疆，次年五月，嘉勇公薨于軍。八月，和制府亦相繼薨。書生隻手亦何能，摩挲銅柱嗟才薄。陰佩慘淡山峻巖，戰場剪紙招巫咸。徒推年命傷來欲，終讓功名出渾瑊。謂額威勇侯。奔魑老魅事窮討，露版甘泉捷書告。微生邀倖再拜官，好語煩君更相勞。是時蜀棧多烽烟，我行復止不敢前。舊曾驄馬班春路，今見人家幾瓦全。佩刀嗚嘯寒芒射，搔首狂吟獨悲詫。消息頻傳風鶴驚，瘡痍半逐沙蟲化。苗疆事竣，余由川臬擢任甘藩，以蜀中教匪滋事，請留辦軍務。詔書昨下簡重臣，腰懸金印光鮮新。三軍戎服拜且舞，誓整壁壘清囂塵。時勒威勤公以經略督諸路軍。我生麄疏本無補，空傍軍門聽桴鼓。未成縛賊負長纓，却愧之官曳華組。脱身戎馬來隴頭，皋蘭山色青迎眸。窺邊寇去雖未遠，盈野麥熟欣將收。思君朝夕我心痗，見君喜極還悲涕。相看俱已過中年，我髮漸衰君齒墜。衙齋剪燭忘宵分，有官但喜同一貧。高堂强飯子能讀，莫更軍旅馳勞薪。君言宦海久憔悴，賴尾宜從急流退。縱如汲黯卧淮陽，寧作郎官近廉陛。時兄遵例欲改宫内任。我思作計良復佳，六曹翔步殊清華。況今聖世誕文教，定有蜚譽軒朱霞。君不見十年前事皆陳迹，此地關河我曾歷。無復賓僚似舊時，但看東下河流急。余于丁未年隨兄來蘭州時，福静坪方伯招假寓藩署，今來此任，屈指星紀一周天矣。蓬飄萍聚總前緣，且掃閒愁索古歡。回首全家錦城佳，願聞烽火報平安。時北林有警，太夫人及存日尚僑寓都城。」

楊承憲，小名夔靈，武公蓉裳之子。年甫弱冠，能詩，有「柳作阮生眼，花呈越女顋」之句，最奇。方伯所云「吾家有阿咸，齠齔頗聰慧。每寄五字詩，殊得作者意」是也。又春遊有詩云：「曲折坡坨指路遥，兩三茅屋枕溪橋。樹痕隔津青疑合，水影臨波緑自摇。社燕雨餘成壘易，紙鳶晴後挾風驕。可憐盡日書帷坐，百五韶光轉眼消。」酷似陸劍南。

學使吴壽庭樹萱任滿回京，已五年矣。己未冬，復授觀察來蜀，署鹽茶道，常以書通問，未得謁也。庚申三月二十七日，余避寇至成都，甫謁見，案上已有《聞雨村進城》詩二首，起句有「倉卒來城尚恨遲，孤雲野鶴定何之」之句。余和之，有「烽火滿天無定跡，一車兩馬是生涯」之句。時陳竺山及玉溪先已在座，遂即席聯句。壽庭首唱云：「烽火催成文字緣。」余云：「剪燈洗盞句争聯。」玉溪云：「頑狼已見從天落。」竺山云：「角鼠何勞遍地穿。」余云：「皂刺風生疑造箭。」壽庭云：「柳花雲滚似裝棉。」竺山云：「天心順處人心樂。」壽庭云：「竹籟蕭蕭似管絃。」是日盡歡而散，自是無日不以詩酒過從矣。自古陳蕃、孺子不得專美于前，但愧老朽顛危，未得時隨門下諸年少追遊爲慊耳。以羽書之暇，而日與坐客雅歌投壺，不但氣度非凡，亦且胸懷灑落，先生真吾蜀提倡風雅之第一人也。次日，壽庭復贈余詩云：「大好家居是左綿，繫官誰不羨歸田。誅茅擬有故山約，琢句敲成新結緣。東海有人頻載酒，謂余門生莊亭承恭，粤東人。南村無處不通船。滄浪子美合同調，坦腹才名合並傳。」謂前刻《冰清玉潤集》也。

吴壽庭在蜀，有歌者雙采，色藝冠一時，常侍杯酒。署鹽茶觀察，未幾，以解督魁制軍進京，臨行，送至駟馬橋。雙采求詩，先生即書云：「又看容城一度春，匆匆車馬出郊闉。橋邊指點銷魂樹，無過當筵折柳人。」「花田十里素馨花，誰爲移恨蜀國誇。珍重海棠明月砑，從今流照向西家。」雙采粤東人也。未幾，壽庭卒于咸陽旅次，此詩遂爲絶筆。臨去相餞于小玲瓏山館，君對余欲書題館詩留别，甫書「割得玲瓏一片雲」七字，以墨糊筆，又易紙，復然，遂罷。至今所書猶藏篋中。及聞逝，余以詩哭之，甚慟，有「玲瓏七字今猶在，旌旆千秋竟不還」之句，蓋謂此也。嗟乎，哲人亡矣，知我其誰？每讀見贈詩，未嘗不北望長號也。

成都太守趙少鈍秉淵，太僕損之先生長君。損之與余交最契，少鈍詩克傳家學，見余蒙以父執稱，愧不敢當。一日，請祭江瀆周東屏少農小酌，邀吴壽庭與余作陪。時雙采亦侍左右，東屏頗匿之，余因用壽庭第二首韵戲東屏云：「金瀗尊前玉樹花，肌膚丰度盡堪誇。最憐依樣葫蘆客，一夜郵亭認作家。」東屏詫曰：「以我爲陶學士乎？」余曰：「非也。謂公思歸念切耳。」宴罷，少鈍笑曰：「此詩可不負今日之酒矣。」

丹徒嚴麗生學淦，川東觀察筠亭士鋐之八公子也。年甫冠餘，詩名甚噪。因就訪之，出其悼亡詩見示，語語動人。余尤愛其「顧我在家如在客，憐卿歸骨不歸人」。又一絶云：「春雨秋風瘁玉芽，難憑錦牒問仙家。寄聲令史司香國，休種朝開暮落花。」最爲悽警。遂訂爲小友。尤工古樂府，如《斬蛇劍》、《張良椎》、《釣魚城》、《常山舌》、《睢陽哭》、《司農笏》詩，皆獨出心裁，琅琅可誦。余尤愛其《施全刃》一首云：「縱金人，主和議，兩君不返是誰罪？格天閣，風波地，三字成獄是誰罪？大學書，伯麟刺，半壁偷安是誰罪？一刃報獄欽，一刃報張岳。一刃高祖心爲驚，一刃金人膽爲落。」

嘉慶五年庚申正月二十九日，川北鎮總戎朱射斗勦賊于蓬溪縣，殺賊數百。追至西充牛頭寨，又斃賊數百。賊首冉天元伏兵忽起，圍之數重，朱奮不顧身，爲賊支解陣亡，亡時猶手刃數人。賊以其頭挂高竿，取心肝酌酒相賀，參遊數十餘員被害。事聞，上深爲痛悼，詔提督銜賡卹，而深斥督臣魁公不救，鐫其三級。朱貴州人，由行武起家，自達州勦賊以來，戰無不克，倚爲長城。至是兵民失望，無不流涕。一時文人多賦其事弔之，亦以麗生詩爲警拔。「甲九銷鐵干戈戢，斷相縱摇賊深入，抽刀擊斷千丈濤，萬鳥呼風水皆立。軍書掣電飛騎來，營門壁壘從容開。參星摇摇忽墮地，授命獨仗非凡才。一丸封蠟催兵徙，健兒百戰寧鬥死。人膏滑鳥骨流髓，霜鋒礪石足顛趾。銜刀犯鏃摩賊壘，浴血裹瘡戰袍紫。吹巢猰貐飛青燐，閃爍陰晷消陽精。來如飄風去如電，草木森動皆先聲。忽揞全師作鹿掎，盤蛇繞山出地底。咆哮兵曳封狼尾，怒潮疾捲不能止。鼓聲直擊聲不起，北向投拜淚如洗，拔劍掀髯長已矣。嗚呼！先登陷敵分所當，孤軍直入軍必亡。生能上馬便殺賊，死作厲鬼猶勤王。可憐五體爭臠磔，欲裹屍歸無馬革。臂斷沙場鐵爪鈎，頭懸竿木睛光赤。將軍拔起銀刀中，威名久泐天山功。連年猛將格鬭盡，偏師獨隊當群雄。一朝暴骨委榛莽，血淚灑遍三軍紅。我澆杯酒向天泣，擊碎珊瑚聲霹靂。豹皮空留王鐵鎗，雁門竟失楊無敵。黔州大尹亦異人，同時轉戰忘其身。嗚呼！拔堅執鋭乃有一文臣。南部令王公釋武亦貴州人，時二月初六，至富村驛勦賊陣亡，故云。」後三月初五日，德將軍生擒冉天元于馬蹄崗，解至成都，寸磔于市，亦取其心肝祭二公焉。先是三月十三日，德參贊破賊於劍州之楊村埡，戰正酣時，朱總戎魂帶陰兵，在空中飛沙走石，顯威助陣，賊望見奔竄，官兵乘勝殺入，獲賊一千八百名，生擒賊帥李斌、先鋒董廷華，詩中「死作厲鬼」句，實録也。

麗生有《喜聞額經略德參贊太平西鄉大捷》詩四首云：「西方太白氣全銷，鐵騎生風萬馬超。天子新開都護府，將軍已得霍嫖姚。甲齊熊耳諸山伏，夜走鵝聲大雪消。好泐磨崖碑十丈，扶桑銅柱並高標。」「如山軍令羽書催，電激星馳野鶴哀。一片角聲鳴地底，雙麾纛影自天來。收兵洗劍巴江闊，飲至投醪漢水開。嗟爾生民遭黑劫，不教京觀築崔巍。」「抽刀誓欲斷奔流，天掃欃槍一戰收。陷陣不嚴楊素律，先登竟斬李波頭。風前鵰叫連珠箭，隴上蛇盤八陣矛。恨未請纓來闕下，短衣匹馬取封侯。」「諸路連營錯犬牙，陣雲高處不飛鴉。地形隴蜀謀三窟，天險雍梁本一家。拔幟全師過枕席，銷鋒故壘話桑麻。大江襟袖黄河帶，玉牒應封萬里沙。」

麗生不但全篇擅長，佳句尤多。如《江行》云：「雲如追鳥去，江欲帶山行。」《江舟》云：「山作興衰色，江流今古聲。」《牛溪》云：「山好應搜誰是賊，石奇當拜我非顛。」《銅鑼峽》云：「急浪争驅疑水鬭，亂峰飛舞訝山忙。」皆名句也。

姚春木椿，鹽茶觀察心如先生長君，與麗生交好唱和，嘗誦其佳句云：「有涯歲月頻爲客，無用文章欲廢詩。」饒有生趣。又「夜雨能愁客，秋風欲瘦人」，亦工。

春木有《蝴蝶哀并序》云：「戊午南闈，一生入號舍，鄰舍生聞其與女子話繡胡蝶事，意其密約時語也。生竟卒號中。事涉因果，爲儒者所弗道，而冥謫有由，可戒輕薄，故作此篇云。爾何不爲韓憑，硜硜信果衆所稱。爾何乃爲魏收，翩翩輕薄花間留。花間婕宿魂栩栩，花底雙雙作私語。墻陰語密人不聞，罡風吹送上天去。家人招魂夢中哭，團團紙錢飛上屋。」節短韵長，可風可鑒。

金華詩人程心吾尚濂，自庚申二月余至成都始相晤于金沙街官寓，氣度冲和，學問深博，雖綜理軍局，而宦興恬然，風趣極高。其詩尤工古樂府，近見其《晨霧》一首云：「數峰夜商略，嘘作一城霧。開門白茫茫，塞斷往來路。風蕭蕭，入高樹，一半化空青，一半颺輕素。」風格酷似大曆十子。

南充令濮州張若泉人龍，丙午孝廉，能詩，與余相晤逆旅，一見如故。爲人奇偉而兼風雅，嘗于席上誦其《柏木渡戲吟》云：「十丈江濤萬點烟，輕船渡處戒喧然。劇憐馬亦亭亭立，似識東人怕坐船。」令人解頤。又《宜昌竹枝》六首云：「彝陵城下水連天，岸擁佳人看過船。日暮臨風簾下站，高掀紅袖理花鈿。」「並非妝點教儂看，一陣春風送畹蘭。又恐娉婷看不足，手提砧杵下江干。」「江干畫舫是青樓，雛艷家家號莫愁。一曲笙歌供一笑，千金不惜錦纏頭。」「三竿日上影遲遲，睡起梳頭步懶移。攬鏡翻嫌珠翠惡，隔窻遥唤賣花兒。」「賣花聲向酒家來，隱隱青簾越女腮。櫻口先嘗呼又唤，甕頭春色逐風開。」「郎君白面是誰家，入座盈盈笑語譁。少待合歡醪就熟，勸君先試女兒茶。」又《有所見》云：「司馬橋邊驛路斜，無端情蔓繫天涯。曉風着甚偏多事，吹出鄉村艷艷花。」「一尺吴綾三寸釵，烏雲髻上小安排。卻愁雨後黄泥滑，彎得腰肢拔繡鞋。」「惜花心事倩誰傳，不許吆呼窄徑邊。小隊無情偏撞去，驚他扶倚阿娘眉。」「故故低頭背轉身，欲將兩眼逗精神。笑余衛玠全無分，不怕嬌娃看煞人。」俱極靡靡可聽，得風人之意。

余家春臺廷熙，即峩眉尉静齋長君，以候補少尉來省，相晤，爲余誦周熊占《成都竹枝詞》云：「月藍衫子不穿裙，水鬢長長兩面分。笑唤賣花人站住，這花錢值幾多文。」寫出錦江春色如畫。

王雲泉溥，太倉人，爲麓臺司農後裔，以畫世其家。曾爲中江參軍，未幾辭去，客于錦城地藏庵，諸名公求畫者日集其門。余于麗生坐上見四扇屏風，一日一揮而就，意灑如也。其畫山水隨意指皴，而峰密稠叠，難以層數。時余方避亂至省城，戲曰：「此山大可藏賊。」雲泉亦爲解頤。雲泉待客，惟脱粟蔬食，麗生贈詩云：「秋窖春畦南北天，畫圖棖觸倍蹣然。難逢東晉桓温譏，誰種襄陽陸遜田。憂樂半生薺粥内，經營百事菜根先。酸鹹味外清腴好，珍重調和鼎食邊。」讀此詩可以知其人之高。

成都教諭岳池王儀亭子詔，詩甚敏捷。有弟兄分居來請，入門見金銀花甚開，口占云：「根同一本花偏異，黄白齊開迥不倫。試問參差緣底事，由來都只爲金銀。」主人聞之，遂不析産。

寒食與張玉溪遊張氏半畝園，園中盡栽玫瑰，春日滿街呼賣者，皆其園所産也。主人自書門聯云：「抱甕灌園難免俗，賣花買酒不爲貪。」頗佳。惜未問主人名，亦高士也。

雨村詩話補遺卷三

綿州李調元雨村

《聞萬卷樓焚三十韵并序》：「調元家世藏書，有樓五楹，名曰萬卷。分經、史、子、集四十厨，内多宋槧，抄本尤夥。四月初六日，被土賊火焚。余時在成都，聞之，一慟幾絶。曰：『燒書猶燒我也。』友人潘東庵先有和章，作詩三十韵見唁，因和成哭書詩一首。」「燒書猶燒我，我在書不在。譬如良友殁，一慟百事廢。我欲臨其穴，其奈寇未退。不如招魂來，夢寐相晤對。我聞古人言，物聚於所愛。借書固一癡，購書亦癡態。平生此宦囊，盡化飛灰碎。亦思早遷移，萬牛不能載。潘子真吾儕，知我難忍耐。作詩來相唁，真語去雕繢。本欲慰愁懷，翻覺愁填塞。胡不祇燔廬，無廬犬能吠。胡不焚我身，身尚有玉佩。胡不傷我嗣，季亦堪負耒。胡不燔我妻，其家本賣菜。如何火吾書，一炬似一刈。無數古聖賢，飛昇自成隊。更有群仙姝，騰空猶緑黛。君詩誠愛我，恕字無乃礙。不欲勿施人，撫躬思請再。我笑雖頤解，我淚滿眶内。自詡頗達觀，至此復愚昧。問天我何辜，天高不聞慨。問地我安居，地默言誰代。恨不排雲漢，早決天河潰。擊之以雷霆，沐之以沆瀣。剜出匪人心，祭活古人輩。人生莫讀書，書獃實褦襶。不能刃賊胸，但解背誶誶。哭罷天亦愁，白日變陰晦。」一時和者甚衆。丹徒嚴學淦麗生和云：「頻書咄咄空，無復某某在。文字亦何讎，與人共興廢。初聞杜矢流，猶冀熒惑退。還君舊琴書，坐擁樂茂對。何意六丁虐，妬極奪所愛。莫遏蛟螭光，忽走蜿蜒態。堆同玉石焚，大比山嶽碎。轉瞬一炬燒，當時十艘載。此劫空餘灰，欲哭不可耐。天有嫏嬛洞，標籤列錦繢。地有宛委文，金簡披衡塞。夫何天狗星，獨嗾文昌吠。我欲放厥辭，大聲戞瓊佩。搴旗空裂裳，厲刃早脱末。但覺石如磬，相見色皆菜。生聚無所容，姦究習斬刈。蟻聚復蜂屯，跳盪儼成隊。羅江白翻波，童山赤銷黛。傷哉萬卷樓，屹然觸盡礙。蹴踏即摧燒，蕩然不煩再。應有風雷聲，騰踔萬丈内。驚心每眩摇，失望若瞢昧。似喪老成人，擊節發長慨。恨無荒陋儒，自身爲之代。倘能緝凋殘，可否收散潰。茹苦如蓼荼，味甘失沆瀣。豈獨先生傷，懊惱及吾輩。傳癖與書淫，不如一褦襶。翻悔從前愚，捫心自詬誶。愁霖暗不開，空庭坐陰晦。」何届農澤遠和云：「夢入嫏嬛宫，群仙一一在。蕊簡皆奇書，中惟四部廢。帝曰咨汝曹，無使才名退。我欲環百城，日與諸卿對。李家有書樓，思擬割其愛。插架三萬軸，居然厥祖態。羅甲乙丙丁，册厨無瑣碎。胡不遺祝融，而以六龍載。融迺承帝命，炎炎性難耐。一埽書窟空，危樓失雕繢。何啻鴻雁必，翻然辭紫塞。何啻劉安宅，空中聞犬吠。何啻侯嶺仙，凌虚摇玉佩。寧計藏書人，如農失耜耒。寧止同范宣，指傷于挑菜。亡書勝亡身，腸似魚腸刈。從此蜀江西，傷心失馬隊。樓書兩無存，空餘青山黛。帝知先生悲，曰此何足礙。何須效鄭樵，良産傳欲再。况聞李君名，不獨驚海内。往遇高麗使人，勝稱先生才名，自以不得一見爲恨。讀破萬卷書，詣趨臻三昧。便便貯精華，皮毛安足慨。奚必等墨莊，而欲蓋當代。奚必學黍民，而使腹腸潰。哭書累千言，迅捷如茂瀣。讀之我猶悲，何况諸君輩。李君亦仙耳，胡爲此褦襶。何不將我言，告之免怒誶。我醒欲告公，月落天昏晦。」門生温瑞柏和云：「燒書猶燒我，其實我原在。譬如氣雖存，百體俱已廢。從來四時序，成功者先退。斯文既已喪，自應相泣對。書本天下實，匪徒一人愛。如何遭烈燄，今古共愁態。南村李夫子，萬卷百寶碎。書城擁童山，奇竭中秘載。文昌入肺腑，滿腹猶不耐。心織血精多，五色成藻繢，搜書如搜山，健將功垂塞。書於人何干，翻招村犬吠。未見妖氛來，伺劍無人佩。乘空放一炬，衆農皆棄耒。我聞白蓮賊，斬人如截菜。嘗以書裹身，堅甲抵刀刈。又聞登圃牏，常帶美女隊。書作塞鼻棗，侍者遞攢黛。世界如此寬，偏嫌書有碍。痛兹文字死，生民未有再。何況聖賢書，不在聲色内。一炬豈非天，得毋佛三昧。空諸世所有，安可生瘖慨。書燒人未燒，芳名已萬代。樓焚家弗焚，銀河水旁潰。尚使胥蕩泯，便賀酌沆瀣。生爲斯文主，老作地仙輩。如或長憂戚，所見等襏襫。六經未盡焚，秦政尚道誶。且語慟書人，須遵時養晦。」金堂何雲濤崧齡和云：「祖龍惡詩書，焚書書偏在。吾蜀富詩書，萬種今俱廢。古書以蜀版爲最。先生人中龍，急流知勇退。園樹種橐駝，山泉引阿對。中起萬卷樓，齊雲高可愛。矻矻此窮年，未改儒生態。四部朗然陳，下及百家壁。百畝囷園中，幾疑無地載。竭來成書癖，愈老愈能耐。覽書書無遺，下筆生藻繢。有如九洲鴻，紛然集紫塞。日日問字車，門前驚犬吠。主人愛詩書，以書爲琚佩。如工佩斤斧，如農佩耜耒。饑來雖難煮，咀華如咀菜。膠結方寸中，根抵深難刈。潼江守者誰，突來鵝鸛隊。愁雲慘不收，烟火迷山黛。峩峩萬卷樓，與賊何關礙。一炬群書空，秦火重瞻再。不知先生書，早已貯腹内。糟粕雖無存，精華安能昧。先生且勿悲，先生且勿慨。由來玩好物，傳家能幾代。多積造物忌，川壅川亦潰。況此萬卷書，蒸蔚若沆瀣。安得祖逖戈，殺盡么麽輩。先生無我嗤，我言本襏襫。舉酒勸先生，先生免詬誶。一醉澆愁腸，韜光聊養晦。」何竹友椿齡和云：「秦火燒不盡，遺孽至今在。紙上原空談，雖有不如廢。束書如不觀，有才亦當退。何異不識丁，終朝相晤對。先生有書癖，舍是無他愛。猶如好女色，列屋皆嬌態。牙籤比珠玉，妝餙不辭碎。作官三十年，五車以船載。不辭披繹勞，樂此偏能耐。峩峩萬卷樓，矗起精藻繢。坐卧日不離，聲名傳絶塞。烽火連巴西，賊如猘犬吠。那分玉石焚，只解刀劍佩。是時四月中，農人皆負耒。忽然一炬狂，居民色成菜。禍及先生樓，書種從今刈。以書爲雁行，失書如失隊。回首望羅江，雲鎖童山黛。乃知天地間，多藏緣有礙。自古推祖龍，此事胡可再。流淚共十行，傷心割五内。吁嗟彼蒼天，無乃真昧昧。我雖不讀書，亦爲先生慨。更爲進一解，腹笥尚不潰。凡事有前因，榮枯如朝濯。達觀追古人，何必學襬襶。和詩聊相慰，吾言必不誶。浩浩稱詞源，回禄何能晦。」又諸公以長歌見唫者甚多，選其二首。嚴麗生學淦云：「鐵畫畫破鴻濛天，上古鬼哭三千年。精誠交通百怪入，劖刻造化窮雕鐫。一呼一吸物生死，生則雲光死敗紙。天運難消劫火威，赤熛一炬收不止。樓中萬卷先生藏，汗牛遠過湘東王。揖讓遽古到今日，雲漢上麗爲天章。殺機自起西北陸，盜賊何知重文墨。嬴秦下及王世充，千百厲鬼隨洶洶。殺人伎倆毒益厚，鬥到死魄心尤凶。英魂地下盡一泣，光華萬塚徒雕龍。我欲空山抱灰燼，吊爾不如石渠東觀之書上方進。我欲過眼稱雲烟，羨爾不爲紅蟫白蠹飽食無人憐。風災鬼難不到處，兵火無端攖之去。不許人間拜小侯，得毋天上開郎署。秘書欲雕空搜尋，先生藏書多有秘本，未付梨棗者尤可惜也。物色幾費雙南金。萬金散盡不足惜，獨此難留一片心。宣尼無言良有以，棒喝舉世當聾瘖。争似伏生壁，藏書猶可覓。恨無曹氏倉，積石堅城當。

書癡難免市人笑，奎壁欲避天狼光。嗚呼生靈膏斧鉞，鬼哭愁燐護體骨。烽烟一過長荆榛，隴前東西盡蕪没。一人一瑞一粒珠，猶且沙蟲變滅同斯須。書乎書乎，痛爾真如拉朽與摧枯。」張懷溎玉溪云：「譆譆出出日當午，祝融助威風姨舞。萬卷書爲不夜城，頃刻高樓變焦土。先生藏書三十年，誰知一旦光燭天。得毋太乙老人下，杖頭火發青藜燃。熒惑竟向文昌守，上帝稽古探二酉。收歸天上嫏嬛藏，不許人間石室有。當時買得費清俸，片紙珍若琳琅重。追尋遠及三代前，披羅目與四庫共。不謂竟干造物忌，付諸燧人畢乃事。平生著述如汗牛，下策誰將火攻試。光燄萬丈盤長空，文章壓倒綿州烽。作孽再見蜀黄虎，始禍翻笑秦祖龍。思欲傾海水，陽侯不我沃。思欲灑甘霖，雨工不我淋。否則郭憲酒，酒多火能城。否則樊英水，水勝火亦伏。而乃甲乙丙丁灰燼不可後。安得南方所績之布以爲囊，東武所生之木以爲屋。中貯牙籤三萬軸，千秋萬世無回禄。」詩多未及悉登。

余少年讀書錦江，知城西有支機石，而未遊也。今年三月避寇成都張雲谷宅，適諸年姪金堂何大雲峰偕其弟竹友松臨，綿竹唐張瑶鹿園偕弟張禄子范，俱絡繹而至。是月十五，余婿張玉溪偕弟漁璜懷渭忽發遊支機之興，邀余同去。余曰：「是則然矣。但今日之遊不可無詩，能則從，不然余老矣，不能陪少年遊也。」諸生皆唯唯。於是余騎老馬先行，而諸人隨後至。既入古刹，所謂支機石者，頑然一石，中有斧鑿痕，則相傳欲作碓而風霜遂止者也。石高三尺五寸，而上多爲兒女還願拜寄名帖，蓋恐石能作祟也。是日，道士亦頗解意，烹茶磨墨以俟。余先作二首，諸子皆各和一首，獨玉溪與子范二人不肯作絶句，願爲五七古，余亦欣然從之。詩罷，頗多新意，互相歡笑，觀者塞于其門，底暮乃歸。

明日，其詩遂傳人口。今記于此。余詩云：「支機底事落人間，祇爲塵凡石太頑。怪道錦江争浣濯，天孫杼軸未收還。」「兒殤誰不願魂還，木客山魈一樣頑。石果有靈能福汝，不應淪落在人間。」雲峰詩云：「海客攜來向此間，峥嶸片石一何頑。他年我若乘槎去，好趁秋風載爾還。」竹友詩云：「有客乘槎遂月妃，懷中小石認支機。相逢莫問天河事，頑石安知是與非。」鹿園詩云：「誰携怪石斗牛邊，矗立能全混沌天。一自當年星隕後，錦城風雨自年年。」漁璜詩云：「支機不是尋常石，一點流星隕地成。轉怪凡人太多事，無端拜禱祝長生。」時諸人先成，而玉溪、子范所作古詩亦畢。子范五古云：「磋峨訝飛來，崚嶒立如壁。苔蘚繡成文，斑斕發深碧。將饞吼風雷，未許人開闢。不見下簾人，空留一片石。」玉溪七古云：「離奇怪石銀河墮，一竅誰將混沌破。天上曾支織女機，客星携向成都過。欲倒不倒如有神，雷轟雷掣仍輪囷。我來欲問升沉事，不見當年賣卜人。」余笑曰：「欲勇者賈余餘勇，此作可爲今日之後勁矣。」

賈雨田廣文澐，成都人也。所居有北軒，花木陰翳。庚申六月，城中酷熱如甑，一日，余與杜耐庵踏月過訪，花影上墻，主人出迎，余口占一聯戲之，有「晚來花弄色，露下草生光」之句。雨田隨聲答之曰：「門户崔盧大，文章李杜光。」余笑曰：「君句固佳，然非君詩能凑韵，吾二人實凑君韵也。」

儀部桐鄉陸杉石元鋐，工詩，著《青蓉閣詩鈔》。有《楊忠愍公故宅在宣武門外今爲松筠禪林即以祀焉》詩云：「關西夫子膽如斗，公貶爲典史三年，諸生稱爲關西夫子。尚方請斬賊嵩首。盡忠在己豈在人，二王令旨夫何有。張經失機罪已誣，株連況乃誅無辜。誰爲此謀打一網，十手十目其嚴乎。只今遺像留香界，如此鬚眉佛也拜。想見當年抗疏時，仰屋悲呼天地隘。我來下馬登空堂，太虚浩氣何可望。靈旗歸來響颯颯，風吹枷鎖今猶香。君不見七間樓下馬矢積，至今誰識丞相宅。七間樓，相傳爲嚴分宜别堂也。」又《哭汪雲壑修撰如洋》詩云：「少日争傳江夏奇，騰軒冀北亦群空。書生憂樂關天下，才子聲名達禁中。望若神仙偏速死，志非温飽竟長窮。分明記得來時路，夜月霓裳曲未終。没於中秋日也，用事最典。」又《宋雲墅儀部鳴琦招集二十梅花草堂分韻十國春秋擬古小樂府拈得吴》四絶云：「三十六英雄，指揮決鏖戰。河東獨眼龍，惜君未識面。」「宛轉堦前死，朱三空爾爲。一弓當十槊，不及袖中椎。」「楊頭斫不成，楊花落如雪。可憐老婢兒，淚作吴江血。」「大事付東海，子孫歌式微。糁潭有漁父，未識鯉魚飛。」雲墅後分發太守來川，是日適請香差周東屏少農，坐上相識往反，風流藴藉人也。後充秋闈内監，署叙州去，余亦回綿，惜未再晤也。至今猶思之云。

浮山張水屋道渥，能書畫，善爲諧詩。在京，有「楊風子」之號。好騎驢，自言果老家祖。由揚州謫官至蜀，羅兩峰爲畫《騎驢入蜀圖》，侍御吴穀人亦爲作《細雨騎驢入劍門賦》。署金川崇化屯巡檢，移判簡州。與余晤於成都丁字街，出所刻《蠻鄉卧還吟》一卷，最賞其《重陽》一聯云：「不可以風輪落帽，未能免俗悔彈冠。」爲集中之冠。以風、俗二字作對，俱用成語，可稱巧合。

余去年避寇成都，寓丁字街杜親家耐庵宅，未嘗與當道諸公往還。一日，閽人來告，有新署臬臺董大人諱教增，手持白簡來拜，因主有服制，故不敢見，但投帖而去。余曰：「非也，吾聞觀橋乃近科探花，由詞林出身，用白簡者，以余曾館庶常，故用見前輩例，用晚生帖，非謂余有服制也。」當即回拜，問公館在狀元街符家花園，蓋即楊升庵故宅也。是日，一見如故，扳談久之，不啻飲醇自醉。因出扇求書，公欣然許之，爲題一律云：「山清氣爽九秋天，黄菊紅茱滿泛船。千里結言寧有後，群賢畢至猥居前。杜郎閑客今焉是，謝守風流古所傳。獨把秋英緣底事，老來情味向詩偏。」蓋臨玉虹樓米帖也。余問近作，時羽書絡繹，公愀然曰：「此何時，敢談詩乎？容事定再寄可也。」今年辛酉，蜀闈揭曉，九月十八日，忽傳臬臺有詩至，讀之，乃和楊方伯荔裳《貢院即事》詩也。詩云：「春秋佳日古所佳，每苦雨濕兼雲霾。愁霖八月廼特甚，修檐豐溜侵堂偕。蜀城此日正秋賦，多士麇集紛無厓。東西列號數近萬，擔簦躡蹻所見皆。苦憶少年困場屋，貫魚序進隨名牌。破甑收拾堪作冢，枯腸搜索真如柴。自愧科第等竽濫，竊恐奇傑終塵埋。棘闈分校曾一至，模糊老眼頻拭揩。驚心往事久怵惕，十年踏爛長安槐。自從乘傳來僰道，冰壺至鑑計已乖。簿書纏繞才力薄，鞭策不進同疲騧。去年捧檄襄盛典，所喜即事聯朋儕。閉門午夜更漏静，清唫不輟聲咿哇。今年鎖院又重啓，隔墻鐘鼓聞喈喈。重閏上牡限内外，咫尺如在天一涯。情知歲月如電掣，結習自繞平生懷。舊題滿壁今在否，誰拂蝕蘚兼涎蝸。新篇忽有馬軍送，調協金石宫商諧。滄浪詩思清自喜，徂徠經義古莫偕。一堂共事盡風雅，提唱先有楊誠齋。烹茶晝見日翻蟹，剪燭宵看蟲綴釵。中秋夜半忽開霽，冰輪碾出淩天街。文燄上衝氣拂斗，星宿下照形如鞋。冀將翰墨壓兵氣，便投戈甲抛箭鞾。解鞍放馬易短服，持鐮刈稻連長楷。人事十年會反覆，岩疆千里須安排。乖厓治蜀比齊魯，何有赤子爲狼豺。籌兵益餉今幾歲，水飛陸走連海涯。功成不日行速速，思比濃露流湝湝。諸生合有中和頌，不須鼓吹號寒蛙。」通首工力悉敵，出入韓、杜。而篇末「人事十年有反覆，岩疆千里須安排」一段，猶執前説，意存規戒，廉鎮如此，今亦罕矣。

詩有夢中得句者，率多懺恍難解，然竟有卒得其解者。余弟墨莊《戊午八月十九日奉命册封琉球紀恩詩》有「廿年舊夢肯迷因」句，自注云：「甲辰九月以假遊，泊舟温州城外，夜夢遊海，覺時惟記舟牌有『免朝』字，並記詩有『雲養淡螺深』句。昨閲《琉球志略・封舟圖》，恍如前夢。」詩尚未得其解。今年壬戌六月二十五日，冉甥玉嘉自京回，墨莊抄寄所作《右旋白螺記》云：「右旋白螺者，西藏入貢供器也。乾隆丁未春，上命大學士福康安勦臺匪林爽文，賜此螺。時余方在翰林修國史，得恭讀高宗純皇帝《御製右旋白螺贊》，謂『微物而能測天，攜以過海，吉祥安穩』，心竊誌之。後數月，捷音至，言舟行往來順利，此螺遂奉旨留貯閩督署，備渡海用。嘉慶四年己未，琉球國王尚温以其祖尚穆喪來告，請襲封。例遣使，余時官中書，適在選，八月十九日引見，得旨貳修撰趙文楷以行。庚申二月出都，四月抵閩，中丞汪公志伊齎螺至，云：『皇上俞督臣玉德奉許供奉封舟。』乃望闕謝。領訖，啓鑰審視，螺長五寸六分，參之數，得天地之中和。圓腹混沌，象太極；首尾各長二寸，象兩儀；旋四折而止，象四象；螺皆左旋，此獨右者，以陰承陽，迎天行也。膚嵌寶石八，合八卦數，色配之，襲雲錦五重，重一化，取五行相生義，所以養之也。藏以金匱，而無極之理備焉。蓋造物者生是，非偶也。先是乾隆甲辰，余假歸，九月四日泊舟温城下，夢航海，樓船巨麗，旗幟飛揚，風浪拍天，擊節爲詩。醒記『雲養淡螺深』句，並舟牌書『免朝』字。舉以問人，無知者。以夢也，置之。及使命下，撿同鄉海山先生《琉球志略・封舟圖》，有『免朝』字，已驚前夢驗，豈復料白螺之十命，能使十七年夢中句字字有着落哉？五月七日，自閩開洋，十二日抵中山。十月二十五日自中山開洋，十一月朔日歸閩。去來皆六日。竊惟琉球自前明迄今，册使往來三十有餘次，往往中流猝遇颶風，檣傾拕折，甚者觸礁破舟。此行獨邀順利，與福公後先一轍，謂非白螺之神，曷克致此？《五燈會元》謂廣南有鎮海明珠者，殆此螺之類歟？」並寄《接到白螺恭紀》二首，即以夢中句爲起句，云：「雲養淡螺深，居然夢可尋。光華瞻日月，靈異測陽陰。定海風癡避，降龍佛法欽。波濤知不起，止水是臣心。」「雲養淡螺深，光涵八寶沈。貯霞囊是錦，捧日問爲金。已佐將軍績，重煩聖主心。不才叨異數，何以靖徵忱。」夢之足徵如此。前因之説，信不誣也，誰謂不可解乎？

雨村詩話補遺卷四

綿州李調元雨村

合州張西村乃孚，詩有别才，曾選其句入《雨村詩話》，然未通音問也。近日乃得魚牋，並以所刻《香艸艸》見示。内有《和莆田鄭蘭陔太守閒情詩三十首》，纏綿悱惻，殆欲過之。有《老漁行》一首，尤堪醒世，集礙未登。有《用袁子才先生韵寄呈二詩》云：「養成絶枝擅屠龍，手著叢書五匱封。問字客携新漉酒，求文人叩大鳴鐘。錦江波渌争相映，玉壘峰高衆所宗。非佛非仙真玩世，黄金合鑄瓣香供。」「詩篇遥讀慰心師，第一名標桂一枝。家供奉亡風可繼，故將軍老律尤奇。玉壺澈處情同鑑，魚目收來混自知。相感憐才齊下拜，于公此外復推誰。」又《和玉溪題雨村詩話韵四首》云：「典麗何曾棄瘦寒，金針拈出與人看。東南箭美争陶鑄，大小珠兼落玉盤。得意總登仙佛品，成書可作畫圖觀。由來性命憐才切，一句忘收便不安。」末句實道得我心出也。「慧業文人本夙因，雲山轉眼未全湮。千秋誰是探驪手，一代今逢説項人。詎忍光芒埋糞壤，直通肝腎感詩神。果然栽得花如錦，芟盡人間棘與榛。」「器入五都知所寶，鑄非一錯自成金。傳來衲子兼閨秀，上溯詞林下土音。白日能容出鬼語，青天時聽水龍吟。從今寄語懷鉛士，好帶輶軒備採尋。」「袖中廣帶天涯寶，歸隱南村手自編。不識先鋒誰白石，却疑後勁又青蓮。雞林價重金論百，龍鉢傳來影照千。借問買絲誰共繡，莪眉秀落鳳坡前。」余深愧不克當也。

成都選拔傳謹身，工墨梅，求之者幾于踏破鐵限。嘗乞其數軸，寶藏于家。善小詩，有《竹枝詞》云：「二月春光媚遠村，桃花放處鳥争喧。遊人歸去黄昏後，月影移階犬吠門。」

九江孝廉周韵柯起瑶，出趙鹿泉祥素雲門，由眉州判署彰明令。工詩，以儒術飾吏治，嘗有「微官學道心」之句。嘉慶辛酉二月二十三宿塔水橋，聞寺僧月上善琴，使彈一再，悦之。觀余壁詩，蒙愛，使胥盡録之。僧以四家選集呈，賞不釋手。尤賞余《聽道官劉虚静琴》詩，有「此去蓬萊近，微嫌尚作官」，及《落卷箱》云「雞肋棄餘猶有味，驪珠探盡恐難逢」等句。因和余集中《紅梅》、《白蓮》詩二首，託月上爲介，並寄手函，情詞斐疊，愧弗敢當也。《和梅》云：「老幹原從老手分，東皇點染太紛紛。不妨卧伴三更月，猶帶朝元五色雲。换骨丹砂獺爲髓，出胎朱頂鶴超群。絳帷想見寒香度，我欲臨風繞樹聞。」「茂叔愛蓮原有種，青蓮又見大匡開。到門恰遇月初墮，共艇先愁風又來。家住柴桑曾作社，鄉遊廉讓屢登臺。如錢藕葉如容乞，一擔香隨月上來。」蓋來書有「瓜代日欲隨月上見訪」，故云也。

玉溪嘗爲余誦李孚青句云：「山中樵徑亦通馬，溪上漁船兼渡人。」玉溪云：「此今人學唐，終只是宋。」余云：「非唐非宋，亦只是今人詩而已。」

朱竹垞《風懷百韵》有句云：「重開于盻盻，虚牖李當當。」不知出何典。閲《柳坡詩話》，李當當，元名妓也，姿藝超群，一旦若有所悟，遂爲女道士。段天祐贈以詩，有「璚館月明蕭鳳下，綺窻雲散鏡鸞收」之句。

陽湖趙雲松有句云：「惟聞村童讀書聲，都都平丈喧不已。」謂村童將「郁郁乎文哉」讀爲「都都平丈我」也。偶閲明錢塘瞿佑《歸田詩話》載曹組元寵《題村學堂圖》云：「此老方捫蝨，衆雛争附火。想當訓誨間，都都平丈我。」乃知此其所本。

今謂秀才爲「酸」。按：皮日休《松林集》起聯有「三醴從酸亦任醺」句，又宋錢熙嘗獻《四夷來王賦》，中有「三酌酸文」之語，「酸」字本此。

親家「親」字入詩，當作去聲。見唐盧綸《王駙馬花燭》詩「人主人臣是親家」。

詩有用支干、星宿、建除、字謎、八音、人名、藥名、離合之類，以及迴文、聯錦、連環諸體，皆非大方家所爲，只可入之稗官小説，皆詩家所忌也。惟隔句對，如左太沖《詠史》五言詩「習習籠中鳥，舉翮觸四隅。落落窮巷士，抱影守空廬」，及鄭都官七言隔句「昔年共照松溪影，松折碑荒僧已無。今日還思錦城事，雪消花謝夢何如」，一時如白樂天、李群玉、韓致堯，皆有此體，亦不可不知。至如長句，有九言至十三言者。九言雖始于鮑參軍，昉自高貴鄉公，沈隱侯、文湖州效之，中峰禪師用以咏梅，楊升庵從而和之，然詰屈聱牙，總非正格。

余乙卯人日，偶於陸園詠紅梅八首，一時和者甚衆，亦盛事也。其中佳作固多，而龘俚亦復不少，惟用「和羹」等字面，尤爲可憎。偶見宋南湖張鎡有句云：「從來嫌用和羹字，纔到詩中俗殺人。」乃知古人亦有此説。

唐堯春太守至中江孟鷺洲家請仙，文與可降箕，孟時修裕崑落成，乞書長聯，即大書云：「四面窻開，疎雨微雲，收盡襄陽佳興；百年世及，騰蛟起鳳，共傳學士風流。」

金聖歎所著解唐詩五七言律，無論義理，必劃然中分，上四句爲前解，下句爲後解，穿鑿乖謬，當時人戲稱爲「腰割唐詩」。一日，行於京師東西牌樓，偶内逼，於街心褪袴遺矢焉。其地車馬交馳，見者靡不駭怪。坊卒叱禁之，金傲然作色，且便且哂曰：「此中何得有人？皆群狗耳。」方欲噬吾矢之不暇，何反叱爲？」卒怒鞭之，金亦大怒，侈口毒詈，致達金吾處拘訊之，言愈狂，以孝廉也。遂據實奏聞，褫革究辦。搜查年日事蹟，得所著作，多不法語，坐誹謗，夾於市，咸以爲「腰割唐詩」蓋其讖云。

戊午夏，余始删改舊《童山詩》，開板發刻。忽記葉盛《水東日記》有一條云：「一翰林陳登，喜謔。一日，見刊詩文者將謀開板。章中舍炳如戲之曰：『昔西江士有偕其友宿舟中者，中夜起開鎖風板甚急。人問：「夜甚寒，何得開板？」答曰：「偶氣洩，恐薰及吾友耳。」友曰：「不開板，薰止于我，開板則薰及多人矣。」氣洩自氣洩，奚以開板爲？』炳如頗銜之。」予之開板，得毋類是？

宋人一切綺語俱入詞曲，而詩家專以理勝、以趣行，若律以唐調，曰是爲合作，何異痴人説夢？即如漢魏六朝，自當以《文選》爲正，若執是以律唐人，則無一詩矣。况宋、元、明各有一代之詩，豈可盡以唐人律律乎？曾記吴下舉子有作詩自揭壁間者，乃兄譽之座客曰：「舍弟此詩，頗有唐氣。」一客忽起，索梯甚急，衆莫曉其故。既得梯，爬上壁，以舌舐其詩曰：「有唐氣，何爲不甜？」一座爲之絶倒。正此之謂也。

余乙卯秋患胃病，卧疾三月，至交葭琯吹灰乃起。玉溪在京，有傳余已作古人者，玉溪爲位哭之，作輓詩寄其尊人雲谷。適余同雲谷約遊連山湧泉，見書，大笑。見詩中有「詩可名家生不愧，文能壽世死何妨」句，余曰：「挽句實佳，余何敢當。」因即日作詩却寄玉溪，有句云：「老而不死真原壤，疾爾何消降洞賓。」雲谷問洞賓事，余曰：「出宋張齊賢《洛陽舊聞記》。田太尉重進有微疾，聽信道士張花項言能降吕洞賓，約以八月十五日夜三更必至，重進大喜曰：『疾爾何消洞賓下降？』是夜久候不至，問之，則開東便門揭篋潛遁矣。故時有匿名詩云：『一朝誑惑田重進，半夜攀迎吕洞賓。』用其事也。」

陳元孝《咏錢》云：「只用上邊三四字，從前深愧讀書多。」意極深遠。

元(王)[吴]昌齡撰《花間四友東坡夢》劇云：坡公將至黄州，路過潯陽驛，携一妓名白牡丹，欲至東林試佛印。印不染，反化出夭桃、嫩柳、翠竹、紅梅迷障坡公。又俗傳奇《赤壁雜劇》有佛印從遊，與漁婆問答事。考佛印法名了元，字覺老，饒州浮梁林氏子，少出家，曾住持金山，坡公曾以玉帶施元長老，元以衲衣相報。坡公有元次韵詩，有「病骨難堪玉帶圍，鈍相仍落箭鋒機。欲教乞食歌姬院，故與雲山舊衲衣」，即佛印也。《竹坡詩話》載東坡喜食燒豬肉，佛印住金山，每燒肉以待其來。一日爲人竊去，有坡公詩云：「遠公沽酒飲陶潛，佛印燒豬待子瞻。採得百花成蜜後，不知辛苦爲誰甜。」是也。此皆金山事，今昌齡皆以爲在黄州時作。考佛印歷江州開先、杭州聖因、金山，止三處，並未到黄州。且誤以姓林爲姓謝，名甫，字端卿，又以「元」爲「緣」，且以白牡丹爲白樂天後，更覺污蔑前賢。按《春渚紀聞》，時徐君猷爲黄州太守，張無盡過黄，徐有四侍人，姓爲孫、姜、閻、齊，適張夫人携其一往婿家，既暮復還，乃閻姬也，最爲徐所寵，無盡因書絶句云：「玉笋纖纖揭繡簾，一心偷看緑蘿尖。使君三尺毬頭帽，須信從來只有簷。」簷即指閻也。而昌齡誤以花間四友爲東坡夢，皆因此附會于坡也，故辨其誣。

《升庵詩話》：「山谷詩可嗤處極多，其尤無義理者，如『雙鬟女弟如桃李，早年歸我第二雛』，稱子婦之顔色于詩，以贈其兄，可謂千古罕聞。朱子謂其詩多信筆亂道，良有以也。」然此亦是江西人習氣。如近日袁子才極稱鉛山蔣心餘士銓詩，以爲「詩佛」，而《題子才小倉山房集》七古，竟不知作何語，亦可謂信筆亂道也。

韓退之詩：「東野不得官，白首夸龍鍾。」按：龍鍾，竹名，年老者如竹枝葉摇曳，不自禁持也。見《廣韵》。

韓昌黎《盆池》詩云：「泥盆淺小詎成池，夜半青蛙聖得知。」按：「聖得知」始見韓詩，宋楊誠齋尤喜用，而「聖得」二字頗難解。桐城方世舉扶南注云：「《説文》：『聖，通也。』或唐方言，大抵如杜『遮莫』白『格』之類頗多。又有實録人語不能改文者，皆方言也。」按揚雄《方言》一書，後世已無爲之。《世説新語》中亦多不可曉，而梁人劉峻善注，亦置之不論，則亦以不解解之而已。如誠齋詩中之「作麽生」甚多，大約亦盧陵之方言也。

余家藏有宋彭汝礪器資抄本《鄱陽集》，卷面有王漁洋親筆批云：「嘗讀耶律文正集，有句云『花落餘香著莫人』，以爲本之朱淑真詞『無奈春寒著莫人』語也。觀《鄱陽集·梅花絶句》云：『滴葉開花妙入神，酥盤憶看北堂春。瀟湘此日堪腸斷，隨處幽香著莫人。』已前此矣。濟南王阮亭。」書法疎秀，爲漁洋諸書所未載，殆偶筆也。本集詩題作《湖湘路中見梅花寄某》云。漁洋批本，今亦遭於火矣。

俗謂詩用韻有數格，一曰進退格，一曰轆轤格，一曰葫蘆格，皆以用韻而名也。《類編》王昌會謂，始于鄭谷與僧齊己共訂今體詩格。進退韻者，一進一退；轆轤韻者，雙出雙入；葫蘆韻者，前二後四。失此則謬。第谷雖定三體，而俱未有詩。昌會因引李師中送唐介謫英州詩云：「孤忠自許衆不與，獨立敢言人所難。去國一身輕似葉，高名千古重於山。並游英俊顔何厚，未死奸諛骨已寒。天爲吾君扶社稷，肯教夫子不生還。」首聯寒韻，二聯删韻，三聯寒韻，四聯删韻，所謂一進一退也。轆轤格亦似進退格，而雙出雙入，如首二兩聯寒韻，三四兩聯删韻，五六兩聯寒韻，七八兩聯删韻。他韻如東冬、魚虞，皆如之，所謂雙出雙入也。然此必五七排及五七古乃可，律詩則無五六七八韻也。《誠齋集》多用此體，名雖異而實則同也。葫蘆格謂前少後多，前二後四，引李白《獨酌清溪江石上寄權照夷》詩云：「我携一尊酒，獨上江左石。自從天地間，更長幾千尺。舉杯向天笑，天回日西照。永願坐此石，長垂嚴徒釣。寄語山中人，可與爾同調。」所謂前三後四也。其他前少後多皆如之。然亦五七古乃可，排律體也。據此，則所謂「鄭谷、齊己共定今體詩格」者，亦謬也。豈有今體詩而用前三後四哉？大抵詩非一格，各隨筆勢所到，而後人硬分爲某格、某體，以便學步耳。如白樂天詩有三韻律、三韻排，亦興會適然，豈前有一定章程乎？亦可笑矣。

欲知作詩之法，莫過于宋徐師川之言，即誠齋《跋徐恭仲詩》所稱「君家詩伯徐師川，解道蘆花落釣船」其人也。汪彦章爲豫章幕官，一日，會徐師川於南樓，問師川曰：「作詩法門當如何入？」師川答曰：「即此席間杯盤果蔬，使令以至目力所及，皆詩也。君但以意剪裁之，馳驟約束，觸類而長，皆當如人意，切不可閉門合目，作鐫空鑿實之想也。」彥章領之。逾月，復見師川，曰：「自教後，准此程度，一字亦道不成。」師川喜謂之曰：「君此後當能詩矣。」故彥章每謂人曰：「某作詩句法得之師川。」此條載宋曾敏行《獨醒雜志》。師川名俯，洪州分寧人，以父禧死國事，累官至司馬郎。張邦昌僭位，俯遂致仕。因買婢，名昌奴，遇客至，即呼前驅使之。建炎初落職，内侍鄭諶識俯於江西，重其詩名，言於高宗，擢右諫議大夫、中書舍人。紹興二年，復賜進士出身，遷翰林學士，改端明殿簽書樞密院兼參知政事，以與趙鼎不合，乃求去。常從曾幾、吕本中遊，故詩有紫薇風調。「蘆花落釣船」句今已失傳，如「詩如雲態度，人似柳風流」、「一百五日寒食雨，二十四番花信風」，皆傳句也。

貴州李世傑總督四川，素清廉，喜食豆花，人稱爲「李豆花」。豆花即豆腐之未成者。按事與明軒公輗相似。軒公爲部尚書，儉甚，每部中午食，止豆腐乾一塊。嘗有爲詩一律，置于公之座上，其聯云：「終日公堂餐豆腐，長宵私室倒金尊。」公見之，曰：「此必諸司官所爲。」然亦無如之何也。

女媛詩不宜太褻。明浙江錢塘知縣許暘繼室，臨平人，名璚姬，善于詞翰，有《新月》詩云：「三星明燦爛，一仰一鈎金。似我深閨裏，春來夜夜心。」句雖工，然褻之甚矣。

庚申八月十八日，余回雨村省墓，見書樓已成灰燼，長子及養子皆逃，房屋爲土賊拆毁殆盡。本州尊爲武進劉慕陔先生印全，壬辰進士，由資陽令陞合州刺史，擢綿州六年，歷有廉名。余向以老病，未得展謁。未歸，曾蒙枉駕至家查問，是以土賊稍戢，不然片瓦難存也。九月初八日，慕陔忽差人送故人趙雲崧七月初五日書至，問之，則甌北即慕陔姑丈也。其書云：「同年至好，一别三十餘年，萬里相望，無由通問。回憶春明徵逐，詩酒流連，此景何可再得也。忽從姚姬傳處遞到《雨村詩話》一部，載拙作獨多，翻閱之餘，感愧交并。知足下之愛我有癖嗜也。伏念弟與足下出處大略相同，然足下動筆千言，如萬斛泉，不擇地湧出。而弟循行數墨，蚓竅蠅聲，其才固已萬不能及。足下居有園亭聲伎之樂，出有江山登覽之勝，著書滿家，傳播四海，提唱風雅，所至逢迎。而弟終日掩關，一編度日，生計則僅支衣食，聲名則不出鄉閭，以視足下之晞髮扶桑，濯足滄海，又豈特楹之與筳耶？惟是年來海内故人多半零落，袁子才、王西莊俱於前歲物故，祝芷塘去冬又卒於雲間，惟吾二人尚憖遺無恙，東西萬里，白首相望，不可謂非幸事也。弟所著詩集外，已刻者尚有《陔餘叢考》四十三卷，未知曾得呈覽否？近又有《廿二史劄記》三十六卷，今歲可以刻成。此後亦不能再有所撰述矣。《雨村詩話》中有趙雲崧子叩謁于廣東學署一段，足下提學粤東時，小兒年僅勝衣，從未有遊粤者，此不知何人假冒干謁，遂使弟有此乾兒，可發一笑，并縷及之，想足下亦爲捧腹也。聞蜀中流匪充斥，而綿州獨晏如，可爲遥賀。然烽烟俶擾中，恐亦不免戒心。昔日『將軍』之稱，或將弄假成真。弟翹首西瞻，惟時時洒酒祝平安耳。州牧劉君，係弟内姪，聞其居官頗有循良之譽，倘地方有守禦之事，尚祈協力佽助爲禱。吴雲蜀嶺，相見何日，蘸筆縷述，不禁黯然。此上雨村觀察同年。」以三十餘年未得見之知己，忽通音信，爲之狂喜。遂即日作詩寄甌北云：「不恨同心各一天，只嗟書札也茫然。粤東宦跡同鴻爪，川北民膏濺鶻拳。趙括父書偏不讀，劉宏吏紙荷常傳。是災是火俱休問，作答忙封附去船。」

《辛酉人日祝綿州刺史劉慕陔先生五十初度》四首云：「共道黄堂届壽觴，人逢人日興偏長。面從微服行時熟，公每微行，匪徒斂跡。心在滿鞭試處嘗。除暴如看鷹逐雀，釋冤似聽虎馳羊。壽詞最戒浮華語，預擬新詩領衆庠。」「去年烽火逼綿城，正值金山立大營。築堞能容千户住，舊綿無城，君捐修千金。甫及二月，工竣民皆移避城内，賊爲短氣。人呼爲劉金城。渡船先救萬人生。賊臨涪江，難民男女無數，蹣跚號哭。大憲恐内藏邪匪，不許渡。君毅然任之，自駕船渡，一日而畢，活者萬人。試觀今日崇墉狀，不減當年磊落名。杜詩：「綿州州府何磊落。」賢守何心分彼此，笑他新舊苦相争。時金山民欲君移住舊州，新州人不肯，俱赴上控。」「曾憶成都避寇餘，步趨曾子豈非歟。誰知賊去泗江後，又遇仇來縱卷初。四月初二，賊泗江而遁，淹死甚多。初六日，吾家萬卷樓災，蓋土賊也。豚犬棄書心太毒，蚍蜉撼樹計終疎。可憐萬卷成灰燼，猶枉賢侯訪敝廬。公聞報火，曾有「萬卷樓海内聞名，一日被焚，實深痛惜」之語。旋即赴宅親驗。」「我友毘陵趙甌北，廿年書信隔天涯。忽思愚老因親寄，也道循良故里誇。甌北於公爲姑丈，去年九月初八日曾有書從公處見寄，亦有慕陔頗有循良之譽語。人不問言真孝弟，天生强健爲邦家。明朝准擬公庭謁，筋骨惟愁禮數加。余以老病，六年未謁。今始得晤，彼此暢故竟日。」《詩話》例不載自作，今全載者，所以表循良也。

尚友堂説詩

尚友堂説詩提要

《尚友堂説詩》一卷，據民國二十五年上海亞東圖書館刊《崔東壁遺書》附《崔德皐遺書》本點校。撰者崔邁（一七四三—一七八一），字德皐，直隸大名人。崔述弟。乾隆二十七年舉人。有《尚友堂文集》等。按崔邁之著述久湮未刊，民國間始由今人顧頡剛訪得，附刊於《崔東壁遺書》後。論詩主杜，主性情，而極詆王漁洋，亦屬一家之言也。

尚友堂說詩

魏人崔邁

論文詳而文壞，説詩多而詩亡。天資既卑，學識又淺。前人謬立宗門，後生誤爲附和。無不是其所是，非其所非，優其所優，劣其所劣。詩學至今，如荆棘滿野，不復知何者爲塗徑矣。余不能隨人俯仰，聊復以其所見，著之簡編，非敢果於自信，亦不過是非其所是非，優劣其所優劣而已。然不可不傳諸其人。茫茫九州，悠悠千載，豈無揚子雲乎？

讀書好古、窮理養氣、志識高廣、胸眼闊大者，詩之泉源根柢也。性情境地、時事景物者，詩之質也。意者，詩之骨也。詞者，詩之肉也。章法者，詩之形體也。頓挫者，詩之動作也。承接轉折、呼應開闔者，詩之血脈也。安雅婉約、豪放淩厲者，詩之神氣態度也。才情者，所以鼓鑄也。筆力者，所以錘鍊也。故實者，詩之器具也。學問者，詩之府藏也。温柔敦厚者，詩之品也。高古雅正者，詩之格也。闊大、纖細、典雅、樸質、閑澹、濃麗、敷腴、寒瘦者，詩之面貌膚革也。

本之以性情，出之以本色，鎔之以學力，運之以真氣，四者不備，不可言詩。王貽上之詩無性情，朱錫鬯之詩無本色。

《漁洋詩話》三卷，無一語及性情者，衹如賞名花、評美人，矜夸其聲容丰度而已。然名花美人，猶天然去雕飾者，其所賞乃繒花，矜剪枝綴葉之巧，所評乃時妓，夸梳頭纏足之工，於真詩毫無涉也。

仇滄柱注杜，記明季蕭雲從作《杜律細》，平仄用轉音，改拗從順，於「北城擊柝復欲罷」一詩全載其説，乃知人之無識有如此者，讀書雖多，衹以供其卑陋耳。滄柱謂「雖考證詳洽，但恐多此轉折」，其説是矣。然滄柱亦有近此者：「與子避地西康州」一詩，謂「與」「遠」「久」「一」皆作平聲讀；「此生任春草」，謂「任」字平聲，「春」字上聲；「細草偏稱坐」，「稱」字「義從去聲，讀作平聲」之類，皆屬可笑。然此皆自吴才老叶韵始，作俑之罪，烏可逭也。

俗人無詩，僞人無詩，不讀書人無詩。

杜之排律，往往重韵。韓白用韵，亦多出入。雖係大家，不可學也。

凡事皆有化工，有畫工，惟詩亦然。當爲化工，不當爲畫工。化工可以兼畫工，畫工不能兼化工也。

謝茂秦《詩説》，得失相半。「想頭」一語，茂秦自言其得力所在。然是語有病，近於釋氏靈明作用及姚江良知之旨。人未有不多讀書、廣識見，浸淫於古，而作詩「想頭」可以超拔者。若概以是語之，必墮汗漫支離之病，非徒無益，而又害之。

才士之詩，不患無本色、真氣，而患於無學力，故其詩多不入格。然較之摹仿者，與其不遜也寧固。

今人之詩，下者無論已，高者總不離乎摹仿二字。其一摹杜，所主在格，而無杜之才氣，故常失於平庸，而甚者不知所云。其一摹王、孟，所主在丰韵，而無王、孟之才氣，故常失於短弱，而甚者至於幽僻。摹格者如鄉愿學聖人，不知其有經天緯地、神明變化之才，而但以規行矩步爲聖人；摹丰韵者如清客學名士，不知其有通今博古、經濟文章之學，而但以清談痛飲爲名士。均爲識者笑而已。

史家三長，曰才、曰識、曰學。非止作史爲然也，詩文無不然。三者識爲最難。不知作詩者不知論格，無識者也；論格而止求其貌，不求其所以然，猶之乎無識也。王漁洋才學皆萬人敵，於古人之格亦能學之，而止得其貌，不求其所以然，正坐識不足也。

謝茂秦《詩説》有云：「當取初唐、盛唐十四家，選其集中最佳者，録成一帙。熟讀之以會神氣，歌咏之以求聲調，玩味之以裒精華。得此三要，則造乎渾淪，不必塑謫仙而畫少陵也。」此語自妙。至其所載「天燈」諸句，亦不過廣於搜索情景、鎚鍊字句耳，何得自詫神奇，至謂「想頭」落於不可測處，支離其説以惑人耶。

鍊想頭固不可少，然想頭出自心，則鍊心更爲第一層工夫。心爲詩心，則想頭自不遠於詩。心爲浸淫稔熟十四家之詩之心，則想頭自近於十四家。心爲籠蓋古今、包含宇宙之心，則想頭自落於不可測處。茂秦又云：「作詩別有想頭，能暗合古人妙處，法在其中矣。」「如爲將者，當熟讀兵書，又不可執泥，神奇自從裏許來。」此語自較親切，然亦不明備。

余嘗觀黄山谷《大雅堂記》、《石刻杜詩記》，此老爲善言杜詩者。及見元好問《杜詩學引》云：「近世惟山谷最知子美，而山谷未嘗注杜詩。試取《大雅堂記》，則知此翁注杜已竟。」乃知豪傑所見，大略相同。

黄山谷善言杜詩，而自作詩殊不見其佳。余數年前曾見其集，謂此老爲不能詩文者。及觀《大雅堂記》，又恐余枉此老，因欲復求其集，而一時不可得。家中止仇注杜詩載其《題杜子美浣花溪圖》一詩。急取觀之，格調卑弱，尚不及陸，何逮於蘇。人以蘇黄並稱，殊不可解。

山谷《大雅堂記》云：「子美詩妙處，乃在無意爲文。」語略而意晦，恐開後世師心自用之端，使淺率者得以藉口，不如元好問所言，語詳而意明也。今載於此：「竊嘗謂子美之妙，釋氏所謂『學至於無學』者耳。今觀其詩，如元氣淋漓，隨物賦形；如三江五湖，合而爲海，浩浩瀚瀚，無有涯涘；如祥光慶雲，千變萬化，不可名狀。固學者之所以動心而駭目。及讀之熟、求之深、含咀之久，則九經百氏、古今精華，所以膏潤其筆端者，猶可仿佛其餘韵也。夫金屑丹砂、芝朮參桂，識者例能指名之，至於合而爲劑，其君臣佐使之互用，甘苦酸鹹之相入，有不可復以金屑丹砂、芝朮參桂名之者矣。故謂杜詩爲無一字無來處亦可，謂其不從古人中來亦可也。前人論子美用故事，有『著鹽水中』之喻，固善；但未知九方臯之相馬，得天機於滅没存亡之間，物色牝牡，人所共知者爲可略耳。」

韓文公《題杜子美墳》詩，詞意淺俗，氣格卑靡，係元明以來僞作，斷非韓之真筆。仇滄柱謂「似非後人僞託」，亦可謂無目力者。此詩與韓詩如黑白之異，一望而知，中惟「天光晴射」二語較佳耳。滄柱又引《容齋隨筆》所載昌黎《賓牟韋河南尋劉師不遇分韵得尋字》詩甚佳，的係中唐人手筆也。《談龍録》言嘗舉「沉舟側畔千帆過，病樹前頭萬木春」二句於王阮亭，阮亭曰「余所不解」。余謂阮亭非但不解二句也，並不知詩爲何物。阮亭之於詩，猶釋氏之於心也。心之虚靈，具衆理而應萬事，至廣大也；而釋氏小用之，所謂「止作一番光景玩弄過」者也。詩之爲道，咏歌舞蹈以發之，温柔敦厚以本之。其爲物，大可以籠天地，小可以入毫芒，而其要歸於吟咏性情，長於諷諭。其極也，至於美教化、移風俗、動天地、感鬼神，非徒以文采風流相夸尚而已也。阮亭之於詩，止用出雕鏤修飾，以爲玩好之物而已，所謂「情動於中而形於言」，「發乎情，止乎禮義」者，阮亭固不知也。賦且不解，而況於比興乎？

文有議論敘事，詩亦有議論敘事，視一時所當用耳。王阮亭作詩，如小學生學作對聯，止求其精工可聽，於議論敘事，固茫然不解也。余因憶劉夢得上牛僧孺詩云：「昔年曾忝漢朝臣，晚歲空餘老病身。早見相如成賦日，後爲丞相掃門人。因思往事咨嗟久，幸喜清光笑語頻。猶有當時舊冠劍，待公三日拂埃塵。」若使阮亭當此，必無所措手矣。何也？譬若富貴人子弟，終日安坐，惟事修容飾貌，講求威儀，學習言語，爲一便利美俊之人，而忽欲使之理煩治劇，折衝禦侮，必不能也。

「詩以道性情」一語，今人視爲老生常談矣。余謂作詩必本於性情，猶爲國必以仁義也。雖是極平常道理，然當邪説誤人之際，此即爲對症要藥。孟子當戰國時，以仁義勸齊梁之君，爲其君皆騖於功利也。詩道自王阮亭之後，人不復知有性情矣。故今日必以「詩以道性情」一語爲標的。

杜詩《存殁口號》二首，每首二人對起，亦以二人對收，非章法當然，乃文義必如此方清晰也。注杜者引黄山谷詩云：「閉門覓句陳無己，對客揮毫秦少游。正字不知温飽味，西風吹泪古藤州。」爲學杜此體。然山谷詩後二句竟似一人之事，則以不解文義故也。

余最愛杜少陵「吾宗老孫子」一首，乃近體中之漢魏也。字字常，句句真，而風韵氣骨，無美不備，極意雕琢，而元氣渾涵。此五言律中第一首也。餘詩視此，非劍拔弩張，則塗朱抹粉矣。

少陵贊太白云：「清新庾開府，俊逸鮑參軍。」偶舉所長，非謂太白之詩盡於此，亦非謂詩必當如是也。後人以出自少陵、太白二大家，遂以「清新」「俊逸」爲詩之標準。不知刻意清新，必失纖弱；刻意俊逸，必失輕滑。美未必臻，而累隨之矣。趙飴山有言：「清新俊逸，老杜所重。要是氣味神采，非可塗飾。」愚謂清新俊逸，必當於沉雄穩老中見之。

韓文公識高一代，於唐人詩獨推李杜，他人則不置論。《調張籍》詩一首，推之至矣。至《薦士》則云：「國朝盛文章，子昂始高蹈。勃興得李杜，萬類困陵暴。後來相繼生，亦各臻閫奥。」雖語屬兼及，而分寸自在。後人井蛙之見，何不以韓文公之言爲折衷耶？

少陵於當時人，多推許其詩。於孔巢父則云：「詩卷長留天地間。」於李白則云：「李侯有佳句，往往似陰鏗。」「清新庾開府，俊逸鮑參軍。」於畢曜則云：「才大今詩伯。」於薛華則云：「座中薛華善醉歌，歌辭自作風格老。近來海内爲長句，汝與山東李白好。」於許十一則云：「誦詩渾遊衍，四座皆辟易。應手看捶鈎，清心聽鳴鏑。精微穿溟涬，飛動摧霹靂。陶謝不枝梧，風騷共推激。」於鄭諫議則云：「思飄雲物外，律中鬼神驚。毫髮無遺憾，波瀾獨老成。」於阮隱居則云：「清詩近道要。」於孟浩然則云：「賦詩何必多，往往凌鮑謝。」於嚴武則云：「新詩句句好。」於高適、岑參則云：「高岑殊緩步，沈鮑得同行。意愜關飛動，篇終接混茫。」於張彪則云：「詩興不無神。」於鄭審、李之芳則云：「律比崑崙竹，音知燥濕絃。風流俱善價，愜當久忘筌。」於劉伯華則云：「神融躡飛動，戰勝洗侵陵。妙取筌蹄棄，高宜百萬層。」於薛璩則云：「曹劉不待薛郎中。」於孟雲卿則云：「數篇今見古人詩。」於王維則云：「最傳秀句寰區滿。」如斯之類，未可悉數，幾於家探驪珠，人懷和璧矣。然他日詩又云：「才力應難（跨）〔誇〕數公，凡今誰是出群雄？卻看翡翠蘭苕上，未掣鯨魚碧海中。」則舉當時能詩之士又一洗而空之。乃知此老許可之餘，另有皮裏陽秋耳。

（吴忱、楊焄、劉奕點校）

詩評

詩評提要

《詩評》一卷，據《談藝珠叢》本點校。撰者黃景仁（一七四九—一七八三），字仲則，一字漢鏞，號鹿菲子，江蘇武進人。諸生。乾隆四十一年得授武英殿書簽官、候補縣丞。有《兩當軒集》。仲則詩有名於乾隆間。此篇僅寥寥七則，然唐宋金元詩人皆有評及。所言多從其詩人感受來，如以「辛味」許王介甫，而辯之於王漁洋，即與時人評其詩爲「秋聲」（吴蔚光《兩當軒詩鈔序》）不無曲通之處。又如謂元遺山學太白，當是從其本人近太白來。又欲人合岑參、李賀、温庭筠三家學之，以收語妙之功，應亦是自家經驗之談。故其説於一般詩學，則爲别調也。

詩評

國朝黄景仁撰

杜固詩之祖，而李東川寔可謂祖所自出。後人法門，亦遂無所不備，篇幅雖少，而渾然元氣已成大觀矣。

愚見欲以岑嘉州與李昌谷、温飛卿三家彙刻。似近無理，然能讀之爛熟，試令出筆，定有絶妙過人處，亦惟能人能知之也。

阮亭云：歐陽文忠公七言長句高處直追昌黎，自王介甫輩皆不及也。愚謂歐、王異派，各有佳處，不能較優劣也。

王詩得辛味居多，其沈雄處要不減前人。

二鼂宗蘇參黄，其沈峻刻鍊處，又公然有離立之勢。補之篇幅尤大，按其勝處，竟直入昌黎之奥矣。人多謂附蘇而傳，詎知有非蘇亦傳者耶。

遺山詩學杜兼李，天資才力，爲後起之勁。微嫌其成句少多，然不害爲盤盤大手筆也。

伯生沈鬱頓挫，不肯爲一直筆，固是後來之雄。但有過爲團刻處，一失之運掉不轉耳。